Leander Fischer
Die Doppelgänger

Leander Fischer

Die Doppelgänger

Roman

Wallstein Verlag

Für Anja

Aller Anfang

Sie sahen einander gleich. Kein Gang und keine Diele. Weder Flur noch Entrée, nichts dergleichen. Kein Vorzimmer oder sonst wie gesonderter Bereich, anzukommen und abzulegen. Ohne Garderobe, Kommode oder Schuhregal auszumachen, betrat Marlene unversehens und augenblicklich den ausladenden Raum. Er war groß genug, omg, ihren Boyfriend und seinen Bruder an der Stirnwand gleichzeitig anzuschauen, sobald die vorerst bloß angelehnte Zedernvollholztür von Marlenes Stiefelspitze geschoben ausreichend weit in diese unbekannte Wohnung über das Fischgrätparkett schwang. Der eine Fuß stand schon darauf, war bereits im Raum, über die Schwelle hinweg. Obwohl Sohle und Absatz lautlos aufsetzten, die Scharniere gut geölt schwiegen, der Luftzug durchs Stiegenhaus ausblieb, der Dunst hinter der Durchreiche kerzengerade zur Abzugshaube stieg, über dem Tisch rund um die Dochte die Aureolen ihre kugelförmige Gestalt bewahrten, kein Hauch, kein Klang, keine Bewegung im Bild Marlenes Anwesenheit verriet, nichtsdestoweniger merkten Niklas und Viktor auf, unterbrachen ihre jeweiligen Verrichtungen, blickten die Frau im Türrahmen erst aus den Augenwinkeln an, taxierten sie halb den Hals verdrehend und musterten sie dann ganz unverhohlen vor dem Hintergrund des dunklen Treppenhauses, wandten den Kopf von ihren Handgriffen ab, die wie im Zank darüber, was zu tun war, halb automatisch, halb widerwillig, fortfahrig weiterwerkten. Der Mann im rostroten Pullover ließ das Streichholz erst los, als er die Hitze spürte, die Flamme ihm Daumenkuppe und Fingerspitze versengte. Der Mann im azurblauen Hemd kippte die Weinflasche weiter, solange das Gewicht darin abnahm, der Veltliner aus dem Halsgriff den Pokal in der Durchreiche füllte.

Der hervorpurzelnde Schluck Bodensatz traf die Theke neben dem Glasfuß. Das verloschene Streichholz fiel auf die Tischplatte neben die Schachtel.

Die Zünder erkannte Marlene wieder, abzugreifen in jener Bar, wo beim Beisl-Hoppen immer alle hinwollten, jedoch niemand jemals wusste, wo der Schuppen war. Jaja, schon klar, Nik, sind wir bald da? Er führte den trinklustigen Zug durch die Dunkelheit Wiens. Na, Kleines. Wie Waggons zockelten sie dahin, Marlene direkt hinter ihm. Und jetzt, Niki? Die spärlichen Lichtquellen wie Lokspitzensignale, auf die der Tross schunkelnd zuhielt. Nope Baby. Wieder in finstere Fassadenschluchten abtauchend wie blinde Passagiere in einen Alpentunnel. And now? Über lichtlosen Kopfstein gestolpert, durch labyrinthische Gässchen geschlendert, längs laizistischer Kreuzgänge geschlurft von Station zu Station, quasi liturgische Spießroutenläufe in leutselige Winkel geschlichen, ein Spliff auf der Strudelhofstiege sowie ein Wegbier, bis man dann die Siebensterngasse entlang, voilà, plötzlich vor der im Eck zweier Häuserzeilen versenkten und mit einer Litfaßsäule bedeckten Wendeltreppe in den Keller jener Kaschemme stand, willkommen im Einhorn, und zur Begrüßung erst mal ein Streichholz entzündete, das nie brach an der unverwüstlichen Reibefläche. Keine Leimrückstände und kein Abknickgeficke. Weder Briefchen noch Päckchen, nichts dergleichen. Keine Hülse oder sonst irgendwie herausziehbare Lade, eine kompakte Schachtel mit Klappe an der einen Längsseite wie bei alten Zigaretten. Ein Streifen Phosphor die andere Seiten, einfach anzureißen und anzuheizen, ein Kopf, der nach Schwefel roch und selbst draußen vor der Tür brannte im Sturm, kaum auszupusten war der Funken erst mal bei leichter Berührung, manchmal, ja, sogar von selbst, wie direkt aus dem sonst wo längst siebenfach versiegelten Höllenschlund gesprungen.

Und kaum tanzte das fingererwärmende Feuer über dem Streichholz in Niks Hand, hebelte Marlene ihren Daumen nach oben vor ihren Kopf, und es loderte von Nik hochgehalten scheinbar direkt auf ihrem Nagel wie in Disneys Herkulesverfilmung. Als Gegenspieler des irdisch olympischen Halbgottes und voll strahlenden Helden firmierte der düstere Fürst Hades, gekrönt von Flammen statt Haaren, gewandet in römische Toga. Diese feuerkaiserliche Körperlichkeit gab Anlass zu allerlei Kinkerlitzchen wie lobbrennend gereckten Daumen und endlich doch sturmbrausend ausgepusteter Frisur. Ansonsten variierten die Flammen auf der teuflischen Glatze im Verlauf des Streifens je sowie jäh nach emotionaler Lage von Hades, in Rage himmelhoch infernalisch lichterloh lodernd oder in Vorfreude niederträchtig diabolisch urheimelig tiefknisternd, angesichts seiner scheitern scheinender oder Gelingen verheißender umstürzlerischen Pläne betreffs der festgefügten olympischen Ordnung. Diese eindimensionale, bipolare, manichäische Gefühlswelt spiegelte sich moralisch gewendet in den durchschaubaren, glasklaren, biederen Basisoppositionen der Story wider, Good Old Hero versus Bad Ass Endboss, vielleicht einmal abgesehen von Pech und Schwefel, die zwar als Lakaien der Hölle auftreten, sich letztlich jedoch doch bloß selbst bedienen, ihren eigenen Interessen wie coolen Softdrinks und Herkules-Merchandise-Klamotten folgen, die gesamte x-Achse, verwerflich bis vorbildhaft, mehrfach abwandern, flatterhaft zwischen teuflischen Machenschaften und unschuldigen Liebschaften cruisen, vermitteln, verbinden und verheiraten, dann wieder Verwirrung, Anarchie und Zwietracht säen, Pech und Schwefel, melden sich zum Dienst, die beiden knuffigen Hadesteuflinge, dargestellt als Putten in Turqoise und Pink, mit dreifaltigen Fledermausflügeln, Cyan und Magenta, gelben Engelsaugen und Reißzähnen wie aus Erz gehauen, Rot und Blau, ein Dreizack der rattige Schwanzzipfel des einen, eine antisemitische Spitze die Nase des anderen, rostzerfressen über Jahre diese halbgare Disneyworld und trotzdem vollends eingebläut ganzen Generationen, mit putzigen Azubis die Kohle des Publikums einstreifen, ein Zeichentrick, den Marlene in- und auswendig kannte.

Brachte ihr jetzt aber alles nichts, da sie zwar Dialogwechsel und Szenenabläufe parat hatte, aber nicht mehr, wer der

Blaue, wer der Rote war. Ihre Pupillen fingen das Licht vom Kandelaber, huschten so abrupt hin und her, dass sie glänzende Reflexe an die umliegenden Haarsträhnen warfen. Auch auf den Wangenknochen sowie um die Mundwinkel erschienen und vergingen Widerspiegelungen des Kerzenlichts. Derweil hielten die auch in dieser Beziehung einander spiegelnden Brüder zu Nikis Girlfriend Blickkontakt. Während der Wein gleißend von der lackierten Theke tropfte, meinte der Mann an der Durchreiche, Marlene sähe sich nach Ablageflächen oder Garderobenständern um. Indes das Wachs matt am glänzenden Kandelaber hinabrann, dachte der Mann hinter der Tischplatte, Marlene nähme die beiden Gemälde an den Wänden in Augenschein. Die Brüder glaubten, sie würde die Lippen um Worte ringend regen. Also schwiegen sie, schauten hin und warteten zu. Als das Wachs auf der Tischplatte gerann und es angebrannt roch von hinter der Durchreiche her, erwogen die Brüder kurz, ob Marlene den Kopf schüttelte, ein Schluchzen unterdrückte. Also schwiegen sie und warteten. Sie schauten einander gleich. Kein Mucks, keine Regung. Weder Herzschlag noch Puls, nichts dergleichen. Kein Wüten oder Pochen in den Schläfenadern, Luft zu holen und loszulegen. Marlene gefror der Atem und stockte das Blut. Der Anblick der Zwillinge war ihr zugestoßen, widerfuhr und geschah ihr mehr, als dass sie ihm etwas entgegensetzte, ihm mit Silben begegnete, ihn erwiderte irgendwie. Sie war, ja, passiv, von dem Moment getroffen, mehr noch als ein geflügeltes Wort, wie von einem unvermuteten Aufprall, der Kollision lichter Wellen und fester Objekte mit der Pupille, der Bündelung und Projektion durch Linse und Glaskörper an der hinteren Netzhaut, die kopfstehende Welt, der Rückübersetzungsprozess im Hirn, der gebildete Sinn, kosmischer Unfug, universaler Wahnwitz, Mumpitz, Irrnis, Humbug, Firlefanz, Niklas oder Viktor, und Marlene, unentschieden.

Hinter dem Esstisch hielt der eine Mann seine holzfarbige Hand über die Platte, wo das schwarzgebrannte Schwefelholz liegen mochte, als wollte er es beschirmen, behüten und beschützen vor den starren Aureolen der Kerzenflammen, die den Anblick der Ärmelmanschette, der Sehnen, Knöchel und Glieder abwechselnd feurig löcherten und licht bestreuten bis in die Fingerspitzen, die nach rechts durch den Raum zu dem anderen Mann in seinem azurblauen Hemd an der Küchendurchreiche hinüberwiesen. Jenseits der Theke stieg stinkend grauer Rauch auf, der den Schein der Neonspotleiste fing, tünchte und verdickte, als wölkte der Qualm direkt aus der geleerten, von matten Reflexen erhellten Veltlinerflasche, die gen Fischgrätparkett kriechende Kondensationswassertropfen absonderte, wo der Griff des Zwillings den gläsernen Mantel nicht warm und regungslos umschloss. Die Blicke der beiden Männer schossen Marlene weniger entgegen wie Salven, sondern nahmen die Frau ins Visier, waren auf sie gerichtet wie Scheinwerfer, ununterbrochen der gefrorene Augenblick. Weder Zwinkern noch Blinzeln, nichts dergleichen. Kein Pupillenschwenk oder sonst wie beobachtungsloser Moment, aufzuatmen und auszuruhen. Ohne Wimpernklimpern, Liddeckel oder Schielen abzupassen, blickte Marlene augenrollend und durchdringend den monströsen Raum, dem die drei über den Kandelaber zur Türschwelle bis an die Neonspotleiste der Theke zurück ein gleichschenkliges Dreieck einschrieben. Marlene begriff, dass selbst der Aufbau des Kabinetts, in dem sie sich schon halb befand, der vergrößerten Kopie von Niks Wohnzimmer entsprach, gegenüber vom Eingang der Tisch an der Stirnwand, hier etwas ins Innere gerückt und freistehend, darüber das Fenster, hier mit einem großen bordeauxroten Samtvorhang verkleidet, wie er auf jedem zweiten Magritte-Gemälde gesehen werden konnte beiseitegezogen an den Rändern, rechts hinten die Durchreiche, punktsymmetrisch, Niks Küchenzeile gleich links vorne, als wären ihr Boyfriend und sein Bruder zwar getrennt aufgewachsene sowie unwissend voneinander groß gewordene, aber den selben Breitengrad bewohnende Zwillinge und hätten doch, wie man das in thesenhaften Dokus sah, wider alle Wahrscheinlichkeit in den jeweiligen Gärten auf einem kleinen Hügel unter einem großen Baum die gleichen Bänkchen aus dem gleichen Holzstapel getischlert stehen entgegengesetzter Blickrichtung nebst wachsklebrigem Beistelltisch, über den man sich nachts weltumspannend Lichter schickt for instance mit dem Kandelaber da und den Schnitzkerzen drin.

Sie stammten aus einem Laden unweit Niks Wohnung, wohin er Marlene eines Samstagnachmittages flanierend führte. Er sei der erste und einzige seiner Art. Ebenso wie Niklas komme der Laden, das Handwerk, dieses himmlische Geschäft, ja die Kerzenschnitzmeisterin höchstselbst aus der tiefsten oberösterreichischen Provinz.

Was dem südlichen Traunviertel die Kalkalpen, das Bergwerk, die Schottergrube, die Kieshaufen, die Skigebiete um den Dachstein herum, die Gletscherendmoränenseen und die Salzgewinnung gewesen, seien dem nördlichen Mühlviertel der Böhmerwald aus Granit, Feldspat, Quarz und Glimmer, der Flachsanbau nahe Braunau und die Kerzenschnitzerei in Aigen-Schlägl gewesen, die Schifffahrten entlang der Schlögener Schlinge, wo die Donau der Landschaft ein S einschrieb, indem sie zwei Hundertachtziggradkurven vollführte und, wie es Strömen eben gebührte, das namensgebende, gen Süden fließende Gewässer nicht links liegen ließ, sondern im Vorbeischlängeln kreuzte und schnabulierte wie der Dollar seinen Strich. An dieser geographischen Absonderlichkeit brauste die letzte Kerzenschnitzerin eines frühen Morgens vorbei, als sie die Biege machte. Sie ließ den Blick durch die Windschutzscheibe Richtung Sonne und Hitler-Ost-Autobahn-Auffahrt schweifen und einmal kurz via Seitenspiegel den Kotflügel entlang zurück gen Westen, wo überseemeilenweit in ihrem Rücken jener brutale Kontinent in die Mitternacht schlummerte.

Im Jahre Schnee regnete es dort unter glühender Sonne Peitschenhiebe auf die geschundenen Buckel der schwarzen Versklavten, als sollten rinnendes Wundwasser, trocknendes Blutplasma und kalter Schweiß den nährstoffreichen Boden bereiten für die zuckerwattige Blüten treibende Baumwolle und ihren Rundumschlag über die erdumspannenden Handelswege, bis aller Welt Kasernenregale, Ladenschubladen und Operngarderoben anno dazumal vollgestopft überquollen von diesem Dumpingexporthit aus Übersee wie die Bäuche der ebenfalls von Takelagensingsang, Wendesegeldonnern und Peitschenknall widerhallenden Schiffe.

Diese Hiebe schmetterten die Mühlviertler Flachsproduktion nieder, Rückschläge, von denen sich die Leinenindustrie nie wieder gesundstoßen sollte, Rückenschläge, die den einstmals stolzierenden Bauern die Gewänder abstreiften. Hätten sie noch Münzen verdient, sie wären gefallen aus den zerschlissenen Taschen, Münzen, die Kinder zum Studieren in die Stadt zu schicken, Münzen, Kontakt via Telegraph mit Bankinstituten und Darlehen aufzunehmen, die leeren Speicher sowie die staubigen Böden auf Milchwirtschaft, Schurwollgewinnung und Schlachtbetrieb umzurüsten, Münzen, sich müßige Stunden für die Lektüre intellektueller Bücher und die kunstsinnigen Unterredungen mit der eigenen, feiertags heimgekehrten, im schweren Gepäck unzählige Geschenke aus der Fremde und im hochgetragenen Kopf unerhörte Ideen aus den Stadtbibliotheken mitführenden Brut zu erkaufen im heiligabendlichen Schein schöner Kerzen.

Doch das Mühlviertel bekam nie wieder Oberwasser, sank vom Rang der Prosperität ins Parkett einer Kuriosität, gut genug als Ziel hämischer Witze benachbarter Käffer oder Destination kurzangebundener Ausflügler entfernter Städte. Längst nachdem die ehemaligen amerikanischen Sklavenfamilien beerbt worden waren von Kindern aus Ländern wie Indien, Bangladesch und China, in deren Richtung am Scheitelpunkt der Schlögener Schlinge die aus Aigen-Schlägl abhauende Kerzenschnitzerin nun wieder das Steuerrad herumriss, gebar Oberösterreich nördlich der Donau heute noch wie eine grimmige Stiefmutter nichts als Jäger, Förster und Knechte, allesamt von zweiter Berufung Touristenführer, Bergbauern und Viehzüchter. Von staatlichen Drittmitteln und Brüsseler Subventionen wurden die verhärmten Leute künstlich durchgefüttert, die gähnenden Silos mit industriemythischem Monstersoja aus amazonasfernen Regionen Brasiliens gefüllt, wo der Regenwald samt Indigenozid in Eigenregie dortiger Wanderlandwirte, aber geduldet vom neoliberalen Regime urbaner Eliten gebrandrodet wurde, den meilenweiten Plantagen neuer Freibeuter, buschfeuernder Desperados und Sweetcornboys wich, die ihre konkurrierenden Sprüche durch das globale Megaphon klopften, bis selbst die greisesten, verbliebenen, zeichenblinden und schusstauben Papageien von den Ästen Milton Friedmans Chicagoer Doktrin herunterbeten, während die atavistische, dreifeldwirtschaftsartig grünbrachliegende Landschaft des Böhmerwaldes mit in vitro kultiviertem Labordünger der Firma Monsanto überschüttet wurde, die europäischer und damit quasi gleichbedeutend allen voran bundesdeutscher Weltverschwörung nach bald fest in bayerischer Hand sein sollte.

Demgemäß führten die einen einheimischen Mühlviertler schaulustige Städter durch jene sonnenbeschienenen Wiesenkulissen Oberösterreichs, die extra für die Besucher von den anderen ansässigen Böhmerwäldlern begehbar und ansehnlich gemacht, gesenst, gemäht und gejätet sowie zuletzt noch von dritten Aigen-Schlägl-Anrainern mit jener unfassbar handzahmen und hungernden Hälfte preiselbeersüßer Kälber bestückt wurden, deren glücklosere, bisher unsichtbare, mit brasilianischen Sojabohnen gemästete, im und ausm Stall gezogene Geschwister abends erstmals den Himmel entdeckten, als sie vorzeigbar hergerichtet auf die vergoldeten Teller almaufgetriebener Schnitzelschlemmer wanderten. Die lieblichen Zierrinderkinder an den Zitzen glotzten indes weniger debil in die englisch geschnittene Gegend von wegen Insel der Seligen als die super-slim-fit-gewandeten Gaffer und Fresser aus der Stadt, die jene last and first and one and only Kerzenschnitzerin aus Aigen-Schlägl während ihres Umzugs nach Wien schon Schlange stehen sah vor dem neugegründeten Laden voller Dochte, die noch im Rückraum des Transporters der Verarbeitung harrten.

Wären die nackten Baumwollfäden erst vielfach ummantelt von hauchdünnen Wachsschichten verschiedenster Couleur, würden Messer begossen mit kochendem Wasser, Drahtfäden erhitzt mittels dampfender Strahlen, Rasierklingen in lodernden Flammen gebadet, Skalpelle an durchdrehenden Wetzsteinen heiß gemacht und Cutter unter Mikrowellen geschmort. Angefeuert führen die herzerwärmenden Werkzeuge in die fetten Kerzen der Länge nach, hobelten Span für Span von oben nach unten, schnitzten Bahn für Bahn die vielfarbigen Zungen, und setzten rechtzeitig ab, sodass diese sonderbaren Muskeln verbunden blieben ihrer zylindrischen Wachsmantelwurzel. Die den Kerzen abgeschabten Fransen gerieten je nach Winkel, Tiefe und Länge des Schnitts in anderen Farben, Mustern und Schattierungen, würden sodann kundiger Finger zu Voluten, Ohrmuscheln und Weinbergschneckenhäusern geformt, imitierten mal die Henkel einer Tasse, gemahnten alsbald an barocke Engelsflügel und verlören sich sodann in kalligraphischen Abstraktionen sowie manierierten Stuckaturen, vor denen man meditierend mit gegenständlichen Assoziationen jonglieren mochte, in schnörkeligem Zierrat schwelgend, der bestenfalls noch an die Schlögener Schlinge, an Aigen-Schlägl, Mühlviertler Flachsen, die Kerzenschnitzerin selbst erinnerten.

Marlene und Nik sahen sie durch die Glastür inmitten des Ladens stehen, dessen Regale alle nötigen Utensilien in Unmengen bargen, kein Stückchen Gemäuer, das ausgespart blieb, und absurd viele Bücher mit Leinenrücken reihten sich auf den Brettern, denn Schönheit möge gelehrt sein, dozierte die Schnitzerin umzingelt von ihren schneidersitzigen Schülern. Die würden den Schall schlucken, flüsterte Nik und legte Hand an den Knauf, während die Aigen-Schläglerin an die Stative trat und mehrere Kameras nach den Workshopinsassen ausrichtete, die eine solch zahlreiche Schar um sie, die Kunsthandwerkerin, bildeten, dass an diesen Tagen das Geschäftsinventar gegen die Wände gedrängt worden war, und Nik drückte die Tür auf. Links und rechts des Rahmens standen infolge der platzschaffenden

Maßnahmen und wohl auch, um Passanten den Schaufensterdurchblick zu verrammeln, zwei Biedermeierregale so nahe beieinander, dass Marlene und Nik in der Schneise dazwischen bloß Platz fanden, indem sie sich einander gegenüber, face to face, Bauch zu Bauch, Brust an Brust, und mit den Rücken an Vollholz geschmiegt postierten, den Kopf neunzig Grad gen Ladenlokal drehten oder aus den Augenwinkeln ins Geschäftsinnere linsten. Wo sonst Chaos aus Klingen, Flammen, Wasserbädern, Schmelztiegeln und Brandsiegeln wie in mittelalterlichen Hufschmieden herrsche, so Niklas, saßen jetzt burgfräuleinsittsam Kleinstkinder auf dem Schoße ihrer glücklichen Mütter oder biodeutschen Auslands-Au-pairs, gerade alt genug, die Abschlusshüte in den behüteten Eigentumswohnungen gelassen zu haben. Während Marlene und Nik sich immer wieder bedeutungsvolle Blicke zuwarfen, jenes altbekannte Sanduhrkonterfei herstellten, um sich wieder dem Ladeninneren zuzuwenden, panschten die Fratzen und die Jugendlichen und die Erwachsenen ihre Pratzen fröhlich ins Wachs und brachten natürlich nichts zustande, was auch nur im Entferntesten ins Netz gehen konnte. Für derlei Schande täte es kein VPN-very-professional-nerd-Client, man müsse, um solche Kerzenverstümmelungen zu sehen, schon mindestens in diesen Wiener Workshop. Nicht mal das Darknet war für diese Havarien auch nur ansatzweise bereit. Das fände man höchstens noch im Oberösterreichischen, Wachsgeschäfte voller Delirium-tremens-Hände, Mütter, Au-pairs und Ammen.

Marlene küsste Nik, damit er die Klappe hielt, aber er drückte sie zurück, an die Seitenwand des Biedermeierregals, hauchte sprechend in ihr Gesicht, die mega nicen Pieces, die Marlene entdeckt habe, in den Clips jener Serie auf diesem Channel, entstünden nicht unbedingt ultra zufälligerweise unter den super beruhigenden Zeitloop-Berührungen immer gleich manikürter Finger, deren Bewegungen, zugegeben, etwas voll Lavalampenartiges an sich hatten. Angeblich waren diese Gliederregungen so hypnotisch, dass man zuletzt nach langer Betrachtung durch den ganzen Körper das Kribbeln flimmern fühlte von urwabernden Farben sowie den krass karamellartigen, kamillenteeruhigen, kerzengießenden Handgriffen am Bildschirm, wie Marlene immer steif und fest behauptete. Die Aigen-Schläglerin mache alle diese Filmchen im Netz und ihre Objekte selber, drehe jetzt während des Workshops nur zu privaten Zwecken, zu ihrem persönlichen Ergötzen, zur Vervollständigung ihrer Sammlung verzogener Kinder, gentrifizierter Studis und eingebürgerter Schulabsolventen, zur Verwandlung dieser familiären Stelldicheins in ihre Solopeepshow. Mit den verzückten Teilnehmenden und ihren Auszuckern verdiene die Cutterin inzwischen mehr als genug und mehr als mit den Kerzen selbst, wobei sie auch noch ein paar Schäfchen quasi provisorisch ins Trockene brachte mit bärtigen Backpackern und den Deals mit umliegenden Barbieren, die gegen ein paar Piepen auch das Wachs aus den Goats frisierten. Marlene schlug die Hände vor ihrem Gesicht zu einem Klatschen zusammen, das fast ins Auge ging, ließ die Finger hinter die Gürtelschnalle ihres Boyfriends sinken und grinste. Eye Nik, du bist so ein zynischer Wichser. Nein, gar nicht, das habe ihm die Schnitzerin alles haarklein genauso erzählt, weil er auch aus der Provinz komme, weil er sich nicht an den Trend anbiedere, weil er für ihr herzerwärmendes Schaffen brenne wegen seiner Schönheit wie ein Kunstgeschichtler für die steinalten Motive anderer, ohne sich gleich zu erdreisten, das auch mal so nebenbei probieren zu wollen, bevor es noch zum Mainstream gehypt und gestreamt wurde im Netz. Was natürlich auch nur teilweise stimme, hakte Marlene nach, zog ihn an sich, weg vom Biedermeierregal, fing von der Hildesheimer Schreibschule an.

In Sachen Werkprozess hat man uns eingebläut ....

Werkprozess, zumal mit Windows Word, Tintenfüllern und Kugelschreibern bei himmelartigen Flammen über Kerzen in Ritterspornmanier und Veilchentönen, fehlt wohl bloß noch die Blume. Niks Auge las Marlene sein Grinsen ab, da sie einander so nahe waren, dass seine Zähne zwar außerhalb ihrer Sicht lagen, nicht aber das schräge Feixen seines sarkastischen Lidwinkels neben der Netzhautspiegelung ihrer tiefseefarbigen Iris, und blindlings biss Marlene Nik in die Lippe.

Red mir nicht rein, ich hasse das, sie sei noch nicht fertig. Das Schaffen habe immer auch etwas Handwerkliches, das erlernbar sei, um sodann Produkte herstellen zu können, also Werkstücke. Keine Musenküsse und Genieglückskekse. Weder Inspiration noch Kreativität, nichts dergleichen. Keine Eingebung oder besonders originellen Köpfe, darin auszubrüten und daraus abzuschöpfen. Ohne Talent, Begabung oder Hang auszumachen, nähmen die Dozierenden in Hilde Studis aus dem ganzen deutschen Sprachraum auf und gäben ihnen ein Heim, wie Lehrlinge immer bei Meistern in der Werkstatt ausgebildet worden seien.

Okay, Girl, Nik biss zurück, ergo sollten sie wohl mal der ihm schon mehrfach ausgesprochenen Einladung folgen, die Videosammlung bei der Schnitzerin daheim zu sichten, und sich anschauen, wie viel die Stümper gelernt hätten. Marlene wusste, dass er wusste, dass sie Aussagen wie diese richtig heiß machten.

Also erstens, du asshole dude, sind die Werke in diesem Fall ja gar nicht die Kerzen in den Videos, sondern die Streifen selbst, die einen erlernbaren Werkprozess zeigen. Das Produkt als Resultat eines Prozesses wird abgelöst durch den Prozess, der selbst zur Ware wird. Deswegen ja auch Workshop, du Dummie. Zweitens komme ich auch aus der Provinz und hab im zarten Alter von, sagen wir, neun Jahren, stell dir vor, im Mühlviertel eine sogenannte Landschulwoche verbracht, mein erster Ausflug ohne Eltern und mit Freundinnen, wenngleich nur Schulkameradinnen und Lehrpersonal. Dort haben wir den Laden genau dieser Frau besucht, wiewohl sie damals noch eine minderjährige, mitteltalentierte, minderbemittelte, mittellose Aushilfskraft war, my lovely Friend. Bevor Nik einwenden konnte, Madame, sie sei ja eine G'schicht'ldruckerin, so eine Märchentante vom Berg, Wiener Kaffeetratscherin in spe, brachte es ihn wie immer grinsend zum Verstummen, dass sie, damit sie einander kennenlernten, erst nach Hildesheim, Berlin und zuletzt Wien ziehen musste. Dort am Dorf hat man uns schon quasi früherzieherisch vor Wachs und Faden gesetzt, um die Spreu vom Weizen zu trennen, sei dahingestellt, ob sich das Verhältnis letztlich wie Heuhaufen und Nadel ausnimmt. Das ist voll vergleichbar mit dieser eigentlich für alle packbaren Mappenabgabe vor der Aufnahme an so einer Kunsthochschule. Der katzengoldigste Funken Veranlagung reicht zur Qualifikation für die nächste Bewerbungsrunde. Das sichert drittens den Dozierenden ihr Einkommen und auch gleich ihrer Sparte den Nachwuchs, was wiederum der Breitenkultur und der Spitzenkunst und der Wissenschaft von ihr zugutekomme, Mister Kunstgeschichtler. Der strohdumme Ausschuss kann ja nachher in nostalgischer Erinnerung an den tollen Ausflug schwelgen, der echt vollmondschön war, durch den niedersächsischen Wald da zu fahren, die Dämmerung der Eignungsprüfung. Und gleichzeitig indoktriniert einen das, die Machwerke der Lehrenden im Allgemeinen oder der Schnitzerin im Speziellen zu kaufen oder auf diesen kleinen Laden und die Kerzen aufmerksam zu werden via Insta-Videos, die im Übrigen, viertens, keine Anbiederung ans Kapital, sondern wohl bloß die medial prolongierte Version eines Werbeprospekts für besondere Schulangebote darstellen, die unser Lehrkörper damals aller Wahrscheinlichkeit nach zugeschickt bekommen und gelesen hat. Sonst waren die nämlich gar nicht so erpicht auf Spielwiese, artsy Frühförderung, differenzierte Schwerpunktsetzung und individuelle Weiterbildung, Hauptfach, artig sein und bloß keine Troubles machen. Das seien alles keine Ungereimtheiten, was er hier so sophisticated zu konstruieren versuche. Nik stand seinem Girlfriend metaphorisch geschlagen und fliegender Hand nun wirklich geohrfeigt hingerissen gegenüber. Jeden Durchblick verrammelnd und einander an den Schläfen packend knutschten sie mit weit aufgerissenen Liddeckeln und Mündern zwischen Ladenregalen, biedermeierlichen Familienfreizeitszenen und geschäftigem Samstagnachmittagsstraßentreiben.

Marlenes Pupillen gewannen erneut ihren Schwung, flogen zu der lackierten Theke mit den Gläsern darauf und unter der

Neonspotleiste, die zusammen mit der Wand, zusammen mit ihrer Mauerausspärung in Oberkörperhöhe, zusammen mit der Holztäfelung darunter die Jeansbeine entlang und zusammen mit den eingelassenen Kästchen darüber in Überschwarzkopfhöhe jene Küchendurchreiche bildeten, daneben mit der zwar coolen, aber leeren Veltlinerflasche im Griff der Mann im azurblauen Hemd. Er traktierte mit dem Daumennagel inzwischen lautlos die obere Etikettenecke, wo im Reflex der Neonspotleiste silbern gleißend ein besonders großer Tropfen Kondensationsflüssigkeit schwoll, wer weiß, vielleicht bloß ein bisschen Handschweiß oder sogar womöglich aus aufgefieselter Fingerhaut geronnenes Blut. Was auch immer ummantelte nun als schimmernde Perle das nasse und halbwegs abgekratzte Papier, weichte es weiter auf und zog es mit sich den Glasmantel entlang hinab, bis sich der Schnitz Vignette im Widerspiel der Kräfte gegen die Fließrichtung bog, kräuselte, einrollte und das Rinnsal allein hinabploppte zum Fischgrätparkett vom Flaschenboden, über dem sich nun eine papierene Volute kringelte, die Verzierungen an den Kerzen im Kandelaber kopierte, sodass sich profiliert, abgewandten Kopfes jetzt doch, seinen Bruder anschauend, verwundert eine Braue hob im Gesicht des Mannes, der den rostfraßfarbigen Pullover trug.

Kaum kam Bewegung in die beiden, regte sich auch schon ein Zugluftstoß und tanzte in Marlenes Rücken auf. Er wehte ihre Haare entlang, trieb lichte Strähnen vor ihr Gesicht, als wollte er sie ins Esszimmer schubsen. Er hauchte zwischen ihre Finger, spielte über das Cellophan und wellte wie abgeprallt durch den Raum, ließ die Flammen überm Kandelaber flackern. Ein vielgliedriges Schattentheater ergriff Wimpern und Augenwinkel des Typen dahinter. Die Brise folgte seinem Blick zu den Weingläsern hinüber und erfasste die herausflimmernde Kohlensäure. In goldigen Sprühregen verwandelt schraffierte und sprenkelte sie die lackierte Theke. Von der Küchendurchreiche tropfte weiter feister Veltliner. Die Lache zu seinen Füßen hüllte den hemdsärmeligen Zwilling in grässlichen Brodem, ein Mischmasch nasser Wolle, Staub und Säure. Aus der Küche wölkte Dampf herein, schräg an der Abzugshaube vorbei, über den Kopf von Mister Right, fest umfasst in seinen Händen die Glasflaschen, Vöslauer Mineralwasser und Weinviertler Veltliner auf Gürtellinie. Über den Hosenbund hing zwar das azurblaue Teil, aber Marlene wusste gleich, dass der Mann drunter ein Seil ums Becken trug. Die Falten entlang der Jeanstaschen und die Spannung in der Seitennaht ließen Marlene auf einen ihrer fasrigen Hanfstricke schließen. Sie sah ihn förmlich unterm Saum des superschlanktaillierten Hemdes sitzen. Schritt und Hose des Mannes im rostroten Oberteil konnte die Tischplatte schon in Komplizenschaft mit der Zimmertiefe verdecken. Marlene hätte trotzdem scharf kombiniert ihre Hand dafür ins Feuer gelegt, dass er drunter einen sollbruchstellenlosen Leather Belt von Sandro trug. Nik besaß ja bloß zwei Gürtel. Beide waren Geschenke von ihr. Marlenes Pupillen huschten hin und her.

Immer wenn Geburtstag, Weihnachten oder Ostern, in manchen Ländern und Familien auch Namenstag nahte, ging Marlene in irgendein Second-Hand-Outlet Schuhe shoppen und organisierte sich nebenbei eine Dreiundvierziger-Schachtel oder welche Größe ihrem aktuellen Typen auch immer passte, selten kleiner, ja, meistens Dreiundvierzig. Die Interessen variierten ebenso wenig, weswegen sie nie allzu lange überlegte, welche Zeitungsseiten sie nahm, um die Schuhschachtel einzupacken. Sodann spulte sie ausreichend fingerdürren, aber festgefügten Hanfstrang von einer viele Meter zählenden Rolle Tauwerk, die sie im Hildesheimer Hafen einem Hobbyseilmacher und professionellen Segelschneider ausm Kreuz geleiert hatte.

Wer zuletzt keine Geschichte mehr wusste, spielten die beiden, nebeneinandersitzend auf den Schrottreifen, die nach Hamburg geschoben werden sollten über die Binnengewässer und von dort weiter in alle Welt, die bereit war, Deutschland seinen Müll abzukaufen. Wirklich stieg der Seemannsgarnspinner mit der Geschichte des Via-Micheline-Klabauter-Männchens ein, das kurzum die Erde einmal umrundete, nur um am Ende auf einer Deponie verbrannt toxisch in den Himmel zu schweben und echt sauer wieder runterzufallen und den Insassen eines absaufendes Schlepperboots die Kleider vom Leib zu ätzen und Löcher in die Reling zu fressen. Mit links gewann Marlene in der Rubrik Phantasie und Wortwitz, doch der Haberer hatte unerschöpfliche Reserven Stoff auf Lager, der zwar knapp zusammengefasst Abfall war, ihn aber tausendundeinmal beredter machte. Marlene nahm sich an jenem Nachmittag vor, den *Freitag* nicht nur noch zu zerreißen in Geschenkpapierstreifen, vorher Storyline für Storyline aus dem Blatt zu ziehen, um zumindest irgendeinen Nutzen diesem Wettkampf abzurigen, nebst dem Strickwerk, versteht sich, denn die Piratenbrautabenteuer waren ja infolge der ersten Geschichte schon passé, die trotz atmosphärisch schillernder Ölflecke auf dem Kanalwasser und abgefuckt charmanter Industriekulisse aus den letzten Jahrhunderten die Stimmung unumkehrbar kippte. Wenn sie ein Perlmuttmesser dazu wolle, das selbst durch seine Seile wie durch Vaseline glitsche, müsse sie zumindest mit ihm knutschen, stellte der Typ dann noch in Aussicht, als die Sonne hinter den schmauchspurigen Schloten versank, und Marlene zündete sich eine Kippe auf ihren Sieg an. Alsbald machte sie sich an der sauschweren Rolle Tauwerk abrackernd vom Acker und verfluchte ihren Boyfriend nicht wegen des ausgelassenen One-Night-Stands, schimpfte stattdessen laut in ihrem kleinen Zimmer vor sich hin auf schlechte Gewissen wegen ohne Präsent sogar ganz offensichtlich vergessener B-Days, die menschliche Kulturtechnik des Kalenderblattabreißens sowie des Schenkens im Allgemeinen und auf alle studentischen Bruchbuden dieser Stadt, in denen es an nichts mehr mangelte als an scharfen Messern. Dummerweise war diese abgefuckte Perlmuttklinge zuletzt nämlich wirklich geflunkert und die Ausrede, das Stelldichein aufopferungsvoll für seinen Gürtel eingegangen zu sein, wie eine regenbogenfarbig schillernde Gesprächsspektrumsbubble geplatzt, die nur Schweigen und einen Topf voll Gold hinterließ, so eine Scheiße, lauthals. Irgendwann klopfte der Nachbar mit dem Stock gegen die Wand, dann, was denn los sei, an die Wohnungstür.

Marlene tischte dem Überraschungsgast die ganze Geschichte vom unzertrennbaren Hanfseil so gewürzt auf, dass er jedenfalls noch scharf auf einen gemeinsamen Mitternachtssnack war, aber, als sie kein Stück der aus Österreich mitgebrachten Kaminwurzen abbekam, das verdächtige G'rücherl nicht überriss. Im Gegenteil war er ganz geil darauf, mit seinem stets für den Ernstfall gewetzten Beil auf das widerborstige Würstchen loszugehen. Und nachdem der Wein dann leer und der Typ immer noch nicht weg gewesen war und doch zu nüchtern weiter aufschnitt am Tisch, fragte Marlene höflichst, ob er nicht auch noch Lust habe auf ein bisschen was von der Hartwurst, ging mit dem Wundermesser in die Küche, rief über ihre Schulter, wie viele Scheibchen, kramte herum, ließ etwas fallen und schrie, kam zwar ohne Kaminwurzen und Beil, aber mit fehlender Fingerkuppe zurück. Es sprudelte nur so aus der Wunde und aus ihrem Mund, wenn sie nicht gerade unterbrach, um ein bisschen an dem herausschauenden Fleisch zu saugen, sie müsse in die Notaufnahme fahren. Im Nu wickelte er ihr Klopapier um den Finger, aber er sei stockbesoffen, und sie legte die Rückhand in theatraler Pose gegen die Stirn, aber dann werde sie hier, sie schwankte kurz zwischen elendiglich zugrunde gehen und verbluten, und zusammen mit der Schwerkraft war ihr Herzschlag stark genug, das Provisorium von Verband zu Boden zu pumpen, ich ruf dir ein Taxi, sie schlug ihm die Arme um den Hals, aber die nehmen mich nicht mit, ich blute doch die Polster voll, und dann spielte sie einen Ohnmachtsanfall. Als er sie samt amputierter Kuppe Kopf voran ins Stiegenhaus trug, besaß sie die Geistesgegenwart, die Wohnungstür hinterrücks und lautlos Vollspann mit sprunggelenker Bewegung zuzuziehen. Vermeintlich wieder bei Bewusstsein streichelte sie dem Nachbarn die Hand mit ihrer versorgten Fingerspitze, während sie auf den hässlichen grellgelben Sitzbänken der um einen japanischen Rauchergarten herum arrangierten Ambulanz warteten. Zum

Abschluss gab es einen Handshake und ein Bonmot der Notfallärztin, Fingerkuppe, viel Blut um nichts, sagte sie immer, und auf dem Heimweg per pedes, nein, wirklich, frische Luft werde ihr jetzt guttun, beobachtete Marlene ausgebufft an ihrer Zigarette puffend, während das Auspuffstottern des Nachbarwagens in der Nacht verklang, wie sich ein roter Punkt in die Mitte des weißen Mulls fraß. Sie zog den Schlüssel aus der Hosentasche, öffnete die Tür, ging hindurch, verschloss sie zweimal und lehnte sich die nächsten Tage in ihrem Sessel zurück, wenn es klingelte, entzündete eine Zigarette, inhalierte und entspannte sich so tief wie möglich, zumal das Beil inzwischen bei ihrem Boyfriend lag, dem sie eine Scheibe Hartwurst und eine kosmetisch etwas aufgepeppte Milieugeschichte à la Beschaffungskriminalität neben dem Paket servierte, wiewohl das Messer im Dreiundvierziger-Schuhkarton ihrem Geschenk die Pointe verdarb. Geil, was'n Beil! Marlene klatschte vor ihrer Nase die Hände zusammen. Nein, du Vollpfosten, das ist Verwahrsache, behalten darfst was anderes. Die Schachtel?! Marlene ließ die Hände sinken und verdrehte die Augen. Den *Freitag*? Marlene schlug sich mit der flachen Hand gegen die Stirn und deutete auf den gelösten Hanfstrick, den sie kreuzförmig und mit einer Masche zum Abschluss um die Verpackung gewunden hatte. Wirklich grotesk an der ganzen Chose fand Marlene bloß, dass ihr Ex-Boyfriend ihr das Beil wirklich zurückgab.

Hütet euch vor dem schlecht gegürteten Jüngling war fürderhin ihr Running Gag, wann immer der aktuelle Boyfriend ratlos vor dem leeren Paket stand, aber die Stricke passten immer perfekt geschätzt und geschnitten um die Becken der Boys. Nie war Marlene bisher mit jemandem lange genug liiert, sich Gedanken um ein Anschlussgeschenk zu machen. Erst Niklas Adler legte sie in eine zweite Schuhschachtel einen richtigen Gürtel von Sandro rein, Secondhand trotz Neuerwerb, Sommerschlussverkauf, recycletes Schlangenleder, das sich passenderweise zu einer schwarzen Volute um die stählerne Schnalle zusammenkringelte in dem wiederverwendeten Karton, der mit ihrem Stammkaffeehaus entwendeten *Falter*-Seiten beklebt und durch Verknoten der ursprünglichen Schuhbänder zugeschnürt wurde. Als das Designerteil aus Paris das vormals verschenkte Provisorium von Hanfstrick in Niks Schlaufen ablöste, glückte die Überraschung wohl. Denn je einen Gürtel an zwei aufeinanderfolgenden Jubiläen zu bekommen, erwartet ja niemand, noch dazu gefolgt vom selben Sprüchlein, man hüte sich vorm schlecht gegürteten Jüngling. Diesmal aber wechselte die immer zu Marlenes ganz persönlichem Amüsement geäußerte Pointe ihre Bedeutung dahingehend, sich fürderhin vor dem Boyfriend nicht mehr fürchten zu müssen.

Ein Licht ging auf im Treppenhaus.

Okay, ausziehen, alle beide.

Der Mann im azurblauen Hemd stellte die Flaschen auf die Theke und krempelte sich die Ärmel herunter.

Willst du nicht erst mal ablegen?

Als Marlene theatral ihren Kopf wandte, sah sie zu ihrer Linken die Wand eine nussbraune Garderobenleiste entlanglaufen. In das Holz waren zwei goldene Scheiben eingelassen, aus denen sich jeweils ein Geschmeide hervorschwang, das sich wiederum in zwei Knäufe teilte wie das Geweih eines Widders. Drei Jacken hingen bereits an den Haken. Der Wind nestelte an ihren Ärmeln. Als Marlene den Kopf zurückbewegte, wieder die beiden fixierte, wurde aus der entrüsteten Pose eine halbe Verneinung. Aber der Mann im rostroten Pulli hielt die Linke immer noch hinter den lodernden Kerzenflammen reglos über dem erloschenen Streichholz auf der Tischplatte, während sich der Mann im azurblauen Hemd den ersten geschlossenen Knopf öffnete.

Tun wir ihr doch den Gefallen.

Der sich langsam entblößende Typ trug ein weißes T-Shirt mit tiefem V-Ausschnitt. Als seine Hand den untersten Knopf an der Leiste erreichte, zog er sich das Hemd über den Kopf, schleuderte es in derselben fließenden Bewegung weg und riss an der Masche im Hanfstrick, löste so den doppelten Knoten, während der Mann im rostroten Pullover verharrte, Hose und Hand unter der Tischplatte verborgen. Hinterrücks bauschte sich der bordeauxrote Vorhang.

Hosen runter, habe ich gesagt.

Lauter werdend, widerhallend von den Wänden, unterbrochen vom Knall einer ins Schloss fallenden Tür und ihrem vielfachen Echo, holte Marlene hinterrücks das Geräusch quietschender Sneakers ein. Im Schritt verharrend, ein Stiefel hinter der Schwelle, angestrahlt vom Spot in der Decke des Treppenhauses, der andere Fuß im Esszimmer, die Schattenspiele in Frisur und Miene vertrieben, ihre Pupillen immer noch rege, pendelnd, von den distinkten Aureolen rund um die starren Kerzenflammen zu den straffen Hosentaschen von Mister Right im azurblauen Hemd, zum hellen und unbewegten Gesicht des Linken im rostroten Pullover, die herabhängende Hand samt Hose geschnitten durch die Tiefe des Raumes vom Tisch, hinter dem sich der Vorhang am Schatten abzulesen in Falten legte, nervöse Finger daran. Denn der Dampf in der Küche stieg nun wieder lotrecht auf, parallel zu den Kohlensäurebläschen über der Durchreiche. Die sprudelnden Tropfen sprangen aus der Oberfläche des gespritzten Weins hinaus und landeten wieder innerhalb der Radianten jener handgeblasenen Gläser. Come on.

Mister Right schlaufte den Gürtel aus, und Marlene starrte die Kniescheibe an. Der Stoff war schon darüber gebrochen. Untenrum trug er hochwassersichtbare Socken. Die waren sowieso im Kommen. Schwebend und wippend in den Gelenken bewegten sich die Füße über das Fischgrätparkett. Marlene sah der hinterrücks hinzugetretenen, sie überholenden und nun mit ihren Schritten den Raum durchmessenden Frau nach. Im Gang schwang ein gestopfter Jutebeutel voller raschelnder Gegenstände an ihrer Taille. Vom Backblech riss sie fliegender Hand die vor lauter Leichtigkeit hinterherflatternde Frischhaltefolie. Sie segelte in Zeitlupe nieder auf das azurblaue Hemd, das sich darunter wie ein eingeschweißtes Asservat ausnahm. Die Frau machte einen Bogen um die getrockneten Flecken am Boden, deren Geruch nun von Chanel Nummer fünf übertüncht wurde. Der Mann im weißen, v-ausgeschnittenen T-Shirt bückte sich, den Veltliner wieder im Griff, an die Täfelung der Durchreiche, stellte die Flasche ab, die voller Weinstein war am Bodensatz. Die Frau legte am Esstisch angekommen das Backblech ab, hängte dem Mann im rostroten Pullover, der wieder ein brennendes Streichholz in der Rechten hielt, den Beutel in die Armbeuge. Der Mann in Weiß klappte die Täfelung der Durchreiche wie einen Geschirrspüler auf und nahm am Hals eine neue Flasche aus der Stellage, richtete sich wieder auf und griff über seinem Kopf aus dem Kästchen ein viertes Glas. Die Frau umfasste die höchste Kerze, löste sie aus dem Kandelaber, schlug zu, haute nieder und durchstieß damit die Schokoladenglasur, dass die darunter verborgenen Sauerkirschen nur so schmatzten, durchbohrte im rabiaten Handumdrehen den Teig am Boden, wie Marlene schien, Blech und Tisch gleich mit. Dem Mann im rostroten Pullover nahm die Frau im Tank Top das Streichholz ab und ihm der weiße Docht die blaue Flamme, sodass auch die letzte Schnitzkerzenspitze eine goldene Aureole umrundete. Durch eine Schiebetür neben der Küchendurchreiche verschwand die Frau im lautlosen Setzen ihrer auf dem Parkettboden von Marlenes Wollsocken gedämpften Schritte. Marlene öffnete an ihrem Trenchcoat den Gürtel und klinkte ihn aus.

Wer wohnt hier noch mal?

Langsam um den Tisch herum kam der Mann in den senfgelben Chinos und dem rostroten Pullover Marlene entgegen. Hinter ihm spannten sich auf Gürtelhöhe die Henkel des Jutebeutels knirschend über eine Stuhllehne hin.

Ist Viks Bude.

Der White Guy schraubte den Wein auf und schenkte ihn aus.

Als ob ich das jetzt noch kauf.

Die wieder sichtbare Frau streckte den Kopf über die Theke.

Was ist denn mit der los?

Der Mann im rostroten Pullover las vom Boden das azurblaue Hemd auf.

Sie hat wohl schon vorgetrunken, einen Doppelten.

Marlene spürte den Atem des Mannes auf ihrer Wange. Sie sah weder Haaransatz noch Hals, geschweige denn ihre jetzt entblößten Schlüsselbeine oder ihren neu gesträhnten Scheitel. Bloß ihr Gesicht und ihre hauchblauen Augen spiegelten sich in seinen Pupillen so weit auseinander, als sähe er in jeden ihrer Glaskörper einzeln, durchschaute ihren Schädel und fixierte einen wesentlich weiter dahinter liegenden Punkt. An seinem Wangenknochen schielte Marlene im Gegenschuss vorbei. Vor dem Hintergrund des anderen Mannes bot die Frau den Anblick, als schmiegte sie ihren schwefelfarbenen Schopf an die weiße und v-förmig ausgeschnittene Brust. Dann sah es auch noch so aus, als ginge sie dem Mann an den Kragen. Aber sie hob bloß die Hand. Marlene roch ihr eigenes Parfum. Dezentes Limettenaroma dominierte Chanel Nummer fünf. Vor ihr breiteten sich die Ärmel des rostroten Pullovers aus, streckten die Hände jenseits ihres peripheren Gesichts. Die Finger lösten sich. Der Jutebeutel rutschte von der Stuhllehne und schlug crunchy am Boden auf, und das Streichholz fiel in das Weinglas, und zischend gingen die Lichter hinter Marlene im Stiegenhaus aus.

Sie schlägt die Lider nieder. Trotzdem sieht sich Marlene, als wäre sie rasch eingeschlafen mit regem Pendelblick, den crémantfarbenen Trenchcoat lässig übergeschmissen, die schuppengemusterte Bluse darunter in den Bund der Jeans gesteckt, die Füße in ihren Buffalo Boots, die Hände immer noch auf Hüfthöhe haltend, als hätte sie ein Backblech Kuchen mitgebracht, vor schwarzem Hintergrund wie eine Rembrandtfigur, inmitten eines verzierten Biedermeiertürstocks, neben einer absurd pompösen, nach Rückenfarben sortierten Bücherwand Platz nehmen an einem mit rotem Ziegenleder bezogenen Vollholztisch gegenüber einem altvaterisch gekleideten Mann, dessen randlose Brille im indirekten Licht seiner abgewandten grüngoldenen Leselampe widerblitzt. Ruhig, ernst, mit behutsamer Stimme setzt er ihr sacht die nach Fett riechende, wohlgeschmierte sowie polierte, sich bereits wie ein Projektil anfühlende Pistole auf die Brust, ob ihr denn im Hinterher, im Nachhinein, im Rückblick betrachtet ein Gang durch einen sonst wie gearteten Flur lieber gewesen wäre, ein von links aus der Küche laut erwiderter Gruß ins Ungewisse, aber klimperndes Besteck im Speisezimmer rechter Hand, auf dass sie zunächst feststellt, dass der Mann, dem sie sich an der gedeckten Tafel gegenüberfindet, ohne dass sie es bemerkt hätte, Standpunkt und Zimmer, ist die Stimme doch von links gekommen, in Windeseile gewechselt hat wie ein Stoß Zugluft bei geöffneten Fenstern, die doch geschlossen sind, durch die miteinander verbundenen, hinteren Räume gestoben ist, von der Küche über das Schlafgemach ins Speisezimmer, dessen einzige Tür jedoch in jenen Flur führt, aus dem Marlene gerade gekommen ist, den sie nun, sich abwendend, in entgegengesetzter Richtung wiederum passiert, um sich an der Arbeitsfläche der Küche einem mit der Messerbreitseite Zitronenscheiben in einen Krug befördernden Mann gegenüber zu finden, den sie unter anderen Umständen geküsst hätte zur Begrüßung, der aber wie ein Schauspieler in einem Aufzug rechts von der Bühne aus dem Speisezimmer abgegangen ist, um im nächsten links mit anderem Gewand auf die Bretter der Küche zu treten und der erstaunten Zuschauerin keine andere Reaktion anzubieten, als zunächst bezaubert zu schauen, entzückt herauszuplatzen, was das denn für eine geheimganggespickte, tapetentürversehene, und what the fuck abgefahren verschachtelte Wohnung sei, des Weiteren rückwärts Richtung Küchentür zu weichen und zu stottern, wie er sich so schnell umgezogen habe, im nächsten Schritt ins Stocken zu geraten, noch durchs Dunkel des Flurs zu tappen, die Frage aus dem Kopf auf den Lippen verharrend, welches Schurkenstück hier gespielt werde, letztlich zu erstarren, jetzt, und wessen Schritte hinterrücks?

Ich bin übrigens Elena.

Bruders Bahnfahrt

Wenn Viktor den Zug von Berlin nach Wien über Prag nahm, ohne zufälligerweise eine Zahl wie auch Kopf zeigende Zwei-Euro-Münze bei sich zu haben, war ihm gleich der ganze Tag verleidet. Was auch immer er auf dem Europaplatz stehend im Kleingeldtäschchen seines Portemonnaies fand, verschenkte er dann sogleich an den erstbesten Bettler. Weder die tschechische Krone mit ihrem böhmischen Löwen noch die botanischen Zwei-Cent-Stücke vermochten die Fahrt mehr ins Heitere zu wenden. Besonders verbittert schloss er die Faust um einsame Adler. Die teils nach Menschen, teils nach Regionen benannten aufeinandergeschmissenen Steine widerten ihn an. Erleichtert ließ er sie fahren, hinterrücks der Glaswürfel von Bahnhofsgebäude, vor sich die verzückten Gesichter überraschter Obdachloser. Sie himmelten ihn an und scharten sich rundherum. Er gab ihnen auch die profilierten Zwei-Euro-Münzen, nachdem er sie geworfen hatte.

Einmal aber haschte ein übergeschnapptes Kind das Geldstück aus der Luft, noch während es sich drehte im Flug. Viktor schnallte seinen ledernen Gürtel auf, schlaufte ihn aus und ließ ihn schnalzen, verlangte die Münze zurück. Sie flog sogleich ein zweites Mal durch die Luft. Viktor fing den Wurf und verharrte wie immer, fragte sich, ob er die rechte Hand einfach öffnen oder das Blatt auf den Rücken der linken wenden sollte. Er schaute das Kind an, knurrte Kopf oder Zahl, das verzagt antwortete. Viktor hörte eine Straßenbahn auf den Gleisen rattern und Rollkoffer übers Kopfsteinpflaster knattern. Drinnen sah er die baldigen Passagiere andere auf den Gängen überholen, und draußen verteilten die Bettler Zeitungen. Er roch den Kaffee und sah die Attrappen von Überwachungskameras, den Mannschaftswagen der Polizei und die Handschuhe noblerer Taxifahrer. Er wandte sich ab, roch noch die Chemikalien der Scheibenputzer und sah das fingerabdrucklose Glas. Er begriff, er tat es für sich. Und ohne eine weitere Sekunde abzuwarten oder einen Blick zu riskieren, händigte Viktor dem Kind die Münze aus. Es hatte den Moment längst verdorben, das Rotieren zum Himmel, das Schweben am Scheitelpunkt, der verlorene Schwung, der Augenblick, da etwas kippt, nur für sich.

Er schlich in den Bahnhof und die Rolltreppe hinunter. Er stieg in das letzte Abteil. Er sichtete die Sitzreihen und taxierte die Passagiere. Er strebte der ersten Klasse entgegen. Er hoffte auf, bat um, ja betete für unveränderte Wagenreihenfolge. Er erreichte erleichtert das Restaurant wie gewohnt am Kopfende der zweiten Klasse und bestellte einen Kaffee. Es kam ihm gar nicht in den Sinn, einen Espresso zu nehmen, einen Schein dafür zu geben, ihn umgemünzt entgegenzunehmen. Ihm schien, so billig ließ sich die Vorsehung nicht abspeisen. Beim ersten Schluck schwappte der überteuerte Kaffee gegen Viktors geschlossene Lippen. So einfach war das Schicksal nicht zu betrügen. Erst beim zweiten Nippen öffnete er den Mund, nahm einen Schluck und stellte den Becher auf den Fünfer. Er ging ab und nahm Platz gegenüber der hübschesten, allein sitzenden Frau in einem Sechser-Abteil. Erst als sie aufschaute von ihrem Display, ihren Zetteln, ihrem Buch, züngelte er für eine Sekunde über die inzwischen auf seiner Oberlippe getrockneten Kaffeetropfen. Mit einem Taschentuch wischte er die nun von Spucke benetzte Verkrustung weg und fragte, ob die Frau ein Zwei-Euro-Stück habe. Sie nickte und gab es ihm auch, als er darum bat, sie bekäme es auch zurück, wofür sie ihn denn halte. Und sie hielt Blickkontakt und klatschte ihre Hände vor den hauchblauen Augen zusammen und ließ die Finger augenblicklich fließender Bewegung auf das Display auf den Zetteln auf dem Buch auf ihrem Schoß fallen und lachte ebenfalls. Viktor warf schon ziemlich zufrieden Zahl. Haben Sie alleine Humor, nahm er das Gespräch auf. Wieso er das frage. In diesem Buch, das er gerade lese, stehe, das stehe in einem anderen Buch. Er fand die Frage klug. Sie sagte, das finde sie jetzt heraus, stand auf und stieg in Rathaus Spandau aus. Das sah er durch die Scheibe. Er schlug das Buch auf, drehte die Münze um und blieb mit seinem Spiegelbild alleine. Darauf lag noch eine Weile ein wildes, weltabgewandtes, den schwarzweißen Zeichen zugeneigtes Grinsen.

Erst in Prag stand er auf und sah, dass die Münze Sankt Michaelis zeigte. Und schon wieder war ihm der Tag verleidet. Er verließ den Zug mit einem Fluch. Die Nachtluft beruhigte ihn nicht. Wie immer umfing sie ihn frisch. Am Prager Bahnsteig hat man Zeit für eine Zigarette. Durch das Fenster sah er drinnen an seinem Abteil Silhouetten vorbeischleichen. Die Sonne war bereits versunken und die Beleuchtung spärlich. Auch hier draußen auf dem Bahnsteig sah er kaum mehr als Umrisse. Die meisten Passagiere stiegen zu, fast keine aus. Er atmete, und ein Wölkchen stieg auf, obwohl er noch nicht rauchte. Im Abteil hing noch der Mantel, und die warme Leselampe brannte. Wie immer stand er am Ende des Bahnsteigs, wo die Flugdachkante in den Himmel aufbrach. Ein tschechischer Reisebeamter ging grußlos vorbei und stieg ein paar Schritte weiter in den Erste-Klasse-Wagen. Danach kamen nur noch die Lokomotive und die ineinander verschmelzenden Gleise am Horizont. Auf den anderen Bahnsteigen war kein Betrieb, und der im Leerlauf surrende Zug verstummte. Viktor stoppte den Atem und sah seine letzten ausgestoßenen Wolken zum Nachthimmel steigen, während er sein Zigarettenetui öffnete. Er sog das Geschmacksgemisch aus frischer, verschmutzter Bahnhofsluft und frischem, starkem Tabak ein und im selben Atemzug die zittrige Flamme vom Feuerzeug. Die kalte Leselampe brannte, und der warme Mantel hing noch im Abteil. Es ging wieder jemand vorbei, blieb stehen und Schatten im Gegenlicht, öffnete die Tür, zog sie zu und weiter. Viktor sah sich selbst bloß als Silhouette auf der Scheibe vor dem Hintergrund der auf Pfeilern ruhenden Flugdächer der Bahnsteige. Als er inhalierte, war da kein roter Punkt und die Zigarette erloschen. In den Hosentaschen fand er weder sein Portemonnaie noch das Feuerzeug. Der Blick auf den Tisch des Abteils war aus dieser Perspektive verdeckt. Bloß das Buch erhob sich auf seinen unzähligen Seiten über die Fensterkante. Blindlings fand Viktor in seiner Sakkotasche eine Packung Streichhölzer und schob die Schatulle heraus. Sie sahen nachts allesamt so finster aus wie der nachtblaue Mantel dort drinnen. Wenn schwarz schlank machte, konnte ihn jeder tragen, der da zum Beispiel, denn wirklich schlich wieder eine Silhouette vorbei. Auch Streichhölzer machte Schwarz schlank, und Viktor sah nichts anderes mehr, bloß den flammenden Kopf. Die Tasche auf der Gepäckleiste, das Feuerzeug, das er nun in der Brusttasche fand, der an der Abteiltür innehaltende Schatten, der Schutzumschlag des Buches, der Mann, der ganz langsam anfing, sich zu bewegen, und der Schwung, die Beschleunigung, der Wind, der ihn fortriss, die Gleise, mit denen der Zug am Horizont verschmolz, während sich Viktor die Zigarette in den Mund steckte, das Handy am Ohr, das siebenfache Verstreichen des Freizeichens in seinem Gehörkanal, die Stimme, der Ton.

Hey Brudi, guten Abend. Straight outta Praha. Ohne Spaß, kannst du bitte meine Sachen am Bahnhof abholen? Leichtes Gepäck, bloß ein Buch, ein Mantel, Kopfhörer und eine Tasche. Das schaffst du alleine, ganz sicher.

Als Niklas in Meidling den Bahnsteig betritt, hat er in der einen Hand zwei Lucky Strike, um Viktor die Ankunft zu versüßen, und in der anderen das Smartphone, um die Pünktlichkeit des ICEs zu überprüfen. Während der Zug zur rechten Zeit einfährt, streift Niklas' Wange die eiskalte Luft. In Windeseile zum Kofferjungen degradiert, die Mailboxnachricht noch im Ohr, Handy und Kippen schon in den Taschen, hastet er die Sitzreihen entlang, findet das verlassene Abteil, packt die Tasche, Apple-Air-Pods, und das Buch, typisch Vik, Sturmgepäck, ruckzuck, Reißverschluss zu, und der Mantel, verflucht. Als das Trittbrett klappert, will Nik noch zurück, da hört er den Pfiff, und auch schon den eigenen Schritt auf Beton unter sich. Es pocht in den Schläfen des Zwillings, als der Stationsvorsteher noch in Amt und Würden den Bahnsteig hinunterstolziert, seinem hochverdienten Feierabend entgegen. Die junge, gnädige Dame aber, wie der Wachtmeister im Feuereifer letzter Diensthandlungen grantelt, ja, sie meine er, sie solle sich gefälligst unterstehen. Die Frau in ihrem nachtblauen Mantel scheint nicht gleich zu verstehen, legt den Kopf in den Nacken, blickt hoch zum Bahnsteigdach, heizt sich eine an. Der geleaste Sicherheitsmann, der verbeamtete Bahnhofsaufseher oder wer oder was auch immer dieser uniformierte Wichtigtuer war, blafft die junge Dame an, was ihr hier denn einfalle. Während sie den ersten Zug nach dem Zug genießt, nimmt Nik die beiden Kippen in den Mund. Wie eine schlagfertige Schwerhörige brüllt der Mann die Frau aus einem Sicherheitsabstand an, der in etwa den Ausmaßen der schwefelfarbigen Quadrate vergangener Tage auf den Bahnsteigen entspricht, das kenne man ja von diesen Deutschen. Das könne sie da oben dann wieder in aller Unschuld machen. Nicht nur das Grundwasser sei hier besser. Auch die Luft, und sie solle gleich ein Wolkerl sein. Schon lange alle Bahnhöfe rauchfrei in Wien.

Ja, was schauen S' denn jetzt so deppert. Machen S's schon aus.

Dass sie wusste, was zu machen war, sah ihr Nik sofort an, und auch ihr Blick nach oben wirkte provokant statt ahnungslos. Und aus dieser Finte und Deckung heraus hauchte sie jetzt den Rauch, anstandshalber in Ringform, zum Himmel, unterstrich sich damit, setzte sich in Szene, schuf einen Bannkreis, dass sie keine bösen Absichten hege, nichts und niemanden vergiften wolle, dass es sich bei ihr, diesem delinquenten Subjekt, keineswegs um eine Migrantin und vor allem keine Preußin handelte, umgekehrter Hitler-Move sozusagen, Kunststudi auf Abwegen, im Anschluss zurück.

Soll ich die Tschick jetzt einfach am Boden schmeißen, oder wo sind wir denn, am Bahnsteig, ha?

Ja wo willsta's denn dann hinhauen?

Ja was glauben S' denn, in den Mistkübel wahrscheinlich.

Da wärst aber eine löbliche Ausnahme, gnä'''' Madame, weil ich schleich mich und du heizt weiter, Schluss jetzt mit dem Schmäh, austreten hab ich g'sagt, dann kommst mir so davon, ohne Mandat.

Und als sich der Wachmann umdreht, Niklas entgegengeht, nuschelt er dem Würdenträger hinter vorgehaltener Hand zu, Sapperlot, gute Arbeit, habe die Ehre, während Marlene mit angeekeltem Gesichtsausdruck vor ihrer bloß an der Spitze geplätteten Zigarette steht. Der stramm nickende Mann in Uniform verschwindet hinterrücks am Klang seiner Absätze erkennbar treppab in den Untergrund, und keine Sekunde später bietet Niklas der unentschlossenen Dame die Stirn, ein paar Zentimeter höher wären ihm sicher lieber g'wesen, und in der inzwischen gesunkenen Hand die Zigarette an.

Tausche Kippe gegen Cape.

Vorsichtig greift sie in alle Taschen und wendet sie wie ein karikierter Bankrotteur nach außen.

Schon gewusst, dass Pleitegeier aus dem Jiddischen kommt und eigentlich Pleitegeher heißt.

Sie schnappt Nik die Zigarette aus der Hand.

Ja, wie Schmiere stehen, bezeichnet den hebräischen Wächter.

Als er gerade sein Feuerzeug hebt, zieht sie, rechtzeitig, die Flamme trotzdem springen zu lassen, ein BIC aus der Hosentasche.

Man ist ja kein Unmensch. Ich wohn nicht weit von hier. Kannst mitkommen und ablegen. Wenn dir sonst kalt ist. So ganz ohne Mantel.

Um nicht wie ein Trottel dazustehen, wendet Niklas das Feuerzeug gegen das eigene Gesicht, setzt den Tabak in Brand. Ihre Lippen verziehen sich zumindest ein bisschen, was die eben aufflammende Zigarettenspitze im richtigen Augenblick aus dem Feuer steuert. Sie nimmt den Filter aus dem Mund, pustet den Rauch aus.

Ich muss aber in die andre Rich.... scheiße, renn!

Und sie gibt Fersengeld.

Haltet die Diebin!

Nik sprintet los.

Stehengeblieb'n!

In einer laternenlosen Seitengasse drücken sie sich gegen eine Hausfassade mit den Rücken. Sie spüren die Unebenheiten der Wand am Gewand. Scheiß Jugendstil. Der Tand von Verzierungen, die Kanten der Lisenen und Kaffgesimse, zu abgeflacht, Verstecke abzugeben, aber zu herausragend, sich plan dagegenzupressen. Als drängte geplättetes Mauergepräge in einer Art Gerangel und Gegenbewegung durch ihre Rümpfe vorne an den Brustkästen wieder hinaus, schnaufen sie das atemlose Auf und Ab ihrer bauchfüllenden Zwerchfelle. Sie spüren an den Halbsäulen die Krümmungen ihrer Rücken, die ihre Haltung ausbeulen und das nahtlose Schmiegen an die Wand im Schwung der Lendenwirbel durchkreuzen. Widerstrebend presst Nik zumindest seine Handflächen gegen den rauen Mörtel, denkt an das monatewährende Laufen an der Seite seines Bruders, das flache Liegen auf den Dielen neben dem Zwilling, das ruhige Luftholen dieser Zeit in seinem Inneren, das Aneinander, Aufeinander, Miteinander ihrer beiden Leiber. Ohne den Joggingpartner in verfrühte Wintersportpause geschlittert, das Lungenvolumen von Heizungsdürre, Hausstaubmilbe, Zigarettenzug und halbdichten Altbaufenstern aus dem Körper gesaugt, hyperventiliert Nik nun schon nach kurzem Sprint den Bahnsteig entlang, die Treppen der Station und den Radweg der Straße hinunter an der Mauer dahin, bis die Frau ihm ihre aus des Bruders Mantelaufschlag schauende Handfläche auf den Mund drückt.

Würde er an ihrer Stelle sein, wären die beiden seelenruhig pfeifend getrennter Wege in die Seitengassen geschlendert und hätten nach wenigen Schritten kehrtgemacht, mit Unschuldsmine vorspiegelnd, was sei denn los, Herr Kommissar, mit den Händen in den Hosentaschen insistierend, es handle sich um eine Verwechslung, einen Kiesel wegkickend beteuernd, man sei unterwegs, den Bruder vom Bahnhof abzuholen, sobald der

Wachmann daherkam samt seinen zwei bomberjackentragenden Wackeldackeln, deren schnelle Schritte immer lauter auf der Hauptstraße hallen.

Jetzt aber hält Nik die Luft an, presst den Schwung von hohl zu voll aus dem Kreuz, drückt seinen Rücken gegen die Wand, versucht auch die Schultern dranzulassen, knickt sich damit einen Buckel in den Atlas. Sein Kopf gleitet von der Wand nach vorne, in seinem Blick die beleuchtete Kreuzung da drüben, ein Hintergrund für Marlenes erschrockenes Gesicht, ihre geweiteten, in die Augenwinkel huschenden Pupillen. Wie eine Statue steht sie da, den Rumpf vollgesogen, den Arm starr gestreckt, die Hand auf sich bewegenden, fleischigen Lippen, die eben noch kalt und reglos gewesen sind, mit einem leblosen, in die Wand eingelassenen, ja aus der Mauer herausgeklöppelten Porträt verwechselt.

Als füllte sich nun auch ihr eigener versteinerter Leib mit Leben, als hätte auch ihr der Schöpfer in dieser Sekunde den Odem gegeben, als begänne in diesem Augenblick das Beben in ihrem Inneren, öffnet sie wie jedes Neugeborene seit jeher den Mund, als Nik ihr ebenfalls die Hand auf die Lippen presst, den ihrem Rumpf vom Geburtsschreck abgerungenen Schrei zu ersticken, während die drei Schatten der Wachmannschaft über die beleuchtete Kreuzung längs der Hauptstraße schnellen, die Seitengasse, statt sich aufzuteilen, einfach links liegen lassen.

Marlene starrt immer noch in Niks Augen, liest seinen gleitenden Pupillen ab, was sie in ihrem Rücken hört, und vernimmt die leiseren Schritte, lässt ihre Arme sinken, atmet die reine, frische, kalte Luft.

Willkommen in Wien.

Der Abdruck ihrer Hand ist noch rot-weiß-rot in seinem Gesicht.

Wir hätten auch einfach knutschen können.

Sie klatscht vor ihrem Gesicht in die Hände und beginnt zu lachen.

Irgendwie war da was im Weg.

Sie nickt und lüftet den imaginären Hut, er streckt Arm und Hand wie zum Tanz. Sie schlägt die Aufforderung aus mit skeptischem Blick, was, seine Fingerkuppen zucken zum Handballen und zurück, gib schon her.

Sie knöpft den Mantel auf, und er hilft ihr aus den Ärmeln, ein Gentleman also, weshalb sie dem Stoff in derselben Bewegung entschlüpfen und sich abwenden kann, und jetzt nichts wie weg.

Sie spürt die Kühle der Nacht sofort, stapft geradewegs los, wirft bloß noch flirrende Finger zum Abschied über die Schulter, talk to the hand, biegt, ohne sich umzudrehen, auf die Hauptstraße ab, straight forward, und hofft, dass der depperte Koffer noch am Bahnsteig steht. Ihr Blick schweift die Reihe heller Kreuze in den dunklen Fenstern gegenüber entlang, streift die dick aufgetragenen Trennlinien an den pastellfarbigen Fassaden, trifft die beiden asphalttriefend finsteren Fahrbahnen und gleitet über breite Treppenstufen, die Marlene in Hausgänge mündend zu Füßen liegen, na wenigstens, Stiegenhäuser, geräumig genug, einen Flügel hindurchzutragen, und wiederum an diese bourgeoisen Balkonbrüstungen führen. Als sie einen Augenblick verweilt, um den Türklopfer in Löwenkopfform zu bewundern, hört sie auch schon Schritte und gar keine samtenen Pfoten, hilft nur Zähne zeigen. Und offenbar blickt sie so furchteinflößend drein, dass der Typ von eben stehen bleibt in seinem elenden Philistermantel und zusammenstammelt, dass sie eh recht habe, er müsse in die andere Richtung, während hinter ihm die Schritte und Schatten der ebenfalls wiederkehrenden Wachmannschaft wachsen, woraufhin sich Marlene den Typen krallt, ihn am Revers packt, die Treppen hochschleift, in Richtung Hauseingang bugsiert, wo sie einander hinter zwei antik anmutenden Pfeilern hinreichend affektiert und Hals über Kopf küssen, dass die drei Aufpasser vom Dienst ihren Blick peinlich berührt starr geradeaus und ihr Gesprächsthema schamlos auf den Feierabend richten, wer in welchem Nachtlokal heute

Schicht schiebe, was sie da gekriegt hätten für diese zwei zur falschen Zeit am falschen Ort gerauchten Zigaretten.

Und, wie oft machst du das?

Nik ist sich unsicher, ob der Mantel vor den Küssen zugeknöpft war.

Das hier?

Sie legt ihm die Hand auf die Brust, schubst ihn spielerisch.

Irgendwelchen Frauen am Gleis auflauern.

Sie steckt ihre Hände in die Hosentasche und blickt ihm direkt in die Augen.

Nur wenn die Münze Zahl zeigt.

Sie schüttelt den Kopf, jaja, schon klar, und das schwefelfarbene Haar wie Strähnen voll Pech und Glück.

Ich musste ja den Mantel holen.

Ohne hinzuschauen, wendet sie sich um, in einer Bewegung wiederum, schließt und stößt die Haustür auf, ist ja komisch, schlängelt ihre Hand zwischen Niks Kragen und Hals, ich seh ja gar keinen, und zieht ihn hinter sich her ins dunkle Treppenhaus.

Weißt du, was wirklich komisch ist?

Entweder findet sie finstere Stiegen gut oder den Lichtschalter nicht. Ihre Hand streicht über ein weiteres als Löwenkopf beginnendes Geländer.

Dass du ziemlich sicher in Prag ausgestiegen bist?

Klaro denkt sie an den Greif im Park hinter dem Kafka-Museum. Der Typ bleibt immer wieder ein paar Schritte zurück. Jaja, schon klar. Um ihr abschätzig auf den Arsch zu glotzen oder ihr nicht in die Hacken zu treten. Auch den Lift nimmt sie nicht. Er tastet mit den Schuhspitzen die Kanten der Stufen ab.

Ich meinte eigentlich, dass meine Tasche und dein Koffer jetzt zusammen am Gleis stehen bleiben.

Sie kommen auf einem fensterdurchschlagenen Treppenabsatz an, wo Licht aus Richtung Bahnhof hereinfällt. Marlene hält inne, das Echo ihrer Schritte schwindet. Sie wendet Kopf, Körper und Bein auf dem Absatz in den warmen Schatten. Der Abglanz kalten Neonlichts strahlt um die Mantelnähte herum.

Auf der Spiegelung eines Fensters erscheint hinterrücks ihre Silhouette, von Helligkeit umrissen, die seinen Leib begrenzt. Er zeichnet sich vor der Scheibe, und sie checkt ihn ab. Der Allerhellste ist er nicht, bisschen auf den hübschen Mund gefallen. Könnt auch mit wacheren Augen sagen, sie sei ziemlich sicher in Spandau ausgestiegen. Alles andere als schlagfertig steht er jetzt da, abgespannt, genagelt ans Fensterkreuz, streulichtbeleuchtet, vereinzelt, verirrt, ohne Reiz und Witz. Hundertfünfzig Jahre hätten Stufen und Decken auf dem Atlas, hier dürften sie noch rauchen, zumindest im Stiegenhaus.

Ich hab mein Zeug aber oben.

Hundertfuffzig Jahre, was machen da schon ein paar Augenblicke.

Es scheint zu gleißen zwischen den beiden Schädeln.

Überzeug mich.

Hinter ihm beginnt es zu schneien.

Ich heiß jedenfalls Nik.

Die Flocken fluoreszieren im Licht.

Marlene.

Der Wind scheint an ihnen zu reißen.

Ich hätte ja eher auf Helena getippt.

Silberne Streifen wehen durch die Nacht.

Aber genau genommen kannst du gar nicht hier sein.

Sternschnuppen würden am Himmel unsichtbar.

Keine Sorge, ich bin weg, wenn du aufwachst.

Jede Wette nicht.

Top, gilt!

Candy Crush

Unter der Dusche suchte Marlene nach einem fruchtig riechenden Unisex-Shampoo, während Viktor straight outta Berlin in fließender Bewegung und einem Satz die brüderliche Wohnung betrat, indem er mit dem Schlüssel im Handumdrehen die Tür aufstieß, durch den Rahmen schlüpfte, die wegschwingende Klinke griff, Richtung Hausflur zurückzog und losließ, gleichzeitig beiseitetrat und die Finger an den Kippschalter hob, der bereits umgelegt war. Viktor wunderte das brennende Licht sowie das stete Prasseln, bloß einen Moment unterbrochen vom Vollholzknallen und Riegelschnappen hinter ihm. Als ihm das Zufallen der Tür die Stirnfransen aus dem Gesicht pustete, verspürte Viktor den kühlenden Hauch bewegter, gestauter und weggedrückter Luft an seinen glühenden Wangen und Ohren. Von seinem Schopf stoben weiße Pollen auf, flogen einen Augenblick durch sein freies Gesichtsfeld, bis die Haarspitzen wieder wie kitzelnde Nadeln metallen schimmernd landeten, zwischen seinen Schläfen eine melierte Linie zeichneten. Der mit hereingebrachte Kastanienblütenstaub rieselte pulverisiert und still in der erneut unbewegten, drückenden Schwüle zu Boden, dann wieder das allzu nahe Geräusch, Wasserfallen auf Keramik und Haut, das Schaum in Marlenes Schopf erschuf und abwusch unter ihren regen Händen. Sie reckte das Gesicht zur Decke, schloss die Lider, zerknittert ihre Augenpartie, strich sich die Tropfen von den Brauen, während der Brausestrahl von ihrem Hinterkopf das milchweiße Shampoo mitnahm und sich ihren Strähnen noch verschwistert und anverwandelt die Schulterblätter hinabstürzte, als silbrig schimmernder Schwall im künstlichen Abglanz verchromter Armaturen über ihren Rücken ergoss, in der sonnenentrückten, nun zu glucksend zuckenden

Geräuschen pulsierenden Dusche durch das Sieb abfloss und verschwand. Viktor stockte in der lichtdurchfluteten Wohnküche, wo Staubflusen in honigwabenfarbiger Schwerelosigkeit badeten, sich die nachmittäglichen Sonnenstrahlen mit dem warmen Glimmen der Wolframdrähte trafen und vermischten entlang der hellen Dielen, auf dem beigen Tisch sowie an der schlierenverzierten Scheibe. Vom Fensterbrett her warfen dunkle Flaschen ihren Schatten Viktor entgegen, verfinsterte Etiketten, kaltgepresstes Olivenöl, süßsaurer Essig, barfuß gestampfter Chianti. Auf dem Tisch lagen noch Pizzakartons, kontrastscharf wie ein Riss im Licht ihre Kanten, erhellt bloß die hochgeklappten Deckel. Fleischfarbene Fetzen klebten daran, nahmen im Sonnenschein aggressiv satte Farben an und starrten zu Viktor herüber. Er roch den edelsüß zuschnappenden Biss scharfer Chilischoten. Paprika, dachte er und schritt durch die trockene Luft voll zunehmend kupferner Staubflusen. Das Rauschen verstummte hinter ihm im Bad, und die Sonne feuerte frontal in sein Gesicht. Er verkniff die Augen, wartete auf ein kurzes Prasseln. Wie die schlagartige Verwandlung von lautlosem Regen in hartes Hageln. Mit der Handkante beschattete er seinen Blick. Um die restlichen Haare ins Sieb zu kriegen. Ein Clipper, ein halber Spliff, insgesamt fünf Gläser rundherum, eins voll Wasser und Kippen, zwei mit vertrocknetem Wein am Rand, eine ins Finale übergehende Partie Backgammon, katastrophales Spiel von Schwarz, zwei Würfel zwar da, ein Pasch sogar, aber aussichtslos. Wer hat an seinem Brettchen gespielt?

Viktor schmunzelt, und die Badezimmertürklinke geht, und er dreht den Kopf. Langsam bewegt sich die weiße Holzfläche in den Raum, verliert ihren Schwung, verweilt im rechten Winkel zum Rahmen, bildet einen leinwandartigen Hintergrund. An dem weißen Lack schillert knapp über den Dielen wie ein Präger oder eine Signatur ein nasser Abdruck, und die zugehörige Zehe schwebt hervor, wächst sich den Rist sowie die Sohle entlang zur Ferse aus zum Schritt in den Raum. Von den Oberschenkeln bis an die Schlüsselbeine verhüllt wirkt Marlenes Auftritt vor der holzschnitthaften Fläche nahezu erschreckend körperlich. Das Frotteehandtuch umwickelt die von Regungen durchwaltete Muskulatur betont und fest wie eine blaue Haut, deren Ton von darunter liegenden Blutbahnen kommen mag und mit ihnen geht bis in den Kopf, aus dem Marlenes Blick in derselben Farbe hinausstrebt, in den Himmel dringt, durch das Fenster schaut, vor dem lächelnd ihr Liebling steht.

In Hast hat er sich angezogen, das sieht sie ihm an, am Fleck am Hemd am Steißbein, den man bereits die Ärmel übergestreift schon halb in die Knopfleiste eingeschweißt selbst und im Spiegel nicht mehr sieht, vielleicht nur ein Klecks von Lichtreflex, hinterrücks, ein eben erst versonnen das Mark herabgekrochener, am letzten Wirbel absorbierter Tropfen. Als züngelte eine Schlange, greift er in den Pizzakarton, schnippt im Auf und Ab der eben noch fliegenden, jetzt schwebenden Hand den konischen Aschekegel vom Spliff und hat den Filter zwischen den Lippen. Die Wangenknochen spreizen sein Gesicht ins Licht, die Augenhöhlen schon verschattet hockt er dann gleich dem Denker ähnlich am Tisch. Weder hygienisch ein T-Shirt mit V-Ausschnitt unter dem Hemd noch akkurat ein Sakko darüber verfehlt sein Schatten Marlenes Weg, auf dem sie Staub, Partikel und Luft anzieht wie eine Windhose. Chaotisch strudeln die Flusen um ihr ruhiges Zentrum, Milchstraßenwirbel in Abflusssieben, schwarze Löcher und Muscheln im Sand unter den eigenen, bloßen, beiderseits, von Strahlen und Materie bebrüteten Füßen. Nur das Sonnenöl fehlt dem klebrigen Film auf ihren Armen und dem Frottee die dreckige Farbe am siebten Tage jedes Strandurlaubs. Wenn sie zum dritten Male frisch gesalzen aus dem Wasser kam, sah sie ihn leger im Hemd mit seiner empfindlichen Haut nicht selten so sitzen, den Blick auf sie, die Brandung oder ein Segelboot am Horizont gerichtet, Menschen, Kräfte, Dinge, die ihm langsam entgegenkamen oder entglitten.

Dass sie ihn ansonsten aber selten so sieht, auf Distanz und einen Blick, mit Abstand, vollständig, zwingt Marlenes Schritt, ganzkörperlich, in die Zeitlupe. Weniger geschmäcklerisch als vielmehr überrascht kostet sie immer wieder augenscheinlich von seinen langen Beinen, die sonst Tischkanten oder Bettdecken abschneiden oder ungestüme Küsse entrücken. Sie probiert Übergänge von Rümpfen, Schultergürteln und Beckenformen in Gliedmaßen, wesentlich seltener zu entdecken, als bereits erprobte, eingeübte, ja abgespielte Handrückengriffe abzuspulen hinter Gürtelschnallen zwischen Hosenbund und Unterleib. Der folgende Zug zu sich selber hin, die verschlossenen Augen und, auswendig gelernt, ein stupider Reflex, ja mehr noch, automatisch, abgegriffen, ausgelutscht, blind und unempfindlich, ein Kuss, ein kalter Hauch aufs Schlüsselbein, sie waren das Gegenteil dieses möglicherweise, wahrscheinlich sogar, vormals berauschenden, erst jetzt wieder erfrischenden Anblicks. Wie oft alleine Marlene neben ihm eine Straße hinunterging, die Hände wie ein Anhängsel über Kreuz in die Gesäßtasche des anderen gesteckt, statt einen Moment den Kopf zu wenden und das Profil neben sich zu sehen. Nicht dass sie nicht wisse, was sie da erwarte, sagte sich Marlene, aber, unmerklich, ist sie stehen geblieben, jaja, schon klar, den Anblick zu verkosten, als wäre sie gar nicht da, wie in ersten Tagen, Wochen, Ungestüm alsbald erloschen nach Monaten voller Eroberung, Inbesitznahme, Gewohnheit. Einen Augenblick noch, Kleiner.

Mach mal den obersten Knopf auf.

Er nimmt den Spliff aus dem Mund, behält ihn aber in der Hand.

Der ist schon offen.

Er greift den Clipper, an dem ein Sonnenstrahl widerblitzt.

Mach dich mal locker.

Die Flamme kommt aus dem Metallkopf, und der Lichtreflex vergeht.

Feierabend.

Eben.

Das Feuer erhellt sein Gesicht. Ein paar Stirnfransen werden angestrahlt. Andere sind eh ergraut. Jetzt nicht mehr genau auseinanderzuhalten. Jaja, schon klar, wenigstens monochromes Haar. Sonst kämen noch Schattierungen dazu, brünett oder braun, blond, rot. Ganz zu schweigen vom Flackern, das Übergänge stuft, Bronze, Kupfer, Rost. Das wäre Marlene doch zu bunt. Dann lieber nur ein Ton. Und ein paar fuchsfarbige Haare vereinzelt im Bart. An seinem absonderlich breiten Kinn, kantig unter krankhaft eingefallenen Backen. Der kurzgehaltene Bart eher wie eine Welle sich schwingend zu den Wangenknochen auf ins Haar, als dass er dem Gesicht eine Linie einschriebe. Peinlich genau gezeichnet hingegen die mehrfach gebrochene, wieder aufgerichtete, gerade deshalb euklidische Nase, sich in zurechtgezupfte, in ihrem Bogen zunehmend buschig wuchernde Augenbrauen verwurzelnd, mit hoher, größtenteils von fortschreitend versilberten Fransen verschatteter Stirn gekrönt. Wann immer Marlene dann die Sehnen an seinem Hals nachverfolgte, dämmerte ihr, dass irgendein Chirurg die Haut darum gespannt festgezurrt, genauso wie irgendwer am Adamsapfel Hand angelegt hatte, omg. Spätestens in der Grube zwischen den beiden Schlüsselbeinen nahm es Marlene nicht mehr wunder, dass man lieber Proportionen studierte, idealschöne Formen erschuf, als sich in Wirklichkeiten zu ergehen, unglaubwürdig, irgendwie, das V in seinem Oberkörper, wie es von der Gürtelschnalle abwärts durch Outline und Ausmaß seiner leicht gespreizten Beine sogleich ein X beschrieb, natürlich, Leichen wurden ausgeweidet, weil eine Augenweide diese flachen Bäuche ohne so obszöne Organe, gleich viel ansehnlicher. Abzählbar waren seine Rippen, ein ausnehmend schöner Knochenmann, der sogar noch atmet.

Und jetzt du.

Durch den grauen Rauch und darin verschwindende Sonnenstrahlen tritt die Frau lächelnd, verwandelt sich in eine zweidimensionale Silhouette und wieder zurück in eine körperliche Gestalt aus Fleisch und Frottee, an der Schwaden haften, die sich dehnen und ein licht gerändertes, menschenförmiges Loch aus der Wolke reißen, als sie zu Fetzen gedehnt um die Frau kreisen, auf Viktor zu, dem jedes Handtuch von den Lenden gleitet, kaum dass er es loslässt. Marlene aber sehr geschickt, nur an Schenkeln und Schultern, oberhalb und unterhalb des hauchblauen Stoffes, gesprenkelt vom Blitzen der letzten Tropfen, die ihre Haut benetzen, sich hinter ihrem vorgewölbten Schlüsselbein zu Pfützen sammeln, bevor sie schließlich unter schnurgeraden Spuren den Brustansatz hinab verschwunden sind im Handtuch. Als träten aus dem Frottee an den Knien dieselben Rinnsale wieder schimmernd hervor, laufen sie die Schienbeine entlang, um die Fesseln herum, und hinterlassen nasse Abdrücke auf den Dielen über Fußrücken hinab, nur eine sprunggelenke Bewegung, als die Frau sich vorbeugt. Die eine Hand schnappt den Clipper vom Tisch, die andere greift den Spliff zwischen Viktors Fingern. Die Frau richtet sich wieder auf und steht nun mit bis zum Saum des Handtuchs herabhängenden Händen neben dem Tisch im Licht, halb beleuchtet vom Fenster her, immer noch umgeben von krausem Rauch, den Viktor kaum von ihren Haaren zu trennen vermag an den schattigen Rändern ihres Gesichts, in dem jetzt die Glut aufleuchtet, einen Moment elektrifizierte Schwaden und schwebende Strähnen aus der Ununterscheidbarkeit reißt, bevor Marlene gen Fenster den Rauch aus dem Mundwinkel pustet, das Dunkel sich weitet hinter der Scheibe. Sie sieht sein Gesicht im Profil, weil er es wendet ihrem Atem nach. Wie Viktor und Marlene bereits in Auflösung begriffen quillt langsam aus dem Badezimmer der vom Duschen verbliebene Dampf, wettzueifern und zu streiten mit der Sonne, den Wänden, dem Fenster, dem Tisch, den Gläsern, dem kaltgepressten Öl, dem süßsauren Essig, dem barfuß gestampften Chianti, dem Haschischgemisch, dem Spliff, mit Vik, dem Zisch im aschenen Glas, mit allem, was Marlene umgab, dem himmelblauen Frottee, womit sie sich umgab, ihr Haar.

Warum bist du schon wieder da?

Mir wurde nicht gesagt, dass mein Bruder einspringt.

Wie nett von ihm. Derweil wohnt er doch in Berlin.

Hin und wieder besuchen sich auch Brüder.

Und seh ich ihn dann auch mal.

Ja, ich denke doch.

Marlene langte an ihren linken Brustansatz, löste die ineinandergefalteten Ecken des Handtuchs und ließ es fließend flatternd fliegen und sich ausbreiten und niederregnen gleich einem Zauberer über die Lehne des Stuhls, auf dessen Sitzfläche sie ihren Fuß stellte wie auf einen erlegten Gegner. Sie griffen einander entgegen, und während Marlene den Verschluss von der Flasche Olivenöl drehte, zog Viktor zwischen seinen Schneidezähnen den Korken aus dem gläsernen Hals. Wie der seidene Faden einer sich abseilenden Spinne troff das von der Sonne vergoldete Rinnsal neben Marlenes nacktem Rumpf hinab auf ihren prallen Oberschenkel, und unter Viktors starrem Blick stob aus dem festen Handgriff in das rotgeränderte Glas der nach Hitze riechende Rotwein wie die plutonische Lava eines sich erbrechenden Vulkans. Süßen Lippenstift schmeckte Viktor noch vor dem fruchtigen Wein, als er von dem Glas trank. Staubpartikel spürte Marlene schon rau in dem schmeichelnden Öl, als sie über ihre Haut strich. Sie salbte sich bis ins Gesicht. Er trank den Wein nur halb. Sie roch nach Kastanienblüten, Kalamata, Gras und Citrusfrüchten.

Du bist dran.

Sie würfelte einen weiteren Pasch, fuhr mit Weiß und gewann.

Backgammon.

Wie für den Spliff brauchte sie für den Wein nur einen Zug.

Scheiße, schmeckt nach Kork.

Viktor hob die Hand über den Pizzakarton.

Ein wahres Wort, voll trocken.

Marlene griff zu und hielt Viktor mit fetttriefenden Fingern das letzte Stück Pizza hin. In der verkrusteten Tomatenmasse und dem vertrockneten Mozzarellabelag steckten Stückchen weißer Salsiccia. Er nahm die nie und schnappte sie sofort. Während Marlene aus Viktors widerwillig verschlossenem, vollen Mund Öl tropfend, Speichel geifernd, Glied für Glied und nacheinander ihre sogleich schillernden Finger zog, kippte sie Grad für Grad ihre andere Hand in die Neige. Erst träufelte sie Perle für Perle aus der erhobenen Flasche, doch schon lachte sie und schüttete die fruchtig riechende und regenbogenfarbig leuchtende Flüssigkeit statt auf die Salsiccia über und über und drüber auf Viktors Wirbelscheitel. Er lachte auch.

Pass bloß auf. Ich bin frisch geduscht.

Adler Baby Calimero

Wenn Marlene von Adlern träumte, waren diese Tiere ramponiert. Ihnen fehlten Schwingen, Federn, Klauen, Augen, Schnäbel, Köpfe. Oft konnte man sogar meinen, es seien eigentlich keine Adler, was Marlene da des Nachts erschien. Beispielsweise kreist ein verwaistes Weibchen klein wie ein Spatz durch die Lüfte jener Provinz, aus der Marlene stammt. Bauernfrauen ziehen an Schnüren winzig kalibrierte und auf Rollen gelagerte Fliegerabwehrgeschütze ans Ufer des Sees, über dem die Adlerfrau im Südwind schwebt. Den stillen, warmen Föhn durchlöchert das heiße Brüllen der Kanonen, und wo das Blei dem tierischen Körper feuerfrei Teile entreißt, erscheinen eisblau auflodernde Flammen. Marlene kann sie kaum vom Himmel unterscheiden, aus dem das Vieh nun gleichzeitig größer und weniger werdend abwärtsschießt wie ein verglühender Komet, bis es sich gänzlich verschwunden, zum Greifen nah und aschfahl pulverisiert in die türkisfarbenen Wellen des Traumsees ergießt. Als wäre nix gewesen, denkt Marlene, aus ihrem Himmelbettchen hochgeschreckt, der Blick getrübt, durch den mückenabhaltenden Baldachin flüchtend, wie in Wasser verschwommen die über den Sessel geschmissene, verwaschene Jeans fixierend.

Einmal ging Marlene nach Hause an diesen pastellfarbenen Fassaden von Wiener Wohnhäusern vorbei, aus deren obersten Stockwerken bronzene Adlertorsos sprossen und mit ihren Genicken schattig beschirmten Marlenes beschwingten Schritt, der sie dann von Kühle und Finsternis umfangen durchs Stiegenhaus in die gemietete Mansarde führte, wo Marlene vor ihrer Verabredung mit ihrer Freundin und Nachbarin Lea erst mal ein Nickerchen einlegte. Viel Spaß mit den Adlern, erschien auf dem plötzlich erleuchteten Display des abgefedert vibrierenden, neben Marlenes Kopf auf der Matratze liegenden Handys. Schnell schmiss sie sich aus dem Bett und ins Gewand und ans Fensterbrett, hochgezogen an der Regenrinne, Sneakersohlen gegen Dachschindeln stemmend, bis sie balancierend den schadhaften First erreicht. Mit fliegenden Fingern scheitelt Marlene ihr Haar, sogleich windig wieder in Unordnung gebracht, als der alte Steinadler seine Nase dreht, Marlene, auf dem Dach stehend, ansieht. Ein Auge ist von einer um den Schädel geschnallten Klappe bedeckt, die sich als Mullbinde den Hals entlang bis zum Brustgefieder fortzieht wie eine Schärpe, die den einzigen und eingegipsten statt stumpf amputierten Adlerflügel schient und ruhigstellt. Marlene gerät Schritt für Schritt den First entlang ins Wanken, sieht das Sternbild des Drachen schwanken, hört das Vieh unsäglich krächzen, während sich eine Katze an Marlenes Sprunggelenk vorbeischlängelt, auf den Vogel zu, der den Vierbeiner zwar um einen kaputten Kopf überragt, Marlene aber bloß bis zum Gürtel geht. Aus dem Gleichgewicht geraten allerdings duckt sie sich, den Schwerpunkt nach unten zu bringen, bewegt sich immer gebückter, auf Händen und Füßen bald, dem verletzten Adler entgegen. Mit vorwärtstastenden Fingern fühlt Marlene sowohl die nassen Flechten, die den First besetzen, als auch die vielen Sonnenstunden des vergangenen Tages. Die Hitze entlassen die Dachschindeln langsam, auf denen sich die gesprenkelte Katze lautlos bewegt, erpicht, die Tatzen bloß bemooste Flächen berühren zu lassen, den großen Vogel umkreisend, der unablässig schreit. Die Tiere taxieren einander aus bernsteinfarbenen Glaskörpern. Durch eine Scheibe im Innenhof sieht Marlene ihren Nachbarn oder ihre Nachbarin, sicher ist sie sich nicht, wild kopulieren und anschließend eine Glühbirne reindrehen sowie die Vorhänge zuziehen. An dem verrammelten Durchblick fliegt die Katze vorbei und loopt ihre Beine unter sich. Mit federnden Knien lässt Marlene sich in einen U-Bahn-Sitz fallen, Lederimitat, gemustert wie ein Mescalin-Bild von Michaux, via Power-Point-Präsentation reihenweise an ihr Auge gedrungen aus den Mikrochips ihres Handys, und untermalt die

Fahrt am Kleistpark vorbei von Radiohead, den Marlene voll In-Ear, an die schnatternde Plexiglasscheibe lehnt. Das Wummern kommt nun aus der Brust eines intubierten Weißkopfseeadlers, dessen Krankenhausbett diverse Apparaturen umstehen, zum einen ein auszuckendes EKG, zum anderen ein wankelmütiges, mannshohes DIE-Phone, das ständig den Einschlaftrack wechselt und mittels Elektrosonden an den kahlrasierten Vogelkopf angeschlossen ist. Daneben befindet sich ein mikrowellenartiger Brutkasten, darin ein schäumendes Spiegelei, ein Küken mit übertriebenen Zügen, Downsyndrom, sagt die calciumweiß bekittelte Doktorin zu Marlene und schüttelt ihren wasserstoffgebleichten Kopf. Der dritte Mensch im Raum presst sich die Lippen blass, nestelt an seinen ro-ro-ro-förmigen Sakkoellenbogenflicken herum, tritt von einer buntgemusterten Socke auf die andere und murmelt unstet und stoßweise vor seinen grauen Vollbart *Freiheit* hin, während er das dritte Objekt im Brutkasten beäugt, dessen Schale ein vertikaler Sprung durchzieht. Als Marlene sich erneut dem Bett zuwendet, liegt dort ein pechschwarzer Vogel mit edelstählerner Bettpfanne auf dem Kopf, von der gleichen Farbe wie das Pult in Hildeshood. Marlenes Boyfriend schleifte es das Stiegenhaus hinauf, haute dabei Kerbe um Kerbe in die Treppenabsätze, keuchte im Rhythmus der entstehenden Schäden, kämpfte Satz für Satz, erreichte die Etage und die Klingel knapp, musste um die gusseiserne Figur herumgreifen oder eine Federspitze gegen den Knopf lehnen, gut, dass die Tür nach innen schwingt, vor Marlene also hin, Geschenk und Boyfriend, er in ihrer Ein-Zimmer-Wohnung, samt Adler, sie tadelt, sei das nicht gegangen ohne Schrammen, Sackkarre? Er krächzt, hey, alles Gute zum Geburtstag. Dann stammelt er zusammen, sie sage doch immer, sie schreibe besser im Stehen. Sie sagt, nur das Beste zum Namenstag, nennt den Adler fortan Calimero. Studium, gemeinsame Postleitzahl und Zusammensein in Nachbarschaft begannen, sich dem Ende zuzuneigen. Marlene blieb einfach nichts anderes übrig, als dem Adler mit einer Metallsäge die Flügel und ihrem Boyfriend gar nichts mehr abzunehmen. Beispielsweise, dass dieses Pult aus massivem Gusseisen sei. Dass es ja nicht heiße, es sei jetzt Schluss, bloß weil sie nach Berlin gehe. Dass es sich um ein Original handle, es kein zweites, kein vergleichbares Adlerpult gebe. Dass er ihre Sprechnachrichten und Messengertexte bloß ignoriere, um sie zum Schreiben zu motivieren. Dass es überhaupt kein Ding sei, sich ein Zugticket nach Berlin zu kaufen, verglichen mit dem Aufwand, dieses sweete thing den scheinheiligen Fängen der Kirche zu entreißen. Dass er wochenlang den Dom ausgespäht habe, imaginär die Sicherheitsvorkehrungen durchgegangen und letztendlich eingedrungen sei in einer nebulösen Nightingale-action, damit sie, Marlene, den Lerchenruf vernehme und the one and only Adlerpult bekomme. Dass es als Ambo der Bibel gedient habe, weswegen allem, was sie jetzt schreibe, quasi Bekenntnischarakter beikomme und religiöse Bedeutung beizumessen sei. Dass sie nun wie ein Engel, von allem und allen Gefallen unabhängig, in die Lage versetzt sei, frei von Ballast zu schweben und das Manko dieser katholischen Bastion Hildeshood auszugleichen. Dass dieser widerliche Ort sich der allenthalben grassierenden protestantisch und pietistisch geprägten Aufklärerei widersetzt, weiterhin auf die Mönche in ihren extra-ecclesiam-Klostern gesetzt und sich verweigert habe, eine öffentlich zugängliche Bibliothek zu errichten. Nur deswegen habe Goethe im Gegensatz zu Hildesheim Göttingen einen Besuch abgestattet, sodass es heute in dieser allzu nahen Stadt eine germanistische Fakultät gebe, mit der sich keine zweite ernsthaftermaßen messe, was aber gar nichts mache, da unter dem odemvernichtenden Goethedruck aus den Federn der Göttinger Studierendenschaft bestenfalls parasitärer Eklektizismus entstehe, denn der sie ganz durchgehende Eifer, mit dem sie über Goethe lese, halte sie auch von jedem Schreiben ab, ihr, Marlene, erwachse jetzt die exklusive Chance, ungeachtet der Vergangenheit in die weite Welt hineinzuwildern und ihre weiten Felder literarischer Avantgarden abzugrasen, um dann den neuesten geilen Scheiß zu schreiben, wie auch er überhaupt keinen Bock habe, wie ein Kopist diesen Goethemove und somit die Biege zu machen, kaum dass es einmal ernst wurde mit einer relationship, he would prefer not to, er knie lieber nieder, fahre ihr nach, sei immer da, wenn es das war, wonach ihr der Sinn stand. Dass ihm das alles sehr schlüssig erscheine. Diese Ereiferungen ereigneten sich, sicher war Marlene sich nicht, in ihrem zweiten oder dritten Semester. Wenn Marlene von Adlern träumte, waren die auch, da ist sie sich sicher, vorher schon amputiert. Jeden Morgen und immer noch vorm Aufwachen tritt sie an dieses Pult. Auf Höhe ihrer Beckenknochen bohren sich gusseiserne Klauen durch Schuppen. Ein niedergerungener Drache auf der Stele dient dem thronenden Raubvogel als Sockel. Vom Schwanzgefiederkranz greift Marlene den Füllfederhalter. Er fliegt ohne Stöpsel, Kiel voran und hinterrücks an das goldgelbe Büttenpapier. Die Kopfzeile der leinengestärkten Seite befindet sich auf Höhe von Marlenes Blusenaufschlag. Das Adlerantlitz liegt ihr abgewandt und gespiegelt auf der Fensterscheibe. Die beiden schicken die Blicke weit in die Landschaft, einander entgegen, keineswegs. Mit Tintenschlingen sind zwei Blätter zu beschreiben auf den Rückseiten der beiden halb gespreizten, halb angewinkelten Schwingen. Links und rechts der Steinadlerwirbelsäule verlaufen die Zeichen, als schickten die Spinalnerven selbst, elektrifiziert und zitternd, die finsteren Lettern Zeile für Zeile ins Papier mithilfe von Federkiel und Finger sowie Marlenes schwungvollem Handgelenk von Vogelkopf bis Fuß. Sprunggelenks bloß ein Vorschnellen, wenn die Sonne hochrot aufgeht, das schwarze Brustgefieder bräunt, und Marlene ist in der Luft, der krächzende Schnabel, das Grätschen ihrer Beine, das parallele Spreizen von Flügeln zu voller Spannweite, die weiten Winkel in den Knien, die kleinen Knicke an der Schwingenaußenlinie, die sich schließenden Beine, die beiderseits aufschwenkenden Fensterscheiben, die schlagenden Flügel, der Satz aus dem Rahmen, Marlenes Sitz im Adlergenick, das Gleiten des Tiers, bald schon höher als die Sonne, das seinen Schatten wirft gen Himmel und den Blick in die Tiefe.

Links rechts, hetz fetz, parallel dem Adlerritt, in die Brache all dieser Jahre, hakt der Hase seine Läufe, lässt die Löffel fliegen zwischen lavendelfarbigen und schneeweißen Blüten, schlägt seine Diagonalen durch die streng geeggten und zu Rechtecken gesteckten Felder. Immer schneller zickzackt die Blume hinter der runden, u-geschwungenen Kimme des Jägers, stetig abgehackter richtungswechselt der Krumme unter den winkligen, v-förmigen Flügelsilhouetten des Adlers dahin. In die onyxfarbigen Seher des Hasen und in die opaken Augen des Adlers sowie in die vom Korn verdeckte Pupille des Schützen dringen schon die sichtverstellenden Stämme, die bildbruchversprechenden Bäume, die schattenverheißenden Kronen, der anhebende Wald am Ende des Feldes, den das Hoppeln jeden Moment spitzwinklig trifft. Wieder schnitzen die weichen Pfoten einen harten Knick in den spärlich bewachsenen, ausgemergelten, graubraunen Boden. Die den Hasen anspringenden und am Fell haftenden Partikel haben dieselbe Farbe wie das Haar. Die Sprünge erschüttern den Untergrund und bringen die Staubkörner nach oben, die von den schon erdgezeichneten Zotteln am Tierbauch zwar immer wieder einen Satz mitgenommen, doch durch die gelenken Bewegungen der Schulterblätter, die den gesamten Leib durchzucken, wieder abgestoßen werden, sodass sich bald in eckiger Schlangenlinienform eine Staubwehe erhebt. Eine kreuzotternfarbige Wolke verfolgt den rasenden Hasen, zeichnet seine Spur in schmutzigem Nusston nach. Mit dieser Tarnfahne bricht nur noch die Bewegung selbst, hebt das zum Waldrand preschende Tier aus der Schwade heraus. Da, wo der dreckige Nebelfetzen endet, dort muss es sein, das hinsprintende Tier, der vorwärts stoßende Schlangenkopf, das abhauende Haupt, die y-förmige, Millimeter für Millimeter Boden gutmachende Spalte zwischen Oberlippe und Nasenlöchern, die inzwischen voller Staubkörner ist. Sie krallen sich in die Schleimhäute noch wie gemahlener Pfeffer, als der Hase schon abgetaucht ist ins Dickicht, zwischen abgestorbenen, kruzifixartig einander überlagernden Unterhölzern kauert, während draußen, jenseits des Laubes, der luftige Fluchttunnel, den das Tier schuf um sich selbst, jene graubraune, nun kopflos über dem Feld schwebende, bis zum Waldrand reichende Staubschlange, sich elendslangsam wieder legt, wie ein von der Zeit dahingerafftes Tier in den versengten Boden einpflegt.

Wie blank geriebene Knochen leuchten die weißen Seiten auf sandfarbenen Tischen von Sonnenlicht getroffen, das durch hohe Fenster hereinstrahlt vorbei an schweren Stoffvorhängen in den Zeichensaal. Mittig vor der Stirnwand sitzt der Lehrer mit nackten Unterarmen auf den Katheder gestützt und Hemdsärmeln, die bis zu den Ellenbeugen hochgekrempelt sind, bevor sie an den Schultergelenken in Säume münden, die einander entgegenstreben und sich am Brustbein zum Kragen schürzen. Die Knopfleiste schlüsselt sich auf, und darüber wachsen aus dem seidigen Aufschlag der glattrasierte Hals, das hohlwangige Gesicht sowie abrundend die Glatze, auf der Schweißperlen silbern schimmern, während noch weiter oben an der Wand die Christusfigur den Kopf hängen lässt und die Hände von sich streckt. Beiderseits schauen den Lehrer aus drei vollen Bankreihen zu je drei Zweiertischen Schülergesichter an, insgesamt also sechsunddreißig glotzende Kinder, die schon in der Vorschulzeit zu zeichnen begonnen und von ihren Eltern zu Genies erkoren worden sind, was ja so heiter werden kann, dass der Zeichenlehrer jetzt grinst. Er weiß, dass seine Zahnreihen farblich weniger den Seiten als den Tischflächen darunter ähneln, über die sich nun Schüler beugen wie zu Mittag, während ihre Pupillen umherhuschen, mal die Uhr taxieren, deren kleiner und großer Zeiger ticken hinter im Licht gleißendem Glas, sodass die Kinder manchmal auch dem Lehrer entgegenblinzeln, der seine Uhr am Handgelenk aber wohlweißlich verkehrt herum trägt, das Ziffernblatt seinem Oberkörper zugewandt an der Pulsader. Ihren Schlag spürt er bis hinter die Brusttasche seines Hemds hinein, in der die Packung Roth-Händle wie ein Metronom das minimale Geräusch von knitterndem Cellophan hören lässt, während der Lehrer den schielenden Kindern hinterherblickt zum Fenster hinaus, wo auf dem geschotterten Dach des benachbarten Gebäudekomplexes, der Turnhalle, eine Kreuzschwester vollverhüllt und schwarz unter der Sonne unablässig im Kreis geht. Lautlos schleift die Nonne den Saum ihrer bodenlangen Kutte über die kleinen Steine, schleppt das finstere Gewand in schwerem Schritt hinter sich her. Indes sie wie ein abgewandter Mond den Zeichenlehrer umrundet, spitzeln immer wieder ihre blitzenden Spangenschuhe unter der lichtschluckenden Kluft hervor. Konzentriert lauscht er dem Pochen seiner Brust, dem zitternden Cellophan, dem eigenen Odem, ob er sich verwandelt zu einem stoßartigen Luftholen, einem Stocken, Röcheln. Er hört auf jedes mögliche wie auch immer geartete Verstopfen, ein abgeschwemmter Thrombus, ein aufziehender Herzkranzinfarkt, eine Alveolenembolie infolge der filterlosen Roth-Händle, die er raucht, während er den Bergen entgegenschaut, den ihnen hochmütig oktroyierten Gipfelkreuzen und zu Füßen kriechenden, stillgelegten Schottergruben. Die knirschenden Schritte rund um den Zeichenlehrer sind schon das anfallsgleiche Verbeißen seiner Zähne und die gemurmelten lateinischen Zeilen seine Stoßgebete. Die dumpfen Schläge der hölzernen Sprungbretter und das tumbe Patschen der sandgefütterten Turnsaalmatte dringen in stetem Rhythmus durch die geschotterte Decke. Wie viele Kinder die denn da in ihren Reihen haben. Unbarmherzig brennt die Sonne auf die fernen Berge herunter und verleiht ihnen wie das lodernde Feuer weichem Ton eine gleichsam fein gezeichnete, aber feste Struktur. Ein Stups nur, und sie würden einstürzen. Schon jetzt durchziehen ihre Hänge Rillen und Brüche, gut erkennbare Karsterscheinungen.

In seinen Blick rückt die Nonne hinein mit ihrem opaken, linienlosen, formvergessenen, zweidimensionalen Gewand, wabernd wie ein Rorschachklecks. Über die Dachkante weist die Kutte hinaus zu einem ein, zwei Täler weiter gelegenen, den Bergen vorgelagerten Hügel, zu der anderen Frau in triefend schwarzem Gewand mit ihrem kohlenfarbigen Pagenkopf und ihrer verspiegelten Sonnenbrille, die Witwe, wie man sie hier nur nennt, die immer dann, wenn er, der Zeichenlehrer, in ihrem neongrünen Garten, vor ihrem Ferienlusthäuschen, auf ihren Gläsern, neben den schattenspendenden, tuchverhangenen, übermannshohen Skulpturen erscheint, von dem Liegesessel aufsteht, an den Marmortisch geht und ihnen beiden eine Zitronenlimonade mit Eiswürfelklunkern einschenkt. Er sei nicht mehr derselbe seit seinem Zusammenbruch. Er lässt die Zigarette fallen, fletscht die Zähne, sammelt Spucke im Zungenumschwung, schluckt den ungefilterten Tabakgeschmack und zertritt den Stummel zum Pochen der Sprungbretter unter den Hallenschuhen der Kinder, zum Zusammenmatschen der Matte, mit Knirschen zum Knirschen der Spangenschuhe im Kies. Er sieht nur einen Kiesel zwischen seiner und ihrer Schuhspitze.

Wer Roth-Händle raucht.

Ihre feingliedrige Hand schließt sich um das Kruzifix am Rosenkranz.

Frisst auch kleine Kinder.

Die Skulpturen in ihrem Garten sind durch die seidenen Überwürfe in ihrer Form noch distinkter. Schatten lauern in den Tüchern, und der Schliff wird ersichtlich durch Falten und Zerknittern des Stoffes.

Merke, selbst wenn die Mure ins Tal fährt, die gesamte Erde vom Hang rutscht, bleibt doch die Felsformation erhalten. Sie hat den Anblick schon zuvor bestimmt und war nur bedeckt mit einer Schicht anderer Couleur. Setz mal meine Brille auf. Dann siehst du klarer. Natürlich auch ein bisschen schwarz. Daran gewöhnt man sich allerdings.

Gegen ärztlichen Rat immun steckt sich der Zeichenlehrer noch eine an. Die aufkommende Windböe verweht die hochfahrende Flamme. In der Hitze züngelt sie der Kreuzschwester beinahe ins Gesicht.

Sie sollten in Gottes Namen die Jugend etwas anderes malen lassen. Jesus Christus, Jahr für Jahr, immer nur dieses Scheusal.

Es sieht aus, als spuckte der Zeichenlehrer grünes Feuer.

Dann stößt er jedoch nur Rauch aus, haucht mit schlechtem Atem, stotternd.

Aber der Drache ist unverzichtbar.

Die Abbilder dieser schuppigen Tiere hängen von extra angebrachten Leisten und zieren wie Kreuzgänge in Kirchen auf Augenhöhe die klinisch sauberen Wände alle Flure entlang. Manche blicken die beliebig verteilten Betrachter unbedingt an aus welchem Winkel auch immer wie die großen Köpfe der Renaissance, während andere, als hingen sie in einer Ahnengalerie, ihr gebieterisches Profil präsentieren, abgewandt den Gang entlangschauen. Am liebsten passiert der Zeichenlehrer allerdings jene Exemplare, die ihren aus kleinen Rauten aufgebauten Körper krass in eine dreidimensionale Diagonale reißen, im Verzerren der Viereckseiten die Stromlinie entlang dem weißen Hintergrund einen Raum abringen und Tiefe schaffen, aus der dem Betrachter der schnappende Rachen entgegenschlägt.

Sobald ein neuer Jahrgang seine Traumeier im Zeichensaal zum Schlüpfen bringt auf vormals gähnendem Papier und die Drachen mit dem Segen des Lehrers eingehen ins Erdgeschoss, wandern alle anderen wie auf Flügeln getragen und nach oben gehoben in den ersten Stock, ein Schuljahr später in den zweiten und so weiter bis unter das Dach in Pappkisten, wo fern der Erde und doch Staub zu Staub das Schularchiv vor sich hin schimmelt. Doch die besten Bestien lässt der Zeichenlehrer hängen, drangsaliert die Hausmeister mit Schelte, Schmiergeld oder Zigaretten, oder der Zeichenlehrer holt seine Schützlinge hochselbst nach wochenlangem Kramen, Suchen und Finden wieder hervor aus den Schachteln und tafelt damit die Wände, hängt stattdessen weniger gelungene Exemplare ab und harrt dem Augenblick, da sämtliche Wandelgänge der Schule ausschließlich ehrfurchtgebietende Tiere bevölkern.

Am Tag der offenen Türe versammeln sich die nachkommenden Kinder wie die ihnen vorangegangenen Generationen in Reihen vor den Klassenzimmern, warten zu Schlangen formiert im Beisein ihrer Eltern auf das Freiwerden jener Räume, in denen jeweils ein Mitglied des Kollegiums die gymnasialen Unterredungen im Rahmen der Einschulung führt. Währenddessen beäugen die Scharen baldiger Erstklässler mit aufgerissenen Lidern, voll Schauern oder Staunen, fasziniert oder winselnd, die nach ihnen schnappenden Drachen und rücken zum unerbittlichen Takt der über ihnen hängenden Uhr in ihren bereits gekauften und zu Hause eingelaufenen Schlapfen näher an die Klassenzimmer heran, im ständigen, beiderseitigen Beisein des beunruhigenden Motivs der Bilder. Es lag an ihrer Netzhaut und in ihren Augenhöhlen und war nicht mehr abzulösen, bis Marlene am jüngsten Tag der offenen Türe ihrer ersten Klasse entgegenrückte. Abgesehen von dem fürchterlichen Drachen sieht sie auf dem Papier ein von Meisterhand hinzugekritzeltes Tier, barbarische Krallen, brutaler Flügelschlag, brachialer Blick, durchs Bild fliegen, dass es den Drachen mit Fanfaren niederringt, die nicht von dieser Welt sind, im Beisein und Jubel des herbeistürmenden, von verwunderten Schwestern umstandenen, ununterscheidbar in die Elternschaft eingehenden Kollegiums den Zeichenlehrer Hand aufs Herz in die Knie zwingt.

Du Dummkopf

Worte wahrscheinlich, was Marlene fortwährend formt. Lippenlesen müsste Nik wohl können, um sie zu verstehen. Womöglich geht es jetzt gerade darum, zu erraten, was sie sagt. Immer das Gleiche, dieselben drei Silben, die ihr bläulicher Mund in sein Gesicht schickt, so weit reicht die Lippenlesekompetenz noch. Währenddessen hält sie seine Schläfen, bedeckt seine Ohren mit den Handflächen, drückt fest zusammen, schüttelt seinen Kopf, zum Nicken. Hauchrundgeschwungener Kussmund, ein Summen hinter stumm zusammengenommenen Lippen und etwas plosiv Pfiffiges. Das Dehnen und Schließen des Mundes findet kaum Widerspiel in Sehnen und Muskeln. Als hielten sich Backen, Wangen und Stirn stets bedeckt. Zwar immer verspielt gezogen die smokey Eyeline, aber nie eine Miene, kein Zwinkern bei trockenen Sprüchen, nicht mal ein Zucken im Lid. Ihre Iris von einem starren Ton, sodass ihm hier, vor ihrer Wohnungstür, was eingebläut wird. Ihr perlmuttfarbiges Kinn, das auf und ab wippt, weil er nickt zwischen ihren Händen. Sie schlägt sie zusammen, in der Luft, kurz vor ihrem Gesicht, oft, wenn sie auflacht, aus Schadenfreude, bei Sitcoms, über Missverständnisse, zu Slapstick und Wortwitzen. Womöglich geriet sein Kopf diesmal bloß dazwischen. Es rauscht durch sein Ohr, sie schaut ihn mittlerweile schmunzelnd an, und er hebt den Schlüssel an ihre Hand zur Klingelprobe. Vielleicht verarscht sie ihn ja nur.

Vielleicht verarscht er sie ja nur. Den Begrüßungsreflex zurückgehalten, die Hände aber schon oben, die Umarmung abgebogen, und dann sein Kopf in ihrem Griff, als ob sie ihn gleich küsste, spricht stattdessen schonungslos, ohne Schranke zwischen Stirn und Lippen, kein Filter im Mund, du Dummkopf, und er hört es eh nicht, bis der Schlüssel unerhört klingelt, sie ihn ein letztes Mal schüttelt, mit einem Ruck vor sich hinstellt, schluckt, und Hände frei, in die Hüfte stemmen oder kreuzen vor den Brüsten aber sicher nicht, einfach hängen lassen, ficken Sie sich, Herr Adler, nicht sicher aber, weil was, wenn sie spricht, aber verkehrt, mit Herr Adler anfängt, so was passiert, er sie unterbricht, mit Frau Richter, schlagfertig kombiniert, rechts der Schlüssel, links die Blume. Ging die Tür nach außen auf, er hätt den Spion schon im G'sicht.

Ich dachte, ich bring ihn dir zurück.

Jaja, schon klar, von daher auch der Anzug.

Naja, und selbst im kurzen Kleid.

Lass mal stecken. Das Schloss ist längst gewechselt.

Samt Schlüsselbund sinkt seine Hand in den Hosensack. Er muss ja auch ein bisschen einstecken lernen.

Na und die Rose.

Steck sie dir doch sonst wo hin.

Er hebt die Blüte, riecht daran, hält sie vor das schwarze Revers.

Beerenfarben zu Pink Floyd? Color-blocking, Frau Richter, gehts noch?

Nee. Da hatt ich wieder recht. Passt besser zum Kleid. Komm rein.

Es knallt in Niks Gesicht.

Sorry, das wollt ich nicht.

Diesmal reflektiert gelogen. Den Reflex kein bisschen abgebogen. Die Tür noch extra zugedroschen. Bestenfalls die Wirkung unterschätzt. Was muss er auch immer vorpreschen. Bloß weil er mal gelesen hat, der Herr hält sich besser ein bisschen zurück, an bekannten Orten einen halben Schritt, hinkt vornehm hinterher, hätt er sich mal dran gehalten. Weil er aber auch diesen verfickten Schlüssel hat. Sonst öffnet Nik die Tür. Und Marlene macht gewohntermaßen zu, gut, fair enough, nun dreht sich hier was. Er taumelt zurück, schwarz vor Augen, pochender Stirn. Wenigstens hört er sie wieder. Er nehme das. Es klatscht in sein Gesicht. Keine Zeitschleife, nass weich, Lappen wahrscheinlich.

Weiteres Klatschen, Marlene belustigt, die Hände zusammen, vorm eigenen Gesicht. Das Erste, was er wieder sieht, sieht ihr ähnlich. Noch flimmert alles. Er greift den Waschlappen, der schwerer wird, und ihre Hand fällt in seine freie. Das Blut stockt erst ein bisschen. Es löst sich nur durch Streichen und ohne Rubbeln von der Haut. Der Anblick des nun verhärtenden Blutes auf den feuchten Flusen getüncht im milchigen Gegenlicht der Decke, Color-blocking jetzt erst recht. Geigen wimmern, und es surrt in der Küche, wohin Marlene ihn zieht, bis sich die Arbeitsfläche seinem Ellenbogen unterschiebt, während er den Waschlappen weiter gegen die Stirn presst und die Kühlschranktür in sein Gesichtsfeld fliegt. Als Nik die Lider wieder aufschlägt, sieht er seine eigene Nasenspitze und unmittelbar davor die nahezu zweidimensionale Miniatur eines Löwen, der ein halbes Jahr alte Konzertkarten gegen die Kunststofffläche magnetisiert, die den Gang durch die schlauchförmige Küche blockiert. Einerseits unterbricht der standuhrhohe Kühlschrank die mauerentlanglaufende Arbeitsfläche, während andererseits die Kanten von Regalen und Stellagen abgesägt sind, damit seine Tür überhaupt zu öffnen ist. Wie ein Riegel scheidet sie Nik vom enggeführten Gang, verdeckt die Zentralperspektive sich verjüngender Küchenzeilen und wandverkleidender Elektrogeräte, entrückt den hinter Geschirrspüler und Gasherd raumgreifenden Tisch, schneidet den Blick auf den Fluchtpunkt des Fensters darüber, sperrt Nik ein im würfelförmigen Eingangsbereich, einziges Gegenüber ein wüstes Tier, Marlene und der Kühlschrank dahinter, knackendes Eis.

Polkappenschmelze, so scheints.

Als das Gefrierfach zuschnappt, die Kunststoffdichtung den Schwung der Tür dämpft, Marlene einen schleifenden Schritt zurückweicht und die Schublade untergriffig herauszieht, sieht Nik ein Glas voller mintgrüner Stängel, zimtbrauner Flocken und schweißweißer Klunker auf der sandfarbigen Tischplatte. An den drei freien Seiten zeigt der vorderste Stuhl mit der Lehne zur Scheibe, sodass Nik und Marlene die Sitzfläche entgegenblickt, zu deren Füßen die Blätter der gestrigen Ausgabe des *Freitags* den Boden bedecken. *Alles geht, nichts läuft*, lautet die Schlagzeile über dem Titelbild, das eine regenbogenfarbige Vulva darstellt, die wie erleuchtet scheint von den daraufliegenden sonnenblonden Haarwirbeln. Das Abendlicht sticht durchs Fenster herein an Lea vorbei, die ebenfalls ein kleines Schwarzes trägt, linker Hand ein Haartrimmgerät der Marke Braun hält und rechter Hand den Schlauch eines Siemens-Staubsaugers. Das muss erst mal reichen.

Als Marlene mit ihrem Bauch und einem Schritt an die Küchenzeile und einer Klinge in der Hand die Schublade schließt, sich Nik zuwendet und ihm Griff voran das Küchenbeil reicht, nimmt er dankend an, und glitzernde Stoppeln rieseln aus dem silbrigen Undercut an ihrer linken Schläfe auf das kalte Metall zwischen Marlene und ihrem Boy.

Hey Nik.

Lea steckt die Düse in die Halterung am Boden der aufrecht stehenden Maschine. Zwischen Aluminiumrohr und Kunststoffverkleidung zittert noch eine Strähne in der beim gekippten Fenster hereinströmenden Zugluft. Das Parkett an den ebenfalls flatternden Rändern der mit Zeitungspapier ausgelegten Fläche blitzt im klinischen Küchenlicht. An des Messers Schneide sieht Nik im Reflex vier Fingerabdrücke gleißen. Er presst sie erleichtert gegen seine Stirn. Vertrottelt schlägt er die Lider nieder. Lea rotiert ihre Pupillen einmal durch die Augenhöhlen. Aus den Boxen wütet inzwischen der alte Ludwig van.

Lass mal gut sein.

Lea lässt den Staubsauger stehen und sich auf den Stuhl fallen, legt das Haartrimmgerät auf den Tisch und kippt den Bodensatz Mojito. Dabei wendet sie ihren Kopf in Richtung Fenster und schaut in den wolkenverborgenen, dämmernden Himmel. Darunter blüht verbliebene Minze auf dem erntedankartig geschmückten Balkon gegenüber. Der Nachbar kann die rückgeschnittenen, lippenkitzelnden Geschwister seiner Saat nur durch die fettbespritzte Küchenfensterscheibe bespitzeln.

Zusätzlich verrammeln die Sicht farbenfrohe, vogeltodverhütende, kalligraphische Abstraktionen an der Glasfläche. Sie mustern Niks blasse Spiegelung, als besudelte seinen Anzug Blut. Herr Adler, Windowcolor und Wachsschmierereien brachten Marlene immer verdammt zuverlässig zum Lächeln und Klatschen. Zwischen den warnroten Schriftzeichen liest sie nun den kochenden Puls am pochenden Metrum des widerblitzenden Lichts auf der Beilbreitseite ab. Wann immer ein frischer Schub Blut in die wachsende Beule an seiner Stirn strebt, verlieren seine Fingernägel etwas Farbe, als wollte er die Blessur zurück in seinen Schädel pressen. Mit Pauken und Fanfaren nähert sich Kempffs Einhämmern auf die Klaviatur dem orgiastischen Höhepunkt und Niks verbissener Gesichtsausdruck einer frenetischen Mixtur aus fletschendem Zähneknirschen und wimmerndem Grinsen, verbissener Lider. Lea schaufelt sich aus der Glasschüssel vor sich eine Hand voll funny-frisch-ungarisch-Chips in den Mund und cruncht. Mit einem kleinen Seitfallschritt und einem gezielten Fersenkick schaltet Marlene die Good Old Kenwood unten im Küchenregal aus. Die Hände auf Oberschenkelhöhe und mit abgeschnittenen Beinen darunter liegt Marlenes schwarzes Spiegelbild jetzt auf der abendlichen Fensterscheibe und Nik mit dem Beil hidden in her neck. Lea Handy hoch und thumbs up swiped jetzt alles weg, die Krümel auf dem Tisch, die Fettspritzer an der Scheibe, das Zeitungspapier samt kupfernem Haar. Steiß voran steht Marlene an der Zeile, beiderseits strange Leute.

Aber hallo!

Marlene wendet ihren Kopf, sieht ihren Boy schon wieder zittern. Von ihren Fingern tropft es noch, und aus ihren Haaren schneit es noch.

Eye Lea, ich glaub, mir gehts nicht so gut.

Marlene wendet ihren Kopf zu Lea, die eifrig auf ihr Phone eintippt.

Ich match grad deinen Bruder.

Nik wirft die linke Hand hoch wie einen Ball, und es entspringt den Fingern ein zur Kugel komprimierter Waschlappen, der unterm Plafond einen Augenblick schwebt.

Er fragt, ob ich gleich Zeit hab.

Mit einem Flatschen fängt Nik den sinkenden Waschlappen auf der stählernen Beilbreitseite wie eine luftig gewendete Palatschinke in gusseiserner Pfanne.

Ja, wirklich der perfekte Ice-Breaker, Lea.

Mit einer vorhandschlagartigen Bewegung befördert Nik den Waschlappen auf die Arbeitsfläche neben sich, während Lea ihm gegenüber vom Tisch aufsteht in einem Satz über die geschorene Mähne hinweg und mit dem Zugluftstoß im Rücken am flatternden Saum des Kleides den engen Küchengang hinunter auf sie zu, sodass Marlene in Richtung Wohnungsausgang geht, Lea auszuweichen, sie vorbeizulassen, ihr Platz zu machen wie getrieben vom Schritt der Freundin, bis sie vor Nik steht. Im Schlängeln und Drängeln durch das Nadelöhr legt Lea den beiden je eine Hand zwischen die Schulterblätter. Dabei gerät sie aus dem Gleichgewicht, setzt einen vorschnellenden Schritt vorbei, stolpert theatral die Küchenzeile entlang. Haltsuchender, rudernder Hände, schubst Lea mit Schwung Nik und Marlene zusammen. Bloß ihre Oberkörper geraten aneinander. Mit den Lippen weichen sie einander aus. Seine Stirn pulsiert. Marlene hebt die Arme, legt sie ihm um den Rücken. Nik schließt die Augen, Marlene nur eines, schaut über seine Schulter. Lea wirft einen Blick und nickt zurück, bückt und zieht sich Schuhe an, stiefelt los in die Diele, zertritt die Pink Floyd, ohne Absicht, oder doch, und knallt die Tür ins Schloss.

Ich wollte ....

Ist ja jetzt egal.

Er ist sich nicht mehr sicher, ob es seine Stirn ist.

Lea, eye ....

Er hatte sie noch nie gemocht, schon damals nicht, als sie in ihrer mittags lichten Küche zu einem späten Brunch zusammenkamen um ein Blech Donauwelle, einen Teller in Blätterteig gewickelte Lachshäppchen und eine Schale Bauernsalat. Im Verlauf des Nachmittags, während die Sonne ins Fenster zog, daraus verschwand, nur um ein wenig später durch die Scheibe eine Ecke weiter hereinzustrahlen, ließen Marlene und Lea die Begebenheit ihres Kennenlernens im Treppenhaus Revue passieren, was für ein unerhörtes Glück wir auch hatten, haufenweise von seinem Salat tat sich Nik auf, heutzutage noch Freundschaft zu schließen mit der Nachbarin, welch Großtat, Marlene küsste ihn viel zu theatral auf die Wange, ja, mein Goldschatz, und schenkte sich Weinviertler Veltliner nach. Nik schaufelte einen Gupf Bohnen und Feta in seinen Mund mit übertriebenem Genuss. Ein weiteres Stück Donauwelle ließ Lea mittels Tortenheber auf ihren Teller schweben, meinte dazu, der Nachschlag sei hoffentlich Kompliment genug, und erzählte, während der Salat nach und nach quergeschnittenen geologischen Schichten ähnliche Spuren am Schüsselmantel hinterließ, wie ihr Marlene durchs Treppenhaus entgegenkam mit dem *Freitag* unterm Arm. Ob sie die Nachmieterin von Caro sei? Die habe erzählt, ihre Wohnung mit einer Hildesheimer Schreiberin zu tauschen. Lea liebe ja auch Literatur, linke Zeitungen, und hippe Frauen, die sich zeigten. Es werde ihnen hier zusammen gut ergehen, und sie solle sich nur bei Lea melden, falls es Probleme gebe. Erst unlängst habe ihr der Typ von gegenüber im Hauseingang aufgelauert und sie angewichst, sie solle nicht immer nackt herumlaufen in der eigenen Wohnung, das müsse man sich mal vorstellen. Und sie sah Marlenes Lächeln im finsteren Treppenhaus. Sie dürfe sich also nicht wundern, der sei ein bisschen komisch. Inzwischen schien er aber begriffen zu haben, dass er Vorhänge brauchte, nicht die Frauen gegenüber. Ach, das sei doch Wiener Tradition, erst spionieren, dann sich echauffieren. Spanner fühlten sich immer belästigt. Man kommt ja sonst zu nichts. Und Marlene sah Leas gelbliches Grinsen im lichten Türrahmen. Ob Marlene mal Zeit habe für einen Kaffee, Kolumbianische Mischung, voll der Geheimtipp. Nik schenkte sich beim bald folgenden Brunch zu dritt von dem Sud nach und spießte ostentativ einen Würfel Emmentaler und eine Cottage-Cheese-verschmierte Cocktailtomate auf. Sonst rührte den ja niemand an. Hätt er besser auf little italy gemacht, Grana Padano, Balsamico, Carolea. Während der Kaffee kalt und der Salat warm wurde, der dominierende Geruch in der Küche wechselte, Bergkäse, Apfelessig und Schalotten, die dunkle Backblechfläche sich zunehmend glättete und die Krümel vom Fischfuttern übrig blieben, holte Lea den Veltliner in immer kürzeren Intervallen aus dem Kühlschrank. Der Wein behielt seine Temperatur, wurde erst in den Mägen warm. Je abendlicher das Licht die Gläser durchstrahlte, umso heftiger trafen sie aufeinander. Sie wurden weder innen von Schlieren noch außen von Fingerabdrücken bemäntelt, ihr ganz persönliches Gusterstück, Lea schluckte den Splitter Schokoladenglasur, packte Marlene am Gelenk, drückte behutsam ihre Hand, nahm das Achterl. Frau Wassermann hielt ihre selbst geblasene Erfindung wie den heiligen Gral hoch. Jetzt würden sie es dann packen. Sie habe diese immer saubere Kristallmischung aus der Not geboren. Mit der Zeit geriet ihr Glas zu dünn für die Spülmaschine. Aber wasche man nach dem Umtrunk ab, ginge es immer zu Bruch. Ungeschick, Wasser warmkalt, Hahn im Weg. Dann wurde eben wenigstens die nächste Flasche leer, so, bitte sehr. Lasse man, danke Niklas, die Gläser über Nacht stehen, noch ein Schluck, bilde sich diese ekelhafte Patina. Bei steigender Qualität seien Leas Kunden immer unzufriedener geworden. So jetzt aber zackprack zam, hell wie Engelsglocken, oder Trompeten, erdspalterschütternd? Deshalb habe sie ein Glas von so glatter Oberfläche entwickelt, dass jede Flüssigkeit davon abglitt restlos bis zum letzten Tropfen. Ach, don't worry, das mache voll gar nichts. Das alte werde einfach eingeschmolzen und komme ungebrochen genauso wieder aus der Urmasse hervor. Und hoch die Gläser und die Trinker. Alle stockbesoffen. In die andre Wohnung droben. Außer Nik noch niemand im Bettgeh-Mode. Oder eben doch. Die Anlage gescheit aufgedreht bis Anschlag. Marlenes Scheibe eh gen Hof. *Forever Young*. Erst das Original. Dann das Cover von Friedberg. Marlenes aktueller Lieblingstrack. Tänze auf der Fensterbank. Leas lächerliche

Frage danach. Ob es derselbe oder der Gleiche war. Marlenes Leitfrage dieser Phase. Aber jetzt wars auf einmal klar. Lea datet den andern.

Umarm mich jetzt gefälligst.

Ahja, schon klar, verstehe, denkt Marlene, eine sprunggelenke Bewegung, und sie presst die Waden an seine Beckenknochen, wird gefangen und gehoben und gehalten, kreuzt die Schenkel an seinem Kreuz und spürt die Tischplatte an ihrem Steiß. Links knallt ihr Handballen auf Holz, rechts cruncht es. Sie spürt die Chips gesplittert und hebt die Hand zwischen ihre Münder. Rotbraun schraffiert gehen Daumen und Zeigefinger Kuppe auf Kuppe aneinander. Der Eisenton weicht aus ihren Fingernagelspitzen. Niks Pupillen schrumpfen auf Stecknadelkopfgröße. Noch fällt Licht über Marlenes Schultern herein. Im unteren, dunkleren Blickwinkel schwebt ihre Hand verdunstungskalt an ihr Kinn. Allesamt sind die Eiswürfel im Glas geschmolzen. Sie öffnet den Mund, Lippen schließen sich um den Ring aus Daumen und Zeigefinger. Speichel kommt, Geschmacksverstärker fluten ihren Gaumen. Schrill zuckt der Pfiff durchs Zimmer. Er breitet sich aus, gebrochen an Nik vorbei, den Schlauch entlang, links ins Schlafzimmer und gen Fenster. Die Scheibe schwingt mit der Welle, reflektiert sie, dass Marlene den Pfiff hinterrücks hört. Sie schluckt den letzten Splitter. Niks Beule pulsiert nah genug. Die drei freien Finger steckt sie ihm auf Anschlag in den Mund. Sie erreicht sein Zäpfchen und mit dem Daumen seine Unterlippe. Ein Würgen bleibt aus. Er blinzelt bloß. Ein Film überzieht seine Augen. Das Licht blitzt darauf abendrot. Sie zieht die Finger heraus. Mit gestreckten Gliedern fällt ihre Hand auf seine Brust. Sie streift den brombeerfarbigen Stoff neben der Knopfleiste hinab, bis die Finger trocken sind, und stößt Nik einen kleinen Schritt zurück. Schlagartig werden seine Pupillen größer.

Fünf-Punkte-Pressur-Herzexplosions-Technik?

Er ist noch in Reichweite und schon wieder am Witzeln. Der Haartrimmer schießt ihr durch den Kopf. Doch nein, weiter so. Zwischen Daumen und Zeigefinger greift sie wieder einen Chip. Sie hebt ihn sich vors Gesicht, richtet sich auf mit hohlem Kreuz, löst die linke Hand vom Tisch, sticht dreimal mit dem gestreckten Mittelfinger durch den Ring aus Daumen und Zeigefinger, zwischen Handballen und Chip.

Zieh dich aus.

Sie nimmt ihn zwischen die Lippen. Nik beginnt mit dem Gürtel. Der Stoff über ihrem Schritt ist gespannt. Sie lässt ihre linke Hand daraufsinken, hört den Reißverschluss. Mit dem gleichen sirrenden Ratschen hat Lea Marlene geholfen, die Wirbelsäule entlang das Kleid zu schließen, und zu flüstern begonnen, er werde gewiss hoffen, sich irgendwie herauswinden zu können. Aber das ist bloß fishy Bullshit. Lass ihn ein bisschen zittern und zappeln und dann abblitzen. Das Säuseln satinartiger Stoffe erklingt, für die Marlene und Nik eine elektrifizierende Vorliebe hegen. Er knöpft sich das Hemd auf, sie sich den Chip vor. Ihre Zunge schnellt darunter heraus und rollt zurück. Sie versprach, zu sprechen wie abgesprochen, als Lea ihr die Kette um den Hals und Hand anlegte in ihrem Genick am Häkchen. Die Härchen regen sich nun vor Spannung, als Marlene ihren Handrücken zwischen die Beine führt am Saum entlang. Es knistert wie sein Oberteil. Den untersten Knopf noch verschlossen zieht sich Nik das Hemd über den Kopf. Es fällt zu Boden und das Säuseln in eins. Lea streichelte Marlenes Oberarm, das schaffst du schon. Marlene öffnet den Mund bewusst weit. Aber vergiss nicht, er spielt nur mit dir, Leas Stimme noch immer in ear. Marlene beißt und schaut zu.

Spiel an dir rum.

Es cruncht und cringt. Nik macht das immer mit links. Die rechte braucht er auf der linken Brust. Mit dem Mittelfinger umrundet er den Warzenhof, während er seinen Hodensack knetet. Die Haut der beiden Körperzonen sieht sich erstaunlich ähnlich, wie ein Ei dem anderen, nur dass die eine Region kahl, die andere von krausem Haar umwuchert ist. Spiralförmig streicht es Nik nach, nähert sich dem Nippel mit der Fingerkuppe. Wie wohl sonst die Gilette-Fusion-Five-Proglide-Power-Klingen wischt er mit der anderen Hand über seinen Venushügel. Unwillkürlich muss Marlene an ein Schokosnackeis denken, an eine Schienbeinrasur mit geschmolzenem, amorphem, formwandelbarem Karamell. Als Niks Penis steif zu werden beginnt, die Eichel in die Höhe schwingt, die Hand die Harnröhre in die Horizontale zwingt, erscheint Marlene das prallgefüllte Glied wie die Negativparallele dieses enggeführten Küchenflurs. Sie muss sich in dieser heimeligen Stille das Sirren des Haartrimmgeräts vorstellen. Während Marlene das bloßgestellte Glied fixiert, durch ihren Kopf Kastrationsphantasien schlitzen, schwingen, fallen, umherschlingen, Cutter, Wiegemesser, Guillotine, Abbinden wie eine Nabelschnur, schielt, schaut, starrt, schmachtet Nik aus der Fensterscheibe über Marlenes Schulterblatt ein Gesicht entgegen, das er, Nackenbeißer, nach und nach, Erotikromancover, ganz langsam erst als sein eigenes, Hochglanzhochzeitsfoto, erkennt, ein Moment, bis er blickt, dass diese Visage, zwar wie immer selten fremd, zur Unkenntlichkeit entstellt, erschreckend verzerrt, nichtsdestoweniger seitenverkehrt, ihm gehört, war ihm doch zeitlebens der wesentliche Spiegel der Anblick des anderen. Als tauchten seine vertrauten Augenbrauen vertauscht über verrückten Gesichtszügen mit sich symmetrisch unter der Nase umkehrenden Lippen im flatterhaften Lufthauch und in dem himmelhohen Abendrot zur Maske handgeblasen dreidimensional aus der Fensterscheibe heraus und schmiegten sich gleißend an das Gesicht seiner Geliebten, sprachen und warfen, ja entschlüpften und entflogen den Lippen und Zungen, Marlene und Viktor die folgenden, Nik wie geprobt hingeschmetterten Worte und Blicke in einem Atemzug, durch einen regen Brustkorb, Stimmbandapparat, Rachen und Mund, verbunden im Verschmelzen der gläsernen Linsen und Lippen mit den Kerben und Schlitzen der Larve, Nik durchdrungen zur Antwort gezwungen von Sicht und Stimme von Vik. Das fragt sie dich fix.

Also wieso hast du nichts gesagt?

Erwidere nichts. Lider auf Halbmast. Schuldbewusst zu Boden schauen.

Sicher, Marlene, ich hab dir das alles gesagt.

Nicht nur die Pupillen. Der Kopf muss auch runter, Bro. Aber bloß so weit, dass sie nicht meint, du versteckst deinen Gesichtsausdruck.

Aber du hast nicht gesagt, dass er dir so ähnlich ist, isst, spricht, sich bewegt wie du.

Als würdest du völlig reglos und absolut niedergeschlagen wie ein geprügelter Hund da unten liegen, so schaust du da hin, Brudi. Dir entkommt kein Ton. Nicht mal ein Winseln. Du schämst dich für dich selbst, und das schnürt dir die Kehle zu. Du bist ein Häufchen Elend.

Aber die blonden Haare blenden Nik im Licht. Er hebt das Gesicht.

Doch, hab ich gesagt, Marlene.

Du lässt alles über dich ergehen, und wenn es dich wegfegen würde unter normalen Umständen. Asche über unser Haupt und so weiter.

Alter, Nik, was das mit mir macht, darüber hast du verdammt noch mal nicht nachgedacht.

Es hagelt Flüche, Dutzende. Und dann heb den Blick. Zur Decke. Denk an mich und unser Stockbett. Flehe, als würd dir ins Kreuz getreten.

Hab ich, Marlene.

Dann hältst du inne, schaust sie an, entschuldigst dich, ganz ruhig.

Du hast also gedacht, dass es mir nichts ausmacht, dass man euch nicht auseinanderhalten kann.

Du hast es jetzt ja eingesehen, Kleiner. Das ach so große Vergehen.

Doch, Marlene.

Kein Trotz, kein Stolz, kein Fünkchen Ehrgefühl, Brüderchen!

Wie bitte, Niklas?

Und ganz egal, was geschieht, Nikiboy ....

Elena konnte das immer.

.... komm ihr nicht mit irgendwem anders.

Echt, ernsthaft, kommste damit jetzt?

Und dann kommste da mit in das depperte Konzert, und das Theater hat sich erledigt. Vorstellungen Ende, Vorhang zu, alle Fragen geklärt.

Aber Vik, warte mal.

Ich lass mich hier doch nicht verarschen.

Was du genau sagst, Nik, ist eigentlich egal, wir proben hier keinen Text, sondern eine Performance der Schuld, ein diplomatisches Geständnis, wenn du so willst, verstehst du das? Wenn sie das will, und das weiß sie schon, bevor du da ankommst, wird sie darauf eingehen. Du kannst ihr nur die Hand reichen. Ob sie die ergreift, wird sie ganz alleine entscheiden, unabhängig davon, wie du dich verhältst. Sie wird dann vielleicht behaupten, es liege an dir. Aber ohne Scheiß, das würdest du an ihrer Stelle ja auch tun. Du kannst nichts dafür. Es gibt mich halt. Was willst du tun. Mich umbringen?

Vik zog voll durch und drosch den Ball knapp an Niks Kopf vorbei in den Winkel der Squashkammer, dass es eher ans Flippern erinnerte.

Gott, ich liebe dieses Spiel, Nikichen.

Nik nahm Aufstellung an der Grundlinie und warf den Ball hoch.

Ich hab bloß verpennt.

Vik ruckte in der Schulter. Nik schlug an der Kugel vorbei.

Schau dich an. Jetzt fällst du schon auf die letzte Körpertäuschung vor dem Herrn rein. Entspann dich mal. So wird das nichts.

Nik prüfte die Schlägerbespannung, drückte den Hartgummiball.

Passiert nicht mehr.

Sie wird schon aufmachen.

Nik fixierte den fallenden Ball durch die roten Rauten des Netzes.

Und wenn sie bloß Fragen stellt, Vik?

Wie ein blutiger Anfänger schlug er zu.

Ich meinte eigentlich die Tür, Nik.

Viktor nahm den Aufschlag Volley, drehte den Schläger auf Rückhand.

Wenn so eine Pause entsteht.

Nik kannte die Tricks seines Bruders und schlug ihn nicht Vorhand.

Dann spielst du den Ball zurück. So in die Richtung, was hätte ich denn bitte anders machen sollen?

Er schupfte den Ball diesmal zwar mit Unterschnitt, aber wieder in dieselbe Ecke wie vorhin, wohin Niklas schon, nach der verstrichenen Wartesekunde, um eine Finte auszuschließen, sprintete. Die letzten Schritte auf den Knien schlitternd ließ er den links von sich hinspringenden Ball rechts gegen die Wand tropfen. Viktor verzog das Gesicht bei dem quietschenden Geräusch, fragte sich im selben Moment, ob das vom Mitgefühl kam oder von der Einsicht, dass Nik ihn kriegen würde, er gar nicht loszurennen brauchte, und entschied gegen sein Bauchgefühl, dass er sich das aussuchen dürfe, solange er es sich selber glaubte, während sein Bruder sich aufrappelte. Wie blindgängerische Streichholzköpfe, die gleich wieder erloschen, waren die Hautschichten unter seinen Knien eher verbrannt als abgeschürft. Scharlachfarbiges Wundwasser überzog die Schrammen. Es nässte nach, als Tropfen die Schienbeine hinabflossen. Sie glühten.

Und wenn sie Rückfragen unendlich mit Rückfragen beantwortet?

Diagonal ging Nik, während sich Tränen oder Schweißtropfen in seinen Augenwinkeln sammelten, brannten, egal, was es war, auf Viktor zu über das bunte Netz sich lotrecht schneidender Linien, die wiederum Bremsspuren dunkler Turnschuhsohlen durchkreuzten.

Schwärz halt mich an im Zweifelsfall.

Viktor setzte sich diametral zu seinem Bruder in Bewegung,

während die Kugel in seinem Rücken herumkullerte, nahm Niklas in die Arme.

Geil, Bruderherz, nicer Punkt, richtiger Lucky Strike.

Ich sollte doch nicht mit irgendwem anders kommen.

Vik drückte Nik noch mal, schob ihn sacht beiseite, hob den Ball auf.

Das ist nicht dasselbe.

Inwiefern?

Ich bin nicht irgendwer.

Also sage ich ihr, dass du, als ich an dem Abend kurz vor Peng in die Wohnung kam, schon da warst. Dass Essen zu bestellen damit ad acta, die Pfanne, der Saucentopf sowie der Ofen bereits heiß, die Tomaten schon geschält, die Kräuter gehäckselt waren. Und ich also auch in der offenen Tür, was machst du hier, Vik? Wonach es denn aussehe? Ob es eh kein Problem sei mit ihr. Zu viert werde es bestimmt lustiger. Sie sei gerade los, weil sie unbedingt noch Chips holen wollte. Er sollte schon mal reinen Tisch machen. Viktor, an dem, schlimmer Finger, mal wieder die ganze Verantwortung in Form von Mehl, Muskat, Rosmarin und Mozzarella kleben blieb, habe sich das auch anders vorgestellt. Allein, wäre die Wohnung verlassen gewesen, hätte es neben einer sämtliche Eventualitäten sowie Ernährungspräferenzen abdeckenden Essenspalette und entsprechender Bestellung auch noch Zeit gegeben, eine achtsamere Kennenlernchoreographie zu ersinnen, was dann aber schon hinfällig war, als Marlene sich, nennen wir es, konsterniert bis schockiert, blicken ließ, überraschenderweise, weil sie ja nie das Licht in der Stiege andrehte, und durchblicken ließ, dass sie gar nicht blickte und checkte, zumal sie gehandicapt, die Hände voller Donauwelle, vercheckte, ihr Handy zu checken und die Vorwarnung in Form einer Textnachricht, schreck dich nicht, Vik und ....

Stopp jetzt.

Viktor und Marlene meinten dasselbe, dass es jetzt genug war, in ihrem Falle mit dem kleinen Zusatz *von dieser elendiglichen Elena*. Jaja, versteh schon, nicht genug, dass sie Marlenes Socken trug, wenn es keinen Unterschied machte, wer die Wolltreter an den Füßen hatte, mussten sich die Frauen auch gleichen, was das Auseinanderhalten der Brüder betraf. Und dann hat er auch noch aufgehört, sich anzufassen, kaum dass ihr Name fiel, der Herr Adler. Und schon sitzt sie wieder an dem schweren, aus dunklem Vollholz gefertigten, mit rotbraunem Ziegenleder bezogenen Biedermeiertisch. Hinter der grüngoldenen Leselampe, die zwar bloß indirektes Licht absondert, blitzt die Alternativen aufzeigende Brille sonderbarerweise trotzdem im woher auch immer kommenden Sonnenschein. Ob ihr denn im Hinterher eine Erektion und das gleichzeitige Gefasel von Elena lieber wäre.

Mach weiter.

Als Nik stumm fortfährt, und langsam Zähne zeigt, fällt ihr Blick auf die magnetisch am Kühlschrank haftenden Konzertkarten, eingerissen an jenem Frühlingsabend, als er ihre Wohnung betrat, auf ihre Bitte hin eine bereitgestellte Flasche Pinot Grigio aus dem Seitenfach nahm, die Tür schloss, Vorhang zu, Vorhang auf, roter Hand kalten Hals umfassend, Kondensation daran tropfend, sah, dass bloß noch Marlenes Füße das gefallene Kleid bedeckte, während sie einander mit Blicken bewarfen, bis Nik die Flasche stehen ließ und auf sie zuging, in seine Sakkoinnentasche griff, ihr die entwerteten Konzertkarten gab, die Marlene im Handumdrehen an den Kühlschrank magnetisierte. Sie streifte das Jackett über seine Schulter, suchte darüber Blickkontakt, fand unbändigen Gefallen an ihrer Spiegelung.

Kommst du bis zu mir?

Nik hebt langsam den Blick, überbrückt das graue Quadrat der gestrigen *Freitag*-Ausgabe auf braunem Untergrund und Marlene und sieht over cut den dämmernden, wolkenverborgenen Himmel und nickt.

Dann lass das lieber mal. Das lass ich nämlich an.

Denn sie trug es schon, bevor Niklas kam, Pärchen-Look, sagte sie zu Lea. Sie trägt es noch, als sie an Nik vorbeischwebt, während die Zugluft die ephemere Strähne vom Staubsauger löst. Sie trug es schon, als Lea die Anlage aufdrehte und die alte Platte auflegte, der wütende Kempff und der gute Ludwig van seien genau die richtige Einstimmung. Sie trägt es noch, als Niklas die Knopfleiste bis obenhin schließt, ihr folgt bis zum Treppenabsatz, verwundert stehen bleibt und eine Pause entsteht, sie lächelt, die Hände vorm Kopf zusammenklatscht, sie sinken lässt und an Niks Hosensack fasst, dass es klingelt, er solle schon abschließen. Sie trug es schon, als sie bereits im Aufzug begann, Nik die Knopfleiste zu öffnen und ihm die Revers entlang der Ärmel von den Schultern zu streifen mit jenem elektrifizierenden Säuseln satinartig raschelnder Stoffe, dass es Marlene an das hochtourige Singen einer anspringenden Rotorsäge erinnerte, die dem kardiologischen Patienten sanft ins Brustbein fuhr, wodurch eine herzchirurgische Schnittkante entstand, der entlang die Rippenbögen mittig auseinanderklappten mit Krach wie die Flügel der uralten Aufzugtür, weswegen Marlene Niklas das Hemd, als sie unten am letzten Knopf und an der Bettkante ankam, lieber über den Kopf zog, es hochriss und losließ im selben Moment, sodass sie Niklas nur noch gegens Schlüsselbein rückwärts auf die Matratze schubsen und seine Hosenbeine greifen musste, während das Hemd in ihrem Rücken sich gegen den Luftwiderstand zu einem einzigen Stück Tuch entfaltete und zu Boden segelte. Sie trägt es noch, als sie neben Nik statt neben Lea statt neben Nik stadteinwärts marschiert, diese kulissenartigen Jugendstilfassaden am Gürtel entlang, die sich in ihrer stupiden, in einem fort hingepflanzten Monokultur formal und strukturell weder von den Mehrparteienhausreihen Hildesheims aus den Fünfzigern noch von den Plattenbausiedlungen Berlins aus den Siebzigern abgrenzen, zwischen deren Fassaden sie ebenfalls in diesem Kleid gewandelt war. Sie trug es viele Male auf allen vieren, wobei sie ihr Bett extra so ausrichtete und sich darauf so positionierte, dass die Mauer neben dem Fenster den Boyfriend, das G'schichterl oder das Pantscherl und manchmal auch den Ex-Boyfriend abschnitt und sie nur ihre eigene Gestalt gespiegelt sah, wenn sie ihren

Kopf zur Scheibe drehte. Sie trägt es noch, als sie begreift, dass sie es doch zu oft getragen hat in Niks Gegenwart, es irgendwie mit ihm verbindet. Sie trug es schon beim Maturaball in jener österreichischen Provinz. Es war, als brächte sie dieses Kleid zur Welt. Und sie trägt es noch, als sie das Konzerthausfoyer betritt durch die in drei Glaskabinen geteilte, sich wie in einem Linkswalzer gegen den Uhrzeigersinn drehende Tür. Gleich einem beim finalen Akkord in Schlusspose ausgeschwungenen Paar lösen sie sich voneinander. Marlene bleibt wie eine vakante Debütantin zurück, während Niklas eilenden Schritts der taktgebenden Mechanik und den voranrückenden Zeigern der über dem Kartentresen schwebenden Uhr entgegenstrebt vorbei an der durchwegs in schwarzweißen Zweierteams gruppierten Bourgeoisie. Dem Sterben nahe Paare in elendsalten und halbseidenen Aufzügen versperren allenthalben den Weg, weichen aber rechtzeitig beiseite und bündeln sich sogleich zu Quartetten. Der Schneise, die Nik zwischen Roben und Smokings der Gestalt im kleinen Schwarzen am Kartenschalter entgegenzieht, folgt Marlenes Blick. Wo seine straßenranddreckigen Schuhsohlen den marmorblockweißen Fußboden bedrucken, sieht sie nun eine strichlierte Linie zwischen sich und ihm, an deren Ende vertikal wie der Minutenzeiger dort droben, der Gong ertönt, ein schwarzer Strich aufgerichtet ist.

Unerbittlich werden rund um Marlene im Gegenschuss durch Augenhöhlen rollender Pupillen Handgelenke gewendet und Lichtreflexe schwimmen auf den verchromten Armbändern. Aus Sakkoinnentaschen ziehen die stutzenden Herrschaften Karten und folgen ihren nun führenden Begleitungen auf dem Absatz in Reih und Platz, links und rechts, Parkett und Rang, safe Nummer. Penetrante Parfums schweben in der Luft, und eben noch an Revers gesteckte Rosenblätter schwenken zu Boden. Elegante Abendroben schleppen die Blütenüberbleibsel wie Bordüren dort und da einige Schritte mit sich, während hinter Marlene die letzten Chauffeure ihre Zigaretten wegschnippen, die gestreckten Arme über die heruntergelassenen Scheiben zurückziehen, mit getöntem Glas die finsteren Limousinen versiegeln, sich auf eher stockendem denn rollendem Gummi aus parallel geführten Parkplätzen lahmer und zäher in den dickflüssigen Verkehr strecken, als Marlene die Strecke hinter sich gebracht hat mit dem Typen, der auf die Frau im kleinen Schwarzen hinter dem Kartenschalter dort vorne einredet, als hätte Marlene voll Überschwang am Schlepptau gerissen, ihn wie im Überschwung bis zum Tresen geschmissen. Weder er noch sie haben Sachen, Dinge, etwas abzulegen, Taschen, in der Armbeuge, an Hüften, Brüsten, Becken, Gesäß, Portemonnaies, Schlüssel, Münzen, um die Frau im kleinen Schwarzen am Buffet da drüben, die bereits, vollkross und Lachs, die Baguettes aufschneidet, in der knapp bemessenen Pause etwas schneller zum Servieren zu bringen. Als sie beginnt, Sektgläser in Violinschlüsselform zu arrangieren, meint Marlene hinterrücks, ihr Kerl, wie typisch, stünde wieder wie in der Magritte-Retrospektive im Jackett zwischen ihr und dem versprochenen Bild, das den ach so tiefsinnigen Titel *Der intime Freund* trägt und als schwarzen Hintergrund den Rücken eines Anzugträgers samt Hut zeigt, unter denen sich böse und ungern nicht mehr verbergen mochte als ein Garderobenständer, davor ein dummes, strohblondes Stück Brot, gerade mal eine halbe Portion, in der Schwebe, nebst einem semileeren, fix frostschutzgestreckten Schluck Rotwein, in einem Kristallpokal, und Marlene muss einfach dazwischen gehen, ihren Kopf förmlich durch das Loch im Plexiglas zwängen, die Frau im kleinen Schwarzen neben dem scharfkantigen Flachbildschirmrücken mit ihren eisenarmen Nägeln auf dem Tresen buchstäblich anherrschen, was stimmt denn jetzt nicht mit den Karten?

Gnädige Frau, die Vorstellung hat bereits begonnen.

Vorschlag zur Güte, lassen Sie uns beim Zwischenapplaus rein!

Nichts lieber als das, aber es gibt leider keine Plätze mehr.

Dann machen wir Stehplatz. Das macht ja nichts. Was macht das aus?

Ich muss Sie enttäuschen, es gibt heute keinen Abendkassenverkauf.

Dann haben Sie auch unsere Tickets nicht verludert. Auf Adler.

Es tut mir aufrichtig leid. Es wurden alle Karten abgeholt.

Und man muss sich vorher nicht vielleicht ausweisen?

Oh doch. Kontrolle, das A und O. Unsere Kunden wissen das. Hat alles seine Ordnung. Sonst verliert man die Beherrschung, gnädige Frau.

Und was glauben Sie eigentlich, wie viele Adler es gibt?

Hier im Saalplan nur einen.

Die Kartentussi fotografiert den Bildschirm, zeigt den Screenshot her, dieselben Plätze wie auf dem unlängst von Niklas oder Viktor, wer will das schon wissen, verschickten, verfickten Screenshot.

Im Augenwinkel sieht sie wieder Niks Profil mit der Beule Schritt für Schritt voranschweben. Sie tritt den Gehweg, Lichtjahre davon weg, die Hand in seine Tasche zu stecken. Meilen trennen beide. Er muss seine Finger bloß heben, ihren Undercut entlangzustreichen.

Geht das jetzt eigentlich noch weiter?

Der Schlüssel klimpert in seiner Hosentasche, und der Rasierer sirrt an Marlenes Schläfe, und der Staubsauger rasselt in ihrem Kopf, als wollte er Niks Fingerkuppe samt Abdruck einprägsam hineinsaugen. Weder einen Schlüssel dabei noch in diesen Schuhen schnell zu Fuß.

Dein Bruder ist so ein Hurenkind.

Elena

Die erste Hand, die Elena malte, war die ihres Vaters. Und die erste, die sie zeichnete, war seine zweite. Sie lag auf ihrem Kopf, an ihrem Hals und in ihrer. Wenn der Vater pausierte, wechselte Elena die Seite. Willst du auch mal probieren? Ich schau lieber zu. Und die andere Hand flog über die Klaviatur. Als der Vater die Partien zusammenbaute, verließ Elena den Raum. Kaum war sie groß genug, über die Kante in den Flügel zu schauen, blieb sie bis zum Schlussakkord. Alle Dämpfer hoben ab, viele Hämmer schlugen zu, die Saiten zitterten weiter, keine riss. Der Vater nahm den Fuß vom Pedal, und Elena begann, zu applaudieren. Dann stand er auf und verbeugte sich tief. Als sie groß genug war, klappte sie den Deckel des Flügels zu. Vorher starrte sie auf sein Genick. Mutter schickt nach dir. Essen ist fertig. Elena malte im Erdäpfelpüree mit Sauce, baute aus Kohlsprossen Pyramiden und löffelte nur die Hühnerbrühe. Vulkane, ägyptische Bewässerungsanlagen und die lateinische Schrift, noch fremd wie assyrische Griffel und Tontafeln. Als sie groß genug war, deckte weiterhin die Mutter den Tisch. Elena ging an die schalldichte Tür, das ist für Sie, und dann durch die andere. Sie stand neben dem Vater. Wenn er nickte, blätterte sie um. Mutter schickt mich. Das Essen ist da. Löffel, fettige Finger, brechende Stäbchen und Glückskekse. Elena brachte ihre Notenhefte mit an den Tisch. Ziffern von eins bis fünf, Zeichnen am frühen Abend, zehn Prozent für den gehetzten Mann im Treppenhaus, Münzen, Zeichen und Zahlen, Durchschnitte und Verhältnisse, und das erste Taschengeld. Mathe war Elenas schwächstes Fach. Als sie groß genug war, fickte sie den Nachhilfelehrer und unterschrieb die Arbeiten selber. Als sie alt genug war, hörte sie auf damit. Sie hielt die Hand ihres Vaters, führte sie um ihren Rücken herum, legte sie an ihre Hüfte. Er streichelte sie so automatisch, wie er spielte. Als der Vater fertig war, stand er auf, spreizte die Arme und verbeugte sich. Ihr Blick blieb an seinen Fingern haften bis in die Spitzen. Sie klappte den Deckel der Klaviatur hinunter. Mutter sagt, mach dich schick. Wir gehen essen. Schlabberpulli, durchgesessener Hosenboden, immergleiche trübe Nylonsocken, löchrig getretene Mokassins, hochglanzpoliert und gestimmt der Flügel. Das Hühnchen schnitt der Kellner in mehrere Teile. Die Klingen der Geflügelschere waren so lang wie seine Hand. Mutter und Vater zerstückelten das Tier weiter und taten sich gütlich. Sie bedienten sich von der versilberten Platte in der Tischmitte. Brustfleisch, Kugelgelenke, abgehackte Haxen, splitternde Rippen, rausgedrehte Flügel, Saftgulasch für Elena. Die Sahne darin rührte sie zu einem Milchspiralwirbel. Die nächtliche Straße ging Elena alleine heim, als sie groß genug war. Vorher frequentierte sie Parks, mondäne Bars und Wohnungen von Freundinnen. Der Zeichenblock mit Dürers Hasen drauf war immer dabei. Weil er dann schrie, keine Zeit, keine Zeit, nahm sie selten Speed im Club. Sie hockte auf den ledernen Sitzbänken und zeichnete das Stroboskop. Hin und wieder malte sie auf Alice, um die Tanzenden zu spüren. Auf Cocktailpartys unter Freunden konsumierte sie mehrmals Keta. Für besseren Smalltalk mit Bekannten kiffte sie viel auf Bänken und Europaletten. Wenn sie mit Fremden ins Bett ging, kokste sie oft. Wollte sie nicht, schmiss sie ihnen vorher Teile. Oder gab ihnen G in den Drink. Meistens bekamen sie dann keinen hoch. Dabei schaute sie gerne zu. Sie nahm mehrmals Emma und niemals Opiate, vielleicht zweimal, weil einmal keinmal und irgendwas im Haschisch war. Skizziert, gezeichnet, radiert, gemalt, genug davon. Vorher war sie groß genug gewesen, das Crystal vom langhaarigen Pusher abzulehnen. Eines Nachts fraß sie ganz alleine einen letzten Trip im Park. Sie malte nicht nur alles, was sie wahrnahm, sondern sogar Alice selbst und freute sich aufs Abendmahl am nächsten Tag. Beim Runterkommen im Morgengrauen schob sie auf der Treppe einen regelrechten Abturn. An der Pinnwand in der Küche hingen Mutters Texte und ein paar Zeichnungen. Hallus in die frühe Jugend griffen zu. Als sie groß genug war, nahm sie ein Blatt ab. Die Reißzwecke sollte auf das Pedal des Flügels. Aber die Tür war verschlossen. Der Vater war im Bett oder konzertierte. Mach dich urschick. Wir gehen ins Imperial. Warum? Flashback, Verfolger, Entzug und Panik, eiskalt erwischt zu werden. Weil wir jetzt genug Geld haben, das jeden Abend zu tun. Weil Mutter es verdient. Weil wir feiern wollen. Weil deine Tochter mit einem Dreier in Mathe heimgekommen ist. Weil sie viel und gut essen muss. Weil ich trocken bin. Weil die Behandlung losgeht. Hallo? Es riss sie zurück neben den Flügel. Weil du frei hast. Vorher war der Vater Monate verschollen gewesen. Tournee, Auslandskonzert, Orchesterreise, diverse Aufenthaltsstipendien, Übungsklause in Oberösterreich, Meister der Abschlussschulklasse am Mozarteum und so weiter. Er schlüpfte in seinen Pelzmantel. Elena bestellte Kaninchenragout, gedünstete Pilze und prickelndes Wasser aus Vöslau. Milchgefüttert und glücklich großgezogen, schonend zubereitet, betäubt geschlachtet, vom Land, der erste Herbstregenguss, mit Kohlensäure versetzt, im Gegensatz zu Römerquelle noch nicht Produkt der Coca-Cola Company. Psychedelische Muster zeichneten die Stoffservietten, als Elena fertig war. Danke, aber auf Alkohol stehe ich nicht so. Sie dachte, die Mutter wüsste es schon. Elena brachte es den beiden gar nicht schonend bei. Sie müsse sich zwischen Musikunterricht und Bildender Kunst entscheiden. Wahlpflichtgegenstand nannte sich das. Der Vater verstand es als Beleidigung und Provokation, die Mutter als Verleugnung und Vergeudung. Hätte sie bloß zu Hause ständig geprobt. Sie stürzte den Nussschnaps. Den Theaterkurs kann ich ja trotzdem noch machen. Die Bedienung bettelte inzwischen um zwei Autogramme für seine Kinder. Darum geht es nicht. Goldberg, Glenn Gould, Steinway & Sons. Bergman, Betty Blue, Coppola mal andersrum. Von denen lern ich eh nichts. Bloß noch die halbe Klasse versammelte sich die letzten beiden Schuljahre im Musiksaal. Die nachmittägliche Doppelstunde bestand aus epochalen Überblicken und strapaziösen Singübungen. Die Klasse kam um den Flügel zusammen. Die Hämmer schlugen Elenas Zwerchfell. Sie brauchte die ganze anschließende Therapiesitzung, um ihre Stimme wiederzufinden. Die Psychologin bot ihr ständig stilles Vöslauer an. Denn das Unbewusste sei ja bekanntlich sprachlich strukturiert. Elena brachte noch nicht mal Widerspruch zustande. Sie trank brav Glas für Glas und beendete die Sitzung meist mit einem Toilettengang. Stottern, Weinen, Schweigen, ja, aber Heiserkeit, nein, das kannte die Psychologin noch nicht, was für ein spannender Fall. Auf ihr Anraten hin verbrachte Elena längere unterrichtsfreie Zeiten in Oberösterreich. Sommer, verlängerte Wochenenden, Osterurlaube und Weihnachtsferien samt Jahreswende. Luftkurorte, provinzielle Stille, widerhallende Felswände, nur verunglückte Bergsteiger, Abstürze und Unglücksfälle statt springender Punkte, zum Schreien komische Ureinwohner. Mutter und Vater blieben zwar besorgt, aber in Wien, denn sie spielte inzwischen auf den wichtigeren Bühnen vor johlenden Logen. Er zog in den großen Konzertsälen andere Saiten auf und ließ gusseiserne Ketten über die Flügel schmettern. Sie hätten Elena wohl einen Bungalow im Salzkammergut gekauft, hätten sie nicht ohnehin schon einen besessen. Und wäre das Ferienlusthäuschen nicht sowieso nahe gelegen, sie hätten aufgestockt und die Therapeutin oben eingemietet. Drogen, transzendentale Obdachlosigkeit, grobe Daddy Issues, keine allzu unübliche Diagnose. Das kriegen wir schon wieder hin. Vorher hatte die Psychologin mit Süchtigen in Berlin gearbeitet. Abhängigkeit, Aggression, Autoaggression und Autoabhängigkeit. Dass Elena ihren Rückzug aufs Land per Bahn in Angriff nahm, sei ja schon ein Anfang. Wirklich zum Schreien komisch. Ihre Antwort hallte wider von den Kalkalpengraten. Der Garten war vollgestellt mit buchstäblich phallischen Skulpturen aus Stein. Und auf dem Kiesweg liefen Nonnenprozessionen den Berg auf und ab. They kill themselves, they kill each other, and they take drugs, sage ein Taxi-Fahrer in einem Frankl-Aufsatz über die heutige Jugend. Was meinst du denn dazu, Elena? Dass ich mich zwischen diesen ganzen Schwänzen und alten Jungfern irgendwie falsch fühle. Die Psychologin schob ihr ein Glas Limonade voller Eiswürfel über den Tisch zu. Dafür bist du groß genug. Die meisten ihrer ehemaligen Klientel brauchten einfach nur eine Aufgabe. Der Beschwerdebrief von der Gemeinde trug die Unterschriften fast aller Einwohner. Elena und die Psychologin warfen Tücher über die Plastiken. Wenn sie schon zu alt für Schwänze sind, werden sie Christo auch nicht verstehen. Die Psychologin schlang sich ein nasses Handtuch um den Kopf. Wie eine Hollywooddiva sah sie damit aus. Ach, Vollverschleierung liegt in dieser sisterhood ur im Trend. Mit dem bronzefarbenen Cabrio brausten sie die Hügellandschaft ab. Die Therapeutin verlängerte die Ausfahrt, und Elena stieg zu Hause aus. Ansonsten legte sie ein Herbarium an, zeichnete Bäume, malte die Berge und tourte einmal die Woche mit dem Fahrrad über die Hügelterrassen. Mehr als einmal verwechselte sie die Einfahrt. Jede Person der Wiener Schickeria schien hier mindestens eine Villa zu haben. Manchmal traf Elena die Kollegen aus der Hautevolee. Feinkosteinkäufe, öffentliche Tennisplätze, Promenadenspaziergänge am Seeufer, Abbrausen vorm Pool. Was sie hier so ganz alleine mache den ganzen Tag? Den Führerschein, das sei ihr in der Stadt zu stressig. Wo der Herr Vater und die Frau Mutter seien? Im Urlaub, das sei ihnen auf dem Land zu stressig. Ob sie noch mitkomme auf ein frisches Getränk am Minigolfplatz? Die Maturavorbereitung sei leider gerade zu stressig, sonst gerne. Jawohl, recht habe sie, Alkohol, schlecht für die Gedächtniskonsolidierung, ob sie auch Medizin oder irgendetwas unüblicherweise zugangsbeschränktes studieren wolle? Auf jeden Fall irgendetwas Entspanntes. Die gute Tat nach Pfadfinderart, die Auseinandersetzung mit der Kunst und Handeln nach eigenen Maßstäben, nach Frankl, die drei Möglichkeiten transzendentaler Erfahrung. Die Therapeutin nahm Platz auf dem Liegestuhl. Augenblick, also vier eigentlich? Wirklich, zum Schreien komisch, Elena. Sie zeichnete die Sitzungen inzwischen auf und schrieb für ihre Fachbereichsarbeit Stichpunkte mit. Jaja, schon klar, Altruismus, Ästhetik und Autonomie. Für die lieben Enkelkinder Wollsocken strickende Uromas, vor elendsalten Meistern sabbernde Saftsäcke und Cristiano Ronaldo. Transzendentale Goal-Getter, Pole-Setter und GOAT-Matcher. Beißt sich das nicht ein bisschen? Die Psychologin drehte sich auf den Rücken. Sie blickte in den Himmel und assoziierte frei weiter. Nein, überhaupt nicht, stilbewusste, selbstbestimmte Seinsvergessenheit. Über der am Kopfende des Liegestuhls sitzenden jungen Frau brauten sich heitere Wolken zusammen. Die Heiserkeit war verflogen, und in ihrer Konstitution wie Konstellation sah die Psychologin mannigfaltige Gehaltsschecks und kein Problem mehr. Elena beugte sich über den schwarzen Pagenkopf der Therapeutin, sah sie beschattet blinzeln und setzte ihr die Ray-Ban auf. Eure hochwohlgeborene Selbstlosigkeit. Wolle, Elena, die wird gehäkelt. Und schon hing sie an der Nadel. Sie übernahm auch andere Arbeiten im Garten, im Haushalt, ja, sogar am Auto. Nach einem Reifenwechsel rollte das frisch abgespritzte Cabrio auf seiner letzten Tour den Hang hinunter. Hast du den Gang nicht eingelegt? Doch. Und die Handbremse war angezogen? Ja. Hast du die Reifen Richtung Randstein gedreht? Oh. Ich schreibe hier, sagen wir, Therapierückschritte und Extrastunden auf. Zurück in Wien stürzte Elena auf einer Geburtstagsparty ab. Schon in der Tür wurde ihr ein Glas in die Hand gedrückt. Wie schön, dass sie da war. In der Küche öffnete ein Klassenkollege gerade eine Flasche Wein. Elena kam ihm wohl zu nahe, als sie sich ein Bier aus dem Kühlschrank nahm. Ob sie einen mit ihm trinke. Schon klang Glas an Glas. Nach dem Bier stand Elena lange in der Toilettenschlange. In der randvollen Badewanne befanden sich verdammt kaltes Wasser und weitere Flaschenbiere. An den Küchentisch zurückgekehrt kredenzte ihr ein Typ, den sie noch nie gesehen hatte, ein angeblich ganz besonderes Glas Whiskey. Seine Lobreden bezogen sich offenbar auf das Gefäß, nicht auf den Inhalt. Der Kerl faselte vehement vom Handblaswerk und der niedrigen, aber bauchigen Form, während Elena das nasse Etikett von dem Stiegl fieselte und einen Minikranich daraus faltete, so wie sich die anderen Umstehenden Zigaretten drehten. Als sie das papierene Machwerk auf den Tisch stellte, fiel ihr auf, dass sie ein Bier intus und vier Getränke vor sich hatte. Urtyp, Primitivo, Champagner, Single Malt. Wie schön, das Glas, es war geprägt, Lea Wassermann stand da, dann war sie weg. Trübe konnte Elena sich einer Auseinandersetzung mit der Nachbarin im Treppenhaus entsinnen, die Elenas Eltern innig hasste. Sie hörte bloß die entsetzte Stimme, schaute hoch zum verschwommenen Lampenlicht am Plafond des Treppenabsatzes, versuchte sich zuzudecken, fasste ins Leere. Erst nachher wurde ihr klar, wie unkoordiniert und unhöflich die Handbewegung geraten war. Es schepperte und wurde schlagartig dunkel, wie auch der Donner zwischen den lichten Blitzen knallt. Eine Stimme wisperte im Finstern, sie habe gesagt, sie wohne oben, zweiter Stock, so ein Trottel, die erste Etage, Mezzanin zählt man nicht, eins drüber noch. Und dann schwebte Elena im Wiegeschritt die Stiege hinauf zwei weitere Absätze. Alsbald verschwand der rot leuchtende Punkt an der Wand einen Augenblick und die Hand danach ebenfalls. Dafür fiel nun wieder Licht auf sie nieder, zwischen ihre Lider, die sie langsam öffnete. Windschief erschien die Wohnungstür, deren Rahmen in ganz langsamem Tempo ruckelte, ein Erdbeben in Zeitlupe. Dann war da wieder nur die Decke. Kopf hoch, Elena, so die Stimme, und als sie ihn nicht mehr hängen ließ, bemerkte sie, dass ihr Hals in einer Armbeuge lag. Die Hand sah sie unter sich, und der Türrahmen kam auf sie zu. Sie meinte, dagegenzuknallen, spürte es schon hämmern hinter der Stirn. Doch kurz vor Peng bremste die Bewegung. Der Finger unter ihr lag an der Klingel. Über ihr schwebte ein lockiger Kopf. Wieso weißt du, wo ich wohn. Die Lippen zitterten ihr. Die seltsam undefinierte Gestalt verzog sich im Gegenlicht. Ach, halt die Klappe, Elena. Dann sah sie die Türrahmenleiste in den Himmel schießen. Ihre Kniekehlen sanken etwas ab, und da war Widerstand. Unter ihren Sohlen. Sie entglitt schräg, am Hals, dem Griff. Dann war ihr Arm ums Genick des anderen geschlungen. Sie hielt sich. Ein Schaben am Linoleum. Schon wurde sie wieder hochgehoben. Der Schlüssel klickte und drehte sich. Warum weißt du, wo der liegt. Oh wow, deswegen hasst die Nachbarin dich. Elena schwebte den Gang entlang Richtung Treppe, im Wiegeschritt die nächste Stiege. Das letzte Zimmer. Alles klar. Deine Eltern haben echt nen guten Schlaf. So was hab ich mir auch immer gewünscht. Musstest dich nie rausschleichen, was? Am Ende vom Gang schwang die Tür auf. Schau, der Sessel da. Setz mich drauf. Ja, genau. Ein bisschen Licht fiel durchs Fenster. Die Silhouette des Typen wirkte schmächtig. Elena wurde klar, wie mager sie war. Hab ich schon gekotzt? Der Kerl steckte sich eine Zigarette an. Die Packung verschwand wieder in der Innentasche seiner Lederjacke. Elena roch zum ersten Mal Tabak in ihrem Zimmer brennen, Lucky Strike, eindeutig. Überschlagsartig, die obligatorischen Schulterpolster abgezogen, von den Proportionen ein noch ärgerer Hänfling, als sie dachte. Das wars, Elena. Ich trag dich jetzt nicht auch noch aufs Klo. Kotz den Boden voll von mir aus. Ich weck deine Eltern. Du kommst doch klar, oder? Deine Freundinnen meinten, du kannst was ab. Der Rauch hing im Zimmer, fing das Licht. Die Stimme schien düster zu werden. Elena versuchte, ihre Alternativen abzuwägen, blätterte ihren imaginären Skizzenblock durch. Die Seiten, voll Gekritzel, groteske Motive, abstrakt, wie Schriftstellerinnen mit Sauklaue, die Notizen zu nichts mehr zu gebrauchen, fuck. Ah, ich versteh schon, die Eltern sind ausgeflogen. Du bist so eine kleine verwöhnte Bruchpilotin. Und die Alten hören auch auf, andauernd Helikopter zu spielen. Ein kühler Luftzug wirbelte ihr die Frisur zum Haar und die Strähnen um die Wangen. Kannst froh sein, dich mir an den Hals geschmissen zu haben. Der glimmende Punkt war weg und der Rauch immer noch da. Kann ich auch eine? Er fischte die Kippe mit den Lippen aus der Packung. So überzogen atmete er ein, dass es die Flamme vom Feuerzeug sog. Mit großer Geste, im Flug rotierender Hand, hielt er Elena den Filter hin. Sie erkannte das am Looping fliegenden Glühwürmchen von Zigarettenspitze. An der zur Volute formierten Rauchfahne. Die Handbewegung war ihr entgangen. Wie sagt man? Fick dich! Der rote Punkt entzog sich ihrem Griff. Die Rauchfahne schwebte dem Ganglicht entgegen. Der Junge stand in der Tür. Die Schwade gleißte. Nein, warte. Du kannst jetzt nicht gehen. Was, wenn ich einschlafe und nie wieder aufwache. Du musst dableiben und im Bett pennen gefälligst. Sie schaute in den gedimmten Lampenschein am Plafond vom Gang. Vernebelt, zerstreut, auratisch, indirekt, volatil, ephemer. Der erleuchtete Rauch war kaum zu riechen, und die Wohnungstür gerade so bis hier oben zu hören. Die Füße unter ihrem Gesäß rauszuziehen, kriegte sie noch irgendwie hin. Das mit dem Fensterzumachen ließ sie schön bleiben. Fuck, scheiße, nein. Vorher stand sie und schwankte. So plötzlich, verzögert, überbordend. Da saß sie wieder zusammengesackt auf dem Sessel. Niedergesetzt hatte sie sich nicht. Ins Polster gefallen. Sie wehrte sich noch. Dann wachte Elena auf. In einem Quader fielen Sonnenstrahlen herein. Sie schlugen eine lichte Schneise aus dem dunklen Raum heraus. Elenas ganzer Körper wurde erhitzt vom Querschnitt dieses dreidimensionalen Gebildes. Ihre Augen waren derart erhellt, dass sie, ohne zu blinzeln, die Lider aufschlug, augenblicklich. Aus ihrem Schoß stieß Elena ein scharfer Geruch entgegen, als überfiele er sie, wie ein maroder Kronleuchter an rostzerfressener Kette über ihrem Schädel, schneidend, gleichsam ein Fallbeil. Der Sonnenschein auf dem Armsessel rahmte ihren Körper. Außerhalb des Quaders drohten stroboskopgetroffene Tanzende, drogenverzogene Fratzen, von Zahnfäule befallene Grinsekatzen aus dem Zwielicht des Zimmers heraus. Es tobte in ihr, stärker als sie. Der Zigarettenstummel lag noch auf der Fensterbank. Nach wie vor saß sie auf ihren schlummernden Fußsohlen, die abgeschottet waren vom pochenden Kreislauf, vom blutig hereinbrechenden Wachzustand. Das Gesicht vergrub sie fortdämmernd in den Händen. Sonne kroch zwischen den Fingern durch. Der Geruch des Erbrochenen sickerte in ihren Rachen. Es fluoreszierte auf ihrem Schoß in aggressiven Farben.

Follower

War Vik allein, bewegte er sich in Wien am liebsten zu Fuß, fernab der verstopften Verkehrsadern, die sowohl Flüsse und Kanäle die betonierten Ufer entlangsäumten als auch die asphaltierten Flächen durchmaßen zwischen Prachtfassaden und Regierungsgebäuden. Infolge dort verabschiedeter Gesetze war die innere Stadt eingekreist von Kolonnen stockender Autos auf doppelten sowie vierfachen Fahrspuren und durchzogen von endlosen Strömen marschierender Passanten auf den glattgetretenen und radweggeränderten Trottoirs, die Viktor ebenfalls, so gut es ging, mied. Abseits der kastanienhagelnden Alleen, der verkläfften und durchknurrten Hundezonen, der frisbeezerschossenen Naherholungsoasen, der fahnenbewehrten Plätze, der militärumstandenen Botschaften, der rapportbestimmten Kasernengelände, der triebgesteuerten Tierparks, der klagelauten Krankenhausanlagen, der propagandistischen Einkaufsmeilen, der geschundenen und verluderten Gemeindebauten und der quälgeistigen Kleinkindergärten, Abstand wahrend zu all diesen raumgreifenden Stätten inmitten der Stadt, vollgepfropft von öffentlichen Arealen, umringt, gegürtet und abgeschnürt von Autobahnen, blieben Viktor nur die Zwischenräume, das kopfsteinige Gassengewinkel, das keinen Niveauunterschied zwischen Bürgersteig und Straßenbelag kannte, stattdessen unversehens in eine strudelige Stiege mündete, bewacht von niedrigen Laternen, die auch tagsüber die Nacht vertrieben, den Schatten in Schach hielten unter den windschiefen, einander zwar zugeneigten, aber sich das Licht streitig machenden Fassaden, an denen zwei gegenüberliegende Erker bereits einen Durchgang bildeten und man sich von Balkon zu Balkon die Hände schüttelte. Viktor wusste, wie diese Wohnhäuser sich nach innen hin aufschlüsselten, große Höfe eröffneten und ausladende Zimmer bargen, sich all den Raum einverleibten, den sie den verzwergten Straßen, den geschrumpften Plätzen, den zu Nischen minimierten und zu Wasserspendern versandelten Ecken und Springbrunnen absparten, an denen Viktor nichtsdestoweniger innehielt. Er trank aus den Mäulern von Löwen, königliche Köpfe, deren Mähnen schon in den Mörtel mündend die hin und wieder Wände schmückenden Figürchen berühren, feingemeißelte Brüste, Lustknaben, die unterm Arm getragenen Körbe und Krüge von Mägden, und jetzt eine Lucky Strike. Und den Stummel fallen lassen, in die Mulde. Der Kopfstein hinterließ sie im Pflaster, herausgebrochen. Den da drüben liegenden Ziegel, abschließend und anschließend, mit dem Fuß wieder zwischen die anderen Mosaiksteinchen schieben. Einen kleinen, rauchenden, qualmenden, ausbruchsbereiten Vulkan ausdämpfen, ihm das Maul stopfen. Die Heldentat, einen selbst gestifteten Brand zu löschen. Schon trat er hinaus aus dem Schatten des Schleichwegs, stand vor dem Haus und starrte die abweisenden Fenster hinauf wie vor einer Woche.

Zu zweit den florierenden Boulevard hinunterflanieren, hinter Nik her, vorbei an den ach so putzigen Einzelhandelsgeschäften, in denen funkensprühend Scheren geschliffen, metallspansirrend Schlüsselbärte nachgeschnitten, Finger vermessen, Innenfutter ausgebessert und Handschuhe umgenäht werden. In Familienbesitz der Laden, und ja, die damals blutjunge Inhaberin, obwohl das Augenlicht trüber, die Gelenke gichtiger würden, die Oma mache es noch manchmal, trenne jede Naht einzeln auf und passe die Dinger an. Gleich zwei Paar in Auftrag gegeben für die Brüder mit den langen, aber schmalen Händen, die sich in keine serienreife Konfektionsgröße schmiegen wollten. Viktor trug seine, hauchdünn, crémantfarben, eher Accessoire denn Kleidung, während sich beide mit rudernden Armen und stoßenden Ellenbogen durchs Marktgetümmel stürzten. Linker Hand schnappte Vik einen speckumwickelten Käsewürfel, nach dem Verzehr der Kostprobe den Zahnstocher schon parat, sich den letzten Fetzen Fetträndchen rauszukratzen. Rechter Hand vernahm er einen Marktschreier immer wieder drei Bio-Zitronen für nur einen Euro ausloben, bis ein pfeiferauchender Greis daherkam, er hätte gerne zwei davon, puffte der alte Mann den Beutelschneider an, und dann noch eine. Verschmitzt wies er auf die Steige mit den Früchtchen, neben der die Kreide an der Schiefertafel dreißig Cent per Stück anpries. Weiter vorne bewies eine Studentin in Birkenstocks und Oversize-Jeans-Jacke echtes Verhandlungsgeschick, indem sie auf jede fehlerhafte Stelle im Knöpfwerk einzeln zeigte, und ihr eigenes Gebot, Loch für Loch, nach unten korrigierte. Die Teppichhändlerin kam gar nicht mehr hinterher mit dem wilden Gestikulieren, den Pracker in der Hand, und dem Minimieren ihrer Forderung.

Schon spuckte der Basar die Brüder wieder aus, und Vik folgte Nik nach unter sommerlich geschmückten, mit Liegestühlen und Schartnerbombe-Sonnenschirmen bestückten Balkonen, vom Schlag getroffen tot die Bewohner, leichenstarrer Hitzestich, rot gebrannt, gelb vermodert, spätherbstliche Haut, die Eierspeisbauten. In den Erdgeschossen beherbergten sie Tageswerkstätten, ein Wort, das Viktor auflas und unter stetem Weglassen einer Silbe immer wieder, in schnellem Schritt von Niks Schatten, neu zusammensetzte, indes Kreuzschwestern in dunkler Tracht, bürgerlicher Besuch in feschem, meist vierteiligem Gewand und Jugendliche in ultrakurzen, knallbunten Klamotten das Gebäude verließen, getöpfertes Kunsthandwerk, geschnitzte Kerzen und dickflüssigen Holundersirup in geflochtenen Körbchen heraustragend. Fast hätte Vik den Anschluss versäumt, als das grüne, doppelte, händchenhaltende und von fliegenden Herzchen umschwirrte Ampelmännchen zu blinken anfing und der in weiter Ferne dem Himmel eingeschriebene Greifvogel abdrehte, sich aus der Thermik bewegte, in der ein zweiter, flügelspreizender Schatten unaufhörlich Auftrieb nahm, sich höher und höher schraubte, den erst jetzt und dadurch erkennbar kleineren, näheren, entfernteren Artgenossen ins Verhältnis setzte, der nun wuchs in rasantem Sturzflug, auf die Hügel am Stadtrand zusteuerte, vorbei am Steinhofer Sanatorium glitt, über das Naherholungsgebiet segelte, Richtung Falknerei schnellend, die dort oben ansässig war, Viktors Wissen nach an wetterruhigen Tagen fulminante Flugshows ausrichtete, während der Bruder keine Sekunde sein weitschweifiges Kreisen gegen die Sonne einem Kommando unterwarf und sein landender Widerpart im hellen Licht die schwarzweiße Brustzeichnung preisgab, die Farben des Anzugs, den Viktor trug. Niklas hingegen hatte sich heute für ein brombeerfarbiges Kunstfaserhemd entschieden, eine Art aufgemotzte Polyestermischung, elastisch, blickdicht, geruchsneutral, antitranspirant, trotzdem atmungsaktiv, leicht zu reinigen, meist reichte schon Auslüften, eine gute Wahl, sollte Nik sich nach dem Spaziergang am Riemen reißen und tief durchschnaufen, um kein Blut zu schwitzen.

Vik holte an der letzten Ampel vor den Grünflächen auf und schlenderte Nik hinterher, der nun, im Rhythmus seiner Schritte, von Pflanzen und Gewächsen umgeben immer wieder an der Rose in seiner Hand roch, während die beiden die Anlagen zwischen den Trakten des so gewaltigen Spitalskomplexes passierten, dass Vik nie wusste, wo die Kinder wieder weinten, weil das Geschwisterchen sie hänselte. Die Krankenhausgärten nämlich gingen fließend in die saftigen Wiesen der nahen Urbanoase über, die Nik so zügig hinter sich ließ, dass er die erstaunlich junge Schachspielerin gar nicht wahrnahm, die an vier verschiedenen öffentlichen Feldern hintereinander ein Damengambit einleitete mit Bauern, die genauso groß waren wie sie. Ihre gegnerischen Gestalten kamen im weiteren Spielverlauf kaum hinterher, wohingegen die kleine Schachspielerin keine Sekunde zu überlegen schien und sich ihr sofortiges Übergehen zur nächsten Partie nur die paar Augenblicke hinzog, die sie brauchte, jene in ihrem Fall noch überlebensgroßen Figuren ihrem Gegner entgegenzuschleppen, dem abgefetzten Kerl, der einen Flachmann aus der löchrigen Westentasche beutelte, abtrank und das Mädchenmanöver mit einem Nicken goutierte, dem strammstehenden Burschen im Military-Look, der seinen Bürstenschnitt schon nach wenigen Minuten an den geschnitzt aussehenden, aber eigentlich gestanzten Hals seines Königs schmiegte, um ihn umzustoßen, dem wie versessen abwechselnd in einem Schachratgeber blätternden und fassungslos auf das ebenerdige Spielfeld starrenden Typen, professoraler Schlag, Schönbrunner Gegend, klarer Fall, Anzughose und Flanellsakko. Dem Schwachmaten am vierten Feld kiebitzte Vik im Vorbeigehen eine Damengabel, die, herrlich, gar nicht mehr zu verhindern und bloß noch nicht gezogen, weil das Mädchen anderweitig beschäftigt war, inzwischen am dritten Brett die Doppelagentin spielte, Schwarz und Weiß zog, gegen und für den zunehmend verwirrten Kerl. In einiger Distanz zu seinem Brett standen zwei sinistre Hüte tragende Typen, die mitschrieben, hin und wieder ein Diktiergerät besprachen, gegen ihre Klemmbretter klopften, auf ihre Handys schauten, alle paar Minuten die Zweige zu ihren Füßen traten und ihre mit dem Logo einer bekannten Internetplattform versehenen Stifte wie das Schiffchen eines Webstuhls die Zeile entlangschießen ließen, während sich das Klicken der Kugelschreiberminen in Viks Kopf anhörte, als würde in einem amerikanischen Western der Hahn gespannt am Colt, um ein wesentlich kaltblütigeres, ausschließlich auf Glück gegründetes Russenspielchen zu riskieren, wie in Schnitzlers Novellen, in denen es letztendlich nur Verlierer gibt. Zeitgenössischer wurde die Schrift, als die beiden an der Graffiti-Wall gegenüber des Streichelzoos am Ende der Grünfläche vorbeikamen, wo Babyhasen ihre Nasen durch die Scharten im Gitter streckten, um den bald schon das Revier wechselnden Kids aus der Hand zu fressen. Nach ausreichend Übung an dieser legalen Mauer, auf der die Tags gleichzeitig überdauerten und verschwanden, die Buchstaben ausgemalt, zu Silben weitergekrakelt, zu mehrdeutigen Wortmalereien, stretch, und sinnlosen Sätzen verlängert, mit extrem entfernten Sentenzen verbunden wurden, erst dann wagten sich die Sprayer auf die Strada, verschönerten die Wiener Fassaden und waren bald darauf dazu verurteilt, sie wieder monochrom anzustreichen, was jener heut beschmiert, weißt dieser morgen aus. Zwei dieser Sozialstundis standen am Ausgang der Urbanoase neben der Kletterwand in ihren Hoodies und wurden alle paar Sekunden von vollbärtigen Studis gefragt, ob sie die Kletterlehrer waren. Vik fand, sie hätten besser bejaht wie jener Würstelbrater am Parkplatz vor Schloss Schönbrunn, der sich eines Morgens einem in perfektem, ironiefreiem, zungenschlaglosem Deutsch nach den hiesigen Gepflogenheiten fragenden japanischen Touristen gegenübersah, ob er denn der Parkwächter sei. Weil die Mauer, auf die er seit den Zeiten progressiv steigender Pacht in der Innenstadt schaute Tag für Tag, den Schlossgarten einfasste mit seinen gekiesten Wegen, den Rosenbeeten und den Liegewiesen, den Zoo mit den Pinguinbabys, damit sich der Familienausflug wenn schon, denn schon lohnte, und dem Friedhof mit den institutionell beerdigenden Herrschaften, nickte der Würstelbrater, wurde zum Ja-Sager und schickte, wie alle Wiener, wenn sie nichts zu erwidern wissen, der erst mal gelassen und groß dahingesprochenen Antwort eine Pointe hinterher, um auch des Gegenübers Frage rückbezüglich in einen Witz zu verwandeln, ja, bezahlen müsse er aber wie jeder Bürger nur, falls er eine Bank brauche. Die Morgensonne lag matt auf dem schwarzen Haar des Touristen, glänzte aber um seinen Kopf spitz und auratisch wie ein Strahlenkranz, und als er einen Schritt zur Seite trat, hell lachte, den Blick freigab auf die lichtspiegelnde Motorhaube seines einige Schritte entfernt stehenden Autos, das einzige auf dem Parkplatz an diesem Morgen, meinte der Würstelbrater, Glocken läuten zu hören hinter den folgenden Worten des Touristen, was es denn ausmache, bitte, nach der langen Fahrt sei ihm gar nicht nach sitzen. Von da an stand der Würstelbrater, in sicherer Distanz zum Hauptportal und Hof des Schlosses, jeden Morgen noch entschlossener stramm, stellte eine im Notfall fix zusammenklappbare Schiefertafel neben seine Hütte und sagte mit den Preisen für Bosna, Debrecziner, Frankfurter auch die Parkgebühren auf, bemessen in Minuten, vergessen der Stress, die ausgehungerten Ausflügler schnell abzuspeisen, und Einpacken, leider nein, sein ganzes Packpapier sei draufgegangen für die Parkpapiere, aber alle drei Stunden gebe es eine Gratisportion Senf, hausgemachter Zwiebelsenf, in zweieinhalb schaffe er es doch nicht mal auf die Gloriette, auf diesen Hügel hinten im Park, auf dem einem Wien zu Füßen liegt, auf, auf. Sommers wie winters, im satten Geruch der Kastanienblüte und im bunten Sturm ihrer Urlaubswochen wachte der Würstelbrater nun über den Parkplatz, denn in Schönbrunn, das wusste schon Napoleon, war immer Saison. Jahrelang führte er dort seine windschief gezimmerte Hütte, brütete über seinen Haushaltsbüchern, stellte Heizpilze auf, schaffte eine Crushed-Eis-Maschine an, um sich im durchgeackerten Hochsommer zumindest einen Waschlappen voller kalter Splitter gegen den hochroten Kopf zu pressen, und er verfeinerte seine Senfrezepte, Feige, Federweißer, Blütenhonig, Eierschwammerl, Pistazie, Löwenzahn, den er direkt aus dem Randstein seines Parkplatzes riss, die blonde Blume zum Himmel hob, einem ältlichen Ehepärchen zurief, man könne hier ja nicht alles verludern lassen. Er schröpfte die Wiener Ausflügler, die kindergeldaffinen, Nachwuchs bespaßenden Alten genauso wie die von Luft und Liebe lebenden Jungen, die Architekturbewunderer und Käfiganbeter, die touristischen Busse, ja, sogar dem Leichenwagenfahrer nahm er die Parkgebühr ab, und nicht wenige kamen, so sagt man, den Würstelbrater und Parkplatzgranden in Personalunion, den letzten seiner Art, zu sehen. Lokale Berühmtheit erlangte der Mann vom Schönbrunner Parkplatz mit seinem Schmäh, bis ihn ein findiger Feuilletonist interviewte für die neu an den Start gehende Standardkolumne der seltsamsten Metiers in der Stadt, also, ganz ehrlich, im Jahrhundert des Ticketautomaten, und Pusteblume, niemand hat jemals wieder etwas gehört von dem Würstelbrater. In einem von der Sonne gebleichten Kuvert, Sand zwischen den penibel geführten Seiten, ein karibischer Off-shore-Poststempel im Eck, soll das Haushaltsbuch die Zeitungsmacher kurz vor Redaktionsschluss noch erreicht und das Konzept, jetzt gehe das noch, bevor die Leute sich daran gewöhnt hätten, rechtzeitig zur ersten Nummer der neuen Kolumne umgekrempelt haben, die fortan unter dem Titel *Amtsanmaßung* reüssierte und in Phasen, da der Stoff knapp wurde, Politiker porträtierte. Aber es fand sich kurz vorm Einstampfen der Serie ein zweiter Kapitalverbrecher für die begeisterte Leserschaft der Würstelbratergeschichte, zu denen sich Vik mit heißem Eifer zählte, und die Frage ergötzte ihn geradezu, wie oft er wohl, die Jahreskarte seines Bruders vorweisend, an den einschlägigen Drehkreuzen, beim Ausstieg an Umsteigehaltestellen oder einfach am Bahnsteig herumlungernd von falschen Fuffzgern durchgewunken wurde. Denn der geständige Mann, ein ehemaliger Steuerbeamter, ledig, kinderlos, pragmatisiert, in Amt und Würden pensioniert, gestand am Ende seines nicht allzu langen Lebens dem Pfarrer am Sterbebett, wissentlich, dass dieser angesichts eines solchen Falles das Beichtgeheimnis selbstredend brechen musste, dass er, der Steuerbeamte, über ein halbes Jahrhundert lang als Kontrolleur der Wiener Linien eine Doppelexistenz geführt hatte, unentwegt auf der Jagd, nach Feierabend, zu Schwarzfahrstoßzeiten, als pirschte man sich an Wild heran, Morgengrauen und Abendrot, den laminierten Ausweis samt gefälschtem Signet an einem Band um den Hals, die strenge und ungnädige Miene der vollen Reputation seit der Privatisierung zumindest halbstaatlicher Gewalt aufgesetzt, wann auch immer ihn ein aus dem Verkehr gezogener Ticketloser fragte, ob man sich nicht auf die halbe Summe des erhöhten Beförderungsentgelts einigen wolle, er habe ja keinen Kollegen dabei, wie man sehe. Hin und wieder, auf der Suche nach dem Kick, schloss er sich sogar kleineren Gruppen an, patrouillierte im Verbund den Bahnhof hinunter und kreiste die Bushaltestellen ein, sprang bei der hinteren Tür hinein und prüfte zusammengekniffener Lider die Tickets, während seine vermeintlichen Kollegen ihm von vorne entgegenkamen, bis sie sich in der Mitte des Busses trafen, ein jeder den eigenen Schlingel vor sich, und sich finster zuraunten, gute Arbeit, Haberer.

Bei seinem letzten Einsatz wurde der Steuerbeamte gar entführt, während der Schaffner eine Zigarettenpause einlegte, seelenruhig am Würstelstand einen Plausch hielt, bis ein Verrückter in die leerlaufende Straßenbahn stürzte, sich hinters Steuer klemmte, den stecken gelassenen Schlüssel drehte, die Türen verriegelte, auf Schiene war und die Fahrt, Minuten später schon verfolgt von Blaulicht und Martinshorn, nach Plan zu Ende brachte, bevor das Bundesheer im Planquadrat samt Hubschraubergeschwader, Scharfschützenkompanie und Megaphonverhandler auf den Plan trat, den Gästen per Lautsprecherdurchsage noch einen angenehmen Feierabend wünschte, um anschließend in Handschellen abgeführt zu werden von völlig verdatterten Polizisten, die dem Tramentführer auf der Wache Lüge für Lüge aus dem Leib prügelten, wie sie meinten, ihm eine kleine Abfuhr erteilten. Doch den Kieberern blieb zuletzt nichts anderes übrig, als ihrem Delinquenten zu glauben, der von seiner Geschichte genauso wenig abwich wie von der Strecke 44, die er früher selbst als Schaffner abfuhr jahrelang bis zu seiner Einsparung, darum fahrplangemäß verfahren sei, weil, als er diese Tram da so mutterseelenalleine im Regen stehen sah, was waren das denn für Schaffner heutzutage, da habe es ihn einfach überkommen. Die meisten Passagiere erfuhren erst am übernächsten Tage aus der Zeitung von ihrer Entführung, zumal sie recht beschäftigt damit waren, aus dem Fenster zu starren, das Wetter zu verfluchen und sich für das anschließende Kaffeekränzchen gehässige Bemerkungen über die Kopfbedeckungen der anderen Fahrgäste sowie der Tätowierungen und Piercings der Jugend im Stillen zurechtzuzulegen und sich lauthals über die in immer kürzer werdenden Intervallen stattfindenden Fahrscheinscreenings zu echauffieren, man lebe ja im Überwachungsstaat.

Gnä Madame, ab morgen ist es einer weniger. Und anscheinend bedeutete dann das Ende der einen Hälfte seines Doppellebens auch den Tod der anderen, der ganzen Person, und er stieg in den Sarg, zog den Holzpyjama an und fuhr schwarz hinaus zur Endhaltestelle der 71er-Linie, main station, central cemetery. Als Viktor Elena dorthin begleitete, denn seine Rückkehr aus Berlin beginne und begieße und beginge man zwar am Zentralfriedhof, sprach sie aber in einer Tour davon, das nächste Mal das Fahrrad zu nehmen, sie bekomme ihres nämlich bald zurück. Es sei aus dem Keller verschwunden an jenem Tag, da eine Gruppe Heizungsinstallateure, denen sie noch die Türe geöffnet habe, die Pumpen überprüfte. Ja, sie habe sogar noch überlegt, hinter diesen Dilettanten zuzusperren, sei davon aber abgekommen, fuck eye, ihre Akte. Jedenfalls habe dann letzte Woche so eine Funsen von Hipsterin in nem Secondhandladen ihr ebenfalls entwendetes Fahrrad wiedergefunden. Es stellte sich heraus, dass die fix ausgeforschte Bande ein längst eingespieltes Team war, das jeden Morgen, Punkt acht Uhr dreißig, loszog, um sich von ahnungslosen Bürgerinnen und Bürgern Kellertüren öffnen zu lassen, die Vorhängeschlösser an den einzelnen Abteilen seien dann ja wahrlich keinerlei Hindernis mehr. Dahinter befindet sich das wahre Diebesgut, ein Hort so steinalter Hausdrachen, dass sie sich an ihre Fallschirme, Musikinstrumente, Messersets, Badmintonschläger und Sexspielzeuge gar nicht mehr erinnern. Punkt achtzehn Uhr, schwer beladen Feierabend beim Hehler, logistisch optimalerweise auch ein H-Dealer, und so war man morgens schon wieder nüchtern. Abgesehen davon, dass diese Leute wüssten, was ehrliche Arbeit sei, ohne Wochenende, Feierabend und Urlaub zwei Dekaden durchschufteten, sogar ihre Leistung brachten, krepierte doch kein einziges Rohr, explodierte doch kein einziger Boiler, gab doch keine einzige Heizung der betroffenen Häuser in diesen Perioden ihren Geist auf, hätte Elena niemals Anzeige gegen Unbekannt erstattet, denn weder konnte die Gruppe ihre Bußgelder zahlen, die sie, ätsch, für H verjubelt hatten, noch bekamen die Kellerprepper ihr Bunkergut zurück, das bereits anderen Messies gehörte, verfahrenstechnische Probleme, geschenkt, diese Leute seien wie Robin Hood und Banksy in einem. Sie knackten Kellerschlösser wie U-Bahn-Türen und verteilten Reichtum von unten nach oben um. Und sie, Elena, die ihr Groupie war, jede Woche einen Wisch aufgab, eingeschrieben voller Durchhalteparolen in die

Haftvollzugsanstalt, besaß ein derart ramponiertes Fahrrad, dass der singende Hehler es nicht losbekam. Hey Vik, du wirkst irgendwie ein bisschen weggetreten. Ist eh alles gut, Mann? Wann gehen wir eigentlich mal wieder Squash spielen, hä?

Der scheinbare Parkwächter, der vermeintliche Kontrolleur, der eingebildete Schaffner sowie die intriganten Installateure, die kleinen Fische allesamt, obwohl sie die Helden des großen Bruders waren, hatten sie es aus niederen Beweggründen getan. Aus Rachegelüsten gegen eine Stadtregierung, die, ganz Wien, den Würstelbrater an den Rand verdrängte und gleichzeitig ein Schlösschen subventionierte, um den Mann perfide mit Ausblick auf die erhaltene Mauer zu ruinieren. Der nächste handelte aus dem paradoxen Wunsch heraus, vom Antlitz der Erde jedwede Schuld zu tilgen, sei es nun ein schwarzes Konto oder eine schwarze Fahrt, ein Panama Paper oder ein blinder Passagier, indem man sich maskierte, betrog, hochstapelte, was der katholische Priester am Sterbebett seines geölten Sünders ertappt abgenickt haben wird. Die anderen tricksten aus dem perversen und eingeimpften Bedürfnis, überbürgerlich die Arbeitsabläufe zu radikalisieren, perfekter und getakteter noch zu funktionieren als jeder neoliberal gebrainwashte Start-Upper und sogar noch das kompensatorische Feierabendbier, den überstundenausgleichenden Urlaub, das dreizehnte, vierzehnte Gehalt, verdiente Freude auf Knopfdruck in einer zeitextensiven Spritzendosis zu konzentrieren. Viktor konnte einzig und allein dem eingebildeten Tramführer das verfängliche Festhängen in seiner Vergangenheit verzeihen, ihm sein zwar schmalzweiches, aber unter Prügeln erhärtetes Geständnis nachsehen, ihm die Trauer über die verlorene Schaffnerbestimmung abgewinnen. Als bräuchten sie Zeugen ihres Weges, als kämen sie ohnedies nicht zur Welt, als wäre ihr Wesen sonst abseitig, flogen die anderen drei selbstverschuldet auf, durch Memoiren, an die Redaktion versandt, durch Beichten, einem Pfaffen abgeleistet, durch tollpatschige Fehler, von Amateuren, Dilettanten, Ersatzermittlern, den professionslosen Pendants der Jurisprudenz verhaftet, ja, wer unbewusst dingfest gemacht werden will, klaut Studis das Fahrrad, und Elena. Hätte sie doch die Bande im Keller festgesetzt, ihnen täglich auf einem Tablett das Essen hingestellt. Letztendlich hätten sie es verstanden, war ihnen ihre verwerfliche Gesinnung doch bekannt.

Für seinen Bruder aber war Viktor da, stand vergangene Woche vor dem Haus, schaute hinauf, senkte den Blick, fixierte Tür wie Stiegenhaus, zählte die Schritte von Niklas, deren Geschwindigkeit beim Treppensteigen er kannte, bedachte seine Nervosität wegen der folgenschweren Begegnung, erhaschte ihn durch ein frontseitiges Fenster am Absatz, sah sein Gesicht sich abwendend und seine Schuhe hackenhebend verschwindend, erspähte Haar für Haar seinen Schopf auftauchen im geschätzten Moment und Stockwerk, beobachtete seinen Aufstieg im Dimmer des Altbaus vorausschauend die übernächste Etage, spürte ihn die hofseitigen Wohnungen erreichen und weitergehen seinem fensterlnden Bruder entgegen, und alsbald erschien ihm die scheibenkreuzende Querstrebe als verflixter Strich durch seine Rechnung. Doch der Bruder war weder gestolpert noch gestürzt, verstand Viktor nach und nach. Der eine stand draußen vor der Haustür, der andere drinnen an der Wohnungstür. Niklas war angekommen, und Viktor war da, falls Marlene nicht zu Hause war. Oder wenn sie den Bruder nicht einließ, kein Interesse an Versöhnung hegte. Gar nicht auszuschließen, dass die ganze Unternehmung im totalen Debakel endete. Den Moment des Klingelns hatte Viktor rechnend, abwartend, schon verpasst. Erblickte er Nik nicht, jetzt, war der Kleine drinnen. Nichts zu sehen am Fenster der Etage drunter. Vielleicht blieb es bei der Türschwelle. Marlene im Rahmen, Nik vor ihr. Wenn sie sich dann abwandte. Er die Treppe herunterkam. Viktor dann sah. Ihn zu überraschen. Nachgegangen, hergekommen. Wirst schon sehen. Nicht verderben lassen. Nicht deswegen. Auf ins Konzert. Wird ein schöner Abend. Aber die Frau am Treppenabsatz. Kommt herunter schneller als sein Bruder. Rennt und fliegt die Stiege drinnen abwärts. Schwebt schon, verborgen, ebenerdig, ganggetragen gen Haustür. Aufschwingend bietet sie nun einen gerahmten Blick an. Wie ein Kippbild sticht die Frau Viktor ins Auge. Herausgebrochen aus dem Haus und seinem Blick aufgedrängt wächst sie. Um nicht in fassungsloses Starren zu verfallen, schaut er sich um. Unten an der Kletterwand herrschen die Hoodieträger inzwischen die hängenden Studis an. Sie scheuchen die Hipster hoch, und alle Blicke sind die Mauer hinauf gerichtet. Haben die Verbrecher doch nur eine Woche gebraucht, sich zu machen, Kletterlehrerfragen zu bejahen. Auch Viktor dreht sich jetzt schrittweise um neunzig Grad, schaut die Straße rauf, niemand da. Den Male gaze und den Kopf zwar abgewendet sagt sie es ihm aber direkt darauf zu. Keine zwei Ellen neben Vik steht die Frau, was er an ihrer abgestrahlten Wärme spüren kann. Solche Momente erleichtern ihn immer, noch nicht zu Stein geworden und die anderen auch untot. Marlenes Wangen glühen hochrot.

Was machst du denn hier?

Dachte, ich hol dich ab.

Ohne was zu sagen?

Sorry wegen dem Konzert.

Wegen des Konzerts?

Ob des Konzerts.

Du gottverdammter Klugscheißer.

Tut mir leid.

Als ob.

Na wenn schon.

Ein kleiner Spaziergang?

Warum eigentlich nicht?

Weil du mich stalkst?

Wie Schwefel eben Pech.

Die Straße entlang. An der Häuserzeile vorbei. Ein Altbau mit abblätternder Fassade. Einem bröckeln die Verzierungen. Einer frisch gestrichen. Marlenes Bude in der unspezifischen Mitte. Weder voll bonzig, noch total abgerockt. Und in die Seitengasse hinein. Sie steigt leicht an. Der Kopfstein streichelt Viktors Sohlen.

Ich hab mit ihm gesprochen.

Sie macht ganz schön Tempo. Er muss sich ranhalten. Fühlt sich wohl.

Und deshalb bist du jetzt hier, oder was?

Er hinkt hinterher. Muss aufpassen, sich nicht zu verhaspeln. Vage.

Ja, irgendwie schon.

Am Fluchtpunkt der Straße dämmert es bereits. Sie biegen ab, überqueren die Fahrbahn, halten an, ein kleiner Platz, abgeschottet von Hecken, begrünt. Die Häuserecken an den Straßen, die in den Park münden, sind abgerundet. Dadurch schaffen sie eine Art Einfriedung. Die Ruhe beim Betreten der Anlage benebelt Viktor geradezu. Stumm spielende Kinder rundherum, Wolkenwirbel über ihnen, dazwischen Baumkronen. Bänke, umgeben von Müll. Der Wind reißt daran. Eine Böe treibt eine Tüte vor sich her. Im Gebüsch rascheln die Ratten.

Und jetzt erzählst du mir gleich, dass es ein Missverständnis war.

Viktor meint, es müsste stinken. Aber ein paar Pflanzen blühen. Drüben stehen Männer im Kreis. Sie trinken und schreien. Weitere Gestalten lungern im Gras herum. Den Park durchziehen Schotterwege Schlingen beschreibend wie in Englischen Gartenanlagen. Die Bäume und Sträucher sind diesem Anspruch nicht gewachsen. In ihrem Wildwucher zerstören sie die harmonische Komposition der Umgebung. Nur an den Rändern der Grünfläche schirmen sie den Platz ab gegen Lärm. Trotz quirliger Kinder und rauer Gestalten wirkt es still.

Ich höre.

Sich Wichser und Selber schimpfend schwirren zwei von diesen Bälgern an den beiden vorbei. Während Marlenes Blick starr auf Viktor gerichtet bleibt, schaut dieser den Blagen nach. Der eine hetzt den anderen, hat einen Stock in den Händen, mit dem er im Rennen immer wieder zuschlägt, versucht, die Fersen vor sich wegzufegen, gerade deswegen, durch diese Bewegung, zunehmend ins Hintertreffen gerät. Bloß Kiesel und Grasbüschel fliegen sinnlos durch die Gegend.

Ich habe gesagt, ich hätte zwei Karten für die Philharmoniker reserviert. Er solle sich mal anschauen, ob er nicht hingehen will.

Das Kind mit dem Stock fällt noch weiter zurück und peitscht beim letzten Schritt, abrupt abstoppend, so fest die Luft vor sich, dass sie sirrt und die Fliehkraft seiner Hand den Stock entreißt, der zur Seite, längs seiner Achse rotierend dahinfliegt bis ins Gebüsch. Das andere Kind rennt weiter die Wiese entlang den im Kreis stehenden Männern entgegen. Es macht fünf, vier, drei, zwei und dann noch einen Meter gut, während die äußerste Gestalt die Flasche ansetzt. Erst als das Kind unmittelbar neben dem Mann ankommt, seinen Schatten auf dem Boden sieht oder das verschwundene Geräusch verfolgender Schritte registriert, ihm die Luft ausgeht, bleibt es stehen und sieht hoch in das bärtige Gesicht, und die Flasche wird abgesetzt, pendelt neben der Gestalt, zwischen Männergürtel und Kindskopf.

Na, kleiner Mann.

Schreiend wendet sich das Kind ab und verharrt. Was es nicht sieht, findet nicht statt. Der Mann lacht und gibt die Flasche weiter. Sie ist jetzt sinnentleert für ihn. Besser wird der Abend nicht mehr.

Mein Bruder muss das erst realisieren. Wir haben neun Monate in unterschiedlichen Städten gewohnt. Früher habe ich gesagt, hey, da sind zwei Karten reserviert. Und er hätte verstanden, er könne hingehen, mit Begleitung oder ohne. Sonst wäre die Info ja nutzlos.

Der nachdenkliche Mann schaut das vor ihm aus vollem Hals schreiende Kind an. Das aus vollem Hals schreiende Kind schaut das sich ins Gebüsch bückende Kind an. Das sich ins Gebüsch bückende Kind schaut die am Stock kauende Ratte an. Die am Stock kauende Ratte schaut das sich ins Gebüsch bückende Kind an. Es dreht sich um und schreit. Die beiden schreienden Kinder schauen einander an.

Ich hätte sie früher für ihn bestellt. Immerhin kenne ich seinen Musikgeschmack und seinen Terminkalender. Ich hätte gewusst, dass er an dem Abend noch nichts vorhat. Heute verhält sich das anders.

Marlene lässt ihn aus den Augen, dreht den Kopf, hin zu dem Kind. Dann schweift ihr Blick weiter durch den Park, bleibt hängen.

Er wird das noch lernen. Die Karten waren ja für mich. Ich wollte, dass er von dem Konzert weiß, falls er auch will. Es tut ihm leid.

Weiter hinten erhebt sich eine Pyramide, diese Art Klettergerüst, die farbenfroh aus netzartig verknüpftem Tauwerk aufgebaut ist. Die Knoten bilden faustgroße, schwarze Kunststoffkugeln. Von unten, links, rechts und oben führt jeweils ein Seil anderer Farbe in die Schnittstellen hinein. Betrachtet man bloß die Verbindungen, schreibt jede Kugel der Takelage ein buntes Kreuz ein. Verfolgt Viktor allerdings die Stricke mit dem Blick, ergibt sich ein Raster. Sieht er hindurch, schneidet das Muster der monochrome Pfeiler in der Mitte. Obenauf schaut eine Halbkugel auf Viktor und Marlene hinunter wie der Posten auf einem Wachturm oder in den Himmel wie das gerichtete Fernrohr eines Planetariums. Viktor ist dahingehend unentschieden. Er folgt Marlene, die sich unmerklich in Bewegung begeben hat. Sie sieht das Strickwerk seit jeher eher als etwas Herabfallendes wie einen kunterbunten Überwurf, ein eben noch flatterndes Cape in abflauender Windbrise, pittoresk und opulent arrangiertes Haar, von gefärbten Strähnen punkig durchflochten. Die Kuppel wandelt sich dann zur Haube. Eine Haubitze, wie Nik immer sagt. Du bist Militarist, kontert Marlene stets. Ich mach nur Witze.

Spitze.

Marlene spürt den Boden noch weicher werden, als Erde in Rindenmulch übergeht, ihr nächster Schritt schon auf dem ersten Strick wippt. Viktor tritt aus ihrem Rücken, zur Seite, steigt einbeinig neben ihr, getrennt durch die schwarze Kunststoffkugel, auf das querlaufende Seil. Seine nach Halt tastende linke Hand umschließt über den Fingern ihrer rechten das hochlaufende Tau. Dann stellt er auch den zweiten Fuß auf das grellrote Seil. Es nimmt das Gewicht wie ein Signal ab und leitet es weiter. Ein sich aus dem Rhythmus bringendes Wippen schwingt unter Marlenes Füßen dahin. Sie schlüpft gebückt durch die Raute vor sich, wankt und federt gleich in Richtung Pfeiler weiter, während Viktor sich anschickt, die Spitze der Pyramide zu erklimmen. Er wirkt verwirrt, als Marlene neben ihm weg ist, abgetaucht unter den Baldachin, und ihr Satz durch das Netz hallt noch nach im Auf und Ab des Taus.

Marlene dreht sich auf dem Absatz, sieht ihn eine Sprosse über sich, zögerlich wie ein Tier im Netz, unentschieden ob Spinne oder Insekt, ausgeliefert, ein Bergsteiger, der das Wetter aufziehen fühlt auf halber Strecke. Seine rechte Fußsohle verharrt auf dem Seil, die linke Hand innegehalten, im Griff den Strick über sich, dazwischen Rumpf und Kopf, linkes Bein und rechter Arm abgewinkelt in der Luft. Und als zwänge das sanfte Wippen Marlene hinunter, geht sie in die Knie, gräbt ihre Finger in den sommertagwarmen Rindenmulch. Als sie sich aufrichtet, rieselt aus ihrer geballten Hand schwarzer Staub zwischen den sich in einer Wurfbewegung öffnenden Gliedern, und die Erdwehe fliegt. Haltlos, als hätte die Anziehungskraft ihr Gesetz einen Satz ausgesetzt, aufgehoben, verschoben, sieht Marlene durch die Masche des schräg hinauflaufenden Netzes, vor dem aufgehenden Sternbild des Drachen und den rußgeschwärzten Dachkanten über den aschfahlen Baumkronen, Viktor, im feuerfarbenen Quadrat gefangen, das Gesicht zum Schutz hinter den nackten Ellen verborgen, dann doch, ihrem zu Boden sich richtenden Blick folgend, vornüberkippen. Fallend breitet er die Arme aus und entblößt das Gesicht. In der Luft schließt er die Augen, schiebt die Schulter nach vorne und atmet aus. Auf dem Boden schlägt er geräuschlos auf vor Marlenes Füßen. Rindenplättchen haften in seinem zerzausten Haar, Dreck bedeckt seine zuckenden Wangen, Staub verklebt die zitternden Wimpern, und ein Schwung durchzieht die zugeschlagenen Lider. Grübchen entstehen in seinem erdgepanzerten Gesicht, der Brustkorb hebt sich unter dem schmutzigen Schurwolloversizepullover, und Viktors Mund bebt. Beim Ausatmen fängt er an zu lachen und den Hampelmann zu machen. Während schallende Krämpfe seinen Rumpf erschüttern, bewegt er seine Glieder gleichmäßig, zeichnet die Kreissegmente einer Proportionsstudie in den Rindenmulch wie Kinder einen Engel in den Schnee. Als schlüge ihr jemand in den Bauch, ringt Marlene, als wäre der Magen eine Grube, mit sich, und, die Seele doch jenes schlagende Hammerwerk in ihr, bricht ebenfalls Hals über Kopf in Lachen aus. Sie ist schon gebückt, hockt und kniet, prustet ihm ins Gesicht, und er öffnet die Augen nicht. Kraftlos und ausgelacht fällt sie dann zurück, sitzt, drückt ihren Rücken gegen den Pfeiler, blickt ihre ausgestreckten Beine entlang ihre aufgestellten Füße und Viktors Gesicht darüber an. Er kniet, schaut zurück, schürzt die Lippen und legt sie den Hals knickend auf ihre ledernen Schuhspitzen. Ein bisschen Schmutz rieselt aus seinen Haaren auf ihre Wollsocken, schwarzer Pfeffer, weißer Knochen. Eine sprunggelenke Bewegung, und er kommt auf sie zu, hockt neben ihr. Stottrig lacht sie immer wieder auf. Er grinst voll trottlig.

Du Dummkopf.

An seine dreckigen Wangen legt sie ihre Handflächen.

Ich finde, du schuldest mir mindestens ein Abendessen.

Sie bewegen den Schädel auf und ab.

Gegenlicht

Von seiner Zeit in Berlin erinnert Viktor vor allem sehr helle Momente, Schrapnelle im Kopf, lose Augenblicke, grelle Stroboblitze, zerrissene Szenen, Fetzen von Nächten, die Farce einer Phase. Dazwischen saß er über leinengebundene Bücher, zusammengeheftete PDF-Kopien und ringgebundene Reader gebeugt im Oberstübchen eines gehirnförmigen Glasgebäudes. Die sogenannte geisteswissenschaftliche Bibliothek dominierte den Innenhof der ohnehin schon von einer architektonisch falsch verstandenen Moderne verunstalteten Freien Universität. Zwischen den verglasten Fassaden des Campus und der ebenfalls aus Scheiben zusammengezimmerten, aber wellengeschliffenen Großhirnrinde litt Vik unter Beklemmungen wie ein klaustrophobes Blutkörperchen in einem schwer erschütterten Schädel. Einerseits durchrasten junge Menschen unter steriler Beleuchtung Kaffeebecher haltend und braune Kleckse als Spuren ihrer Studi-Existenz auf den Teppichböden hinterlassend die klimatisierten Gänge, während sich die Luft im Hof zu einer plasmaartig in den Lungenflügeln lastenden Konsistenz verdickte, die Vik immer wieder an Gehirnwasser erinnerte und einzig und allein dem Zweck dienlich erschien, die Kiffer aus dem Hof in die Bibliothek zu treiben, wo andererseits ein von sonst wo herkommendes indirektes Licht die bunten Buchrücken in den Regalen sowie die verschiedenfarbigen Spinde erhellte. Silbern und blickdicht legte sich der Schimmer auf bis zu den Ellenbeugen heruntergerutschte Armbanduhren und Manschettenknöpfe, auf über Tischen sich bäumende Leselampen und spiegelnde Laptopbildschirme sowie auf die am Tresen geschwelter Brust vom Bibliothekspersonal ausgehändigten, Diebstahl ersichtlich machenden Plastiktragetaschen, deren Transparenz hinter den chromfarbigen Klecksen zunichte war. Neben studentischen Fingergriffeln, die mit den umgeschlagenen Zetteln wie verklammert wirkten, gleißten an der Seitenfalz der Reader wichsfarben kupferne Tackernadeln, die lose aufeinander bezogene Textpassagen miteinander verbanden. Viktor meinte, Beisitzer einer verschrobenen Show voller banaler Taschenspielertricks, oder als ganz einfacher Hütchenspieler von der Straße in den falschen zylindergespickten Saal geraten, zufällig Zeuge einer unter dem Deckmantel des Baretts geheuchelten Verzückung oder selbst undicht im Oberstübchen zu sein, wenn sich Hand und alsbald Stimme eines Kollegen zittrig im Seminarraum erhoben. Mit weitschweifigen Gesten und obskuren Exkursen wurden die zwischenzeiligen Verweise wiederholt vom repetitiven Nicken der innehaltenden Dozentin und der sie kopierenden oder parodierenden Studierenden hochgelobt, wobei es in einem Text auch noch um den Unterschied zu Groteske, Persiflage, Farce, Satire und Ironie ging, wie eine weitere Wortmeldung wusste, vom rahmenlose Brillengläser durchdringenden Augenblick befördert, schon promoviert sowie Habilschrift in Aussicht gestellt.

Auf den Wirbelscheitel tropfte es Vik, wenn er des Regens wegen im Afterglow durchzechter Nächte, drogentripähnlicher, wachtraumartiger Seminare, schauerschwangerer, blitzschwüler und hagelharrender Luft aus dem Hof geflohen Zuflucht suchte unter dem prasselnden Dach des bereits bis obenhin gefüllten Gehirns. Es wurde vor einem Semester noch als schnucklig studentisch versponnene Blaupause im Zuge eines bundesweiten Wettbewerbs um das beste Bibliothekskonzept unter den aberdutzenden Einreichungen herausgefischt, deren genaue Zahl die hochdekorierte Architekturjury jedoch näher zu beziffern verweigerte, mit Kreide aufgezeichnet, von den Entscheidern beklatscht, umgehend bepreist und verwirklicht, und weggewischt, gemäß dem Call for papers, was die frustriert und überqualifiziert unentgeltlich praktizierenden und volontierenden, für die Ausschreibung verantwortlichen Public-Relations-

Absolventen in Sachen Wortwahl wesentlich witziger fanden als das pragmatische Auswahlkomitee. Dessen Engagement endete mit der skizzenhaft bekritzelten Schiefertafel, einer gelangweilten Abstimmung per Handzeichen, die regnender und stromlinienförmiger Bewegung in Unterschriften mündeten, die wiederum das justament überwiesene Honorar fließen ließen, weswegen der Bau, die Planung am Reißbrett und die konkrete Umsetzung im Hof der Freien Universität alsbald dem Feuereifer einer schaffensgeilen Berliner Stadtverwaltung oblag, die in einer Art karmischen Umkehr versuchte, sich im Fahrwasser der Jahre währenden Flughafenhavarie aufzurichten durch allzu sorgloses Hinstellen irgendwelcher sogenannter Prestigeobjekte ohne vorheriges Substanzgutachten oder statische Prüfung. Bestenfalls taugten diese Machenschaften dann wie in nämlicher Geschichte bis zu ihrer Eröffnung, als der Universitätsdekan die Urkunde des errungenen Bundeswettbewerbssieges an jenen inneren Fassadenhaken hängte, den das Architektur studierende Kollektiv bereits in ihrem ersten Entwurf als Zyste oder Nervenzelle der Hirnrinde vermerkte, wollte man doch nicht, dass irgendwer mit einem Hammer ihr alsbald geschätztes Glasgebläse einschlug. Bald aber bezeichnete man die nach innen wuchernde Halterung nur noch als Tumor, nachdem, verdammt noch mal Wasser marsch, der Hausmeister Hand angelegt hatte, mit dem Wischmob zur Tat geschritten war, es mit dem gefluteten Boden aufgenommen hatte, da durchsickerte, dass es um die Dichte der grauen Zellen und ihrer irgendwie vergessenen Schädeldecke keineswegs zum Besten stand, was weder die armen Tröpfe von flussbüffelnden Studis noch die wie gewonnen so zerronnen bepreisten, Karriere schon vor dem Abschluss auf Eis gelegten Architekturstudierenden, geschweige denn die Public-Relations-Absolventen für einen guten Gag hielten. Die Direktion setzte dem geisteswissenschaftlichen Dekanat fortan das Messer an den Hals, die Pistole auf die Brust und den paradoxen Floh ins Ohr, Semester für Semester einen budgettechnisch in aberdutzenden Bibliotheksankäufen eigentlich vergriffener Doktorarbeiten aufrechenbaren Dachdecker mit begleitender Meisterurkunde im Glasblasen oder gleich für die Gehirnrinde eine Abrissbirne zu bestellen, deren Pendelmeister eines Tages auch antanzte und erst nach langatmig lückenloser Fahndung gefunden wurde von in Brunnen fallenden Dozierenden, wutschäumendem Raumpersonal und artsy Studierenden, deren verwaschene Jeans-Latzhosen der des Handwerkers so sehr glichen, dass er im ihn suchenden Trupp ganz einfach unterging. Die saftige Quittung für Überstunden, Anfahrt, Begutachtung und Spesen, denn wer hätte mit derart vielen während der Wartezeit getrunkenen Espressi schon rechnen können, überreichte der rüstige Abrissmeister lauter Berliner Schnauze, tat kund, dass sich in diesem Hof kein Kran aufstellen lasse, dass schon die ganze Uni Platz machen müsse, dass wenigstens bloß die Studis absoffen. Das Gebäude aber bliebe, im Gegensatz zur abgrundtiefst verhassten Konkurrenz von Humboldt-Uni. Deren Wälzerhort, das altehrwürdige, einem Nazibau ähnelnde Grimmzentrum, versinke wegen buchstäblich fundamentalerer Fehler in der sogar noch unterirdischer gearteten grundsätzlichen Planung. Jedes Jahr, je nach Abgangsquote, Immatrikulationszahl und aktueller Anwesenheitspflicht, winke die Studentenschaft mindestens zwei bis höchstens fünf Zentimeter bodenloser aus dem neuen Kellerfenster. Und schon herzten die FUler ihr Baby von Gehirn wieder frei von der Leber. Vik aber durchfuhr es, und sein Lid zuckte im Rhythmus des steten Tropfens auf seinen Schopf. Er kam nicht los vom Marterpfahl der Wiener Bunkeranlage von anno dazumal. Heutzutage bot sie statt den Quälgeistern und Mitläufern der Jahrhundertmitte bloß noch Obdach den schaulustigen Museumsgängern und ihren liebgewonnenen Folterinstrumenten, beispielsweise diesem leckenden Topf. Darunter kam einem bis zum Hals festgebundenen und an den Schläfen entlang in Stahlleisten gezwängten Delinquenten sein Vergehen teuer und still zu stehen. In stundenlangem Abrieb wusch es dem Subjekt tröpfchenweise den Kopf und anschließend das Gehirn, bis es dem Verbrecher den flüssigen Stalaktit in die Mundhöhle trieb. Wie bei vielen Formen der Marter entstand die Qual weniger durch den in diesem Fall kaum spürbaren, geschweige denn schmerzhaften Prozess. Wesentlich eher pfropfte der Topfprozess die Vorstellung seines Resultats auf, das sich darunter dann doch sehr schmerzhaft als Abschiednehmen vom Leben einnistete im an und für sich tauben Zentralnervensystem, lange bevor es auch nur angekratzt wurde vom ersten kalkhaltigen Tropfen. Das stete Klopfen an die Körperpforte beschwor sozusagen schon zweiter Ordnung jenes Loch, durch das die Seele dann entwich. Nicht wenige Wiener meinen bis heute, daher rühre das geflügelte Wort, in den Hefen zu gehen, der ja sowohl Topf als auch Gefängnis meinte, nicht zu verwechseln mit dem Häferl, die Kaffeetasse, Tabu im Glasgehirn, Club-Mate okay. Vik schien die FU der Kerker, die Bib verwandelt zum Bunker, der Tisch wurde Pfahl, und die Stricke, die ihn daran banden, waren die Blicke der rundum stumm und wippend vor sich hin memorierenden Mitstudierenden. Die Schweißtropfen an ihren Schläfen entsprachen dem Horror, von der Dozentin aufgerufen zu werden mit hämischer Stimme und bitterem Nicken, Herr Adler, Sie haben sich noch gar nicht gemeldet, fehlt Ihnen was, brauchen S' einen Kapuziner, so werden S' auch kein Kapazunder?

Nachts stand Viktor wach auf dem Balkon der Wohnung, die er sich mit zwei schmierigen, halbkriminellen Hallodris und einer fetten leichten Trulla teilte, Erasmus-Incomings wie er, deren Stimmen aus den umliegenden, meist bis Morgengrauen geöffneten Fenstern in fremden Sprachen drangen, die Viktor weder erkannte noch auch nur im Ansatz erlernte, studierte, geschweige denn verstand, was keineswegs an fehlender Begegnung, Reden mit Händen und Füßen, einfühlsamen Versuchen voller Zeigen und Buchstabieren oder Viktors mangelndem Talent in Sachen Sprachen lag, sondern an den unzähligen, bestialischen, dialektalen Wendungen in der Diktion. Am schlimmsten war der einstmals in ein Hannoveraner Internat verbannte, in seiner damaligen Burschenschaft Husserl lesende sowie Platt singende, aber nun im Dreiländereck der Schweiz studierende Sachse, der nächtelang in unverständlichem Mischmasch, dessen Genese weniger mit irgendeiner retroromanischen Sprache denn Babylon zu schaffen hatte, via Skype von der Volksverständigung auf irgendwelche Skinheads einredete. Ihren Repliken lauschte Vik, um sich der seltsamen Herkunft seines Roomies, des Abtrünnigen, wie ihn seine Brüder immer wieder bezeichneten, ein ums andere Mal zu versichern und Nik bei seinen seltenen Besuchen davon zu berichten. Der indigene Incoming am Nachbarbalkon hingegen blieb ruhig und starrte bloß in den ihn bescheinenden, sein Gesicht gefährlich weiß anstreichenden Laptop. Das Akkukabel schlängelte sich auf dem kleinen Klapptisch um eine große Thermoskanne und die Untertasse einer winzigen Schale, aus der aromatische Schwaden von Brisen vertrieben genau in Viks Sehfeld und Riechwiese stiegen, Fenchel brahmanisch identifizierbar wie ein Ayahuasca-Mate-Gemisch. Er durchschaute die Dämpfe und sah hinter den Nebelfetzen Kakteen pink blühen, blaue Rosen Spaliere umwinden und mintfarbige Kapuzinerkresse dunkelbraune Stäbe erklimmen vor den gegenüberliegenden, rankende Schatten schmeißenden Fensterscheiben hinter ränkeschmiedeeisernen Balkongittern voller Taubenspießen, die besser den endlosen Verkehr unten auf der Straße ausgebremst hätten. Die Autos bildeten eine Linie erstarkender und sich verlierender weißer und roter Scheinwerfer wie auf einem Theaterboden voller epileptischer Spots, die eine sinistre Theater-Crew in illustren Rollen erstrahlen lassen, bis der Schweiß steigt zum Dach.

Da wimmert schon wieder der Bass, und nass tanzt die Menge in ihrer selbst geschaffenen Enge, die sich im Takt des Stroboskoplichts millimeterweise verschiebt unter Vik, der in der alten Fabrikhalle auf einer unverkleideten Empore stehend in Slow Motion das Glas voller Crushed-Eis und Gin an seine Lippen hebt, als blätterte man die Seiten eines Daumenkinos einzeln weiter Sekunde für Sekunde, bis Vik wieder im Gehirn sitzt. Die elektrifizierten Synapsen durchpulsen die Innenseite dieses Kopfes, und nun spürt der Zwilling das Wasser durch die Gummisohlen seiner Sneakers kriechen. Blasen zerplatzen an der Oberfläche im zweiten Stock, als wären Schreie darin eingeschlossen. Beim Blick in die Tiefe blitzen Zuckungen durch das lichtgeflutete, azurblaue Wasser. Bevor die Kapsel vom Boden abhebt und sich ausschifft, weil der Innenhof der Freien Universität sich literweise füllt und der Campus-Fassaden-Bruch-Druckpunkt gleich erreicht wird, das gläserne Gebäude auf Jungfernfahrt ausläuft, da innerhalb der Großhirnrinde noch genug Auftrieb spendende Luft verblieben ist, beginnt Vik wie irre zu hyperventilieren. An seine Sohle stößt ein dahintreibendes Barett umgeben von Tausenden aufgeschwemmten Seiten zwischen Leineneinbänden, die ihn für einige Augenblicke beruhigen, kann er sich doch schon einen standesgemäßen Uniabgang und Campus-Dropout genau so vorstellen, indes jenes stete Tropfen und Klopfen ihm geradewegs die sonst teils gewellten und teils gelockten schwarzweißen Stirnfransen lotrecht die Sorgenfalten hinuntertreibt über Augenbrauen und Wimpern zum Glaskörper hinein durch Netzhaut, Augenhöhle, Sehnerv, bis tausendundein Dalmatiner hundertundein Elstern hinterherjagen über zehn Zebrastreifen eine ganze Nacht und Nullperiode lang, bevor die hüpfenden, hackenden, diebischen und einzelgängerischen Vögel mit den Flügeln schlagen, abheben und vor dem Firnis des wolkenverdunkelten Himmels Schwarmformation annehmen, nur noch als verschwindende, geschwungene, helle Konstellationen wahrnehmbar werden wie Sternschnuppen, Schmuck oder Stuck an Viktors Schlafzimmerdecke.

Er meint, das Kribbeln in seinem Arm wie Schneegestöber im Fernlicht ellenlang im finsteren Zimmer blinken zu sehen. Erst als die Selbstblendung zu Ende geht, er zweimal die Lider hoch- und niederschlägt, erkennt er Elenas Schädelform im Kissen auf seinem Arm. Weil er mit kleinkörnigem Reis gefüllt ist, behält der Bezug Abdrücke besonders gut. Fast hört Vik das Knirschen im Inneren noch, doch das Geräusch kommt, als er den Kopf etwas dreht und den Blick durch das dunkle Zimmer schweifen lässt in Richtung Tür, aus der Küche. Das Gas faucht und der Sodastream sprudelt das Wasser in der kristallgeschliffenen Karaffe auf. Kaum bewegt sich sein Arm, als er ihn abwinkeln will, also benutzt er den anderen Ellenbogen als Stütze. Kaum dass die Verwirrung seine Speiche entlangkribbelt, erinnert er sich, in Wien immer Veltliner und Vöslauer gekauft zu haben und wie er in Berlin mit seinen komischen Roomies während irgendwelcher Partys in ihrer Küche um das quirlige Sprudelgerät herumstand und Strudel buk. Und dass er hier in seiner Wiener Wohnung gar keines besitzt und die Zimmertür auch dort drüben ist. Als sein rechter Arm sich unwillkürlich über die andere Betthälfte verirrt, spürt er das Stechen einschlafen und die Federkernmatratze noch Wärme abstrahlen. Kirschkernkissen, denkt er, indes ein kribbliger Wasserguss funkend in die Keramikkanne schießt.

Bist du aufgewacht?

Er fragt sich, ob womöglich auch sein rechtes Ohr betäubt ist.

Warum machst du kein Licht?

Auch selbst hört er sich kaum. Die Stimme klingt seltsam fern.

Mach ich nie.

Vielleicht ist die Tür nur angelehnt oder Elenas Rachenraum zu.

Das stimmt nicht.

Du schläfst sonst besser.

Weil ich so gut im Bett bin, ja?

Unsichtbar, aber vernehmbar sicherer Hand wird der Teebeutel getunkt.

Du hast bloß schlecht geträumt, okay!

Der Silberlöffel klingelt schrill am vergoldeten Rand seiner Kanne.

Da war dieses Mädchen.

Er spürt seinen rechten Arm jetzt wieder wie sonst auch, also kaum.

Was hat die gemacht?

Er stützt sich auf, und es ist, als kämen mit dem Erkalten von Elenas Wärme in der Matratze, dem Aufreißen einer Packung Amarettinis, dem Fenchelteeeinschenken und der langsam zurückkehrenden Sicherheit seiner Wahrnehmung auch vergessene Erinnerungen an den Traum wieder.

Nicht viel. Hat auf einer Bühne gestanden. Neuköllner Heimathafen, glaube ich. Wurde erst sehr gelobt im Vorab von einem Jurymitglied. Dann hat sie einen Text über Adler gelesen. Also die Vögel, meine ich. Sie kam aber gar nicht aus Berlin. Heidelberg, meinte zumindest die Vorrednerin. Auf dem Weg zur Aftershowparty habe ich mich nachts verirrt, es schiffte, Koloniestraße, Grellstraße, bloß noch Strobo.

Diese Berlin-Geschichte hat dich ja ganz schön abgefuckt.

Er hört, wie der Teebeutel am Faden baumelnd gegen die Löffelkante geschlungen, von Elenas Hand festgezurrt, abgeschnürt, ausgewrungen wird. Es fließt erst plätschernd, rinnt und tropft dann ploppend in die Kanne. Ein heller Klang, Löffelsilber an Goldrand. Der Mülleimer wird getreten, dass es scheppert. Teebeutel und Deckel fallen.

Du bist ja deppert.

Ihre Silhouette erscheint in den feinen Nuancen des Halbdunkels, die Vik inzwischen abseits der Schatten unterscheiden kann. Wände und Türrahmen, Fensterkreuz, Fischgrätparkett und Luft, achtlos fallengelassenes Gewand und Elenas nachtmalerische Gestalt mit einer Schale in der Hand. Der aufsteigende Dampf verunklart ihren Umriss.

Du bist da nie heimisch geworden, nicht wahr?

Erstaunlich schwarz schreibt sich der Schalenboden in ihr Gesicht ein. Als würde sich ihr Mund lochförmig öffnen, weit, rund. Ein adamsapfelruckendes Schlucken dringt an Viktors Ohrmuschel.

Das wollte ich auch nicht. Nie und nirgends. Bloß im Bunker.

Der Blickkontakt ist eine Sekunde unterbrochen. Die Dimensionen des Tassenbodens im Halbdunkel sind distinkter als die ihrer Augenhöhlen. Es ist, als könnten sie sich nur durch

Dinge sehen. Sie lässt die Tasse sinken, wird von Dampf verkleidet, legt den Kopf schräg, lehnt sich mit Oberarm, Schulter und Scheitel an den Türrahmen. Die Leichtigkeit, die ihr diese Haltung verleiht, und ihre von der Bettkante abgeschnittenen Füße lassen sie für Vik schweben. Der nach Fenchel riechende Dampf hängt ihr wie ein Schleier vor dem Gesicht. Sie ist bleich vor dem Hintergrund der dunklen Küche, graugestrichen in Gegenfinsternis, hinterm Schatten des Fensterkreuzes, das Zimmer teilend, den Boden in vier halbdunkle Rhomboide schneidend. Sie ist der düstere Mittelpunkt von einem.

Dein Bruder wird dir das niemals verzeihen.

Echt, der soll sich mal nicht so haben.

Wie war es, mit ihm aufzuwachsen?

Höllengebirge

Wenn der Frühsommer mit wildem Föhn über die Berge, Hügel, Täler, Flüsse und Wälder herfällt, den Menschen Kopfschmerz beschert, das Tierblut in Wallung versetzt und Bäume beutelt, regnet es Zecken. Sie fallen von Büschen und Sträuchern und Stauden, von Kronen, Ästen und Zweigen auf Rehrücken, Hundeköpfe und Eichhörnchenschweife, setzen sich fest in Frettchenfellen, landen auf halbwilden Katzen, krabbeln Blutbahnen entlang unter Kinderkragen. Die Kleinen hänseln einander auf geschotterten Forststraßen, überspringen und umrunden rot-weiß-rot lackierte Absperrschranken, durchkriechen verschlammt und dadurch wundersam getarnt Drainagegräben. Die Schlingel treten staubende Pilze, brechen Stecken zu Spießen überm Knie, reißen Lianen von Bäumen und Brennnesseln aus dem Boden, werfen aufgelesene Fichtenzapfen nach einander, schlagen sich sterbensdreckig durchs Unterholz, stolpern und stürzen auf wurzelzerwerkten Pfaden. Dann schaut der schlammverkrustete Bursche dumm aus der zerfetzten Wäsche, spürt aufgeschürfte Knie, Blutrinnsale seine Schienbeine runterkriechen, abgewetzte Ellenbogen, juckende Unterarme und den Bruder nahen zwischen raschelnden Büschen in den herumfingernden Blattschatten, mit hermelinsamtenen Schritten und dem bleichweißen Oberkörper, um die Hüfte geschürzt der Pullover, das Harz wie der Gips keltischer Krieger im Haar, das Wundwasser auf Brust und Bauch wie Kampfbemalung, die Jeans zerschlissen gleich Goldwäschern, mit dem zackigen Stecken die Brombeersträucher aus dem Weg gedroschen. Der Häscher und Ranger, aufgepflanzt vor dem liegen gebliebenen Zwilling, unter blütenstaubverklumpten Lidern und spinnwebverklebten Wimpern aus Tauenden Augen angeschaut. Mit dem

Spieß immer wieder angestochert und mit dem nackten Fuß den Kopf hin und her gedreht. Nein, nein, gefleht und angebettelt, nein, der eine, nein, der andere, einer stammelnd, einer fragend, wolfsheulend und nachäffend. Da fliegen Raben weg, die nichts gesehen haben, und die Zecken fluten aus ihrem Nest und regnen von Brennnesseln. Sie rieseln über die frühsommerweiße Kinderhaut wie schwarze Salzprisen und werden mit zwei Fingern abgeklaubt.

Zu Hause stehen sich die Brüder einander gespiegelt gegenüber und zupfen sich die Zecken vom geschundenen Fleisch wie Wacholder, Lorbeerblatt und Schrot aus dem Ragout. Die Mutter macht die Suppe voll buntem Pfeffer und kräftigem Rind. Im Nachbarhaus schreit in einem fort das föhnfühlige Kind. Es brüllt seine entzündete Hirnhaut hinaus in die Nacht. Der Schrei liegt wie ein nie endender Abgesang auf dem Tal. Wiebke benutzt den Dunstabzug, um den Laut zu ersticken. Es ist vergebens, wenn ein Kind fleht in dieser Gegend. Es will in den Wald. Es will zu Hause bleiben. Weder Baumschule noch Kindergarten. Es will Wildnis statt Stirnreihe. Mutterhand statt Zeigefinger. Lieber Werkstatt als Klassenzimmer. Eher Dreschflegel denn Lehrerstab. Beim Anspitzen des Steckens mit dem Messer abgleiten. Die eigene Sehne versehentlich durchschneiden und heulen. Statt die gewaschenen Hände zu falten. Und das fertige Kreuz an der Wand anzuheucheln. Morgens hinter die Bänke der Volksschule, nachmittags hinaus in die Kühle der Wälder, die Schrille des Sägewerks und den Gestank der Papierfabrik, die brachliegenden Plätze und die Rückkehr der Zugvogelschwärme. Räuber und Gendarm spielen die Brüder in den Nachbargärten, springen über stacheldrahtdurchflochtene Zäune und stehen irgendwann Auge in Auge, hauen und schauen sich an, kriegen sich in die Haare, wissen wieder nicht, wer Gendarm und wer was anderes war, ziehen einander am Schopf und versuchen, sich in den Drahtverhau zu schubsen. Abends verarzten sie dem jeweils anderen die Wunden, kämmen die Kletten aus dem fremden Haar, das sie inzwischen besser kennen als das eigene, komm, Kleiner, ich lese dir was vor, komm, Großer, ich sing uns was. Blau geschlagener Lippe riskieren sie den Gang an den Essenstisch, wo Wiebke schon wartet mit schäumender Suppe und übergehend vor Zorn auf das wütende Kind im Nachbarhaus. Es steht manchmal glotzäugig vor den sich balgenden Brüdern, im Wald, im Nachbargarten, im Straßengraben. Das verdirbt den beiden immer das Spiel, immerhin ist es ihres und nicht das dieses Schreihalses. Vor dem Zeckenbiss sei er wie sie gewesen, Wiebkes wiederholtes Wort. Das kommt vor, es kommt selten was Besseres nach, abgebrühte Brüder.

Wiebke versucht, sich die Migräne aus den Stirnfalten zu massieren. Nik hat mir heute eine reingehauen, Mama, sagt der eine und tunkt sein Brot in die Suppe. Wiebke drückt, so fest es geht, gegen ihre Schläfe. Vik hat mir gestern eins reingewürgt, Mama, redet der andere daher und schüttet einen Schluck Wasser hinunter. Wiebke spürt ihre verstopften Poren und ihre Fingerkuppen voll Talg. Das stimmt, Mama, Vik hat mich gestern geschlagen, spricht der eine und trinkt vom Glas, während er noch Suppe im Mund hat. Wiebke streicht ihre Augenbraue entlang, die jetzt im Licht blitzt. Das stimmt nicht, Mama, beteuert der andere und schlürft den tiefen Teller leer, Nik hat mich gestern gedroschen. Wiebke lässt die Hand sinken. Der eine raunt, da stimmt was nicht. Wiebke nimmt den Löffel. Der andere mampft, Nik hat mich heute geschlagen, Wiebke. Sie pustet die Suppe an ihren Lippen. Haltet die Fresse, wenigstens beim Essen. Reichlich paradox, der eine. Wiebke verbrüht sich die Zunge. Massiv double-bind-geprägtes System, der andere. Wiebke schluckt. Wo sie immer diese Wörter hernehmen? Aus dem Fernseher? Er flimmert abends, bis die Kinder in die Kiste müssen. Mittags spielt es Granada in der Küche und morgens das Radio. Muss das wirklich sein? Wir lernen da eh nichts. Tag für Tag bringt sie Balg für Blage zum Bus. Irgendwann sind sie dann groß genug, zu zweit zu gehen und allein zurückzukommen. Als Wiebke erfuhr, dass in ihrem Bauch Geschwister heranwuchsen, pflanzten sich nur zwei Sorgen vor ihr auf.

Dass ihr Mann die Familienplanung damit für beendet erklären würde. Dass er das vormals gemachte Zugeständnis zweier Geburten zurücknahm. Dass er ein drittes Kind mit allen Mitteln einschließlich Liebesentzug verhindern würde. Ohnehin war er damals schon drauf und dran, Wiebke zu verlassen. Und sie auch ihn. Ansonsten sorgte sie sich, dass die Zwillinge zu wenig Platz fanden. Stockbetten zimmerten die Eltern zusammen und schickten die Kinder zum Spielen hinaus. Aber bald schon waren sie groß genug, die Gartentür aufzumachen und dem anderen durch den Lattenrost ins Kreuz zu treten. Sie wurden schlau genug, den Schlüssel zu suchen und sich heimlich davonzustehlen, die Pyjamas und die Schlafplätze zu tauschen. Sie traten ein und aus, wie es ihnen passte, und immer nur nach oben.

Das Nachbarskind schrie, und Wiebke bangte, dass es nichts mit Vik und Nik zu tun hatte. Als die Regel damals so lange ausblieb, schaute die junge Frau viel zum Fenster hinaus. Der Föhn briste auf, und der Flieder fiel vom Strauch. Der Frühsommer verging ihr, und im Kopf tauchte immer öfter das Wort Blutsauger auf. Sie holte dicke Bücher aus der Bibliothek, ging im Haus auf und ab und las tagelang laut. Süßliche Symphonien verlangte sie sich und dem CD-Player ab, auf dass die friedlichen Töne sich als Wellen in ihr Fruchtwasser übersetzten. Sie brachte die ausgeliehenen Schinken zurück, ärgerte sich immens darüber und dachte an einander schlagende Damen. Mit Zwiebelwickeln und fleischloser Kost versuchte sie, die sich fressenden Brüder zu beruhigen. Sie wusste schon, dass es Söhne werden würden, was sie unheimlich verstörte. Nicht dass sie Töchtern den Mord aneinander nicht zugetraut hätte. Aber überhaupt männliche Kinder in sich zu tragen, die dann töten könnten, erschien ihr unmöglich. Denn die Besucher, die im Vorfeld der Geburt kamen, waren Frauen. Die Leute, die in diversen Kursen kuriose Verrenkungen mit Tiernamen machten, ebenfalls. Auch die angespannt Wartenden in Zimmern voller hochglanzillustrierter Covergirls mit straffgespannter Gesichtshaut, aufgesetztem Lächeln, gebleachten Zähnen und gemachten Brüsten im Gegensatz zu all den anderen echten mundhängenlassenden Menschen rund um Wiebke und die Teerunde und der Lesezirkel und die Tippsen an der Kartenkasse und ihre Tipps bei Kinobesuchen, man solle sich etwas Gutes tun in jeder Phase, all diese Subsysteme und Behelfsbeziehungen bestanden so ausschließlich aus Frauen, dass ihr der Gedanke gar nicht in den Sinn kam, es gebe Muttersöhnchen.

Die Männer gingen morgens zur Arbeit ins Sägewerk, wo ihre Glieder in die dahinfahrende Zahnung gerieten, in die Papierfabrik, wo ihre Atemwege sich mit den schleimhautnagenden Abgasen verbanden, in die Automobilwerkstatt, wo ihnen die Kundschaft mit bissigen Ansagen in den Ohren lag, in die Saline, wo die rostzerfressene Abfüllanlage Salz in die Wunden streute, in die Solvay, aus der entlassene Arbeiterschaften spazierten, um sich abends mit dem Schicksal abzufinden in der Wirtschaft, die zwischen weinlaubüberrankten Spalieren blickdicht verborgen lag wie ein Burgfried inmitten seiner Mauern, gebaut zum letzten Rückzug. Hinter den heimelig erleuchteten Storen wurden die Karten verweigert, die wöchentlich wechselnden Menüs bestellt und der stumm gewordene Mund und die taube Zunge aufgeweckt, auf dass sie das von sonst wo eingeflogene Sodawasser vermischt mit seifigem Veltliner gleich wieder einschläferte. Bevor alle Hände ausgespielt, sämtliche Köpfe erschöpft und die Körper schlaff waren, sprach man vom Wegsterben der Wirtschaft, vom Weggehen des Nachwuchses, vom Wegbrechen der Rente und auch von Wiebkes Fensterscheiben, hinter denen ebenfalls manchmal lange unter dem Dunstabzug und über dem Ceranfeld und entlang der Küchenzeile jene Leuchtstoffröhre brannte, die als einzige indirekte Lichtquelle den Raum mit schummriger Atmosphäre sowie sanften Schatten ausstaffierte und die den Vater des debilen Nachbarskindes und die Mutter der Doppelblagen und die kreisende Flasche zwischen ihnen an die Wände warf.

Um den nächtlichen Gesprächen zu lauschen, brauchten die Zwillinge aus ihrem Zimmer kaum zu schleichen, Sohlen statt

Zehenspitzen tasteten den dunklen Gang weniger entlang, als dass sie ihn betraten, da im Nachbarhaus das hirnentzündete Kind die Nacht in Stücke brüllte, als sänge es sich selbst ein Urgutabendlied, sodass alle anderen Klänge bedeckt und die trübsinnigen Gespräche der angeheiterten Erwachsenen nur mit zwei Ohren an der Küchentür durch das Holz verständlich wurden. Wie gut die Idee, beiderseits geteilt die Meinung, die Kinder ab dem Gymnasium durch verschiedene Schulklassen zu scheiden, hörte das Zwillingspaar. Es sehe dem Vater ja so ähnlich, dass er gegangen und Wiebke alleingelassen habe. Der, wie er immer wieder betonte, unablässig durch das Geschrei seines Kindes übergrölt von nebenan, ebenfalls verlassene Vater und Wiebke fügten an diesen Abenden abwechselnd hinzu, der Ehemann hätte viel eher diese verwunschene Ortschaft als die entbundene Frau geflohen. Darauf hoben sie jene Flasche, die auch die Zwillinge lautlos und im Glauben an Wiebkes Schlaf aus dem Kasten holten, um Taschentücher zu tränken, ihre geschundenen Glieder zu reinigen, die Blutsauger hineinzuknüllen und auf der Fensterbank anzuzünden. Während der Bausch von den Rändern her Feuer fängt, das sich unter wundersam bunten Stichflammen weiter ins Innere frisst, füllen die beiden mit Salz vermischtes Wasser in den Schnaps, damit die Flüssigkeit ihren Pegel hält am Glas, ihre trübe Farbe bewahrt, weiterhin stark schmeckt und in den Wunden brennt. Wenn die Chitinpanzer des Ungeziefers mit einem leisen, meist vom Nachbarskind niedergeschrienen Knacken platzen, schauen Vik und Nik sich verschwörerisch an, tauschen ihre Gedanken, ob es nicht schlauer sei, den Pegel in der Flasche zu senken und die Stärke des Weingeists zu erhalten, um das Gift aus ihren Blutbahnen zu löschen und das Misstrauen der Erwachsenen infolge des ausbleibenden Rausches nicht zu entfachen. Doch sie verschrauben den Verschluss beruhigt aufs Gewinde in Erinnerung an all die Mitternächte, da der verlassene Vater und die alleingelassene Frau die Flasche absetzten, sobald die Quelle des Lärms im Nachbarhaus versiegte, die beiden sich erhoben und die Küche verließen, ohne die im toten Winkel der Garderobe stehenden Kinder zu bemerken, mit den obligatorischen Worten sich verabschiedeten, die sie ebenfalls in einem obskuren Kanon ihres niemals in eins fallenden Beisammenseins abwechselnd sprachen, den einen Abend der Mann, den anderen die Frau, die Zwillinge hätten eigentlich Nicoletta und Viktoria heißen sollen, und, er ginge jetzt besser hinüber, denn entweder sei sein Kind in tiefen Träumen versunken oder infolge seiner Hirnhautentzündung entschlummert, und es tue ihnen leid, den zu zweit verbrachten Abend nun enden zu lassen. Vik und Nik lieben es, wenn der Bewegungsmelder anschlägt und die Miene ihrer Mutter erstrahlt, das Gegenlicht diese immer wieder abgespulte Verabschiedung krönt, einen Gesichtsausdruck voll Trauer und Enttäuschung erhellt. Wenn ich euch doch nur niemals geboren hätte. Wäre ich doch bloß in Düsseldorf geblieben. Ihr seid mein ganzes Unglück. Die Nägel zu meinem Sarg. Würde sich am Gesicht ihrer Mutter eines Abends Glückseligkeit ablesen lassen, so glauben und versichern sich die Zwillinge wispernd in ihren Betten, dann habe ihre letzte Stunde geschlagen. Ihre Existenz aber gehe so lange weiter, wie der Mann von nebenan Wiebke verließ, sein glotzäugiges Kind verschlossener Lider und schlagender Halsader fand und auch beim nächsten Mal durch den Garten und die Stille zur Ruhe stapfte nur noch untermalt und übertönt von Wiebkes Würgen, das Vik und Nik Gelegenheit bietet, auch diesmal wieder in ihrem Zimmer unter einer Decke zu verschwinden und im Glauben einzuschlafen, der Glauben an die Stärke des Getränks sei stärker als das Getränk. Und dass in Mamas Ruf nach Viktor und Niklas, sonst ständig hörbar, das e nicht da war, stärkt und nährt ihr Bündnis bis dato. Einer ihrer immer wieder nachts geflüsterten Lieblingsinsiderwitze lautet auf die Pointe, in der Druckeinheit Licht pro Gramm bemesse sich das Gewicht ihrer Namen, die untereinander, auf Augenhöhe einer Erwachsenen in den Türstock geritzt sind weit über dem Bleistiftstrich, als drückten sie dessen jahrelanges Erklimmen der Leiste nach unten, hielten die beiden klein und bremsten ihr Wachstum. Eines Tages aber, raunen sie sich zu, werden sie in dieser Türe stehen, einander die Mine auf den Scheitel legen, die drei Schriftzeichen mit einem Streich durchkreuzen und unversehens, schlussendlich ein Wesen geworden, zum letzten Mal über diese Schwelle treten. Wie schwer sind unsere Namen? Pi Gramm. Das ist doch zu stemmen. Und sie würden den Kreis schließen, an dessen Anfang Wiebke und der Nachbar aus der Stadt über die Autobahn in dieses Nest kamen, bald von ihren Partnern verlassen waren und ihre Kinder dem Tode anheimgaben. Erzähl mir was Spannendes! Der Nachbar liebt ja die Natur. Deshalb ist das Kind ein Idiot und die Frau fortgegangen. Der Hund liegt unter der Gartenerde oder steht ausgestopft im Treppenhaus. Wo damals die große Buche im Garten wuchs, wuchert jetzt das Unkraut um den toten Stumpf herum. Der Stamm liegt zu Scheiten geschnitten und geometrisch gestapelt an der Hauswand.

Das Erste, was man von neuen Nachbarn sieht, ist immer der langsam heranschleichende Wagen, das Grundstück suchend, noch mal verlangsamend, die allein stehenden Häuser entlangfahrend, ein Mercedes, Holzklasse, die gemaserte Armatur, das Lenkrad aus einem Pfirsichbaum, dahinter der pausbackige Nachbar, daneben die Obst schneidende Frau, der blausäurehaltige Kern in ihrer Hand, die Rotbuche im baldigen Nachbargarten und das übers Bankett hin ausrollende Vorderrad, auf dem Rollsplitt zum Stillstand gebracht, der Seitenspiegel am Zaun, dass die schwangere Frau kaum noch aussteigen kann. Er komme wegen der natürlichen Schönheit in dieser Gegend hier, ruft der neue Nachbar über die Latten Wiebke zu, die gerade den giftig bunte Blüten treibenden Oleander umtopft. Sie hält inne, sieht das Kennzeichen an den Staketen und nimmt verwundert den Akzent wahr gemäß der in Österreich ironischerweise gepflogenen Eigenart, nach der Schrift sprechende Menschen für dialektale Hinterwäldler zu halten, sie wisse nichts davon, immerhin sei sie selbst, verglichen mit der Nachbarschaft, eben erst hergezogen, woraufhin die Frau den verdatterten Mann verabschiedet, was ihr eine seltsam distanzierte Umarmung abverlangt, den bellend vom Rücksitz hüpfenden Rüden anleint, er mache das schon mit der Maklerin, man habe ja noch keine gesehen, die willige Kundschaft wieder fahren lasse. Die Hundekrallen kratzen über den Straßenbelag, und das Halsband klingelt im Zug der Vorderläufe, während die Frau von ihrem Vierbeiner hingerissen in Richtung Wald verschwindet, zunächst ihr zukünftiges und zünftiges Revier zu erkunden und Schritt für Schritt eine um sich greifende, bedeutungsschwangere Stille hinterlässt. Sie arbeite in der Bibliothek und heiße Wiebke, was der Nachbar verwirrt goutiert, denn die natürliche Schönheit sei in den Büchern noch eindrucksvoller als in echt und die österreichische Provinz wegen ihrer klösterlich katholischen Vergangenheit von Kulturgut durchzogen.

Schon am nächsten Tag wirkt der Mercedes seltsam deplatziert neben dem knallgrünen Bagger, der von der Straße aus seinen langen Arm wie ein prähistorisches Tier den Hals Richtung Baumkrone streckt und ins Geäst der Rotbuche beißt, während zu ihren Wurzeln unter den Anweisungen eines zweiten aus dem Winkel der Eckbankbrüder rekrutierten und Zirkel der Stammtischjünger engagierten Helfers der Nachbar selbst Hand an die zentnerschwere Axt legt, das Blatt wilden Schwungs ein ums andere Mal ins Holz drischt, um dann einen Keil mit der stumpfen Seite knarzend hineinzutreiben, von der anderen Seite die trommelnde Motorsäge kreischender Kette, reißender Glieder, geschnittener Rinde anzusetzen. Himmelschreiend und meilenweit auch die Kluft zwischen dem Hausherrn in einem Mix aus Freizeitmontur und Sonntagsklamotte und seinem lobsprechenden, Handzeichen machenden, in kariertem Flanellhemd und Funktionsgewand steckenden Holzknecht von Schnapsnase, der paradoxerweise aufrecht stehend, während der Nachbar kniet, den Rücken noch etwas hohler beult, Bauch und Adamsapfel hinausstreckt sowie den Kopf nach oben reckt, um durch den Schalltrichter seiner Hände, der Baum falle, in alle Windrichtungen zu bellen. Der Mann im Plexiglaskabuff des

Baggers bedient seinen Steuerknüppel, der optisch wie formal der Verdopplung dieses Brontosaurusgefährts gleichkommt, wie ein Fraktal im Inneren des Kettenfahrzeugs, der Knüppel und der Schaufelkopf, sein Hals und der Schaft, das Gefährt selbst und die Lederummantelung, durch die der Hebel im Schaltgetriebe unter dem Boden des Führerhäuschens mündet. Auch von der Funktion her gesehen spiegeln sich Hebel und Bagger wider, denn der giraffenhalslange Arm bewegt sich zum Schalten und Walten der helfenden Hand am Knüppel nach wie vor in die Baumkrone verbissen Richtung Himmel, hebt die Buche von ihren Wurzeln abgeschnitten über das Gatter und legt den Stamm den Ketten voran schnurgerade auf die Straße außer Reichweite der nachbarschaftlichen Fassaden.

Um die Ecke des nächsten Gartens kommt vom Auslauf durch den nahen Wald schon jene stahlgraue Kreatur zurück, als Irish Wolfhound noch am ehesten in diese Kulisse implementierbar, hervorgekrochen aus dem anachronistischen Katholizismus eines bewaldeten, verwilderten, alkoholüberfluteten, zigarettennebelverhangenen, männerbündlerischen und verzwergten Bruderlandes, Widerpart oder Pendant der großen, gleichsprachigen, reformatorisch aufgeklärten, industriell und instrumentell vernünftigen, nach allumfassender Herrschaft strebenden Nachbarnation, Trieben und Instinkten entfremdet durch Zucht wie dieser Halbhund, noch eine mahnungsvolle Ahnung von der Wolfsverwandtschaft im Leib, auf die Hinterbeine gestellt wie jetzt, im Zug und Gegenzug der Leine, groß genug, einem König auf die Krone zu schauen, wie nun auch die danebenstehende Frau dem Baum. Der Nachbar wollte ihr die Welt zu Füßen legen, die in dieser Gegend zweifelsohne aus Holz gezimmert war, Bäume, über die in den Steilhängen Borkenkäfer und Gastarbeiter in Wettstreit und Eintracht miteinander herfielen, Stämme, durch die längs und quer auf dem Fließband unter den fähigen Händen der alsbald invaliden Sägewerker die gezahnten Blätter rotierten, Scheite, die seit dem Jahre Schnee den solevollen Sudpfannen in der Saline untergeschoben wurden, bis das Wasser verdampfte und die kristallinen Krusten am Gusseisen verblieben wie Raureif, amputierte Früchte von Zirbelkiefern und Echter Walnuss, mit der die Einheimischen ihren Wodka ansetzten, um einmal pro Jahr zur absolut größenwahnsinnigen Schnapsmeisterschaft im Wirten einzukehren, wo dann fünfzig Familien an den Tischen hockten und so lange den Fusel der Konkurrenz verkosteten aufs Haus, bis sie nur noch auf allen vieren darniederlagen zwischen den hölzernen Beinen der ebenfalls größenwahnsinnigen Eichensessel, die man in Deutschland Stühle genannt hätte, hin und her krochen unter den Ordnungsrufen des Wirts auf der Suche nach dem Häusl, das im Nachbarstaat Toilette hieß, Kruzifixe, zu denen alle Klassen am Morgen zu beten hatten, bevor sie wie Vieh oder Heer in Stirnreihen aufgestellt zum Werkraum getrieben wurden, wo Bretter stichgesägt und heißgefeilt wurden, Schleifpapier riss und Schmirgelseife in den wunden Händen und Sägemehl in den viel zu jungen Lungen brannte, bis die Kinder ihre Werkstücke abends ihren vernagelten Holzköpfen von Eltern nach Hause brachten, die gerade an ihrer neu aufgezogenen Fassade standen, Bretter vor der Stirn, oder die krummen, abgefallenen Äste im Garten zwischen den Zwergen aufsammelten oder auf ihren gedrechselten Bänken saßen, Holz vor der Hütte, und in den Himmel starrten oder ihm schon näher waren und ihre gemaserten Blumenkästen am ziselierten Balkon begutachteten, Kruzifix fluchten, weil der Holzwurm dieses Jahr nicht nur die Fassung anfraß, sondern sich schon zwischen den Wurzeln wand als Engerling, und irgendwo klopfte ein Specht.

Der Nachbar riss also die Linoleumböden nacheinander aus dem Haus und verlegte Fichtendielen und Eichenparkett, damit die Bohlen seiner Frau die Füße küssten, damit die Krallen des Hundes auf unnachgiebigen Untergrund stießen und damit dem bald geborenen Kind das Krabbeln verging, weil ihm die herausschauenden Nagelköpfe die Haut aufrissen, damit es schnell mit schlafwandlerischer Sicherheit auf eigenen Beinen stand, weil der Fall auf Holz erbarmungsloser wehtat als auf weichem Boden. All die Zeit, die der Nachbar nun auf allen vieren zubrachte, die Nägel im Mund und den Hammer in der Hand, die noch lose Bohle unter dem Knie, den Schmerz schon im Rücken und den Buckel bald im Atlas, würde sich im Körper seines eben erst zur Welt gekommenen, schon aufrecht stehenden Kindes ummünzen und ihm mit allen Zinsen der Vaterliebe zurückgezahlt werden, wie die beiden ihm zur Seite stehenden Gehilfen verhießen, die Liebe gerne mit Stolz verwechselten, da sei noch ein Nagel einzuschlagen, und dem Nachbarn schon wie Engel erschienen, seit sie die unter ihrem eigenen Gewicht eingeknickten Äste der Rotbuche abrissen, die restlichen Auswüchse des Stammes absägten, sodass der Föhn den von der Kette gespuckten Span mitnahm und in knochentrockenen Prisen sowie aufbrausenden Brisen herrischen, ja herrlichen Geruchs um die Häuserecken trieb, bis sie den Rand jenes Waldes, Forstes und Reviers erreichten, in dem seine Frau Tag für Tag Stecken ins Unterholz warf, die ihr zwölf Stunden Auslauf brauchender Halbwolf folgsam apportierte, nicht ihr unwichtigster Grund neben dieser bürgerlichen Vision vom Haus im Grünen für diesen Umzug, denn wem wurde der Stadtpark nicht irgendwann zu eng, auch wenn sie in diversen Ratgebern las, dass der beste Freund des Menschen auf jedem Spaziergang, und sei es die gleiche Strecke, durch seine feine Nase und seine spitzen Ohren und seine senile Erinnerung neue Eindrücke gewann, was war denn dann mit dem besten Freund des Hundes? Sein Herrchen nagelte den Boden und verlegte die Bohlen und krempelte die Ärmel hoch, während sein Frauchen selbst bei Hitze lange Hosen anzog, um mit ihm durch die blühenden Brennnesseln und Disteln zu stapfen und das spröde Fallholz unter ihren genagelten Stiefeln knacken, statt die Bretter ächzen zu lassen, die wiederum ihrem Mann die Welt bedeuteten, als wäre sein Stöhnen selbst vom Holz absorbiert mitsamt dem Keuchen seiner ihm beistehenden Handlanger, die sich ab und an eine American Spirit anmachten und die vorangegangene Pueblo dort auf den Boden fallen ließen, wo der nächste Nagel einzuschlagen war.

Abends saßen sie beim Wirt und planten den Zuschnitt der Dielen für den nächsten Raum, kraulten sich den wilden Vollbart, während der einstmals glattrasierte Nachbar die Geste bereits ansatzweise vollbrachte, raunten vom inzwischen im Boden von Schlachthallen durch eingelassene Abflussgitter verschwindenden, schwierig heranzuschaffenden, fortgeschwappten Ochsenblut für den Anstrich, sticht ja keiner mehr selber den Stier, und sie tranken den uralten Wein und schenkten sich neuen ein von der georderten Bottel, geh, bestellst vielleicht gleich eine ganze nach, die eine der blonden Wirtstöchter im Dirndl brachte und die jener Spießgeselle aufmachte, dem das Gewinde eines Korkenziehers nebst dem resedafarbenen Baggeranlasser vom aus der Hosentasche gefummelten Schlüsselbund baumelte, da wirds knistern bei dir in der Stuben, so lobten sie die Heimeligkeit eines Kachelofens, der sich doch so wunderbar einpflegen lassen würde in diese Ecke des ohnehin viel zu großen Wohnzimmers, wo er dann sitzen würde mit der vorlesenden Frau und dem davorliegenden Hund und dem hoffentlich vorsichtigen Kind, offenes Feuer, sofern man noch einen Kamin hinzumaure, und das Stochern des Schürhakens und die Handschaufel voller Asche, die sich gut im Garten als Dünger mache, auf dass es wachse rund um sein Haus, dem selbstverständlich noch die Nussstube im Esszimmer fehle, das Regenfass an der verkleideten Fassade und die gute alte Pergola über der Terrasse, dann brauchst gar nicht mehr zum Wirt kommen, weil der Wein alsbald seine eigenen Spaliere überwuchere, fette Reben und pralle Beeren austreibe, deren Tropfen durch das Bodensieb des vollhölzernen Zubers barfuß in die Tonne gekloppt und in die Bottiche gestampft werde, dass die Lese gärte, ruhte und reifte in den Kellerregalen und Küchenstellagen, beim trauten Abendessen mit seiner schon angetrauten Gemahlin bereits verkostbar kredenzt würde, zu schwenken und zu schwelgen in Erinnerung und zu schwanken zu Jubiläen, bevor sie sich ins Ehebett aufmachten, das den beiden mit einem federnden, still wippenden, kinderschlafsicheren Weidenlattenrost aufwarte, bis der hin ist, da bricht dir vorher das Kreuz, das ja auch noch in feinster Schnitzarbeit von Hand und an die Wand gemacht werden müsse, am besten gefertigt im Zimmer, sonst passts am Ende nicht durch die Tür, und wem wolle man schon die Bürde aufladen, das Kruzifix zu schultern und in den oberen Stock zu tragen, was alle als wahnsinnig guten Witz goutierten im irrwitzig beschwipsten Nicken, was dem einen Spitzbuben Gelegenheit gab, der hinzutretenden Wirtstochter beflissen in den Ausschnitt zu linsen, dem anderen die Möglichkeit bot, die Lippen zu schürzen und, ohne es zu heben, von seinem Weinglas abzutrinken, während der Nachbar die Eselei, das Wiehern und Brüllen nutzte, schamlos und hoffnungsfroh die ihm erscheinende, neben dem auf den Tisch segelnden Zechenzettel sogleich unter den übergehenden Aschenbecher geklemmte, hast noch ein paar Münzstückl fürn Automaten, imaginäre Rechnung nicht nur dieses Abends, sondern der nächsten Wochen anzustarren, während derer die Gesellen sich pro Tag in Stunden wie Material bezahlen ließen und noch und nöcher mit dem Nachbarn und ihren Vorschlägen, die wenig später seinen Wünschen entsprachen, auf der Eckbank zusammenkamen, all die Posten mit dem inneren Bleistift einzutragen in ein genauso phantastisches Schuldregister, dem zufolge der Familienvater unterm Strich, im Schweiße seines Angesichts, na heut büßt du dir wieder alle Sünden ab, derart in selige Vorkasse ging, Ersparnisse aufbrauchte und Kindergelder belieh, dass sein Heim nichts als Glückseligkeit und Heil erwarten konnte. Jedoch der pietistisch geprägte und zumindest die nächsten Monate in Vorfreude schwelgende Mensch machte diese Rechnung ohne den kinderlosen Gottvater dieser Region, der blutige Schauspiele liebte und seinen Hauptdarsteller auf Erden brauchte, ihn unerbittlich an alle Wände schlug, an Unfallorten marterte, an den Straßenkreuzungen, an den Bergseen und selbst auf den Krebsstationen dieses verlassenen Tals mit aller Gewalt folterte, der, statt den Sohn in den Himmel zu sich hochzuholen und jene verlogene Metamorphose zu vollziehen, mild vergreister Familienvater zu werden, lieber ein Hauen und Stechen veranstaltete, wütend Augen ausriss und Gebisse verstümmelte, Verwünschungen nach nahezu alttestamentarischem Rezept ausübte, das ausschließlich über Segen und Fluch, Willkür und Fatum, Würfeln und Glück, Jähzorn und Gnade funktionierte, Abbitte zwar forderte, Buße verlangte, aber Erlösung verwehrte und jede Hoffnung mit infernalischem Lachen vernichtete, wie die beiden Einheimischen und inzwischen auch Wiebke sehr genau wussten, die schon am nächsten Morgen von ihrem ersten Kaffee, jenem einzigen Tropfen Trost, hochschreckte, da ein irres Hupen durch die Siedlung fuhr wie ein entzündeter Ischias durch den Körper, bis der eben aus dem Schlaf gerissene Nachbar mit der Zahnbürste noch den brennenden Schmerz austreibend seinen Wangen den Wagen startete und die paar Zaunlatten weiterknirschte über den Kies, sodass der nachrückende Motor des zweitaktigen Lieferwagens mit der Schiebetür direkt am Gartentor erstarb, während der Mercedes Wiebkes Ausfahrt längs versperrte.

Ja, in Wiebke saß nach den ersten Schlucken von der Tasse zuverlässig der Gram über die Häme ihres Ex-Mannes, zwei halbe Portionen würden doch einen ersetzen, und über den Tatendrang des Nachbarn, er war genau jener Trottel, der ein fulminantes Sortiment Spirituosen in einem Vollholzregal hortete und nach der Wahl eines ganz besonders exquisiten Cognacs im schweren Fauteuil von der ganz andersartigen Qualität der Wärme dieses Kamins schwärmte, ohne die Möglichkeit erwogen zu haben, dass die sine qua non eines Ofens, dessen blaue Kacheln er jetzt in aller Herrgottsfrühe aus dem Laderaum des Lieferwagens hievte, die Zahnbürste immer noch zwischen den Lippen und die Paste aus dem Mundwinkel quellend, im Rhythmus der Schritte durch den Garten auf sein Nachtgewand patzend, keineswegs irgendwelche bürgerlichen Wünsche nach Behaglichkeit bediente, sondern aus der banalen Not geboren war, in dieser Gegend winters gut und gerne mal über ein paar Wochen, wenn die Lawine ins Tal rauschte, von der Außenwelt und ihren Heizöllieferanten abgeschnitten qualvoll zu erfrieren, sofern man nicht vorgebaut und buchstäblich haufenweise zum Beispiel Rotbuchenscheite vor der Hauswand gestapelt hatte, an denen die Pisse des ebenfalls vom Hupen erwachten und in den Garten gestobenen Hundes noch trocknete, als Wiebke den bitteren Kaffeesatz hinunterwürgte, die Frau des Nachbarn ihren im Garten buddelnden Köter anleinte, die beiden wüsten Gesellen ihre Parisienne lieber als an der schwarzen Stoßstange ihres Caddys Schmauchspuren hinterlassend an den hellbraunen Zaunlatten ausdrückten, zwischen denen die reißzahnbewährte Schnauze des Halbwolfs unversehens herausschoss, was den beiden Sägewerksveteranen bloß ein müdes Grinsen und der Frau ein verständnisloses aus, böser Hund, halt die Schnauze, was fällt dir ein, abrang, nahezu nahtlos gefolgt vom anscheinend gehörlosen Verwehren von Wiebkes Bitte, den Mercedes umzuparken, den sie also dann kurzentschlossen kurzschloss, abends wieder dort abstellte, wo er hingehörte, um auf den Fahrten zur Bibliothek und zurück dem Fehlen jedweder Hundehaare an den Sitzpolstern und beim Ausfüllen der Bestelllisten, der Inventur der Lagerbestände und dem Sortieren all dieser Wälzer, hauptsächlich volkstümliche Sagen, lange der Irrwurzel nachzusinnen, über jenem seltsamen Gewächs dieser Wälder zu brüten, auf das zu treten ihre bemitleidenswerten Opfer in einen Zustand halluzinatorischer Ausweglosigkeit versetzte, verdammt dazu, bis zum Nachlassen der Wirkung durch den Wald zu streunen, wobei noch lange nicht gesagt war, dass die irrschlafwandlerischen Schritte nicht immer tiefer in die Wildnis führten und weitere Irrwurzeln querten, ein infiniter Regress von Forst und Obdach.

Als abends der Bewegungsmelder unter Wiebkes Flugdach anging und die Silhouette der ebenfalls schwangeren Frau mit ihrem völlig erschöpften Hund an der Seite erschien, die beiden Busenfreunde des Nachbarn in ihren Wagen stiegen und in genauso sauberem Gewand, wie sie gekommen waren, davonfuhren, fragte sich Wiebke, selbst eben erst von der Arbeit zurückgekehrt, wie oft pro Tag die Heimkunft der Nachbarsfrau eigentlich stattfand, die in diesem Moment mit ausdrucksloser und besorgniserregender Miene, die Wiebke selbst zu dieser finsteren Stunde erkannte, im Gegenlicht des Windfangs stand. Der Halbhund an ihrer Seite trat im langsamen Heben und Senken seiner Schulterblätter von einer Vorderpfote auf die andere, als ob ihm abwechselnd die Läufe einschlummerten und aus der kribbelnden Empfindungslosigkeit ins Jetzt zurückgetreten werden müssten, während er die Lefzen zurückzog, seine im Gegenlicht grellen Zähne sehen ließ, seinen Fang millimeterweise öffnete, dem sich ein Laut entrang, der weniger hellem Bellen, wachsamem Winseln oder munterem Knurren entsprach als einem schläfrigen Gähnen, das aus den Tiefen seines feingezeichneten Rippenbogens kam, wo in somnambulem Regelmaß der Herzmuskel denselben Rhythmus schlug wie die tapsenden Pfoten, der zähnefletschende Mund, von dem inzwischen ein Speichelfaden hing, und der hypnotisch bewegte Schwanz, aufgestellt bis zum Bauch der danebenstehenden Schwangeren, die den Eindruck gewann, ihr Liebling winde sich bereits zutiefst bewusstlos und taub in den pulsierenden Zuckungen eines immer wiederkehrenden Traums.

Als die Leine in seinem Genick klickte, begann der Halbwolf mit den Pfoten weiter vorne wieder aufzusetzen, als sie zuvor vom Boden abhoben, was seinen Brustkorb zwar aus dem Windfang in den Gang schob, seine Hinterläufe aber in einen verwirrten Taumel versetzte, als wären sie eben erst erwacht und hätten alle Mühen des kommenden Morgens mit dem Rückstand eines Tagediebs zu bewältigen, sodass einige Momente verstrichen, bis der wedelnde Schwanz des nun vollständig in Bewegung übergegangenen Tieres die Tuchfühlung mit dem selbstgestrickten Schafwollpullover der schwangeren Frau verlor und sie ihm, sobald sie das Streicheln verstreichen spürte, mit einem gelinden Schauer im Nacken unsicher hinterherschwankte. Bierflaschen, die ihr Vierbeiner erst im lautlosen Setzen seiner krallenkratzenden Schritte am feuchten Hals traf und langsam mit Klang nach hinten umlegte, rollten ihr auf dem neuverlegten Dielenboden entgegen, und die letzten schalen

Schlucke brausten kullernd am gläsernen Grund einer lebensmüden Fontäne gleich auf, quollen und tropften wie der Sabber schnarchender Schlafender aus der Öffnung, zeichneten dem Holz eine Spur den Hundeschritten entlang ein, als zeigten die hellen Bohlen eine feuchte Maserung, die mit dem Geifer des nun heulenden Tieres so wenig zu tun hatte und so viel mit dem Versagen ihres Mannes, der grau verkrusteter Latzhose und mörteldurchwirkter Haare über die Wohnzimmerschwelle krabbelte, dem Rüden in einer Mixtur aus Unterwerfung, Begrüßung und Geste den einen Arm um den Schultergürtel legte, in den sich die gerafften Zähne des Tiers unter tränenden oder lichtspiegelnden Augen mit demselben Gemach bohrten wie die Zacken des Kronkorkens in eine sich langsam letztmals hebende Vorderpfote, die jetzt auf die wie ein blitzendes Silbertablett hingehaltene Spachtel zwischen den Fingern der anderen Hand des Ehemannes niederkam.

Das faltige, übergroße, klettenverzottelte Fell am Hals zusammengekrallt und umschlungen vom stumm den Mund wie zum Schrei aufmachenden und die Augen weitenden Ehemann, verbissen in sein Fleisch an Brustbein und Genick im großen Kieferspreizen der Fang, den verwundeten Fuß in eine Bewegung schmiegend, die den Stachel eher weiter hineinzukleistern und zu streicheln schien, als ihn der Wunde zu entreißen und vom Ballen zu hebeln, boten Hund und Mann im Gestank ihres nassen Fells und feuchten Gewandes, dem Schmutz an ihren Flanken und der absoluten Lautlosigkeit ihres augenscheinlichen Schmerzes ein so hässliches Schauspiel, dass der schwangeren Frau sich in diesem Moment wie zur Vervollständigung der grotesken Szene ein Schrei entrang, der nach Lautstärke und Länge schon an den lungenentfaltenden und dammbruchverstärkten Geburtsschrei von Kind und Mutter gemahnte. Überlagert von vorweggenommener Pein, im Moment eines Kreischens, das viel krasseres Weh verhieß, wegen dieses Missverhältnisses in eine unwahrnehmbare Zone verschoben, ohne bemerkt zu werden, grub die vom inzwischen am Bauch des Hundes anliegenden

Schwanz durch die Strickmaschen des Schafwollpullovers gekrabbelte Zecke ihre keilförmigen Beißwerkzeuge zwickend in die prallgespannte Haut und feuerte mit ihrer Spucke das blutverdünnende, Stocken stoppende, Gerinnung verhindernde, weiße Blutkörperchen vernichtende Gift mitsamt allen im Wald aufgesammelten Krankheitserregern, Bakterien und Viren in die verdeckte Wunde am Ansatz der wachsenden Brust und sog. Dort saß sie nun verborgen, ich bin hundemüde, als die Frau die hölzerne Treppe ächzend hochging, sich schlafen legte zum Prasseln der Dusche und Rumoren der Waschmaschine, als der Kaffeegeruch lautlos ins Schlafzimmer stieg, erst die Nase, über den Zentralnerv das Gehirn, seine graue Rinde und langsam das Rückgrat hinab den gesamten Organismus wachkitzelte, als der letzte Tropfen im Filter blieb wie die Hirnhautentzündungskeime in der Plazenta, als die Frau ihren fein gekämmten und frisch gewaschenen Gatten im Blaumann mit abgewandtem Blick auf der Windfangschwelle sah, hey Jungs, er habe schon Kaffee gemacht, in seinen Händen die Löffelchen auf den Untertassen neben Zuckerwürfeln und Kaffeesahnedöschen klimpern hörte, als sie lautlos mit dem Halbwolf das Haus durch die Terrassentür verließ und demgemäß nicht zugegen war, als der Mann mit den Worten, Schatz, magst du deinen Kaffee ans Bett, wie viel Süßstoff noch mal, ins Schlafzimmer trat und verdattert glotzte, schon im nächsten Moment von hinten das Stemmeisen gereicht, in die Hand geschmiegt und geschlossene Finger und einen wild entschiedenen Blick bekam.

Die Zecke sog Tag um Tag, und der Hund tobte, schloss seine Kiefer um den Stecken, dessen anderes Ende das Frauchen hielt, und im Reißen und Ziehen, im Ringen und Kämpfen und im freien Spiel der Fliehkraft, beim Nachlassen des Griffs und im erneuten Zupacken der Zähne, wurden Frauchen und Hund über die Lichtung gescheucht und geschleudert, im Hinwerfen und Gehenlassen, in Stemmschritt und Schulterruck gaben sie sich einander hin, bis der Stecken brach und die eine Hälfte in den Wald flog, der Halbwolf hinterhersauste ins Gebüsch und die andere Hälfte in der Hand des Frauchens verblieb und sie das gebrochene Eichenfallholz träumerisch anschaute, als hielte sie den abgestreiften, zivilisierten, aber toten Teil ihres Begleiters in der Hand, der auf immer, doch da kommt er schon wieder, tollt mit dem apportierten Stock im Maul, den es beim Springen und Landen auf den Boden haut, um sie herum, sodass er sich den Stecken selber aus dem Maul rausreißt, genau der Moment, zuzugreifen, und sie eifern weiter, bis sie heimkehren, in eine fremde Enge, wo auf dem Weg durch den Garten hinter den Fenstern der Gatte sichtbar wird, wie er seine beiden Helfer umarmt, die ihm brüderlich die Schulter tätscheln und zärtlich durchs Haar fahren, die Hund und Frau durch die Haustür entgegenkommen, grüßen und mit jenem zum Gähnen verkommenen Knurren zurückgegrüßt werden, das von einer Erschöpfung zeugt, die weniger in den Wald passt als zu den von den Wänden her immer mehr ins Innere drückenden Räumen mit ihren ausufernden Eckbänken, bedrängenden Hängeschränken, einengenden Arbeitsflächen, vor den Kopf stoßenden Regalbrettern und zu Leibe rückenden Garderobenleisten, während sich die Zecke immer weiter ausdehnt, vollsaugt, aufplustert und letztlich von der manchmal im Wachstum spannenden und sicher auch nur deshalb hin und wieder zwickenden Brust wie eine pralle Tollkirsche abfällt.

Als die Frau das Oberteil abstreift und in eine Ecke schmeißt, eines Abends, als sie wegen des Federns auf dem neuen Lattenrost, wie sie denkt, spontane Lust auf ihren Mann bekommt, kullert die aufgrund ihrer kurzen Beinchen und ihrem kugelrunden Leib bewegungsunfähig mit den Haxen rudernde Zecke von der Fliehkraft ergriffen und vom Schwung des weggeschleuderten Pullovers getrieben in eine Ritze zwischen den Dielen. Von ihr ist außer dem kleinen, roten, einem Mückenstich zum Verwechseln ähnlichen Punkt an der Brustunterseite der Frau nichts mehr zu sehen, den der eifrig zupackende Gatte im Griff seiner Hand verdeckt und im Niederschlagen seiner Lider übersieht. Und es würde in dieser Geschichte niemanden wundernehmen, legte die Zecke in ihrem warmdunklen Versteck zwischen den beiden Dielenbrettern ihre Eier in dem Moment ab, da des Nachbarn zumindest zu diesem Zweck nicht vollkommen überflüssiges Ejakulat sich an den Hals der Gebärmutter wirft und dem Unterleib der Schwangeren anheimgibt, dem Körper der Frau anverwandelt, ihr zum ersten Mal seit langer Zeit ein Schauer auf der Haut entlangkrabbelt.

Es kam der Winter und verscharrte weite Teile der Wälder unter tiefen Schneeschichten, die der Frau nahe den schlecht gedämmten Wänden der Siedlung bis zur Taille und dem Hund bis an den Hals reichten, sodass sie in Schneeanzug und Winterfell abseits des Weges ins Weiß zwischen den Fichtenbäumen wateten, auf einem menschenfernen Wildwechsel die Stille und Geruchlosigkeit der eiskalten Luft in sich strömen ließen und im Fadenkreuz eines Jägers schwebend tief durchatmeten, dem beim Wirt von einem versprengten Wolf oder streunenden Hund und einer paradoxerweise eindeutig verrückten Hexe, einer ganz normalen Frau also, wie er nachfragte, erzählt worden war, wohingegen diese da, wie er durch das Zielfernrohr erhaschte, vielleicht ein Kind gefressen hatte, aber, weder Warzen auf der Hakennase noch Lebkuchen auf der Hütte, auch einen Balg zu erwarten schien, und ergo war das Vieh nicht herrenlos, und angeleint ja auch, Kruzifix noch mal, weswegen er, dieses versoffene Gefickert, die Flinte sinken ließ und hoffte, in Dreiteufelsnamen, jemand zu werden im Raunen der Einheimischen, der loszog bei dieser Arschkälte, einen Hasen zu jagen, und wiederkehrte mit dem toten Einhorn über der Schulter. Auf den präparierten Wegen ließ die Frau das Tier aber frei laufen, und im Schwung der Leine neben ihren Beinen, wegen des verunklarten Blicks durch die eigenen Atemwolken, die sich mit den Schneemassen an den Wegesrändern, auf den zapfigen Zweigen und mit der weißen Luft verbanden, kam der Frau unbeirrbar das Bild ihres vorpreschenden Hundes in den Sinn, wie er statt seiner eigenen Pfotenabdrücke die Spur von Kufen im fluffigen Neuschnee hinterließ, ein Brustgeschirr statt der Leine erklang, und der widerhallende Schuss und das Jauchzen des glücksgeküssten Jägers in der Ferne lagen ihr wie die Hurraschreie einer Familie auf Schlittenfahrt noch zu Hause im Ohr. Dort schaute sie den drei Herrschaften beim Zusammenschrauben einer Wiege zu und fühlte sich erstmals für voll wahrgenommen, da sie auf bogenförmigen, mit Messing beschlagenen Birkenholzleisten stand, und, einmal angestoßen von sachter Hand, wie ein Pendel unaufhörlich hin- und herwippte, die tosende Zeit zeigte, und die Frau nur den Arm strecken, die Finger schließen musste, um sich zu beruhigen und den Moment so festzuhalten wie den zunehmend nervösen Halbwolf, den sie nun, infolge des gefallenen Schusses, außerhalb des Hauses ununterbrochen an der Leine führte.

Dass schon die verkürzten Schneespaziergänge kaum genügten, jetzt noch diese Begrenzung seines Bewegungsradianten hinzukam und das meisterhafte Werkstück das unaufhörlich brüllende Kind zwar zuverlässig einschläferte, die fürs Ausführen des Hundes reservierten Pausen zwischen zwei Stillphasen jedoch nicht unbedingt verlängerte, vergalt ihr der Halbhund mit ständigem Aufschürfen der Schneekruste im Garten, was seinen eigenen Einbruch und ein sofortiges Himmelfahrtskommando von Evakuierungsunternehmung zur Folge hatte, da die Eisfläche über den allenthalben schallbedingt abgegangenen Dachlawinen vielleicht einen Vierbeiner bis zu seinem depperten Herumgebuddel trug, nicht aber den Nachbarn, der, vor Wut kochend, mit Schneeanzug überm Körper, am Gasherd angewärmter Axt und Schaufel in den Händen ausrückte, wie um den Hund zu erschlagen, ihn einem Sack Kohlen gleich über der Schulter ins Haus zu tragen und vor dem Kamin abzuladen, wo er nicht lange wartete, sich kaum aufgewärmt hatte, schon von hier nach da rannte, brennende Scheite aus dem Feuer schnappte und apportierte voll leidenschaftlicher, flammenspringender, Gardinen und Geschirrhandtüchern nahekommender Spielaufforderungen. Gar kein so dummer Einfall sei das mit der Rodelgeschichte wahrscheinlich. Immerhin, dann könne er sich mal so richtig auspowern. Und womöglich fänden sie ja Gefallen daran. Und er hätte eine weitere Beschäftigung. Am Wochenende kämen sowieso seine beiden Kumpel. Dann würden sie das Werkstück machen. Und dann führen sie mit diesem vertrottelten Kindskopf Schlitten. Der Nachbar fasste dem Hund das brennende Scheit aus dem Maul, haute es ihm auf den Fang, woraufhin das Kind an der Mutterbrust das Saugen einstellte, großer Augen durch den Raum glotzte und die Hoffnung in der Hand des Hausvorstands einen Moment wie das Holz loderte, bevor das Kind dann doch in einer Art Digression wiederum die Stillpause unterbrach, um derart ohrenbetäubend herumzubrüllen, dass sich Stichflammen im Ofen bildeten, das Scheit in der Vaterhand erlosch und der Halbwolf abzischte, weswegen es der Nachbar auf Nimmerwiedersehen zurück in den Kamin schmeißen konnte, wo es verkohlte, noch einige Mal mit dem Schürhaken herumstocherte, sodass es aus dem Rauchfang qualmte, und die Frau fragte, ob sie nicht bitte endlich dem Kind das Maul stopfe, es in den tiefstmöglichen Schlaf wiege und mit dem Hund rausgehe, während er essen mache und alles, was sie wolle, bloß Ruhe, bitte, was sie mit einem leichten Anheben der nackten Brust quittierte, die sei noch nicht leer, und sich das mittlerweile dritte Glas Prosecco einschenkte, von dessen pro Tag angeratener Menge sie ihrem Mann natürlich, weil sie und dumme Einfälle, pf.

Schallend lachten die beiden im Räumfahrzeug angereisten Kompagnons, sodass Wiebke es beim Schippen in der vom Seitenauswurf des Pflugs völlig verschneewüsteten Einfahrt noch hörte und nicht anders konnte, als den Spott auf sich und ihr eben geborenes Doppelkind zu beziehen, folglich den Nachbarn und seine beiden Herrschaften verfluchte bis in die hundertste Generation. Jaja, jetzt war sie schon unterwegs mit dieser gepimpten, von den Einheimischen Schneehexe genannten Schaufel und breitete beim Einsetzen der Schmelze den Schnee auf, verteilte ihn in genau gleich großen Schichten auf der Gartenfläche, weil sie die Geburt arg hergeschliffen hatte, wie sie es hasste, sich selbst im Idiom dieser Region zu erwischen. Die Frühlingssonnenstrahlen würden den Rest erledigen, und die Schneeglöckchen als Allererstes vor den Nachbarn Wiebkes Grundstück küren, was ja ihre erste und einzige Sorge war, scheiße, werde sie diesen halbkriminellen, nicht nur den Schnee aufbereitenden, sondern auch noch die anderen damit zuschmeißenden Hallodris noch die Leviten lesen und versuchen, den ganzen Schnee rund um diesen depperten Mercedes aufzutürmen, dass er es mal sieht, und hoch die Faust, weil sie schon wieder beim Fenster rausschauen.

Es sei ja höchste Zeit für ihr Geschenk an den Nachbarn zum Abschluss der Arbeiten, damit einmal klar werde, wer hier die Hosen anhatte, denn in jeden gut sortierten Haushalt, und was sei das hier anderes, in Gottes Namen, Sakrament, gehöre eine Waffe. Damit aber das dutzi dutzi irgendwann ausgewachsene Kind und auch die Frau nicht an die Büchse kommen, müsse ein Flintenkasten gebaut werden, das sei unerlässlich, noch während ihres Spaziergangs. Nein, er solle sich nicht so anscheißen, seinem Bankert passiere schon nichts, ein bisschen Span habe noch keinem atmenden Wesen geschadet, ohne Schmäh, die Bretter seien eh schon fertig, gehobelt und geschliffen, die müsse man nur noch fest ineinanderhämmern, in den Wandschrank stecken, das Schlüsselloch ordentlich nageln, und außerdem, wo rauche er denn seine Zigarette danach, da gehe er doch auch nicht extra ins Wohnzimmer runter oder, wofür es im Übrigen auch längst Zeit geworden sei, dass er mal zum Tschicken anfange, der Bart sei ja schon gewachsen, ein Holzfällerhemd noch, und dann sei er einer von ihnen. Und so werkten sie ein erstes Mal zusammen im Schlafzimmer, während die Frau darauf wartete, dass ihre eigene Körperwärme den Schnee schmolz, sich ihr Anzug damit vollsoff und klirrende, bald den Stoff vereisende Kälte sie und den Hund zum Umdrehen zwang. Die Wiege mit dem schlafenden Kind darin pendelte dem Ende des Hauses entgegen, als die letzten Handgriffe getan waren, der Nachbar mit dem einen Gehilfen die Treppe ins Wohnzimmer hinabging und sich die

Waffe erklären ließ, wie man die Munition wechsle, während der andere, einen Toilettengang vorspiegelnd, wie man die Waffe entsichere, wieder ins Schlafzimmer trat, nicht umhinkam, die zerwühlte Bettwäsche zu bemerken, wie man den Hahn spanne und die Kammer durchlade, Repetierer eben, und das Fenster und das Feuer zu eröffnen, abzudrücken kriege er wohl noch selber hin, ihm das Rauchen zu verbieten neben der Wiege, pf, ah.

Als er die Asche hinausschnippte in den Garten und ihr beim Fallen nachsah, blendete ihn die sich auf dem wegschmelzenden Schnee spiegelnde Sonne, die wie ein unter der Lupe angeschauter Tennisball in Flusen und Fusseln und Zauseln auslief, sodass der Geselle das Gesicht abwandte und seinen funkensprühenden Augen kaum glaubte. Erst nach einigen Sekunden traute er dem Anblick und sich, das Zimmer zu durchqueren, wären es doch nicht die ersten eingebildeten Drecksviecher, die ihm seit den anfänglichen Zuckungen des Tremens hinterrücks, wegeränderned und unentwegt auflauerten und keineswegs ungefährlicher waren als echte. Den Vanillezigarillo legte er auf die Schwelle, zog die Tür fest zu und stieg Stufe für Stufe mit Ruhe die Treppe hinunter, nickte den beiden in schweren Fauteuils hockenden Männern zu, während sein Kamerad mit der brennenden Kubanischen in der Rechten herumfuchtelte und Rauchschwaden im Raum verteilte, als wäre die auf den Schößen der beiden hingestreckte Büchse schon losgegangen, und mit dem Zeigefinger der Linken immer wieder auf ihre verschiedenen Teile wies, das Schulterstück beispielsweise, es heiße nicht umsonst so, er müsse es immer fest anlegen, denn das Gewehr habe schon ordentlich Bums.

Er öffnete die Flügelschränke der Vitrine und sah sich das fulminante Spirituosensortiment an, schwankte kurz zwischen dem ganz besonders exquisiten Cognac und dem altbewährten Anis, griff dann einfach beide Flaschen von den Regalbrettern, passierte wieder das Wohnzimmer, diesmal hinter den Sesselrücken, was nichts nützte, nur Schweine tränken alleine, und beide Männer, das Gewehr noch in Händen, stiegen ihm nach die Treppe hinauf, wo er mit Gemach, den zart besaiteten Nachbarn im Rücken, der mit ziemlicher Sicherheit voll und nicht nur ein bisschen ausrasten würde, die Zederntür zum mit kleinen Ausnahmen volleichenen Gemach aufdrückte. Mit dem ersten Schritt rollte er den auf der Schwelle glimmenden Zigarillo in eine Ritze zwischen den Dielen, wo der zwar tote, aber deshalb nicht weniger vollgesogene Zeckenmutterleib mit einem Flatschen zerplatzte wie alle Seifenblasen im Kopf des Vaters, der mit ansah, wie eine ganze Brut aus seinen Lücken krabbelte, als wäre das gesamte Haus unterhöhlt. Der Vater habe ja keine Sägespäne zur Versiegelung im Schlafzimmer gewollt, wiegelte der danebenstehende Helfer ab. Sie waren schon auf dem Bett, erklommen das Fensterbrett, durchkrabbelten die Schränke und wimmelten entlang der Leisten, bevölkerten die Wände und legten Straßen durch das ganze Zimmer an, deren zentraler Kreisverkehr sich bogenförmig um die beiden halbellipsoiden Leisten der Wiege zusammenschnürte, wohin sich der Herr bewegte, die eine Flasche unter die Achsel geklemmt, die andere aufschraubend, seine Hand hob, einen an der Öffnung abgeblitzten, sich spektral auffaltenden Lichtstrahl durchs Zimmer schoss und den wirklich besonders exquisiten Cognac in einem von der Sonne durch das Fenster getroffenen Schwall aus bronzen, golden und bernsteinfarben schillernden Tönen über den Säugling kippte, dass sich die Wiege in einer beinahe biblischen Regenflut anfüllte.

Während der Mann neben dem Vater das Gewehr, wie der Hausherr deutlich spürte, losließ, um die durch den Raum fliegende Anisflasche zu fangen, rührte sich der andere, an der Wiege verharrende Mann mit erhobener Hand in kleinen Schritten um die eigene Achse, ließ die Hand erhoben, die Flasche geneigt, und wo der Cognac den Boden traf, da zogen sich die Horden von Zecken in die bald überschwemmten Ritzen zurück, trieben sodann reglos auf den sich unentwegt ausdehnenden, vereinigenden Lachen. Der Mann ließ die unerschöpflich scheinende Quelle seiner Hand zuletzt über dem Ehebett ihr Werk verrichten, die Zecken vernichten und schwenkte die Flasche am Ende über seinen eigenen Kopf, neigte sein Haupt unter den letzten Schluck, und der Cognac tropfte ihm von der Nasenspitze auf die Schuhe und vom Kinn auf die Brust und vom Genick auf den Steiß und versiegte. Mit wedelnder Hand befahl er dem Gehilfen ein Gleiches zu tun mit dem Anis, und auch er verwandelte den Brunnen der Flasche mit heißem Eifer und dem uralten Wissen um Hausmittel und Wirtschaftsmethoden der Schädlingsvernichtung in die umgekehrte Fontäne eines Bassins über den Häuptern der beiden Täuflinge, vor deren Stirn, unmittelbar an der Schwelle des Schlafgemachs, in allen Spektralfarben sich eine Stichflamme entzündete und lasziv zur Decke züngelte.

Durch eine feurige Vulva schien der Vater zu gehen, um das Kind aus der Traufe zu heben, seine mahagonifarbene Haut ins Licht zu halten, als wollte der Schöpfer höchstselbst seine irdene Gestalt ein weiteres Mal im großen Ofen zu fester Form lodern, dessen um sich schlagende Flammen inzwischen die Bettwäsche erfassen, und das für die Frau gebaute Haus, auch dies keine geheime Vorsehung mehr, solle niederbrennen in jener Feuersbrunst bis aufs Fundament wie dieser ihm an die Seite gestellte Scheiterhaufen und der inmitten des Gartens prunkende, tote, dem allem zugrunde liegende, als infernalisches Zeichen zuletzt wieder aufflackernde Rotbuchenstumpf. Sie stehen schon draußen zu dritt und sehen den großen Hund in seinem Wahnsinn auf sie zulaufen. Der Vater streckt die Hand aus, und der Lauf des Dings muss dem Wolf erscheinen wie ein Stock. Und ja, das mit dem Abzug funktionierte gut, das mit dem Schulterschluss allerdings weniger. In die Luft riss Vater und Kind der Rückstoß. Und so flog der erstmals in seinem Leben groß schauende, aber verstummte Säugling durch den Himmel, kam ihm aber zuletzt doch noch abhanden im unnachgiebigen Gesetz von Gottes gravitätischem Geschenk an die verwunschene Welt, fiel wieder hernieder wie ein verstoßener Engel von der schon erreichten Wolke, und die Putte wurde so jämmerlich bemitleidenswert gefangen vom Handlanger, dass der Daumen der rechten Hand durch seine Fontanelle mit einem Flatschen in die Gehirnhaut drang.

Die zur Salzsäule gebrannte Frau schaute das Haus, und das Haus schaute die Frau mit heißem Blick an, flammenverzückte Fensterscheiben, die es in einer Explosion von Farben und Tönen und Scherben und abgelenkten Lichtstrahlen in alle Winde zerstob, als das wartende Gas in den schlecht gewarteten Rohren Feuer fing, und höhnisch knisterte der Kamin, und ächzend krachte und brach das krumme Holz im Gebälk, und der in Augenblicken schmelzende Schnee entdeckte die schlagenden Glocken und protzigen Rosen von niederträchtigem Weiß und unter ihnen der Sumpf und die feuchte Erde und der sterbende Hund und die stehenden, auf dem Rücken liegenden, ihr Kind in teilamputierten Händen haltenden Männer mit enthaarten Armen und verbrannten Gesichtern, glimmenden Bärten und Wimpern, glasigen Augen und purpurroten Schnapsnasen, in ihren nach Sucht riechenden Kleidern. Einerlei wurde ihr alles, als die Hitze ihre Haut erreichte, die Sonne das ihrige tat, die Schneeglöckchen in Flammen standen und der Schnee schmolz und der Mercedesstern blitzte und eine weitere Explosion ihr das geschnitzte, mit ziselierten Haken versehene, zu Kohle verglühte Schlüsselboard vor die Füße schleuderte, und sie nahm, was ihr gegeben wurde, und startete den Wagen, sauste im Aufbrausen des Verbrennungsmotors davon aus dieser Verirrung von Tal und suchte den rechten Weg hinaus aus der Hölle und kam ab von der Straße. Ein typischer Fall für die Vollkasko also und einen bis in die versichernden Expertenberichte von Leichenschauern und Bremsspurspezialisten hinein pervertierten Wirtschaftszweig. Schwere Hirnschäden wurden diagnostiziert und fahrlässige Brandstiftung festgestellt, sich bei Kontakt mit Alkohol zwar zurückziehendes, aber wie der Mensch zunächst übergebendes Ungeziefer wurde beschrieben. In Gold aufgewogen weder Leben noch Auto, geschweige denn Feuer, gar nicht zu sprechen von Kindswohl oder Verteidigung vor Gericht gegen die Schuld schweren Betrugs. Alle Anliegen abgewiegelt wie immer. Nur mithilfe seiner beiden schlimmen Finger baute der abgestrafte Nachbar das Haus wieder auf. Immerhin, einer hatte das Kind vor den Zecken gerettet. Borrelien sind auch nicht gerade angenehm. Und wegen des anderen ist es nicht auf den Kopf gefallen. Die Frau hatte ja mit kontaminierter Milch gestillt. Warum sollte er den Zimmerleuten grollen? Zumindest hatten sie Beschäftigung, bis der Prozess anrollte. So blieb dem Kind die Impfung erspart.

Du bist so ein zynischer Arsch. Keine Regung untermalt Marlenes Worte, als murmelte sie im Schlaf. Sie werde das alles verwenden. Er lachte, ja, gegen ihn, wie es schien. Vik fand die Geschichten immer phantastisch. Er spürt nur die Bewegungen ihrer Wangen auf seiner Brust. Wow, Mister Adler im zarten Alter von acht Jahren und seine kindgerechten Gutenachtgeschichten. Wenn er ausatmet, verdunkelt sich ihr Haar um den Scheitel herum. Er ist eh immer nach den ersten paar Takten eingeschlafen. Jetzt fühlt er ihre Wimpern im Augenaufschlag seine Haut streicheln. Also hast du diese ganze misogyne Scheiße nur zu deinem eigenen Ergötzen erzählt? Beim Einatmen hebt und erhellt sich ihr Schopf im schummrigen Licht der Nachttischlampe. Marlene, du musst dich echt mal entscheiden. Wenn sein Herz ruckt, zuckt ihr Haar. Durch ihren Körper zieht sich eine krampfartige Spannung, die ihren Leib fest und weich an seine Seite schmiegt. Was soll das denn jetzt wieder heißen? Die längste Zeit hat er gemeint, sie sei während seiner Geschichte eingenickt. Trotzdem sprach er leise weiter und spürte, wie das Timbre seiner Stimme die stille Wohnung bis an alle Fenster und Wände mit Vibrationen füllte. Zynisch, misogyn, dir fällt wohl noch ein schmückendes Attribut ein. Jetzt aber tritt sein Flüstern vor der Schwelle zur Küche zurück, macht kehrt vor dem Haufen abgeworfenen Gewands auf dem Boden, lauert wie mit erhobener Lanze an der Bettkante. Du hast doch die ganze Geschichte mit deinen geschissenen Adjektiven verhunzt. Rippenbogen und Mund sind nun umzingelt, Worte wie Pfeile gezwungen zu treffen. Ah, gute Idee, vielleicht sollte noch ein Hund auftreten. Ein Ruck geht durch Marlenes und seinen Körper, entzweit die beiden. Wie zwei Pfähle schlagen Ellenbogen gegen seine Brüste. Darüber stützen die Handflächen das Kinn, während Finger die Wangen einfassen, als hielte Marlene sich die Ohren zu. Hellwach strahlt die Nachttischlampe in ihr Gesicht. Kein Körnchen Schlaf im Augenwinkel. Ihr Blick bohrt sich in seinen. Sterbenslangweilig, die verrecken am Ende ja doch immer. Jede einzelne Silbe hämmert durch ihre Ellenbogen und seinen Rippenbogen direkt in seine Brust. Je mehr Worte ich spreche, desto länger darf der Köter leben. Trotz Druck drauf pumpen Sprechapparate mit harten Verschlusslauten Luft. Du musst dir mal überlegen, was du überhaupt sagen willst. Als Marlene ihre Hände auf seine Schlüsselbeine legt, die Finger ineinanderfaltet, sodass ihr Kinn nun auf den Knöcheln liegt, ihre Brüste auf seinen, ihre beiden Nabel aufeinander und Bein neben Bein, fühlt er sich leichter. Dass es nicht immer nur um das Ende geht. Als blätterte sie um, legt Marlene ihren Kopf zur Seite, sodass sie mit der Wange auf ihrem rechten Handrücken liegt. Er sieht ihre Haare, verwirbelte Stirnfransen, Augen und Nase, deren Flügel beim Ausatmen leicht zucken, während sie die Lider schließt, durch die der Lampenschein mit feinweißen Strichen im Nachtschwarz blinzelt. Wie diese weichen Zeichnungen hat sie sich immer die Knochen von Fehlgeburten vorgestellt. Doch, ich glaube, das ist wichtig. Für einen Augenblick, wenn es langsam immer finsterer und die Dunkelheit undurchdringlich wird, denkt sie meistens, dass sie gleich aufwacht. Weißt du eigentlich, wie schwer du bist? Bei ihrer Geburt wog Marlene drei Kilo, wurde ihr erzählt. Sie wiegt sich nicht. Die Mutter kommt ihr in den Sinn, die Arme, und dann eine bettelnde Frau, die Künstlersozialkasse. Solche Sachen will sie manchmal festhalten. Aber wenn sie ihr nicht entfielen, kam dabei am Ende meistens Scheiße raus. Écriture automatique, das hat bei ihr noch nie gefunzt. Aus diesen Adlern etwas zu machen, war eine

Ausnahme, glaubte man der Jury. Jetzt zurückzukehren, ihre Studienabschlussurkunde in Empfang zu nehmen, dabei als die angesehen zu werden, die bei diesem Wettbewerb gelesen hatte, kam ihr irgendwie abwegig vor. Schwierig heißt das. Und als der Mann unter ihr sie mit plakativ pikiert klingendem Luftholen einen Moment Richtung Nachttischlampenlicht hebt, schreit die Klingel der Wohnung. Die kreideweißen, vielgliedrigen Linien hinter Marlenes Lidern verwandeln sich in frenetisch blinkende Sturmwarnlichter, endlos über das schwarze Firmament flitzende Meteoritenschauer. Ihre Schweife verzweigen sich am Nachthimmel zu zackenden Blitzen und verfehlen einander in so schneller Frequenz vor Marlenes innerem Auge, verbinden stattdessen Sterne miteinander, malen flimmernd die freien Flächen von Wagen, Drachen und Leiern wie Mandalas aus, sodass in der Windeseile eines jedwedes Wolkenfeld wegpustenden, sturmklingelnden Gewitters ein allgegenwärtiges Wetterleuchten entsteht. Im Näherrücken des grell donnernden Widerhalls wird das schwarze Hintergrundintervall zu kurz für die menschlichen Sinne und verschwindet, bis Marlenes ganzes Gesichtsfeld erleuchtet, ihre Augen offen und das schummrige Schlafzimmer wieder da, sie hellwach ist. Was ist denn das jetzt wieder für ein Scheiß? Wie ein Spieß bohrt sich das Klingeln durch den Gehörgang in ihre todmüden Glieder und, als pfähle es sie längs, beim Mund raus.

Mach das aus, zu dieser Zeit, um Gottes willen, so mach das doch aus, zum Teufel noch mal, so wach doch nur auf.

Sie schüttelt den weggenickten Mann aus dem Schlaf, und er schwingt sich, die akkubetriebene Lampe vom Nachtkästchen schnappend, schimpfend weg aus dem Bett und seinen zynischen Arsch Schritt für Schritt in Richtung Flügeltür zur Küche. Langsam um sich greift die Dunkelheit, und Marlene bleibt finster versteckt im Schlafzimmer zurück, während das irre Sturmgeklingel weiter schreit. Die Füße des nackten Mannes schmatzen auf dem Fischgrätparkett, aus seiner Hand fällt Licht durch das ausladende Eingangszimmer, Abglanz wie bei

Candle-Light-Dinner rund um Marlene an den Wänden. Sie spürt den ausschlaggebenden Klöppel der Klingel bis in die Matratzenfedern und das reisgefütterte Kissen beben, sieht die Mauern zittern, darauf Lampenschein hüpfen, Fensterscheiben singen, Stille. Ein Sprung fällt ihr ein. Ausm Gelenk ins Adlergenick. Flügelschlag und Fensterschwenk. Sie ist weg. Unter Frauen. Vor Schönheit glänzend auf Werbetafeln. Umgeben von wesentlich hässlicheren Kunden. Zwischen stummen Kleiderreihen. Ellenlang an Stangen entlang. Oder in Umkleiden. Neben Wänden. Vor Spiegeln, die hinterrücks zu Vorhängen wurden. Der Modepark Röther, gegenüber vom Hildesheimer Bahnhof. Ganze Nachmittage dort verbracht. Aus Verzichtsprotestantismus. In provinzieller Ermangelung sonstiger Sensationen. Mit ihrem Ex-Boyfriend, seinen Brad-Pitt-Paraphrasen, Fight Club, Edward Nortons Voiceover. Dass sie begonnen hätten, alles rundum zu taxieren, und ob Frauen etwa so aussehen sollten. Wie er sie verunsicherte und sie nie wusste, wen er damit denn schon wieder meine. Die alle überragende, bis auf die Knochen hip gestylte Grinsekatze von Heidis Zulauf aus der aktuellen Staffel GNTM auf dem Foto. Die offenbar verdroschene Frau da hinten, deren Oberarme voller Hämatome fauvistische Farben aufwiesen, weswegen sie wohl die langen Strickjacken die Kleiderstangen entlangschnalzte. Das derart unterernährte Mädchen, dass es wohl eher mit einem Pappaufsteller im Profil als mit einer Schaufensterpuppe zu verwechseln war, mit einem Stück Draht vielleicht, mit etwas, das Bekanntschaft mit einem Bügeleisen unterhielt. Und so weiter wäre es womöglich noch länger gegangen, hätte Marlene übersehen, dass sie förmlich warteten, bis ihnen die obligatorische Frau oder Teenagerin oder schlimmer mit den aufgeschnittenen Pulsadern und vernarbten Unterarmen wie auch immer unterkam, weswegen Marlene nickte, er sehe gut aus, der Pullover unverzüglich über den piepsenden Scanner in die Einkaufstüte und die Schiebetür lautlos aus dem Rahmen in die Glasfassade glitt.

Das gute Stück unwissentlich aus Hildesheim mitgenommen, über Berlin weitertransportiert und offenbar ungetragen eingepackt zu haben, konnte Marlene fast nicht fassen, als sie die pure Merinowolle aus dem Umzugskarton in ihrer neuen Wiener Wohnung griff. Sie roch an dem Teil, untersuchte es auf Haare und schlief sicherheitshalber ein paar Nächte darin, streifte es dann eines Morgens, als sie die Zeit für Häutung reif wähnte, dort ab, wo Nik nach einem nackt im Bett verbrachten und verpennten Sonntag seine Klamotten zusammenklaubte. Auf der anderen Seite der Matratze stand der Laptop und spielte die *Tagesschau* vor dem *Tatort*, was Marlene die Gelegenheit bot, Nik auf dem verspiegelten Screen vor Explosionen zu beobachten. Ohne den Rücken zu krümmen, griff er die Socken erst mit den Zehen und dann, nach dem Heben des Fußes, mit den Fingern, und schlüpfte noch in der Luft hinein ins Nylon. Erst als der Stoff durch die Beinarbeit über den Knöchel gestreift war, ließ Nik los, und der Fuß ging nieder. Mit dem zweiten verfuhr er genauso, und während Marlene sich noch fragte, wie er das ohne Bücken wohl mit der Hose hinkriegen wollte, trat Nik aus dem Rahmen des Screens. Es folgte ein Schnitt, die Wetterkarte erschien und verschwand wie die sonore Stimme aus den Lautsprechern, die kurze Abmoderation und die Schlussmelodie der Nachrichten. Der *Tatort*-Vorspann ging los, in dem Marlene sich nun selber sah. Sein Gassenhauersoundtrack verband Bilder blinzelnder Augen und rennender Beine, die durch Marlenes Sehapparat ratterten, und sie rief, ob sie keinen Abschiedskuss kriege. Sie hasse es doch, die erste Einstellung zu verpassen, und obwohl das schon stimme, verdrehte sie jetzt den Kopf weg vom Bildschirm Richtung Nik, der ja zumindest bis zur zweiten Klappe hätte warten können, Alter. Aber er war halb zur Tür hinaus, hielt auf der Schwelle inne, im Gegenlicht der Küche, blickte zurück und hatte schon den Pullover abgezogen übergezogen.

Was meinst du?

Wie zum Abschied richtete sich Nik spitzer Finger mit einem Ruck, dass er aus dem Rundhalsausschnitt sprang, den Hemdkragen. Seine Glieder flogen weiter in erst sprühende und sodann prasselnde Regentropfen parodierendem Flirren durch die Luft hernieder. So warf er wie im Profil wilden Klavierspiels oder manischen Texttippens das schattige Theater rauschender Gischtgriffel, Hokuspokus, einen Tsunami von Haslinger oder Hokusai vor Phi-Phi-Island und Fukushima an die Wand von Marlenes Schlafzimmer. Grinsend, blindlings, mit drei Klicks, minimierte Marlene den *Tatort*, öffnete die Musikbibliothek ihres Notebooks, spielte Julis *Perfekte Welle* an. Als es im Refrain hieß, es sei der perfekte Tag, pausierte sie den Track. Nik grinste, verbeugte sich, trat einen Schritt in die Küche, schon außer Sicht.

Waghalsig, Herr Adler, geht das noch, blauer Kragen, roter Pulli?

Für eine ziemlich pfiffige Antwort hielt Marlene das, genauso gerissen, wie sich im Gegenzug, sobald sie allein in seiner Wohnung war, sogleich am Kleiderschrank zu bedienen. Ein allzu bekanntes Spiel. Sie hinterließ, verlieh oder entwendete in Liebessachen oftmals Dinge. Das zeigte Achtlosigkeit an oder mahnte Vertrauen ein oder forderte sogar Gegenwehr heraus, die wiederum auf Misstrauen schließen ließ. Ja, irgendetwas Detektivisches, mit Revers. Beige stand ihm eh nie, vor allem so helle Champagnertöne, bissig mit grauen Haaren. Oh wow, voll super. Sie wollte das immer schon probieren. Ohne was drunter im Trenchcoat durch die City flanieren. Gürtel fest um Hüfte geschnürt, T-Shirt, Oversize-Rolli, schultergepolsterter Blazer, Schlauchschal und schon würd die Schnalle an der Taille geschlossen. Sie war echt froh, ihm den Mantel geklaut zu haben. Und nun fing sie zu mutmaßen an, dass Elena, Niklas und Viktor an jenem Abend, da sie konsterniert bis schockiert in der Wohnungstür stand, vielleicht genauso irritiert bis verwirrt von ihr. Der Frau in Niks Trenchcoat. Wie sie. Von Oberteilen und Gürteln. Kerzen, Streichhölzer, Gläser, Wollsocken. Aus der Traum. Ohne viel Federlesen schlingen sich Arme um Marlene. Finger schließen sich um ihre Brüste. Sie denkt an eine Klinke.

Die Haustür kann man doch aufticken.

Das wüssten aber glücklicherweise nicht alle.

Jeder normale Mensch müsste längst schlafen. Man müsse ja nicht wie ein Verrückter klingeln. Und er müsse seinen Bruder um Erlaubnis bitten, ob sie das G'schichterl haben dürfe.

Sie spürt die Berührung der Lippen im Nacken.

Müsse er wohl.

Laszív ins Ohr geflüstert.

Wer wars denn?

Jetzt die Finger sacht an ihrem Hals.

Monsignore Gardinale, unser Stalker.

Seine Hand in ihrem Würgegriff.

Was will er?

Sie nimmt seine Finger weg.

Frag besser Elena.

Sie schlingt die Glieder und Gelenke ineinander.

Warum die?

Marlene legt ihre beiden zu nur einer Faust geballten Hände neben ihren Kopf.

Sie hat sich wahnsinnig gut mit ihm verstanden.

Marlene küsst versehentlich ihr eigenes Daumengelenk.

Anscheinend hält er uns für dieselbe Person.

Marlene schließt die Augen.

Elena hat mal aufgemacht.

Genug, nicht noch ne Story. Und vergiss bitte nicht, ob er nun indes geschlafen habe oder nicht, sie sei zumindest zur Hälfte auch seine.

Das sei das Gute, er kenne ihn. Wenn er selbst nichts dabei finde, werde auch der Bruder nicht das Härchen suchen. Sie könne das alles gerne ganz einfach haben. Da sie ja eh nicht mehr zu bieten hätten.

Träum diesmal was Schönes, du Schatzkiste.

Nacht, Marlene.

Inschriften

Marlene fand es immer logisch, dass die Römer ihre Lagerstadt am Alpenostrand aus Stein erbauten. Als hätten die emsigen Legionäre die naheliegende Bausubstanz gleich aus den Bergen herangeschafft. Als wären schon während der monströsen Serpentinenmärsche über verschneite Grate und karge Pässe in die Säcke der Soldaten die wegerändernden Steine gewandert. Schroffe Gletscherendmoränen, von Muren aufgeschüttete Täler und vom Steinschlag widerhallende Felswände entlang schleppten die Maultiere an ihren Flanken zerkleinerte Findlinge. Nach den letzten abschüssigen Böschungen und hinterwäldlerischen Hängen hätten die argusäugigen Bogenschützen und rüstigen Hufschmiede die Ziegel bereits mitgebracht zur baldigen Errichtung der Zinnen, Torbögen, Gemäuer und Straßenpflaster von Vindobona. Der Centurio an der Spitze des Trosses wandte sich ab von seinem phantastischen Luftschloss, drehte sich um und gewahrte den schweren Atem wie eine schnaubende Lokomotive, sah den tonnenbeladenen Zug aus den hochragenden Alpen zockelnder Soldaten, geradlinig wie auf Schienen, portioniert wie Waggons. Ihm kamen der Abschied von den Weinbergen der Toskana, die Rast am See von Silvaplana und die Aussichten von den Spitzen der Kalkalpen in den Sinn. Klar im Föhn schienen ihm die Tausende schnaufenden Lungen, die wehenden Standarten und einhergehenden Beine nur einem Wesen zu gehören. Also sollten auch die neuen Häuser aus Adleraugen gesehen ein einziges Schneckenhaus sein, die ewigen Gassen aus Ringen und Radien das Netz einer Spinne aufspannen, die Blöcke sich vom Äußersten ins Innerste kringelnd wie die sich sonnende Kreuzotter auf dem warmen Gipfel zentrierter Architektur, der gebündelte Brennpunkt einer olympischen Linse, verkalkt ersonnen, gesponnen gespaltener Zunge, oh Centurio, ave, aber alle unsere Kastelle haben Schachbrettform. Es sollte ohnehin nicht allzu lange halten.

Den nachfolgenden Herrschern jedenfalls fiel sodann auch nichts Besseres ein, als wieder Stein auf Stein zu schichten in der Stadt, während die Dörfler rundherum nahe gerodeten Hügeln in Holzhütten hausten. Und das kommende dritte Reich baute seine Festung sogleich in die Alpen hinein, als wären Römer, Habsburger und Nazis drei gleichschlaue Ferkel. Zu keiner Zeit aber reichte es hin, prächtige Esplanaden, herrschaftliche Foren und schmucke Brücken zu errichten, es mussten auch unbedingt an allen Ecken und Enden aus den Blöcken und in sie hinein Statuen geklöppelt und gemeißelt werden, sodass die Boulevards im wahrsten buchstäblichen Sinn randvoll und die meisten Leute noch lange des Lesens und Schreibens unkundig waren, brauchten sie sich doch bloß umzuschauen.

Die ersten Tage meinte Marlene weniger Menschen als Skulpturen zu sehen, die selbst den Putzpatrouillen, die jene Figurengruppen schrubbten, in Zahlen und Strahlkraft überlegen schienen. Die Statuen stellten sogar die allenthalben über die Straßen herfallenden, von hier nach da huschenden, dieses und jenes aufspießenden und in Säcke packenden Müllaufsammler in den Schatten, denen gegenüber wiederum die Plastiken reinigenden Saubermänner eine klägliche Truppe abgaben. Und hätte man noch alle Straßenfeger, Laubwegpuster, Hundekotaufklauber, Hauswarte, Stiefelwichsknechte und jene Armada an Grabsteinpflegern hinzugenommen, die antik anmutenden Figuren hätten in ihrer erdrückenden Omnipräsenz gewonnen. Zudringliche Heroen und verschlossene Madonnen, verdroschene Dryaden und verführerische Nymphen, halb blutjunge Knaben und voll erhabene Gottheiten sah Marlene in der klassizistischen Vielfältigkeit ihrer immergleichen Gewänder, Togen und Roben sowie die starre Einfalt ihrer abwechslungslosen Körper, Symmetrie und Feigenblatt, und erst diese Oberhäupter, bleiche Gesichter, verwirrte Wirbelscheitel. Auf Schritt und Tritt verfolgten Marlene diese vollgeschotterten Sarkophage, versperrten ihr den Weg mit einem Satz, das gravierte Notabene auf der nebenstehenden Tafel herangesprungen, das im Kopf herumstolperte, bis es in Marlenes Schädel um die Ecke gebracht wurde zu Füßen der nächsten hochnotablen Persönlichkeit, an die zu gemahnen es andernorts die Taufe einer Straße gerichtet hätte. Grund und Feld und Graben hießen die hier alle, weit entlegener Gelände Form, damit Marlene bloß den schnöden Raum vergisst, nur die segensreichen Zeiten erinnert, die mit Köpfen, Rümpfen, Füßen, manchmal auch verkürzt zu Büsten hineinstehen in ihren Augenblick und Alltag.

Kaum passiert man die wichtige Politikerin, kriegt schon wieder der gerühmte Dichter den steifen Hals nicht voll vor lauter Schreien nach Beachtung, und der bronzierte Rittmeister dort und da, am Heldenplatz, Arsch an Arsch, zwei Hengstschweife, voneinander abgewandt, Erzherzog und Prinz, Karl von Habsburg und Eugen von Savoyen, die Franzosen niedergerungen und Kara Mustafa vertrieben, Napoleon Bonaparte bei Aspern Einhalt geboten und von den Türken den Balkan zurückerobert, das Beste aus Ost und West, Croissant und Melange, komm sofort, jetzt. Ein Homosexueller angeblich, dieser Prinz von Savoyen, sagt Nik zumindest, und ein Zugezogener obendrein, Staatsfeind Nummer eins von Kindesbeinen an, zumindest in den Augen des Pariser Hofs, wo seine Mutter wohl einige Hochwohlgeborene ums Erbe betrog, zumindest Ehemann und Sohn, nachdem der Gatte vom Handwerk der Frau nicht lassen konnte, ein vergifteter Kaiserschmarrn, wie man sagt, vor der Leckerei Hals über Kopf zusammenbrach, nichts hinterließ als eine Wolke aus Staubzucker. Der Sohnemann machte sich daraus nichts und davon nach Wien, wo die Türken schon nicht mehr vor den Toren standen. Und als der enterbte Prinz, mit einer kleinen Truppe betraut, einen gewissen Bezirk eroberte, raubte er auch gleich in einem fort die dort versteckte, im Eifer des Gefechts wohl vergessene oder die Waffen nicht allzu weit streckend zurückgelassene, im Zweifelsfall von den Türken gefledderte Kriegskasse des Kaisers, münzte dieses heerestechnisch nichtswürdige Scharmützel um, hob seine eigene Privatarmee aus, kämpfte mit den Söldnern weiter, prügelte die feindlichen Heerscharen bis nach Konstantinopel hinter den Bosporus zurück und kehrte wieder nach Wien als strahlender Mann der Stunde, Dieb und Held der Gelegenheit, und Nik zwinkerte, Bub, ich hab dir immer g'sagt, Verbrechen zahlt sich aus, zum Beispiel in der Politik a klane Korruption, das Schlimmste, was dir da passiert, ist die Frühpension, was Marlene erst als Zitat der Ersten Allgemeinen Verunsicherung erkannte, als ihr Vik, mit dem sie sich immer wieder über Elenas kriminelle Energie unterhielt, das Lied *Küss die Hand Herr Kerkermeister* vorspielte, wie sie selbst bei jeder passablen Gelegenheit mit Zitaten um sich warf, die niemand erkannte, vom Kunsthistorischen Museum hinunterflanierend den Burggarten gegenüber Nik, der wenigstens immer an der richtigen Stelle lachte. Stimmenimitatorisch behauptete Marlene, Goethes letzte Worte, von wegen, jetzt hocke der überlebensgroße Bronzebonze ja da, mit Inschrift am Ring, seien *Mehr nicht* gewesen, nicht *Mehr Licht*, eine Reminiszenz an ein irrwitziges Stück Kürzestprosa von Bernhard, der den zitierten häretischen Reim einen Augsburger aussprechen ließ, der dafür dann lebenslang von Germanisten verbannt einsaß in einer Anstalt. Sogar die nenne man ja hier in dieser Stadt Steinhof, und wiewohl Bernhard auch sie verewigte in *Wittgensteins Neffe*, setzte ihm nirgends jemand ein Denkmal.

Marlene aber würde ihn verdientermaßen doch im Kopf behalten, verdingten sich seine Gestalten eh schon wissen überall in Wien wie dieser Kellner da, der jetzt zurückkam, zwei Tabletts auf den tellergroßen Händen, und beim Gehen bloß die Beine bewegte, wie jemand auf Stelzen, die Sohle nicht rollte, wie ein Roboter, trottete, wie ein Stotterer, erstarrt, sprachlos, wohingegen ihr Iphigenie und Helena bestenfalls versteinert begegnet seien.

Du G'schicht'ldruckerin, schau, Iphigenienstatue gibts hier auch keine.

Ach, Herr Kunstg'schichtler, komm, alle klassischen Schönheiten sind doch Schablonen.

Wenn auch Nik es nicht checkte, musste es unmittelbar mit dieser Stadt zusammenhängen, schleichend die Erkenntnis, diese motorische Erblindung, diese notorische städtische Infektion, diese staubgeboren geruchlos in der Luft lauernde, sich langsam vollziehende, in die Eingeweide kriechende Verwandlung unterbinden, abwenden, ja bekämpfen zu müssen, bevor auch sie, wo die Statuen Menschen waren, verkalkt im Kopf, stocksteif im Steiß, verkrusteter Lunge verstummte um dieses Beisl herum, das Basilisk hieß nach diesem Harry-Potter-Viech aus der Kanalisation. Es verfolgte Marlene fortan bei jedem Toilettengang, auf ihren Marschrouten durch die Stadt, jedes Flanieren entlang diesem Dreckswasser von Donaukanal, der, so schiens, direkt aus den Katakomben floss, wo dieser bestialische Wurm erst toll auf Touren kam, neben Marlene in die flussaufwärts schießende Schnellbahn schleimte, mit Blicken sämtliche Ufer, Passagiere sowie Zusteigende versteinerte, die auf starren Beinen ihre schocksteifen Sitzposten einnahmen, Marlene und Viktor also ums Überleben stehend. Das Hämatom an seiner Stirn hatte satt aggressive Knallfarben angenommen, Pink, Grün, Gelb. Es bewies, so viel wusste sie, zwar wenig, wenigstens doch etwas, pochende Bahnen voll Blutkörpern statt Kalksteinbruch in ihm. So widerstanden sie dem Untier ins Auge sehend, marschierend in die Mitte des Wirbelsturms, ins Zentrum der Schneckenhausform, ins eiszapfige Herz des Spinnennetzes, im innersten Kringel der Schlange, wo die hiesige Wirtschaft ihren Eingang auftat. Vor der Schwelle hielt das Monster artig inne, als bekämpfte man es nach diesem wohlbekannten Trugschluss wie viele unbewusste Havarien, indem man sie beim Namen nannte, man begrüßte sie im Basilisken, und schon Speisekarten in den Händen, bestellten Viktor und Marlene Stelze und Haxe.

Thomas Bernhard würd dich ja erschießen. Ich geb dir noch ne Chance.

Weil ich nicht gelacht hab, oder was?

Hast du ein Glück, dass du bezahlst.

Er zeigte ihr nun alle seine Zähne.

Du weißt, dass ich nicht er bin.

Wir werfen einfach eine Münze.

Die Herrschaften, bitte.

Diesmal lachte Vik sogar. Sie schlugen die Karten zu und gaben sie dem Kellner zurück. Er vermied es, die goldenen Einschnitte zu berühren, die den Ledereinband in einem Rautenmuster rasterten. Verdoppelt und verdreifacht tauchte die Bedienung beim Abgang immer wieder in den umrankten Biedermeierspiegeln auf und ab. Zwischen ihnen wuchsen Schlangenhalslampen aus den Wänden und wanden sich zurück gegen das Gemäuer. Es bestand aus einem Gefüge großer und kleiner Steine in verschiedenen vieleckigen Formen. Wie Haarrisse durchzogen es Linien aus derbem Mörtel, der unversehens die Farbe wechselte wie die Brocken selbst. Pinsel und Spachtel waren den Wänden ferngeblieben, und so verblieben die unförmigen Ziegel spritzigem Fett, flambierten Nachspeisen, verschüttetem Wein und den Händen schwankender Gäste ausgeliefert. Vielleicht zierten die Steine auch schon Schraffuren und Sprenkel, bevor sie aus dem Bergmassiv gesprengt und neu arrangiert worden waren den Gang entlang, dachte Marlene, als sie den Pupillen ihres Gegenübers folgte, sich im Sitzen umdrehte und dem Kellner nachschaute, der dort hinten, vor der Stiege zu den Toiletten, in einen Nebenraum abbog. Die Tür schwang ihrem Blick entgegen, und durch das bullenaugenartige Guckloch nahe der oberen Kante sah sie das getrübte Gesicht des Obers einen Moment, bevor es entschlüpfte und verschwand, im Profil, gebannt und starr, das Gepräge auf der Oberfläche einer Münze. Sie schaute die wie aus Obsidian gehauene Bartheke den Gang entlang zurück, auf der verteilt wie Taubenkot haufenweise kleine Geldstücke lagen, die Trinkgelder einer verschwundenen Nachmittagskaffeeklientel. Selbst über den hüfthoch montierten Flaschenboards voller fancy Whiskey, die sich bis zu ihrem Sitzplatz hinzogen, hingen die goldgerahmten Spiegel, und wo das runde Cognacsortiment begann, knickte die Wand ab, führte rechter Hand in einen megalomanischen Speisesaal. Dann schaute sie ihr Gegenüber an, hinter dem ein taffer Vorhang die Glastür verbarg, durch die sie gerade geschlüpft waren.

Ob er sich noch an die greise Bedienung in ihrem altrosa Rüschenkostüm erinnere, die dreimal gefragt habe, ob das junge Dirndl jene als Dessert bestellten Mohnwuzerl auch wirklich noch schaffen würde, handle es sich doch um eine ungeheuer große Portion, sozusagen um eine Hauptspeis, dabei unverhohlen über ihren Kopf hinweggeschaut, ausschließlich den jungen Mann angesprochen und noch mal versichert habe, er bekomme trotz der Grießnockerlsuppe und dem Sonderwunsch Vogerlsalat eine extra Portion Schlag auf seine Palatschinken. So eine Funsen, Viktor zwinkerte ihr zu, und wie du die verputzt hast. Marlene lachte, ja, die Extrawurst sei Hingucker und Gaumenschmaus, eher Creme als Schlag, Torte statt Kirsche, allererste Sahne gewesen, wie die kölnischwassergebadete Kellnerin beim Abkassieren zu hören bekam, während Marlene trocken, trinkgeldlos und nicht ohne den Hinweis bezahlte, sie habe ja den Rest vom Pfannkuchen verspeist. Inzwischen sei ihre einhellige Meinung, sie habe die Uralte etwas ungerecht behandelt, immerhin habe Marlene damals noch in diesem Hochdeutsch dahergeplappert, das die Wirtin wohl bloß durch die Röhre von der Nachrichtenmoderation, der sonntäglichen Kripo und aus dem Munde irgendwelcher Showmaster kannte, die zwar kochten, aber ohne zu kosten, geschweige denn zu essen und zu scheißen. Da war sie auch schon aufgestanden, hatte sich um hundertachtzig Grad gewandt, stolzierte Gang wie Stiege hinunter, und der zurückgelassene junge Mann grübelte wie sein Bruder über der Frage, warum er nichts gesagt hatte zur rechten Zeit, damals, als Marlene eintrat und die beiden erstmals zusammenstehen sah in Viktors Bude, jetzt. Entschuldigung. Dafür nicht.

Verzeihung.

Viktor schreckte und richtete sich von seinen Ellenbogen

gestützt aus seiner versunkenen Haltung über dem Tisch Platz einräumend auf.

Keine Ursache.

Das Soda-Zitron prickelte frischgemacht in sein Gesicht, und als er sich rücklings gegen die gepolsterte Bank fallen ließ, sah er die Standfläche des Glases kristallgeschliffen mit dem Boden der Gmundner Keramik abschließen. Aufgrund ihrer Form, Krinoline kopfüber, spreizte das hintere Gefäß seinen Mantel beiderseits vom vorderen ab, hochglanzpolierter Zylinder. Der dunkelgelbe Zitronenschnitz schwamm wie eine messinglegierte Münze der randvollen Teeschale auf. Und als wollte die grüngoldene Keramiktasse ihr Oberwasser noch toppen und verdoppeln, lösten sich die zögerlich und vertrödelt hochströmenden Kohlensäurebläschen in kraftvolle Wolken, die nach Fenchel rochen und die kopfstehende Glockenform gen Plafond vergrößert kopierten. Als fiele das Aroma mitsamt der Decke auf Viktor hernieder, wandte er sich ab und an den Kellner, der so nah herangetreten war, dass seine Gürtelschnalle die Tischkante berührte. Der Anzug hatte dieselben Farben wie die fein marmorierte Platte, sodass Viktor es witzlos fand, eine einzige Stillosigkeit, weder geblacktes face noch gebleachte Zähne, kein Wasserstoff im Haar, wozu denn Handschuhe, nicht mal die Nägel lackiert, im Gegenteil, eisern abgeschnitten bis zur roten Zone, oder zumindest fahl schimmernde Feuchtigkeitscreme, Fehlanzeige. Dafür rieb er sich schon die Hände wund, und vom Gelenk längs der Speiche bis unter die hochgekrempelten Hemdsärmel reichten die Narben, während seine Pupillen geplatzte Äderchen ränderten, was eine weitere unpassende Kontrastfarbe ins Spiel brachte, wofür Viktor sich schämte. Vielleicht hatte er eine Herzschrittmachernaht. Aber selbst dann hätte er angemessenes Make-up aufsetzen können.

Hier ist gleich Schicht im Schacht, Herr Ober, oder was?

Ja, so kann man wohl sagen. Dürfte ich bitte schon abkassieren?

Auf Viktors Nicken hin zückte die Bedienung aus der Brusttasche einen Kugelschreiber, wegen seiner Spangenfarbe bisher unsichtbar vorm Hintergrund des Einstecktuchs. Der Ober bückte und stützte sich zwischen Glas und Tasse auf den Tisch, ein goldgefasster Smaragd der Manschettenknopf am Bizeps, riss sich vom Riemen den Block, schob dem letzten Zettel die Platte unter, rechnete schwarz auf weiß ab und drehte den Beleg um hundertachtzig Grad.

Wir nehmen Eierkuchen als Dessert, einen doppelten Espresso-Shot, ja?

Langsam trudelte das gutbürgerliche Spätabendmahlpublikum ein. Vik sah links von sich Herrschaften im Smoking vorbeigleiten, die Lippen über krawattengebundenen Fliegen geschürzt, daneben schwebten die Zähnchen schulterschließender Nerze und elfenbeinerne Haarnadeln in Hochsteckfrisuren dahin und der Brodem teurer Parfums in der Luft.

Dreiundvierzig siebzig macht es aus bitte, der junge Herr.

Viktor und die Bedienung zogen ihre lederschwarzen Portemonnaies.

Dann sagen wir zehn Prozent.

Wie die Schalen einer Muschel ging die Geldtasche auf, verschlang den Schein, klackerte wie zähneknirschend mit den Münzen, spuckte ein Stück aus. Der Kellner knickste, knipste die Brieftasche fickrig zu, klickte den Zwickel auf die Quittung.

Äußerst großzügig.

Abschätzige Blicke. Wogende Pelzmäntel. Prangende Kummerbünde. Vik sah leichenblass geschminkte Gesichter, von Zampanos und Diven, gesellschaftskritisches Theater, Theater der Gesellschaftskritik, entschieden zwischen Burgtheater und Basiliskenauge, Buch und Beisl.

Wegen Ihrer schönen Handschrift. Wo darf man denn hier eine rauchen?

Der Kellner stutzte kurz Richtung Tür, steckte die Brieftasche weg.

Wo denken Sie hin?

Der Ober zog ein Feuerzeug, entflammte den Kerzendocht neben Viktor.

Zum Beispiel nach Berlin.

Die Flamme flackerte im Atem der Diskutanten, züngelte noch höher.

Dann schleichen Sie sich.

Viktor merkte, wie er den Kopf hob, wie sein Körper Haltung annahm, wie er aufstieg aus der gegen die Rückenlehne gelümmelten Pose des Schlingels, sich produzierte, Hosenboden gewonnen, Position bezogen, als ob wer an einem Faden zog, der um seinen Hals lag als Schlinge.

Wir sehen uns gleich vor der Tür.

Die Bedienung verließ lächelnd den Tisch.

Ein jüngerer Kellner eilte ihr aus dem Nebenraum entgegen. Der ältere Ober ging seelenruhig darüber hinweg, wie die brüskierten Bürger wüteten. Schon warfen die Kunden in entrüsteter Diktion sowie wilder Gestikulation Speichel, Schimpfwörter, Zahnstocher, Zündhölzer, uninterpretierbare Interjektionen, ebenso ihre Finger, Hände und Fäuste in die Luft. Doch der abgehende Kellner ließ sie links liegen, während die kommende Bedienung sich anschickte, es Herren und Damen recht zu machen, ihnen die Mäntel abzunehmen, sie aufzuhängen. Bourgeois à la lanterne, dachte Viktor. Aus der aufbrausenden Menge traf ihn Marlenes Blick wie ein Leuchtturmscheinwerfer und streifte gleichgültig weiter. Dann sah er, dass es nur der Mischmasch von Widerschein des brennenden Dochts und der Schlangenhalslampe im Dampf war. Getünchten Gesichts schritt Marlene zwischen den Drohgebärden und den Mänteln durch, die der junge Kellner den Gästen manieriert wie Beweise seiner Manieren hinhielt. Sie taxierte die umliegenden Tische und Séparées rundum. Die sittsam gefalteten und über Schöße geflatterten Servietten. Die sakkobedeckten, hinter Paravents verschwindenden Rücken. Ellenlang zur Begrüßung gestreckte Arme, elendslang geküsste Hände. Fächer wurden geflappt und Hälse verrenkt. Ein Mann mit Adlernase und Monokel schnupperte das Eau de Cologne vom Hals einer Witwenhut tragenden Dame. Sie lüftete den Schleier, hielt ihn zwischen zwei Fingern hoch. Ein gegelter Typ öffnete vorm Spiegel neben Marlene den obersten Knopf seines Hemds. Eine Dame daneben richtete den Kragen ihrer Bluse und zupfte rundherum, sodass man ihn noch sah, den Schal in Form. Wie ein archaisches Feuer rauchte der Fencheltee. Jetzt lag das Lokal in ihrem Rücken. Sie warf keinen Blick zurück. Übertrieben riss sie die Augen auf. Sie griff an der Wand die Lampe, wand den Hals unters Kinn, dorthin, wo sie die Wärme des dampfenden Tees spürte, und nun das kalte Licht. Sie senkte die Stimme, raunte.

Ich sehe tote Menschen.

Wir sollten auch so aussehen.

Das kommt noch früh genug, Herr Adler.

Er räusperte sich nun, sprach ebenfalls mit gedämpfter Stimme, hielt sogar die Hand an die eigene Wange, mit Fingern den belustigten Mund gegen den Raum abschirmend, nur den mittleren neben die Nase, die Kuppe auf Augenringkontakt, das Lid immer wieder hinunterziehend.

Ich habe es auch mit Hochdeutsch probiert. Doch der Ober blieb freundlich. Es muss an dir gelegen haben. Weil du eine Frau bist. Fragt sich, was falsch daran war. Sie hat dich ja für voll genommen.

Marlene schlug auf den Tisch. Neben ihrer Faust landete der Teller.

Stelze für die junge Dame.

Wie ein fremder Körperteil sah sie ihre Hand zittern. Ein Zentimeter weiter rechts. Es hätte den Teller aufgestellt. Die ausgelösten Geflügelteile gegen die Wand katapultiert. Golden paniert lagen die Bruststücke auf der Platte. In die Pfanne gehauen sah Marlene die Tiere in der Voliere. Hineingestopft und die Flügel gebrochen zu Dutzenden. Viele Kehlen schrien. Den unteren Tieren bohrten Krallen in die Augäpfel. Rausgerissen beim Weiterstelzen. Zwischen den Käfigstäben schauten die langen Schwänze heraus. Sie wippten. Glücklichere Tiere hatten den Schnabel draußen. Sie erreichten die Maisenknödel. Wie Mobileteile baumelte das Fressen seitlich der Voliere. Rundherum segelten die schwarzweißen Federn abwärts. Dann flog eine Hand durch den dunklen Stall. Eine Schublade im Käfigboden wurde herausgezogen. Wie die Wabe des Imkers. Darin lagen die Toten. Zuckten noch welche, starben sie. Schrien sie, wurde der Käfig geöffnet. Ganz oben, am Nordpol der Voliere. Wie Calimeros Schale. Die Falltür klappte auf. Da kam keine von unten mehr ran. Die sich noch rührten, wurden hindurchgestopft. Dem Haufen obenauf. Sie krochen dahin mit gebrochenen Füßen. Überlebenswillig in Richtung Maisenknödel. Sie neideten den anderen die stummen Schnäbel. Die lagen auf einer Waagschale. Dahinter Stellagen. Eier unter Lampen. Mehrere Hennen legten um ihr Leben. Manch Ei wurde gleich abgepackt. Es gab Ordnung. In andren Käfigen herrschte Zucht. Es wurde gefickt.

Und Haxe für den gnädigen Herrn.

Schwein gehabt, ein kross gebratener Brocken, durchbrochen vom Bein, Fleisch am Knochen. Schnell der Bolzen in den betäubten Kopf, ein glückliches Tier. Wahrscheinlich eingeschläfert oder auf Trip vom Narkosegas, ein letzter speckiger Traum. Bei der Schlachtung noch benommen. Daneben die goldenen Pommes. Rot-weiß-rot die Schranke. Und das Soda-Zitron mit dem Schnitz wie eine aufgegangene Sonne. Es kam auf Marlene zu, wurde über den Tisch geschoben, kreuzte den Registrierkassenbeleg, zog ihn unter dem ebenfalls servierten Salzstreuer hervor, schleifte die Rechnung vor sich her.

Hilft bei der Eiweißverdauung.

Marlene sah Viktor angewidert an. Das Kondenswasser am Glas schliff die sich schweineschwanzartig kringelnde Quittung in Wellen, die der Klinge des Messers ähnelten, das in der Haxe steckte.

Na bravo, wer kriegt jetzt was?

Marlene griff das Glas und richtete die Schlangenhalslampe giftend auf den Teller mit den ausgelösten, erstrahlenden Geflügelteilen.

Gnädiger Herr, das ist für Sie.

Schon flog die Münze hoch von seinen schnippischen Fingern, rotierte am Scheitelpunkt, ganz schön diskutierbare Kurve, so ein Hurenkind.

Die Münze entscheidet, haben wir gesagt.

Sie kippte, fiel auf seinen Handrücken, die andere Pratze ebenfalls.

Jedenfalls Adler, da kann man nur gewinnen.

Die Hand flog flattriger Finger von der Münze. Sie zeigte Kopf hoch.

Sorry, wir haben hier die Bertha von Suttner.

Er pfefferte die Münze auf den Tisch, griff, hob, kippte das Salz.

Also Friede.

Es streute auf die Pommes nieder. Als wären die Fritten Sprungbrett und Baseballkeule, querschlägerte und hüpfte es in alle Richtungen. Wenn du dich mit meinem Bruder aussöhnst.

Auf weißen Marmorstellen wurden die Körner rudimentär und Relikte, Altlasten wie der Haberer am Nebentisch im Flirt mit der Bedienung.

Warum nennst du ihn immer nur deinen Bruder?

Der Greis löste seine Fliege, schielte der sich bückenden Kellnerin in den Blusenausschnitt und schürzte ihr die Krawatte um den Kragen.

Warum nennst du mich Herr Adler und gnädiger Herr?

Dann nahm der Spanner sein Einstecktuch, zog es vom Karton, den der Mann längs und quer zu einem gestärkten Blatt Papier entfaltete.

Chapeau.

Der Mann im Smoking legte das grellgelb gesprenkelte Tuch sowie das schalenfarbige Blatt vor sich, griff einerseits einen Stift der Marke Parker aus der Innentasche und ließ, während die Bedienung wiederkehrte, diesmal knickste, um ihm gluckernd Rotwein einzuschenken, andererseits taktangebend wie ein Dirigent in der Luft seine Hand Treppen steigen.

Madame, gute alte Tradition, hier drückt man in Friedenszeiten auch bei Richtern mal ein Auge zu.

Der Smokingmann zog sodann die imaginäre Kappe vom Kopf sowie die echte vom Parker, klemmte sich ein Monokel ein, schrieb eine Notiz.

Aber Frieden oder Krieg ist nicht der Richter Metier, Herr Adler.

Das Monokel fing das Licht der Schlangenhalslampe und richtete sich, als der Mann den Kopf vom Tisch hob, hinter der Bedienung her.

Touché. Doch dafür haben wir ja den Münzwurf.

Ihr High-Waist-Rock war mit einem marmorierten Muster bedruckt.

Alea iacta est, gnädiger Herr.

Darüber und darunter steckten Beine und Rumpf in Bluse und Strumpf.

Viktor und Marlene zwinkerten einander zu.

Nylon und Viskose. Die Ärmel bis zu den Gelenken hinuntergekrempelt. Unschuldshandschuhe. Auf einem schwarzweißen Paar Ballerinas gehend. Dazu spiegelsymmetrisch eine farbgescheitelte Bäckersmütze obenauf.

Schau mal.

Sein Kopf war ihrem ohnehin schon nahe über der Tischplatte. Sie krallte ihre Hand in seine melierten Haare, ließ ihre Finger auf sein Genick nieder. Am Schlafittchen schob sie sein Gesicht heran.

Wie unbestechlich.

Andrer Hand schnappte sie jetzt aus dem Soda die Zitrone, hob das Fruchtfleisch an seine Stirn, strich über die Blessur, gleißend im Widerschein der Schlangenhalslampe. Das Zurückzucken seines Kopfes, mit der rechten Hand hingehalten den Schädel, der Schnitz gefallen auf die Tischplatte, links das Salz gepackt ratzfatz, auf die bunte Wunde gestreut und dann den eignen Mund nach oben, die Lippen auf, Zunge raus, einmal drüber, dass er den rauen Muskel spürte, die unversöhnliche

Stimme drin. Sie schmeckte Eisen, Eiweiß, schuppiges Fett, brennendes Salz und Schweiß ausbrechen, Zähne anfressende sowie Mägen beruhigende Säure. Dann legt sie rund um die Zunge ihre Beißer, küsst, leckt und nagt an der Wunde, spürt die Spucke kommen.

Die Keramik schabt über den Marmor, und als ihre Hand von seinem Hals auf den Tisch sinkt, will er nicht mehr zurück. Sie liebkost letztmals die Beule, richtet sich auf, blickt nieder, die Haxe, wie eine Kette der Kassenzettel darum, alkoholfreier Tequila-Shot-Abgang.

Dann sind wir jetzt quitt.

Das Monokel über dem Nebentisch wirft ihr längst direkt das kalte Licht ins Gesicht. Sie entwickelt das Besteck, nimmt die Serviette so zur Hand, dass ein voluminöser Bommel über ihren Fingerkuppen schwebt. Diese Ausstülpung tippt Marlene sanft an ihren Mundwinkel, die hervorschnellende Zungenspitze, geschossene Blicke, dem Mann entgegengestarrt. Er wendet sich ab, und sie breitet die Serviette über ihren Schoß, spießt eine Pommes auf, zieht Messer aus Haxe.

Wir sind mehr als quitt. Ich bezahle ja.

Der Wellenschliff ritzt die resche Rinde rasch ritsch ratsch wie ein Fuchsschwanz, zersägt das Fleisch, stockt am Knochen und entreißt ihm die Faser. Sie verschwindet in Marlenes Mund, die den Finger in die Mayo tunkt. Sie schiebt die Fritte hinterher, nuschelt *Oh du gnädiger Herr*, kaut ein bisschen, mampft weiter, voll gut, schluckt.

Du bezahlst, weil du das mit den Karten vercheckt hast, nicht vergessen. Die Haxe gehört schon aus Prinzip mir. Immerhin bist du damals vor der Kellnerin in Rosa quasi zu Stein erstarrt, und wer hat jemals eine Statue essen sehen. Außerdem fiele mir vielleicht noch nebenbei der Scheißabend mit deinem Bruder ein, beispielsweise?

Die Kellnerin tänzelte vorbei, Rotwein im Griff, schleppte eine Wehe Parfum hinterher durchs Lokal, von Runde zu Runde, immer noch hier, so dick aufgetragen, Marlene hätte sie aus der Luft haschen und ballen können in der Faust, da der Fenchel überdeckt war, obwohl der Tee dampfte. Der gnädige Herr schaute unnachgiebig geradeaus, gierte kein bisschen nach den panierten Witwenstelzen, blickte auf sie hin.

Geht das wieder los, ja, Marlene? Es hat verdammt noch mal wehgetan.

Und jetzt hatte er Stimme wie Zeigefinger erhoben, wies auf seine Stirn, tippte gegen die Beule, schnippte gegen den Zitronenschnitz, von dem ein paar Tropfen ihr fliehkraftergriffen entgegenspritzten.

Hat man eh gesehen. Hast du doch gemocht. Hab ich ja gespürt.

Sie wusste genau, dass nur sie das sagen durfte und ihn das richtig heiß machte. Die Kellnerin schien sich während ihrer Serviergänge zu duplizieren, zu verdreifachen, flitzte im Schwarzweißflimmern der Uniform durchs dunkle Lokal, durchfurcht von kaltem, sich an Steinwänden, an Tischkanten, an Stuhlbeinen und nicht zuletzt an Mauern, Kanten, Beinen in Spiegeln niederschlagenden Lichtstrahlen.

Dir aber auch, Marlene.

Die Bedienung räumte ab, tischte auf, schenkte aus, weinflaschengriffig, Leute, Scheinwerfer.

Na dann sollte das wohl mit Verlaub weitergehen, gnä Herr Adler.

Die Kehlen wurden nicht trocken und die Teller nicht leer, obwohl sich der Basilisk füllte im Sekundentakt. Ständig schwang die Tür, immer in die eine Richtung, und nicht alle eintretenden Herrschaften verteilten sich an die Tische. Gerade wieder ging eine Gruppe junger, eher casual denn bobo chic angezogener Leute den Gang runter. Im Gleichschritt trat ihnen eine Reihe serviler Bedienungen entgegen, die ausschwärmten wie eine Oberschwadron, in marmoriertem Gewand um die Schuhe steingreiser Honoratioren herumfegten, der Bourgeoisie willenlos wie Golems dienten, Homunculi, Zaubergeister eines antitestamentarischen Endzeitalters. Ein heinzelmännliches

Theater spielte sich ab, und Marlene hoffte, die Knechtschaft wäre schon vor Dienstauftritt zu Stein erstarrt, ja sogar zerfleischt worden im Nebenraum, dass bloß untote Körper hier patrouillierten.

Wie Sie wünschen, Madame.

Inzwischen waren Haxen und Pommes halb verdaut und die Stelzen kalt. Der Tee wölkte noch, und Marlene hob die Porzellantasse ostentativ.

Nik, hey, das gibts doch nicht.

Der Dampf strahlte auf im Scheinwurf der Schlangenhalslampe wie ein Nebelstreif im fernlichternden, sich rasend nähernden Gegenverkehr. Den Fenchel hatte Marlene am Gaumen, Chanel Nummer fünf in der Nase.

Was machst du denn hier, Elena?

Hätte sie nicht grade geschluckt, wärs wie einem Munde entsprungen.

Was machst du denn hier, Nik?

Wenigstens verbarg ihre artsy Erscheinung, Hand in die Hüfte gestemmt, black Jeans, türkises Crop Top, espressountertassengroße Pupillen, eine irre, neonfarbige Iris, den Anblick des Monokels.

Hey du, na, was für ein Zufall, sieht man sich doch immer zweimal.

Sie warf ihren Kopf in den Nacken, schüttelte ihren Schopf, pustete eine Strähne weg, zuckte in den Mundwinkeln, mahlte mit den Zähnen.

Sag nichts, ich kenn dich, nicht wahr? Madeleine, oder doch Malina?

Hinter ihren Spaghettiträgern wuselte es weiter im Lokal. Die Arme der Bedienungen schienen sich zu vervielfachen und eifrig nach Elenas nackten Schultern zu greifen, sie in optischer Untiefe dicht zu umgeben und zu umschließen, tastende Glieder, ein Ameisenhaufen, Straßenbau ihre Sehnen entlang, Tippen aufs Schlüsselbein wie auf Zylinderkrempen, ausm Hut gezaubert, Elena, die, jaja, schon klar, das Kunststückchen fertigbrachte, blablabla, die Twins aus dem Bauch heraus zu unterscheiden. Marlene verdrehte ostentativ die Pupillen.

Verflixt noch mal! Eye, sorry, ich vergess Namen immer gleich wieder.

Der wankelmütige Wein in österreichischen Variationen, mal klar, mal terracotta, mal still oder prickelnd gespritzt, und die sprudelnden Aperitifs on the rocks oder der Wärme anheimgegeben in Neonfarben blieben auf den Tischen, während die Speisen in zerlassener Butter daherschwammen, sich die Anzugträger darüberbeugten, ihre Krawatten durch die Sauce tunkten, sich überall Lippen zu süffisantem Lächeln verzogen und die Bedienungen hinter vorgehaltener Hand kicherten.

Elena, tu dir nichts an, Marlene. Passt gut zu Adler. Setz dich her.

Ihre Hand lag auf der gemütlichen Rückbank direkt hinter Marlenes Genick. Als sie sich zurückließ, hatte sie das Gefühl, Elenas Finger würden eher gestupst als gequetscht, mehr getätschelt denn gequält.

Nik, Marlene, oh ich verstehe, ich weiß schon wieder, ist mir das peinlich, ich lass euch mal alleine, tut mir leid für die Störung.

Inzwischen weichte das erkaltete Essen im Fett seiner eigenen Panade dahin. Stockend näherten sich die dunkler werdenden Farben von Mayo und Ketchup den Blutergusstönen an der Stirn des gnädigen Herrn.

Na, bleib. Mädchen müssen doch Pommes teilen. Das andere schaffe ich auch nicht mehr. Außerdem haben wir uns eh urlange nicht gesehen.

Elena wich einen Schritt, und Marlene schaute den gnädigen Herren an.

Nik, was hast du eigentlich angestellt? Siehst ja voll scheiße aus.

Elena zog die Hand hervor und legte sie sanft auf Marlenes Schulter.

Unverwechselbar charmant wie eh und je. Wir lassen das einpacken, K?

Marlene entspannte sanfter Fingerdruck an ihren Sehnen. Sie rieb sich an der Rückbank, gab den Ausschlag, griff todsicher zur Stelze, haute das goldig panierte Federvieh wie in die Pfanne in ihren Mund.

Oh, das ist doch ganz lecker. Ich glaub, ich esse das noch, Elena. Aber wenn du willst, kannst du die Pommes haben, voll kein Ding. Und er kriegt das Zeug auch nicht mehr runter. Du stehst doch auf Haxen? Und wenn ich mir die so anseh, du kannst ein bisschen was vertragen.

Das Monokel blitzte wieder, und der Mann notierte haarklein mit. Eine Frau in Dalmatinerpelz schwebte herbei und ließ sich bei ihm nieder. Es pulsierte in Marlenes Nackennerv, ein Kribbeln den Hals entlang.

Eye, Mädel, Madeleine, Marlene, mir scheißegal, pass besser auf, ja!

Zusätzlich schnappte Elena noch zwischen Daumen und Finger Marlenes Kinn, richtete ihren Blick sacht, aber straight hoch in ihr Gesicht.

Elena!?

Sie in Ungnade fallen lassend war er aufgesprungen, wutentbrannt.

Sei stad. Schau dich mal an. Du und dein aufgeplusterter Wollpulli. Allein für das Outfit muss ich dich eigentlich schon rausschmeißen.

Er langte nach Marlene, nach ihrem Teller, nach dem darum drapierten Kassenzettel. Der riss entzwei, dass die eine Hälfte am Tellerrand kleben blieb, die andere durchscheinend und nass in die Höhe schwang.

Ja eben, bitte, ihr seid ja eh schon rauskomplimentiert worden.

Unbändiger Erregung fuchtelte er damit vor Elenas Gesicht herum. Es schmiss Tropfen in ihre Augen, sodass es fast nach Weinen aussah.

Kreuzkruzifix, untersteh dich. Wir kriegen noch Nachtisch.

Der Mann mit dem Monokel beugte sich ans Ohr der Frau ihm gegenüber. Die herabhängende Klaue des im Ganzen verarbeiteten Kadavers musste die Lady beiseiteschieben, denn sie trug eine pompöse Faultiermütze. Keinen Fressfeind hatten die ja eigentlich. Derweil machten diverse Adlerarten Flügel schlagend wie Macheten schwingend im Gegenwind dichtesten Dschungelgeästs urwildererisch Menschenaffenjagd. Jedoch selbst diese Viecher fürchteten die Faultierklauen. Der krass scharf gemachte Damennagel aber schabte am Horn. War wohl ein Baby gewesen.

Ich glaubs nicht. Das ist schon kassiert, oder wie? Mein Trinkgeld?

Elena fetzte die Quittungshälfte von Marlenes Teller. Eine Schwade Chanel stieß in ihr Gesicht. Elena hielt sich den Zettel über Kreuz schielend an die Nasenspitze. Ihre Hand zitterte. Marlene witterte ihr Bedauern, wie schade, die abgenagten Fingernägel nicht in Nikis Halsschlagader hauen zu können. An Elenas Stirn pulsierte es jetzt doch schon auch sehr putzig. Ihr Gesicht wechselte die Farbe von Eierschalenweiß schlagartig zu einem psoriatischen Rotton. Marlene stand auf, mitten in Elenas aufgesprungene Aura, das sogenannte Kontaktei, das ein jeder im Ausweiten der Arme und im Umschwung rund um sich schützend ausbreiten konnte, und sie genoss es, dass sie Elena zu nah, in ihren Intimbereich eingedrungen, sie dieser Eineiigkeit und Einigkeit gegenüber machtlos war. Marlene blickte an Elenas naseweißem Zinken vorbei, unter dem der Mann im Smoking schrieb, ohne hinzusehen, und mit der nun mundbeschenkten Frau tuschelte, die nach jedem Nippen am Weinglas mit Eyeliner ihren Lippenkontraststrich berichtigte, in jenen Spiegel blickte, auf den Vik ebenfalls schockstarrte, da ihm daher, ohne Gesichtsverkehrung, sondern wie eh und je rechts wie links stimmig, aus dem gespiegelten Biedermeierteil an der anderen Wand, sein Abbild trostlos entgegenschoss, direkt, ein Einfall in den deckungsgleichen, doch schutzlosen Kopf, wie beim Squash, eine Vorstellung vom Gegenschlag.

Hast du sie noch alle, Viktor?

Nik, ich war mit Elena squashen.

Mal wieder mit dem Kopf durch die Wand.
Hat mir den Ball gegen den Schädel gedroschen.
Zieh dich aus, Viki. Ich will die scheiß Kratzer sehen.
Kennst sie doch. Das war volle Absicht.
Brauchst nicht Geheimniskrämern.
Das erträgst du doch gar nicht.
Komm, ich creme sie dir ein.
Sie spielt bloß mit dir.
Ganz neue Erkenntnis.
Ich mein Marlene.
Jaja, schon klar.
Wir waren essen.
Ach, was, essen?
Stelze und Haxe.
Und, wie wars?
War ihr egal.
Was für ein Hurensohn.
War der Oberkellner vorhin?
Elena fuchtelte mit der unteren Quittungshälfte herum.

Oh, ich wusste es, vom ersten Tag an schon, so ein Flachwichser. Wenn ich den erwische. Kann sich direkt bedanken bei mir. Ich bring euch das depperte Dessert, aber dann seid ihr zwei Hübschen weg, kapisch?

Der Augenblick, die Tschick selbst in die Hand zu nehmen. Alle rundherum ja offensichtlich unfähig. Der Schwerkraft unterlegen riss nun die untere, nasse Hälfte der unteren Quittungshälfte ab, segelte nieder zwischen Elenas Buffalo Boot und Marlenes Lederschuh.

Dann gehen wir jetzt eben raus, oder, bis die Palatschinken da sind?

Sie stellte sich auf die Zehenspitzen, größer als die Widersacherin.

Ja, macht mal!

Langsam griff Marlene in ihrer Hosentasche nach den Benson & Hedges.

Sei jetzt nicht kindisch, Marlene.

Sie zog die Packung raus, ließ sie bis an Elenas Hand schweben.

Ich will aber voll dringend eine rauchen.

Elena ließ die restliche Quittung los und zertrat sie am Boden.

Ja, dann geh doch.

Marlene riss das Cellophan entlang der Perforation ab, schnippte das Schiebefach auf, ließ die Kunststoffummantelung fallen, nahm den Filter in den Mund, hob Blick, Kopf und Stimme, behauptete sich und wandte ihren Hals zwischen den beiden hin und her, nahm die Kerze. Inzwischen hielten andere Kellnerinnen eilfertig inne, warfen die Köpfe herum sowie ihre panischen Blicke über die Tische einander zu, starrten dann wieder laserstrahlartig, gebündelt und schneidend durch den Speisesaal zu den dreien herüber, wie um sie zu prüfen. Der gnädige Herr, dem Ausgang am nächsten stehend, bewegte sich schon, nahm noch Marlenes Hand, durchweg erleichtert, verfolgt vom leuchtenden Monokel und beobachtet von der Frau im Pelz, bevor Elena verzagt, verdattert, bereits in Marlenes Rücken, ihren Monolog vorher ersonnen, nicht mehr in der Lage abzubiegen, hinter der beiden Abgang herstammelte, dass die Inspektion mit so einem Staubsaugerteil kommen, den Teergehalt messen würde und mit dem Strafen echt gar nicht zimperlich war. Die zwei traten aus dem grottigen Pomp der Basiliskenhöhle hinaus auf einen kleinen Platz, ein unbesetztes Fleckchen, drei, vier hölzerne, zusammenklappbare Stühle um ein gedecktes Tischlein, das die Miniatur von Schanigarten der Kurve in der Schönlaterngasse abrang zwischen Alter Schmiede und Sonnenfelsgasse, ein Zwischenraum ohne Straßenlampen, offenes Feuer oder föhnige Felsen, der heimelige Literaturverein, der gusseiserne Kerzenständer, nichtsdestoweniger windschief hochschießende Fassaden, trotzdem bewegte Store hinter Fenstern, wo die linsenden Nachbarn overwatchten, auf der blinkenden Anrufwiederholtaste ihrer ungeheuer großen Pensionistentelefone schon schlimme arthritische Finger, kreidezeitlicher, segensreicher Stimme die blaulichternde Streife zu rufen, wahlweise die zum Wassermarschbefehl salutierenden shiny Feuerwehrler mit der türschlägernden Axt, die unterm wummernden Folgetonhorn bereits aufgezogener Adrenalinspritze vorfahrenden Wiederbeleber vom Malteserorden oder Roten Kreuz ob der ständigen Lärmerregung, der flackernden Lichtbelästigung und dem aufsteigenden Qualm, der wie das abgrundhohe Lachen vor den hell erleuchteten, neonfarben fluoreszierenden, geöffneten Fensterflügeln hing. Wenn es ganz leise ist, manchmal, nachts, kann man sie schreien hören. Dann dringt der Ruf zerschlagen von Echo und Widerhall zwischen den einander zugeneigten Gemäuern die klammengen Gässchen entlang wie eine zementschwere Welle, ein dreinschlagender Überschall, ein saurierdahinraffender Knall, der sich unter turbinenstummen, kerosinspuckenden, sternschnuppenblinklichtverschmutzenden, Mondschatten wie Streubomben schmeißenden Airbussen von AUA und Germanwings im bebenden Kopfsteinpflaster ausdrückt, in vibrierenden Fassaden entlangmarschiert, sich in zitternden Dachrinnen verzieht, fahrige Untergrundbahnen, durchströmte Heizungsrohre, peristaltische Abwassersysteme, sich ausdehnende Gasleitungen, eine allseits pulsierende Schlangengrube, und mittendrin hallt Marlenes alle Klänge erstickendes, ansteckendes Lachen, das die flackernde Flamme fast umbrachte, indes sich die zwei in schwindend lichtem Bannkreis ihre B & H anmachten.

Haste gesehen?

Marlene stieß diese Worte hervor, während sie sich ausschüttete, hielt Daumen und Zeigefinger der freien Hand noch näher aneinander als andererseits, versuchte zu ziehen, pustete ihrem Gegenüber Rauch durch die Kippe ins Gesicht.

Haste gespürt.

Viktor spielte diese Worte backhand zurück, während er sich aufrichtete, hob gelenk die Finger mit Zigarette dazwischen weitaus höher seinem Gegenüber hin als Stirnlinie, verharrte ohne Salutieren, schaute ihr unter der Hand in die Augen.

So klein.

Sie widerstand dem naheliegenden Rücktritt, dem Schlag Hand in Hand.

So groß.

Sie stellte sich auf ihre Zehenspitzen. Seine Hand auf ihrem Kopf. Sie nahm die Kippe in den Mund, klatschte vorm Gesicht in die Luft. Das Lachen war vergangen. Und da hörten sie das Klagen doch. Sie folgten dem zum Winseln schwindenden Geräusch wie hingezogen. Während ihres Gangs die Gasse hinunter verkam die Glut in der Hand zu Asche. Auf der niederbrennenden Kerze verstreute die zunehmend verendende Flamme ihr sterbendes Licht nicht mehr schummrig, warm und weich im Abstand der Fassaden. Im Gegenteil brachte das darbende Feuer die enger werdende Gasse entlang die Halbsäulen am Gemäuer, die Gesimse unter den Erdgeschossfenstern, die Gitter vor Souterrainscheiben, die im Winkel zwischen Kellerstiege und Brandschutztür hockenden Gobelins immer härter, klarer, kälter zum Vorschein. Am Eck zur Sonnenfelsgasse verstummte das Schluchzen, erlosch die Flamme, tropfte Wachs, fiel Asche, ging der Schritt ein. An der Mauerkante kauerte der Oberkellner, den steinernen Wichten, Kobolden oder Embryonen beiderseits zum Verkennen gleich, die ehemals aufgeschlitzten Unterarme vors Gesicht gehalten, die Finger ineinandergefaltet, die Handflächen auf dem Schädel. An Marlenes Ferse schliff eine Bewegung entlang, und als sie sich umdrehte, wand sich bereits über die ganze Kreuzung in Schneckenhausform geringelt der netzartig gemusterte Leib, weitete sich Kringel für Kringel den Schweif die kopfsteinerne Schönlaterngasse heraufziehend aus, reckte den Schädel wie dem Körbchen entstiegen himmelhöher, den Knick im Genick, ein gleich niederschießender Adler. Wie eine Mähne umschloss den Kopf eine Halskrause und der sich langsam wie still öffnende Schlund, die wiederum leise zuschlagenden Kiefer zeigten blitzende Reißzähne. Den engen Nüstern entströmte ein faulsüßlicher Geruch, und darüber gaben geschlitzte Augen hypnotische Hingucker ab, Marlene durchschauend, als stünde sie im Weg, über ihren Spann sneakend die schnürsenkelbreit schrumpfende Schwanzspitze, sie durchschauernd. Es schreit aus ihr. Als die gespaltene Zunge vorschnellt, hört sie ihn.

Ich bin da, auch wenn du dich umdrehst und schreist.

Die Zunge verschwand im elendsfinsteren Rachen nächtlicher Gassen.

Hey, Marlene, ich bin doch da.

Ich sags nur ungern, Marlene, aber er ist auch noch da.

Hey Marlene, verdammt, jetzt reiß dich mal zusammen, was ist los?

Ich sags auch nur ungern, ich bin noch da. Aber schließt ruhig die Augen und ruft um Hilfe wie altkluge Kinder und kinderkranke Greise.

An der Hüfte berührte sie der Zwilling.

Hier sind meine Hände.

Neben ihrem Gesicht wedelte Marlene damit.

Gib mal die Zigaretten.

Aus der Hocke schaute der Oberkellner herauf. Durch das verquollene Gesicht arbeitete sich ein Zittern. Rotgeränderte Pupillen zeugten vom geschauten Schreck. Das blinzelnde Auge erzeugte ein Pochen im Lid. Die Wangen krampften, Mundwinkel bebten, Poren zuckten, Lippen bibberten, die Zunge stieß an Zähne. Es sei sein letzter Tag heute.

Warum?

Der Ex-Kellner streckte seine Arme Rückhand voran zum Kopfsteinpflaster. Zwischen den Fingern hielt er ein BIC-Feuerzeug. Sein Daumen lag auf dem Feuerstein. Er rotierte. Und das sei ihm auch noch ausgegangen. Der gnädige Herr strich mit seiner Schuhsohle über den Straßenbelag. An die Stirn eines Steins legte er die Budapesterspitze. Langsam kippte er im Hoch des Beins, aus dem Kniewinkel, den Schenkel hebend den Kopfstein aus dem Pflaster. Denunziert, was denn sonst, habe ihn die neue Kellnerin. In das Loch schnippte Vik den Zigarettenstummel. Jahrelang habe der Ex-Oberkellner die Narben unter den Hemdsärmeln versteckt. Marlene ließ ihre Tschick ebenso in das Loch im Pflaster hineinfallen. Aber der Lokalboss habe es irgendwie spitzgekriegt. Der gnädige Herr kniete sich zum verzweifelten Knecht hin. Ohne Referenz bekomme er in Wien nie wieder einen solchen Posten. Wortlos schloss sich die Hand des gnädigen Herrn am Gürtel der erschlafften Bedienung. Die Neue hätte ihn einfach so verpfiffen und noch Spaß daran gehabt. Ohne Gegenwehr wurde dem Gefeuerten das Portemonnaie abgenommen. Er sei schon einmal langzeitarbeitslos gewesen. Es klickte wieder auf, öffnete sich wie eine Muschel, eine Benson & Hedges fiel ab und hinein. Den Depressionen sei er jetzt auch wieder ausgeliefert. Der gnädige Herr zog ihm die goldgefassten Smaragde aus den Ärmelaufschlägen. Er habe doch Kinder. Die Manschettenknöpfe klackten an den Münzen. Leider keine Perle, mein Freund. Aber dafür das Trinkgeld der Neuen. Sei besser ein bisschen dankbar. Seine arme Frau. Der gnädige Herr streifte ihm abschließend die Ärmel runter.

Ja, du bist gefickt. Und nun?

Verschlossen reichte der gnädige Herr dem Ex-Oberkellner das prall gefüllte Portemonnaie. Der Kellner wog es in seinen Händen.

Ich hau mich über die Häuser. Werd mich irgendwie durch die Nacht schlagen, bis die Glocken läuten und die Kaffeehäuser aufschließen. Dann hau ich mir Krenfleisch rein zum Frühstück. Nur das Leiberl muss sauber bleiben, weil den Anzug versetz ich beim Kostümverleih. Pudelnackert dreh ich mich heim. Das Geldtascherl leg ich in meinen eigenen Postkasten. Den Schlüssel nehm ich mit zur Brucken. Hat ma ja g'sehn, dass ma niemand mehr trauen kann. Ich rauche noch die letzte Zigarette und leg noch mal die alte Platte auf. Knef, kennt ihr Jungen nicht mehr, nein? Geh, habts noch eine?

Marlene dachte an die Tischplatte, von der Elena den Zwickel griff. Der gnädige Herr hingegen schwang das Tanzbein und mit der Sohle den Stein zurück in das Loch. Ihr war, als ob Rauch emporstieg in schon sonderbarer Form, die vier grauen Outlines einer Visitenkarte, ja, waren im Blickfeld, schnell hineingedreht, Marlene hingehalten, hemdsärmelig, Manschetten blitzten smaragdgeschliffen, Finger in Unschuldshandschuhen, Kuppen an den scharfen, kartonierten Kanten.

Danke, dass ihr eh gleich runter seid. Hätt ich euch vertreiben müssen sonst. Die Nachbarn sind da ein bisschen haklig. Aber die soll ich euch bringen. Sie meint, ihr braucht sie noch. Hörts gar nicht auf ihn. Er ist ja dienstalt. Da brennt sich der Chef aus. Soll seine Gschrappen allein durchfuttern. Und jetzt verschwind! Sonst rauchma vorne eine. Wegelagerei ist das. Na sperrns dich ein.

Marlene nahm die Visitenkarte, ließ ihre Fingerkuppe daran entlang- und darübergleiten, spürte sowohl Prägung als auch einschneidende Seiten. Sollte wohl besser nicht in falsche Hände geraten, zumal die Kontaktdaten einer Scheidungsanwältin von ihr aufzulesen waren. In ihrer schwarzweißen Kluft zerstückelte das Dunkel die Kellnerin, die darin genauso schnell verschwand, wie sie daraus aufgetaucht war.

Vielleicht sollten wir heimgehen. Ein schöner Kerzenständer, echt.

Marlene senkte ihre Nase an das letzte Wachs und verzog das Gesicht.

Zum Dahinschmelzen, nicht wahr. Siehst du das Haus am Eck da unten?

Von daher erklang ein Quietschen, schob und drängte sich nun durch die Schönlaterngasse herauf. Da habe man im Mittelalter halt hinter der Kellertür eine Unke gefunden. Das Geräusch wurde immer quälender, abgehackter, unterbrochen in kurzer Frequenz. Die hat so derartig zum Himmel gestunken, die abenteuerlustigen Leute haben gleich den Basilisken erfunden mit dem giftmischerischen Atem. Weil die Schubkarre einen Platten und das Pflaster Kanten hatte, hoppelte und sprang sie mehr, als dass sie rollte vor dem backenplusternden, dahinpolternden Bäckersjungen. Jedoch war die Vermutung, es bilde sich nur Schwefelgas am Brunnengrund, auch ein bisschen naheliegend.

Natürlich mochten alle Märchenmacher die Geschichte mit dem Monster lieber als die mit dem verderbten Quell. Es kam dann aber doch raus.

Marlene zwickte den Docht zwischen ihren Nägeln ab, während das elendiglich dreckige Kind auf die beiden zuhielt. Auf dem Kopf saß ihm ganz schief die Zunftmütze. Es schien sie gleich zu verlieren.

Geheimnis gelüftet. Der gute alte Verlobungsbrunnen gleich da oben. Ecke Judengasse, wo der Hohepriester Maria und Josef getraut hat.

In der Scheibtruhe sprangen, ruckelten und werkelten haufenweise aufgeschnittene Semmeln dahin, als wollten sich die Weißbrothälften trennen wie Kiefer. Je eine Zehe war dem kaiserlichen Ringgebäck bereits entrissen, golden paniert und angebissen die Schnitzelzunge dazwischen. Sie verwandelte sich zu braunem Abfall mit jedem Schritt des Bäckerburschen, der seine Schiebermütze inzwischen geballt in der Hand beutelte, zu Boden schleuderte sowie zum Himmel erhob, sie alsbald in die Hose steckte, die Faust immer noch geschlossen und geschüttelt zum stummen Protest im Sack, dass es milchig staubte aus dem Stoff, sodass Marlene glaubte, das weiße Bäckersgewand habe bloß schwarz und schmutzig ausgesehen der mauen Beleuchtung wegen. Und der seiner Wege ziehende Junge pfiff jetzt sogar ein heiteres Lied.

Herr Adler, ich glaubs ja nicht. Wiener, die lieber von Schlangen und Helden erzählen als von vergifteten Brunnen Ecke Judengasse?

Diskutierend schlenderten sie die Schönlaterngasse zurück, um weder das Brötchenbäckerchen noch den Gefeuerten länger zu behelligen.

Täusch dich mal besser nicht. Zum Schluss kommt der Traumprinz dann doch. Das Gemäuer da hinten heißt auch Josefsbrunnen. Damit ist der Traumdeuter gemeint. Die wussten schon, dass magere Zeiten kommen. Und der kleine Junge schmeißt jetzt das Weißbrot hinein. Die Schlange wird das goldene Fleisch der fetten Kälber horten. Es nährt den Basilisken über die nächsten Jahre. Und kommt die Not, prügelt ihn der nunmehrige Gesellenbub eben tot. Er wird zum Schatzmeister. Mit dem Fett des Kadavers kann er die Leute dann speisen. Er wird heiraten, sehr bürgerlich und glücklich werden. Hier glaubt man an die Dreieinigkeit aus Altem Testament, Traumdeutung und Sparbuch.

In der Alten Schmiede brannte noch Licht. Durch die ebenerdigen Fenster sahen die beiden eine Gestalt in Oversize-Klamotten Brösel und Flyer von den rampenlangen Tischen wischen. Dahinter erheiterten sich junge Leute im kleinen Dreieck am Wein. Sie stürzten das Nippen in sich rein hohler Kreuze und gereckter Schnäbel. Dann fielen die Brösel in den Müllschlucker, das Licht ging aus, sie kamen heraus.

Er wird bloß hinterrücks erstochen. Ist immer die gleiche Story. Wer für den Schatz tötet, wird wegen des Schatzes getötet. Gut so.

Die aufgehaltene Tür, an der es blitzte, als sich der Teenie in Latzhose und Pullover eine Zigarette entfachte, war tapeziert wie eine Litfaßsäule. Das aktuelle Plakat zeigte unterbrochen vom Austreten der kleinen Gesellschaft eine lange vergangene Schnitzler-Retrospektive unter dem Titel *Erkundung des Inneren* an. Dann schloss der junge Mann im Kreis die Tür zu und steckte den Schlüssel ein.

Brunnen voll Drachenfett, die Bäckerskappe, Schwingen des Schwerts. Gesalbt, gekrönt, geflügelt. Dafür kannst du dich nicht erwärmen?

Eine Frau trug eine halbvolle Flasche, eine Pluderhose und Parka, zudem die schluckweise geränderten Gläser, zuunterst Weinstein.

Täuschen, Schlagen und Schlachten. Was anderes können Helden nicht.

Ihnen voran schritt eine Frau in Abendgarderobe, die schnellstens gewandt die Gartenstühle am Tisch vor dem Basilisken aufstellte.

Gut gebrüllt, Löwe. Film ab. Schau dir mal diese Neuankömmlinge an.

Elena stob aus der Tür in Schwarzweiß, Speisekarten im Arm, die sie dankend und lächelnd ausschlugen, kein bisschen verlegen, wie ein unverfängliches Angebot. Zwischen ihren Zähnen hingen noch die Fleischfetzen. Das war beim Reden zu sehen. Golden ereiferten sie sich über Neuerscheinungen und Debüts. Elena wiegte die grünen Einbände fassungslos hin und her, spannte den Bizeps an und ab. Marlene gab ihr eine Zigarette, die sich Elena in den Mund steckte.

Hab das in den falschen Hals gekriegt. Sorry, fang grad erst an, ja?

Marlene griff die Schachtel Streichhölzer vom Tisch der Kundschaft aus der Alten Schmiede, riss einen Schwefelkopf an, entfachte Elena hinter vorgehaltener Hand die B & H, sodass alle sieben abwechselnd tranken, zogen, sprachen, hörten, anfeuerten, klatschten, lachten.

Schon komisch, ihr habt Damenumkleiden und Herrengarderoben, oder? Habe ich vorhin im Keller gesehen, als ich auf der Toilette war.

Elena nickte kurz, und ohne Umschweife gingen sie diesmal zu dritt in den Basilisken hinein, wo der Mann im Smoking das Monokel auf den Tisch drosch und sich mit Wahnsinn in den Augen vor der Kellnerin aufbaute. Die Frau nahm ihre Faultiermütze ab, schlug die Lider nieder, hielt den Pelz unter gekreuzten Händen im Schoß und sah urplötzlich steinalt aus. Marlene brauchte nur den Kopf verlegen und gewitzt schauend schräg zu halten, und schon war es, als läge die alte Dame gefurchter Stirn, sehniger Finger, ausgezehrten Gesichts und taubenblauer Lippen im Sarg. An ihrem Grab zu rauchen, die Hand ihres Gegenübers zu halten, die vom Trauzeugen ausgeschenkte pinke MDMA-Bowle knallen zu spüren in Bauch und Kopf und ihr die zu einem schwefeltürkisen Blumenstrauß verwandelte Visitenkarte nachzuwerfen, hatte wenig Abwegiges, fand Marlene, während der Restaurantkritiker, Ladeninhaber, Pachtbeamte,

Kunstsammler, Klient, Mann, wie auch immer, ausbrach in Wut, Rage und Eifer, der Bedienung mit dem alldieweil beschriebenen Blatt vor dem Gesicht herumfuchtelte.

Wissen Sie überhaupt, wer ich bin. Wissen Sie überhaupt, wer ich bin. Wissen Sie überhaupt, wer ich bin. Wissen Sie überhaupt, wer ich bin. Mit wem Sie hier so umspringen, wissen Sie überhaupt nicht?

Im Ausholen, im Umschwung, im Hochfahren der Hände während dieser hemdsärmeligen Tirade schlug er Elena, die gerade den ersten Teller auf dem Tisch abstellte, so volle Kanne und Breitseite gegen die Unterseite des schon abgehobenen, fliegenden und den Spiegel zerschmetternden Tabletts, dass die Schokoladensauce vom gebrochenen Glas tropfte wie aus dem bewährten Rachen des blutigsten Raffzahns. Gebrochen und zu frenetischen Fratzen verzogen reflektierte die Oberfläche die Gesichter des alten und des jungen Mannes, der alten und der jungen Frau, der ihnen nahestehenden und hinterrücks erstarrenden Kellnerinnen. Einige Splitter waren herausgebrochen, zerspringend zu Boden gefallen, sodass im anhaltenden Widerhall des Klirrens ein Auge des Mannes im Smoking fehlte. Ein Spalt zerriss der verblüfften Frau die Lippenkontur, in harmlose Leere stürzte der Faultierfinger, unverwundet war die Zwillingsstirn mit einem Mal, Marlenes Nase hatte keine Flügel mehr und Elenas Wangen wirkten noch hohler als sonst. Krächzend zogen sich die Risse weiter durchs Glas, spreizten sich auf zu spinnwebartigen Fadenkreuzen, während die Schlagoberstupfen daran wie Stuck erstarrten und der Schokoladenguss seine Bahnen verzweigte, zwischen neu entstehenden Rillen abwärtsfloss, in gespreizten Winkeln dahinrann, die Abbilder besudelte, sich scharfe Kanten entlangtastete, an den Spitzen der Splitter sammelte, die noch wackelten, unter dem Gewicht der Tropfen aus dem Rahmen fielen, den Spiegelungen Zähne, Nägel, Haare, Poren und Hautpartien entrissen oder vom Aufprall zwar zitterten, aber hielten, schon durchkreuzt. Neue Brüche sprangen vor, rangen der glatten Fläche eine schroffe Tektonik ab, reflektierten einander gespalten. So viel zerstückelter Klang und kreischende Bewegung war im Glas, dass die Kellnerinnen im Speisesaal unrhythmisch zuckten und ruckartig tanzten, wie Projektionen an den Wänden flimmerten hinterrücks. Den Zwilling erfasste Schnappatmung, und sein Brustkasten zitterte, indes der Pelzliebhaberin Frakturen ins Gesicht fuhren wie warmherziges Chirurgenbesteck und dem Haudegen von eben die gläsernen Kristalle wie die Finger grober Osteopathen sämtliche Körperränder verrissen und Gelenke auskugelten. Bloß Elenas Grinsen schien im Spiegel recht in Licht und Szene gesetzt. Der echauffierte Kapazunder wandte sich ihr genauso zu wie Marlene, die der Zwilling nun ins Auge fasste. Als alle Blicke von der verunstaltenden Spiegelfläche abgezogen waren, als glitten sie davon ab, knackste ein Riss fein wie ein schwarzes Witwenbein in ein Viereck unversehrten Glases, teilte es in zwei Dreiecke, durchmaß es diagonal, und das ganze Gebilde sprang. Als schluckte der Rahmen eine Dimension, standen sie beisammen ohne Tiefe, begriffen ihre triefenden Kleidungsstücke, sahen die Splitter durchsichtig am Boden und auf ihren Schuhen liegen, waren nun alle auf einer Höhe. Elena lachte lauthals heraus, und Marlene hob eine Scherbe auf, der weder Schlagobers noch Schokolade anhafteten. Schäumend vor Wut warf der schwarzweiße Mann sein Blatt Papier in die Luft. Die Rückseite zeigend segelte es zu Boden. Die zweidimensionale Karikatur von einem der Brüder war zu sehen. Während die Gäste platt weiteraßen, war das trinkgeldbeworfene Personal sowohl Publikum als auch Darstellung. Es stand auf derselben Linie wie die blamablen Gäste.

Okay, scheiß drauf.

Elena wandte sich mit diesen Worten ab, gewann Fassung und bewahrte Contenance. Der Zwilling sah als Erster, dass sie ihren Arm ausstreckte. Marlene bemerkte, wie Elenas Hand weder zum Glas noch zur Tasse ging. Auch am serviettenumwickelten Besteck hielt sie nicht inne. Und als ihre Finger den Tellerrand erreichten, sprangen auch die Griffel von Viktor und Marlene herbei. Die drei rissen sich um die bereits servierten Palatschinken, dass sie sogleich in unzählige Fetzen geteilt waren. Kaum nahm Elena den butterbraun gebrutzelten Rand, schnappte Vik das ihm am nächsten liegende Fitzelchen. Marlene langte dazwischen und grub in den Eierkuchen ihre Nägel hinein. Sie entriss der Speise einen dottergelben Streifen, den Elena am anderen Ende zu greifen vermochte. Sie zog so hemdsärmelig daran, dass ihr Handschuh unkontrolliert zurückschnellte, die Überraschung über den Fang ihr erstaunt die Faust öffnete und der erste Schnitz Palatschinken in hohem Bogen durch den Rückraum flog, landete, wo eine verblüffte Bedienung den Mund aufmachte. Zwischen Marlenes Daumen und Zeigefinger blieb nur ein bisschen Teig, den sie sofort wegschnipste in Richtung des Alten. Bloß der Zwilling sah, wie der Batzen an seiner Wange vorbeischnellte, hatte Marlene doch schon wieder beide Hände voll Palatschinken, den Elena andererseits ergriff. Und der dritte freute sich und bohrte seine Griffel hinein in die weiche Masse wie assyrische Keilzeichner. Einer Kohorte größerer Vögel gleich hackten sie in die Essensreste hinein und noch kleinere Überbleibsel heraus. Streifen verwandelten sich in Striche, Stücke schrumpften zu Schnitzen und Fetzen wurden Fitzelchen. Bloß die Oberfläche wuchs und wuchs, wurde Mal um Mal, mit jedem Ergreifen, Entreißen, Herbeizerren, Zerreißen und Teilen über den Tellerboden gezogen. Das Häcksel soff sich voll mit der Schokoladensauce, die sich wie Taubenkot längs der Flugbahnen verteilte, als nichts mehr zu zerkleinern war, auf den Boden des Lokals, die Theke, die Tischplatten, die Teller, die Speisen, auf die Revers der Zeigefinger hebenden Herrschaften und die Pelzmanschetten der gabeldrohenden Damen, im schwankenden Wein und an den Gläsern, den heilgebliebenen Spiegeln, den Craft-Scotch-Botteln und den Connaisseur-Cognac-Flaschen, den Schwenkern, Whiskeygläsern, Achterln und Vierterln. Es spritzte auf Viskosehemden, Leinenanzüge, Seidenblusen, Wollkleider und Pelzmäntel, und das Palatschinkenkonfetti landete in lüsternen Rachen, auf entrüsteten Brüsten und mitten im

Auge des Mannes im Smoking. Schreiend langte und schlug er nach seinem Monokel, das unter dem despektierlichen Blick der Frau im Pelz eyebrow-up und seiner tollpatschenden Hand zerbarst. Schwarz spritzte es auf den Tisch, auf sein Einstecktuch, auf seine Revers, als er versuchte, mit der Zunge die Scherben zu erfühlen, sich die Splitter mit den Zähnen zu ziehen, sich den Wundstarrkrampfkeim samt dem Eiter aus den fleischigen Wurstfingern zu saugen, und es war Blut kaum von der Schokosauce zu unterscheiden. Angewidert stand die Scheidungsanwältin auf, und der Mann mit der schmutzigen Hand tastete blind um sich. Er strich ihr den Pelzmantel im Vorbeigehen von oben bis unten, kreuz und quer voll, bekam die Kralle des Babyfaultiers zu fassen, und klammergriffig zockelte der Zampano hinter der Primadonna her aus dem Lokal, immer auf Tuchfühlung mit ihr, in ihrem Schatten, mit der anderen Hand wild nach allen Seiten ausschlagend, die Faust ballend und aus dem Ellenbogen stoßend, als wollte er seine Widersacher zumindest noch boxen. Wer, wer, wer, wer ihm das angetan habe? Aber die anderen Gäste blieben ob dieses Debakels, seinen Abgang beäugend, stoisch, bewahrten Haltung, tranken aus, aßen auf, verabschiedeten sich von ihren Tischnachbarn witzelnd, morgen gebe es besseres Wetter, ja, dass Menasse gar geschrieben habe, in Österreich gebe es keine anderen Themen als Wetter und Essen, doch es gebe ja, was Menasse sagte, ein Punschkrapferl, und unter dem Schlaraffenlandniederschlag rückten sie geordnet wie andernorts bei Terrordrohung gen Garderobe auf. Sie schwankten nur kurz wie das türkise Wasser in einer emaillierten Badewanne, rafften ihre Brieftaschen, Schlüssel, Überwürfe, Hüte, Gemüter und Fächer zusammen, tuschelten im Abgang auf allen Frequenzen wie das weiße Rauschen von Wellenköpfen über die hiesige Lokalszene, dieses Szenelokal, seine Leuchtturm-Events, ihren Lokalaugenschein, vielleicht auch nur Augenauswischerei, die Whiskeyabgangsperformance auf gustiösen Zungen zum Thema erhoben, man schmisse hier mit Gold. Als Elena den letzten Schnipsel Palatschinken durch den Basilisken ballerte, flüsterte ihr Marlene zu, es gebe morgen Fritattensuppe.

Bei dir oder bei mir oder bei ihm?

Jammertal

Eben erst dem Dorf entflohen wussten die Zwillinge schon, dass sie Korrekturerfahrungen machen mussten. Immerhin, wer will denn die halbe Ewigkeit, eine ganze Teenagerzeit, die universitären zwanziger Jahre verbringen in wiedererzähltem Herkunftsherzeleid. Von ihrem Umzug an dauerte es kaum einen Augenblick, hätte man die Zwillinge im Nachhinein gefragt, bis die gymnasiale Dekade verstrichen war. Der Heeresersatzdienst, wie man damals noch sagte in Good Old Austria, landläufig auch Zivi genannt, von Vik und Nik stets als OSD bezeichnet, Oktroyiertes Soziales Dreivierteljahr, währte einen Lidschlag. Nach Matura, Sommer und Arbeit taten sich bis Vorlesungsstart vor den Brüdern zwei weitere hitzige Monate voller Korrekturerfahrungen wie die verzierten Türen ihrer beiden mutterseelenverlassenen Buden in selbstgewählten Grätzeln auf.

Während der ersten Sommerwochen besuchten Vik und Nik nahezu ununterbrochen in den inneren Bezirken Wiens Wirtsstuben, wo sich schöne Menschen suchten. Statt immer voll Misstrauen im Winkel sitzender Augen schauten und sprachen den Zwillingen lauter staunende Münder entgegen. Und war die Verwunderung erst mal hinuntergespült, die Verblüffung etwas vom Grünen Veltliner getrübt, wurden schon gänzlich brüderliche Gespräche unverwandt am Tisch geführt. Nichts vom Wegzug der Jugend, stattdessen ein dreitagebärtiger Jüngling, der einen grässlichen Unfall, wie er erzählte, allein auf weiter Fahrbahn gebaut, so auch selbstverschuldet, aber unbeschadet überstanden habe, eine unüblich weise Mutter, die ihrem Hänfling unbotmäßig gleich am Folgetag den Schlüssel für den zweiten Wagen gab, ja, Hauptsache überlebt, und keine Chance dem Trauma.

In den Außenbezirken frequentierten Vik und Nik die Schlachthausgasse, wo sich alte Backsteinfabriken erhoben und den Arbeitslosen, Wohnungslosen, Drogenhalbtoten nahrhafte Suppen ausgeschenkt wurden von Ehrenamtlichen in loderroten Gewändern mit unschuldslammweißen Kreuzen drauf statt der almosenverteilenden Nachbarn in ihren Lodenmänteln, bevor abends der Punk die Bühnen besiedelte, Bandleader, die den vormittäglichen Gästen zum Verwechseln ähnelten, Publikum, hochgehaltene und geschwenkte Feuerzeuge. Heim stromerten die Zwillinge den Kanal entlang, hielten an der Friedensbrücke inne trotz freier Fahrbahn in pastellartigem Sonnenaufgangslicht und den blättertreibenden Windfarben, bis die Ampeln schalteten und vor schwarzem Hintergrund die beiden aus neongrünen Streifen zusammengesetzten, repräsentativen Männer erschienen, die einander an den fluoreszierenden Händen hielten unter einem flimmernden Comicherz.

Bei solch einem Heimschleichgang habe Nik vom Bruder schon verlassen auch den Weinviertler Weinbauern getroffen, wie er Marlene erzählte. Dass er den alten Ganoven einarmig kennengelernt habe. Dass er ihn kurz begrüßt und sich neben ihn an den Automaten gesetzt habe. Dass der Bandit gleich drei Achterl gezeigt habe. Dass er sauber ausgespuckt habe. Dass der Weinbauer auf Niks Oberschenkel gehauen habe. Den ganzen Abend gamble man, er krabble daher, dass es rassle, na servas. Dass es ein sogenannter Naschmarktklassiker war, wo die Kaschemmen nach der Sperrstunde offen hatten in der guten alten Zeit. Als die Magistrate das kleine Glücksspiel noch erlaubten. Ein, zwei Maschinen im Beisl, das tue ja niemandem weh, am wenigsten dem Wirt, der die Marie mit den Einarmigen mache statt mit den frühpensionierten, hundelebenslaufbahninvaliden, schnapsnäselnden Knackern, die bis Sonnenaufgang vor ihrem letzten Glaserl Absacker dahinzitterten. Irgendwann sei dann letzte Runde und Sperrstund gewesen, aber für immer, und der Weinbauer und Niklas gingen frühstücken, sein Glück. Denn der Kapazunder erzählte weiter, dass er geschäftlich auf

Tour sei. Dass sein Metier abseits der Saison aus Hotelaufenthalten bestehe. Dass man die neuen Trauben ein Neichtl allein lassen könne, bis man zurückmüsse, die Schnecken abklauben. Dass er die Vorjahresernte seiner Berge anderswo gegen die Nächtigungen tausche. Dort fahre er tagsüber die ortsansässige Kundschaft besuchen und starte abends schon wieder mit der Akquise. Er schriebe die Nummern auf, die jene anrainerische Hotelkundschaft hinterlasse, die außerordentlichen Wein bestellten zum Mittagstisch. Und sie hinterließen alle ihre Nummern, das könne Nik schon glauben. Dann fahre der Weinbauer weiter ins nächste Kaff, würde sie, damit sie seine Lieferung auch würdigten, ein bisschen zappeln lassen und erst auf dem Rückweg abklappern. So wachse mit jeder Reise durch Österreich der erlauchte Kreis um den Weinbauern wie auch sein Umsatz, nicht aber die Stückzahl an Flaschen, bloß der Preis pro Tropfen. Er habe es sich zur Regel gemacht, aus seinen Reben nicht das meiste, sondern das Beste herauszuholen. Es nütze nichts, Ackerfläche dazuzukaufen, denn sobald seine Weinberge zu weitflächig würden, sie alleine zu bestellen, jede Schnecke einzeln händisch abzukrageln, jede Rebe einzeln das Staberl raufzuwinden, jedes verfaulte Pflanzerl einzeln auszureißen mit Strunk und Stiel, ja, sobald das nicht mehr gehe, müsse er erst recht wieder dieses Gift einsetzen, das seine Nachbarsnachbarn übern Acker spraderten, dass eh glei da Knochenschädel aufsteigt, meine Herren, habe er ein Glück mit der Nachbarschaft, die wie ein Burgring um seinen Weinberg und Seelenfrieden liege, als wär es die Balkanpufferzone vor Altwien, weitflächig genug, dass dem Sturm die Luft ausgeht, bevor ers Gift rüberweht. Den windgebeutelten Nachbarn helfe er dafür beim Lesen, beim Dachdecken, beim Wetterfestmachen vor Hagelschlag und sie ihm beim Säen mit der bloßen Hand, wo eine die andere wasche, ausm Hanfsack die Körner verstreut. So entwickle sich auch ein kleiner helfershelferischer Kreislauf von Gefälligkeiten in der winzigen Gemeinde im Weinviertel, ob er ihn eh einlade aufs Frühstück gegen ein Flascherl? Und da war es um Niklas schon geschehen und um Marlene auch, die ihn unbedingt zum Abschluss ihres Balkanroadtrips besuchen müssten. Da führen sie dann auf dem Traktoranhänger durch die Weinberg, dass ihr Haar nur so hinterherfliege und Niklas Schluckauf kriege vom Aufstoß der Ackerfurchen und dem Lambrusco, strenggenommen Schaumwein, den sie als Wegzehrziehwegtrunk dabeihätten wie in der Emilia-Romagna. Und dann bestellten sie den Veltliner des Bauern aufs Haus und von der Karte in einem unscheinbaren Lokal an einem beschaulichen Baggersee, wo sie bald lallend die Vokale dehnten und die Konsonanten dämpften, wenn sie den Kellner nachäfften, Bieohdob, während sich der Weinbauer die Spaghetti Frutti die Lake schnitte, in deren dreckfarbiger Sauce von Jauchekonsistenz sich erdige Egelfilets, derbe Karpfenteile, deftige Schratzen im Ganzen, fettige Welsbäckchen und blutige Hechtflossen verbargen, zu groß, sie um die Zinken zu wickeln. Hingegen um den resedafarbenen Traktor würden sich bereits die Jünger ringen bei ihrer Rückkehr aus dem Resti, und der Weinbauer schenkte dem ihm entgegentretenden Mann in seine Filzhutkrempe Veltliner aus einem hervorgezauberten Probierfläschchen, von dem der Mann ganz eifrig tränke, um mit seinen Schlabbergeräuschen dem Schotterparkplatz die Wüstenei, den Staub und die Schattenlosigkeit auszutreiben, während den Weinbauern, Marlenen und Nik allerhand aus allen Winkeln des Weinviertels auf Wanderschaft wegen dieses allenthalben bekannten Fischlokals gegangene Gestalten umringten, sie seien Flaschenangler, und sie küssten dem Weinbauern die von Sandalen gegürteten Füße, um zumindest das Gefühl auf den Lippen zu haben, die Maschine zu bedienen, diesen Motor hochzudrehen, mit diesem Oldtimer ins Feld zu ziehen, Gas zu geben. Sie würden den alten Haudegen beglückwünschen anlässlich jenes evergreenen Traktors wie andernorts Porschefahrer.

Nach diesen Schwärmereien und Versprechungen drehte Marlene auf einem Schotterparkplatz in der Mitte des folgenden Sommers den Wagenschlüssel um, zog ostentativ in Zweifel eine Augenbraue hoch, während sie den Blick ihres Boyfriends auf sich spürte, steckte sich eine Benson & Hedges mit dem Zigarettenanzünder an. Das Gefühl, wieder in Österreich zu sein, stellte sich nicht ein, weder beim Anblick dieser halb verfallenen Scheune an Nik vorbei noch in Anbetracht der ackerfugendurchfurchten Einöde hinter der Windschutzscheibe, geschweige denn, wenn Marlene fahrerseits durch den Zigarettennebel diesen aschfahlen Hügelrücken entlangschaute, der ihr vorkam, als hätten bucklige Dörfler infolge irgendeiner familiären Kalamität, eines Erbschaftsstreits vielleicht, die Gräber der Hofbewohner, von Kind und Kegel alle gleichzeitig ausgehoben. Das sei voll die Goldgrube, und in Niks Stimme lagen noch die Zigaretten, deren mit kyrillischen Schriftzeichen bedruckte Schachteln das Wageninnere vermüllten, und als Marlene das Licht anschaltete, glitzerte in seinen Wimpern noch getrocknetes Salz und in ihren Ohrmuscheln rauschten noch Wellen vor Korčula, die ihrer Form nach am Horizont dem Leithagebirge im Rückspiegel nahekamen, wogegen jener nahe der grünen Grenze vor Stunden passierte Steinadler mit gesprengter Kette, wuchtigem Hammer und Sichel auf seiner blaugeränderten Tafel noch so schäbig ankrächzen konnte. Keine Berge und kein Strom. Weder Ampeln noch Tanken, nichts dergleichen. Kein Carport oder sonst wie gesonderter Bereich, anzukommen und auszusteigen. Ohne Vorfahren oder anspringendes Licht standen sie von Müdigkeit durchfahren mitternachts auf diesem verschossenen Parkplatz, wo zwischen den Schottersteinen sicher noch die Patronen der letzten Hetzjagd glänzten. Hinter dem Hochstand irgendwo, der sich entfernt über der Ebene abzeichnete, musste Wien liegen, die einzige Stadt und das einzige Fleckchen Österreich, das Marlene ohne Berge am Horizont kannte, wiewohl sie die großkotzige Millionenmetropole für nichts weiter als ein größeres Dörfchen hielt. Eine Million, bilanzierte Nik immer, und Marlene quittierte, wie Millionenshow. Und nun seien sie, als läse Nik ihre Gedanken, im Niemandensland, was, und Marlene musste lachen. Los, wer zuerst den Drachen findet, und Marlene vermisste die blinkenden Flieger am Himmel und die rauschenden Autos am Gürtel und die fluchenden Passanten am Ring, weil wieder jemand nicht hielt, Fahrradfahrer, Fordtransporter, Motorroller, Monstertrucks, Rollerblader. So doll sie konnte, hupte Marlene. Niks todeserschrockenes Gesicht über dem Beifahrersitz war ein richtiger Hingucker. Und sie spürte, wie sie grinste, als dahinter eine grabkerzenkleine Lampe durch die Finsternis des Parkplatzes irrlichterte. Schnell kam die Leuchte näher mit wachsendem Schritt unter der haarigen Hand des Mannes, der den Gusseisengriff der Funzel umfasste, dessen Schädel schon über die Fensterscheibe hinausragte, und die Tür wurde aufgerissen. Ihr verschreckt noch das Wild. Marlene aschte heftig ab, sodass die Glut zum Gaspedal fiel, sie im Dunkeln saß. Oder die Jäger. Sie mochte die Vorstellung, wie dem Typen diese Antwort von finstrem Fahrersitz entgegenschlug. Du gefällst mir, Mädchen, so ists recht, nur nicht einschüchtern lassen. Von der kannst du dir eine Scheibe abschneiden. Bist ja komplett käsig vor Schreck. Er trat von der Kiste weg und ging langatmig über den Schotter, wandte sich um, und die Lampe bestrahlte sein kantiges Gesicht von unten wie in einem Gruselfilm. Na kommt. Als Marlene die Fahrertür öffnete und ins Schloss drosch, hörte sie einen Knall und wie ein massiver Körper zusammensackte auf Schotter, ein Schaben und Schieben. Dann stoben die paarhufigen Schritte nur so über den Parkplatz, bis sie im Rascheln und Knallen bleigesiebter Wiesen untergingen. Durch den Lichtkreis um den Gastgeber rauschte eine letzte, den Schein augenblicklich zurückwerfende Silhouette, preschte Geweih voran den Gewehrschüssen von Schotter umsprungen gen Straßengraben, tauchte in Stille ab. Nik griff Marlenes Hand. Sie habe die Hochstandsitzer allesamt um ihre Blattschüsse gebracht. Dann fasste er ihre Finger sanfter. Der Gastgeber aber leuchtete ihr blendend und die Lampe hebend ins Gesicht. Da müsst ihr schön früher aufstehen. Sie nahmen den erlegten Hirsch mit.

Sie schliefen auf Heuböden, lieferten Wein aus, pflanzten allenthalben Vogelscheuchen, tanzten auf Feuerwehrfesten, erwanderten Burgruinen, zechten bis Sonnenaufgang, lieferten Weinfässer, besichtigten Jagdschlösschen, schauten von Hügeln, traten barfuß Tau, lieferten Wein, gingen in Saunen, flanierten im Wald, suchten nach Schwammerl, fanden nur Rehe, tranken aus Quellen, sägten Hochstände an, fickten auf Wiesen, lieferten literweise Wein, kegelten Keulen weg, kletterten Felsen hoch, besuchten die Nitsch-Retrospektive, debattierten über Politik, lieferten Weinfässer aus, schleckten frischen Honig, schrieben in Gästebücher, vergaßen die Sinnsprüche, übertölpelten andere Trunkenbolde, erschreckten die Kuckucksuhr, kiebitzten beim Kartenspielen, zinkten die Würfel, teilten die Zeche, fielen in Betten, brachen in Eimer, lösten Aspirin auf, massierten den Weinbauern, lieferten Weinschläuche, tanzten ohne Feuerwehrfeste, leerten Wespenfallen aus, rauchten die Zigaretten auf, kauften kistenweise Wein und alles, was der Weinbauer sagte, war derart wahr und vom Rausch getrübt, dass Marlene es kaum glaubte.

Ja, gut, sein Bruder sei ein Trottel, der auf zeitgenössische, posttraumatische, therapeutische Betreuung spotte, stattdessen vom Psychohygieneachterl sprach, seit er im Forst vom Baum baumelnd den vermissten Feuerwehrler mit gerade mal achtzehn Jahren fand, der vom bedenkenlosen Kommandanten gerade mal drei Tage zuvor abbestellt worden sei zu einem Einsatz eines entgleisten Zuges wegen, guat, schneid't s'es raus, Burschen, guat, schneid't s'n runter. Ja, der jüngste Spross vom Grafen da unten am Landsitz habe nach Jahre währenden Händeln und Ränkeschmieden ums Vermächtnis bei so einer kleineren Familienzusammenkunft sämtliche Anwesenden am Anwesen übern Haufen g'schossen mit der Schrot in geistiger Umnachtung, dass es nur so g'spradert habe gegen die Ahnengalerie unterm Luster, und dabei völlig seine nicht aus den Südstaaten ang'reiste Schwester vergessen, die dann kam, unter Tränen aus der Krokoledertasche einen Stift zu schnappen und das Testament zu unterzeichnen beim Notar im Nachbarskaff. Und der komische Nachbar am Hügel oben, der wollt sich halt wichtigmachen, habe eine Zeit lang die Landschaft verschandelnden Wochenendhäuser der Wiener ausg'räumt, die G'wehr und die Munition g'fladdert und im Keller gebunkert, bis ihm am Straßenrand bei einer Routinekontrolle à la Planquadrat der Geduldsfaden g'rissn und dann so die Muff'n gangen sei, dass er die drei Kieberer gleich niederballert und Gummi geben habe, wobei einer von den Gendarmen leicht genug verletzt worden sei, einen Notruf abzusetzen mit dem letzten Atemzug, sodass die Cobra das Haus vom sonderbaren Nachbarn dann die ganze Nacht eingekreist habe, wo es auch ein eigenhändig erbautes Taj-Mahal-artiges Mausoleum für die früh an Krebs wegg'storbene Frau gab, das die Feuergefechte samt Granatenhagel unbeschadet überstanden habe, anders der Nachbar, der sich, dann doch aussichtslos verschanzt, weggeputzt habe. Aber das seien eben die Narrischen, hier ließe es sich schon aushalten, und der Weinbauer klopfte gegen die massiven Regale seines Lagerkellers, welches Flascherl als nächstes? Sie probierten Burgunder, Veltliner, Zweigelt, Riesling, Cuvée, Traminer, Blaufränkisch, Muskateller, St. Laurent, Müller-Thurgau, Pinot Noir, Merlot. Schädel bekämen sie nie, erzählte der Weinbauer, eine langjährige Kunde habe sogar eine seiner Flaschen ins Labor geschickt, wo ein alter Bekannter in nostalgischer Erinnerung an gemeinsame Taferlzeiten mit Kreide und Schiefer und Schulbankjahre mit Feitl und eing'ritzten Herzerln und Chemisaalunfällen mit Schwefel und kontaktlinsengebündeltem Licht kurzum, eine Probe entnommen und bestätigt, dass sich ausschließlich vergorene Traube sondieren ließ, als würde es allein dadurch schon wahr, dass er es sagte, und, mein Kind, wo kein Gift, da auch kein Kater. Der Hangover schlich erst wieder in Vienna durch Marlenes Schläfe jammergrauen Fells, hey yoh, Good Old Fella, und schlug zum Gruß seine ausgefahrenen Krallen von drinnen gegen ihre Schädeldecke wie ein Climber kurz vorm Absturz seinen Pickel an einer Schieferwand, die er dann kraft Gravitation abkratzte in Zeitlupe bis zum Talboden. Und selbst dann echote das elendigliche Geräusch wie Tafelkreide damals den ganzen Tag sich über die Häuser hauend. Ja voll eh. Auch Nik klang erledigt am Telefon. Zähneknirschen, Hitzewallungen, Schwindelanfälle und die grässliche Kraft jeder Mucksmäuschenstille, zu weichen einem blitzschnellen Kopfdonnergrollen. War schon schön diese Zeit am Land. Schöner als damals mit meinem Bruder. Ich freu mich auf den Herbst in Wien.

Rosen sahen Vik und Nik verblühen an Hecken, die nichts versteckten und sich über Arkadengänge formende Spaliere erstreckten in öffentlichen botanischen Anlagen namens Augarten, Schlosspark oder Steinhofgründe, die ihre schmiedeeisernen Eingangstorflügel den Passanten so weit öffneten, dass die Zwillinge gefühlt unendliche Momente dazwischen standen, sich bückten, blinzelten, um fundlos zu suchen, vergeblich zu versuchen, altweibersommerliche Lichtreflexe zu erhaschen an den quer des Wegs, versteckt wie ehedem der Stacheldraht am Gartenzaun, gespannten, transparenten Stolperschnüren. Rückwege verkürzten sich durch zweitstöckige Busse und uralte Straßenbahnen, und die paar Meter von der Station spuckten Wasserspeier mückenlarvenfreies Trinkwasser durch die Hitze über Viktor und Niklas, die in der Wohnung des jeweils anderen, je nach Ausflugsziel und Nähe, ihre nassen Shirts auswrangen, in die Waschmaschine warfen und einander die tropfenden Körper nach nicht aufspürbaren Zecken abtasteten. Ja, er glaube, Viks indigofarbiges Poloshirt hänge hier noch an der Kleiderstange, wobei, wo sei sein eigenes eigentlich. Das, sagte Vik am Telefon, glühe wohl noch in der Trocknertrommel vor sich hin, woraufhin Nik lachte und fragte, wo man sich treffe, den Austausch der Geiseln auszuhandeln, und Vik sagte, er wisse sehr genau, wo er ihn finde, begab sich wieder an jenen den Raum dominierenden Billardtisch, kreidete Nik schon mal die Queuespitze an, bestellte beim Ober zwei Kapuziner, entnahm dem Gestänge eine tagesaktuelle Zeitung mit pink getönten Seiten wie immer in diesem steinernen Erdgeschosssaal, wo es nur Kanapees und wenn schon eine Eckbank, so doch keinen Herrgottswinkel, geschweige denn beredte Stammtische gab, gar nicht zu sprechen von Barhockern, stattdessen Séparées, Vorhänge statt Scheiben, Spiegel statt Fensterkreuzen, Spiegelstadt Wien, Standard. Er solle sich mal nicht so haben, na klar habe er schon angestoßen. Mit dem Kapuziner prosteten sie sich kontaktlos zu, bevor Nik die weitflächig verteilten Kugeln auf dem elektrifizierten Filz durchzählte, respektvoll nickend feststellte, dass er sich eine aussuchen konnte, vielleicht die zweitbeste, grün gestreifte, eigentlich egal. Ohnehin lochte am Ende der Führende die fremden Kugeln ein. Sowieso bugsierte der andere die Acht in die falsche Tasche. Quid pro quo erklärten beide dem Ober, sie seien keineswegs zahlungspflichtig, woraufhin, na eh, eine Einlage folgte.

Herr Ober, ich habe die Kapuziner weder bestellt noch getrunken.

Diese Häferl stammen mit Sicherheit von den letzten Gästen her.

Auf meinem Zettel ist das anders vermerkt. Die Schrift lügt nicht.

Nur Geduld. Wir sind zwar zwei. Aber wer denkt da nicht an Dritte?

Wo man ja eh Abziehbild ist. Sie servierten die Getränke, nicht?

In diesem Hause wechseln die Kellner so wie die Zettel die Hände.

Und wie ists um Gäste wie Häferl bestellt, was meinen S', Herr Ober?

Eben eingetroffen und zur Partie gefordert waren die schon leer da.

Was zählt in diesem Haus, meine werten Herren, ist die Tischnummer.

Dieser Hund ist mir ein unbunter. Ich selbst kam gerade erst her.

Ich bin jetzt der falsche Fuffz'ger, a geh kumm, eben andersherum.

Die Herren werden nun das Porzellan zur Brust nehmen als Spucknapf.

Noch schöner wäre, gleich Fingerabdrücke von der Keramik zu ziehen.

Da klebt an dem Pappmaschee eh der Kussmund aller Jahre Kundschaft.

Ihr beide nehmt jetzt das leere Heferl und spuckt hinein. Den schuldigen Trinker werden wir erkennen am kapuzinerbraunen Schleim.

So orderten die rund um sitzenden Gäste belustigt weitere Getränke, deren Trinkgelder dem Kellner zwinkernd fahrengelassene Bruderschuld wie immer mehr als vergalten. Zum Abgang klatschten die alten Paare und die jungen Kunden sogar im Stehen und nicht zu vergessen die ausländischen Gäste so laut Applaus, dass der Ober die Ablenkung ausnutzte wie ein Zaubermeister und unerhörterweise in die beiden Tassen spuckte, um sie mit seinem Stofftaschentuch blank zu putzen, während das Zwillingspaar den Jubel backstage abging und durch die offenen Fenster den stampfenden Greisen lauschte sowie den auf zwei Fingern pfeifenden Teenies und dem, er wünsche ihnen die ewige Jugend, ausrufenden Kellner, ob Fluch oder Segen, empfangen und mitgenommen den Wunsch in die Stille ihrer nahe gelegenen Wohnung. Vik verbeugte sich zunächst, warf das Kostüm ab und legte sich mit rechtwinklig vom Körper weggestreckten Armen aufs Fischgrätparkett wie ein Gekreuzigter. Er krachte aus allen Fugen, schmiegte seinen apollinischen Torso an den Boden, streckte Extremitäten, Vernunft und Unfug, es sei der größtmögliche Raum, den ein zweidimensionaler Mensch einzunehmen vermochte, Landnahme sowie Landmarke. Tief versunken schüttelte Nik nach einigen Augenblicken den Kopf, stutzend über seinen Bruder gebeugt, legte sich von Kleidung befreit in gebührendem und feierlichem Abstand neben ihn, zwei Manneslängen in der Parallele, streckte ebenfalls die Arme ab und ergriff Viks Hand. Ihr T-à-T nannten sie diese sich immer wieder ins Spreizen der Beine lösende Formation. Schon nach wenigen Sekunden, unter dem Stuck an der Decke, selbst der Schmuck des Bodens, bewegten sie ihre Schenkel spiegelsymmetrisch aufeinander zu, sodass die Zehen sich verschwisterten und zwischen den zugeneigten Beinen und Flanken und Armen aus zwei Achseln, zwei Beckenknochen und einem zur Deckung gebrachten Spann das gefügte Fünfeck einer makroskopischen Fotoecke entstand oder besser darniederlag, das der neuen lebensgroßen Bilder harrte, warte, es bräuchte doch mindestens acht von uns für vier Fotoecken. Wir finden schon noch zwei und Spiegel. Deckungsgleich legte sich nun einer auf den anderen, der ihn wiederum mit Armen umfing. Sie würden jetzt nur noch diesen Schlitz zwischen einander schließen müssen. Er erinnere doch den glotzenden Herrenausstatter, den ersten Schneider, den die beiden jemals besuchten, der gar keiner war.

An der Kindergarderobe seines mit Anzügen ausstaffierten Ladens stand der Beutelschneider, maß den Zwilling mit dem abschätzigen Blick. Den Vater zu Grabe zu tragen, dachte der Herrenausstatter wohl, da werde sich die verbliebene Familie nicht lumpen lassen. Wiebke stand hinter den beiden und gab dem zweiten Knirps einen Schubs, er solle schon hingehen zu dem Herrn. Gerade bis zur Gürtelschnalle reichte der Junge damals dem Mann, der eine gestreifte Krawatte und ein kariertes Jackett trug. Die Beerdigungsmode sei dieses Jahr eher konservativ ausgefallen, schwarz oder anthrazit sei die Frage. Abseits der Kinderabteilung wuchsen aus dem Teppichboden verspiegelte Garderoben und gläserne Schaukästen. Auf ihren Oberflächen sah der Junge seinen Bruder kräftig und blass abgebildet in seiner zweifarbigen Montur. Über seinem Kopf zerschlitzte ein surrender Propeller die Luft und wirbelte die schwebenden Flusen im Raum herum. Draußen hinter der Schaufensterscheibe fuhren Autos, die einander erstaunlich glichen, auf der Suche nach einer freien Parkbucht Schritttempo. Hinter dem Herrenausstatter hingen die Anzüge nach Konfektionsgröße und Farbe sortiert an der Stange wie in Stirnreihe stehende Kinder. Überall roch es nach Mottenpulver. Der Junge hob die Arme. Der Mann nahm ein Jackett vom Kleiderbügel und half dem Kleinen hinein. Es lag seltsam eng an und lastete schwer auf seinen Schultern. Ruhig solle er sich etwas darin bewegen, den Oberkörper drehen, die Arme ausbreiten, ein paar Schritte machen. Es ginge vorerst um die richtige Größe. An seinem schmunzelnden Bruder vorbei tapste der Junge auf und ab in dem Laden zwischen wie Lianen von den Stangen baumelnden Krawatten, den erjagten Pinguinfamilien und den abgehackt sowie ausgeblutet blassen Händen in den Schaukästen. An jeder Ecke sprang sein wild grinsender Bruder durch die Spiegel, und das Propellersurren kam immer näher wie die auf Schädel niederfahrende Haarschneidemaschine eines Friseurs. Hinter dem Schaufenster tourte ein schwarzer Kombi schon zum dritten Mal die zwischen Wohnhausfassaden und verglasten Erdgeschossladenlokalen eingekeilten Fahrbahnen entlang, die in der Mitte eine Reihe kleiner Bäume und Sträucher voneinander schied. Elstern stibitzten im Rindenmull blitzende Kaugummipapiere und hoben Kronkorken vom Boden. Ein findiger Stadtrat habe die Vögel hier zusätzlich zur Straßenreinigung angesiedelt. Dummerweise schissen die jetzt im Abflug die Windschutzscheiben seiner Kundschaft zu. Aber keine Sorge, bei Geschäftsabschluss werde Wiebke gleichsam ein Gutschein für die Autowäsche ausgestellt. Ob er es möge, dabei im Wagen sitzen zu bleiben? Wenn das Fenster offen wäre, dann ja, da spare er sich das abendliche Bad, sah der Junge seinen Bruder im Spiegel antworten. Er verschränkte die Arme, betastete den Stoff an den Ellenbogen und meinte, das Jackett passe. Er sah schon, wie er sich durch Hemd, Schlips, Socken, Schuhe, Gürtel und Hose seinem Geschwisterkind anverwandelte. Alsbald aber watschelten die beiden nacheinander über den Zebrastreifen, und der Anblick zweier Schlitze im Rücken des vorangehenden Bruders ließ das hinterherzockelnde Kind innehalten. Auf der linken Brust des Jungen landete ein weißer Batzen, der zwar, wiewohl nach dem Auswaschen noch sichtbar, mit einem bleichen Einstecktuch kaschierbar war, nicht aber der Schlitz an seinem Steiß, und der schwarze Wagen bremste gerade noch rechtzeitig. Kannst du nicht aufpassen, du Drecksau. Wiebke hob die Hand, der Junge zuckte zusammen. Der Schlag fuhr nieder, und er duckte sich weg. Die Motorhaube schepperte. Wiebke bückte sich. Armer kleiner Piepmatz. Der Bruder grinste. Fast schiss er sich an vor Angst, als er an des Nachbarn Werkstück trat, das letzte, sah man ab vom Katafalk, dessen geschnitzter Zierrat an den Wölbungen und Falten des schwarzen Tuches abzulesen war, sah man ab von der Schaufel, die der ehemalige Handlanger und Sägewerksknecht mit drei in einem Handschuh steckenden Fingern umklammerte und tickend wie eine Pendeluhr vor Nervosität oder Tatendrang Blattspitze voran auf den steinernen Boden schlug, sah man ab von der Bahre draußen vor der Tür, die schon daran gemahnte, sich am Sarge etwas zu sputen, nicht alle Zeit der Welt zu lassen, man habe schließlich noch zu tun. Die Augen der kleinen Gemeinschaft ruhten derweil auf Wiebke, deren Gesicht in Ermangelung einer Frauenausstatterin in dieser Gegend und wegen des Überschusses an Brautmodegeschäften ein Witwenschleier verhängte, durch dessen Maschen sie ihre beiden Söhne kleinkariert musterte. Ihre Lider zuckten, und ihre Pupillen darunter sausten die Rauten ab, visierten mit stechendem Blick das Genick des ersten Jungen, der seelenruhig die Hand ausstreckte, den kaltsteifen Skalp und den gelstarren Haaransatz berührte, mit den Fingern gleich den durchdringenden Zinken eines Kammes zwar den schütteren Schopf frisierte, aber süffisant grinsend unter den Kuppen die schuppige Kopfhaut massierte, durch die Schädeldecke erloschen die Hirnhaut erspürte. Am Fuße der Kiste stand der andere Junge, schwitzte kalt aus allen Poren, schlotterte in allen Gelenken, wischte zittriger Hand mit dem eben noch bemäntelnden Einstecktuch von seinem Gesicht die Rinnsale ab, sobald sie die Stirn hinab und durch die Brauen von den Wimpern übersprangen auf die Wangen. Die anderen standen ja in seinem Rücken, würden den Fleck übersehen, ihm den Schweiß hoch anrechnen, solang er die Tropfen als Tränen tarnte, tunlichst betulich den Katafalk begrapschte, statt abgründiger Angst tiefe Trauer erahnen ließ, trickste, Wiebkes Stimme im Sinne, wenn das Kind drinnen liege im Holzpyjama am Leib das Nachthemd auf ewig, wird der feine Herr Adler in der Kapelle auch den geschissenen Anzug vertragen einen Tag, zurechtgemacht, Gezeter zu Ende, Kragenumklappen und Krawattenzug, Augen zu und durch, die noch, trotz geschlossener, fix festgepickter Lider, ziemlich glotzig ausschauten, die Augäpfel, gewölbt, hervorragend, der Bruder, fährt durchs Haar, schaut den Schopf an, Linsen wie Schlitze, zwei im Rücken, und das Brüllen, bedrohlich brodelnd im Unterleib und aufsteigend durch das eigene Mark, den einen Schnitt am Steiß entlang, ins Zwerchfell hinein, das Rückgrat hinauf und aus dem Brustbein heraus es schreien, das Nachbarkind sei einstmals wie die beiden gewesen, wie Wiebke sagte, wenn er selbst aber nicht mehr wie der andere Zwilling war, konnte das Nachbarkind ja gar nicht mehr wie die zwei sein, im Gegenteil, es sei einmal wie der eine Zwilling gewesen, der andere aber, jetzt, entzweit, musste nun wie das Nachbarkind sein, dieser binäre Gedanke im Kopf, dieser eine Schrei im Hals, die Hand des Bruders am Adamsapfel, der Zug am Schlips, der den Kragen zusammen und das im Brüllen begriffene Kind würgend weg vom Sarge riss, der würdevolle Sager, leise, geflüstert, hast du den Arsch offen, seine Finger auf der Brust des Bruders, beruhig dich mal, mein Herzchen, es springt, genuschelt, Tuch in die Tasche gewurstelt und wieder hergerichtet, und Wiebke tief und beruhigt atmend, daneben der Nachbar, wie schöne Söhne sie habe. Dass die einander trösten. Der eine todtraurig und verängstigt angesichts des Kindes, der andere sogar noch zärtlich zum Leichnam. Wiebke nickte das ab und beäugte die Zwillinge, wie sie uniformiert am Katafalk sich gebarten, in ihrer Tracht, und den Pfarrer ansahen, der hinter Wiebke den Arm erhob, im Talar, auf den Lippen das Blablabla und mit der Hand Muster durch die Luft zeichnete, als schriebe er dem Witwengewand ein Zeichen ein, zum Takt des Schaufelblatts, das immer noch in unstetem Rhythmus auf den Steinboden tickte. Mit jedem Pochen der Bruderbrust verlangsamte sich die Schippe, und als die Zwillinge sich auf Wiebke zubewegten, der eine voran ihren Blick erwiderte, indem er sich umdrehte zu dem anderen, machten abermals dahinter Messdiener und Nachbar den Kindersarg zur Verschlusssache, drehten die Gewinde in die Muttern, bis die Nägel bissen, während Wiebke wisperte, sie seien die zu ihrem Sarg, die weiten Ärmel um die Brüder legte, wie um sie zu verschleiern, und Abmarsch, zum schon erstorbenen, aber noch widerhallenden Takt des Schaufelblatts hinaus in die Stille, zum Leichenschmaus, tuschelten die Brüder im Versuch, einander aufzuheitern, zu ermuntern, wie ein Servierwagen, und wiesen auf die Leichenbahre, nicht einschlafen jetzt.

Gelagert auf vier Rädern bedeckte frisch gefallener Schnee die Oberfläche des hölzernen Wägelchens, an dem der bärtige Handlanger nun Hand anlegte bewährt mit einem Bartwisch zwischen seinen drei Fingern und fegte weg die pulvrigen Kristalle von der Bahre auf den Friedhofsboden, von den feisten Après-Ski-Handschuhen zu pseudomodischen Moonboots, durch den Handfeger an das immer tiefer versinkende Schaufelblatt, die in argem Missverhältnis zueinander standen, Kehrblech und Beserl im Kindskopf, als ob Bulldozer mit frontmontierten Korkenziehern losführen, die Berge hinter der schneebedeckten Friedhofsmauer zu durchtunneln, funkensprühend Schneisen in Stein zu treiben, in die Wand eine Höhle zu bohren, aus der Nachbar und Messdiener, zwischen sich den Eschensarg, in die Schneelandschaft stapften, gefolgt vom Pfarrer und gepuffert in der kalten Luft wie Glas klar vernehmbar das Blablabla. Talar heiße auch das Totenhemd, was schon alles verrate, flüsterte der eine dem anderen, und die Wagenbahre fuhr zu, und die Brüder fielen zurück, während Wiebke und der Nachbar vor dem Sarge hertrotteten hinter der Zugspitze, dem Pfarrer mit seinem lächerlichen Stab, das sei ja alles, was der sage und tue, neben dem Sarg die beiden Handlanger, dunkle Tupfen, Boots, ununterscheidbar vom Boden, im nun wieder fallenden Schnee zugedeckt und eingepflegt wurden wie die flüsternden Brüderstimmen unter rundum laut hallenden Worten, die der Pfarrer vorm weißen Rauschebart hertrug, Schuhe und Schallwellen, unsichtbar und lautlos, entrückt, sich nur im Glauben an die Bewegung wieder erhebend, die marschierenden, fliegenden, segelnden Seelen. Das Wägelchen fuhr dahin, grub seine Rädchen der Grabesstrecke ein, und den wie Gleisen hingelegten Linien, vom schwelenden Schneegestöber zwischen den Zwillingen und dem Trauerzug im Nu wieder eingeebnet, folgten die Brüder in gebührlichem Abstand nach, als wären sie auf der Suche, suchten die Spuren, um den Kufen nachzuspüren, auf der Suche nach den Spuren und Kufen eines anno dazumal abgefahrenen Schlittens. Er mache alles gleich, der Pfarrer mit seinem Blablabla, das sei sein Auftrag, das sei das und das sei auch das und jedenfalls sei das ebenfalls das, seine Aufgabe. Vor Gott seien alle gleich, weil der Schneesturm so stark sei, sagte der eine dem anderen und lachte, und der Tod sei sowieso der große Gleichmacher und Gleismacher, ein Totenzug, alles einerlei, weil einzig und allein zähle nur der Glaube, alles liege im Glauben an Gottes Sohn, der nur in Gleichnissen von Gott sprach, der er ja selber war, genauso wie der Heilige Geist, in einem Satz vereint, ich liebe dich, Subjekt, Prädikat und Objekt, ein Sprachbrei, eine Sprechmeierei, ein einziger Eiertanz zur guten Nacht, denn das Wort war wahr bei Gott, und dann seien sie alle eben Bild Gottes nach seinem Antlitz, glichen einander wie ein Ei dem anderen, und Gott sei eben das Leben, das sei alles, was der Pfarrer rede, dass auch alles, was man wahrnehme, was man je vernehme, was man sprach, was man spürte oder auch tue und suche, was man auch aufspürte, verspürte, wer auch immer, die zusammengefasste Ganzheit von allen, wie der Pfarrer es verstehe, das sei das Heil Gottes oder das Weh, je nachdem, die Welt halt, die es gar nicht gebe ohne das Leben vorher und nachher und die Sprache und die Schrift, die es nicht gebe ohne die Schöpfung, so war Gott wieder in jeder Sache sowieso, in jedem unbelebten Ding, und in dir, und in mir, und sogar im Sarg, blablabla, dann waren sie da, und deswegen funzte diese Einlullung so gut, weil kein Reim drauf sei, alles einerlei und gleich, was der Pfarrer sage, was zwar keinen Sinn kreiere, blablabla, aber alle kirre in der Birne mache, allein, in Wirklichkeit, sei gar nichts einerlei, denn der Apfel war keine Birne, und nur deswegen unterscheiden und vergleichen wir. Es sei eben nie wie wir gewesen.

Als die Zwillinge sich abwandten, da Wiebke den Nachbarn in den Arm nahm, und einen letzten Blick zurückwarfen, sahen die Brüder nur ihre eigenen Spuren im Schnee, die ohne die Abdrücke der Erwachsenen rundum wie die großer Menschen aussahen. Der wer weiß woher gekommene Handlanger steckte den Spaten in die widerspenstige Schicht unter dem Puder. Eine Plane nahm der Gehilfe von der Grube und eine andere vom Humushaufen und der Pfarrer Aufstellung am steinernen Kruzifix. Der andere Handlanger und der Messdiener fädelten die Seile durch die Ösen und ließen im Griff ihrer Handschuhe Spross, Samen und Werkstück des mit Wiebke wie verschweißten Nachbarn langsam in die Erde zu den frierenden Würmern sinken. Blablabla, bedenk du stolzer Erdenwurm, blablabla, dass deine Zung einst ruhig ist, drum sei gelobt Herr Jesus Christ, blablabla. Handlanger A nahm die Schaufel, stach auf den Erdhaufen hin, und das Blatt prallt ab, brav O. Eine Verdutzung ging durch die Runde und der hohe Klang des schwingenden Metalls lag in der Luft. Handlanger B löste sich als Erster, zog seine Handschuhe aus und hielt die springende Flamme seines BICs an die gefrorene Erde. Handlanger C nahm Handlanger A die Schaufel aus der Hand und gab sie Vater A. Vater B schwang das Aspergill und nichts passierte. Handlanger A flüsterte Handlanger B zu, er hätte es gleich gewusst, diese übertriebene Pietät. Sie hätten besser Schnaps mitgenommen, und alle Troubles seien gelöst. Destillat im Aspergill und ein g'scheiter Weingeist auf den Frostbrand. Handlanger B sagte, aber Hauptsache, der Pfarrer dürfe von der Zunge und der Ruhe reden, woraufhin Vater A drohend die Schaufel hob und Wiebke zurückwich. Und Vik sagte zu Nik, wenns die Type jetzt zersticht, leben die zwei Teile jeweils weiter. Er sah schon die geröntgte Wunde förmlich im Rückgrat, die axialsymmetrische Schnittkante im Mark, durchtrennte Hälften Fleisch, auseinanderflatternde Mantelschöße, sich öffnend wie die Klingen jener Schere, die er nachts zuvor die Finger durch die Augen geschmiegt blitzend ins Taschenlampenlicht gehalten hatte. Er kniete am Boden ihres dunklen Kinderzimmers unter den beiden nackt über die Tür gehakten Kleiderbügeln. Daneben stand ein kleiner Schemel, und die Jacketts lagen schon vor ihm ausgebreitet, aufeinander, deckungsgleich und mit den Revers nach unten. Nur diese eine kleine Korrektur fehlte noch, jene drei Schnippschnapp, je drei Schlitze, und wieder beide gleich. Der Steißeinschnitt des einen Jacketts markierte die Rückennaht des anderen. Durch die Leerstelle vermochte er den Stoff des unteren Stückes zu spüren. Er betastete das Gewebe, führte die Schere zum Saum, schmiegte die obere Klinge durchs Nichts im Steißeinschnitt des oberen Sakkos, setzte die untere Klinge an die Achse von Rückennaht des unteren Jacketts. Da traf eine Hand die seine, schlug sie weg, dass es klimperte im Eck, was er sich da unten zu schaffen mache. Er sah den Schemel, das obere Stockbett leer, wandte sich um, lag unter seinem aufgestandenen Bruder, der in die Hocke ging, auf Augenhöhe. Lass mein Zeug in Ruhe, Nik. Vik langte zu und fasste ins frisch geschnittene Haar seines Widerparts. Der Griff seiner Hand war weit genug, Daumen und kleinen Finger abgespreizt an die einander gegenüberliegenden Schläfen von des Bruders Schädel zu legen. Vik wusste das seit dem nachmittäglichen Friseurbesuch, der obsoleten und obligatorischen Geste am Ende, wenn der eben erst Abgefertigte sich melancholisch den Schopf betastet, die Strähnen zwischen die Finger nimmt, zieht, versucht, die Spitzen zu strecken. Er drückte die äußeren Finger zusammen, spannte Nik ins Joch der Hand. Er verzog das Gesicht und bleckte die Zähne. Das ist mein Jackett. Meins, verstehst du das. Red jetzt besser keinen Scheiß. Die drei verbliebenen Finger presste Vik, so grob es ging, auf den Schopf von Nik. Gartenkrallen fahren so ins Unkraut nieder, reiben und reißen an den Wurzeln. Der Nichtsnutz verzichtete eh auf Gegenwehr. Eine Bewegung, und Vik hätte seine beiden

Hirnhälften zu einem Haufen zusammengematscht. Nik schaute seinem Bruder in die weiten Pupillen, spürte die Nägel an der Kopfhaut, dankte Wiebke für die Maniküre. Er hätte doch nur, hier einen Schnitt und an Viks Jackett zwei gesetzt. Vik stieß ihn weg Richtung Stockbett, schnappte Taschenlampe und Schere, leuchtete sich ins Gesicht, Linsen auf Stecknadelkopfgröße. Dass er schlitzen könne, keine Frage, aber nähen? Vik öffnete die Scherenschenkel, schnippte sie unmittelbar vor Niks Nase zusammen. Denk doch mal an Wiebke. Die schläft tief und fest.

Sie sah in dem Moment nicht hin. Nik nahm das Reinstecktuch aus seiner Brusttasche, warf es dem Bruder von hinten über, erstickte den Schrei mit der flachen Hand, drückte Vik die Finger in den Mund, als er ihn öffnete, und schubste ihn, im Schutz des Trubels, der verhunzten Beerdigung, der längst verschütt gegangenen Pietät in die Grube. Vik durschlug die Spanholzplatte dicker Lippe und Kopf (sick!) voran, fair enough, den die erste Schippe Schnee oder Erde am Scheitel traf sowie der Schatten seines an der Grabkante aufgepflanzten Zwillings, als er sich himmelwärts drehte, in sein Gesicht wehte, seinen Körper schwärzte, fallend umfing, abschirmte, dann die Schädel von Handlanger ABC, und Gestalten Vater As und Bs, ein O im Mund, und zuletzt Wiebkes Silhouette, ihre dunkle Gestalt wie eine Frau in Trauer um ihr Kind.

Korrekturerfahrungen

Ob bei ihnen noch etwas fehle? Er sieht die gebrochenen Körnerbrötchen im Körbchen liegen, die Besteckköpfe aus dem Bierkrug schauen, die ausgewickelten beiden Sets samt Servietten, an denen Eidotter trocknet und Marmelade verkrustet, die zwei Teller und Espressotassen, hört die auf zwölf tickende Uhr, die abgelöste, inzwischen in Zivil sowie mit Geklingel zur Tür hinauseilende Bedienung hinter ihrer Vertretung und die Toilettenspülung. Ihr Haar ist in geltriefende Zacken gestylt, rechts gescheitelt und schneit ihr silbern gleißend wie von Wind gebürstet schräg von der Stirn. Auch ihre Hand fliegt auf Vik zu, dreht ab, fasst den Schlangenhals der sich der Wand entwindenden Lampe, dreht sie herum, und Vik drückt die Lider nieder getroffen vom erstaunlich kräftigen und wärmenden Spotlight.

Hallo, ob man euch noch etwas bringen darf?

Vik fasst ebenfalls an den Schlangenhals, darauf bedacht, ihr Handgelenk zu streifen, dreht die Lampe langsam Richtung Tisch, blinzelt, und die schwarzen Zeilen erhellen sich auf den grau getönten Seiten der Zeitung, deren Leitartikel er stets mit denen anderer Tagesblätter vergleicht.

Du bist neu hier, nicht?

Er streicht sich über den Schnurrbart, führt Daumen und Zeigefinger unter den Nasenflügeln zusammen, lässt die Hand minimal sinken, streckt die Zunge aus dem Mund, leckt zum Umblättern, schwenkt das fallengelassene Gelenk und schlägt Seite zwei auf.

Ja, hi, ich heiß Elena.

Sie hat die Lampe noch in der Hand, biegt sie zurück an die Wand.

Schau mal, da drüben der Typ.

Vik deutet den Blick immer noch auf die Zeitung gerichtet mit einem halben Nicken zu einem Tisch, der zwar in ihrem peripheren Gesicht liegt, aber in einem Blickwinkel, der ohne Kopfdrehung nur durch einen Pupillendreh auszuspähen ist.

Der so krass nach Kölnischwasser riecht.

Sie stemmt ihre Hand in die Hüfte und setzt die Schuhspitze der Ballerina betont ungeduldig auf den Boden hinter ihr Standbein.

Der ist taubstumm.

Sie hebt die Augenbrauen.

Schlag ihm nicht gleich den Schädel ein.

Block und Stift bleiben an ihrem Gürtel, während sie mit schlingender Bewegung im Gelenk eine imaginäre Notiz hinter vorgehaltener Hand verfasst.

Habt ihr sonst noch Wünsche?

Nummer fünf würde ich sagen.

Sie verdreht die Augen und tritt ab. Ich bin allein, ruft er ihr jetzt auch noch nach. Ja, das geht ihr mit der Mittagsschicht auch nicht anders. Zum Glück ist sie schon weg, wahrscheinlich hätt sie sich das nicht verkniffen, was fürn Vollidiot. Lass es bitte ein Kaffee sein, dann tunkt sie das kleine Löffelchen vorher ins Spülwasser, da kann er aber Gift drauf nehmen, vergiss es, dass sie jetzt wie so ein deppertes Hascherl den Kollega an der Maschine fragt. Lieber gleich Kurs auf diesen alten Wiener Stammgast mit dem Sakko, Herrgott, dass da überhaupt noch alle Knöpfe dran sind. Wie er über seiner Eierspeis hängt und die gelben Fleckerl in seinen Bierbauch isst. Glaubt man gar nicht, dass aus so nem Typen nichts rauskommt bei der trainierten Zunge. Sein Krügerl ist nur noch voll Schlieren, wenn das nicht gelegen kommt, schnell die Karte untern Arm geklemmt. Der Schmiss im G'sicht stammt auch noch aus anderen Zeiten, meiner Seel, ein Schaumschläger, ein Ewiggestriger. Das Klacken von diesen Absätzen und das Spannen dieses Gewands, na fesch, Rock statt Hose, Herrje, im Kopf von dem trägt sie fix Sakko, was hat sie diesen Job auch angenommen, Gott, was hat sie denn verbrochen. Nachher kann man es eh an der Garderobe lassen, aber jetzt, Lächeln aufgesetzt, nett Hallo gesagt, ah, hört er ja eh nicht, zeig uns lieber das schöne Gebiss, Elena, und, oje. Das ist aber echt nicht wenig, was für ein G'rücherl, ordentlich dick aufgetragen der werte Herr mit seinem Mitesser auf der Nase. Nun gut, ist schnell rumgebracht, Karte aufgeklappt, Nummer fünf also, was auch immer, kleiner Brauner, großer, Einspänner, Kapuziner, doppelter Pharisäer. Und hingehalten dem Kapazunder die Karte, dem Wirten direkt unter die parasitäre Nase. Mal mit dem Finger übers Krügerlsortiment gefahren, jetzt schaut er aber.

Dass das unverschämt wär, er sei, ja was, noch beim ersten Gang.

Oh wow, es tue ihr leid, das müsse ein Missverständnis sein. Scheiß oh nein, verzeihe er vielmals bitte! Dürfe sie ihm vielleicht noch ein Bier aufs Haus bringen?

Nach Hause könne sie ihm das bringen, er verlasse dieses Lokal!!

Tschuldige sehr!!!

Wirklich, wenn man hier nicht mal mehr runterschlucken dürfe ....

Das sei ihr erster Tag, und der Kerl da drüben habe gesagt, er sei einer von den Stummen und man wolle ja eine inklusive Wirtschaft sein für alle Leute, und ....

Da hat er aber schon den Hut in der Hand und hält ihn Elena hin. Was will er denn damit jetzt? Dass sie ihm was reinschmeißt von ihrem Trinkgeld. Ob er ausschaut wie so ein Sandler? Und da steht er, habe die Schande und Ehre, und geht weg. Und die Tür will er reinhauen ins Schloss, dass es ihn fast aufbaut den alten Trottel weil die einen Schwungbremser hat. Das wär ja gelacht, naja Einspänner dann, an die Theke schnell, das ganze Lokal auf Habacht. Lotrecht sitzt die Kundschaft da, wegen des Fauxpas, und sind wieder versunken, kaum dass man sie anschaut, weil dass sie jetzt an den Tisch kommt, das wird entschieden vermieden. Fix das Heferl angestarrt, die Tageszeitung hochgehalten, versteckt hinter der Suppenschüssel. Die hebt sich dazu schon unmanierlich an die Lippen. Sogar vor der Herrentoilette entsteht jetzt eine Schlange. Dass man sich noch erleichtert, bevor man hinauskomplimentiert wird von der Madame. Oder Hände waschen, falls das neuerdings auch kontrolliert wird, ob die Finger riechen nach der Seife, von dieser gar nicht zimperlichen neuen Kellnerin. Verschreckt schauen die Schreckschrauben sie jetzt an, durch den Handspiegel im Gegenschuss, angeblich, den Lippenstift nachzuziehen, den blauen Lidschatten zu korrigieren. Und überall an den Garderobenständern suchen die Leute verhalten in ihren Taschen, lassen Münzgeld klimpern. Nur ein paar herrschaftlich erregte Tattergreise fangen an, zu Demonstrationszwecken Kartenhäuser aufzubauen, die schon, so schwant ihr, Disneyschlösser werden. Und ein paar von den feinen Damen, die den Fächer extra wechseln in der Hand, so scheints, wenn sie vorbeischwebt, dass sie den Blickkontakt abschneiden. Den Kopf gerade, Elena, einfach weitergehen, den Kollega hinter der Maschin fixieren, Hauptsach der hat nix gesehen. Aber keine Chance in so einem Altwiener Lokal, panoptisch in den Blick genommen, dass sie die gute Kunde Althuber einfach vertrieben habe. Ob sie wisse, was das für ein Schaden jetzt sei für das Geschäft, dass der das überall herumtratsche ganz gewiss, dass das kein Fliegenschiss sei. Und dass sie eh nur interessiert, was ein Einspänner sei, das da, na, eher das da, und ihn angezeigt, da steht schon die Tasse. Und dass sie noch Glück habe, dass sie trotz Probe momentan solo in der Schicht, weil sonst könnt sie sich schon zusammenpacken, so viel ist g'wiss. Und was er überhaupt will, in seiner Funktion an der Maschin, sie kündige eh. Was solls, z'rück am Tisch ist der Wichser weg, und da liegt nur noch ein Untersetzer, auf den gekritzelt ist, Chanel habe er g'meint, tue ihm leid. Und, herrje, ein bisschen witzig ja schon, der ist schon auf, davon und wieso auch nicht, haut sie jetzt auch die große Kassiergeldtasche auf den Tisch und zischt ab mit wahrscheinlich genau dem gleichen depperten

Grinsen im G'sicht wie der Typ rückseits der Stadtbücherei über den Gürtel, durch die Wiener Gassen zieht. Richtig vorstellen kann sie sich, wie er an jeder zweiten Hausecke in Lachen ausbricht, sich an den Laternen abstützt, weil er sonst vor lauter Gewieher zusammenbricht. Und schon ist sie in Neubau auf der Kaiserstraße nordwärts Richtung Neustift und Thaliastraße unterwegs, stellt sich die Kundschaft vor, die sich erst berappen, sodann besprechen wird.

Wenn sie in der wiederhingestellten Kaffeehausstille alsbald kapiert, wie sie sich gerade aufgeführt hat vor lauter Furcht, zu wenig zu bestellen, gleich zum Bettelknecht geworden ist, sich unterworfen hat .... Oder im Gegenteil, aus lauter Eitelkeit, sich erst recht echauffiert und noch einmal als untadeliges Subjekt hinstellt .... Diese Gesellschaft, die schon beim Anflug von Verunsicherung in sich den Fehler sucht, nach hundert Jahren Schamkultur im Zweifelsfall buckelt .... Oder in perverser Verkehrung beim Funken Verwunderung den Urstolz findet, nach einer Dekade Größenwahn besten Gewissens die Brust durchdrückt, damit nur jeder die weiße Weste sieht wie ihre jetzt gespiegelt und unbefleckt in den reflektierenden Glasfassaden der Geschäfte hier .... Dass sie uniformiert Bluse, Bügelfaltenrock und Blazer sich in ihren Ballerinas einen Fehltritt hätt erlaubt, wers glaubt, taub, stumm, blind, haben die sicher nur den Absturz von dem Althuber mit'kriegt, hemdsärmelig, erbarmungswürdig, Gehabe mit dem Hut und sein Stolpern die vier Treppen vorm Kaffeehaus hinunter .... Weswegen Elena jetzt als Überkellnerin wegkommt, die sich doch nicht schelten lässt und im Handumdrehen nach dieser Schikane hinschmeißt, scheiße noch mal, so war das, und was war das ....?

Da kommt ihr doch zum Teufel dieser Typ von eben entgegen, ein Gottseibeiuns kurzweiliger Anstellung im Wiener Beisl. Pfeifend streift er die Straße herunter und sie mit keinem Blick. Herausgebogen aus der Blindengasse und unversehens vorbeigegangen, oder hat sie sich verguckt? In ganz anderer

Kluft, ein feiner Anzug übergestreift, aber sie ja noch immer in ihrem Bedienungsaufzug. Schuhspitze an Ferse tritt sie sich jetzt erst mal selber in die Hacke und schlüpft zur Hälfte aus der Ballerina wie aus einem Schlapfen und kickt den Schuh von dannen. Die Zehenballen ans Ferserl der zweiten Ballerina und herausgezogen den Strumpffuß und hinunter das Gass'l diesem windigen Typen in seinem Sonntagsaufzug hinterher. Im Spannen dieses langen Rockes rennt Elena mit kleinen größtmöglichen Schritten, auf leisen Sohlen ohne Klacken auf den Typen hinterrücks zu, der noch arglos meint mit seinem ahnungslosen Pfeifenständchen in seinem anständigen Tarnanzug und ohne angsterfüllten Rückblick über die Schulter ihrem Argusaug entgangen zu sein, davonspaziert sozusagen, mit Körpertäuschung vorbei, die Unschuld in Person vorspiegelnd, in anderem Gewand wie in diesen schlechten Kriminalfilmen, aber nicht mit ihr. Ein paar weit ausgreifende Schritte ist er ihr noch voraus, zu denen er im Gleichmaß links und rechts über Kreuz die Arme nach vorne und nach hinten schwingen lässt, langbeinig lässig immer wieder die eine Hand und den anderen Fuß im Flug, schubst seine Glieder in die Luft und seinen Körper dazwischen die Straße runter, und schon eingeholt und Einhalt geboten, als die linke Hand vor dem nächsten Satz kurz noch in Ruhe schwebt, hinter seinem schon nach vorne schnellenden Oberkörper und der bereits vom Beton gehobenen Schuhsohle. Da bekommt sie seine linken Finger zu greifen, zieht an mit ihrer guten Hand und dreht ihn mitten im Schwung auf dem linken Bein einmal ein, rechte Schulter voran und um die eigene Achse in die halbe Pirouette, dass ihm zurückgezügelt und am Riemen gerissen die Fassadenzeilen der anderen Straßenseite in den Blick fliegen und zuletzt, an den Schultern gepackt und hingestellt, er ganz schön dumm aus der neuen Wäsche, wie sie gleich erkennt, eine erhabene Bügelfalte, lange zusammengelegt im Ladenregal gelagert, ein bis eben offener Gürtel, ohne Wellengang und Lederknittern, das Sakko, ungewaschen strahlende Farben, ohne Verformung am Knopfloch, daher das plane Revers, der stehende Hemdkragen, gerade die Nadeln gezogen, in ihre Augen schaut. Und Nik sieht schon betreten zu Boden, als sie spricht, da er blickt, dass er in dieser föhnigen Frühlingsbrise zwischen den gemeißelten Fassaden im bürgerlichen Treiben am helllichten Tag, der Passanten das Erspähen grüner Ampelmännchen erschwert, weswegen die Leute maulwurfsartig blinzelnd Stunden an der Kreuzung herumstehen mit ihren transparenten Einkaufssackerln, aus denen Tomaten hochrot leuchten, geschnappt und gestellt wurde zweifelsohne von einer laufmaschigen, sockenlosen, Cocos N°5 verströmenden Oberkellnerin, die er als Schnapsdrossel und Alkopophalbtote und Drogenzombie von einer Party kennt. Dass Viktor sie abgeschleppt habe, ohne seine Anwesenheit die dümmste Ausrede der Welt in ihren wahnsinnsstarren, aber, muss man sagen, über übelst hübschen, wie zerbrechlich schlanken Fesseln grün funkelnden Augen.

Du dämlicher Scheißkerl!

Ja, es tue ihm aufrichtig leid, abgehauen zu sein. Er sei eben ein unverbesserlicher Übeltäter und habe bereits dermaßen oft Besserung gelobt, dass sie ihm die Beichte wohl besser gar nicht abnehme. Im Übrigen überlege er gerade, wie er nun denn am besten verführe, ob er sie zum Essen einladen dürfe, auf dass man diese Sache im Anschluss einfach vergesse.

Als Nik von Strumpffüßen, Schnürschuhen und Asphalt dazwischen absieht, die quietschenden Sporttreter und gepolsterten Skatesneakers wieder hört, während die kunterbunten Punkchucks penetrant um Beachtung buhlen und immer wieder diese papierenen Einkaufstüten an der Seite peergroupiger Teenager in Jeans, Chinos und Jogginghosen an den beiden vorbeischweben, Cardigans, Hoodies und Pollunder sich vor den zweien teilen, hinter ihnen wieder zusammenströmen wie ein ratzfatz sich öffnender, schließender Reißverschluss, findet vorm marmornen Hintergrund der die Straßenbilder bestimmenden Jugendstilfassaden die brandige Secondhandbürgersteigszene wieder Eingang in Niks Kopf, über dem obersten Hemdknopf, um den sich der eiskalt paralysierende Würgegriff der Scham mit einem Schlucken lockert, das im selben Schneckentempo seine Brust abwärtsrutscht wie die Hand seines Gegenübers, die im Auseinandergehen von Fingern und Daumen seinen gelösten Seidenkragen spreizt und auf seine Schlüsselbeine schaut. Mit ihrem abgeknabberten Fingernagel tippt Elena ihm gegen die Rippe durch einen Waschmittelfleck über der linken Brust auf seinem weißen V-Ausschnitt-T-Shirt, was er im Gefrierschrank habe, da sie in diesem Aufzug immer schon bedient werden wollte, sozusagen im Sinne der Umkehr von Ungerechtigkeit, bis sie begriffen habe, dass in umliegenden Lokalen perspektivloser Nachwuchs artifizieller Studiengänge, ihr jugendliches Kollegium schlussendlich uralten Hubern im feinen Anzug das Essen unter die Nase stelle. Deswegen sei das Ganze wohl bloß zu drehen, wenn einer dieser weißen, adoleszenten, jedoch längst vergreisten, unnützen Prototypen ihr die Speisen auftue, und außerdem müsse er sie zuallererst heimtragen, weil sie sich sonst die Strumpfsohle durchlaufe, und anschließend wolle sie ihn malen, so stelle sie sich das vor, Gesindel, Mäzen und Modell in einem, ein Modell, mit dem Nik zumindest für den Moment durchaus umgehen konnte. Er verbeugte sich vor der Madame, kniete auf dem Bürgersteig, bot seine Ellenbeuge ihren Kniekehlen dar und hob sie wie ein Gabelstapler hoch.

Auf Fotos wurde festgehalten, Ecke Pfeilgasse Blindengasse, wie er sie aufgegabelt habe, abgebildet durch die sich formierenden, bildschirmfüllenden Pixel zwischen den vor Gesichter gehaltenen Griffeln stehen gebliebener Gaffer, und da erst, gleichsam mit ihrem Genick und ihren Kniekehlen habe er die Sinnhaftigkeit ihrer brüderlichen Übungen begriffen. Liegestütze, Klimmzug, Kniebeugen in den Steinhofgründen, im Schlosspark, im Augarten, an all diesen Stangen der öffentlichen Open-Air-Sportanlagen, ihr wochenlanges Plagen, Anspannen, Dehnen, das in den Sehnen und Muskeln und Fasern ein Kribbeln hinterlassen habe wie die Finger Monsignore Gardinales, sein minutiöses Tasten und Anfassen und Abnehmen der Maße habe ebenfalls dieses Kribbeln hinterlassen in Steiß und Bein und Brust und Leib. Und das Reiben im Gewebe, zwischen seiner Ellenbeuge und ihren Kniekehlen, in den Fasern von Strumpf und Ärmel, Nylon und Stoff, habe erneut ein Kribbeln erzeugt, sodass sich dieser dreifache Nervenkitzel so sehr überlagert habe, dass er wie ein Wahnsinniger angefangen habe zu lachen, als er an den Auslagen des Ladens, den er gerade erst verlassen habe, entlangmarschierte und ein blitzschneller Wind ihn streifte, so haarscharf an seiner Wange vorbeipfeilte, dass dem Drei-Tage-Bart gleich eine Nacht fehlte.

Während die Passanten das Paar weiterhin wie irre ablichteten, als wären sie findige Werbeagenten, Kamerateams und Videoassistenten des blinden Monsignore, die kleine Clips drehten und, zu ehren seine große Schneiderschere, schnitten, durch deren in Reflexen blitzendes Augenlicht Gardinale alldieweil seine Finger schmiegte, indes er mit der anderen Hand nackte Kunden abtastete hinter Vorhängen, bevor sie in neuem Kleid und Rock entschlüpften, der Bürgersteige Rampenlicht begrüßten und schon einen Aufzug später zu stürmischem Blitzgewitter der Ragazzi eine Frau lauthals lachend in Strumpf und Jackett hemdsärmelig übers Trottoir an die Schwelle schleppten, während im Hintergrund das Sweatshirt eines Mannes sich blutig ansoff, konzentrisch um die Brust herum, bis er in die Knie ging, als hätten bei einer Hochzeitsgesellschaft zwei Bedienungen exakt im selben Augenblick aus der Luft den fliegenden Strauß gefangen, den unglücklichen, chancenlosen, nebenstehend buhlenden Lumpen damit vernichtend getroffen, ihm das Herz gebrochen.

Das sei aber erst der Anfang gewesen, wie Nik seinem Bruder erzählte, dessen erstaunte Frage wiederum in jener Nacht beinah die Kerzen auf dem Kandelaber auspustend lautete, wie Nik denn ins Haus gekommen sei, ohne Elena auf ihre eigenen Füße zu stellen. Na, sie hätte ja eine freie Hand gehabt, um die kaputte Tür aufzuticken, mit jenem Klicken, als spanne sich ein Hahn, so thrilling war das, ob Elena kalte Füße bekam, sagte Niklas, der seinem Bruder im neuen Anzug am Tisch gegenübersaß. Die Anzahl der Schlitze im Jackett bestimmend lag noch Kopf zeigend die Münze zwischen den Tellern, von denen Vik sich gütlich tat an den erkalteten Resten von Elenas und Niks Mittagessen, grätendurchzogene Forellenfleischfetzen und in der Mitte zerbissene Spaghetti, während er sich vorstellte, wie sein Bruder abends hier inmitten dieses Raumes stand, sich das Hemd restlos vom Körper knöpfte im selben Moment, da Viktor bloß und blank im Zwielicht von Gardinales Laden umringt war von seinem fallen gelassenen Gewand auf dem Linoleum, dem indigofarbenen Poloshirt und der leinenweißen Hose, indes sich der Bruder das weiße Shirt über den Kopf zog, Gürtelschnalle, Knopf und Reißverschluss der neuen Stoffhose öffnete, die mit Mandalas bedruckte Leggins seine Schenkel hinunterrollte zum Fischgrätparkett und die Seidenboxershorts abstreifte, während Gardinale andernorts sich von seinem Hocker erhob, seinen Stock in die Ecke stellte, den Knopf durch das Loch seines Jacketts drückte, den Kopf hob, Viktor mit toten Augen, heiliger Neugier und kindlichem Ernst anschaute, ja, er habe starke Arme, das merke man an der Atmung. Vik sog die klinisch rein schmeckende Luft im abgedunkelten Hinterzimmer des Monsignore ein, und Nik bat anderswo den Gast im mauerfeuchten Altbau um ein paar Umdrehungen an der Heizung, als Gardinale die Handschuhe auszog, Elena die Bleistifte zuspitzte, er sicheren Schritts durch den Raum auf den Zwilling zu schlich, sie dem Doppelgänger zu Füßen den Kandelaber hinstellte und den Kippschalter umlegte, das sachtere Licht und die wabernden Schatten würden seiner Figur eh viel mehr schmeicheln. Der alte Schneider umarmte den jungen Kunden zur Begrüßung, ließ die spürbar manikürten Fingerkuppen gleich an seinem Rücken und nach wenigen erregten Atemzügen die Nagelbetten wie einen zu Tropfen verwandelten Sprühregen vom Schultergürtel sanft abwärtsgleiten. Elena nahm wieder Platz am Tisch, ihr neues

Modell ins Visier und sich das Papier zur Brust, setzte die hörbar weiche Bleistiftspitze an die Seite und noch im selben verkniffenen Augenblick die Hand gleich einer zur Glut hinuntergebrannten Stichflamme das Blatt entlang knisternd in Bewegung. Den Zwillingen ins Gesicht schauend prägten Elena und Gardinale ihrem blinden Griff die Proportionen, die erhabenen Muskeln und zurückgezogenen Buchten, Linien und Knicke der vorstehenden Körper ein. Die Spinalnerven hinauf zum Gehirn und vom Sehnerv das Rückgrat hinab liefen die Bahnen der beiden Brüder aufgespürt sowie augenscheinlich in Gedächtnis und Handwerk der beiden. Und während Elena Niklas abschließend mit dem Bleistift ein winziges Feigenblatt zwischen die Beine segeln ließ, wie der Herbst dem Sommer den Marsch blies, fiel Viktors hochgestreichelte Eichel vom ersten feisten Streich, er solle jetzt keinen Aufstand machen, das sei überhaupt die wichtigste Maßnahme, ob er links oder rechts liege. In einer Bewegung kehrte Gardinale Viktor den Rücken, wandte sich ab, tat schon den ersten Schritt auf seinen Hocker zu, tastete noch bis zur Gliedspitze hinab und verlor im Vorschnellen des zweiten Beins den Kundenkontakt, verschweißte wie dahinzockelnde Greise seine beiden Hände hinterrücks, murmelte etwas Kauderwelsch, schlüpfte in die Handschuhe, ging auf Tuchfühlung, er bringe Viktors Formen nun ins Leinen, zwei Stunden circa. Die Mine setzte am Stielende des Blattes ab, als Elena vom Tisch aufstand, abschließend an Niklas vorbeiging, den Blickkontakt aufrechterhielt, zunächst über die Schulter, mittels einer Kopfdrehung, sodann durch eine walzerartige Kurve im Gang, zuletzt via Kehre auf dem Zehenballen und einem Hochgehen der Pupillen aus hockender Froschperspektive, während sie in seine Sportschuhe schlüpfte, sie würde seine Formen jetzt auf die Leinwand bringen, zwei Monate mindestens, den Arm von sich streckte, die Klinke drückte, die Tür spitzwinklig öffnete, mit einem findigen Seitwärtsschritt dahinter verschwand, ungebundener Schnürsenkel, deren Kunststoffspitzen Niklas zuletzt über die Schwelle schnellen sah wie ein Garnende, das blitzende

Katzenaugen zu Schlitzen verengt, den Funken Jagdinstinkt darin Satz für Satz sich zurückziehend zu purem Wahnsinn hetzt.

Gedankenversunken nimmt Viktor das Bild seines Bruders vom Tisch, hält es in der einen Hand und fährt mit den Fingerkuppen der anderen die DIN-A4-Seite entlang der Bahnen seiner Gestalt. Er kann die sich verzweigenden Venen in der Armbeuge erkennen und die Schlagader am Hals. Das Flackern des Kandelabers klebt daran wie das Wachs auf der Tischplatte, das Fett am Tellerrand, der Parmesan an der erkalteten Pasta. Elena habe es dagelassen, ja. Er fühlt die Bleistiftschraffur bei jeder Berührung an seinen Papillarleisten haften, spürt Nabel, Brust und Gesicht seines Zwillings nach, nimmt den ihm gegenübersitzenden Bruder in den Blick, verwischt den krausen Flaum auf seinen Wangenknochen und strudelt die Behaarung auf seinem Oberkörper zu einer Volute, erschrickt. Das Kerzenlicht im Zimmer liegt jetzt grotesk verzerrt auf der Zeichnung, eben noch atmosphärische Kopie des Flammenscheins, schon skurrile Karikatur seiner selbst, unstimmige Mulden am Schlüsselbein, als wüchse es ins Herz hinein, ulkige Rillen statt des harmonischen Rippenbogens, verzogen der Beckenknochen, und das Feigenblatt samt Stiel, als führe es in den Unterleib hinein, umgedreht die Dimensionen, als verweigerten die Kerzen, eine Oberfläche vom Weiß zu reißen, einen Leib zum Vorschein zu bringen, verwandelten sich in Strahlen, verwirrten und verirrten sich nur noch in die Tiefe des Papiers.

Viktor spricht vollen Mundes, er sei der dritte ihres Bundes, mampft auf der Pasta herum, drückt seine Mittelfingerkuppe gegen die Blattkante, fährt die Seite hinab, lässt die Zeichnung sinken auf die Tischplatte, und in die untere Ecke stempelt er einen Abdruck von der Farbe glosender Kohlen. Die andere Ecke beträufelt er mit dem Wachs des Kandelabers und schiebt Niklas sein Abbild hinüber, dem er als zweites Siegel seinen Daumen in der perlmuttfarbigen Flüssigkeit aufprägt. Vik spießt ein Stück

Miesmuschelfruchtfleisch auf, rollt Spaghetti drum herum wie den Wuchs eines Weinbergschneckenhauses, schaut in Niklas' Augen, der seinem Bruder das neue Einstecktuch hinüberreicht. Ohne hinzusehen, schiebt der sich den Gabelbissen in den Mund, schließt die Lider und hebt die freie Hand, legt den Mittelfinger auf den Daumen, sodass ein Ring entsteht, Kuppe auf Kuppe. Zwischen ihnen schnappt Vik das neue Einstecktuch, kaut, schmeckt, schluckt, putzt seine Lippen.

Ob Monsignore Gardinale Nik auch eingangs diesen Vortrag gehalten habe? Viktor greift in die Brusttasche seines Jacketts, fasst eine Schachtel Lucky Strike heraus, er tausche Hodenkrebs gegen Herzinfarkt, haut mit hochwippenden Nägeln von unten gegen den Boden der geöffneten Packung, schnappt den herausspringenden Filter zwischen den Lippen, zieht die Zigarette aus der Schachtel, indem er sich aufrichtet, gerade hinsetzt, dafür die Hand in die Schräge kippt, und gelenk klopft er noch mal gegen die Pappe, sodass Niklas eine Fluppe entgegenspringt, die er dankend annimmt mit einem goutierenden Nicken, das vom Kinnsenken ins Mundaufmachen via Lippenschließen zum Kopfschütteln übergeht, womit er die Kippe in die Kerzenflamme überm Kandelaber dirigiert und gleichmäßig anzündet, woraufhin er den ersten Millimeter Asche abtippt. Er wisse ja nicht, was Gardinale Vik erzählt habe.

Ja, dass er keinem zweimal einen Anzug verkaufe. Insofern hätten sie ihn nicht mal betrogen, wohingegen er offenbar jedem dieselbe Orthodoxie zu Gemüte führe. Dass es mit dem Gewand nämlich die folgende Bewandtnis habe. Die angemessenen Anzüge trügen auch deshalb kein Markenzeichen oder dergleichen. Weil seine Hosen beispielsweise den Schuluniformen ähnelten. Nach Monsignore Gardinales Vision würden sie Unterschiede zwischen Menschen verwischen. Mit Zeichen von Herkunft, Rang und Namen kamen die Kunden in seinen Laden, wurden empfangen in dem vorhanggeteilten Foyer. Sie traten dann nackt und blank und bar, wie sie eben beschaffen waren, von Angesicht zu Angesicht Monsignore Gardinale gegenüber, der sich anmaßte, ihnen einen angemessenen Anzug anzumessen, in dessen Hosenbeinen und Sakkoschößen sie über die Schwelle hinaus auf den Bürgersteig neu zur Welt gebracht würden ohne Abkunft, Klasse und Art, durch Gleichheit, Würde und Stil. Wie in den Filmen Sorrentinos war der Mann im Anzug auch jener ohne Gesicht, ein Mensch, der entschied, und seinen Schicksalsfaden wob er selbst. Eben aus der Garderobe gekrochen obliegt ihm die Freiheit, dieses oder jenes zu sein, Emotionen zu zeigen oder zu verbergen. Die Maske verwandelte sich fortan in jedem Moment zum Angesicht, die aus verwurzelten Bäumen gehauene und zum Antlitz geschnitzte transportable Larve zur formbaren und neugeborenen Haut, die Sorgenfalten auf die Stirn zauberte wie Schminke, sich den Schalk um den Augenschwung in die Lidwinkel schmiss, als wärens Eyelinerstriche, und eine balsamierte Stimme über die Lippen schickte gleich einer Labellospitze, ein kreideweißgefütterter Wolf. Die Sprache kam fortan aus einem Hemd ohne Fleck und Marke und Gedenk, einem Jackett, das nahtlos in Kragen und Hals, in Adamsapfel, Stimmbandapparat, Atmungsorgan und Speiseröhre überlief, sich von den Schulternähten die Reihe Ersatzknöpfe an der Sehnenscheide entlang bis in Manschetten, Hemdsärmel, Handgelenk, Knöchelchen, Knorpel, Nagelbett und Fingerspitze erstreckt, ein Anzug, der verschlossener Schöße die glatte Oberfläche eines gänzlich verschwiegenen Knopfes an die verräterische Stelle des Nabels setzt und jeden menschlichen Makel löscht. Gardinale wisse, wovon er spreche, wenn ein schüchternes Kindlein seinen Laden betrete und zum Erwachsenen gekürt von dannen ziehe, entkleidet von Herkunftsherzeleid und Einsamkeit, einverleibt und anverwandelt allen Orten und Zeiten, da Menschen die Weinkelche zu schwenken wie Linksdrehungen, zu speisen an Tafeln und die Matura zu feiern zusammenkamen, sich noch über Platzkarten und Reservierungen wunderten, lagen Sohn und Tochter doch schon die roten Teppiche zu Füßen, führten sie der Gesellschaft zu, während aller je und überall abgehaltenen Debütantenbällen in einschlägigen Sälen und Epochen, während der Bewerbungsgespräche und Abschlussprüfungen in den Kämmerchen universitärer Karrieren, während sämtlicher säkularer Beisetzungen und Geburten familiärer wie amikaler Natur, während Opernergötzung, Museumsaufsuchung, Operettenprobe, Galerieflanieren, Musicalfrequentieren, Schauspielanschauen, Lesungslauschen, Konzertverkostung, Performanceerlebnis und Sterbensergebnis, kurzum während all der barbarischen Initiationsrituale, die uns die Aufklärung gelassen habe. Diesen notwendigen Schwellen als Gesellschaft und Individuum zugleich entlassen entgegenzugehen, seien seine, Monsignore Gardinales Anzüge gemacht, weshalb aber ab dem Moment, da das von Geburtsort und Zeugnisjahr, Lokalverband und Familienverbund gefesselte Wesen von seinem Stoff sine qua non zum Menschen gemacht werde, es dieses Gewand nicht mehr wechseln werde, denn es sei der ihm angemessene letzte Halt in der Welt, die Welthaltigkeit seiner Existenz, die Welt halt, und unersetzbar, weder durch Gardinales Arbeit noch die eines anderen Schneiders, selbstverständlich im Falle von Altersschrumpf, Buckelkrumm, Muskelschwund, Wanstwachstum oder Gewichtssteigerung und insofern erfolgter Bizepszunahme, bei Aufschwemmung, multipler, tumoriger Verformung, Geschwüren tertiärer oder metastatischer Ordnung, sogar bei Sklerose, immer, gottbewahr, umnähbar gegen geringes Entgelt, nur einen neuen gebe es nach der Neugeburt nimmer.

Niemand wisse es besser als Gardinale selbst und der Mafioso von heute Mittag samt seiner Entourage. Monsignore habe sogar diesem Paten aus der vergangenen Heimat nach der Maßnahme verweigert, ihm einen weiteren Anzug zu schneidern. Dem mit magyarischem Akzent murmelnden Mister oder dem unter gälischem Zungenschlag knurrenden Sir hinter dem Signore hätte Gardinale mit größtem Vergnügen gedient. Dazu wäre es jedoch notwendig gewesen, dass der eine die Waffe sinken und der andere die Zigarette fallen ließe.

Moment, Vikiboy, Nik kam die Suada seines Bruders nun

doch reichlich unglaubwürdig vor. Wie habe Gardinale das denn bitte sehen können?

Ja, die beiden Ganoven seien wohl nicht die allerhellsten gewesen. Viktor habe den Schneider das ebenfalls gefragt. Die Gangster hätten den Monsignore doch tatsächlich mit vorgehaltener Pistole bedroht, obwohl der Lauf bei einem Blinden zwischen die Rippen gehörte, und den Schneider auch noch mit verbrennendem Tabak vollgequalmt, obwohl der Rauch angesichts einer Sehbehinderung in der Nase schmerzte. Gardinale also gleich mehrfach auf den Schlips tretend, seinen ehernen Kodex hinterfragend, seine geschärften Sinne beleidigend, seine hart erkämpfte Zeit vergeudend, habe er die drei verscheucht. Natürlich roch er die Politur der Pistole und den Schmauch ihrer vergangenen Schüsse, hörte das Strecken des Ärmels und das Krümmen des Fingers um den Abzug auch unter dem Qualm der Zigarette und dem Giorgio Armani dieser banausischen Subjekte und dem Klacken des Zippo und den Verwünschungen des Zampanos direkt neben sich. Gardinale würgte den Paten mit seinem Maßband, hielt ihn schon schnappatmend als menschlichen Schutzschild vor sich, setzte die Scherenklingen an seinem Schwanz an und kämpfte die beiden Begleiter dieses plötzlich ganz kleinkriminellen Strichers durch das Hinterzimmer und das Foyer an die Ladentür. Sogar unter dem Bimmeln der Glocke über dem Eingang, durch den die beiden Gangster ihren Boss hinausschleppten, und unter dem unbändigen Gelächter auf der Straße vernahm Gardinale den schallgedämpften, der Spottdrossel hinterhergefeuerten und in keines seiner Hemden dringenden Schuss. Kurz meinte der tapfere Schneider, die ihre Handys antippende Menschenmenge hätte sich seinetwegen versammelt, aber nein, Glück gehabt, bevor er sich zurückzog ins Hinterzimmer, dass ihm diese weihwassersabbernden Spürhunde vom Stiefel immer noch auf den Fersen waren und in die Hacken traten! Sein erster eigens gefertigter Anzug katapultierte die Kunde und ihn aus den Stufenleitern des Südtiroler Waisenhauses Ort der Schwestern vom Heiligen Kreuz respektive der römisch-katholischen Kirche in einem diesseitigen Salto mortale aberrante bis ins Jenseits der Alpen nicht weit genug.

Löwinnen

Von ganz unten, vor den beiden Kreuzschwestern, zu Füßen einer lammpelzumschlungenen Wölfin und einer entenbrutumringten Jungschwänin schaute ein knochendürrgehänselter Pagenkopf hoch aus dem rabenschwarzen und schweißspurweißgezeichneten Tuch. Tante Veronika und Schwester Salome waren einander, wie sie da links und rechts des mutterseelenverlassenen Kindes auf der Fußmatte hinter der Türschwelle standen, sofort entzweit, schauten runter zu dem jungen Findelkind, schielten sich gegenseitig feindselig in die Augenwinkel, wurden flüsternd uneins, ob der anonym ausgesetzte Säugling schnellstmöglich notgetauft oder doch zwangsernährt werden sollte, denn sofern er weder schreie noch weine, habe das Stillen wohl keine Eile, was Salome vehement verneinte, Sakrament, werte Veronika, es sei wie mit dem abflauenden Fieber ein schlechtes Omen, wenn sich der Organismus nicht mehr wehre, geschweige denn das Organ kein leisestes Zeichen sende, da werde es gleich finster sein im Stübchen. Veronika stimmte zu, die Augen seien bereits ganz glasig, es sei höchste Zeit, das Ding zum Menschen zu machen, während Salome das Kind hochhob an ihr Gesicht, sie spüre kaum einen Hauch, der Amme das Neugeborene hinhielt, sie solle nur warten, dann sterbe es auch. Tante Veronika aber fasste nur um den Rosenkranz an ihrer Brust, Kreuzkruzifix, als käme der Beelzebub selbst auf sie zu, mit leblosen Augen und sprungtrockenen Lippen, Leibhaftige, wandte ihren Blick demonstrativ ab, hinfort du, Richtung Gartentür, hinter der schweigend die Berghänge standen und überall in der Wälder Kronen die Vogelküken seelenruhig jene frühmorgendliche Szene im Gegenschuss beobachteten. Die Drosseln saßen auf den Latten des Zaunes, der in einem weiten

Quadrat um das verwaiste Haus herumführte, und schauten auf die brüskierte Hebamme.

Grundgütige, im Schotter des kleinen Gehwegs durch den Garten, ihre Brüste, sandbadeten schon munter die Spatzen, packe sie aus, und verwandelten den Anblick des grünen Rasens, auf dem die Zaunkönige bereits eifrig die frühen Grashüpfer und ersten Heuschrecken fraßen, nur über ihre Leiche, zur Kulisse einer allenthalben von Staubwolken durchwehten, dieses Kind brauche dringend ein Bad, wüsten Öde, aus der bloß ein dürrer, aber tausendjähriger Rosenstock ein Spalier wie eine Jakobsleiter gen Himmel hochspross, wie solle es sonst vor seinen Schöpfer treten. Über die rostige Regenrinne wucherte die mit toten Insekten und Spinnentieren gespickte Hecke, streckte sich braun die scharlachfarbigen Schindeln entlang übers gesamte Schuppendach, wo der wache Rotrückenwürger die Ranken weiter mit seiner Beute versah an allen Enden, die sich bereits dünner, jedoch auch krümmer um die gebrannten Ziegel des vom Storch schon verlassenen, aber mit seinem Nest gekrönten Schornsteins scharten, um ihn alsbald zu erklimmen, auf dass jene hochnäsigen, unter der Sonne zu Stroh verdorrten Halme mit jenem in der Finsternis brütenden Wurzelwunderwerk zusammenfanden, das unumwunden neue Netzknoten ausbildete, während die alten dort abstarben, woher die neuen Sprösse kamen, sodass andernorts die Samen mit dem knuffigen Namen Kiepenkerl unablässig aufsprangen, Wurzeln aus der Erde strebten, weswegen der elende Bastard von Neuntöter wohl noch bis in die zehnte Generation seinen gottverdammten Kadavervorrat auf der um sich greifenden, den Speicher einkleidenden Hecke anzureichern vermochte, sofern der Heiland seine einstmals versprochene Apokalypse weiter vertagte, den Streit zwischen infernalischen und paradiesischen Scharen, den höllischen Krach zwischen dem Herrn der Fliegen mit seinem gebrochenen Flügel und dem Herrscher des Himmels mit seinem eingeborenen Sohn. Mit diesem unfixen Datum nun, und das wussten und wüssten die beiden gleich und gerne, sowohl Veronika als auch

Salome, hatte es eine weitere Bewandtnis, und zwar gab es mittelbar und unter anderem den Hintergrund für ihren Zwist ab, trachtete doch die eine wie die andere nach der Zeitung jüngsten Datums in dem Messingpostkasten dort vorne an der Gartenpforte, um sich mit der Lektüre der Zeichen, den Erdbeben rund um Udine, den australischen Buschbränden, den Tornados in Fargo und den Sturzfluten in den Wadis des Atlas zu vergnügen, während sich die jeweils andere als Amme oder Hebamme in der Zwischenzeit um den kindlichen Neuzugang zu kümmern hatte, sodass sich im Endeffekt ihr Händel darum drehte, wer zuerst im Feuerwerk der Plagen und wer zunächst im jungfräulichen Mutterunglück schwelgen dürfe, was wiederum dazu führte, dass eine der beiden früher von den unmissverständlichen Vorboten erführe, eher vom Ankommen der Erzengel wüsste und so beim Eintreffen des Menschensohns bereits gerüstet wäre, wohingegen sich unfairerweise die andere noch mit der Erledigung eh inzwischen entbehrlichen Irdenschwachsinns befassen, als unberührte Brutglucke herumirren, dieses Kind stillen vice versa zum Pfarrer bringen und somit die Ankunft ihres Bräutigams verpassen würde, wobei man natürlich nicht außer Acht lassen konnte, dass die Hierarchie der beiden, wer weiter oben auf der Jakobsleiter stand, wer den Herrn eher küssen und ins Gartenparadies einkehren werde, seit jeher Dispute schürte zwischen Veronika, der Älteren, dieser Hündin, die die Kinder abstillte, in die Wiege bettete, in den Schlaf sang und in den Himmel betete, und Salome, der Jüngeren, dieser Gans, die die Racker nur herumtrug, Täuflinge vorm Pfarrer ins Becken tunkte, ihnen kaum herausgehievt die Windpocken salbte, alsbald Stullen für den Kommunionsunterricht schmierte und kunterbunte Ideen aus dem allwöchentlichen Sitzkreis mit farbenfrohem Geschenkband zu sonntagstauglichen Fürbitten verschnürte. Alle diese Streitereien hätten sich leicht schlichten lassen, hätte der Allmächtige nicht diese verdatterte Vettel mit einem nie versiegenden Milchfluss aufgemotzt, der sie dieser Schickse gegenüber an allen Wiegen trotz größtem Widerwillen für das

Brüste strapazierende Nuckeln der spuckenden Kindesmünder prädestinierte, und dieses schwindsüchtige Strichmädchen nicht durch ein alle hinreißendes Hollywoodlächeln gepimpt, sodass sie statt der Schabracke auf jedem Gruppenfoto zum Grausen zumute und zum Grinsen gezwungen im grapschenden Pfarrergriff firmierte, hätten doch zumindest die Kinder ihre ja eigentlich die alles entscheidende Wahrheit sprechenden Münder gehalten am Frühstückstisch, in der Brabbelgruppe und vorm Morgengebet, und hätten die beiden nicht nach tausend geheimen und einer zu lauten Tuschelei ihre Spitznamen Zia V und Sister S unter den findigen Trollkindern aufgeschnappt, und hätten doch das Scheitelknien und Winkelstehen und Waden-nach-vorne-Richten aus diesen Früchtchen rauspressen können, ob sie Salome, um die sich diese undankbaren Hurenkinder jede freie Sekunde scharten, als ihr Geschwisterkind ansahen und Veronika als Schwester der Mutter Oberin Johanna, also zweifelsohne höher gestellt als die naive Infantin, oder ob diese Enfants terribles nicht in Wirklichkeit die abgeschmackte Tante in noch abgehalfterte, verwitwete, verachtenswertere, angeheiratete, verwandtschaftliche Zonen abschoben und somit in blutig familiäre Nähe nur die Schwester sowie die Mutter Oberin Johanna rückten. Wie das Richtschwert, mit dem sie beizeiten vor Sonnenaufgang den Rosenstock schmunzelnd zurechtstutzte, während die Kinder noch schliefen, trat diese nun hinterrücks näher, zwischen die stumm zankenden Nonnen, runzelte die Stirn in drei Falten, nahm den Säugling an sich und legte damit der beiden Stutenbissigkeit in salomonisches Zaumzeug.

Da fing der die Hände wechselnde Balg an zu schreien, als gäbe es kein Morgen mehr, sodass die Drosseln sich erhoben, die Zaunkönige sich federnlassend in die Lüfte schwangen, die Kreuzspinne dem Neuntöter aus dem Schnabel fiel, die Kuckucksküken beim heimlichen Schieben der sie umringenden Brut innehielten und sich die Heimwaisen wie die Schweizergarde zum Rapport rund um Schwester, Tante und Grande Dame vom Heiligen Kreuz gruppierten beim siebten Widerhall des Kinderschreis an den Felswänden. Als steife Brise keifte der Berg zurück, dass es die Wipfel beutelte, die Kreuzschwesternschürzen bauschte und die Findelkinderhaare bürstete einschließlich des sofort wie im Schock schlotternden Neugeborenen. Der Mund in seinem kleinen Pagenkopf war nun wieder fest verschlossen, und die Mutter Oberin streichelte zärtlich sein Haar. Wenn das nicht der finale Glockenschlag war. Mutter Johannas Schiedsspruch lautete, dass die Amme Veronika mit der einen Brust das Kind zu stillen, mit der anderen in Ermangelung des Pfarrers und gesegneten Wassers das Taufbecken zu füllen habe. Währenddessen solle die Hebamme Salome das Kind mit Olivenöl aus den Küchenschränken, oder doch den hinterletzten Kellerregalen, oder nicht, oder woher auch immer es kommen mag, salben, das Baby anschließend in der Milch baden, sodass bloß noch das Köpfchen herausschaue, es mit dem letzten Strahl auf der Stirn bekreuzigen und das Ding in ein frisches Tuch wickeln. Es bliebe keine Zeit, und der Pfarrer werde den Schein schnellstmöglich unterschreiben. Sie telegraphiere ihm sogleich. Und schon war der kleine Racker dem morgenkaffeeschwarzen Stoff entwunden, vor den Hintergrund der lichtdurchschlagenen Fichtenforste gehalten, gegen die einfaltsblinzelnden und einfallssüchtigen Strahlen des bergsteigenden Gestirns gehoben, Garibaldi solle sein Name lauten, orderte Mutter Oberin Johanna aus ihrem weisen Mund, und die Waise verschwand im schwarzen Schlund des Hauses.

Wie eine Prozession stummer Messdiener gänsemarschierten die anderen Kinder Schwester Salome hinterher. Da Tante Veronika aber neben ihr einherschritt, war wiederum unklar, wer des Rudels Alpha abgab. Das letzte Wort in jedem Fall behielt die Oberin. Genüsslich sprach sie ihren Protegé Gramsci an, der das schwarze Wickeltuch in der einen und in der anderen Hand Mutter Johannas Rockzipfel hielt, er solle jetzt loslassen, gehen und diesen vollgeschwitzten Fetzen waschen, und ihr Liebling, hol endlich diese gottverdammte Zeitung, Christo. Bergpredigt, dachte sie, als der Kleine vorm Hintergrund der himmelhohen Felsen vom Postkasten zurück durch den Garten gestapft kam und verkündete, was sie ja schon sah, oder besser, eben nicht erblickte, also blickte, aber selbst aus dem Kindermund nicht zu glauben bereit war, dass es sich mit der Zeitung heute wie mit Gott verhielt. Insgeheim hatte sich die Mutter Oberin mit dieser Sachlage ja schon lange genug herumgeschlagen, um sich letztlich doch damit abzufinden und die Zeitung bloß noch aus Langeweile, Zeitvertreib und der Sehnsucht nach Ruhe aufzuschlagen, in die alle Anwesenden einstimmten, kaum dass sich in ihrem Umkreis jemand in die Lektüre vertiefte. Ohne Zeittotschlagzeilen und Mundstummmachextrablatt blieb ihr nichts anderes übrig, als den Taufschein samt Gesuch aufzusetzen, sich an den Postkasten zu stellen und dem Briefträger, so er denn noch kommen sollte, als Bittstellerin entgegenzutreten, ob er diesen Schrieb nicht noch dem Pfarrer aushändigen könne, dessen abgelegene Klause als letzte anfahrbare Adresse auf dieser sich alsbald danach einem Waldweg anverwandelnden Straße der Sendung harrte. Aber in Wahrheit bot sich auch die Möglichkeit, den weiten Weg durch die Wälder selbst zu bewältigen, die Strecke zu Fuß in Angriff zu nehmen, dem Priester aus eigener Faust den Taufschein entgegenzuhalten und die andere Hand drohend zu erheben, wehe, wenn er nicht umgehend unterzeichne. Nun kennt man ja den nach langem Marsch, kurz vor der Ankunft doch noch vorbeirauschenden Bus, der in Mutter Johannas Vorstellung wie eine Vespa aussah, die abendrot staubaufwirbelnd, dieselverstunken, auspuffscheppernd an ihr vorbeiflitzte, während Tante Veronika und Schwester Salome bereits den Rosenkranz für den verendeten, auf den falschen Namen sowie noch nicht mal amtlich getauften Jungen sprachen, sodass zum Ärger der verpassten Mitfahrgelegenheit auch noch die Einsicht kam, dass beide Möglichkeiten, per pedes adventum oder mit dem Esel von der Post, vergebens seien sowieso, weswegen die Oberin bloß bis zum Postkasten ging und murmelnd zu beten begann. Und da konnte sie plötzlich spüren, dass der Postbote kommen und sie gemeinsam, zu zweit auf den Lederpolstern fortfahren würden.

Elena hält in ihrer Erzählung inne, nimmt die Tasse mit dem Fencheltee am Henkel, hebt das Gefäß an ihren Mund, schürzt die Lippen, rührt das Löffelchen, pustet, klingelt und blitzt Marlene über den Keramikrand volläugig an. In neckischen Tanz versetzt springt das Teebeuteletikett zum hellen Klang des schlagenden Silbers, und Marlene fühlt, wie sich eine Strähne von ihrer Stirn löst, einen Moment in Elenas gehobenem Atem schwebt und sich wieder legt zwischen Schläfe und Wange. Kurzzeitig konnte Marlene pupillenverdrehend dem fliegenden Haarbüschel einen Blick hinterherwerfen, die gespaltenen Spitzen landen beobachten, ohne den Sichtkontakt mit Elena abzubrechen, die genau in diesem Sekundenbruchteil den Tee an ihre Lippen, den Tassenboden vor ihre Augen hob, bevor sie einander schon wieder ins Gesicht schauen.

Du solltest dich mal sehen. Gardinale hat genauso ausdruckslos aus der Wäsche geschaut, als er mir diese Geschichte erzählt hat. Er wusste ja selbst nur aus dritter Hand, wie man ihn auf der Schwelle des Waisenhauses fand. Mutter Gulietta übernahm nach Johannas Tod das Kinderheim und berichtete ihm in Rom von seinen ersten Jahren, die er größtenteils vergessen habe. Da war er lange schon in der Stadt, verdingte sich als Änderungsschneider, in Amt und Würden, wie er meinte.

Mutter Gulietta sei bloß angereist, habe sie damals behauptet, habe er erzählt, berichtet Elena nun, um mit dem inzwischen exkommunizierten Priester Hochzeit zu feiern und mit Gardinale zu tafeln. Dass ausgerechnet er seinen einstmaligen Täufer als jetzigen Bräutigam eingekleidet habe, sei des Zufalls zu viel. Er solle nun erfahren, was es mit seiner Herkunft auf sich habe, sagte Mutter Gulietta.

Das Wiedererzählen und Wiedererinnern in der Küche der Zwillinge hat Gardinale erneut ins Nachdenken gestürzt. Immer wieder kommentierte er die Düfte, dass Coco lieber bei der Mode geblieben wäre und die Kräuter wohl im Klostergarten besser rochen. Dann trank er doch von seinem Tee, setzte die Tasse an und ab. Als wäre der damalige weihrauchheuchlerische Hochzeitstag bereits ein Zeichen gewesen, was Gardinale widerfahren würde in Wien. Er zog hierher, um die Verwicklungen mit seiner Herkunft zu kappen. Rom erschien ihm nach Mutter Guliettas Enthüllungen noch zu nah der Heimat. Also passierte er die Alpen wie ein Nadelöhr, fädelte sich neu auf, ließ sich hier nieder ins Schneidersitzkissen.

Elena erhebt sich von der Ledercouch, und einen Moment atmen die Polster auf, bevor sie aus dem Gleichgewicht gebracht ächzen, unter dem verbliebenen Körper wie von vermehrtem Gewicht zusammengedrückt werden. Marlene stemmt sich dem tiefen Versinken und der zunehmenden Schwere entgegen, streckt die Knie und steht. Elena geht zur Spüle, stellt ihre Teetasse hinein und dreht sich um.

Seit ich Vik und Nik begegnet bin, stoße ich pausenlos auf diese vollkommen entosteten Leute. Sie sind konsterniert, irritiert und verwirrt.

Sie lehnt sich gegen die Küchenzeile, und ihre beigen Beine scheinen einen Moment im Furnierholz der Schränkchen und Schubladen zu verschwinden. Der vielfarbig gestrichenen Wand hinter Elena aber ringt ihr Oberteil eine nahezu brutal dreidimensionale Form ab. Die schuppenförmigen Karos ihrer schwarzweiß gemusterten Bluse heben ihren Torso von den pastellfarbigen Flächen ab. Als schwebte ihr Oberkörper im Raum, steht sie in winzige Vierecke zerlegt vor dem spritzbildartigen Hintergrund. Blaue, rote, gelbe und grüne Flächen scheinen Marlene eimerweise aus schwungholenden Schultern gegens Gemäuer geschüttet zu sein. Bloß die monochrome Holzfläche unterhalb der Spüle trübt den Eindruck, Marlenes Gegenüber sei schon dort gestanden, wo sie in gewechseltem Oberteil jetzt verweilt, als eine ganze Phalanx von Anschmeißern gleichzeitig ihre Fracht gegen die Wand geklatscht hat. Wie ausgelassen und herausgerissen, abgesteckt von den spitzen Würfen eines Messerkünstlers verdeckt Elena hinter dem Fleck ihres Körpers die Tiefe des Raums. Daneben wechseln die kunterbunten Kleckse Form und Größe, Pigment, Konsistenz, Leuchtkraft und Schnittmenge, fließen mal in pinken und violetten Mischtönen ineinander, um an anderer Stelle knallgelb gegen eine blutorangerote Fläche zu stoßen, die wiederum von einer bröckchendurchzogenen, beinahe zu Stuck gespachtelten Cyanmasse zerschnitten wird. Die Farbbahnen fahren die Wand entlang, bremsen und stocken an den Kanten des Mobiliars, verschwinden im Tunnel zwischen Wand und Schaukelstuhlrücken, sausen unterstrichen von leeren Regalbrettern dahin, werden verdeckt von lärmschluckenden Wälzern, deren Buchrücken ebenso komplementär angeordnet knallige Töne zeigen und bastardisierte Reihen erzeugen. An freieren Wandteilen krachen die Farben einer einzigen Massenkarambolage gleich ineinander und ziehen sich als voneinander vielfach durchschlagene Lackbänder in die Winkel des Raums.

Wo Podien Vitrinen tragen, wird das Gemäuer vom Durchblick schmutzigen Glases getrübt zur Kulisse, von der sich Elenas plastische Arbeiten abheben. An ihnen geht sie jetzt vorbei, reißt mit ihrem kleinkarierten Oberteil bei jedem Schritt vorwärts in den Hintergrund eine schwarzweiße Schraffur, erreicht die Tastatur des Steinways im fensterdurchlöcherten Teil des Zimmers. Als Marlene sie vor der Scheibe erblickt, durch die herbstgetünchte Baumkronen leuchten und abendrot gestrichen die Fassade gegenüber zu sehen ist, wirkt Elena blass und farblos. Hinterrücks stürmen Wehen abgerissener und zerknitterter Blätter dem Durchblick entrückter Äste vorbei, die ihren Abkömmlingen wieder und wieder ein bisschen gerupfter einen Augenblick später folgen, während das Laub schon durchs zweite Fenster tanzt, hinter der Wand aus dem Bild verschwindet wie auch die hereingelinsten Zweige auf der anderen Seite, ein mittig geteilter Theatervorhang. Als beherrschte diese Fliehkraft auch Elenas Gang, biegt sie vor dem Musikinstrument ab und geht quer der Stirnwand in Windrichtung den Konzertflügel entlang. Die Hand schwebt dabei zunächst und streicht dann schon wie hinterhergezerrt über die polyesterartig knisternde Schutzdecke, als wäre Elenas Körper die nach vorne strebende Wehe Blätter und ihre Finger hinterherwinkende Zweige, die nach ihren Kindern greifen, sich um die Nahtkante krallen. Ohne den Kopf aus dem Profil zu drehen, Hülle oder Flügel anzusehen, zieht Elena Schritt für Schritt die Schutzdecke ab, schleift sie ein Weilchen über den Boden, während sie auf eine Kommode zuhält, und lässt los. Der nach und nach Marlenes Anblick dargebotene Konzertflügel beruhigt sie neben den Exponaten in den Vitrinen, ein an den über Kreuz geführten Nähten verkrusteter Fußball, dem statt der Lederflicken mit fünf und sechs Ecken geschwungene Linien und Flächen eine Tektonik aufprägen, die den Umrissen des globalen Südens ähnelt, während ein Schnürsenkel den Äquator umspannt, sich in einer Masche zusammenschürzt, zum Boden hinabführt, unter einem Perserteppich abtaucht, aus dessen Stoff die Form eines Schalters sich bauscht. Anstelle der Rippen in einem skelettierten Rumpf fungieren aus Glas geblasene Zehen, von diversen Längen und vielfachen Friktionen durchwirkt, die weder vorne noch hinten ineinanderwachsen, da sowohl Brustbein als auch Rückgrat ersetzt sind durch entfernt an Schwertscheide und Krawatte erinnernde Achsen. Daneben, im selben auf Oberkörperhöhe stehenden Glaskasten, reckt ein zur Faust geballter, aus Präservativen geformter Handschuh den Daumen nach oben, während sich in die Fingerspitzen, Märchenwolf, Silvesterferkel, Menschenskind und echtlebensgroße Zecke verbeißen, in Reih und Glied der Nahrungskette nach, Rücken auf Rücken sich stützend wie der Bremer Musikantenstadl, thumbs up, Elena. Die Streben des durchsichtigen Regenschirms dort drüben gemahnen goddamned an Ellen und Speichen. Einem coolen Ruhepol kommt das gewohnte, genormte und andernorts ebenfalls auffindbare Instrument gleich, von geographischen Absonderlichkeiten umringtes Eis, woher Vermessen und Einordung nur nen Augenblick möglich erscheint. Denn die Kommode klappert, und Elena plappert schon, wie eine Zunge hängt die

Schublade heraus, und Elena hält einen stählernen Käfig und eine Chipstüte hoch, die wie ein grüner Blitz gleich Elenas Blick und Stimme durchs Zimmer fliegt, fang! Na komm, Zeit für die Fütterung, und Marlene reißt die Packung im Gehen auf, während braune Flüssigkeit rund um die hühnerknochendicken Gitterstäbe sickert, neben Elenas Knöchel auf die Flügelhülle tropft, die ihr einem Läufer gleich zu Füßen liegt und die Fussel ihrer Wollsocken elektrifiziert.

Elena stellt den Käfig ab und hebt den Deckel hoch, fixiert ihn mit dem Ständer, bückt sich, hält Marlene, die jetzt an das Instrument tritt und Elena die Chipstüte hinhält, die Maus hin. Das plüschige Tier windet sich bis in die Spitzen der winzigen Krallen, zappelt zwischen Zeigefinger und Daumen geschnappt, an der Schwanzspitze kopfüber strampelnd, vor Marlenes Nasenspitze, ein agiles Mobile. Ob sie wisse, wie Löwinnen jagen, und Elena greift Marlene in die Augen schauend mit der freien Hand wie lange eingeübt in die knusprige Tüte, zieht die erdig riechende Hand heraus in Richtung Mund, wo ihr auf halber Strecke die andere Hand in die Quere kommt, die wegschwenkt samt Maus und sie in den Flügel fallen lässt zwischen Zweige und Äste, Rindenmull und Moospolster, kleine Steine und ein Wasserbecken. Fixer Beinchen flitzen Mausezähnchen, Knopfaugen, braungetupfter grauer Pelz purzelnd durchs Halbdunkel zwischen sich verfinsternde Fichtenzapfen, bis das quirlige Krallenhäckseln erstirbt in Sägemehl und Streu und Haferhalmen, da scheu und Kreuz an Kreuz wie eine Prozession die Otter sich orientierend ihre Linien zieht, ihren Anhang längs der länglichen Ästchen dahinstreift, sich herumwurstelt rundum und einzirkelt das nackenstarr und nacktschwanzig arg zitternde, durch verkniffene Lider linsende Viecherl. Sie haben einen sechsten Sinn, das Grubenorgan. Damit wittern sie Wärme, wogegen Löwinnen mit den Böen spielen. Sie teilen sich auf, pirschen sich an, treiben die schnuppernde Beute. Die meinen es schon gerochen und gepeilt zu haben. Mit dem Wind laufen sie im Lee der nächstbesten Düne der lauernden Meute entgegen. Elena beißt auf den Chip, als aus dem Unterholz ein zweiter Schlangenkopf schleicht, der gut eine Elle weiter y-förmig demselben Otternkörper entweicht. Die seitlich aus dem keilförmigen Kopf herausschauenden Augen wecken Skepsis, ob die Vipern das fiepende Vieh in ihrer Mitte inspizieren oder sich mit Argwohn gegenseitig belauern, einander misstrauen bis aufs Blut. Hinschauen auf einmal kann die Maus kaum, haut in fixem Schwung Spitzschnauze und Langschwanz herum, zum Ungetüm hinüberzusehen, nur um nun wieder abzudrehen, dem anderen Otternvieh entgegenzugehen. Weder Blick, schon gar nicht Schritt schickt sie von einer auf die andere Sekunde in dieselbe Hemisphäre, wie eine zitternde Kompassnadel die graubraune Körperachse, während sie die Vipernschädel beständig verängstigen, in sich verengenden Schleichgängen bedrängen. Längst nähern sich einander das glänzende Schwänzchen und die Nähte der Hälse an, dass aus Mäuschenanhängsel mitsamt Kreuzotternkörperkreuzung das Peace-Zeichen auf dem braunen Grund des Terrariums ersichtlich wird, bis die keilförmigen Vipernköpfe weitergeglitten und im nach beiden Seiten schwenkenden Köpfchenknöpfchenblick der Schwanz anderweitig weggeflitzt ist. Fiepen liegt inzwischen im engen Kringel, klingt ihm inmitten, wie wenn es bereits gefressen wäre, in eins geschweißt jetzt mit dem Vipernschweif. Die beiden Häupter heben und regen sich, reiten ihrem eigenen Umschweif auf, behaupten sich wie verzaubert und dressiert, in ellenmessender Flügelkantenhöhe, züngeln in ihre Mitte hinunter, an ihre siamesische Naht, und dass kein Faden Spucke sich abseilt, verwundert Marlene einigermaßen doch. Ob sie die nun erwürgen. Na, Elena hält Marlene einen Chip hin, den sie mit den Lippen nimmt, unterbissig im Mund unterbringt. Die wird lebendig verschlungen. Obwohl man denen die Giftbeißer zieht, fressen sie weiter wie immer, greifen an, was ihnen als Imbiss erscheint. Der erschrickt, scheißt sich aus, wird zu Stein und verspeist. Elena zerbeißt einen weiteren Chip. Es gab einen Typen. Den kannte ich mal. Der hat nur diese Missgeburten gezüchtet. Wie sie erst bei der Paarung stritten. Stell dir vor. Ein Kopf schnellt vor. Das andere Otternhaupt haut den Widerpart aus der Bahn. Die Vipernkiefer fliegen voneinander und zusammen um den Mund der anderen Schlange. Angeschlagen zieht sie sogleich den Keilkopf ein. Die Kreuze sausen an ihrem Haupt vorbei. Marlene kann die einzelnen Schuppen nicht mehr sehen. Auch die Kreuze verwehen zu einem dunklen Schub, schnell, die Bewegung. Unverhofft jedoch rafft sich noch der Otternkopf auf und abwärts zum Konterstoß, blockt und checkt den Beutebiss ansetzenden Schädel weg. Ein Präsent, eigentlich, zu Viktors Namenstag, und anlässlich seines Umzugs nach Berlin, damit er nicht so einsam ist. Die beiden fanden das aber albern. Also hab ich sie behalten. Unartiges Ding. Folgt voll oft nicht. Obwohl sie eh schon im Piano lebt. Ohne Licht. Angeblich ist sie dann geblendet, tanzt nach der erstbesten Pfeife. Reichlich lädiert hat sich ein Kopf inzwischen geschlichen, der Zwist geschlichtet, der andere hängt den Kiefer aus, auf und unter die Maus.

Haben die sich mal ernsthaft wehgetan? Elena nimmt Marlenes Hand. Keine Ahnung. Vielleicht ein kaputter Kiefer hin und wieder. Ottern sind nun mal keine Löwinnen. Die tragen den Nachwuchs im Maul und beißen der Beute die Kehle durch. Marlene spürt, wie sich Elenas Griff fest um ihre Finger schnürt, während sich die Mausebeinchen deutlich durch die Schlangenschuppen abzeichnen. Vollen Mauls wachsen die Kätzchen im sanften Beutebiss der Löwinnen hinein ins eigene noch labbrige, aber alsbald untragbar pralle Fell. Von innen drücken die zarten Krallen gegen die ledrige Haut, beulen die schwarzen Kreuze aus, strapazieren den Zusammenhalt der winzigen Schuppen, als rissen die Nägel den Körper entlang der Rauten auf, als wären es die durchdringenden Klauen des Adlers, als hätte der gute alte Raffzahn diesmal das riesengroße Federvieh verspeist und sich den Vogel samt Augen und Flügel einverleibt, nur um nun abermals besiegt zu werden von innen wie der sich windende Zeichenlehrer auf den Marmorfliesen anno dazumal zu Marlenes Füßen, der unerklärlicherweise neben den elternhändchenhaltenden und warteschlangestehenden Schülern und aus der Reihe Drachenbilder das Blatt mit dem Adler herausgerissen, zerfetzt, zerknüllt und aufgefressen hatte, bevor es in ihn fuhr, es ihn zu Boden prackte, seine Augenlider Wimper auf Wimper klappten, dass er letzten Blinzelns den Bastard aus räuberischer Wüstenkatze, vertriebenem Kriechtier sowie königlichem Wappenvogel erblickte, die Schöpfe der versteinerten Kinder, die Gesichter ihrer entsetzten Eltern, die Häupter des Kollegiums und die umschleierten Schädel der Kreuzschwestern schaute, die sich Lesebrillen aufsetzend über ihn beugten, ihn abschnitten vom sterilen Licht der bleichen Gänge, das ihn jahrzehntelang begleitete, im Widerhall seiner eigenen zwischen den Wänden hin und her geworfenen Schritte, zum Zeichensaal, wo die Sonnenstrahlen von draußen kamen, die Blätter auf den Tischen zum Leuchten brachten und die Kindervisagen von unten anstrahlten wie in einem Horrorfilm. Ihnen gegenüber harrt er schwitzend hinter dem Katheder gleich einem ins Gebirge brüllenden Wanderer eingeholt von seinem umhergehallten Echo der diesjährigen Antworten auf seine stets gleich gestellte Frage, was besonders an ihm sei. Das Huschen der Pupillen über den Bankreihen abzuwarten, bereits nervöseres Umherfliegen der Köpfe abzusitzen, den Zeiger hinter dem blendenden Glas ins Kinderhirn ticken zu lassen, das ist schon der Trick. Die Stille muss einsickern in die Kindsköpfe, bis sich Buckel erheben, sich die ersten an den Oberarmen kratzen, erschöpft mit den Unterarmen auf den Tisch stützen, zaghaft über der Bankreihe mehrere Hände schweben, die Kinder die Glieder in die Luft halten, die Finger sich strecken und das Wort ergreifen.

Der Drache lebt tief im Wald, weil, da kann er sich gut tarnen.

Zumindest denkt das Kind an Farbe. Aber sie sind hier im Zeichensaal, nicht im Malkurs. Die zweite Meldung kommt schon, prompt von der Seite angeflogen. Ohne Handzeichen, ein Einwurf.

Nein, der wohnt doch in den Dungeons. Und er ist der Endgegner.

Kinderzahnweiß wird gegrinst. Einige nicken auch. Andere schauen völlig verdattert. Hier wird zwar gespielt, aber nur am Reißbrett.

Der Drache hat eine Höhle, am Fuße des Berges, tief drin im Wald.

Die versöhnliche Position also. Mal sehen, wie lange das hält. Die Nächste hebt die Hand, steht auf, als sie drankommt, atmet durch.

Außerdem hat er drei Köpfe, die sich ständig streiten.

Die Nächste trinkt von ihrer mehrere Liter Wasser fassenden Flasche, eigentlich Bergsteigerequipment, bevor sie schluckt und spricht.

Er spuckt Feuer, Gift und Galle. Schnupfen hasst er ganz besonders.

Fragt sich bloß, ob jeder Kopf das kann oder sich das verteilt. Der Nächste trägt ein Billabong-T-Shirt und surft auf dieser Welle.

Die Köpfe schlafen abwechselnd. Einer bewacht immer den Schatz.

Direkt zu beneiden dieser Drache, sechzehn Stunden Ruhe und Schlaf am Tag. Dafür sind die Kids im Nachmittagstief, alles wie immer.

Das einzige Schwert, das ihn verwunden kann, gehört auch zum Schatz.

Man merkt ihnen das Suppenkoma nach der großen Pause an.

Wenn er Hunger hat, zündet er den Wald an, bis ein Held daherkommt.

Keine schlechte Strategie. Der könnte mal aufräumen in der Kantine. Mit lästigen Kollegen. Immer diese Doppelstunden. Zigaretten vorher halten nie lange vor. Der Magen wird grummeln hinterm Katheder.

Deshalb gibt es in dem nahe gelegenen Dorf auch keine Feuerwehr mehr.

Entfernt sich jetzt doch sehr vom Thema. Ein Gähnen unterdrücken.

Seit das Feuer außer Rand und Band ist, schicken sie ihm Dorfkinder.

Fragt sich bloß, wie die durch den Wald kommen. Bleiben doch hängen bei jedem Hexenhaus. Vielleicht sind die Dachschindeln ja verbrannt.

Die schmecken zwar. Aber Wasser kann er deshalb auch keins speien.

Trockener Mund. Roth-Händle, vielleicht in Zukunft besser mit Filter.

Er weint nach jeder Mahlzeit, kreist ihn doch langsam das Feuer ein.

Krokodilstränen wohl eher. Aber da würde man sich ja fast nähern.

Er frisst die Kinder, ohne hinzusehen, weil sein Blick versteinert.

Nicht dass unser Drache am Ende noch auf Granit beißt.

Seine Krallen sind hart wie Diamant und spitz wie Austernmesser.

Diese verzogenen, neureichen Kinder. Kommen schon noch drauf.

Seine Zähne faulen, weil sie die Seidenkleider zerschneiden.

Die Nachthemden, in denen die bourgeoisen Blagen ins Bettchen gehen.

Manchmal erzählen ihm die Menschen etwas, bevor er sie verschlingt.

Weil der im Dungeon natürlich alle Sprachen spricht. Weltbestseller.

Ein Grieche hat ihm ein Einschlaflied auf der Harfe vorgespielt.

Und hat sich umgedreht und ist gerannt, so schnell er kann.

Jeder der drei Köpfe bestreitet energisch, den gefressen zu haben.

Wie bei Kinder Pinguí. Dass es die auch immer in Viererpacks gibt.

Die Kinder sagen, sein Flügelschlag würde wilde Stürme entfachen.

Dass die Drachenpopulation enorm zugenommen hat, sagen Meteorologen.

Er ist immer in der Höhle und weiß nicht, ob er noch fliegen kann.

Wie Vaters Arbeiten machende Doktoranden, die vormals feldforschten.

Obwohl ab und an Wolken durchziehen, fliegt er nicht fort.

Sonst könnten ihn ja die Menschen sehen und sich den Schatz holen. Ergo laufen jede sternenklare Nacht haufenweise Dörfler zur Höhle.

Wenn es blitzt und donnert, ruft er nach seinen Artgenossen.

Die anderen sind nämlich immer anders und fliegen frei herum.

Sein Schrei klingt wie ein Blitz, der eine alte Linde trifft.

Denn wenn man unverwundbar ist, braucht man auch die Hilfe nicht.

Es muss viele Drachen geben wie ihn, denkt er bei jedem Gewitter.

Da hat sich schon so mancher Wanderer im Gebirge getäuscht.

Aus Einsamkeit legt er jeden Tag ein Ei. Die Schale bricht aber nie.

Und da haben sich erst viele geschnitten.

Das sei in Wahrheit sein Schatz, sagen manche Menschenskinder.

Ja, bevor sie gefressen werden. Bringt nichts, Mitleid heischen.

Inzwischen spuckt er die kalziumhaltigen Kinderknochen aus.

Hoffentlich haben sie ihre Milchzähne nicht mehr.

Er brütet aber nicht. Denn Wärme hält er für gefährlich.

Ja, das muss die Herzenskälte sein.

Der Drache mag die Waldbrände nicht, obwohl er wechselwarm ist.

Die Höhle bleibt im Sommer kühl und im Winter warm, wie man weiß.

Weil er dann immer Kinder fressen muss. Selbst war er nie eins.

Ist eh gescheiter. Sonst gewöhnt man sich zu sehr an die Heiterkeit.

Er weiß nicht, ob seine Flügelschläge die Brände löschen könnten.

Dem armen alten Trottel sind die Flügel gebunden.

Den Adler, der sich im Aufwind raufschraubt, beneidet er schon sehr.

Na servas, auf dem T-Shirt vom Schüler, die große Welle aufgedruckt. Man kann es ihnen auf den Leib schreiben, und sie begreifen es nicht. Er wird ihnen ordentlich einheizen müssen dieses Semester. Draußen von den Bergen her schaut schon der erste Schnee herunter. Er wirft dem Zeichenlehrer Sonnenlicht von kalter, harter Qualität in den Blick. Es zwingt zu niesen, die Hand vorzuhalten, die Augen zu schließen. Als er sie wieder öffnet, rauscht eine Woge durch das Quadrat an der Decke. Er fühlt sich abgespannt und ausgereizt, sanft gewiegt und schwerelos, als läge er in einer Hängematte. Die Seile, die seinen Körper in diesem verwunschenen Zustand halten, münden in graue Beutel, die wiederum selbst an einer verchromten Aufhängung baumeln. An dieser garderobenständerartigen Stange tauchen Lichtreflexe auf und ab wie die draußen von vorbeiziehenden Wolken versteckte und enthüllte Sonne. Über dem Gebirgsrücken steht sie, den der Zeichenlehrer in mehreren Serien mit Kohlestift vom Horizont gerissen hat.

Einerseits bildet die Gipfelspitze mit dem wie eine Linie hingelegten Felsenkamm daneben die Nase der Schlafenden. Anschließend verwandelt sich die verkarstete Alpenebene in die kalkene Stirnplatte der steinernen Griechin. An der linken Schläfe fallen dann die bald bewaldeten Abhänge als wallende Mähne herab, ergießen sich schraffiert wie nebelzerreißende Regenschleier silbrig schimmernder, feingezeichneter Fichtennadeln in die Ebene am See. Andererseits schreibt sich unterhalb der Gipfelspitze eine Kuhle fort, umspielt schwungvoll die Nasenflügel, schmiegt sich tief in die Lippenwinkelpartie und bringt den halben, müde geöffneten Kussmund hervor. Eine letzte Hochebene formt sowohl das Kinn als auch ab ihrer Kante den in die Tiefe führenden Hals, der als Schlüsselbein felsig verknöchert endet. Verforstete Hügel werfen sodann das Gelände zur grünen Gemengelage zweier flyschener Brüste empor. Der umtriebige, sich im See spiegelnde Himmel bettet die grau verflossene Frau stahlblau von jedweder Seite als aufragendes Steilufer und Gestade zur ultimativen und ewigen Ruhe auf den alles dahinter verstellenden Horizont.

Selbst auf der Sterbestation noch, nach der Herznotoperation, ins Halbkoma gestoßen vom Infusionstropf, durch die Kanüle im Handrücken, das Gegenteil vom Aderlass jener Venenzugang, der seinen Kreislauf einpendelt wie ein durchdrehender Uhrzeiger, ablesbar am EKG da, sogar in diesem widerlichen Zustand bleibt dem Zeichenlehrer bloß der Ausblick auf diesen, ihm scheint, schon seit der Steinzeit hingeschissenen Brocken von Berg, Dinosaurierkacke, denkt er, und Wind kommt auf draußen. Blätter treiben vorbei, sieben im Stieben herbstlicher Farben den Anblick der Sonne, vor die ein Wolkenschleier zieht, der wie ein Filter dem Gestirn eine milchige Farbe gibt, es der Flüssigkeit anverwandelt, die in den Zeichenlehrer hineinrinnt. Das nun in den See segelnde Laub prägt der blassen Wolkenlandschaft und den ausgemergelten Kalkalpen brutal bunte Farbtupfen auf. Beeren spiegeln sich grell und eiförmig auf der Fensterscheibe, und als flögen sie verfressen direkt hinein, hinterließen am Glas exakt jenen Wirrwarr blutiger Punkte, nach denen es sie dürstet, nimmt ein Schwarm Rotkehlchen hinter dem Büschel Vogelbeeren eine wildtanzende Reigenformation an. Dem Zeichenlehrer ist, als beschleunigte das Beutelventil das Tropfen in den Schlauch. Er schaut auf seine rechte Hand, die wie unbeteiligt auf der polyesterhaltigen Decke liegt, als gehörte sie nicht mehr zu ihm. Es knistert, wenn er versucht, den Finger zu rühren. Ihn beschleicht das Gefühl auf der anderen Seite. Auch das Geräusch kommt von links. Er dreht den Kopf. Da sitzt die Witwe. Ihr weißes Kleid scheint in die Bettdecke überzugehen. Zündholzkopfrot ist ihr Pagenschnitt gefärbt. Und durch ihre heute transparenten Augengläser sieht er erstmals ihre grüne Iris. Selbst in der Schule ist sie immer mit Sonnenbrille herumgerannt.

Jedes Jahr kam sie auf Sommerfrische aus der Stadt, etwas Urlaub zu machen in der Provinz und Ferialkurse für die Schüler zu geben. Und damit das inselreife Kollegium auch etwas davon hatte, hielt sie zumindest ein paar längst notwendige Sprechstunden ab. Vor den Klassen referierte sie im Rahmen sogenannter Sommerakademien über psychische Havarien und philosophische Luftschlösser, verzückte und, ja, ergötzte die Schülerschaft mit städtischem Wissen, während sie nachmittags ihre klinischen Künste und Ergüsse auf das pathologische Lehrerkollegium verwandte. Kein Wunder wurde sie bald von der Elternschaft so hoch gehandelt, unter dem Nachwuchs so hoch gehalten, stand alsbald bei der Lehrerschaft so hoch im Kurs wie eine Säulenheilige, dass ihr gleich beide Direktoren im Verbund eine doppelte Stelle an den ortsansässigen Gymnasien anboten, zunächst im Test bloß für die Oberstufen, PPP, ehemals in diesem Landstrich nur als lateinische, maturarelevante, grammatikalische Konstruktion bekannt, neuerdings Philosophie, Psychologie und Persönlichkeitsbildung, plus Supervisionsposition sowie Moderationsopposition fürs Kollegium. Dass der Zeichenlehrer diese Zuhörrunden, Sitzkreise und herumgeworfenen Sprechstofftiere eher als Erleichterung denn als unbedingt zu vermeidende und mit jeglichen Mitteln zu verhindernde Erniedrigung empfand, lag weniger an ihrem Zuzug aus Wien, seiner generellen Sympathie jedweden Schulfaches geisteswissenschaftlicher Couleur gegenüber, speziell in dieser geistlosen Gegend, als an den simplen Begegnungen, die sich zwischen den beiden bereits, bevor die Witwe als Mediatorin in den interkollegialen Animositäten der Lehrerschaft herumschnüffelte, in vorangegangenen Sommermonaten ereignet hatten. Da kam er geschlichen über die marmornen Treppenabsätze, abgehängte Drachen in den Händen, vorbei an Geländern, die in Löwenköpfe ausschwangen, trotz oder wegen des Rauchverbots eine heimliche Zigarette sich anzustecken, hinein in das vermeintlich verlassene Lehrerzimmer, wo Kaffee aus dem Filter tropfte und die Witwe schon unter getönten Gläsern, hinter vorgehaltener, in Schlangenleder steckender Hand, alles vernebelte. Auf die Frage, wer sie war, antwortete sie, das komme darauf an, wie man es mit den Leuten in der Gegend halte. Offenbar reise sie nun schon lange genug sommers allein ins Salzkammergut, dass die Einheimischen sie wiedererkannten, aber immer noch nicht oft genug, dass die Dörfler sie nicht mehr *Die Witwe* nannten. Aus einer im Lehrerzimmer nie gesehenen Karaffe voller Eiswürfelklunker in phallischer Form schenkte sie zwei Gläser voll. Sie selbst verstehe sich als passionierte Urlauberin mit riesiger Vorliebe für die Provinz mit ihren Bergen, die sich nirgends besser betrachten ließen als aus der Panoramafensterscheibe des Lehrerzimmers dieser in den Hügel gebauten Schule. Sie kam auf den Zeichenlehrer zu, drückte ihm eines der Gläser in die Hand, trat neben ihn hin und drehte sich um. Sie starrten zu zweit gen Grat, durch den Rauch der auf dem Katheder brennenden Zigarette. In Wien aber trage sie ganz andere, salbungsvollere Titel, wie in etwa Doktor der Philosophie und Diplompsychologin, was sie gleich zu ihrer Eingangsfrage bringe.

Wie es ihm gehe?

Die Schwester sagt, du hast Glück gehabt.

Glaub kaum.

Obwohl ihre Bekanntschaft begann mit unerwartetem, unverblümtem, ja überraschendem Erscheinen, erweckt ihr hiesiges Auftauchen keinen zufälligen Anschein. Zu oft und zu unverhofft hat der Zeichenlehrer seine Kollegen ihre Fächer räumen und mit Koffern schwerer als nach Schularbeiten die Marmortreppen runterstolpern sehen unter dem hohen Hohngelächter der barmherzigen Schwestern vom Heiligen Kreuz.

Mal nicht so schwarz. Heute setzen wir die rosarote Brille auf.

Sein Herz setzt eine Sekunde aus, das spürt er zwar, aber die graphische Abstraktion, der er mehr zutraut, bleibt stabil. Die Linien heben und senken sich, Neongrün auf schwarzem Display.

Arbeitslosigkeit kann ja neuerdings auch nur mehr Freizeit heißen.

Die Psychologin zieht ihre Handschuhe aus, legt eine schlangenlederne Handtasche auf ihren Schoß und holt eine Flasche Champagner heraus.

Tu nicht so, du hast dich immer nur für Überflieger interessiert.

Ihre rechte Hand schlängelt sich um den gläsernen Hals. Als würde er gewürgt, sieht der Zeichenlehrer schon grauen Schaum herausquellen. Die Psychologin reißt den goldenen Streifen Aluminium entlang seiner Perforation zwischen Flaschenmund und Korken rundum ab. Das widerspenstige, kreppbandartige Rascheln löst sich ins lautlose, schwerelose Kräuseln des Bandes zwischen ihren Fingern. Die Psychologin zwinkert dem Zeichenlehrer zu und hält ihm das spiralartig um sich selbst und ihre spitzen Nägel gewundene Stück Aluminium hin. Als er sagt, es erinnere ihn stark an einen abgezupften Strunk Blumenkohl, an eine sich öffnende Rose, die große Welle und Drachenschuppen, lässt die Psychologin das Bändchen auf seine Bettdecke fallen, wo es sich im Spiel der Fliehziehkräfte weiterwindet. Sie schraubt den Draht auf, hebt ihn wie eine Kappe vom Korken, fragt, was das mit ihm mache.

Er hasste diese Frage schon, seit ihm die Therapeutin auf seine Erkundigung, was sie hier mache, erklärte, das sei überhaupt nicht der Punkt. Entscheidend sei, was sie mit ihm mache. Dann starrten sie weiter auf die Grate, und bald saß er in ihrem Garten an einem Marmortisch von heuschreckenartigen Liegestühlen und übermannshohen phallischen Statuen umstanden, die er selbst als transzendentale Erfahrung erschaffen hatte, die aber jetzt leichenfahle Leintücher bedeckten, wie sie Kinder sich überwarfen, wenn sie Geist spielten. Zu Füßen des Hügels, auf dem er sich befand, ruhte der See, das Strandbad, die klösterliche Privatbucht, auf deren Wasseroberfläche die gespenstischen Rorschachwolken des Frühlingshimmels zu sehen waren, die sich mit dem Tabakqualm verbanden. Ihm gegenüber lauerte die Therapeutin, ihre Ray-Ban, deren Gläser seine Glatze spiegelten, nach oben geschoben in den schwarz gefärbten Pagenkopf, sodass ihr die Bügel die Fransen am Ansatz aus dem Gesicht knickten. Die Stirn zerfurchten erste Falten, ein Glas voller Zitronenlimonade vor sich.

Er denke an einen Kescher, mit dem man Schmetterlinge aus der Luft fange, wie in dieser debilen Serie jener psychedelische Schwamm zusammen mit einem aufgeschwemmten rosaroten Seestern geflügelte Muscheln jage. Entzückt sei sie jedenfalls, dass er immer noch ganz der Alte sei, Fraktale und Wasser. Der Zeichenlehrer öffnet den Mund im Begriff, einen Streit anzuzetteln über die hinreichende Kenntnis der Therapeutin seiner Persönlichkeit für derlei Einschätzung. Dann bleibt er aber stumm, zumal er bemerkt, dass bereits einige Sekunden verstrichen, seine Lippen voneinander gewichen sind, ohne zu sprechen bis jetzt. Spucke spürt er inzwischen aus seinem Mundwinkel sickern, und er vergewissert sich, erblickt sich gespiegelt am Glas der Vase sabbern, durchwachsen und durchflochten von den Zweigen darin. Vielleicht ist der Speichel nur Kondensationsflüssigkeit an der dreckigen Oberfläche des spinnwebverklebten Spitalsequipments, potenziell noch vom letzten Bettlägerigen, von dessen Witwe, die sich aus dem Gefäß aufschwingenden Vogelbeeren, diese idiotische Paralyse, unfähig, die fremdattestierte Zurechnungsfähigkeit zu bestreiten, weil er sich nicht vollends im Besitz seiner geistigen Kräfte sieht, was ihm wiederum ein galgenhumoriges Lächeln abpresst.

Aus dem Mund sprudelt ihm munter die Spucke, und zu allem Überfluss fliegt nun ein doppelter Knall Schuss Gegenschuss durchs Zimmer, vom Erzittern der Fensterscheibe, von der entkorkten Flasche, von einer Champagnerfontäne gefolgt, die das blumengemusterte Bettzeug schon wieder im Verenden begriffen bloß ein bisschen besprenkelt wie ein zwar aufgedrehter, aber vorne zusammengedrückter Gartenschlauch. Der Zeichenlehrer meint schon wieder, sein Herz setzt aus, schaut aufs Display, abknickender, hochfahrender Strich, aufsteigende Bläschen, Schaum vom Flaschenmund pustende Therapeutin, wie auf ein Signal hin aus ihrem Sichtschatten tretend, ins Bad verschwindend, wiederkehrend ein Mädchen mit zwei Zahnputzbechern in den Händen und einem irren Lächeln im Gesicht. Die Kante am Fußende des Gitterbettes schneidet ihre Beine. Mit Blumen bedruckt die drüber hinausragende Bluse wie die Bettwäsche, die sie jetzt umrundet. Sie öffnet das Fenster, nimmt das reglose Rotkehlchen vom Fensterbrett, taxiert die Scheibe, den Schmierfleck daran, drückt den Flügel weitestmöglich ins Zimmer, drapiert den Vorhang drüber, setzt sich, den toten Vogel im Schoß, auf den Besucherstuhl zwischen Zeichenlehrer und Scheibe, richtet einen abschätzenden Blick hinaus, dreht den Kopf, schaut die Therapeutin an.

Setz ihn mal da zur Vase auf das Kästchen. Dann müsste es stimmen.

Über der Bettdecke hält sie am abgeknickten Flügel den zerzausten Vogel, der vor Elenas innerem Auge vom offenen Fenster her mit zweifachem Knall im Flug durch die Schläfen des Bettlägerigen schoss. Beim Austritt warfen etliche Blutstropfen ein pointilistisches Spritzbild über der Vase gegen die Wand, das erst in die dritte Dimension gewendet jenes Beerenbüschel, und damit den Anlass einzudringen, darstellt. Die Therapeutin hat die Flasche Champagner phallisch im Griff über ihrem von der Bettdecke ununterscheidbaren Oberteil, auf der zu Füßen des mild lächelnden Zeichenlehrers nebst entwirrtem Drahtpessar und eingekringeltem Aluminiumband der Korken lag. Dem Patienten ist, als perlte die grün getönte Flüssigkeit auf.

Das ist übrigens Elena.

Morgen

Nach Herzenslust setzt Elena das Abendessen als erste Tagesmahlzeit fort, lässt abschließend das letzte mit Butter bestrichene Stück Baguette parallel zum verschmierten Messer liegen, vermisst anschließend mit ihren Blicken den Tisch, isst eine falsch platzierte Weintraube, beugt sich über das Blech, beäugt die Donauwellen, steht auf und sieht bestätigt, dass trotz der reingesteckten Kerze motivisch, vogelperspektivisch und formal nichts rauszuholen ist als ein schwarzes Quadrat, was, mal wieder, den guten alten Malewitsch, Elena, fuck?! Eklektizismus parasitärer Art. Ernähren von den Vorgängern. Rückkehr zu den Überbleibseln, eigentlich ein Leichenschmaus, genau. In den Donauwellen, da hausen ja auch die Aufgeschwemmten. Hundertmal da und dann weg gewesen, abgetaucht, runtergezogen und ausgespien vom Fluss. Uralt, das Strandgut aufklauben und dann schauen. Tücher um den Kopf geschlungen wie die Mutter von Magritte. Gleich der Unbekannten aus der Seine. Vor zwei Jahrhunderten ins Wasser gegangen. Hat niemand gewusst, wer die war. Aber große Karriere gemacht, als Abziehbild. Dutzende Nachmacher immer wieder. Bis hin zu Celan. Sein Blick ins düstere Nass, ein frühes Gedicht, Jahre vorm Suizid, runter die Brücke. Ob damals auch schon die Vorhängeschlösser hingen? Zur lebensmüden Verhütung. Von wegen hermetisches Dichtwerk, abgeschlossen und unzugänglich dieses Gelände. Da drehen Sie besser gleich wieder um und flanieren lieber Richtung Eiffelturm. Den hat so doll gemalt der Delaunay. Voll eingeschlagen in Paris, die krass komplementäre Couleur, aus dem kaiserlichen Berlin. Und dann Peter Szondi, der große Experte in Sachen lyrischer Avantgarde. Nichts mit avant la lettre. Auch er verunglückt absichtlich, einigen Versen von Celan zum Verwechseln ähnlich. Als wäre das eine Anleitung. Die Umbringerei als Projekt begreifen, meinte der Professor einmal. Soll noch einer von schmarotzerischen Mustern reden. Und immer wieder Magrittes Mutter. In seinen Bildern. Da tauchen die ins Wasser Gegangenen wieder auf. Vor heiterem Himmel. Oftmals auch einen Vogel vorm Kopf. Oder einen smaragdenen Apfel. Von der Farbe her. Wie ihn Schneewittchens Hexe im Halse stecken hatte. Haare so schwarz wie Kuvertüre oder Ofenblech. Lippenrot wie Weichseln. Und Haut aus Vanillepudding, aus Rührteig, aus Creme. Wird vielleicht was mit dieser Welle. Dass das Blondie von gestern mit ihren aquarellblauen Augen nicht einfach wie normale Menschen Strudel mitbringen konnte. Sprudelnde Donaudampfschifffahrtsschraube sozusagen. Die Kerze womöglich zum Schiffchenversenken, ein lodernder Docht, runterzundernde Lunte, Grabflamme. Heiße Sache, nein, muss eine Anspielung sein. Sonst heißt es wieder, ja, Elena, ist dir nichts eingefallen, und dann war morgens dieses Ding da.

Ja, bravo, du hast es ruiniert.

Marlene versteht erst gar nicht, was diese Elena von ihr will.

Ja stell den depperten Teller gefälligst wieder hin.

Eine fremde Küche aufzuräumen, oftmals eine gute Methode, sich mit dem Haushalt vertraut zu machen. Aber so wie es aussieht, die Donauwelle nicht mal angeschnitten, da die Lasagne sattmachend war, scheint Elena eine von der Fraktion Partygäste-am-besten-beim-Katerfrühstück-Kennenlernen. Der Sekt prickelt, ein Dessertlöffel in der Öffnung, mit ein bisschen Glück hat auch die Flasche Vöslauer noch Spritz. So nimmt sie Platz und wischt mit der verbliebenen Serviette Salsiccia Bolognese und Parmigiano Reggiano vom Porzellan.

Was tust du denn, du dummes Ding, jetzt verhunzt du das auch noch.

Mit nahezu weinerlichem Gesicht kommt Elena nun daher, nimmt die zerknüllte Serviette vom Tisch, ballt darum offenbar ganz desperat die Hand und lässt sich, unschlüssig wohin damit, ebenfalls auf einen Stuhl nieder. Jetzt stützt sie die Ellenbogen auf den Tisch, den Kopf in die Handflächen, zieht sich die Finger durchs Haar, das fettig und voll Schwung elektrifiziert in der Luft stehen bleibt, zittert wie eine Libelle, als Marlene ihre eine zweite Serviette hinhält, dann eben nicht, sie loslässt, ein Streichholz anreißt. Elenas Augen scheinen zu lodern, während sie den verbrennenden Zündholzkopf anstarrt und verzagt atonal vor sich hin stottert, jedoch der Docht lodert schon. Marlene badet die im Handumdrehen sowie unter weiterem Serviettenverschleiß von der krossen und kein bisschen klebrigen, einfach abziehbaren Käsekruste gereinigte, zu Wellen geschliffene Küchenmesserschneide in der schönen blauen Flamme.

Tus nicht.

Was ist denn?

Ich brauch das noch.

Marlene lacht. Werden wir ja sehen. Denn die Schokoladenkruste schmilzt im schonungslosen Kontakt mit der Messerspitze schon dahin.

Elena, erzähl mal, warum, sag, trägst du noch mal meine Wollsocken?

Marlene schreibt der wie Tinte fließenden Schokolade ein Herz um die Kerze herum ein, setzt ab, überlegt kurz, noch ein Streich, der direkt ins Kranzgefäß hineingeht. Marlene scheint, auch in Elenas Brustkasten klafft eine Wunde. Mit sechs kurzen, tannenbaumartigen Strichen bringt sie dem ersten noch ein Schweifgefieder bei, und den letzten Streich, der das Organ verlässt, zeichnet Marlene in derart groteskem Winkel, dass vielleicht nicht das Herz, aber ganz fix der darin steckende Pfeil gebrochen ist. An der Spitze fehlt noch ein kleines Dreieck. Aber das kann sich Elena ja denken. Um nicht zu sagen aufmalen, ein Austriazismus, den Marlene lange Jahre vergessen hat im anderen Lande.

Anfangs schlenderte sie noch ganz versessen über die Domäne Marienburg, jenen zwar echt als Burg errichteten, nach Abgefuckeltheit und Ruin aber im fremden Fachwerkstil als Gehöft restaurierten Campus. Den unmerklichen Unterschieden zwischen gewohntem und gewöhnlichem Deutsch in Wortwahl und Aussprache spürte Marlene gründlich nach. Statt Miniaturprosastücke wie ihre Mitstudierenden zu fabrizieren, verzeichnete sie feine Differenzen und Interferenzen in ihren Notizheften während Übungskursen und Seminarsitzungen, sogenannten Werkstätten, wo ebenjene vorgelegten Kürzestgeschichten von den anderen Immatrikulierten und Inskribierten mit standardisierten Kommentaren beschossen wurden, von Fluxus und Flow sowie Fluidum oder Rhythmus, unreiner Reim, Beistrich, Komma, Semikolon; Strichpunkt. Die niederdiskutierten wannabe Schriftstellenden in spe hielten die Schelte krakelig mit ihrer Sauklaue eifrig fest, freilich ohne mitzukommen, in ihren Kladden auf Kaszetteln. Marlene betrachtete sich eher als kiebitzender Eichelhäher, stibitzte von den nach Kippe und Pott, Parisienne und Verlängertem abgefrühstückten und liegen gelassenen Zetteln die Croissantkrümel wie ein Vorräte hortendes Hörnchen, klaubte und hob die Synonyme damit auf gleich einer Christbaumkugel, obwohl man sich den aufgekranzten Weihnachtsbaum die zwölf Raunächte lang bis zur Perchtennacht in den bacherlwarm kohlegeheizten Stuben und Buden der städtischen Studierendenschaft bestenfalls aufmalen oder also aus dem Kopf schlagen konnte, eine von Marlenes liebsten als Beispiel hergenommenen Phrasen, dass Germania mal wieder über den brutaleren Ausdruck verfügte gegenüber Good Old Austria, gemahnte doch die in Österreich gebräuchliche Redeweise bereits ans Ausmalen und führte die in deutschen Landen gleich mal abgewatschte, aufgemischte, niedergeprügelte, weltfremde, weil dem kruppstahlharten realen Deutschland ferne Vorstellung über ins Phantastische, schloss es ab wie eine Monstranz, wo doch etwas, das es gar nicht gab, seinen Ort haben sollte wie die Voestalpine Linz in Adolf Hitlers Kopf und kurz danach in seiner Lieblingsstadt, für die auch schon ein wirrer Umgestaltungsplan erstellt und die ein Neichtl später kalter Kaffee war wie der Schmähführer selbst, sodass sich die systemrelevanten Architekten ihr zertrümmertes Linz aufmalen konnten, hatten sich doch wie immer auch die Siegermächte dieser Geschichte etwas ausgemalt, Wiederaufbau, Mars Hall, Golden Globe.

Und voll Ingrimm nahm sie die Tasse auf ihrem Schreibtisch in die Hand, und so fest sie konnte, warf sie das Porzellan gegen die Wand, an der es zersprang. Marlene starrte die Stelle an. Der Wiener Linien-Plan hing dort. Schönbrunn war leider heilgeblieben. Sie schaute wie ein Vogel auf die Auenweide, ein Blick vom Dom in die City hinab, auf das Netz, das sie durchzog, die U6, der abgetragenen Stadtmauer entlang, früher der Wache vorbehalten, heute Transitlinie, gerahmt von Wagners Jugendstilfassaden wie nirgendwo in Wien, Thaliastraße, Gumpendorf, Meidling, mind the gap

Morgens. Punkt vier. Danach kann Marlene sich die Uhr stellen. Nicht aber den Wecker. Der ist in ihr drin. Im Handgelenk. Darum ist die Uhr gespannt. Die Brust hebt sich, wenn Marlene sich im Bett aufsetzt. Im Reflex geht ihre Hand ans Nachtkästchen. In die Finger gerät ihr kein Gerät, kein Handy, kein Radiowecker, keiner mit Klingel. Nur das hellwache Klopfen in sich, in ihrer Brust, ihrem Puls, ihrem Kopf. Ins Gesicht fasst sie sich. In den Augen kaum Schlaf. Um den Mund herum keine Speichelspuren. Und darin die Trockenheit. In Sicht das finstere Ziffernblatt ihrer Citizen Solararmbanduhr. Ununterscheidbar von der Dunkelheit des Raumes. In REM-Schlaf liegt der Mann neben ihr. Träumt vielleicht von einem Traumdeuter. Seinerseits die akkubetriebene Nachttischlampe, links liegen gelassen. Wie in einer Bewegung schiebt Marlene stattdessen die Beine über die Bettkante in die Hose am Boden. Angezogen verlässt sie das Zimmer, befindet sich hinter der Küchendurchreiche. Die Neonspotleiste darüber findet sie inzwischen blind. Ebenso den Hefen, das Wasser, den Herd, den Drehregler, das Feuer, die Tasse, den Beutel. Erst wenn der Tee zieht, checkt sie die Uhr. So ist es ihr anfangs entgangen. Mehrmals nachts aufzuwachen alarmiert ja erst mal niemanden. Im Winter kam sie nach Wien, und das neue Bett blieb ihr das ganze Frühjahr lang fremd. Den

Sommer über erhitzten sich die Zimmer, und sie schlief oft bei Nik auf verschwitzten Laken. Die zunehmende Vertrautheit seines Körpers schien ihr das Aufstehen kaum zu erlauben. Zwar wandte sie sich immer wieder nachts ab von ihm, aber morgens, ja, wenn er ihr Kaffee ans Bett brachte, sie habe gut geschlafen. Zum Herbst dann sprangen die Heizungen an, und in ihrer Mundhöhle nistet jene Mischung aus Verkühlung und Wüste. Staub treibt seither sein Unwesen, treibt in den Wassergläsern auf dem Nachtkästchen und treibt Marlene in die Küche. Aus schlafhygienischen Gründen lässt sie seither das Handy über Nacht neben der Spüle. Mit der Stoppuhr nahm sie dann immer die drei Minuten. Und erst als sie anfing, auf ihre Citizen zu schauen, ist ihr aufgefallen, dass ihr gar nicht aufgefallen ist, wann es angefangen hat. Vielleicht liegts auch an den Wiener Linien, die jetzt ihren Betrieb aufnehmen. Die Bahnen der Räderwerke küssen wieder die Gleise und rütteln die ersten Passagiere wach. Marlene ist, als führen diese Züge auch durch ihre Gefäße, transportierten hochrote und fahlbleiche Körper. Eben den voll warmen Altbauwohnungen entflohen oder schon die jüngsten Stunden unter bedecktem Himmel halb erfroren. Marlene hört die Rohre im Mauerwerk rumoren und das Wasser die Heizkörper fluten. Das Ruckeln der ersten Straßenbahnen und das wiederholte Anfahren im verstopften Verkehr sind die Geräusche der Frühe.

Elenas Mantel, stets am Garderobenhaken, aber nur hin und wieder sichtbar, in der Spiegelung des Fensters, wenn Marlene an der Küchenzeile steht. Manchmal nämlich sitzt sie da, Elena, dazwischen an dem großen Tisch und sagt, Marlene solle das Licht wieder ausmachen, sie möge dunkle Räume. Keine Geräusche verraten Elenas Anwesenheit, weswegen ihr Konterfei immer wieder morgens im indirekten Zwielicht der Neonspotleiste an der Fensterscheibe erscheint. Kommentarlos knipst Marlene inzwischen den Schalter wieder um, woraufhin Elena nicht selten sagt, jetzt verlange es sie gerade nach ein bisschen Licht, und Marlene entgegnet, sie liebe aber finstre Zimmer, das ausströmende Gas entzündet und die beiden sich mit dem Widerschein der blauen Flammenzungen begnügen. Marlene, erzähl mal, sag, warum trinkst du noch mal meinen Tee? Als Elena daraus noch keinen Running Gag gemacht hatte, gab ihr Marlene die Tasse, und sie bedankte sich. Dann erst lachten sie lauter als die draußen vorbeirauschenden Bahnen. Inzwischen gießt Marlene eine zweite Tasse auf, wenn Elena etwas anderes anhat als T-Shirt und Slip. Den Tee an den Tisch zu bringen und sich zu ihr zu setzen gelingt Marlene ebenfalls blind. Die meisten Lokale schließen ja um drei. Zunehmend vertrauensvolle Wortwechsel stellen sich ein. Oder Geborgenheit schon nahe kommende Sprachlosigkeit sowie Gesten und Geräusche. Finger berühren sich bei Übergabe der Tasse, ein gutturaler Ton zum ersten Schluck, ein dumpfes Husten, dümpelnde Beutel, sachtes Pusten, Fenchelgeruch.

Punkt Viertel nach vier nimmt Elena ihre Tasche, der Reißverschluss surrt, das Kramen und Klackern in Küchenregalen, die Plünderung irgendwelcher Sachen, hinterrücks, Marlenes Blick entzogen. Dem Plan nach sich langsam loseisen, zunächst von dieser schicken Wohnung, von unseren feschen Jungs, je ein letzter ONS, zuletzt von Marlene, omg und lol. Ihr kann das auch egal sein, solange der Tee dableibt, findet sie. Und Trinkgeld, ein weiterer Running Gag. Liegt auf dem Tisch. Die Wollsocken dämpfen Elenas Schritt. Die Tür fällt ins Schloss, und Marlene zündet den Kandelaber an. Im Kerzenlicht hängt weiterhin der Mantel, jetzt gespiegelt auf der Scheibe. Wo Elena hingeht, scheint eingeheizt zu sein. Der Kälte wegen kam sie nicht. Elenas Tasse ist noch warm. Marlene wünscht, es wäre Lippenstift dran. Aber das kann sie sich abschminken, aufmalen, aus dem Kopf schlagen. Elenas Lippen sind zu dieser Jahreszeit in nächtlicher Kälte gesprungen und von westlichen Winden geschunden. Überhaupt hat sie die Frau immer nur ungeschminkt und ungeniert gesehen. Eher würden die Zwillinge Passanten fragen, ob sie ein Foto von ihnen machten. Immerhin ist hier an den Wänden wie auf den Urlaubserinnerungen von Pärchen stets nur eine von beiden Personen zu sehen. In Niks Wohnung befinden sich die gleichen Abzüge, die sie so lange für Fotos von Nik gehalten hat. Immerhin kann das immer noch stimmen, wohnt doch dem Wörtchen *von* diese Doppeldeutigkeit inne. Je länger Marlene über derlei Bezügen brütet, umso mehr verliert sie die eigentlichen Motive der Fotos und Gemälde an den Wänden aus dem Sinn, die sich anzuschauen sie die Kerzen eigentlich entfacht hat. An einem Tisch zu sitzen lässt ihren Blick zuverlässig sinken, ihre Haltung verkümmern, und bald hat ihr Körper nur noch Augen und Blicke und Worte für die Zeichen auf der Platte, zwei lauwarme Tassen Fenchel-Anis-Tee, dazwischen ein Zwei-Euro-Stück. Wenn Elena aber nicht da ist oder nach wenigen schweigsamen Momenten in T-Shirt und Slip wieder in ihrem oder Viktors oder gottbewahre Nikis Zimmer verschwindet, schweift Marlenes Blick von ihrem Platz an der Küchenzeile hinter der Durchreiche aus über Leinwände und Fotopapier. Wie angezogen von den Bildern bewegt sie sich dann in den Mittelpunkt des Zimmers.

Wenn Marlene sich nach links wendet, sieht sie zwar fotografischen Realismus in Reinkultur. Dreht sie sich aber nach rechts, springt sie deutscher Expressionismus in Vollendung an. Während die eine Leinwand tiefes Schwarz grundiert, dominieren das andere Gemälde komplementäre Farben. Links durchmisst das große Format ein nackter Körper, und nur ein bloßes Gesicht bestimmt die zwei Mal zwei Meter rechts. Der Akt ist waagerecht gemalt, während das Porträt im Lot gehalten ist. Die Lichtquelle links der Kandelaber, rechts aber gar nicht ersichtlich. So scheint das eine Gemälde wie für diesen einen Raum gemacht, wogegen sich das andere Bild jeder konkreten Sphäre enthebt. Ja mehr noch, während die Stimmung und das Spiel der Kräfte auf der einen Seite ausschließlich innerhalb des Rahmens herrscht und tobt, fordert und erbittet die Kerzenflammen außerhalb und realweltlich in gegenüberliegender Position der Hintergrund und die Lage der Figur. Hingestreckt wie versteckt im Bild erkennt man den Körper bloß als Silhouette. Vom Tisch her werden nur die Außenlinien des liegenden Mannes beleuchtet. Das monochrome Dunkel rundherum und das seitlich einfallende Licht heben das Modell nicht hervor, sondern stoßen es in die unendliche Finsternis umgeben von letztem Abglanz. Das Bild scheint das Motiv nicht vor der Grundierung zu zeigen. Von der Tiefe des Raums wird der Akt absorbiert. Sie saugt ihn ein, statt ihn zum Vorschein zu bringen. Sie reißt ihn nicht raus. Sie reitet ihn rein. Der Mann, der Raum, wer ist hier Subjekt, Sujet, Motiv? Oder irrt Marlene? Stellt sie eine falsche Frage, die nach dem Hintergrund? Eine, die in diesem Rahmen offenbleibt, die das Gemälde zurückweist, auf die es schon zählt, mit der es rechnet und entrisch dealt, boshaft witzelt, Provokation, Pointe, Scherzerl, Gag?

Die eierschalenweiße Schneekanone ganz links deutet darauf hin. Marlene mag sie. Als einziges Objekt im Bild. Ihre verschattete Mündung verschwindet im Schwarz. Mehr jedenfalls als ihr zylindrischer Mantel sich davon abhebt. Sie richtet sich auf den Kopf des Mannes und ist kaum größer als seine bleichen Nägel. Die Finger bedecken das Gesicht abgesehen von den Augen, die schwarzen Höhlen inmitten lichtbespitzelter Wimpern gleichen. Seine Wange ist auf den Handballen gestützt, Elle und Speiche nur schwach beleuchtet, der Trizeps ein feinweißer Strich, ein Bogen von Bizeps, und der Ellenbogen, bloß ein knospenförmiges Radiusköpfchen, ruht auf dem Boden oder schwebt schwerelos im gravitätischen Nichts, wie auch immer man diese schwarze Grundierung nennen will. Dahin fällt auch der Adamsapfel ab, und die Kuhle zwischen den Schlüsselbeinen gräbt tief ins Bild wie ein Durchbruch der Wand. Auch die Brustwarzen werden von ihrem Vorhof zurückgesogen. Sie hocken machtlos in ihrem Umkreis. Die strichlierten Rillen zwischen den Rippen dominieren die lichten Knochen. Das Brustbein flieht den Leib entlang. Der Waschbrettbauch scheint in seiner Wulstigkeit überbetont. Doch wieder erheben sich die Muskelköpfe kaum höher, als die Partien dazwischen entwischen. Sie weichen in Richtung Nabel, der als finsterster Fleck glänzt. Er funkelt triefend tintenschwarz. Als zentrale Fluchtlinie führt er in die Tiefe. Eine embryonal gekrümmte Perspektive. Alle Partien streben ihm zu. Wie in älteren Proportionsstudien. Erst da Vinci schuf Vitruv. Er verlegte den Körpermittelpunkt. Sein Zirkel fuhr um den Penis herum. Dieses Bild aber sticht hinein und schlägt ab. Es weist darauf hin. Will etwas wiedergeben. Aber gebrochen und verzerrt. Zurechtzurücken ist es nicht. Und die Zeit keineswegs zurückzudrehen. Die epochale Nähe zu Leonardo erklärt auch die Schwärze wie bei Caravaggio. Als Nachkomme der Renaissance zieht sich der Körper zurück. Denn was soll kommen nach der Wiedergeburt. Die heile Welt jedenfalls nicht. Ein Fingerabdruck in der pastosen Farbe an der schmutzigen Fußsohle schließt den Akt ab links des schwarzen Rahmens. Ganz unten rechts signierte Elena.

Andererseits aber verwandelt sich dieses Autogramm zur ironischen Spitze. Nach rechts gewandt kommen Marlene aus der Bildmitte über dem Adlerzinken in grellen Neontönen die Buchstaben NA entgegen. Harter Kante prallen OP-Grün und Blutrot zusammen, der Schrägstrich in der ersten und der Balken in der zweiten Letter, schroffe Farbflächen, aus den beidseitigen Zeichengrenzen herausfetzend, mit der Spachtel schwungvoll aufgetragen, Brocken von Pigment, dreidimensional, ein Streich die Leinwand entlang, der sich gegen Marlene richtet und ausdrückt, über ihren Kopf hinwegfliegt und das Signet dahinter konterkariert. Auch sonst preschen die komplementären Farben und Kontrastobjekte in den Raum. Vor der porträtierten Wange schraubt sich die grellgelbe Spirale am Hals einer überdimensionierten Sonnenmilchtube heraus. Zusammengedrückt ihr Bauch, feuert sie eine Fontäne nebulöser Flüssigkeit schräg durchs Bild. Der pointilistische Farbwirrwarr darin karikiert kunstbeflissene Schilderung, spottet jedwedem Beschreibungsversuch und schleudert an diesem Irrsinn verzweifelnden Interpretierenden wenigstens einfarbig den zylindrischen Tubenaufsatz hin. Weggeschossen fliegt er aus dem Bild halb noch auf den Rahmen gemalt voran der fett aufgetragenen Farbmasse im rechten Kreuzeck. Daneben zerschmeißt die Aufschrift der Nase von Wurzel bis Lid das Gesicht wie eine kalligraphisch konkret geratene Mensurnarbe. Unter dem linken Kiefer würgen die NIVEA-LSF-Fifty-Sun-Lotion die Augen einer Wimpernschere. Obwohl sie einander haarscharf nicht berühren, der zerknitterte Tubenbauch dazwischen aufzuspringen scheint, öffnen sich die schaufelartigen Klingen an den Wimpern sperrangelweit. Sie spreizen dem Porträt die linken Lider türkis vom tränenden Augapfel. Ein pinker, um die Ränder flimmernder Laserstrahl nimmt daher seinen Ausgang, schneidet in die Verlängerung gedacht einen winzigen, lichten Punkt inmitten der rundumumgrapschten Augenhöhle des Mannes gegenüber. Erst wenn Marlene diese Laserlinie durch den Raum verfolgt, nur in der Wiederholung dieser Wendung, begreift sie die Finger als Zehen. Der Akt stützt sich auf einen Fuß, kubistisch unter sein Kinn gebrochen und hinter seinem Rücken verschwindend das Bein. Der Unterschenkel ist lotrecht, der Handrücken der Spann, der Kopf in die Sohle geschmiegt, der Ballen die Ferse, der Knöchel der Knöchel, die vermeintliche Elle das epilierte Schienbein, die scheinbare Speiche die haarlose Wade, der profilierte Oberschenkelhals Trizeps und Bizeps, die Kniekehle die Ellenbeuge, die Kniescheibe der Ellenbogen, Hüfte, Rückgrat, Torso, Kopf und sonstige Extremitäten der wohl bäuchlings liegenden Person verborgen vom vorderen Körper, der Oberschenkel ab der Hälfte mündend in den Schultergürtel, zur Hälfte dahinter im Darkroom, aber noch ins Licht geschoben sowie hochgehebelt den eigenen Fuß, um dem hingestreckten Mannsbild das Haupt aufzustützen und die Augen zu verrücken. Die zweite Pupille schielt ein bisschen, verfehlt den Brennpunkt der ersten, zielt stattdessen auf den Adamsapfel des Gegenübers. Wie eine Schlinge liegt ihm ein Tuch um den Hals, dessen spektralfarbige Segmente dem Kinn entspringen. Es wurde von der sonst vollgepinselten Bildoberfläche abgeschottet mittels stumpfen, weichen Bleistifts, der unter den Lippen als freien Fleck eierschalenweißer Leinwand ein schiefwinkliges Prisma einschrieb. An der Kante trifft es ein haarfeiner Strich Deckweiß, der geradewegs aus dem linken Kreuzeck des Gemäldes einfällt und den dreidimensionalen Laserstrahl schneidet, der in diesem Moment wie die schräg nach vorne gestellte Ecke eines nur mit Strichen die Kanten entlang gezeichneten Würfels zurückkippt in die Tiefe des Bildes, um sofort wieder hervorzuspringen den nächsten Augenblick. Die Deckweißlinie verschwindet hinter dem grellgelb und spiralartig umwundenen Hals der sonnenbrandroten NIVEA-Tube, zerschlitzt die fleischigen Lippen, verlässt darunter aufgespalten und durchdrungen das Prisma in Form und Farbe kurzer, kohleschwarzer Pinselborsten, die auch gefallene Wimpernspitzen sein mögen. Sie werden schroff unterbrochen durch die Palette aller Regenbogenfarben, von denen der Porträtierte den Hals voll hat, das Ziel des linsenden Bruders gegenüber. Der ruht ja in einem Schwarzweißakt wie für Farbenblinde geschaffen, während sich im laserlosen Auge seines geköpft porträtierten Zwillings das bleiche, nackte, freischwebende Radiusköpfchen spiegelt. Diese beiden Kniescheiben starren einander an durch den aufgemachten Reflexionsraum voll verwischter Gewissheit. Wendet sich Marlene davon ab, sieht sie sich im Fadenkreuz der Gemälde zwischen Vorhängen auf der Fensterscheibe.

Wie abgestoßen von ihrem Standpunkt bewegt sie sich hinter die Neonspotleiste der Küchendurchreiche. Auf der Glasfläche nur noch jene Tür zu sehen, die Marlene am Tag der Zeitumstellung genau in dem Augenblick die Klinke drückend und ziehend in die Wohnung schwenkt, als Elena sich dahinter wie immer beim Eintritt ins Speisezimmer anschickt, die Schuhe über den Boden zu schleudern, um sodann die Sohlen flauschiger zu setzen. Die Sneakers werden von der Türschwelle aus so in den Treppenhausmauerwinkel gekickt, dass Marlene in die Hände klatscht und viel Staub draufrieselt. Schuhregale sind out. Doch sei es, weil Marlene den Tick immer übersehen oder weil sie stets nach ihm zu fragen unterlassen hat, als die Uhrzeit fortgeschritten war, behält die Neue bis heute ihre Docs an den Füßen. Elena entgeht ebenfalls nicht, wie bemüht, absichtlich und pseudoentschlossen Marlene straight forward schaut, als sie geradewegs an Elena vorbei losstiefelt, ihre Begrüßungsworte im Stiegenhaus vor sich stottert, Solahruhren stehen im Herbstwind öfter still, ihr am Treppenabsatz noch nachhallendes Klatschen rückbezüglich in eine Entzückung darüber verwandelt, Elena trotz verpennter Zeitverschiebung noch erwischt zu haben, entschieden, jedweden Zusammenhang mit dem sneaky Manierismus auch weiter zu verhehlen, fürderhin den Trick übergehen.

Als Marlene langfingrig eine Thermoskanne Tee in ihren Koffer packt, ist schon sehr genau zu erkennen, wie angestrengt Elena versucht, mit halb gesenkten Lidern einen gelangweilt skeptischen Blick auf die Fensterscheibe zu zaubern, eye, du bist ja voll die Nachmacherin. Dass auch Elena sich mal in einen der Zwillinge verknallt habe, beruhigt Marlene enorm. Doch, das war voll cool. Immerhin haben die immer Zeit. Man muss sich nur halb so viele neue Gesprächsthemen ausdenken, kann in jeden Film zweimal gehen, wenn man will. Außerdem doppelte Portion Erektion. Nie müde, dir Gutenachtgeschichten zu erzählen. Also hat Marlene keinen an der Klatsche oder zumindest nicht schlimmer als Elena, die sich keine Platte macht, was Marlene zugegebenermaßen bewundert. Als sie sich dann beide loseisen vom Tisch, Elena sich von den Socken macht, sich ins Bad zurückzieht, Marlene das Haus verlässt, ihr die Wohnung überlässt, fühlt sie sich verletzt und die Citizen bleibt stehen. Elena hätte schon sagen können, dass sie mit den Zwillingen ins Bett springt, kaum dass Marlene sich auf Abflug macht. An der Station checkt sie noch mal Ticket und Uhrzeit. Sie nimmt ihren Reisepass aus dem vordersten Reißverschlussfach und steckt ihn zusammen mit dem Handy in die Mantelbrusttasche. Dann streift sie sich die Handschuhe über. Natürlich taucht die gute alte Tram sirrend die Sekunde aus der eisvogelblauen Nacht auf. Der Fäustling ist zu klobig, den kleinen Reißverschluss zu greifen, und der Bahnhof zu nah, jetzt noch mal herumzukramen. Erst am Gleis beißt sie also in den Stoff, zieht ihn sich im Heben ihres Kopfes von der inzwischen verschwitzten Hand, hat dann den offenen Koffer im Griff, nimmt Schlepptoptasche und Thermoskanne heraus. Sie schultert den Riemen und schraubt die Kappe auf, gießt das Heißgetränk hinein und schaut durch Dampf den menschenleeren Bahnsteig hinunter. Der Anblick ist zerschnitten von kalten Metallstreben, die in regelmäßigen Abständen aus dem trockenen Boden springen wie eine Reihe erstarrter Fontänen aus einem längsgestreckten Zierbrunnen. An schönen Tagen scheinen die sich gen Fluchtpunkt verjüngenden Wassersäulen einen weißgetupften Himmel zu stützen, wohingegen die nach oben hin breiter werdenden Fertigsteckpfeiler am winterlichen Bahnsteig die profanen Träger des ebenfalls metallenen Flugdaches bilden, sich schweißnahtlos in seine dunkle Unterseite schmiegen gleich der Gaumenstaffel an den Rachen. Und als tropfte es von dort oben herunter, prägen den trockenen Boden Marlenes Sichtachse entlang kalte Lichtkleckse wie zweidimensionale Marmorsockel oder gefrorene Wasserlachen in einer geometrisch erstaunlich genau ausbaldowerten Schlaglochpiste. Durchgerüttelte Karosserieinsassen fehlen dieser Schlaglochpiste, klassizistische Abklatschplastikkomparsen den Marmorsockeln und Stirnreihe stehende Statisten Marlenes Gesichtsfeld. Sie ist allein am Bahnsteig und entsinnt sich ihrer Zeit in Berlin, dem Swipen auf Datingplattformen, hin und wieder in Profilen zu lesen, keine ONS, während sie ihre Bachelorarbeit schrieb, viel Reality-TV schaute und sich nur gelegentlich davon ablenken ließ, keine One-&-Only-Scheiße oder One-&-Only-No-Shit. Als Einzige kostet Marlene das Scheinwerferlicht auf dem Bahnsteig aus, während ihr die erinnerte Wärme diverser Tête-à-Têtes in die Wangen pulst und die Hitze des Fencheltees ins Gesicht schwebt. Solange die Flüssigkeit ihre Zunge verbrühen würde, entgeht Marlene, dass sie ja nicht trinken kann, in beiden Händen Gefäße, Handschuh im Mund, Blick starr gerichtet ins nebulöse Nichts der Nacht. Die harte Lufttemperatur hat eine stählerne Qualität über den Gleisen, und dass die Aluverkleidungen von Thermoskannen kalt bleiben, hält Marlene seit jeher für eine Fehlkonstruktion. Ironischerweise schwitzt sie im Klammergriff des angelassenen Handschuhs um die wölkende Kappe noch immer, während sie sich fragt, ob die Feuchtigkeit an ihren nackten Fingerkuppen frieren, sich mit der metallenen und sogleich vereisten Oberfläche verbinden wird wie Zunge und Laterne.

Neuschnee

Zum Auftakt meinte Nik neben Marlene, als er ihr unlängst eine Einschlafgeschichte erzählte, die sich um jenes Kind drehte, das Nachbarsbälger eines Winters in pulvrigem Niederschlag umzingeln, es mache die Sache leidlich erträglich, zu unterstellen, dass die achtjährigen Quälgeister, in Watte, Daunen und Wolle gepackt von ihren Eltern, die Bedeutung jener schneewüsten Schimpfwörter gar nicht kennen, die sie dem Nachbarsjungen zwischen Fichtenzapfen, hart gefrorener Hundescheiße sowie Bällen aus bereits angetautem Schnee gegen den Schädel schmeißen. Binnen Sekunden durchzucken den Kindskopf der Kot des schrotflintenzerschossenen Hundesohns von Irischem Wolfshund, das schnapsgedrosselte Wichsen des Nachbarn beim Anblick seiner Mama, und der Schniedelwutz des eigenen Bruders bis in den Rachen hinab, Hurensohn, Mutterficker, Schwanzlutscher.

Eben noch sah der Nachbarsjunge durch den Garten im Fenster des nächsten Hauses neben der neuschneeweißen Gardine Max herausschauen, und nun weiß er schon, was kommt, da der sternförmig und kristallartig geschnittene Stofffetzen inzwischen hinter der von flaumigem Raureif überzogenen Scheibe baumelt wie ein tibetanisches Gebet in sachter Himalayabrise, weiß, wie Max kommt, ungestüm um die Hecke, wie ein Blizzard, in voller Skimontur, wie ein Extreme-Freestyler, womit, in Händen den Fäustlinge einschneidenden Henkel eines Eimers, der lebkuchenlos und zuckergussfrei wie ein Hexenkessel raucht. Er fügt sich ein, Max, der Eimer, in den Halbkreis krakeelender Gfraster, deren Finger entlang, um den Nachbarsjungen herum, er selbst im Hexenkessel, der Eimer seine Runde macht, wobei jeder Peiniger in das brühheiße Wasser greift, schmerzverzerrter und entzückter Miene, angesichts des eingelegten Schneeballs, der beim Herausgreifen noch raucht wie ein postparadiesischer Erdapfel, gleich aber verwandelt, ein paar Mal aus dem Gelenk in die Luft geschupft, mit Rotation wie ein in die Pfanne gehauener Ballatschinken oder ein Geschwader torpedoförmiger Mohnnudeln im Handumdrehen bestäubt mit Puderzucker fliegend gewendet werden, bleich wie der anvisierte Nachbarsjunge, fahl und handlich wie ein kleiner Totenkopf zwischen den Fingern der Kinder der Schneeball, und nun doch zuckergusshart wie eine Granate, der rotierende, schwerelose, verkrustete Erdball voll Weh.

Als alle außer dem Angegriffenen einen haben, wird nur zum Zielen ein Auge zugedrückt werden und bloß eines der Nachbarskinder beide Arme, nicht in den Himmel, lieber ein irdisches Stockwerk tiefer, vors Gesicht heben. Aber der Nachbarsjunge ist zu langsam, hat vorerst den fassungslosen Kopf kreisen, den panischen Blick schweifen lassen bis zum letzten Kind, dem der Eimer sich entgegenhangeln wird, im Halbkreis, vorher noch mal geschluckt, die Spucke den Hals hinunter, während Ralf unter seiner grellen Mütze als erster Knirps grinsend in den Eimer greift, der Nachbarsjunge die Zähne aufeinanderbeißt, damit sie weder klappern noch die Zunge abschneiden, und als der Letzte sein dampfendes Geschoss hebt, ohne es loszulassen und hochzuwerfen, da ist es vorschnell geschehen, voll vergessen hat der Nachbarsjunge den Sachkundeunterricht, dass nasse, fliegende, dampfbadheiße Projektile bei diesen Temperaturen, auch ohne vorher auszukühlen, im Gegenwind gefrieren und die Deckung zu spät hochgenommen. Das drohend langsame Hochwerfen der Kugeln ist nur Show und der kleine Kinderschänder da ganz links alles andere als ein Showmaster, und als der Nachbarsjunge zum ersten Umzingler in der Runde zurückschaut, das ellenlange Ausholen erwartet, sieht er Ralf schon nicht mehr hinter dem riesengroßen weißen Ding.

Und der Wurf, der knallharte Schneeball, zerplatzt an seinem Nasenbein, nicht mal der Lidschlag rechtzeitig, nein, die

Kugel liegt vor seinen Stiefelspitzen, zwischen schwarzroten Spritzern. Von vergleichbaren Situationen weiß er schon, wenn der Blutstock kommt, der lange Nasenmann aus Gewebe, zähem Schleim und voll tropfender Flüssigkeit, ist die Ferkelei vorbei, also zum Schutz die Hände vors Gesicht, irgendwie von Geschossen und Flüchen verhagelt die Finger gegen die Nasenflügel gedrückt, Blut und Rotz herauspusten, auf seinen Schneeanzug, aus seinem hochroten Kopf. Er spürt die warmen Tropfen seinen Mund verkleben, hört wie im Fieber nur das Geschrei der anderen Kinder, fühlt den kalten Schweiß am ganzen Körper, die warme Pisse zwischen Schenkeln, Scheiße im Arsch, versucht, die Augen nicht zu schließen, zwischen den Fingern hinunterzublicken, den sich grau verfärbenden Stoff mit dem spritzenden Blut zu treffen, damit die ihn enger umringenden und immer schneller steinigenden Kinder zumindest das Einnässen übersehen. Er spürt Griffe an Ellenbogen, die Handflächen von seinem Gesicht gezogen sieht er links die kleine Annika die Zähne fletschen, rechts den Gerd mit der Hasenscharte und den Lachgrübchen in den Wangen. Die beiden reißen ihm die Arme vom Rumpf, breiten sie aus, und geradewegs, der Fäustling vom Hansi, voll in die Fresse.

Jetzt blutet auch die eh schon verschmierte Lippe, und die Kids jubeln rundherum, und der Schmerz schweigt eine Sekunde. Er ist schon so tief unten, da tut es fast nicht mehr weh. Doch sie halten ihn oben, Annika und Gerd, stellen ihn auf die Beine, reißen die Haube vom Kopf, schleudern sie weg, während Clara eine zu Staubzucker sich ausbreitende Wehe Neuschnee in den Himmel wirft wie Jahre später, wenn davon Videos gedreht werden und Beistehende Selfies schießen. Hansi nimmt den Handschuh ab, und Kathi bewundert seine pulsierende Faust. Sie vergleichen die Knöchel, und Sandra schreit, du hast sie ihm gebrochen. Ein Eisball knallt gegen das Ohr des Prügelknaben next Door. Es pocht, und sonst ist gar nichts mehr zu hören. Der Peinigerkreis öffnet sich nur zu einer Straßenseite. Dort schiebt der Schneepflug immer die Ladung zusammen, staut eine Wand auf. Daneben liegt das Pulver über der Wiese in sanften Dünen. Mit Glück stecken sie ihn da hinein. Max hat allen schon den Rücken zugedreht, den Hosenlatz aufgemacht und pisst die Flocken voll. Ein bisschen Pech, und sie versuchen es daneben, dreschen seine hässliche Fresse gegen die kompakte Mauer, bis eine von beiden bricht. Schlimmer kann es nicht mehr kommen. Es klopft durch seinen Kopf, und er wankt, so gut er kann, zwischen Annikas weiß rauschendem Lachen, Gerds starr und stumm gefrorenen Worten, der Wand entgegen. Sonst ziehen sie ihn eh, über geschotterte, gesalzene Straße. Das brennt erst richtig. Rote Tropfen pflastern seinen Weg, dem der Blutstock fernbleibt. Wacklige Knie und der stützende Griff an eine Straßenlaterne. Da geht ihm ein Licht auf. Er streckt seine Zunge aus. Die reißen sie ihm nicht raus. Eine Flocke zergeht darauf. Er leckt die Laterne ab. Er schmeckt Eisen. Speichel und Wasser gefrieren. Er reißt einmal an. Zur Demonstration quasi. Der Muskel klebt daran. Das Bändchen an der Unterseite reißt ein. Es tropft in den Schnee.

Seht ihr, versucht er zu brabbeln, beißt sich aber selber, hätte seine eigenen Worte wohl so schlecht verstanden wie die der Kinder. So ein Spielverderber. Es sind noch ein paar Schritte zwischen Laterne und Schneefeld. Ratlos schauen sich die Kinder an, und das Blut weicht aus ihren Gesichtern, und der Rausch verebbt in winterlicher Stille. Max stapft vom Pissen zurück, die Fichte dampft, auch sie hat was abgekriegt. Und nun kommt der Blutstock doch, in der Hand des Widersachers. Dann hauen wir ihm halt die Scheiße raus. Wieder, aber mutloser diesmal, zieht sich die Schlinge zu, um seinen Hosenbund. Ein paar unter den Jungs haben sich fluchend abgewandt, ach, scheiß doch drauf. Die restlichen winzigen Stiefel rücken in seinen gebückten Blick. Am Schneeanzug wird nun rumgefummelt. Immer weniger Finger liegen dann an diesen verflixten Kunststoffhosenträgern. Sie verlaufen diagonal und über Kreuz den Rücken rauf und die Brust hinunter. Hansi zieht sie von seinem Rumpf durch die Luft, bis sie zurückschnalzen. Es klatscht auf seinem Rücken.

Mehr ist nicht zu machen, ohne ihn von der Laterne zu trennen. Die Messer würden erst später kommen. Man sollte mal überlegen, warum unter den hippen, überstylten, eben erst dem Dorf entflohenen Twens Hosenträger wieder in Mode kommen. Sandra kniet sich an die zugegebenermaßen immer noch völlig uncoole Skihose und puffert den Stoff zusammen. Akribisch wie eine Wissenschaftlerin in spe mustert sie den Stock. Der ist zu dünn. Und Gerds S-Fehler nimmt alle Schärfe aus der Bemerkung, außerdem habe er sich eh schon vollgepisst und angeschissen. Enttäuscht schmeißt Max den Stecken weg. Als er gleich wiederkommt, werden seine verkniffenen Augen dafür umso größer.

Aus dem flockigen Feld springt ein weißer Dackel, hüpft und lüpft das Mitbringsel hoch. Die Kinderhände rangeln mit dem Albino, der Besitzer biegt auch schon um die nächste Schneewehe. Plötzlich verwandelt sich alles in eine veilchenblaue Dorfszene, mit den süßen Häusern und ihren wolkenspuckenden Schornsteinen im Hintergrund. Auf einmal geht es zwischen Vorgärten nur noch darum, den Hund zu bespaßen, ihn herumzuscheuchen, ihm so lange den Stock im Maul umherzuwinden, ihn mit Würfen und Zurufen dem Besitzer so schnell entgegenzutreiben, als Schar dem Gespiel hinterherzueilen, dass in Anbetracht des kleinen Dackels inmitten der voll drolligen Engelhorde kein Augenmerk dem depperten Knirps gilt, der ihretwegen ja hier verrecken oder sich den Plöbel aus der Goschen fetzen kann, während der Hund seine Schlappohren hin und her schmeißt, irritiert und verwirrt, immer wieder neu verdrehten Kopfes auf die vielen Jubelrufe reagiert, aufgehusst, angestachelt und abgeschmust wird mit ungestümen Umarmungen, ja, geradezu wanken, fallen und werfen sie sich um den felligen Hals, bilden ein brutales Crescendo von Liebesbekundungen, die erst langsam abschwellen in der zunehmenden Distanz, als der Hundebesitzer mit feuchten Augen und kristallenen Wimpern den Rückweg beginnt, genug gekuschelt, Kinder, und der alte Dackel den ergangenen Liebkosungen entrinnt, woraufhin der

Nachbarsjunge zungengeprangert und tinnitusgeplagt in der Schneelandschaft verbleibt, laternenmarterpfahlgebunden, taub und stumm wie ein Eiszapfen an der Dachrinne oder ein von einheimischen Schnapsdrosseln verschonter, baumbaumelnder Fichtenzapfen, um den herum nun die bis jetzt vom Kindergeschrei überlagerte, schrille Stimme der Nachbarblage erklingt in der winterlich lärmvernichtenden Stille, eine samstägliche Sirene, die zufälligerweise statt einer Probe den Ernstfall einläutet.

Und so erscheint, wie Not beten lehrt, dem Nachbarsjungen an diesem Tag auch das glotzäugige Kind eher als Engel denn als verflucht ansteckender Pechvogel, der auch im Alleingang mit seinem gruseligen Krähenschrei und unheimlichen Uhublick die Nachbarskinderschar verjagt hätte, denn auch die anderen Blagen fürchten den verdammt infektiösen Unglücksraben, mehr noch, als sie den alten Dackel lieben, und im Umkehrschluss folgert der Junge gar, sie seien nur so versessen auf das Spiel mit dem Köter gewesen, um in seinem Schutz und im Geleit des Herrchens das nahende Kind zu fliehen. Der gepeinigte Kleine meint sogar, eine ansatzweise menschliche Regung in den starren Augen des Nachbarskindes zu sehen, wiewohl Jahre später davon bloß noch der Eindruck einer infantilen Begeisterung, einer naiven Epiphanie, einer sprachlosen Erleuchtung ohne Begriff und Verstand bleiben soll, wie wenn ein Trommelfell zum ersten Mal unter dem Ton aus einer Orgel, einem Glockenturm oder einer Engelstrompete erzittert, ein Neugeborenes sein Schwimmdebüt ohne Seepferdchenschein im Taufbecken gibt oder sich noch lange vor der Premiere nachgebrabbelter Worte die Ohnmacht mit dem Weihrauch sozusagen initiatorisch in die sogleich berauschten Atmungswege, Nervenbahnen und Hirnareale schleicht als Bote all jener kommenden Momente, die den Heranwachsenden wieder zurückwerfen werden in dieses kindliche Stadium ohne Sprache, aber voller wundersamer Vorstellungen, verzauberter Augenblicke, magischer Weltanschauungen, zumal die Rolle des Heiligen in dieser barmherzigen Szenerie, die das glotzende Kind ergötzte, weniger dem erbärmlichen Jungen als dem gnädigen Erzeuger zufiel, der plötzlich vom Rang des Stiefpapas in spe, nächtlichen Besuchers sowie Saufbruders und Nebenbuhlers um die Mutterliebe aufgestiegen war in die Loge des Erlösers.

Stets flankierte der Vater den Sohn, folgte ihm, wohin er ging, duplizierte damit seinen Blick, schaute aus lauter Vaterliebe, Weltgewandtheit und Weitsicht, wohin der Knirps weggetreten glotzte, weil da doch irgendetwas sein musste, was sein keineswegs zurückgebliebenes, sondern mit andersgearteten Talenten gesegnetes Kind bereits prophetisch erspähte. Heute blickte und steuerte es statt der satt rieselnden, vor den letzten erhellten Fenstern fluoreszierenden Flocken den blutüberströmten, vollgepissten, angeschissenen Jungen unter der Straßenlaterne an, der sich wie ein heiliger Büßer auf einem Renaissancegemälde im spärlichen Lichtkegel der in Dunkelheit verschwundenen, zu keiner Sekunde erahnbaren Kulisse präsentierte. Der Nachbar eiste und schmolz das Kind los, hatten seine Hände doch stets noch Wärme in sich vom Abend am Kamin, da sein Kind immer nur kurz und in Begleitung die Siedlungsstraßen verunsichern und die Schneelandschaft bewundern durfte. Immerhin sah der Vater sich und somit seinen Spross von Gefahren umringt, von diffusem, feindseligem Schicksal verfolgt, dessen konkrete Schergen wohl eine gewisse Ähnlichkeit mit den Einheimischen und ihrer barbarischen Brut aufwiesen, wiewohl die Nachbarskinder die Sache naturgemäß aus ihrem Blickwinkel, um nicht zu sagen, umgekehrt sahen. Und so verwandelte sich die nebulöse Ahnung des Nachbarn von einer unnützen Grille in eine glückliche Fügung zugunsten des Nachbarsjungen, wie es ja oftmals schon geschehen ist, wenn jemand genau in dem Augenblick halbabsichtlich ein neues Ziel für seine fürsorglichen Anwandlungen findet, da man ihre Hinfälligkeit eigentlich einsehen und ergo die ritterlichen Ambitionen fahren und fallen lassen müsste. Die werden aber stattdessen umso fester geklammert, die selbstgezogenen Rosen von der Sorte Pink Floyd zu Sträußen gebunden auf offener Straße wildfremden Menschen überreicht, entfernte Bekannte in entfernteren Städten zu psychedelischen Konzerten letztmals auftretender Bands eingeladen, Bücher, Symphonien und Diamanten umgewidmet und Lieblingskippen verschenkt, Lucky Strike, Marlene.

Sie saugt den Rauch ein, rümpft dadurch die Nasenwurzel, zerfurcht sich die Stirn. Ihren Blick richtet sie abwärts, sieht die Zigarette zwischen seinen Fingern, die hohle Hand, den Hemdaufschlag, unter dem ein Spritzer allzu bekannten Parfums sitzen mag. Ihr Gegenüber aber vermag nur eine stirnrunzelnde Frau zu sehen, die nach Fenchel und Anis duftet, ihren Blickkontakt unterbricht, ihre Stiefelspitzen anstarrt, den Zug abwartet, als kennte man sich nicht. Mit der freien Hand langt der Zwilling nach der Kannenkappe, die Marlene unwillkürlich loslässt, um die angebotene, hingehaltene, übergebene Zigarette zu greifen. Für einen langen Sekundenbruchteil sieht es so aus, als schüttelten sie einander gleich die Hände.

Hinter der zwielichtigen Wolke zeichnet sich sein Gesicht ab. Der Dampf verflüchtigt sich quirlig um Stirn und Haar, während er noch dick und milchig um Kinn und Kiefer liegt. In der Dunkelheit des Bahnsteigs sucht das von oben kommende Neonlicht Stoffe wie diese warmen Schwaden, an denen es haften und Kontur gewinnen kann. Die winterlichen Kleider der beiden einander gegenüberstehenden Körper hingegen wirken an den Rändern jener hell erleuchteten Wolke wie ausgefranste Schatten, als sollte von diesem Moment nichts bleiben als sich verflüchtigender Qualm. So stehen sie zueinander wie dieses uralte Bild, das Krug, Sanduhr und intimer Augenblick zugleich sein will, während es Gesichter an die Ränder drängt und ihre Trennung ins Zentrum stellt.

Wie ein begrüßend überreichter Schnittblumenstrauß verschwindet die pompöse Dampfwolke aus ihrem Blickkontakt. Sie treibt ihr schattenwurfartiges, lichtschluckendes Unwesen nun neben dem Zwilling. Erst jetzt bemerkt er den Handschuh, der vor Marlenes Kinn und Hals hinabhängt. Sie murmelt Kauderwelsch und spürt den Stoff zwischen ihren Lippen. Die Zungenspitze stößt gegen die hohlen Fingerkuppen, und ihr Mund wird trocken. Sie schluckt den Geschmack erstickter Worte, dass er gar nicht da sein kann. Fragend erst und versichert dann schaut er sie an. Seine Augen werden immer größer, sind endlich geschlossen. Den Biss in den Handschuh spürt sie am Gaumen. Als er sich aufrichtet, springt schon der Funken. Marlene dreht die Zigarette im Feuer, steckt sie sich an, zieht, pustet. Die Flamme verlischt an seinem Daumen, und die Luft bewegt sich. Nun sieht er den Rauch auf sich zukommen, sie sein Gesicht einen Augenaufschlag später vorm Hintergrund der Wolke, als wären sie einen Schritt aufeinander zugegangen. An seiner Seite steigt der Dampf auf, als schwenkte er ein Weihrauchfass. In Marlenes Schädel schwelt es wie in ihrer hohlen Hand. Beiden hängen nun vier Finger vor den Lippen. Ohne Willkür beginnen sie zu kichern hinter vorgehaltener Hand. Aus ihren Lachfalten blinzeln sie einander an. Der Rauch scheint eine Bühne zu verhüllen, auf der jeden Moment ein Duett beginnt.

Aber wieder der fremde Handschuh in der Fresse, und der Zug, schrill, kreischend, zaubert ihm metallischen Geschmack auf die Zunge, vernichtet Melodie und Harmonie. Ein Schaffner steigt aus, direkt neben dem Zwilling, das Gesicht erfüllt von widerlichem Pflichtgefühl. Er rümpft die Nase, umnebelt von qualmendem Teer und dampfendem Tee, nimmt wie tausendfach eingeübt eine statthafte Haltung an. Sichtlich strafft sich das Hemd über der Brust, darauf die Trillerpfeife, in der Hand die Ticketkneifzange. Das Blau seiner Uniform beißt sich mit der Farbe des Morgens. Als er auch noch anfängt vom Rauchverbot, reißt Nik die Hand nach oben. Die brühheiße Flüssigkeit spritzt hoch, schraffiert die Zugfensterscheibe, trifft die Unterseite der Schaffnerkappe, gesprenkelt das Revers der Uniform und die im Reflex geschlossenen Liddeckel benetzt. Erschrocken ist die Hand des Schaffners nun fest geschlossen um die Kneifzange und seine Brust noch geschwollener. Es tropft hinunter an der Kappenkante, und die Passagiere dahinter starren perplex durch die Schlieren am Plexiglas. Der Mund des Schaffners verzieht sich zu einem Wimmern, öffnet sich dann ganz. Er fasst sich ans Herz, schließt erst die Finger und sogleich die Lippen um die Trillerpfeife. Und wieder ist es der Reflex, das Abspulen eines alten Musters, als wäre nichts geschehen, womit das Unvorhergesehene gebändigt wird. Jetzt entlässt er allen schmerzhaft in ihn gefahrenen Atem, das Pusten des Tees und der Stoß ins gleiche Horn, er bläst hinein, so fest er kann, Nik ins Ohr. Die trommelfüllende Murmel der Pfeife springt in seinem Kopf sofort als Tinnitus herum gleich einem baseballschlägerhart getroffenen Gummiball von Schläfe zu Jochbein wie ein voll durchgezogener Schmetterschlag in unendlich enger Squashkammer. Marlene zieht an ihrem Koffer den Reißverschluss zu, wirft die Kippe aufs Gleis und Nik die letzten Sätze hin. Du kannst gar nicht hier sein. Ich lag die ganze Nacht neben dir. Ich habe gut aufgepasst. Du hast noch geschlafen. Ich bin losgegangen und habe den schnellsten Weg hierher genommen. Also bist du entweder gar nicht Nik. Oder der Typ von gestern Nacht war es nicht. In jedem Fall bist du nicht du. Verbissen in den Handschuh sieht er stumme Lippenbewegungen, als wäre die Zunge aus dem Mund gerissen, diesmal aber äußerst leserlich.

Sie sahen einander so gleich, dass es allen dreien den Atem verschlug. Mit fließender Bewegung und im Handumdrehen flogen die Wohnungstür sowie der Handschuh übers Fischgrätparkett. Die Klinke knallte gegen die Wand, dass Putz zu Boden fiel, und der Fäustling landete vor dem Tisch, dass Viktor den Kopf hob. Niks Nägel wurden weiß an der Aluminiumkappe, während Elena das Gebäck eintunkte. Er presste fester, spürte sich nicht. Nik warf die leere Kannenkappe und Vik einen genervten Blick durchs Zimmer. Ruhig saß sie da, leicht bekleidet, beim Frühstück, das Tablett auf dem Tisch, in der einen Hand Gebäck, in der anderen die Tasse, der Vorhang im Hintergrund, eine Mulde in der Stirnwand, wo die Kannenkappe abgeprallt war, beleuchtet vom Abglanz der Neonspotleiste auf der Theke der Küchendurchreiche. Ostentativ trank Elena, stellte den Kaffee und biss vom Croissant ab. Vik senkte den Kopf, verfolgte die münzartig dahinrollende Kannenkappe. In Niks betäubtem Ohr pochte es noch, doch er wusste ohnehin, was sein Bruder gleich sagen würde.

Sie hätte brechen sollen.

Die Kannenkappe lief von links nach rechts aus Niks Sichtfeld. Vik begutachtete augenscheinlich belustigt den Handschuh zu seinen Füßen, tippte ihn mit der nackten Zehe an. Nik sprach jetzt mit.

Der zuckt noch.

Zumindest hatte er jetzt die Güte, das Messer mit der Marmelade dran wegzulegen und den Bissen, an dem er kaute, zu schlucken. Er hob den Handschuh auf, schlüpfte hinein, nahm die Kannenkappe, die offenbar in einer Ellipse um Elena und das Tischbein herum und unter der Platte hervor wieder in Niks Sicht geeiert, dann geradlinig auf ihn zu rasend schnell wachsend .... Der Volltreffer löschte das Pochen.

Begrüßt man so seinen Bruder?

Nenn mich nicht so, Viktor. Sie meint, ich sei du. Erklär mir das!

Und jetzt macht er weiter, ein Toastbrot genüsslich zu bestreichen.

Oh ja, der Streit der Brüder, zwei null, oder sollte ich lieber sagen, zwei Nullen, hab ich schon von Anfang an drauf gewettet, yes.

Niklas und Viktor werfen Elena einen Blick zu. Kurz wie ein Stoß, lang wie die Schmach. Ein Augenaufschlag, eine Rückhandwatsche.

Wusch, wiedervereint im Zorn auf die Frau! Ja, was? Gibts Popcorn?!

Wie Elena es schaffte, Kinosäle lebend zu verlassen, haben sich die Zwillinge in scherzhafteren Zeiten mehr als nur einmal gefragt. Ihre Kommentare waren schon nicht abzustellen, wenn Vik noch die Leinwand ausrollte, Nik Linse und Füße des Beamers einstellte, geschweige denn, während der Film lief. Manchmal schaltete Vik den Ton aus, Elena schalkhaft anschauend. Gehässige Seitenhiebe und feindselige Einwürfe. Nicht dass Vik die brauchte. Er wusste den Text, biss vom Toast ab. Nik schaute ihn an voll Erinnerung. Er sah das, schluckte.

Niki, ich erzähl dir jetzt, was gleich passiert. Du wirst dich an diesen Tisch setzen und einen Kaffee mit uns trinken. Kriegst du das hin? Gut so. Komm erst mal runter. Nimm meine Tasse. Und hör zu. Auch wenn es schwerfällt, du wirst jetzt verstehen müssen, dass sie, was sie auch immer gesagt hat, gelogen hat wie gedruckt. Es war nicht immer so, aber jetzt ist ihr egal, von wem sie als ihrem nächsten Ex-Boyfriend erzählen wird. In dem Moment, da sie gesehen hat, dass es zwei von uns gibt, hat sie jegliche Achtung vor dir als Person verloren. Sie hat die Prüfung nicht bestanden. Sonst hätte sie dich mitgenommen. Und du weißt das eigentlich auch. Sonst wärst du nicht hier. Du solltest mir dankbar sein. Und sie verlassen, diese Elena.

Eye, komm, Nik, drück ihn, küss ihn, diesen vielversprechenden Mann.

Ohrenbetäubend

Kinderkrank steht Viktor vor ihm, drängelt sich an Wiebkes Seite, quengelt und fleht, während sie den Flascheninhalt über den Wattebausch gießt, der im Griff der Pinzette immer größer wird wie das Gaumenzäpfchen des hirnhautentzündeten Kindes, neben dem sich der Nachbar die Hände reibt, einer, der die Wärme nicht mehr abwarten kann, und dann brennt es. Wieder zieht sich der Wattebausch zurück, gibt die Sicht auf den anfeuernden Nachbarn frei, sein durch die Brust luftholendes Kind, Viktors schweißgleißende Stirn und sein fiebriges Klammern um Mutters Bein, zuletzt Wiebkes Mund, der sich unablässig verformt, bevor die triefenden Fussel erneut das Licht verfinstern, gegen Niks Lippen tupfen. Dahinter am Gaumen erstarkt der vermischte Geschmack, die metallische Laterne und das blutige Eisen, kräftig nachgesalzen wie zu lasche Speisen. Gegen den Schnapsflaschenmund presst Wiebke wiederum den Wattebausch und wummert die trübe Salzlake in die weißen Fasern. Viktor versucht die Hände der Mutter zu greifen, wird aber vom Nachbarn umschlungen, umarmt und sanft zurückgehalten. Ganz nah kommt der kniende Nebenbuhler dem stehenden Knirps mit dem Kopf. Sein Bruder werde das schon überstehen, ohne bleibende Schäden. Direkt in Viktors Gehörkanal branden diese Worte vor der Geräuschkulisse, die über seine Ohrmuscheln hinterherflutet von der Seite des alldieweil kreischenden Nachbarbalgs. Jetzt sind sie alle auf Augenhöhe, Niklas, der nackt, frisch gewaschen, verschlagener und aus ihm hinausgedroschener Sprache auf der Sofagarnitur die Desinfektionsprozedur absitzt, wie in einem grotesken Sketch nach jeder antwortverlangenden Frage das wundgeschwollene Maul mit dem Wattebausch gestopft bekommt von der hockenden Wiebke, die immergleiche Sätze wiederholt mit schlotternden Lippen, wer das getan habe, was geschehen sei und weswegen, daneben der kriecherische Kerl, der sein sonst abwesendes, schlafendes, liegendes Kind diesmal schon mitgebracht, den einen Sohn in spe verprügelt, absichtlich spät gerettet, übel zugerichtet über die Schwelle geschubst und den anderen Bruder nun intrigant in die Arme geschlossen hat, Viktor, der von Wiebkes Fragen als Einziger im Dreieck der schreienden Blage, des abwiegelnden Nachbarn und des stummen Niklas keine beantworten kann, dieser invasive Kinderdrescher, der Viktor umso inbrünstiger an sich drückt, je mehr ihn Wiebkes Litanei anzeigt. Seine kaschierte Rolle sollte hinein in diese nutzlose Fragerei, auf die sie alle fixiert sind, nicht auszudenken, was passiert, wenn er, Viktor, als Einziger auf die Situation konzentriert, ausschert und aufdeckt, was hier eigentlich passiert, wie sich der Nachbar anbiedert, wie sein vom Wahnsinn geschlagenes Kind quasi adoptiert wird, während Wiebke Niki versorgt mit derselben trostspendenden Schnapsflasche, die sonst, sobald der Nachbar kommt, von Mund zu Mund geht, von Viktor den Herbst über wiederaufgefüllt mit Salzwasser, dass es weiter in den Wunden wehtut, Magenmembranen entfacht, Rachenhäute verbrennt, Lippen entzündet. Ob er nicht in die Notaufnahme müsse? Viel lauter, als es nottäte, sein quengelndes Kind zu überstimmen, schreit der Nachbar diese Farce einer Frage sowohl in den Raum als auch an Viktors wie zum Gongschlag gespanntes Trommelfell, voll auf die Zwölf. Damit den trauten Familienausflug fortzusetzen, damit die triefende Lippe nach Faust, Waschlappen, Wattebausch auch noch auf die dicke Nadel des Unfallchirurgen träfe, der Niki im Kreuzstich mit unzertrennlichen Fäden den Mund zusammennähte, auf dass er seinem zukünftigen Bruder in Bälde ähnelte, der stumme Junge mit dem Veilchen und das laute Kind mit seinen Glotzaugen. Nein, Wiebke vertraue lieber auf Hausmittel und Wirtschaftsmethoden. Viktor zappelt, strampelt, rangelt, wird gehalten, Klammergriff, Zwangsjacke, Schwitzkasten, ringt um Luft, findet Worte, saugt sich voll mit

Buchstaben, warum, Scheiße noch mal, und die ausschlaggebende Frage dringt aus seinem dem Bruder unendlich verbundenen Mund, ihm niemand geholfen habe, verdammt.

Und jetzt verschlägt es allen den Atem, dem schreistarren Kind, das selbst furchteinflößendste Feinde sonst in die Flucht treibt und nun fürchterlich peinlich berührt zu Boden blickt, dem Nachbarn, der zurückweicht vor Viktor wie von bereits zu heiß gewordenem Fett in der Pfanne, wo er ebenfalls zu spät zur Stelle gewesen wäre statt genau zur rechten Zeit, das Hochlodern der Flammen zu verhindern, nur noch Niki zusammenfegen konnte, dieses Häufchen Elend und Asche, Schatten seiner selbst, und Wiebke, die ja den Abend über an Viktors Bett saß, in regelmäßigen Abständen die stinkenden und Vitamin-C spendenden Zwiebelwickel wechselte, ihm in heißem Wasser eingelegte Handtücher ums Genick legte, bis es ihn fröstelte, ein ums andere Mal vom Thermometer die Körpertemperatur ablas und ihn Löffelchen für Löffelchen voll geraspeltem Apfel vermischt mit zerbröseltem Zwieback fütterte, die Ansteckung des Bruders verhütete, ja, er solle alleine draußen spielen.

Er spricht im Fieber. Seine Augen sind ganz glasig. Wir bringen sie hinauf. Das hirnhautentzündete Kind glotzt den beiden Brüdern hinterher. Wie zwei gleich große Koalas klammern sie sich aneinander. Wie einen einzigen trägt sie die bärenstarke Mutter die Stufen hinauf. Der Vater hastet und springt hinterher, ehrerbietig, sich hilfsbereit gebärdend, nutzlos gebeutelt, kängurugleich. Nun ruht schon über der dunklen Siedlung der durchdringende Ruf des Uhus, und die Spieglung des Kindes schaut auf dem Fenster unter mondheller Decke aus der Wäsche, die im Nu schon sein Bettzeug ist. Erst darin verschlungen beginnt nun auch das Kind wieder zu schreien, die Scheibe zum Schwingen und beinahe zum Springen zu bringen, sodass jetzt gewohntermaßen das geplagte Heulen über den Häusern liegt, sie mit althergebrachter Unruhe umgibt und unerhörtem Unheil umfliegt. Der Föhnschrei bestimmt die Stille, und das neuerliche Verstummen des Kindes reißt Vik und Nik wie Phantomschrei aus ihren jeweiligen Träumen.

Der eine drehte sich um das Zentrum eines kreisförmigen Saales, wo ein rundes Marmorpodest steht, auf dem ein mit Rautenmuster besticktes Brokatkissen liegt, über dessen Mittelpunkt die Spitze einer Nadel schwebt, die von einer zylindrischen Spritze gehalten wird, wie sie bei örtlicher Betäubung zum Einsatz kommt. Vom ersten Drücken der Pumpe tropft das entsprechende Narkotikum noch aus der Nadel, nachdem die Ampullen damit durchstochen, die Flüssigkeit dadurch im Aufziehen der Spritze herausgesogen, die Nadelspitze herausgezogen worden ist, bereit, in das Bindegewebe eines Patienten zu dringen, in Armbeuge, Gesichtspartie oder Spinalnerv. Da sich diese anatomische Gemengelage rasend schnell in ein Gelände verwandelt, in Flussläufe, Hügelketten und Straßenkreuzungen, erscheint es dem fiebrigen, schlafenden und schaurig frierenden Zwilling merkwürdig, ja unwahrscheinlich, kein bisschen plausibel, so gar nicht möglich, aus diesem Traum aufzuwachen, immerhin müsste er doch immer wieder mit der Verabreichung einer örtlichen Betäubung enden, der das gesamte Dorf, seine einheimischen Bewohner und asozialen Sonderlinge in sofortige Vollnarkose versetzt, deren Träume erneut in dem kreisförmigen Saal mit der Spritze beginnen, die sich ohne Umschweife in eine weitere Tröpfcheninjektion eines niemals mehr zu durchbrechenden Schlummerzirkels ergießt.

Niki, schläfst du schon?

Bist du noch wach?

Was träumst du so?

Erzähl doch schon!

Von einem Drachen?

Von seinem Rachen?

Von der Rache?

Soll ich jetzt etwa nach oben treten, oder was?

Still und friedlich, verträumt, verschwitzt und gewärmt liegen die Kinder der Nachbarschaft in ihren Betten, ziehen in gefrorenem Tempo die überbordenden Daunendecken mit warmen Händen an unversehrte Köpfe, die auf schweren Polstern ruhen.

In Claras Zimmer herrscht eine solche Finsternis infolge der dichten Vorhänge, dass die zwar gläsernen, aber glanzlosen Knopfaugen ihres Stofftiers wie Höhlen aussehen, schmale, kriechend passierbare Eingänge in eine Grotte, groß und kühl wie das Schiff einer altkatholischen Kathedrale im August, wo die Glätte der Steine und die Verzierungen zwischen ihnen an die Innenseite eines Schädels gemahnen.

Gebeine liegen in den Vitrinen rund um Kathis Bett, deren Eltern ihr weder verbieten noch erlauben, ihre verstorbenen Gartentiere, wie sie geplättete Frösche, geköpfte Mäuse, abgenagte Fische und flügelverstümmelte Rotkehlchen nennt, zwischen Holunderbaum, Brombeerhecke und Ribiselstrauch aufzubahren. Da die kleine Aufpasserin die Abwesenheit ihrer Eltern abwartet, um den Komposthaufen zu durchsuchen und aus der grünen Mülltonne die abgenagten Saiblinge zu angeln, erschöpft sich das erziehungsberechtigte Aufbegehren gegen Kathis enfant-terribles Engagement, gegen ihren stoisch infantilen Wachtposten nebst einsatzbereiter Steinschleuder vor den skelettierenden Kadavern in spätabendlichen Befehlen, sie solle jetzt doch endlich kommen, sie falle ihnen noch vom Fleisch, und wasche sich bitte die Finger gefälligst. Sie wolle aber nur essen, wenn vorher gebetet werde, und jede einzelne Zeile widmet Kathi den vermodernden Körpern im Garten, dass sie die Nacht unbeschadet überdauern mögen, morgens noch auffindbar sind, was immer wieder zufällig geschieht. Mehrmals fragt sich Kathi nach nervenzehrenden Träumen, ob in dieser Gegend die Raubvögel blind, die Dachse satt, die Würmer zerhackt und die Nachbarkatze ganz schön verwöhnt ist, wenn sie gähnend die Skelette aufliest. Aus ihrer Aufbahrung wird dann die Aufbewahrung in den Glasschaukästen des dahingeschiedenen Großvaters, deren Wert die antiquarisch bewanderte Mutter von Max weitaus geringer schätzte als den Kurs der schleunigst herausgegriffenen, teils im Garten verscharrten, teils im Netz verschacherten Münzen. Die Sorge der Eltern galt fortan weniger dem unnützen Inhalt der billigen Vitrinen als der Vorstellung eines Gesinnungswechsels, der die Tochter womöglich bewog, Zinnobergurgel III nun doch zu vierteilen und zu begraben, statt Schnabel, Flügel, Füße, Kopf und Rumpf auf unterschiedliche Zierkissen hinter vom Alter verzogene Scheiben zu betten. Also erzählen die Eltern beim Abendessen immer wieder von Aron, dem Knochenmann, der seit geraumer Zeit ausschließlich in Euros zu bezahlen sei wie das Fleisch auf Kathis Teller mit dem T-Bone-Steak drauf, dessen zentrales Stück die Kleine unbedingt über ihr Bett genagelt haben will. Dort hänge nämlich in Hansis Zimmer, der immerhin auch so etwas über seinem Kopf haben dürfe, der sogenannte Hanichl, der allerdings, wie Kathis Mutter entgegnet, ein Geschenk von Annikas Vater aus dem Sägewerk sei. Der werde, ergänzte Kathis Vater, wohl schon besser wissen als die kleine Rotznase und der ortsansässige Supermarkt mit seiner minderen Fleischauswahl, was das Taufpatenkind an der Wand haben sollte, diese quergeschnittene Buchenstammscheibe. An ihren inneren Rindenrand ist wie ein von hinten aufgezäumter Uhrzeiger jener biegsame Zweig geschraubt, der eine vertikal auf die Jahresringe skizzierte Stufenleiter hinabwandert, sofern Hansi nach dem Aufwachen die blauenden Berge von grauen Schleierwolken verhangen sehen sollte. Das zahnputzartig ritualisierte Ablesen der prophetischen Wetterskala wirkt sich durchweg auf die Stimmung und Grundierung seiner Träume aus.

Hansi geht durch die Tür in das Zimmer voller Matchbox-Autos, wo Max über seiner kleinen Schwester im Stockbett liegt und hinter dem Fenster eine schwarze Kaltfrontkulisse vor den Felsen der Kalkalpen zu sehen ist. Immer wieder leuchtet das Wetter ohne Donner von München herüber, erhellt das Zimmer, als legte jemand den Schalter um und kippte ihn blitzschnell zurück. Hansis Haus gegenüber ist einen Moment aus der Dunkelheit gerissen, wird wieder vom hereinbrechenden

Himmel geschwärzt, verschwindet in irdischer Finsternis unter nächtlichem Firmament. Das nächste Schlaglicht bringt Hansi, dessen Blick von seinem Heim abgleitet, wegdriftet, weiterschweift wie ein haltloser Nebelstreif, die spalierumfriedete Wirtschaft gewaltsam, als wehrte sie sich, zu Gesicht.

Dort ist Hansis Vater nach der abendlichen Schlechtwetterprognose hingegangen unter wüsten Flüchen und fürchterlichen Verwünschungen durch den beginnenden Nieselregen, und es wirft Hansis zuckenden Schatten auf Maxis schlummernde Schwester hinterrücks. Die Miniaturmodelle von Oldtimern glänzen regelmäßig in Lichtreflexen wie die Karosserien der zumindest frisch polierten, noch evergreenfernen, aber bereits schrottpressereifen Wagen der Nachbarschaft. Wertmindernde Reparaturen verschaffen Maxis Vater im Schmierölanstrich seines Angesichts das Geld, dem dort oben auf dem gestopften Polster ruhenden Spross die Todestraverse ins Zimmer zu pflastern, ihn mit Fahrbahnloopings einzulullen, die Flammensticker auf die Kotflügel zu picken, die echt verchromten Felgensteckteile in die Speichen einzuführen, die Hansi und Max so gerne aufziehen. Sie drücken die Mini-Autos auf die Startlinie, lassen Lotus und Lambo ein paar Zentimeter zahnradklackend zurückrollen, und schon schießen den perfekten Straßenbelag die Flitzer dahin, tiefergelegt, hinter dem Fenster sind die kalkigen Wege mit ihren Schlaglöchern als schroffer Abklatsch der verkarsteten Felsen zu sehen. Die Rennräder drehen sich in die Kurve, und die daherschlurfenden Zwillinge machen eine Biege, zu Hansis Haus hin, in die Ecke des Zimmers fliegen die kollidierten Oldtimer. Beim nächsten, ganz offensichtlich näher gekommenen, inzwischen donnergrollenden und Regentropfen zum Flimmern bringenden Blitzlicht stehen die beiden schon vor der Haustür gegenüber, und die Hand des Jungen pulsiert. Hansi nimmt einen überlangen Fingernagel in den Mund und beginnt, ihn so sacht im Rundumschlag der Zunge einzuspeicheln und sanft Hasenzahn auf Hasenzahn drückend dazwischen durchzukauen, dass nur die Blitze draußen zucken.

Reflexhaft schnellten die Fingerkuppen Hansis rechter Hand heute weg, instinktiv verzog sich sein Gesicht und unwillkürlich verkniffen sich die Lider, wenn die an einem Auge bereits rostrote Schere mit ihren einander über Kreuz schneidenden, schartigen Klingen von Vaterhand den wohl gesplitterten Kinderknöchelchen nahekam. Hansi weinte vor Ohnmacht, als hätte er keine Kontrolle über seinen Körper, bloß weil die wöchentliche Maniküre ausfiel, das Betupfen der Nagelwurzeln mit Teebaumöl ausblieb, das Schmerz lindert und Beißen verhütet, schmeckte und roch es doch so abstoßend, wenn Hansi wieder kaue, schmier ich dir Hennendreck drauf, wie seine Mutter sagt, wenn sie abends da ist. Er weinte trotz ihrem Fernbleiben und seinem Wissen um die gelinderen Mittel, hat er doch längst die Mutter vom Gerd gefragt, was die Regenbogenfarben an ihren Fingern da zu suchen haben. Das sei, damit sie die grellen Töne gleich warnend wie Tigerkrallen ansprängen, wenn sie die Nägel zu den Zähnen führe. Die müsse es schließlich wissen, ist sie doch die Frau Volksschullehrerin ihrer Klasse und immer da mit Gitarre sowie kunterbunt fliegender Hand für die schief im Kanon singenden und langstrumpfschräg rechnenden Kinder. Natürlich weiß die Lehrerin um die Laster der Gfraster und lackiert ihre Nägel, damit sie beim Fetzen der Saiten heil bleiben, während ihr hasenschartiger Sohn schweigt. Die anderen Kinder singen *Das alte Haus von Rocky Dutschke*, und Hansi fängt an, verschämt an seinen Fingern herumzubeißen, bis er wieder gehänselt wird, er wohne im Hexenhaus.

Nach dem Tode von Hansis Großmutter und langem Leerstand entdeckte die Immobilie interimistisch eine anarchistische, posthippieske, vor Umweltliebe blinde Kunststudikommune für sich, verlegte in Eigenregie Rohrbomben, probierte Elektroinstallationen und werkelte an Boilerrooms, bis Hansis alter Herr verspätete Einsicht hatte bei der Frau Notarin und Mutter von Clara, auf der Gemeinde und im Grundbuch. Nach Jahren in der Papierfabrik sollte ihm das Lungenglück ebenso unhold sein wie bald schon dem Kommunenguru, und Hansis von diversen Vermietern und Inkassounternehmen gekickter Herr trat daher in Ermangelung familientauglichen Wohnraums doch sein eigenheimisches Vermächtnis an, setzte die Kunststudierenden vor die Tür und auf anständigen Haushalt statt Saustall, vor dem jetzt durch das Schlafzimmerfenster von Maxi ersichtlich die zugezogenen Brüder stehen.

Einer der Zwillinge streckt zur Klingel sein Fingerglied im gleichen Winkel geknickt, den zuckend über den Himmel der Blitz und kopfüber gekrümmt im Nachbarschlafzimmer der Rücken von Hansis Mutter beschreiben, durch die Küchenfensterscheibe drüben zu sehen, die nun sekündlich flackerndes Licht erleuchtet und verdunkelt. Hansi beißt weiter an dem Nagel, kommt an der üblen Wurzel an, nimmt die verhornte Faser zwischen die Eckzähne, während gegenüber, hinter den Zwillingen, in der flimmernden Haustür, eine Kindersilhouette erscheint, die zwar verkleinert, aber haargenau dem Umriss von Hansis Spiegelbild auf dem Fenster entspricht, durch das er die drei Doppelgänger da drüben ungläubig inspiziert. Als die Haut einreißt, Blut und Eiter heraustreten, spürt Hansi in seiner schon pulsierenden Rechten eine Packung Eier, in seiner noch schlagfertigen Linken ein langes, kaltes, gewaltiges Metallteil, das ein Golfschläger oder Bihänder sein könnte, den bloß Götter und Drachentöter zu heben vermögen, um sich damit durch finstren Wald voller Tiger und anderer Ungetüme zu schlagen. In Anbetracht dessen wenden und machen sich die Brüder nach einem versöhnlichen Handshake eierbepackt ab und auf den Rückweg durch den Vorgarten voller Krüppelgewächse, zwischen denen Hansi nun die Hinterköpfe und die Gesichter der Zwillinge gleichzeitig erblickt. Die beiden sehen hoch zu der Fassade gegenüber, durch die Scheibe, in Maxi Kings Kinderzimmer und Hansis Augen, der sich umdreht, voll Grausen, den von selbstgerollten und festgetretenen Kippen gepflasterten Gang gewahrt, aber auch die rückzugsrollenden und stillstehenden, das Stockbett umparkenden Matchbox-Autos. Schnurstracks steigt Hansi über den Grand Prix von Monaco und geht geradeaus in die Küche, wo das Kühlschranklicht flackert, auf den milchgläsernen Schubfächern oszilliert, die zumindest noch eine zweite Packung für sein Frühstück bergen, während die ausgehändigten Eier bereits gegen die Fensterscheibe fliegen, aufspringen, in trüben, von Dotter durchzogenen Schlieren hinabrinnen, hinter denen sich Ralfs Vater neben Hansis Mutter abzeichnet, das Präservativ abzieht, es mit seinem Körper verdeckt, in ein Tempotaschentuch knüllt und im Papierkorb versenkt wie ein eiskalter Abstauber am Ring.

Sein Sohn Ralf habe bloß das Eis gebrochen, den ersten Ball geworfen, sei also schuldlos, woraufhin Hansis Mutter sich eine Fluppe anmacht, wie Weihrauch den Qualm im Raum verteilt, und entgegnet, er könne den Messnerkittel das nächste Mal gleich anlassen, da stehe sie ja voll drauf, ob er mit seinem Söhnchen Beichte spiele oder was, woher er das denn wisse, was die machten. Sie nimmt die Nagelfeile aus ihrer Tasche, jeder Freispruch schwäche die Gemeinschaft, sticht in den Bauch des Buches auf dem Nachtkästchen, klappt die getroffene Seite auf, liest still die Stelle und verkündet laut, vielleicht bekomme sein tolles Kind ja dann auch noch ein ohne Sünde unbefleckt empfangenes Brüderchen, Amen. Jedenfalls sollten sie jetzt mal Gummi geben, weil sie nicht wisse, wie lange die Abfindung reiche, deren hundertsten Teil ihr Mann selbigen Augenblicks beim Wirten in das Portemonnaie an der Schürze der dirndltragenden Bedienung zählt, bevor er zur Uhr blickt, seine Pille auf mostverklebter Tischplatte hälftelt, mit einem Schluck ein Stück hinunterspült und die Buben ausspielt, Sandras Mutter anschaut und raussticht, den Pott einstreicht, damit wieder hundertundein Teile beisammen hat, mit denen er sich abfinden muss, und frei heraus, wie nebenher, während der entstehenden Staunpause, die zweite Hälfte der Pille einschmeißt, entschieden, aber bescheiden auseinandersetzt, sie brauche sich nicht wundern, er habe eben Pech in der Ehe und werde, falls die Schwellung nicht zurückgehe, bald bei ihr vorbeischneien in der Praxis mit dem Abgezwickten, den der Zwilling so lange einen Hurensohn geschimpft hätte, dass er halt zugehauen habe, den Kartenstapel mischt, halbiert und Ecken voran ineinanderblättern lässt, indes der nämliche Tunichtgut ans Stockbett tritt, wie von einem Anfall erfasst bei Grusellicht die eigene Kücheneinrichtung kurz und klein drischt mit dem Zwölfereisen, die hölzerne Leiter faustig in Angriff nimmt, in der Etage drüber Hansis Zweig am Hanichl die Skala erklimmt, Sonnenstrahlen verheißt, die direkt aus dem Poloch des schlummernden Körpers zu kommen scheinen, dem Hansi jetzt, komm schon, bist du doch vom Papa schon gewohnt, den inzwischen zahnärztlich manikürten Zeigefinger in entsprechendem Winkel einführt so schmerzlos, dass der Kleine ungern erwachen, den Wecker ausschalten, weiterschlafen, Schule stangeln, den Beschluss fassen und versuchen wird, einerseits die Eierspeise aufs Mittagessen zu verschieben, andererseits bis dahin dem Traum weiter nachzuspüren.

Sandras Vater wird dann, neben seiner Frau und gegenüber Hansis Papa, von einem Neuankauf seiner Bibliothek erzählen, den die Zugezogene die nächsten Tage in die Regale räume, sie wüssten schon, die Mutter der Zwillinge, gemeinsam mit der Schwester von Ralfs verstorbener Mutter, Gott hab sie selig, kümmere sie sich doch um den Stiefneffen so gut wie um die Bücher. Jedes einzelne nehme und wiege sie in der Hand, blättere es durch und prüfe die Qualität der Seiten. Freimütige Blicke werfe sie beim Fenster hinaus auf den Wald, wisse sie doch, dass unsere Bildung, die gestärkten Rücken der Bücher auf denen der Berge wüchsen. In einem der vom Franz-Nabel-Institut neu herausgegebenen und frisch eingetroffenen Wälzer, dessen Urheber ausgleichsmäßig, wie sie gesagt habe, von einem Ast erschlagen worden sei, befinde sich eine markante Stelle, die auf die Jugend zu sprechen komme, deren Augen wie die eines Fisches gefühllos, kalt und starr würden im nahenden Erdzeitalter wegen der Sternkonstellation.

Dem zukünftigen Sadismus der Kinder entgegenzuwirken, dem Spaß am Quälen Wurzel zu ziehen, den Todestrieb im Keim zu ersticken, habe die Schwester von Ralfs verstorbener Mutter dem Schwager und Witwer, der ja alldieweil im Wald die Vögel fange, dass ihnen die Klemmen fast die Füße abschlügen, einen Fichtenkern stibitzt, das Futter für die Gimpel, Stieglitze und Fichtenkreuzschnäbel und weiß der Geier, was der da noch so alles hinter den Gitterstäben im Schuppen bunkere. Der Mutter der kleinen Annika habe sie diesen Samen für ihre Tochter geschenkt und erklärt, man könne nicht immer nur zehren von der Wildnis, und das Kind habe das im Gegensatz zum Vater schon verstanden. Sie müssten nur aufpassen, dass man dem Nachwuchs den natürlich veranlagten Hang zur Rücksichtnahme nicht nachhaltig austrieb durch die Schule, die Nussholzstuben, die Verehrung des Zimmermanns und das ständige Stammtischgerede über die wichtige Forstwirtschaft. Hat man eh gesehen, was es dem Vater gebracht hat, unentwegt seine Finger unters Sägeblatt zu halten. Ralfs Stieftante habe zur Mutter sogar gesagt, dieser Keimling sei ein Versöhnungsangebot der Natur.

Und nun wachse schon eine kleine Fichte nach in Annikas Zimmer mit Zweigen, die Fingern zum Verwechseln gleichen. Jedes Jahr werde sie mehrmals umgetopft, und zu Weihnachten feiere die Familie immer im Kinderzimmer. Auf die verlogene Bescherung werde verzichtet, da das unumstößliche Wunder der immer größer werdende Christbaum selber sei, unter dem, wie Sandras Mutter ihren Mann unterbrach, während sie eine weitere Runde Karten verlor und Getränke bestellte, dann die ausgelesenen *Was-ist-was*-Bücher ihrer Tochter lägen und letztes Jahr nach dem Lüften ein Zeisig Zuflucht gesucht habe. Man müsse nämlich wirklich nicht wie wild die kulturell so wichtigen Wälder niederholzen. Man könne sie doch genauso gut schonend wiederverwerten. Die Annika sei eine schlaue, die sich freue, wie Sandra mehrmals behauptet habe, auch so zu werden wie sie. Und überhaupt gehe ohne gemeinsame Lektüre weder gründliche Bildung noch langwährende Freundschaft. Neulich habe Sandra ganz stolz doziert, so sind ihre Eltern nun gemeinsam am Reden, dass ein Uran-234-Kern, geh, nein, ein 36er, du warst immer schlecht im Kopf, halt mal die Luft an, in ein

Edelgas, Krypton 88, einen metallenen, naturgemäß gar nicht vorkommenden Barium-144-Kern und zwei freie Neutronen zerfalle, die radikalisiert weiter durch den Raum stromern, als freie Teilchen auf Kollisionskurs im fragilen Netz aus Kernen, Materie, Orbitalen, Umlaufbahnen und Leere.

In dieser Einschicht auch nur ein Wort zu verlieren, Niki, hast du recht, ist ja völlig lächerlich, recht kriegen wir hier eh nicht.

Er umfasst die Hand seines Bruders noch fester und schleift ihn hinter sich an Hecken und Zäunen im Zickzack die Straßen der Siedlung entlang durch die Sichtschatten und toten Winkel der hellen Fenster. Die Paradoxie, das Licht in einem Zimmer nur unter der Bedingung erblicken zu können, dass sie im deckungslosen Gegenschuss selbst für einen Moment auszumachen sind, ist Viktor zwar bewusst, verunsichert ihn aber kaum. Dass die einheimischen Erwachsenen nachts Ausschau halten nach irgendwelchen Gefahren ab dem Moment, da ihre Kinder im Bett liegen und das Geschrei im Nachbarhaus erstorben ist, erscheint ihm widersinnig. Wesentlich wahrscheinlicher werden in diesen Augenblicken, da die beiden draußen wegen eines Maschendrahtzaunes die Straßenseite wechseln, drinnen die Gärungsstadien mit Fichtenzäpfen angesetzter Schnäpse verkostet oder die letzten Folgen von Seifenopern auf Staatssendern gesichtet, Abendbeschäftigungen an häuslichen Wochentagen, hofft Viktor zumindest, der seinen Bruder Richtung Wirtschaft führt, höchste Zeit, sich da einmal anschauen zu lassen und einen Blick auf ihrer beider Zukunft zu werfen.

Ein Augenpaar aber ist bereits auf die Rabauken gerichtet, verfolgt ihren verwirrenden, der Siedlung ein Netz aus verödenden Knoten und neuerlich abgeschrittenen Routen einschreibenden Spaziergang. Aus ihrer eigenen Position heraus braucht Sandra verständlicherweise lange, um zu begreifen, dass die beiden Schatten sich immer dann wieder in Gegenrichtung bewegen, wenn eine gut einsehbare und von hellen Fenstern flankierte Gasse vor ihnen liegt. Das Licht im Zimmer des Mädchens ist aus, wenn sie nachts wacht, das Bett verlässt und an die Fensterbank geht, auf der ihr Zen-Garten die Anlage rund um das Haus kopiert. Weil es so hoch ist und sie so klein, ihre Eltern keine befriedigende Erklärung fanden, wozu sie diese Pflanzen heranzogen, wenn das arglos dahinfragende Kind sie gar nicht sehen konnte vom Hausübungsplatz aus, kauften ihr die Erzeuger schlussendlich eben den sündteuren Sandkasten nach wochenlanger Recherche, wie das Fensterbrett abzusenken oder ein vergitterter Balkon anzubringen wäre, krank vor Sorge, Sandra würde noch den auf Rollen gelagerten Chefinnensessel heranschieben und in den Garten stürzen oder gottbewahre die Teleskopachse unter der ergonomischen Sitzfläche sowie schonenden Rückenstütze so hoch einstellen, dass ihre Füße vom Boden abhoben, ihr Genick sich zur Schreibtischfläche krümmte, also lieber dieses Miniaturmodell voll winziger Holzskulpturen, das untertags am Zimmerboden ruht, bis es nachts zu Vergleichszwecken auf die Fensterbank wandert.

Seither eggt die hinangestiegene sowie zum Rhythmus eines Wiegenliedes in ihrem Kopf vor- und zurückrollende Sandra beschäftigungslos und auch von kindlichen Rachegelüsten erfüllt Nacht für Nacht die Furchen im Sand ein ums andere Mal hin und her, weil das vom Mond gekommene, spitzbärtige Männchen inzwischen in dieser Kiste wohnt und es dort auch nicht allzu gemütlich haben sollte. Trotz ihrer gärtnerischen Ambitionen bleibt die Suche nach dem Beutel voll einschläferndem Stoff derart erfolglos, dass sie schon anfängt, Kathis wunderliche Geschichten von den einfach so, ohne Neutronenbeschuss zerfallenden Körpern zu glauben, sich eine instabile, organische, kosmische Faserverbindung zusammenzureimen, die nach dem Verbuddeln im Sand, denn echte Weltraumreisende begraben ihre spicy Schätze wie Seefahrerinnen, ultraschnell pulverisiert ist.

Die unendliche Portion Schlafsand, die für alle Zeiten und für jedes Kind der Welt hätte reichen sollen, liegt nun vermischt mit dem ganzen anderen Sand in Sandras Zen-Garten, und die schlaflosen Zwillinge dort unten beweisen nicht nur, dass sich die ersten Kinder bereits auf der Suche nach dem Männchen befinden, sondern, dass sie die Blicke aller anderen meiden, die ihnen zuvorkommen könnten. Irgendwann wird sie es ihren Eltern beichten, spätestens wenn die kleinen Quälgeister mit vereisten Schneebällen, gefrorener Hundescheiße und angespitzten Fichtenzäpfen in der Hand vor der Haustür stehen. Doch solange sich Sandra noch ein Körnchen kleinlicher Hoffnung erhält, dass es mehr als einen Sandmann gibt, ja dass jeder Mensch einen eigenen Sandmann hat, dass eine abzählbare Unendlichkeit von ihnen mit ihrer Spezies den Zeitstrahl weiter bestreitet, dass diese Sandmänner demgemäß über eine begrenzte Menge Schlafsand verfügen und man sich nimmermehr, sobald der Sandmann die letzte Ration verschleudert hat, nach dem Aufwachen die bröselige Portion aus dem Augenwinkel reibt, weil die Lider dann nie wieder aufgehen und der eigene Sandmann obsolet und arbeitslos ist, sich demgemäß ebenfalls heimdreht, solange diese Möglichkeit übrig bleibt und die inzwischen verschwundenen Winzlingszwillinge da unten in den Gassen bloß Hirngespinste sind, so lange darf Sandra ihre Eltern nicht durch das Klickgeräusch des Lichtschalters oder die taghell geränderte Tür wecken, so lange, bis sie ganz von selbst nicht wieder aufwachen, um ihnen keine unnützen Sorgen zu bereiten, weil ja vielleicht gar nicht rauskommen wird, was für einen Scheiß sie angebaut hat in ihrem Zen-Garten.

Bloß wenn Sandras Eltern sowieso gerade heimkommen aus der Wirtschaft, die Treppe hochstolpern und auf Zehenspitzen ins Schlafzimmer gehen, lässt Sandra ab von den aus Tesafilm und Schwefelhölzchen gefertigten Strichmännchen im Zen-Garten, die besser aus Zahnstochern bestünden der unartikulierten Meinung von Herrn Doktorvater nach, wie Sandra ihren Papa seit geraumer Zeit ausschließlich nennt, weil sein Ärger über diese Bezeichnung ihrer Mutter, die eigentlich den Titel trägt, immer ein amüsiertes Lächeln samt universitärem Scherz abringt, wie man ohne Studium überhaupt eine Bibliothek leiten könne. Der Herr Direktor jedenfalls spricht von seiner Sorge mit den Schwefelhölzern nur zu seiner Frau, die das ironisch quittiert, ersticken oder verbrennen, wo sei da der Unterschied, wie Sandra bei einem nächtlichen Lauschangriff aufgeschnappt hat. Außerdem bringe man Kinder durch Verbote nur auf dumme Ideen, weswegen Sandra die Annahme für hinreichend begründet hält, dass es rückschlusstechnisch und ins Moralische gewendet zumindest sicher kein schlechter und dummer Einfall, vielleicht mit ein bisschen wohlwollender Auslegung und demgemäß einer ausschließlichen Entweder-oder-Konstruktion die Attribute betreffend, sogar ein guter und kluger Akt gewesen ist, die Schutzlosigkeit des Jungen ohne seinen Bruder nicht tatenlos verstreichen zu lassen. Denn der günstige Augenblick, wie sie in einem ihrer *Was-ist-was*-Bücher gelesen hat, kommt nicht oft und schreit danach, genutzt zu werden. Deswegen greift sie jetzt in ihre Murmelkiste, und in dem Moment, da die Eltern vermeintlich still und leise an Sandras Zimmertür vorbeschleichen, schnippt sie das gläserne Kügelchen über den lärmschluckenden Teppichboden gegen den arrangierten Urahnkern, was das unverkennbare und unverwechselbare Klicken erzeugt, mit dem ein Lichtschalter betätigt und ein ebenfalls lauschender Vater, Zahn um Zahn, Auge um Auge, dazu gebracht wird, am nächsten Vormittag während Ordination und Schule, die inzwischen schon sehr staubig gewordene und nur noch trübes Licht auf die Seiten des kindlichen Hausübungshefts werfende Glühbirne zu tauschen über dem bereits wieder zusammengefügten, für Sandra ein funktionales Familiensystem symbolisierenden Atomkern.

Doch in dieser Nacht wird hinter Sandra die Tür aufgemacht, weil ein warmer, Schlüsselloch füllender und Rahmen nachzeichnender Schein die Kanten und Ecken des Eingangs entlangflackert, die langen Schatten der beiden Racker ineinanderwirft, gegen die Spalierinnenseite und die wilden Weinranken schmeißt, der Wirtschaft gegenüber, ihr zugewandt. Viktor spürt den Atem seines Bruders im Genick, wo ihn sowieso ein kalter Schweißfilm frösteln lässt, greift nach der gleißend geränderten Klinke, hinter der das Licht noch brennt, vernimmt die erloschenen Stimmen, die wochenends debil lachenden Erwachsenen, das Singen, Kreischen, Schreien der Wirtschaft, ein Scheiß dagegen das Nachbarskind.

Und schon sind sie drin, Vik und Nik, hinter ihnen ein Klick, der springende Riegel, die verschlossene, aber nicht abgeschlossene Tür, ein fürchterlich surrender Ton in der stinkigen Luft, dringlich wie ein Tinnitus, der in der gleichen Frequenz schwingt wie das durch den Kopf von Niklas springende Klopfen und Pochen, beide Geräusche niedergeebnet und eingepflegt. Vik, ich hör wieder was. Der andere aber hebt nur den Fuß, setzt ihn vorsichtig auf die Bohle vor sich, drückt sie nieder, prüft das Holz, sein Ächzen, Stille. Dann erst verlagert Vik sein ganzes Gewicht, tut den Schritt in den Raum, schaut durch die wie ausgestorbenen Bierbankreihen und entdeckt die leer gefegte Schanktheke im Gegenlicht eines Nebenzimmers. Wie Nebel lungern die langen Schwaden vor Stunden kurzgerauchter Glutstängel auf Kartentischen und Eckbänken, vor Kommoden und Hängeschränken, vollgestopft mit Decks und Brettspielen, um Barhocker, hölzerne Würfelbecher und bodenbedeckte Schnapsgläser herum. Klebrige Plastiktischdecken, liegengelassene Kniffel und durchscheinende Flaschen werden von unten nach oben sichtbar, als sich die Rauchfetzen von Neuem heben in Viktors Atem zur Decke. Wo Polster auf den Sitzflächen liegen, erkennt er noch die Gesäßabdrücke, wo die Körper auf blankem Holz ruhten, erspürt er im Vorbeigehen die Hand darüberstreichend Wärme. Die beiden haben Kälte und Schnee hereingetragen, der auf ihren durchweichenden Schuhen und ihren kribbelnden Händen zu schmelzen beginnt, als würde er verbindlich willkommen geheißen von den feuchtgeheizten Wänden. Diverse Schimmelpilze in apokalyptischen Farben brechen durch den Putz an den Herrgottswinkeln der Spelunke, Sprenkel von Grün, Pink und Türkis, die ihr Myzel im Mörtel und Gips des Mauerwerks hinunterbewegen bis in den Boden, die sich jetzt bildenden Lachen frischen Wassers aufzusaugen.

Wie zum ersten Mal warm werdend mit der Gegend geht Viktor der Theke entgegen, die Dutzende von Flaschenhälsen gleich einem Burgwall seine Türme krönen. Arnika, Vorlauf, Rum, drunter wird es Viktor nicht machen. Achtzig Prozent, dem Bruder die Lippe zu betupfen. Waschbenzin, ihm eine reine Wunde beizubringen, Branntwein, Klarheit zu schaffen inmitten dieser Stube, Feuer, es ausspucken. Ein Handzeichen reicht. Räubergeleitert steigt er auf den Barhocker. Inspektion der Schnapsbotteln. Die Etiketten im Schatten. Das Licht aus dem Nebenzimmer. Eine taghelle Leuchtstoffröhre. Es fröstelt Viktor. Schweiß rinnt seine Schläfe runter. Nerven und Lichtkleckse liegen blank auf Armaturen. Ein Blick über die Schulter. Sein Bruder und ein ausgestopfter Adler in der Ecke. Er krallt seine Klauen um Steine. Die Flügel sind gespreizt wie beim Abflug auf Beute zu. Das Surren in der Luft. Die arglosen Augen. Die Trophäe und Viktor befinden sich auf selber Höhe. Als hätte man die Gefahr unter der Decke gebannt. Von dort fällt sein Blick hinnieder ins Nebenzimmer. Die Schürze schnürt dem Wirten an der Seite die Fettwülste ein. Zu einer Masche gebunden die Schnüre wie ein Präsent. Es zu schmähen ein Verbrechen. Der Schnaps steht noch auf der Arbeitsfläche. Das Glas auf den Fliesen zerbrochen. Neben den reglosen Gliedern.

Vik tritt einerseits auf die Theke, springt andererseits hinunter und verschwindet im Nebenzimmer. Nik kommt ihm nach um den toten Winkel des Türstocks herum. Der Wirt begrüßt ihn mit festem Schnarchen. Vik stupst seine Hand und schaut ihn an. Dann wandern seine fiebrigen Augen zur Flasche. Wieder, diesmal fester, tritt Viktor den schlafenden Wirt, der das bloß mit noch lauterem Schnarchen quittiert. Sein Mund klappt auf, und der Laut verliert seinen nasalen Klang. Viktor steigt auf den sich hebenden und sich senkenden Bauch. In tiefem Atemholen steigt Viktor genau über die Kante der Arbeitsfläche auf. Auf der Bottel taucht sein Kopf gespiegelt auf. Daneben lodert es blau.

Daher kommt das Surren. In seinem Rhythmus schnarcht der Wirt. Gas tritt heraus, Ofen und Bauch, Ofen aus. Vik staubt die Flasche ab. Auf dem Bauch schwebt er hinab. Er reicht Niki den klaren Tropfen. Dann schnarcht ihn der Wirt wieder hinauf. Die Zwiebeln in der Pfanne und Viktors Gesicht sind angeschwitzt. Olivenöl wölkt um seine Wangen. Wie anderen Aggregatszustands gesalbt steigt er auf und ab durch den hungernden Wirt. Es knurrt und schnarcht aus seinem leeren Magen und seinen verengten Nebenhöhlen. Die erloschene Zigarette hat der Wirt noch zwischen den Fingern. Ihr Filter ist vom gleichen Braun wie der Holzgriff der Pfanne. Niki da unten nimmt die Kippe, als er das verbrennende Öl riecht und sieht, trampelt auf ihr herum. Viktor aber packt zu und schwenkt das Gusseisen weg mit beiden Händen. Schnellen Rucks in den Gelenken loopt er die Zwiebeln dem Dunstabzug entgegen. Die glasigen Splitter fallen wieder in die Pfanne. Nik schrammt die Beine eines Stuhls die Küchenfliesenfugen entlang. Das Fett spritzt, und an der Flamme in Brand gerät eine im Licht der Leuchtstoffröhre glänzende Perle. Sie lodert kurz auf und liegt dann verkohlt im strömenden Gas. Ein Schweißtropfen trocknet an Viktors Backe. Er kann das Entstehen der Salzkruste spüren, als er sich über die Flamme bückt. Aber die Hitze ist es, die den fiebrig frierenden Jungen entzückt. Die gusseiserne Pfanne bugsiert er nun auf die Feuerstelle zurück. Dann greift er den Regler, dreht die Flamme zu voller Größe, steigt auf die Arbeitsfläche. Der Wirt schläft, hebt und senkt den Bauch, während Nik hinterrücks die Spüle erreicht. In weiter Ferne beginnt das hirnhautentzündete Kind die Nacht in Stücke zu brüllen. Wiebke, wie sie versucht, es durch den Dunstabzug zu ersticken. Ein Schulterblick, der herzallerliebste Niki, zuckersüß wie die Zwiebeln, den Stuhl ans Waschbecken gerückt, rührend die Sitzfläche bestiegen, Flasche im Kipp, vorbildlich, Wasser, strömend, nimmt Schnaps mit, füllt die Bottel, bereit zu löschen den Brand, kann Niki der Rauschkugel da am Boden gleich in die Hand drücken. Der Wirt sägt zum Surren vom Gas und zum siegreichen Verbrutzeln der

Zwiebeln in der Pfanne, und wie ein verrückter Hund das Magenknurren. Viktors Gesicht zu Nik gewandt, von Öl umwölkt, gleißender Dampf, fröstelnder Stimme, niemand hört hier was, die leuchtende Röhre, Salz, Schweiß, Abglanz, Wangen, Kinn, Tropfen, in den Mund vom Wirt, seine Zunge, im Schlaf die Lippen entlanggeschwungen, verstummendes Magenbrummen. Wovon er wohl träumt. Viktor auf der Arbeitsfläche, zu voller Größe, seine Hände gestreckt zum Dunstabzug, ein zweites Surren im Ohr, Niki, ich glaub, in meinem Kopf stimmt was nicht, dann sieht man das Licht. Es fährt in den Dunstabzug wie ein cherubinischer Herzstich.

Als hätte das zentrale Organ der kleinen Siedlung ein lieblicher Pfeil durchbohrt, hält es nun einen Moment vollkommen still, bevor es glost, in zügellosen Flammen um sich schlägt, lodert, brennt. Der Feuerschein schwebt durch die Gegend, flackert auf den Fassaden und fällt bei den Fenstern herein. Als die Murmel von Sandras Hand gegen das atommodellartige Glasperlenarrangement klackt, knackt es bereits im Gebälk der Wirtschaft, und die handgeblasenen Kügelchen fluoreszieren. Hinter ihr trifft das Licht die Tür, dringt in die Ritzen zwischen Boden und Rahmen, lässt die Eltern zusammen mit dem Geräusch Sandras Schlaflosigkeit ahnen. Die widerscheinende Glühbirne über ihrer murmelnden Superbrainleuchte allerdings ist nicht die Quelle des Lichts, weder die gleißenden Kugeln strahlen von selbst noch der helle Zen-Garten, hinter dem die Wirtschaft brennt, inmitten des Fensterrahmens, von glitzernden, schneebedeckten Dächern umgeben, an deren Regenrinnen die Eiszapfen zu schmelzen beginnen wie eine lächerliche Hommage an die Hydranten der Siedlung, zugeschneit und unter Schnee begraben, da werde man die Feuerwehr hinschicken müssen, dorthin, wo sich die Kinder für gewöhnlich morgens versammeln, wo sie zusammen warten und den Marsch zur Schule starten. An diesem Tag aber starren sie nur in die immer noch glimmenden Grundfesten der Wirtschaft, beobachten die wörtliche Rauchentwicklung, die Ausbreitung krauser Schwaden zu schnurgeraden Fahnen vor dem grauen Winterhimmel über den zögerlichen Löschmanövern der ortsansässigen Feuerwehrmänner, die den Wirt recht schnell bargen, für die Nachbarschaft Entwarnung gaben, das Grundstück aber für endgültig verwüstet erklärten, während die Schneedecke sich immer weiter in die angrenzenden Gärten zurückzog, in Regenbogenfarben glänzenden Tau hinterließ und zunehmend größere Teile selten so grünen Rasens entblößte. Kathi nutzte die Gelegenheit, eine erfrorene Wühlmaus aufzusammeln, und Clara drückte ihr Stofftier, so fest sie konnte, dessen Augen derart frenetisch funkelten, als wäre es aus unruhigen Träumen erwacht.

Die herumstehenden Kinder gähnten und dachten keine Sekunde daran, heute noch in Richtung Schule aufzubrechen, bevor der nur noch aus Schaschlik bestehende und nach Schwefel riechende Dachstuhl der Wirtschaft unter den Löschfontänen einstürzte. Die aufmarschierten und wild durcheinander spekulierenden Erwachsenen vertraten in Bezug auf ihr jeweiliges Tagwerk einen ähnlichen Standpunkt wie ihre Brut. Ein lange unbemerkter, chronisch gewordener, sich in Stoffwechsel, Blutbahnen und Kreislauf einnistender Erreger habe zuletzt eine Angina pectoris verursacht und das Herz der Siedlung entzündet, wie Frau Doktor behauptet. Ihr Ehemann fasst und legt diesen Satz selbstverständlich als Metapher auf und aus, Allegorie, hätte ihn Wiebke verbessert, erklärt der versammelten Gemeinschaft, dass all die Jahre so viel Groll und Hass aus jedem einzelnen Haushalt in dieser Wirtschaft zusammengetragen worden sei, dass man den Kollaps einfach irgendwann nicht mehr vermeiden konnte. Der Messner bückt sich, tunkt zwei Finger in die Asche, bekreuzigt sich, flüstert dem Pfarrer sogar ein, er solle die sonntägliche Predigt umschreiben, den Wirt noch einschließen, denn er habe auch die Sünden der anderen auf sich genommen.

Eine Krankenschwester wundert sich bei der Morgenvisite inzwischen schon über das Verschwinden des Rauchgasvergifteten. Neben dem schneeweißen Bett steht das Fenster sperrangelweit offen. Darunter häufen sich die frisch gefallenen Pulvermassen fluffig wie die Matratze voller Sprungfedern, ungeeignet. Die eisige Luft, das Geräusch der Stationsschlapfen im Schnee, seine gespiegelte Erscheinung im Krankenhemd auf der Plexiglasscheibe zuletzt bringen ihn dann zur Vernunft. Unweit des Parkplatzes trifft man ihn bald schon in der Telefonzelle an, wo er Passanten und Sanis abgebetteltes Münzgeld in den Schlitz schmeißt, das Freizeichen hört wie das Erlösung verheißende Signal seiner kommenden Zeiten und er an der glimmenden Zigarettenspitze vorbei durch die Sprechmuschel seinen Töchtern erklärt, ihn deuche, sie bräuchten dieses Wochenende nicht nach Hause helfen kommen.

Die eine Tüchtige in Sölden bleiben, wo sie im Pistenhotel praktizierte, die Tolle in der Stadt, wo sie ihrem Studium nachging, und die Trickreiche auf dem Bauernhof, wo sie ausgebrannten Börsenspekulanten ein Luxusurlaubsdomizil bot. Sie sollten Holz hacken und in Wanderschuhen dahinstapfen, bis ihnen Hände und Füße bluteten. Sie müssten sich in Regentonnen mit Schöpflöffeln duschen, sich mit Schweinsborstenbürsten schrubben, sich mit grob gewobenem Leinen trockenrubbeln. Ja sie dürften sogar ihre Würste zum wörtlich verstandenen Abendbrot auf einen Stecken gespießt selber überm Lagerfeuer braten, bis es ihnen die Haut in Fetzten riss und die Gesichtsbehaarung bis in die Poren versengte wie frisch epiliert. Und am Ende ihres vordem hart erarbeiteten, nun schwer verarbeiteten und zuletzt schwierig verarbeitbaren Urlaubs kehren die Banker zurück in ihre beiden Türme, vor ihre entarteten Big-Brother-Bildschirme, zu ihren haloiden Computern und hinter ihre vollhölzernen Konferenztische, in alte Anzüge gestopft, eng zwischen Schulterpolster gequetscht sowie von Krawatten gewürgt schwärmen sie vorm Kollegium von den erholsamen Almwiesen, um die verhasste Konkurrenz ins Elend zu treiben, mal sehen, wie die sich aufreiben bis zum Burn-out und dann freie Bahn. Die drei Töchter könnten das Dirndl dieses und wohl auch die folgenden Wochenenden einmal richtig auslüften, bräuchten vorerst nicht mehr hineinschlüpfen in ihr Karnevalskostüm, sagt der Wirt, denn er wüsste, dass sie diesen hinterwäldlerischen Fetzen eh nie gerne getragen hätten, und sofern, falls, wenn er sie irgendwann wieder brauche, würde er sich dann eh melden.

Untröstlich ist an diesem Morgen auch Sandra, egal wie viel Schnee auf ihre Nase fällt, egal was für wilde Thesen ihre Eltern vortragen, wieso, weshalb, warum die Wirtschaft abgebrannt ist, egal, wo sie hingehen wird, in die Schule, nach Hause, auf die Schlittenpiste, sobald sie sich verpissen kann, ohne allzu große Aufmerksamkeit zu erregen. Abseits der Kinder steht sie, schiebt ihren Schuh hin und her, hebt immer wieder einen Gupf Asche, dem Sand des Zen-Gartens und den Flocken des Morgenhimmels qua Konsistenz zum Verwechseln ähnliches Pulver, wiegt es nachdenklich im Knöchel, lässt das staubige Zeug wieder zu Boden rieseln, zählt hochkonzentriert mit geschlossenen Augen bis zweihundertfünfunddreißig, während die Zwillinge ganze Haufen noch warmer Asche in den Armen wiegen, das Pulver in die winterkalte Luft schleudern, wo die komprimierten Flocken zu pilzartigen Wolken zerstäuben wie die Federn aufgeschlitzter Kissen, und wieder auf die Zwillinge niederrieseln, die sich inzwischen lachend, frohlockend, ja ergötzt mit Fäusten voll schwarzem Zucker bewerfen, in vertikalen, warmen Wehen, als verdeckten diese Schwaden die Berge, als glühte den beiden dahinter ein Morgen, die einzigen mit guter Laune neben Wiebke, die heute den ganzen Vormittag alleine und weisungsfrei die neue Gesamtausgabe vom Franz-Josef-Nabel-Institut, wie sie innerlich witzelt, abstaubt und sortiert, ein Band ins Regal, ein Band in ihre Tasche, einer für Vik, einer für die liebe Kollegin, einer für Nik, einer für den Herrn Doktor und einer für Wiebke. Alle Titel, die es in älteren Ausgaben schon gibt, nimmt sie mit, bis ihr die lückenhaft auf den Brettern prunkende Gesamtausgabe verdächtig vorkommt und sie doch alle Exemplare einpackt, wie man, nascht man nachts, auch nichts übrig lässt. Nur Kathi liest noch ein verkohltes Forellenskelett auf, wo das Inferno den Tiefkühlschrank samt Inhalt nicht ganz restlos in jene verbrannte Erde schmolz.

Praterstar

Erste Dates machte Elena stets an Orten aus, die vereinbarten Tags derart gefragt und zur verabredeten Uhrzeit so überlaufen waren, dass Mobilfunknetze rundherum zusammenbrachen. Seit jeher trug sie einen Schal um Hals, Mund und Haar geschlungen wie eine wüste Kriegerin, bezog zunächst Position im Hintergrund des Treffpunkts, das Überraschungsmoment auf ihrer Seite. Elena nahm bloß Notiz von der Vibration des Bodens unter ihren bunten Sneakersohlen sowie das Opfer in Augenschein, was für ein Trottel. Die Troddeln am Ende ihres Schals wickelte sie spielerisch um ihren Finger, weder nebenbei wie eine Übersprungshandlung noch wehrlos und nervös umfasst von Unruhe, sondern voll bewusst, so sehr gefiel Elena dieses Bild von sich, wie das Fleisch um das Knöchelchen anschwoll, das Blut unter ihrer Haut mit jeder Fadenwindung stockte, das Glied taub wurde wie im Schneefall trotz guten Wetters und sie die Fasern letztendlich wieder entwirrte, während sie den Typen warten ließ, ihn unwissentlich auf Sicht hielt. Sie studierte die Phasen seines Zappelns, während Passanten immer wieder den Anblick zerstampften, wie er zunächst eine Zigarette oder den Ehering drehte, ihn abzog und abschätzig in der Hand wog oder die Kippe in den Mund nahm, sie ansteckte, das eh schon brennende Ding an den nächstbesten Bettler verschenkte, die systematische Schuld zu tilgen, das Hundeleben zu verkürzen, goldener Schuss oder Bronchialkarzinom. Elena spürte ihr Grinsen an ihrer echtseidenen Vermummung, Mundschutz, Haarnetz und Halsabschneider in einem. Ihren von abgekochten Raupen eingesponnenen Kopf hielt sie hoch, tastete nach ihrem Blinddarm, fühlte das Rudiment vergangener Jahre und Epochen, bevor die flachen Handys zur sine qua non, klobige Armbanduhren abgenommen, Warten, Demut und Geduld Untugenden wurden. Ihre smarten Haberer starrten auf die Screens, checkten die Zeit, und Elena tippte, bei dieser Frequenz, den einen Passanten da noch, der jetzt ihren Blick schnitt, und check, sie tippten, schickten Nachrichten, die keine Haken bekamen im überfrachteten Netz dieser spätkapitalistisch urbaren Zeiten, gesendete und gelesene Textzeilen statt sehender und gesehener Personen. Digital naiv riefen die potenziellen Partner das Bildschirmfoto von Elenas Datingprofil auf und schauten sich um. Ihre verunsicherten Blicke glitten über die Tarnkappe hinweg wie eine Wischbewegung. Sie hätten sich besser die analoge Welt in Erinnerung gerufen. Die Unbekannten erkannten Elena nicht.

An diesem Wienwandertag im Vergnügungspark aber war Elena ihren Liebhabern in spe schon in der echten Welt begegnet, bevor die Kastanien in kitschiger Blüte standen. Umso mehr mussten die Zwillinge in das lieblose Muster erster Dates eingepflegt, ihr Herausragen aus dem Common Ground eingeebnet, ihre ursprüngliche Connection gecuttet werden. Elena wickelte die Schalfranse um ihren Finger, und der Typ da drüben senkte endlich seine Hand. Über die Hitzköpfe dahinschwitzender, die Sicht raubender und neckisch gemütlich fliehender Spazierender flog, stieg und rotierte ein blinkendes Stück wie ein Funkensprung, stürzte blitzend hinter den Stiernacken trampelnder Flaneure und strampelnder Flaneusen. Der junge Herr Adler starrte jetzt anstatt einem Handy seine Hand an, die postwendend wieder in den Hosensack sank, worüber er die Lippen schürzte, geschwollener Brust ein Liedchen pfiff, den Kopf hob, sich umsah zur Melodie von *La donna è mobile*, und Abflug. Die hinter Elena liegende Achterbahn namens Black Mamba donnerte Salto mortale durch die glühende Luft voller Saharastaub getrieben vom heißgeriebenen Zahnradwerk schmelzender Motorenwerke, während der durchtunnelte Boden beim Anfahren der Untergrundbahn bebte.

Vorbei an Schießbudenfiguren rannte Elena, am Tagada entlang, in dessen Mitte Teengirls erschüttert das Gleichgewicht hielten, in Crop Tops neonfarbene Hubba-Bubba-Blasen aufpustend, sich selbst mit Handys filmend, grelle Lichter im Hintergrund. Quietschend und kreischend die Sneakers auf Schotter, nicht gerade Raubkatzenpfoten, an Twenty-Somethings in Tigertops vorbei, Leopardenlook linker Hand, Sand im Graben, bevor die Wiesen begannen, drüber der Himmel getrübt vom Saharastaub, sichtbar hinter Ästen in Pastell blühender Kastanien, Eichkätzchen, herumschweifend, ihre Beute zusammenraffend, freaky Fetzen schräger Jahrmarktsmusik.

Eine Gruppe Urgesteine umkurvt, die dealenden Strizzis eing'holt, vorbei am Ring'lg'spielb'sitzer, der Karten abriss, Münzen kassierte, tschickte, Elena fliegender Finger grüßte, wie sie vorbeiflitzte, an weggestreckten Gliedmaßen und Insassenhaaren. In die Quere kam ihr auf Crashkurs die Schlange am Autoscooter, sodass sie rennend auf die Bühne sprang, blechtrampelnd die randsteinartige Gummibande entlang, Stoßstangen neben ihren Schenkeln einschlugen, Fahrtwind auf den nackten Oberarmen, sich den Weg mit Schultern freirammen, ein Quarter-Back beim Home-Run, die Kaltschnäuzigkeit im verhüllten Gesicht, das unterkühlte Langsam-langsam-Kleines vom Hauer des Lukas, wie ein Befehl hinterhergeeilt, ihr Date da vorne.

Elena bremste im toten Winkel einer Partie Sozis, strich die Strähnen von ihren Wangen, schlang sich den Schal vom Kopf, schlich hinterrücks, als die sonst volksfestfernen sowie praterentrückten Leute in ihren leichten Gilets und Pluderhosen zur Seite wichen, sich aus der luftigen Rebe einen knallroten Heliumballon zu pflücken. Einem auch sonst hier zu verzeichnenden Peitscherlbuben riss Elena im Vorbeigehen die Mineralwasserflasche aus der Hand, die sich fest gegriffen erbrach, hörte ihn noch lauthals hinterherschimpfen über klimpernden Goldketten. Und sie trank, um ihre fusseltrockene und staubgeschundene Kehle zu kühlen, vorbei an der Bühne, auf der Singer-Songwriter stimmten, hinterher dem Typen, der Verdi verpfiff, schon wieder.

Wie einen Hals würgte und umdrehte Elena den Schal hundertfach. Ein ums andere Mal zwischen den Händen. Wie ein Hells Angel, unablässig angasend und runterschaltend an der Lenkstange, hoch die Drehzahl, Schal wird Strang, tobend der Kopf, bremsender Motor, Herzklopfen, Stillstand. Dann wirds schwarz. Ein Ruck zurück. Druck auf die Lider. Zugezogen der Knoten. Zwielichtige Löcher im Gesicht. Als ob man gegen einen Flatscreen klopft. Zusammengerissene Haare am Hinterkopf.

Überraschung!

Vertrauenstest?

Blind Date.

Lass dir mal was Neues einfallen, Elena.

Naturgemäß sahen und sprachen die Brüder Adler einander abends nach dem ersten Date, war doch der andere am nächsten Tag mit Elena verabredet. Ja, es war gut. Die Münze lag noch anzeigend, wer die Verabredung als Prototyp wahrnahm, im Kerzenschein des Kandelabers zwischen den Burnern von Streichhölzern und der Carrycapture Himself, wie die Zwillinge die Zeichnung inzwischen betitelten.

Mich hat sie geblindfolded.

Oha, eine richtige Blindgängerin.

Was du nicht sagst, Vik! Ich hatte das auch auf der Zunge. Was du nicht alles hörst. Go with the Flow. Verlass dich auf den Sound!

Auf den knirschenden Kies, die quietschenden Sneakers, die g'strittenen Gschrappen und die tschilpenden Spatzen verlassen?

Ausg'storben inzwischen, wie du dann merken wirst. Wegen der Bodenversiedelung, keine Brutstätten und Sandbadeplätze mehr.

Dann die schrammelnden Spechte?

Die schreienden Ringelg'spielinsassen.

Haschende Junkies, grapschende Schanis, entrüstete Augenzeugen.

Die g'schupften Ungustl, brutzelnde Schnitzel, schäumende Biertschi.

Die schmalz'backenen Langos. Die abg'rupfte Zuckerwatte.

Die zerfetzten Tickets.

Die schlitternden Air-Hockey-Scheiben. Der schlitzige Münzeinwurf.

Das Luftanhalten der Passagiere beim Hochfahren vorm freien Fall.

Abgegriffen vom Tisch flog das Geldstück zum Plafond. Es fiel zwischen Vik und Nik, klimperte auf dem Fischgrätparkett, ränderte aus wie ein Kreisel inmitten des T-à-Ts ihrer Körper. Beide brauchten die Ruhe des Flachliegens, schwitzten sie doch noch vom Bodyweight-Training, der eine vom Rapid-Workout, der andere vom Rabbiting-Workout. Als Viktor den Kopf quer legte, zu schauen, was die Münze zeigte, rann ihm ein Tropfen von der Schläfe ins Auge.

Einer Frau vor uns bin ich in die Ferse gestiegen.

Ob sie tränten oder der gleiche Schweiß aus dem inneren Lidwinkel weiterfloss, ihm über die Nasenwurzel kroch, darunter die Wimper flutete, im zweiten Glaskörper brannte, ahnte Viktor so wenig wie Niklas. Die gerötete Bindehaut des anderen sah er an, da der Winkel aus Blicklinie und Nickeloberfläche unleserlich spitz war, das zur Münze geworfene Auge dem Metall aufsetzte und abprallte, unversehens weitersprang wie ein den Wellen flach entgegensegelndes Geldstück.

Elena bin ich auch auf den Fuß getreten.

Woher wusstest du, dass sie es war?

An dem quietschenden Sneaker. Und weil sie meine Finger drückte. Ruhig Blut, hat sie gesagt.

Die Frau vorher hat nichts gesagt?

Die hat sich nur umgedreht.

Woher wusstest du das?

Klar war das zu hören im Kies, weil gerade nichts weiterging.

Fand das wohl zum Schimpfen zu süß.

Die dilettantische Augenbinde und Elenas pseudounschuldiges G'schau?

So ein verspieltes Ausflugspaar sieht man ja nicht alle Tage.

Vielleicht kannte sie den Anblick aber auch schon.

Woher wusstest du, dass es eine Frau war?

Parfum, schlanker Fuß, das Knirschen drunter, zu laut für Kinder. Und wäre es ein Mann gewesen, hätt er sicher lospalavert.

Gefragt, ob dir das gefällt, dass deine Freundin da mit dir red't wie mit einem Pferd. Ruhig Blut. Immer diese Hengstphantasien. Und diese Zähmungsriten.

Ich habs mir eh nicht gefallen lassen.

Von einem Fuß auf den anderen gestiegen und gescheut?

Ja, um sie noch einmal zu erwischen. Und dann, ich muss pissen.

Du warst immer schon ein Spielverderber.

Sie hat gesagt, wir hätten zweihundert Leute im Genick. Und nur noch hundert vor uns, wenn ich weiter welche wegtrete. Ich hab gesagt, das gehe sich nicht mal mit Roundhouse-Kick aus. Und sie, wie ich mir das bitte vorstelle. Ich solle mich nicht so anstellen. Sie an meiner Stelle würde jetzt einfach hierhin pissen.

Da war sie schon, die Marke. Davon würd ich Abstand nehmen, werter Herr. Ja genau, dafür brauchen sie die Zivi-Kieberer im Prater. So ein Sandler, auch nur ein Mensch, wollen halt mal Loopings fahren im Dienst, wenns schon so wenig Raser gibt auf der Strada, im Scooter, im Stadtverkehr. Und wenn man mal eine Flasche braucht, ist sie schon da, die Gendarmerie. Auch ein Ordnungsstraftatbestand, Erregung öffentlichen Ärgernisses. Und nichts ist in Wien gemeingütlicher als der depperte Erste Mai, und fällt er aufs Wochenend, dann offensichtlich auch noch der Folgetag, wenn eh schon alles voll kacke ist. Einschließlich der wenigen öffentlichen Scheißhäusl im Prater. Urbanes Freilufterholungsareal, eh klar, Bahnfahren unter Bügeln, zum Vergnügen durch Frischlüfte und Lustgärtchen, Prototyp einer müßigen Moderne, marxistischer Bullshit, in der *Minima Moralia* noch nachschlagbar, dieser exilierte Gedanke, Wünsche, Begehren und Grundbedürfnisse von Maschinen erfüllt, überall Bäumchen, trotzdem Geräte, Fotosynthese und Mechanik, Newtown und Apfel, und naturgemäß verfolgt sie der Kieberer, eher panoptischer Gefängnishof als paradiesischer Garten.

Niklas, Viktor, mir scheißegal, wer hat dir gesagt, dass du auch pissen musst.

Hat mir ein Spatz gepfiffen.

Hast du ein Schwein, Angsthase. Die Schlange war nicht mehr lang.

Hey, ich hab mich nicht verpisst. Ich liebe Achterbahnen.

Die ist fix zu arg für dich.

Top, gilt.

Der letzte Schrei zählt, Kleiner.

Im Hintergrund fuhr die Zahnradbahn ihre Touritour durch das Prater-Wäldchen, passierte die kitschigen Lichtkegel und ramschigen Gartenzwerge. Als sie wieder vor dem öffentlichen Toilettenhäuschen standen, drückten sie einander die verschwisterten Hände. Der blinde Zwilling erkannte die Geräuschkulisse aus *Liebesg'schichten und Heiratssachen*, einer Dating-Tele-Visions-Live-Interview-Serie aus dem Jahre Schnee vor allen Internetplattformen, die sich eine Stunde Zeit für die Vorstellungen vierer Kandidierender nahm und nahezu alle Suchenden aus Wien versunken als einsame Passagiere dieses anachronistischen Gefährts ablichtete. Mit ihren Schiebermützen und Glockenhüten über aufgedunsenen Gesichtern hockten sie dann bucklig unter den roten Dächern unverkleideter Abteile und schwadronierten, während die in immer gleiche Engelstrompetenform geschnittenen Bäume vorbeizogen, krumme Tour, vergangene Liebschaften, ihre geschiedene schlechtere Hälfte ausgerichtet, verstorbene Herzkratzerl gelobt und gewandelte sexuelle Ausrichtungen offengelegt. Hauptsächlich gehörte dieses friedensstiftende Pflichtprogramm zum sonntäglichen Prime-Time-Ritus nach gemeinsamem Abendprogramm verheirateter Paare getreu dem Motto *Entweder das oder das*, kathartischer Aufhänger gehässiger Kommentare, großzügige Gabe eines Herzstichworts nach dem anderen.

Besser das als nichts.

Auf dem Tisch lag noch das eingetroffene Kuvert. Ungestempelt und adressenlos, weder Sender noch Empfänger, das Einwurfeinschreiben gleich selbst in die Hand genommen. Der Umschlag zugeklebt und gesiegelt mit einer Briefmarke, die zwar keinen Wert, aber einen zweiköpfigen Drachen zeigte. Aus unzähligen Rauten war der Körper aufgebaut, ein schuppiges Unikat, wie eine schnelle Internetrecherche ergab. Seinen Hort verbarg er unter sich, hinter der von einem feinen Streifen Blut durchwirkten Umschlaglasche, wo sich eine mit Schreibmaschine getippte oder zumindest in Courier gedruckte Nummer befand, die anzurufen ein Piepen zur Folge hatte, wonach man spreche, standardisierter Stimme. Zurück kam eine SMS mit Datum, Uhrzeit und Treffpunkt, Samstag und Sonntag, erster und zweiter Mai, jeweils um sechzehn Uhr, im Prater vorm Tagada.

Am Montag schauten sie in Viktors Bude schon zu dritt Liebesg'schichten und Heiratssachen. Geistartig und ausgefranst warf der Beamer seine Bilder an die freie Wand. Und Elena wunderte sich selbst, zu Pfingsten mit den Gemälden als Präsent bei den Brüdern zu erscheinen, statt mit unnützen Haberern Zelte aufzustellen und Pfingstritt zu spielen. Viktor allerdings münzte das Geschenk sofort auf die vorangegangene Bosheitsnacht, jenen österreichischen Brauch, da Kinderscharen den Nachbarn etwas antaten, die Windschutzscheiben parkender Autos mit wasserfester NIVEA-Creme einschmierten, freilaufende Katzen mit gestohlenen Golfschlägern totprügelten und straßenseitige Balkone mit farbgefüllten Luftballons bewarfen. Vik erkannte sogar durch das halbtransparente Juwelierpapier mit einem Blick, welche Positionen im Zimmer Elenas Gemälde verlangten, und verstand das niederträchtige Motiv hinter ihrem ach so selbstlosen Geschenk. Super, jetzt dürften sie die Fotos umhängen, war sein Kommentar, der Elena derart erboste, dass sie die Tür von außen ins Schloss drosch, nun erst recht, ohne die Ölbilder mitzunehmen.

Na toll, Brüderchen, jetzt müssen wir sie wirklich hier hängen.

Ja passt schon, schnapp dir das Sackmesser und los gehts!

Es befand sich in Niks Hosentasche, seit sie die Bilder brachte.

Wenn du nur einmal die Klappe halten könntest, Vik.

Nik begab sich an die Wand, fuhr die Klinge aus.

Und such diese depperten Patafix!

Den Schneid prüfte Nik mit dem Daumen.

Hätten wir sie eben in die Schlafzimmer gehängt.

Vik stierte Nik vorm Hintergrund der Fotos aufs Genick und ins Auge.

Wie wären wir denn dann dagestanden? Sie müssen Face to Face hängen.

Nik drehte sich, schaute an Vik vorbei, durchmaß den Raum frei Auge.

Aber das weiß Elena ja nicht, dass wir das wissen.

Er wandte sich wieder zur Wand und streckte seinen Arm hoch.

Sonst ergeben Doppelbilder keinen Sinn. Das siehst du doch!

Nik ging auf das erste Foto mit dem Victorinox-Taschenmesser los.

Ich glaub, die alten Patafix kleben noch gut. Hast du das Lineal?

Putz rieselte zu Niks Füßen aufs Fischgrätparkett.

Manchmal kann ich kaum glauben, dass du mein Bruder bist.

Die vier Ecken gut erkennbar im Schattenwurf. Das Kerzenlicht und der Putz hoben die vier daumenabdruckgroßen Mulden in der Wand hervor. Nik konnte von den vertrockneten Patafix auf der Rückseite des Fotos noch die Linien seiner Kuppen ablesen. Auf der Vorderseite bewahrte die ansonsten spiegelglatte Oberfläche des Abzugs die Prägung ebenfalls an den Ecken in schlieriger Fettform. Lange hatte Nik damals an der Wand verharrt und sich auf seine Daumen gestützt.

Einst drückte der Zwilling sein Körpergewicht auf die Fotoecken durch das Patafix gegen das Gemäuer. Als das Blut sichtlich aus den Gliedern wich, die Kuppen kribbelten und seine

Hände zitterten, stieß er sich von der Wand ab und wich zurück. Im Daumendrücken warst du immer spitze. Er wandte sich um und sah Vik an, der wie ein römischer Kaiser in der Arena dastand und Niklas nach seinem Kampf das Leben versprach. Vik schritt an Nik vorbei, an die Wand und hob das geprägte Lineal an das Foto. Die Aufschrift war in Wiebkes Schlingentype mit Nike-förmigem Aufstrich vor Großbuchstaben verfasst, ein Geburtstagsgeschenk. Die Namen waren wie damals am Türstock ununterscheidbar und nur durch & verbunden und verschieden. Vik presste die Linealkante gegen die Oberfläche des Abzugs, strich sie hinunter, bis es die noch losen unteren Ecken mit dem schon angebrachten Patafix gegen die Wand drückte und das Lineal die Hand wechselte. Vom Tisch schnappte Vik die Packung schokoladentafelartig angeordneter Patafix, riss zwei Fleckchen von den Sollbruchstellen und knetete sie langsam zwischen seinen Fingerkuppen zu wie Karamellfäden ziehende Kugeln. Er drückte sie in die oberen Ecken des nächsten Fotos, riss und knetete und knubbelte und klebte zwei weitere Stückchen Patafix in die unteren Winkel des Abzugs und trat an, nah an die Wand, wartete und erwartete seine Befehle von Niklas.

Rechts ein bisschen weiter nach oben.

Du spinnst ja wohl!

Stell dich nicht so an!

Jawohl!

Und jetzt, an die Wand.

Sie lachten. Sie drückten. Sie rissen. Sie klebten. Sie pressten. Sie strichen. Sie wichen. Sie wandten sich um. Sie standen da. Sie schauten sich an. Sie drückten einander die Daumen. Sie wechselten sich ab. Sie schritten aneinander vorbei. Sie stellten sich an die Wand füreinander. Sie stemmten nacheinander ihr Gewicht gegen das Gemäuer. Sie reichten sich das Lineal. Sie stritten Parallelen wie Kontrapunkte aus. Sie gaben sich die Lebenszeichen. Standen nah.

Und wie das doppelt gemoppelte Lineal die Abzüge damals dranspachtelte, dergestalt spaltete sie das markennamhafte Taschenmesser ab von der Wand. Vik zog entschlossen runter, an neu gewählter Stelle, und Nik schob zögerlich nach unten, an alt gedienten Plätzen, mit der Kante des Lineals, mit der Klinge des Messers, über die Vorderseite gestrichen, an der Rückseite entlanggeschabt, zwischen sich und dem Abzug, zwischen Patafix und Wand, im Angesicht ihrer beider Namen auf dem Lineal, im Angesicht des Fotomotivs, beäugt vom Namen seines Bruders und von seinen eigenen zwei Fingern auf dem Taschenmessergriff, hinterrücks beschattet von den Ölbildern durch einen Schleier aus säurefreiem Kreppapier. Sie lösten die in Silber entstandenen Gestalten ab und hängten sie um. Potzblitz, der Putz bröckelte. Vik hielt inne. Nik hielt inne. Vor ihnen eine freie Schneise in der Fotowand. Niklas übergab das Taschenmesser, mit dessen Klinge Viktor die Kreppbandstreifen von den Keilrahmenseiten löste. Abfallend raschelnd entblößte das Juwelierseidenpapier die ölfarbige Oberfläche des Pfingstgeschenks.

Ich die Bohrmaschine, du die Dübel.

Viktor, ich will auch mal bohren.

Nik, ich streite ihretwegen nicht mit dir.

Sie wird von nun an immer hier sein, Vik.

Niki, mach es nicht so wichtig.

Verpiss dich doch einfach.

Bei den Herren auf der Toilette liefen die üblichen Geschäfte. Es hätt Sekunden gedauert, und Elena wär gut aufgelegt in der Kabine. Eigentlich soll sie sich davon ja ferner halten als Herren von Damentoiletten. Dort fand sie in der einzigen Kabine ein Teengirl in seiner eigenen Kotze liegen. Elena schob ihm einen Riegel vor und zog sich an der Abtrennwand hoch. Beim Verlassen der Toilette unterhielt sich der Zivi-Kieberer mit dem Zwilling.

Dass ja wirklich niemand an die Authentizität jener einmal jährlich ausgestrahlten Episode voller Erfolgsmeldungen glaube. Purer Voyeurismus, frustrierte Eheleute sowie last but not least die konkurrierenden Sendungen im österreichischen

Rundfunk erklärten die gut zwanzigjährige Laufzeit, den besten Sendeplatz und die demgemäß horrenden Einschaltquoten dieser Verkupplungsserie wesentlich besser als die Promille ungebundener, unterbelichteter und Liebschaft suchender Zuschauerschaft. Die Grande Dame der Sendung Sisi Spira selbst habe mit diesem Format wohl eher auf perverse Weise ihre eigene jahrzehntelange Lebensgemeinschaft mit dem Burgschauspieler gesundgestoßen, an ihrer kranken Klientel kuriert, reanimiert und wachkomatisiert als irgendeine ihrer scheinbaren Laien mit vermeintlich Interessierten zusammengebracht. Diesen von der Straße zusammengekratzten Provinztheatervorspielausschuss könnte man im besten Falle noch untereinander resteverteilen.

Elena schaltete sich ein. Ja, beispielsweise bei der Gendarmerie. Er verbitte sich das, Polizei hießen sie inzwischen. Da nehme man ehemals talentierte, aber ambitionslose, mittlerweile abgehalfterte Nachwuchssportler auf, nicht? Nik nickte das ab, und dann drehte sich sein fest gepacktes Handgelenk, wurde weggerissen, hinterrücks hochgedrückt, dass es ihn krümmte vom Steiß die Wirbel entlang, kopfüber ins Brustbein hinein, wo sich das Stöhnen ballte, aber der Atem, er fehlte, ein Keuchen, abgetötet, in der Kehle, als buckliges Röcheln entrungen, der feiste Polizeigriff, plötzlich gelockert, schweißwarme Hände auf den erstarrten Schultern, losgelassen und ausgelassen, frei wie nie, seine Bronchien, atmete er durch, entfaltete die Lungenflügel wieder. War nur Spaß, Kleiner. Und nun zu dir. Elenas Darbietung vertrieb den Kieberer. Unter einem unflätigen Fluch vertschüsste er sich über klackenden Kies schneller als gesuchte Verbrecher. Gehts scheißen!

Lustwandelnd lenkte Elena ihr Date durch das maiglückliche Gärtchen, wo einer, der immer der Mörder ist, Butterblumen köpfte. Niklas hörte den metallischen Schrei beim Kappen der Hälse, und Elena sah das Blitzen der Sense durch gesiebtes Licht zwischen dem Schattenwurf der Baumkronen. Das Blatt schnitt weiter in die Wiesen, und die Blumenblüten sprangen, stoben, flogen über den baldigen Rasen, ließen ihre Samen fallen. Der komische Vogel von Mähdrescher verteilte den Nachwuchs ironischerweise weiter als nestchenhäkendes Federvieh, bestäubende Sechsbeiner und schwalbenschwänzige Nektarrüssler zusammen. Er werde bald wieder Arbeit haben. Sie sei aber noch am Anfang. Elena behandelte seinen Schultergürtel wie eine Fahrradlenkstange. Woran sie gerade arbeite? An ihnen. Sie übte mit den Handballen abwechselnd Druck aus und ließ Entspannung zu, schob und führte Nik in langgezogene Kurven und auf den geschwungenen Schotterwegen des englischen Gartens. Und am zweiten Tag erschien Elena der Passant an ihren Fersen schon als Polizist in Zivil, ohne vorneweg seinen Ausweis zu zeigen, sowie die Teenagerin vor ihren Schuhspitzen noch immer als Bruchpilotin, die ihrer Kabine keinen Riegel vorschob. Geradewegs dirigierte sie den Bruder über die im sonntäglichen Licht leuchtenden Kiesel dahin wie eine aus fahrigen Fingern hingestreute Line immer der Nase nach. Letztes Jahr habe sie da drüben im Gras eine Skulptur gemacht, ein Denkmal für Frauen, die hier anschaffen. Es war bloß ein Sockel.

Marlene klatschte zwischen ihren zusammengesteckten Köpfen in die Luft. Einen Moment zerstreute sie damit den Dampf. Er stieg aus Marlenes Teetasse und trübte ihr Spiegelbild auf der Fensterscheibe.

Wie unmissverständlich. Die unsichtbare Frau.

Es war eher Witz als Werk.

Wie alle Land Art, Elena.

Na na na, nicht so vorschnell, junge Frau Richter. Wenn Elena an den Bicycle Day am neunzehnten April denke, da Albert Hofmann sich zu Feierabend aus dem Labor heimdrehte, da das erstmals von ihm synthetisierte und natürlich sofort probierte LSD wirkte, da er auf seinem Drahtesel dahintripte und sich gar nicht mehr auf Kette bekam wie seine pappenfressenden Blumenjünger bis in heutige Zeiten an diesem Jubiläum, eine gemeinschaftliche ozeanische Entgrenzung am Vorabend des Geburtstags jenes anderen messianisch angebeteten Typen mit denselben Initialen, allenthalben hakenkreuzförmige Fackeln in finsterer Nacht, die massiven Spektakel rund um den Reichsparteitag in Nürnberg, die Flugzeuge des Himmels und die Panzer der Erde, extra filmbar inszeniert für Riefenstahls Triumph des Willens, da meine Elena nicht, die Malerei könne den Rückzug auf die Leinwand propagieren und die rahmensprengenden Formate unkommentiert außen vor lassen. Marlene pflichtete bei, man sehe sich nur mal eine Parlamentsdebatte an, die auch nicht für den Staat oder sonst was, sondern fürs Fernsehen und sein Publikum abgehalten werde, das wiederum schon erschaffen wurde von verstaubten Couchpolstern, der flimmrigen Glotze und den immer gleich ablaufenden und zum Status quo zurückkehrenden Folgen vom Kasperltheater. Elena verfolgte das Gesagte weiter Donald, Silvio oder Giuseppe, Abendnachrichten oder Primetime, staatlicher Informationsauftrag oder private Satellitenkanäle, das nehme sich nicht viel, bestimmend sei vielmehr das heimelige Arrangement von Sofalandschaft, Kühlschrank, Crushed-Ice-Maker, Coca-Cola, Beamer und Wand. Wenn die großartige Malerei meine, dem keine Rechnung tragen zu müssen, na bitte, nichts wie zurück in die Kirche, wo es um Fresken, Decken, Gewölbe, Kuppeln und Fingerfarben gehe. Die Werke müssten stets die Umgebung miteinbeziehen, was sie im besten Sinne immer zur Land Art mache. Deshalb habe sie ja den Akt da an der Wand so gestaltet, dass der Einfallswinkel des Lichts den ohnehin auf dem Tisch stehenden Kerzen entsprach. Den Zwillingen sei das sicher erst eingeleuchtet, als sie die Bilder dann endlich anlässlich Viks Namenstages und Umzugs aufhängten. Zu dieser Zeit habe ein Berliner Galerist ein Ölbild von Elena gekauft. Kaum sei der Kaufvertrag unterzeichnet gewesen, seien die Brüder ganz versessen auf ihre Bilder gewesen. Ob Marlene wisse, was Vik und Nik dazu gesagt hätten? Sie nähmen eben lieber die Gemälde als die Hydra. Den Schädel hätte sie ihnen am liebsten zerdeppert. Oh nein, ihre Mühen hätten diese undankbaren Bastarde nicht geschätzt. Wochenlang habe Elena an den raumgreifenden Bildern laboriert, sich mit der Land Art des letzten und den patho-anatomischen Studien des vorletzten Jahrhunderts auseinandergesetzt.

Deshalb die Wimpernschere und die Schneekanone?

Was?

Der Fingerzeig ging durch den Raum, als ob er Hand und Arm zog, Kopf und Rumpf sowie stolpernde Beine und tapsige Füße hinterher. Den bodenbedeckenden Schluck kippte Elena und griff sich die verbliebene Tasse, trank von dem höllisch heiß dampfenden Tee und schielte in die Fensterscheibe, die ihre am Tisch kauernde Gestalt spiegelte, wohingegen der beiseitegezogene Vorhang das Gemälde verdeckte sowie die Hand, die daran lag, auf jenes kleine Geschütz deutete, das den Kopf des Aktmodels anvisierte. Elena riss ein Streichholz an, entflammte den Kandelaber, setzte das Licht um den gleißenden Kreis Kondenswasser, der die Tischplatte zeichnete, wo eben noch das kanonische Gefäß stand, inmitten des Widerbildes auf der frühmorgens nebulös undurchsichtigen Fläche, die einander schräg beißenden Dielen des Fischgrätparketts entlang bis an Marlenes Docs, die Elena erspähte, als sie den Vorhang doch auf die andere Seite schob, sodass sich das Gemälde rechter Hand der Beleuchtung entzog.

Das ist eine Zirkuskanone.

Weil sie einen Zwerg abfeuert, der dann Helm voran einschädelt?

Hör mal auf zu klugscheißen. Die sollte restlose Deutung verhindern.

Das macht ja schon das Bild gegenüber.

Marlene erhob zur Untermalung ihres Einspruchs nun auch die andere Hand, stand da, der Malerin zugewandt in der Pose von Leuten, die beteuerten, sie könnten da jetzt auch nichts dafür und dagegen tun. Elena zog den Vorhang inmitten des Fensters, verhängte ihrer beider Abbilder, sodass neben der hölzernen Scheibenfassung, jenseits des bordeauxroten Stoffes, bloß noch die beiden Gemälde und an seinen äußeren Säumen Klauen zu erahnen waren, bereit, ihn entzweizureißen.

Ja, meinetwegen ist es eben eine Schneekanone.

Und die Wimpernschere als bissiger Kommentar.

Marlene, bitte, ich habe alle Kataloge durchforstet, chirurgisches Besteck vom Sturm auf die Bastille bis heute, und was du siehst, das kann ich dir versichern, verflixt und zugenäht, ist keine Kosmetik.

Ich bin auch eher bei so argen mittelalterlichen Folterwerkzeugen.

Scheiße noch mal, das seien die halbautomatischen Handschaufelgreifer von Räumungspersonal, Hundekot, Asche, Müll, verdammt, verstehst du?

Das wiederum passt aber wie die Wimper aufs Auge zur Schneekanone.

Der Teebeutel flog gefolgt von strammem Faden, flatterndem Etikett und grauen Schwaden wie am Schnürchen durch den Raum, nur nicht gegen die Leinwand, weil Marlene das Ausweichen unterließ. Sie sah in der Luft als schwarzen Strich das Filterpapiersäckchen herannahen, und wie es sich vom Kerzenschein hinterrücks beleuchtet die eigene waagrechte Wurfbahn als Schatten voranprojizierte, der schon auf Marlenes Wange einen schwarzen Landepunkt zeichnete, während heiße Tropfen vom hell umrissenen Baumwollschweif fielen, während Marlene ihre Unschuldspose entschieden mit beiderseits erhobenen und zu Schalen geformten Händen hielt, während Elena ganz überrascht von den ballistischen Eigenschaften eines ausgewrungenen Teebeutels und ihrer eigenen handballerischen Befähigung den nahen Treffer auf die Zwölf begriff, bevor das Ding mit einem Klatschen volle Kanne gegen Marlenes Gesicht schlug, daran in heißem Kontakt mit der Haut ein, zwei Augenblicke pappte, bis sich das Filterpapier von oben nach unten ablöste, zu Marlenes Docs aufs Parkett platschte. Sowohl sie als auch Elena schauten desperat in erstarrte, entsetzte und erstaunte Gesichter, grinsten alsbald frenetisch gefletschter Zähne, als müssten sie ihre Mimik erst im Spiegel der Maske proben, bis ihre Kiefer sich trennten wegen Zungenschlag und Stimmbandrupfen, im stotternden Chaos von Luftholen und Ausatmen, wie Gewürgte, Gekitzelte, Getränkte, Ängstliche, Panikattackierte, eben noch ums Überleben Rennende es kannten, und Worte purzelten.

Das hätt ins Aug gehn können.

Wenn du das nicht kannst, musst du dem Publikum die Augen verbinden.

Ach, halts doch zam.

Vik roch schon die Fritteusen von Wiens größtem Stelzenlokal, bevor noch das Silberbesteckklappern, das alubeinige Stuhlrücken auf Granitplatten, das Pusten der Metallblasmusikkapelle, die tauben Walzertakte der Schrammeln und die Stimme einer Schlagersängerin ertönten. Die Rufe aus der Küche und Elenas schrille Frage nach einem Platz für zwei verkündeten die Ankunft im Außenbereich vom Schweizerhaus, wo ein Brodem verbrannten Sonnenblumenöls die beiden umfing und die Grüßgottbefehle der Bedienungen der beiden Guten Tag quittierten. Unter ständigen Stopps und Zick-Zack-Anweisungen stolperte Vik durch den Gastgarten, erwartete den Luftzug einer vorbeieilenden Person schon, als er noch die penetranten Fritten roch, deren Gestank mit der Lautstärke einhertrampelnder Kellner zunahm, in Viks Zinken hängen blieb, als sie vorbeistoben, längst in seinem Rücken den Tisch erreichten, das Besteck servierten.

Obwohl er alle paar Meter mit der Schuhspitze gegen einen Betonklotz von Schirmständer stieß, Elena ihre Hände um seine Brust schlang, sodass er nicht vorneüberfiel, beide in die Schräge wankten, brannte die Sonne unablässig auf sein schwarzes Haar, und der Schweiß rann ihm das Gesicht hinab, tropfte von seinem Kinn, hinterließ eine schnell verschwindende Spur durch den Schanigarten, als ob die allenthalben aufflatternden und herumtschilpenden Spatzen sie auffraßen. Keine Schattenzone passierten die beiden auf ihrem Weg ins Lokalinnere, wo weder Klimaanlagen dröhnten noch Ventilatoren surrten und die stockende Luft Vik den Atem nahm.

Auf dem gefliesten Gang schrammten Elenas Sohlen dahin. Einen Kiesel im Profil schleifte sie jeden zweiten Schritt wie einen Nagel eine Schiefertafel den Boden entlang. Es fuhr in Viks Körper, und die von der Feuchte schweren Nackenhaare kämpften gegen ihr eigenes Gewicht, sich aufzubäumen. Er betete, Teppichbelag möge kommen, als ein laut schallender Schlag auf den rechten Oberschenkel in die Kurve wies und ein harsches *Vorsicht, Stiege* von Elena ihn innehalten ließ. Ihren Körper spürte er an seinem vorbeistreifen, ihren Bauch seinen Hüftknochen streicheln, ein sanftes Gleiten zweier Stoffschichten, dann ihren Griff um seinen Knöchel, und dann lag sein Schuh an Zunge und Profil in ihren Händen, bewegte sich abwärts, so schnell ihr Gegendruck es zuließ, setzte auf der Stufe auf, über deren Kante seine Sohle hinausging. Fuß für Fuß manövrierte sie ihn die Treppen hinunter so knapp, dass die Ferse jedes Mal an der Stufenkante schrammte, er sich fragte, wann es den Fuß aufbog, der Rist in die Diagonale kippte, der Schuh ihren Fingern entschlüpfte, die Achillessehne in der Schräge aufkam, er hintenüberkippte und beide die Stiege in den Keller hinunterpurzelten. Schon hatte er Teppich unter der Sohle, geraden Weg vor sich, Elenas Zug in den Beinen und ihre Hand in der Hand.

Seife und Desinfektionsmittel roch Vik immer deutlicher, und vom Lachen junger Personen begleitet, an denen vorbei sie sich schoben, ein, zwei, gleich schon ein paar Kommentare, wie süß das nicht sei, erreichten und passierten sie den quietschenden Klang einer schlecht geölten Schwingtür und den überzuckerten Geruch hundertprozentig synthetischer und grellhoniggelber WC-Steine. Jeder Blähbauch und Magen-Darm-Virus wäre ihm lieber gewesen, als ein Riegel schrie im Stahlschloss und eine Kabinentür knallte, ein Passant ihm auf die Schulter klopfte, haute und sein Genick angefasst, er neunzig Grad eingewiesen wurde, seine Hosenbeine am Oberschenkel die geschwungene Keramikkante pressierten und entlangschleiften, winzige Schritte seitwärts, trippelnd wie das Tropfen eines Wasserhahns. Ich muss gar nicht mehr. Es sei ihm vergangen. Man stehe in der Gegend herum, und kaum bewege man die Beine, sei die Blase nicht mehr eingeklemmt und voll umfänglich versöhnt. Und damit kommst du mir, bevor ich dir an die Wäsche gehe, ja? Hättest du mich jetzt angefasst, und hätte ich nicht gepisst, wäre es auch nicht recht gewesen, jede Wette. Aber die kannst du ja leider unmöglich gewinnen. Außer ich frage meinen Bruder. Er hat die gleiche Shit-Show abgezogen. Er hat dir die Augen verbunden? Du bist auch so ein Wortverdreher wie er. Und trotzdem soll ich ihm glauben? Nein, mir musst du glauben. Eher als meinem eigen Fleisch und Blut? Klar, wir kennen uns noch nicht so gut.

Der Punkt geht an dich.

Wusste ich es doch. Wir hätten uns zum Squashen verabreden sollen.

Viks Vorderhand prallte von der Wand ab, vor Elena auf den Boden, und per Rückhand angeschnitten flog der Ball in die Ecke mit Drall, unerreichbar für den schon sehr bemüht und süß sprintenden Viki, der sich hinkniete, die Hand ausstreckte und Elenas Stimme sowohl über die Schulter als auch gebrochen von der Wand kommen hörte, von allen Seiten über sich, während sie aus der entstandenen Distanz sein fragiles Genick fixierte. Das T-Shirt spannte, als sich der Rücken darunter beim Bücken krümmte, entblößte im Abkrageln den Atlas, wie fressendes Vieh. Fraglich, ob sie deshalb so unerbittlich spielte.

Vier zu null, würd ich sagen. Wenn du so weitermachst, wird das aber nix mit Golden Goal. Kommt davon, dass du immer nur gegen Niki spielst.

Viktor schritt auf sie zu, während er sich aus der Hocke zu ganzer Größe aufrichtete, sich der bucklige Trott in den Gang voll hohlem Kreuz verwandelte, sich die Schultern zurücknahmen und die Brust hinausstreckten, sodass seine Stirn sich höher als ihre befand und er hinabschaute in ihr überlegenes Gesicht. Er tippte den Ball mit dem Schläger in die Luft. Kurz stand er zwischen ihnen, befand sich im Schnittpunkt der beiden einander taxierenden Blicke, so nah waren sie sich schon, er merke, wie sehr er sie vermisst habe in Berlin, und die Hartgummikugel sank mit Spin aus ihrem Gesicht, landete auf der Bespannung, ohne davon abzuprallen, kullerte die Netzlinien entlang, immer noch eiernd. Als trüge er eine Pfanne, hielt Vik den Schläger, ging durch den Raum, von Elena weg, ganz ruhig, waagerecht, im Lot, die Grundlinie entlang, bis er in Position war, Standpunkt bezog in dem kleinen Quadrat der Aufschlagstelle, spiegelsymmetrisch zu Elena, denn mit Nik habe er den Mitleidsbonus ausgemacht, dass aufschlug, wer den letzten Ball verloren habe. So wechselten sie einander ab. Elena grinste.

Das ist diese erbärmliche Rücksichtnahme. Damit sich niemand in die Ecke gedrängt fühlt. Fragt sich bloß, was ist dann der Mittelpunkt? Es braucht Ecken, um Formen abzustecken. Und Körper haben Kanten.

Vik ließ die Kugel auf seiner Handfläche vor- und zurückrollen, bevor er eine Rinne formte, der Ball seine Finger entlangkullerte, an deren Kuppen ihn der Daumen stoppte. Dann warf er die Hand hoch, zur Seite, ließ gleichzeitig los, drehte sich neunzig Grad Richtung Elena, die, unnachgiebig der Wand zugewandt, die Fluglinie schätzte und zulangte, ohne Vik oder den Ball anzusehen. Eine Haarsträhne verrutschte, als Elenas Schulter beim Fangen ruckte, verdeckte ihr Auge, wie eine Scheuklappe. Er gab ja dann doch immer wieder nach, ging auf sie zu, angesichts ihres doch sehr bemüht und affektiert geradeaus gerichteten Trotzkopfs. Nur wenn sie fickten, traute er sich zu sagen, sie solle ihn anschauen. Kurz fragte Vik sich, ob er sich deshalb vor ihr so anstellte, von ihr an die Wand spielen ließ.

Schlafen wir eigentlich mal wieder miteinander?

Sie gab also an, hob die Hand mit dem Ball beschleunigend hoch von ihrer Hüfte vor ihrem Torso und ihre Nasenspitze und ließ los.

Ist dein Bruder dann auch dabei?

Als ihre Hand mit dem Schläger Schwung holte, während die schwarze Kugel lotrecht zur Decke stieg, fiel die Strähne aus ihrem Gesicht.

Und die Kleine von neulich? Ich fand die eigentlich ganz heiß.

Der Ball erreichte den Scheitelpunkt, der Schläger verharrte.

Wie hieß sie noch mal?

Elena wandte sich von der Wand ab, als der Ball ihr entgegensank.

Hallo, ich hab was gefragt.

Ihr Blick traf Viktor so unvorbereitet, dass er eine Sekunde meinte, ihr Schlag würde die Kugel, die in ihrem Rücken fiel, verfehlen. Bevor er sich gefangen hatte, knallte der Ball gegen seine Stirn.

So müsste es stimmen.

Erst dann schlossen Schmerz und Reflex seine Lider. Es wurde dunkel.

Hinter der Augenbinde saß er Elena gegenüber endlich unter einem schattenspendenden Schirm. Den Temperaturunterschied zwischen hitziger Frühlingsluft und kalter Schartnerbombe spürte er über der Tischplatte so deutlich, als läge der Glasmantel direkt an seinem Handrücken. Mit der Kohlensäure sprangen sprühregenartige Tröpfchen auf seine Finger, und die Serviette, aus der er das Besteck wickelte, war ebenfalls bereits benetzt. Als er sie nach seinem ersten Schluck nahm, riss sie entzwei. Eine Hälfte klebte auf der Tischplatte im verhärteten Zucker, wie er tastend und seine Finger ableckend feststellte. Elenas Parfum roch lieblich nach geriebener Limettenschale und die Stelze zwischen ihnen derb nach verbranntem Schweinefett, das sowohl den Knochen ummantelte als auch die äußere Schwarte bildete, die wiederum mit einem gefetteten Pinsel betupft worden war in der Küche. Als Elena die Zitrone zerdrückte, hörte er, wie das Fruchtfleisch zerriss, spürte, wie ein Tropfensprung seine Stirn traf, an seiner Haut hinabrann, hinter den Schal zwar wie ein Schneeball ins Gesicht, von der Faser aber, blieb doch das Brennen aus, vor dem Augenkontakt absorbiert wurde.

Zinken voran tastete Viktor mit der Gabel nach der Platte,

wo die Portion Stelze mit Pommes Ketchup und Mayo für zwei abgeblieben sein musste, woher er das Wellenschliffmesser an der Kruste werken hörte, wohin Elena ihre Gabel stieß, dass der Metallteller schrie, ein bisschen Eisenabrieb, schadet nie, ein ganz seltenes Spurenelement, enthalten in rotem Fleisch und edelstählernem Besteck, Vorsicht, gleich tunkst du noch deinen Ärmel ein. Im Gegensatz zu dem Getränk, das er zurückzuckend wie von heißer Herdplatte umstieß, hatte die Speise keine ertastbare Aura, schuf um sich keine spezielle Zone der Wärme, sondern pflegte sich unterschiedslos in die allgemeine Temperatur ein. Vielleicht würde die sich ausbreitende und seinen Unterarm erreichende Lache eine Verdunstungskälte um die Arche der Platte breiten, in deren Mitte das warme Fleisch sodann hervorstach.

Wie ein Überführter hielt er die Arme erhoben über den Tisch, als die widerspenstigen Besenborsten den Granitboden kehrten und das Glas noch feiner brachen, wie einer, der beim Essen überrascht von wachsenden Flugzeugflügeln und Bullaugen ausm World Trade Center rannte, knapp überlebte, hatte er die Gabel noch in der Hand, merkte er, als drunter ein Lappen quietschend und stinkend hin und her fuchtelte, ein Gemisch aus Limette und Desinfektionsmitteln. Als wäre Vik ein taktiles Sensibelchen oder ein bakterieller Neurotiker, legte er die herabhängenden, seinen Händen schmeichelnden Schalenden auf die Kunststofftischplatte, bevor er seine Unterarme erneut darauf stützte. Das nässt schon nicht durch, der Stoff ist wasserabweisend, das Wetter gut, es verdunstet, gleich. Nein, fix nicht, noch mal das Gleiche, halten Sie sich raus, dann stimmt auch das Trinkgeld, und du mach den Mund auf, und kauen und schlucken, ja genau so. Zwischen die Schneidezähne nahm er den Fleischfetzen, fettig und kalt, aber vertrocknet, sowie die Fritte, kurz und dünn, aber aufgeweicht. Er stülpte seinen Mund über den Gabelbissen, zog den Happen mit einer Kopfbewegung von den Zinken. Während ihm der Metallgeschmack noch die Zunge verbitterte, sein Speichel versiegte und der geröstete Bissen den

Rachenraum austrocknete, schmatzte Elena schon und fing von der Type am Nebentisch an, tunkte ihre nächste Pommes vor Lippenkontakt vernehmbar in Mayo.

Da könne Viktor seine Ohren spitzen, wie er wolle. Die Geschichte von dieser Type sei dem Lokal nicht abzulauschen. Jeden Tag zum selben Glockenschlag sitze sie vor ihrer Haxe und gehöre quasi zum Inventar. Vik schluckte den trockenen Klumpen, und im Krampfen der Kiefer die Zischlaute. Gerade deswegen würde er die Type hören. Sie sei wie eine seufzende Chaiselongue, eine ächzende Couch, ein stöhnendes Sofa, ein bedrücktes Kanapee, eine zischende Kerzenflamme, eine singende Zugluft, ein knarzender Holzboden, die rauschenden Abwasserrohre, die sirrenden Leitungen, der anspringende Kühlschrank, der säuselnde Heizkörper, die brutzelnde Fritteuse und der züngelnde Gasherd, die klimpernde Anrichte, in der die Gläser gegeneinandergeraten, in der Halben der zusammenfallende Bierschaum, die der Kellner ihm gerade hingestellt habe, all diese immer gleichen Klänge, die man nur allzu oft und gerne überhört. Nun aber, da Elena ihm die Sicht genommen habe, würden die Füße der Stühle über den Boden schrammen und die Krallen der Spatzen, und das Schmatzen der Leute und das Schaben des Bestecks belagere ihn, wie die Servietten klebten und die Krügerl kippten, das vernehme er jetzt. Das malzige Bier und die gegrillte Stelze, er könne die Type riechen. Elena nahm einen betont kehligen Schluck von ihrem Getränk, depperte das Glas auf die Tischplatte, entrang sich einen coca-cola-werbe-reifen Laut, der Erfrischung und Zufriedenheit bedeuten mochte.

Elena glaube kein Wort von Viktors Gerede. Diese Type da drüben habe gelernt, leise zu sein. Im Gefängnis ist man besser unauffällig. Zumal, wenn man reinkam, weil man zu laut war. Seit er wieder raus ist, isst er auch hier wie ein Phantom. Selbst um zu bestellen, hält er nur Hand und Finger hoch. Wie viele Biere er wolle. Und die Füße hält er still. Wegen Erregung öffentlichen Ärgernisses ist er eingewandert. Sein Kabarettprogramm hieß *Wer nicht scheißt, muss weiterfressen*. Er habe zu viele Schimpfwörter und Beleidigungen eingebaut. Kohärente Weiterführung seines bereits zweifelhaften Sachbuchbestsellers *Wer nichts weiß, muss alles glauben*. Darin wird über Schüßler-Salze genauso hergezogen wie über Buchweizenhostien. Er prangerte die überzogenen Preise rund um den Mount Kailash gezogener Gewürze sowie das getriebene Schindluder mit bei Vollmond geschlägertem Holz an, über dem dann Stelzen gebraten wurden. Überhaupt verunglimpfte er alternative Praxen im Ganzen. Er riet dem Publikum an, die Probe aufs Exempel zu machen und einen Abend lang das Achterl immer bis zur Hälfte zu leeren, es wieder und wieder mit Wasser aufzufüllen, um in den Genuss eines homöopathischen Vollrausches zu kommen. Der perverse Drang des Menschen, an irgendwas zu glauben, seien es nun Globuli, Bachblüten oder das Blut Christi, irgendwem zu vertrauen, seien es nun Gurus, Therapeuten oder sonstige messianische Mentoren, das verballhornte er als die wahre Homopathie, und wer auch immer ihn denunzierte und verurteilte, vercheckte perfide die leise Ironie johlenden Publikums. Hätte er die Kraftausdrücke und die lautstarken Verunglimpfungen und den in Flatulenzen explodierenden Fäkalhumor weggelassen, wäre er wohl trotzdem wegen Herabwürdigung der Religion drangekommen wie einer meiner Kommilitonen.

Dem Hauptdarsteller unseres Kollektivs wurde der Prozess gemacht wegen unserer Lieblingsperformance, die darin bestand, ihn an den belebtesten Ecken Wiens, am Naschmarkt flankiert von Verkaufsständen voller ausgeweideter Fische, gebrochener Baguettes und an die Wände genagelter Würste, am Stephansplatz zwischen den Passanten in ihren Markenklamotten, Lorbeerkränze, Krokodile und Polospieler über der rechten Brust, Herzoperationen am falschen Fleck, hier, im Prater, direkt vor dem Wahrzeichen der Stadt, dem allseits geliebten Riesenrad, kreuzigen zu lassen. Der Zwilling hob seinen Arm, streckte ihn aus über den Ellenbogen bis in die Hand und den Zeigefinger, zeichnete einen Kreis rund um sich, bis das gereckte Glied vom blinzelnden Licht des endenden Sonnentags warm und sanft angeleckt wurde außerhalb des Schirmschattens, und wies dann genau in die entgegengesetzte Richtung.

Wusstest du, dass die Stützen des Riesenrads einem Kirchenschiff nachempfunden sind. Sie beschreiben den Torbogen einer gotischen Kathedrale. Er zeigte jetzt gen Osten. Durchs Haar fuhr er sich, die betuliche Geste abzubrechen, betastete stattdessen nun seine schmalzigen Strähnen, Essensfett, trocknender Schweiß, geschmolzenes Stylingwachs, whacke Kondensationen des ihn umgebenden Brodems. Er ließ die Hand sinken, fasste den Schal, um zu spüren, ob er salzverkrustet war, fühlte den weichen Stoff und die Stirnfransen der Schwerkraft trotzen, stehende Haare in stehender Luft, eiweißsteife, stelzenknochenstarre, fritteusengeschwängerte Hitze, aus der sich ein Klumpen löste und verdichtete, in einem Stich Zitronenaroma näher kam, vor seiner Nase war, er schnappte zu.

Ja. Sehr gut. War mir bekannt. Wie der Herr Bruder. Glatte Eins in Austrian Studies. Aber der Straftatbestand Blasphemie ist ja leider abgeschafft. Also mussten sich die Kriminaler von der Soko etwas anderes einfallen lassen. Zeit, sich den Kopf zu zerbrechen, hatten sie ja genug. So eine Exekution ist auch ohne Nägel und Lanze alles andere als ein Zuckerschlecken. Mit Stricken schnürten wir unseren Mitstudenten ans Kreuz und richteten es auf. Wochenlang schmierten und desinfizierten wir die Schürfwunden an seinen Gelenken mit Narbengel, Zinksalbe und Honig, um ihm noch den letzten Splitter aus dem Fleisch zu ziehen. Brach der Schorf dann endlich auf, kratzten wir die Kruste ab und cremten die neue Haut mit NIVEA, Teebaumöl und Jodtinktur ein. Die Stigmata und die Wunde an der linken Brust schminkten wir ihm mit Lippenstift auf. Für die Dornenkrone braucht man bloß ein Vogelnest. Und als Schutz gegen eine Anzeige wegen Erregung öffentlichen Ärgernisses packten wir den Lendenschurz ein. Er lag ganz oben über dem Schweißtuch und den Stricken in unserer Waffenkiste. Wir schmissen den Kofferraum zu. Mit heruntergelassenen Scheiben und aufgesetzten Sonnenbrillen ging es zum vierten Kalvarienberg. Diesmal schien uns das Allgemeine Krankenhaus der place to go. In Anbetracht der Laufkundschaft eignet sich der Ort für Happenings. Haufenweise Leute stehen vor den Glastüren herum, rauchen und warten auf Erlösung. Der Parkplatz ist kostenlos. Man kann dort auspacken, ohne Aufsehen zu erregen. Die Zikaden zirpen in den Grünanlagen zwischen den Fassaden. Der ganze Gebäudekomplex liegt unter dem Widerhall dieses Brummens. Die Bäume sind niedergefressen von den Viechern und der Boden ausgemergelt. Wir sahen die Erde neben dem Bankett springen und unseren Wagen erzittern. Wir spürten die Asphaltkruste brechen und fühlten die Scheiben zerschmettert. Unser wannabe-Messias meditierte auf dem Rücksitz. Ich zog an meiner Zigarette und am Scheibenwischhebel. Der Fahrtwind verwirbelte die Flüssigkeit vor unseren Gesichtern. Der Gummiwischer zog das Glas ab. Die Sonne schien durch die Scheibe. Wir fuhren unter unserer eigenen Wolke. Das Wischmittel roch extra aggressiv. Es sollte etwas geschehen. Ich hupte. Und weil wir weder Blechdosen hinterherzogen noch Blumen auf den Motorhauben chauffierten, taten es uns die Autos rundherum gleich. Ohne es zu wissen, wurden sie unsere Statisten. Wir fuhren im Konvoi, als wären wir die Mafia und Brando im Spital. Es sollte etwas geschehen. Die ersten fremden Wagen bogen hinter uns auf den Parkplatz. Von unserem Hupkonzert bis aufs Blut aus der Fassung gebracht, missachteten sie die kreideweißen Linien, ließen ihre Türen aufspringen, wo sie zum Stehen kamen und verwandelten sich in das mordsgeile Publikum der Kreuzigung. Passanten querten den Asphalt und hielten inne mitten in der Sonne. In den oberen Stockwerken öffneten sich Fenster. Leute in ihrer Kaffeepause wandten sich von dem Espresso-Wagen ab. Patienten rollten durch die Schiebetüren, ein heiles Leuchten in den Augen des Pflegepersonals. Anästhesisten trugen noch Mundschutz, OP-Haube und Schlappen. Chirurgen hielten Skalpelle in der Hand. Es tropfte Blut zu Boden wie von römischen Lanzen. Wir packten an und aus. Er stolperte so schön wie noch nie. Und als die Menge wich,

ich als Einzige zu ihm hielt, mich bückte, seinen Schweiß roch, metallischen Geschmack im Mund, ihm das Tuch reichte, fiel ein Schatten über mich her. Hinten kommt er dir, schrien sie, aber als er sein Gesicht bedeckte, seine Züge in den Schlieren bündelte, Stoff tränkte mit Tränen, Blut und Schweiß, blitzte es im Gewitter der Zikaden und die Schelle klackte. Dann hielt er die andere Seite hin. Voll von der Rolle. Al Capone kriegten sie wegen Steuerhinterziehung dran. Klarer Verstoß gegen das Verschleierungsverbot.

Unsere artsy kollektive Struktur zeitigte weitere Ermittlungen. Noch während der U-Haft muss ihnen die Uni die Inskriptionslisten ausgehändigt haben. Sie traten Türen ein und stürmten Buden. Handys wurden geortet und Studierende an Billardtischen gefilzt. Sie überwachten Supermärkte und suchten die Donauinsel ab. Kameras wurden in öffentlichen Toiletten installiert und Vernissagen voller Maulwürfe abgehalten. Kamen Unbekannte zu den Veranstaltungen, mussten sie sich ausweisen. Ein Galerist steckte mir während eines Ausstellungsrundgangs seine Karten zu, auf der geschrieben stand, dass ich die nächste halbe Stunde wohl besser auf der Toilette zubrächte. Seltsamerweise wurde die Zusammenkunft von oben wegen Terrorverdacht aufgelöst. Eine ganze Nacht habe ich auf diesem Klohäusel zugebracht und mir immer wieder gesagt, gewöhn dich schon mal dran, Elena, zwei Quadratmeter. Ich hatte die Kabinentür nicht verriegelt, saß im Schneidersitz auf dem Toilettendeckel, mein Gesicht war schweißgepeinigt, und für eine Evakuierung hörte ich ganz schön viele Handschellen klacken. Nur gut, dass die Polizei nicht viel von Gleichstellung hält. Man fand mich nicht.

In den Folgewochen bildete sich eine Art geschlossene Kunstszene heraus. Die neueren Museen sperrten bloß noch unangekündigt für geladene Gäste auf. Mutmaßlich versteckten sie die Subjekte in ihrem Kreis. Ich kam nirgends mehr rein. Wer drin war, kam nicht mehr raus. Und die verschlafen hatten, waren auf sich gestellt. Man stand vor der Security. Es hieß, sorry. Eine Ratte pro Einwohner, sagt man in Wien. Die Denunziationsmaschinerie lief wie mit Arsen geschmiert. So erleichtert war ich noch nie, die künstlerische Eignungsprüfung an der Angewandten verhunzt zu haben. Offiziell schien ich nicht auf. Obwohl es Chatprotokolle und inzwischen einen Akt von mir gibt, die geheimnisvolle Gaststudierende Helena vom humanistischen Fachbereich der Hauptuni.

Unter den Funktionären der Angewandten im Allgemeinen, im Speziellen unter den Beisitzern und ständigen Mitgliedern des Prüfungsausschusses und den Honoratioren der Zulassungskommission war ein Frohlocken, unwissentlich beteiligt, eingeschleust, hieß es. Auch sie waren jetzt Revoluzzer. Sogar unseren uralten Professor luden sie nun mit Freuden zu Veranstaltungen neuester Art ein und mit den Bewerbungsmappen vergangener Jahre zum Verhör vor. Ob die Polizei wirklich glaube, derart minderbegabte Nichtsnutze seien im Stand zu solch kühnen Aktionen. Die Seminarräume seien ja offen gewesen. Es wurde nie nachgefragt. Er wisse nicht, wer da dabei war. Er kenne bloß die Inskribierten von der Anwesenheitsliste. Also blieben einige übrig und machten weiter. Teilweise saßen wir zu zweit im Kurs. Seither offiziell Gaststudierende. Die Polizisten schluckten das ohne Beweis. Das Raumpflegepersonal war ja fleißig bei der Sache. Fingerabdrücke gab es keine. Meine inskribierten Kollegen hatten den Drachen geweckt, ohne ihn einmal gezeichnet zu haben. Na klar hatten sie überhaupt kein Leiberl. Die präpotenten Kommissionäre meinten damals bei meiner Eignungsprüfung, ich male für die Fantasy-Merchandise-Maschinerie, meine Motive besser auf T-Shirts als in der Galerie. Wer Drachen zeichnet, kann kein Freigeist sein. Die Form hat sie keine Sekunde interessiert. Büßen mussten die Lieblinge der Dozierenden. Kein Wunder, dass sie mich im Verdacht hatten, den Rädelsführer verraten zu haben, Jesus, diese Spinner. Wer auch immer heute Briefe mit selbstgemalten Marken bekommt, weiß, wer das gestempelt hat. Direkt ausm Underground. E nennt man mich. Ein Schlag auf den Tisch, dem Laut nach flacher Hand und halber Kraft. Vielleicht auch auf ihren Oberschenkel, denn der Schaum blieb stumm. Vik repetierte die Geste, stieß das Glas um.

Nik repetierte die Geste am Abend, schlug auf das Fischgrätparkett und trank von seinem Flaschenbier. Er stellte es zwischen die Polster, die unter den Fotos Wand, Leisten und Boden verkleideten, an denen er und Vik fläzten. Der Beamer projizierte seine Bilder auf die Mauer gegenüber, spielte das Abendprogramm des österreichischen Staatsfernsehens ab, die *Zeit im Bild* vorm *Tatort*, Nachrichtenkrimi.

Auch kein einfacher Tag für die Bedienung.

Das kam dem Kellner doch gerade recht.

Ein klassisches Dilemma.

Er hat uns abkassiert.

Die Gleichheit der Gäste im Wirtshaus.

Sie war ein bisschen gleicher als wir.

Oder sie sperren ihm den Laden zu.

Weil wir vor vollem Teller verhungern.

Er hätte auch gleich die Polizei holen können.

Jedenfalls hatte ich es dann wieder in der Hand.

Ein ganzes Jahr sind die eingesessen, verdammt!

Ob sie noch unbedingt Achterbahn fahren wolle, habe ich sie gefragt.

Die Untersuchungsrichter haben echt den Mafiaparagraphen ausgepackt.

Und weil sie noch Lust auf Black Mamba hatte, mussten wir zum Schießstand.

Kleine Kunststudis haben sie als Syndikat behandelt, das ist das wahre organisierte Verbrechen.

Ich bekam die Waffe, lud sie durch, kniete mich hin und lauschte der Bude.

Sie haben fast alle erwischte, sogar die Erste, die den Schuss hörte, Elenas damalige Busenfreundin Christiane.

Wo der Rübezahl um die Ecke lugte, war er einen Kopf kürzer.

Sie hat sich gleich abgeseilt auf den Hof von so einem Weinbauern.

Wo Bugs Bunny die Blume hob, pustete ich sie weg, dass es staubte.

Hat dort die halbdebile Magd gegeben. Dafür hat er sie versteckt.

Wo der Räuber Hotzenplotz Fersengeld gab, riss die Achillessehne.

Aber sie konnte es nicht lassen. Musste unbedingt Fahne bekennen.

Wo die Banditen Schilder hatten, knackte die Kugel den Panzer.

Und dann konnte der Weinbauer sie nicht mehr bleiben lassen.

Wo Polizei Einhalt gebot, schoss ich ihnen das Handwerk weg.

Sie hisste nahe der Grenze eine Österreichfahne ohne Adler.

Und wo die Hühner aufflogen, regnete es ausgelöste Teile.

Statt dem Wappentier malte sie ein extrakrosses Backhenderl drauf.

Elena umarmte mich, indem sie sprang, ihre Beine um meinen Hals.

Im Prozess wiesen sie nach, dass die Grenze ganz woanders war.

Der Schausteller schaute nicht schlecht. Ich hörte ihn staunen, als ich mich aufrichtete.

Christiane hatte nationales Gebiet verletzt und wurde weggesperrt.

Ein riesiges Kuscheltier bekamen wir. Elena nannte es blindes Huhn.

Ja, du verdammter Teufelskerl. Besser gepasst hätte eine Taube.

War ein Hase. Das spürte ich. Wir tauschten ihn in der Schlange.

Das Kind strahlte das Kuscheltier an, und der Vater strahlte das strahlende Kind an, und Elena starrte den strahlenden Vater an. Ob er Gelatine kenne? Vik nickte, der Vater schüttelte den Kopf, und das Kind verdrehte dem Hasen den Kopf, und der Kartenabreißer merkte ungläubig auf. Das sei ein Wiener Aktionskunstkollektiv. Die hätten über Oberitalien einen gewaltigen Hasen aus Stoff abgeworfen. Das Foto hätte ihren fame gegroundet. Man stelle sich das Kuschelviech aufm Rücken liegend vor, mit vom Druckabfall geplatzten Knopfaugen und vom Aufprall mit aufgerissenen Flanken, aus denen eiterfarbiger Schaumstoff quillt, geschunden, umgeben von halb verfallenen Hütten, inmitten einer kargen, wüsten, schroffen Landschaft, wie es sie hier nicht gebe.

Vik wurde gezerrt, gezogen, geschoben, weiter auf einen beklemmenden Plastiksitz bugsiert, über dem Schoß mittels Querstange fixiert, vor der Brust eine der Länge nach, während sich Elena neben ihn zwängte und das Kind anfing, zu schreien. Ohne Zögern, flüsterte Elena, hätte dieser Daddy da seine Kleine einfach stehen lassen, um hiermit eine Runde zu drehen. Ob er das X-Tasy kannte? Ob sich damit nicht mal einer umgebracht habe? Ob der nicht von draußen zwischen die fliegenden Kabinen gesprungen sei? Ob die nicht um sämtliche Achsen rotierten und wirbelten? Trashige Musik kam aus den Boxen, der Sitz hob sich, und der Fahrtwind war schon spürbar im Gesicht, wo es der Schal nicht bedeckte, auf Wange, Kinn, Stirn. Hab keine Angst. Er kümmert sich um den Schreihals. Eins A Suizidverhütung. Da bist du wirklich erschossen mit so einer Blage. Dass Gelatine doch auch diese Ausstellung gemacht habe, wo kein einziges Bild hing. Dass ihr Kunstwerk bei der Finissage der Riesentank an der äußeren Galerierückwand war. Dass der gesamte Harn der Klientel reingeleitet worden sei. Dass sie ihre kunstbeflissenen Gespräche nicht mal zum Pissen pausierte. Dass er nicht versprechen könne, dass das hier ähnlich ausging. Dass Otto Schenk, damals noch kleiner Schauspieler, nur eine Zeile, *der Schweizer schwitzt*, hätte sagen müssen. Dass ihm natürlich *der Schweizer scheißt* auskam. Dass er so nervös war und es quasi herbeigeschwitzt habe. Dass es ihm hier wahrscheinlich ähnlich ergehen werde. Ob er sie für bescheuert halte, oder was, noch mal auf den gleichen Trick reinzufallen. Dass Otto Schenk neulich in einer Talkshow erzählt habe, dass er sich weniger als Künstler denn als Sachwalter verstehe. Dass er weniger Schauspieler als viel eher Vormund einer Zeile, einer Geste, einer Mimik und Pose sei. Dass dies aber auch für Otto Schenk und sein herbeigeredetes Malheur selbst gelte. Dass das jetzt Tradition habe wie Murphys Gesetz, wie sehr man sich auch wehre.

Da schrie Elena schon, sie halte nichts von Otto Schenk, zwei Kreise und zwei Kreuze, null plus null, also bitte, da sei er mal ganz unbesorgt, und die Kabine flog, wirbelte, kippte vor, ruckte nach hinten, während sie ums Zentrum sauste wie ein Karussell, dass es Vik und Elena zur Seite presste, aus dem Sitz hob, gegen die Sicherung warf, bevor die Fahrt entgegengesetzter Richtung begann, die beiden wieder einpendelte, erneut beiseitefetzte, die Beschleunigung Elenas Haare in Viks Gesicht peitschte. Aber, aber, aber die Schalenden? Elena schrie, geh bitte, dem Bruder sei auch nichts geschehen. Und dann die Saltos wie in der Black Mamba. Die wildwasserbahnartigen Aufs und Abs. Wie im Tagada hin und her. Wikingerschaukelgleich Hals über Kopf. Kopfüber, vor, zurück, gerüttelt, gepurzelt, geschüttelt, gequetscht, gepresst, gefetzt.

Die wegrennenden Füße im *Tatort*-Vorspann erschienen Vik und Nik als passender *Zeit-im-Bild*-Abspann, fix nichts wie weg, Terror überall.

Danke, Alter, was warnst du mich nicht vor?

Sorry, Bro, aber es hat ihr echt gut gefallen.

Jaja, schon klar, Niklas Adler, voll der Altruist.

Hab ich dir immer gesagt, sei nicht so eine Egosau!

Hatte sie ihn zuvor an den Schultern in die Kurve gelenkt, presste sie ihn jetzt in die Gerade mit den Handballen wie die schlagende Lenkstange eines Mountain Bikes beim Downhill auf erschütternder Piste. Wie von Unebenheiten geplagt brach seinen Beinen der Boden weg und seine Füße gerieten aus der Spur, taumelten zur einen, dann gleich wieder über Kreuz und unversehens zur anderen Seite. Die anderen Fahrgäste hielten sich den Magen und drehten den Kopf von links nach rechts, überrascht von der starren Geradlinigkeit der eben vorbeigezogenen Welt. Der nächste Ausfallschritt riss Elena fast mit in die Schräge, und sie stemmte ihr Gewicht gegen ihre Fersen und seine Schulterblätter. Sie drängte ihn an den Rand des unter ihren stampfenden und entlang seiner schleifenden Schritte lautgebenden Blechs. Die letzten Töne der X-Tasy-Melodie verstummten, und der Kartenabreißer kam herangesprungen, geleitete sie wiehernd hinaus, händigte den zweien einen Eimer aus, gleich gesehen, dass sie ihn brauchten. Und nun erbrach er sich hinein in einem selten so trockenen Schwall. Er würgte und spuckte, und die rote Galle war das Einzige, was kam, während Elena ihm mit der einen Hand aus der Bahn die Schalenden hielt, ihre Finger in das wirbelgescheitelte Haar an seinem Hinterkopf vergrub, seine Schädeldecke spürte einerseits und den weichen Stoff andererseits, und ihr eigenes Gesicht der Sonne entgegenhielt, dass die Wärme durch ihre Wangen strömte, ihr heiß ums Herz wurde, das Licht ihren Netzhäuten das Bild zweier vollends ausgelieferter, sich in ihre Hände begebender Männer aufzeichnete.

Ich würd dich nie so sitzenlassen, armes liebes kleines Hascherl.

Sie grinste so gerissen, wild und hinüber, dass Lippen und Zahnfleisch vor Spannung, Umschwung und Rundung aggressiv satte Farben annahmen.

Quadratur

Während Marlene im Abteil dahindämmerte und ihre fiebrig warme Schläfe an die fahrtwindkühle Fensterscheibe schmiegte, durch die kürzeren Strähnen des auswachsenden Undercuts die harsche Zugluft fühlte, wie sie hinterm Plexiglas dahinströmte, da erschienen wieder die Adler. Sie saßen auf backsteinernen Abbruchkanten verfallener Lagerhallen und heruntergekommener Fabrikanlagen, blickten gierig auf die rußgeschwärzten Brandmauern vorstädtischer Industriebrachen und aufgelassener Bahnhöfe nieder, erhoben sich träge von ihren exponierten Aussichtsplätzen, mistelartig von Leitungen umschlungene und mit Kabelbrand drohende Hochstrommasten, zwar vom Netz genommene, aber immer noch über Abstellgleisen thronende Oberleitungen, die gerodeten Schneisen mit Schlacke geschotterter Gleise durchspannend. Die Greifvögel, von Weitem bereits zu erkennen, schon von Nahem dem Blick entzogen, verfolgten oder flohen außer Sicht steigend die dröhnende Triebkopflokomotive, flogen in ihrer beständigen Luftverdrängung eine Weile über den Abteildächern die Schienen entlang oder weite Bogen vorm Himmel beschreibend von den Waggons gen Hinterland, ins Jenseits des blickdichten Mischwalds, während der Zug mit gedrosselter Geschwindigkeit verlassene Ortschaften, abgewrackte Bauernhöfe, brennende Müllhalden, verqualmte Grasnarben, streunende Hunderudel und vermodernde Kadaver passierte, meist drei Beine, gerissene Flanken, angefallen, überfahren, verendet, wund. Die Adler allenthalben ganzer Pracht auf Masten und Mäuerchen vor jener Schneise der Verwüstung zu sehen, die via Eisenbahn in die Landschaft gekommen oder zumindest unmittelbar an den Verkehrswegen lag, erschien Marlene, die nicht mehr wusste, wann, ja, gerade erst begriff, jaja, schon klar, dass die Adler ihren Träumen entschwunden waren, als ob die umtriebige Kraft rastloser Vernichtung nach der restlosen Zerstörung der gefiederten Körper von den Vögeln abfiele und sich neue Ziele in der Umgebung suchte, während die nachkommende Brut noch unbemerkt schlummerte, gut versteckte Nester, unter warmer Asche, rund um schwelende Glut. Behutsam drehte sich Marlene eine Zigarette, als der Zug Prag erreichte, am vogelfreien Bahnsteig zu stehen kam, wie sie es immer tat, Benson & Hedges Industriekippen in Vienna, blauen American-Spirit-Tabak, grüne JOB-Papes, gelbe Swan-Extra-Slim-Filter als Prager Vorgeschmack auf Schlands Hauptstadt, wenn sie die Strecke zwischen den beiden deutschsprachigen Metropolen über Tschechien nahm, beschattet vom Flugdach, vom goldenen Ball da oben trotzdem den Citynickname gestohlen.

Ungefähr zu dieser Zeit, schätzte Elena, querte jener Zug mit seinem zwar ritterlich ambitionierten, aber unglückselig verliebten Passenger Oberbayern, den sie nach kurzer Fahrt, good luck, Nikiboy, verlassen hatte, um das Schrumpfen der Städte, Wien, Linz, Attnang-Puchheim, Gmunden, mit der Verzwergung der Verkehrsmittel kurzzuschließen, Railjet, Inter-City, Regionalbahn, Omnibus, auf suizidtauglicher Hochgeschwindigkeitsstrecke, auf mit Alpenlandschaften wandbemalter Bordtoilette, auf hausstaubmilbigen Filzsitzen, auf ausgewuchteten Sommerreifen und im Abblendlicht glitzerndem Glatteis fuhr Elena hinein ins Oberösterreichische, in jenen felskettenbeengten Strich von Land, in diese stille, finstere, feindliche Provinz, über deren verschneite Grate und hochnebelverhangene Gipfelkreuze sich die Sonne noch nicht erhoben hatte, entlang der Terrassen beschatteter Hänge, wo das Gut aus der Hallstatt die Schatzkammern füllte und der Gegend den Namen lieh, im Wirtshaus als Gewürz dem Gamskarree die Bratensauce herauszog, als Leckstein an der Krippe das Wild aus dem Wald auf die Lichtung lockte vor das Gewehr und als Kristall auf Gehwegen, Autobahnen, Landstraßen und Gassen den Gefrierpunkt des Schnees drückte, bevor es verfrüht mit dem Schmelzwasser in Wiesen, Felder und Sturzbäche floss, Ernten verdarb und Wildwuchs verätzte und Brachen vergällte. Salzsäure speiende Drachen kamen Elena in den Sinn, um ihre aus Rauten aufgebauten Leiber drehten sich ihre Gedanken, Kreise, Kreuze und Quadrate, diese Zeichen niemandem mehr gelehrt, eine Steintafel vor Elena, darin eingeritzte Lettern, schnittblumendurchflochtener Kranz, darunter. Die Schlange schwarzer Gewänder, in den Hängen gut erkennbar, gegen den Schnee, in der Ferne, wie jeden Sonntag, die Prozessionen der Klosterschwestern, lang und gewunden wie eine Schlinge, auf den Serpentinen aus Elenas Perspektive, die schlafende Griechin im Rücken, über sich der allwöchentliche Trauermarsch, vor sich der frische Haufen, auf dem der Schnee schmilzt. Aufgeworfen das Fragezeichen. Weil drunter kein Frostboden, da drunter kein Frost oder Gärungsprozesse, Zersetzung, verdammt. Krieg dich mal wieder ein, Elena. Schon am Telefon sagte die Therapeutin das. Immerhin steht Elena nicht mit einem Bein drin, wegen des Schnees. Das war ja ihre größte Angst. Nicht zu wissen, wo es anfängt. Seine auch, glaubt sie. Da wird er sich gedacht haben, jetzt, und den Strick geknüpft. Er war nicht der Typ fürs Altwerden. Aber er ist alt geworden. Aber nicht lang dahingesiecht. Dafür war er zu brutal. Embolie, Herzinfarkt, Schlaganfall, Thrombose, so was, das war klar, aber das, so was. Dass er nicht ins Wasser ging. Damit er im Spiegel der Griechin ruht, bei seiner schlafenden Frau. Die Temperatur hätt gepasst. Eine dünne Eisdecke, einbruchgeeignet. Derweil schmilzt hier der Schnee. Und die Sonne kommt raus. Die Prozession, unsichtbar, hinter der Mauer abgetaucht. So schnell nahe gekommen? Oder fix in die Ferne gewandert? Auf den sonnengewärmten Gipfel zurückgezogen? Zu Kreuze gekrochen? Geflohen? Lange steht Elena schon hier. Die Finger erfroren, stellt sie fest. Zu gefühllos, das Feuerzeug nicht in den Griff zu kriegen. Zu taub, eine Kerze anzuzünden. Aber Nik ja dann, unser Mann in Hildesheim. Dort müsse er in den Dom, UNESCO-Weltkulturerbe geworden, versprochen? Nik konnte Elena nie etwas abschlagen, schwor es ihr schon kreuzloser Finger bei der gemeinsamen Wegfahrt aus Wien. Als sie in Linz den Zug verließ, bat sie Nik, die Hände hochzuhalten inmitten des Vierersitzplatzes, und nahm ihm nochmals das Versprechen ab wie der Docht die Flamme dem Pech-&-Schwefel-Streichholz, von Vienna dorthin nach Hillyhood gekommen mit Niklas Adler. Statt die Asche anzubeten, das Feuer weiterzutragen in den Dom mit dem tausendjährigen Rosenstock im Garten und dem Adlerpult im Altarraum, das gegossen sei nach jenem herzstillstellenden Motiv der beiden im Todeskampf verbundenen Tiere, für den von eigener Hand verschiedenen Zeichenlehrer, das hätte ihm gefallen, so wollte es Elena, so lautete Niks Mission, wenn er sowieso Marlene nachfahre.

Noch wärmt sich die Hand an der Grabeskerze, schon wird der goldene Verschluss aufs Gewinde geschraubt. Weiß rinnt das Wachs heraus und den Mantel hinunter, der die Formen der marmornen Säulen zum Mittelschiff kopiert. Um sie herum, mit gesenktem Kopf, die Pietà noch im Augenwinkel, schleicht Nik aus der Georgskapelle. Kaum hebt er das Haupt, schaut ihn durch den ganzen Mittelgang vom Chor herab der Adler an. Neben dem freischwebenden Altar thront der bronzene Guss auf einer hüfthohen Stele. Aus seinen Greifvogelklauen schaut ihn schon niedergerungen, doch den Hals noch windend der Drache an. Darüber spreizt der vermeintlich gusseiserne Adler triumphierend die Flügel, als schlüge er eine Bibel und spannte er den Himmel auf. Und aus diesen laut Marlene amputierten Schwingen kommen die Worte, die Schrift, das Licht, Dinge, der Pelikanfüllfederhalter und die wüste Finsternis. Taufrisch geht Nik, ohne sich abzuwenden, von dem Anblick rückwärts durch das Mittelschiff in die Nachtluft hinaus. Der riesige Luster gleitet noch in seinen Blick, baumelt unter der Decke wie ein Aufgehängter, über dem viergeteilten Taufbecken, ein Aschenbecher, vor dem man sich bekreuzigen kann am Fastnachtsende. Nik ergreift die Ringe in den Mäulern der abgehauenen Löwenschädel an der Tür, verschließt die beiden Flügel zwischen sich, dem Drachen und dem Adler, wendet sich ab. Nach dem Sternbild des sagenhaften Wesens sucht Nik den Himmel ab, findet aber kaum den großen Wolfsburger Volkswagen, so lichtverschmutzt scheint das Firmament dieser Autofahrerstadt, obwohl nicht mal die allenthalben in den Weg gesteckten Laternen brennen, an denen Nik vorbeischlendert. Entlang der Fünfzigerjahre-Wohnhausreihen flaniert er über die wie gekörntes Recyclingpapier poröse Oberfläche billiger Betonbankette vorbei an dunklen Fenstern, unscheinbaren Laternen und haufenweise Hundescheiße. In so kurzen Intervallen passiert Niklas diese dicken Würste und dünnen Gerinnsel, so dreckig brackt das Wasser unter der Brücke, die er nun überquert, so braun die Fassadenanstriche, so trüb der wolkenlose Himmel, dass er meint, Lastkraftwagenladungen Fäkalien wären aus gigantischen Tierheimen voller Schäferhunde, deren Herrchen allesamt ausgeschissen hatten im Weltkrieg, herangekarrt worden, um sie in Hildeshood zu entsorgen. Nik hält vor einem hasenpfotengroßen Kringel auf der anderen Uferseite der Innersten inne und denkt, dieser Kot von Rostrot bis Schwarzbraun sei nur Überbleibsel all der Scheiße, die in Nazinachkriegsgermania als Pinselbindemittel und Wandmalfarbe, Wiederaufbaumörtel und Ziegelrohstoff diente, dessen Dünste nach dem Brennvorgang auch noch den Himmel tünchen, bei Wolkenbruch gewechselten Aggregatzustands in die Flüsse pissen. Aus einer alten, wohl auf grüne Wunderstürme statt braunes Matschwasser umgerüsteten Mühle mit durchlöcherten Flügeln aufwärts der Strömung dröhnen Bässe und tanzende Schatten an den Fenstern verfinstern die Nacht noch mehr, machen sie Nik als anthrazitfarben statt schwarz kenntlich. Ein Wegpfeil weist das abgerockte Relikt von Gebäude als Bischofsmühle aus.

Hier soll es also passiert sein, wo Ludwig der Fromme, als er sich auf der Jagd von seiner Crew entfernte und im Wald verlor, so gut schlummerte unter seinem Kruzifix. Schläfrig, beteifrig zwar, aber bettreif hängte es der Mann an die Dornenheckenranke, Kreuzkruzifix, bekam es nicht mehr ab am nächsten Tag, aber schau, sagte seine doch nicht so abtrünnige, ihn umringende Schar, potzblitz, der Schnee ist ja geschmolzen rundherum, und Hildesheim gegroundet samt Dom und weiterwucherndem Rosenstock. Das Dommuseum, in dem man heute immer noch das Adlerpult im Original bewundern kann, liegt schon weit in Niks Rücken, der sich über einen Kackhaufen von sonderbarer Form, ausgefallener Konsistenz und erstaunlich graugrüner Farbe bückt, dass er im Zusammenspiel mit dem Römermuseum gegenüber an den Halbwolf denken muss. Vik fand die Geschichten ja immer phantastisch, wie sich die Brüder kaum abgenabelt von der Lupuszitze die Schädel einschlugen, nach ihrem augurischen Ausflug auf zwei gegenüberliegende Hügel, um aus den Flügen der Adler, die lebenslange monogame Partnerschaften pflegen, die zukünftige Herrschaft über jene Stadt zu lesen, auf die dann jedes Pfalzkaff unter römisch-deutscher Kaiserkrone und römisch-katholischer Bischofsmütze eiferte.

Und erst Marlenes Kopistenbekenntnisse an jenem Pult, das sie bekam von ihrem Ex-Lover da, schon der dritte Abguss allein hier in Hildesheim dieses weitverbreiteten und ach so beliebten Motivs, dass auch Elena nicht nur den zum Boden gezwungenen Drachen kannte. Wären sie sich demnach also doch vertrauter, als Nik bis dato dachte, wenn Marlene Elena das auch erzählte, wie das so war mit ihren ganzen zweifelsohne so restlos unbedeutenden Ex-Boyfriends und deren Geschenken, dass sie nicht mal mehr ihre Namen kannte, wessen, wovon sprichst du, wer bist du überhaupt, so hätten sie ihn allesamt beschissen, nicht nur der Bruder, der es sich fix gutgehen ließ in Wien geblieben diesmal.

Viktor hebt den Schöpflöffel und den Daumen, nickt dem Kellner zu.

Sehenswürdigkeiten à la Dürer, wo man hinschaut. Aber bitte nicht vergessen. Man schaut auch mit den Fingern. Und das Aug isst mit. Kompliment an die Küche. Besserer Schmaus als in der Albertina.

Die Suppe dampft in Viks Gesicht. Er wendet den Kopf ab, zwinkert der vom Nebentisch herüberschauenden Frau zu, die eben noch fragte, was ein Pharisäer sei, während ihre Begleitung hastig blättert.

Da brauchen S' einen Fremdenführer. Das gibts so nicht, à la carte.

Der Kellner trägt nebenan die Karlsbader Seihkanne heran, und Viktor schöpft sich eine zweite Kelle auf seinen Teller. Er nimmt den Dessertlöffel aus der Sauerrahmschüssel, tupft einen schneeweißen Gupf in die schwere Suppe, rührt ihn zu einem Milchstraßenwirbel in der tintentriefschwarzen Tunke, als Ragout zu bezeichnen, wäre ein zünftiger Gamsbock zerkocht oder ein hohler Wildsaukopf in den Römertopf geworfen worden, ein im Jahre Schnee abgeschossener Fasanengockel losgeflogen aus dem Frostbrand des Tiefkühlers, geflattert in die Suppenbrühe über den arterienfarbig lodernden Gasflackerflammen. Zum Geräusch des Dunstabzugs nebenan in der Küche hebt Viktor dunkle Schrotkugeln oder wilde Wacholderbeeren an die Oberfläche, und im Löffelumschwung deckt er wie Bärenfallen gezackte Lorbeerblätter zu.

Aber es ist ja gar nicht die Zeit.

Die Frau am Nebentisch schenkt sich Kaffee aus der emaillierten Kanne in ihr Häferl, während der Geruch von Jägertee und NIVEA-Sonnencreme den Duft der Gewürze überlagert. Die graue Wolke über der Schüssel ähnelt dem vor sich hin genäselten Dunst hochgezogener Rotznase ins Café tretender Laufkundschaft unter bimmelnder Glocke sowie vorbeieilender Passanten hinter beschlagenen Fensterscheiben. Einen Smiley à la Suppenkasperhauser zeichnet der Mann am Nebentisch in das Kondenswasser. Vom kalten Straßenpflaster reflektiertes Licht gleißt grinsend zwischen den Schlieren, zwingt Vik zum Blinzeln. Die gefütterten Fäustlinge fehlen auf der Tischplatte, die Hände rot von Sonnenbrand oder Frost, ein Ekzem am Gelenk, die Haare versengt beim Kohleofenentfachen und die wurzellose Haut erodiert, wie verkarstete Bergflanken ausgetrocknet und aufgesprungen die Knöchel, geschundene Schmierfinger und jetzt auch noch taubfeuchte Kuppen, toller Urlaub.

Schneehasenquartal.

Viktor versucht das Emoji an der Scheibe zu mimen, und der Kellner zückt die Mühle und dreht das Gewinde über der Suppe, und Vik lässt spritzend den Löffel fallen, niest in die hochgeworfene Ellenbeuge.

Glauben S' dem Haberer nix. Der führt nur einen Schmäh mit Ihnen.

Der Kellner reicht dem Zwilling sein Stofftaschentuch. Vik greift zu, putzt die braungesprenkelte Tischplatte rund um den Suppenteller.

Sie sind mir vielleicht ein Schwindler.

Er faltet das Einstecktuch, schnäuzt sich hinein, legt es auf die cleane Platte. Psychedelische Muster bringt und mengt es ihr bei.

Na, ich hab Sie ein bisschen auf der Schaufel. Aber nur, damit ich g'scheit im Lawinenabgang herumbuddeln kann. Weil in dieser Saison, glauben S' mir, fährt das Wild mittelbar mit dem Pistenhasen ins Tal.

Auch das nur ein Schmäh, denn die Schneeschicht in den Alpen ist diesen Winter zumindest rund um Elena gefroren und heil. Ein eisiger Flaum aus Raureif und neu gefallenen Flocken überzieht die Oberfläche wie eine bergkristallene Salzkruste. Sie ist gerade hoch genug, sich das Profil von Elenas Buffalo Boots einzuprägen, als wäre jemand hinter ihr her, als hätte jemand den Anstieg in die Hänge schon bewältigt, als wären die zwei hier, am Ende der Spur, unterschiedslos miteinander verschmolzen, oder die andre Person wäre verschwunden, eingebrochen, verschluckt, ohne dass die Schneeschicht Schaden genommen hätte. Elena erschrickt, wie mager sie ist, wie sie das Eis trägt, und die schmalste Karstrille reicht, zu verschwinden auf Nimmerwiedersehen, erst in Dutzenden Jahren. Wie Experten sich verrechnen, die Zeiten der Skelettierung draufschlagen, Rippen, die sie jetzt schon zählen kann, aber die Schwestern, ihre runden Körper, Wasser eingelagert, schneemannartig, in Lawinen, Dolinen, Spalten. Die Gipfel, kaum mehr auszumachen vorm Hochnebel, ein verschwommener, gefrorener, blendend trüber Himmelübergang. Darunter schaut der Karst zurück, brutal, stoisch, grau. Da, wo der Schnee seinen Halt verlor, wie gesiebter Zucker fiel, durchs Raster in Riesenbrisen. Wenigstens hat Elena die depperte Griechin nicht im Rücken. Das Gebirge gegenüber, andrer Talseite, wolkenverhangen, höchstens ihre Brüste sichtbar am unteren Grat. Aber drüber, da sieht sie sich nicht raus mit dem profilierten Aug, linst vielleicht herüber, aber nur in den Himmelschleier hinein, undurchsichtig, hinter dem die anderen Gipfel stehen, vor Elena, über ihr, irgendwo, verborgen. Oberhalb der Baumgrenze, kein Fitzelchen Schwarz. Die Bergflanken unterschiedslos grauweiß. Selbst wo das Wäldchen steht, sich sommers in die Hänge krallt, die Wipfel dicht verschneit. Eingepflegt in die kristalline Wüstenei. Keine Abdrücke, wo Elena den Kopf auch hindreht. Ihre Augen brennen. Sie reibt sich die Netzhaut. Am Knöchel schmelzen Flocken. Die kommen von den Wimpern. Kleine Lachen am Gelenk. Dass es schneit, sie checkts erst jetzt. Mit Blick auf die Villa. Die unerreichbaren Skulpturen im Garten nur halb so hoch wie im Sommer. Oder Elena ist noch gewachsen. Schwarze Tücher darüber. Vor ihnen sichtbare Wehen. Schräger Schnee. Ein Flimmern überm Boden. Es kommt den Hang hoch. Und jetzt trifft sie der Wind. Mitten ins Gesicht. Pustet sie um. Kurz die Griechin, im Blick, im Fall, die Wolken aufgerissen, fortgeweht. Die Nase erkennbar, die Stirn, Wangen, am knallharten Boden, sie dreht sich herum. Kurz Angst, festzufrieren. Doch genug Wärme zu schmelzen hat sie nicht mehr. Die Sturmwehe vor sich. Sie erklimmt den Hang. Wie Funken springen die Eiskristalle den Anstieg rauf. Als ob sie noch entkommen könnten. In Wirklichkeit bereits ergriffen, mitgerissen. Da erfasst die steife Brise den Wald. Hörbar, horrend knackendes Geäst, gefroren, gebrochen. Und dann sieht sie es, das fallende Gezweig, näher als gedacht, uraltes Ächzen, unter dem sie aufsteht, aus ihrer eigenen Lunge. Da vorne beginnt er schon, der Forst, als ob er erwacht wäre, auferstanden aus dem bedeckenden Weiß, entblößt er sich immer mehr.

Die nächste Brise pfeift an Elenas taubstummen Ohren vorbei. Es reißt den Schnee von den Kronen. Er tobt in Wehen den verkarsteten Hang dahinter hoch. Das Gegenteil eines Fallwinds. Es muss Sonne sein da oben. In höherer Lage wird sie der Kälte des Tals entrinnen. Schon sieht Elena die Bergflanke nicht mehr. Tiefer als gedacht die Schneise aus Stämmen. Abgehackt der Blick nach oben von dichten Ästen. Am Boden dampfen im Winter Ameisenhaufen. Auch ausgehöhlte Baumstämme bilden Unterstände. Und wieder saugt der Wald einen Luftzug ein. Er reißt Elena fast um. Aufwind unter ihren Buffalo Boots. Die Wärme des Waldes ist Teil der Thermik. Die Schritte tun sich nun leichter dahin. Auf die Phalanx von Wurzeln zu, Adern, ausufernd in Blutgefäße, Gestrüpp und Gebüsch, ein Venendelta, Kapillargefäße. Das schwarze Loch, das sich auftut wie ein Schlund, ein Rand an Kiefern darum herum wie Zahnfleisch, von allen Seiten hineinwuchernd in den Fluchtpunkt von Elenas Blick. Reizhahnartiges Gezweig, raureifübersät wie Karies. Zapfen daran, herabtropfender Sabber, braun und transparent. Bereits getränkt, vermischt mit etwas, noch hungrig, rinnend gefrierende Spucke. Und ein Luftzug, als saugte es Elena ein mit den Flocken, die ihre Form verlieren, ein Morph hinein in die warme Dunkelheit. Es brütet dort. Nun kommt Elena der Drache entgegen, Scheusal aus Winter und Wald. Aber kein bisschen scheu. Ungestümes Ungetüm. Komm nur her. Bleib ruhig cool. Ich mach Crushed-Ice aus dir. Und dann bring ich dich zum Schmelzen. Raffzahn kann sie nicht besiegen. So weit sie auch das Maul aufreißen. Haben sie einander oft genug gezeigt. Die Hand beißen, die einen zeichnet. Schuppenpanzer und Blattrand. Bewegte Muskelpartien und Kiefersperre. Elena ins Gesicht geschaut.

Aus dem Mundwinkel nuschelt der Gatekeeper. Zieh dich mal lieber warm an, Mädel! Ein frostiger Hauch dringt in den rußschwarzen Raum. Immense Hitze herrscht hier drinnen, extreme Kälte dort draußen. Elenas Finger krallen sich in den Jackenkragen. Die Brise erfasst das Haar am Schlüsselbein, entblößt ihre Ohren und weht ihr die Strähnen auf den Rücken. Die Spitzen kommen in der folgenden Windstille an ihren Schulterblättern zum Liegen und verdecken die Spaghettiträger. Niklas sieht förmlich, wie Elena die Gänsehaut den Arm hinabkrabbelt. Nik sieht ihre krustige Haut am schwingenden Ellenbogen. Er sieht ihren Handrücken blasser werden wie Deckweiß. An den Beinen des Türstehers schwingt der schwarze Softshell-Stoff vorbei. Er verbindet sich für einen Moment mit der dunklen Harrington-Bomberjacke zu einer Fläche. Das AirPods-Headset im Ohr des Türstehers blinkt, und er dreht seinen Kopf über die Schulter. Er sieht an Elenas Ohr vorbei die von Schlitzen durchzogenen, abrissreifen Brandwände entlang. Darauf tanzen grüne, gelbe, rote und violette Widerspiele verirrter Stroboskoplichter. Elenas Buffalo Boots, den Beat noch im Schritt, schrammen an den Springern vorbei. Der Türsteher sieht Niklas an. Der senkt seinen Blick. Elena zischt. Alles klar, Bro. Niklas dreht das OCB-Longpape zwischen seinen Fingern um Tabak und Tip. Elena entwischt ins Nachtblau des Ausgangs. Der Türsteher murmelt in sein Headset, während Niklas die Kippe in den Mund nimmt. Der Nachhall übersteuernder Bässe klopft, pocht, sticht und pickt ans Trommelfell. Draußen wirbeln Elena die Strähnen vom Rücken in eine horizontale Linie mit der sich verfärbenden Skyline. Nik spürt das BIC-Feuerzeug seine Jeanstasche ausbeulen. Auch Elenas Jacke weht in die Schräge. Nik setzt sich die Kapuze auf. Eine Böe stiebt durch den Gang. Er hebt beide Hände, eine vor und eine an die Kippe. Der Türsteher dreht Rumpf und Beine, zeigt auf Niklas und die Kippe. Der linst über seinen Zeigefinger, lässt die Flamme springen und atmet tief durch. Hier herrscht Rauchverbot, schon kommt der Mann getrieben vom kräftigen Zug Niklas entgegen, während draußen im blauen Widerspiel von Flaute und Wind an Elenas Seite entblößt wie verdeckt der Feuerlöscher schwingt.

Und nun strebt Elena gen Horizont. Vor sich traten in Marschrichtung wie immer auf dem Rückweg von der Donauinsel die gläserne Skyline und die blassrosablau getünchten Farben der UNO-City in ihr Gesicht, weswegen sie jetzt einen Blick zurück wirft auf das schon zweidimensional erscheinende Quadrat von Clubeingang, worin ein schwarzer Schatten unter seinem niederfahrenden Springerstiefel den zinnoberrot leuchtenden Punkt austritt. Bei Elenas nächstem Bordsteinschritt Richtung heimwärts und dem damit verbundenen Schwebeschwung des Feuerlöschers, dem Streifen am Schienbein und dem Zug am Handgelenk dreht sie ihren Kopf und das innere Auge wieder nach vorne, wohin sie auch die Hochdruckflasche im sachten Schubstoß ihrer Wade pendeln lässt, und sieht die Tower schon in bedeutend vollerem Rot stehen und fallen. Die ihnen zu Füßen liegenden Bungalows und Mehrparteienhäuser passiert sie nun, biegt um die Ecke und enthüllt für jeden ersichtlich ihre einen Moment abgestellte Beute, zieht ihre Jacke an gegen die aus Nordwest frisch übers mit mineralölsterreichem Sondermüll volle Donauwasser geströmte Brise, fröstelt vor Erregung, abgeschnitten von den potenziellen Verfolgerblicken im Rücken zwischen den Pfeilern des sich gleich gotischen Kirchtürmen gebarenden Autobahnzubringers nach Prag, auf dem Elena Wagen überfahren. Sie lauscht dem Rauschen der Räder und Motoren, das ebenso gut von den Baumkronen vor ihr kommen mag, vom Wind in den Weiden und ihren sich wie auf Trip in der Brise nacheinander das Donauufer der Copa Cargrana runter verformenden Zweigen oder aus den vierundzwanzig sieben dahinfilternden Lüftungsanlagen der Treibhauskomplexe, Konferenzetagen und Glasbungalows, dem Büro der Vereinten Nationen Drogen- und Verbrechensbekämpfung, das inzwischen schon hinter Elena liegt.

Perspektivisch verkürzt verschwinden die Skyscraper immer mehr aus ihrem himmelgewandten Blick hinter den sich mehrenden Wohnhausfassaden, die über den Dächern nur eine Schneise blauen Himmels voller fluoreszierender Boeingblinklichter preisgeben, die in Elenas Mind wiederum die verschwundenen Tower weitaus zuverlässiger zum Explodieren bringen als ihr ureigener Anblick. Elena vagabundiert den feuchten Rinnstein erregt und verträumt entlang, wenn nicht mit Kunst im Zentrum, dann mit Kanonen im Zweiundzwanzigsten, mit phantastischen gaps und der Pumpgun, denn unter dem Pflasterstein wartet der Sandstrand, und dann liegt die Alte Donau vor ihr da und fließt gen Balkan den Fabrikhallen und Staudämmen im Norden davon wie sie, die jetzt treppauf den Feuerlöscher schleppt die zementenen Stufen unter den Schuhen und hinein in die schuhu einfahrende U-Bahn und hinter die sich zuschiebenden Türen und ihre Gummigelenke auf die krass gemusterten Sitzkissen, angelehnt an Michaux und seine Mescalinbilder, und erst jetzt fetzen die Techno-Beats im Passieren der Schienen und im Stadteinwärtsschießen ihres immer wieder von Fliehkräften traktierten Körpers und mitten im Gestammel der abgefeierten Herumfallenden, die ihr schon beim Öffnen des Reißverschlusses auf die Titten gaffen und wie erst beim Haschen nach dem schwankenden Feuerlöscher, und die nächste Bremsung schnalzt die halbe Party-Crew in die Horizontale und die andere Hälfte rund um die Haltegriffe, während Elena im Takt der längst vergangenen Musik sitzbounct, die sich in ihr Ohr und ihr Hirn geschmiedet hat mit harten drums & base. Eingefleischt in sie selbst wie gesellschaftliche Kontrollmechanismen der karthartische Moment, der Augenblick des Ausbruchs, auch nur eine Beichte, das herrische Leineauslassen und scheinheilige Ausgelassensein, das eingeräumte Ausgehen und Geldraushauen, bevor die inneren Wachhunde schon wieder Parade stehen und die Zähne fletschen und Würgegriffe sich um die Kehle schließen und bürgerliche Schraubstöcke ihr den Schrei noch im Rachen ersticken, Zungenbeinbruch, dass man sich einen Strick nimmt, während der Uhrzeiger abgezockt Richtung Wochenende tickt, fickt euch, ausgetickte Aussteigerin mit abgezogenem Feuerlöscher und die U-Bahn-Türen und Donauaufwärtsrouten und Clubtouren bleiben ihr doch gestohlen. Einen Mülleimer zum Übergeben, gesucht und keinen gefunden den ganzen Bahnsteig entlang, wo ihr die Marmorfliesen mit Desinfektionsmief von der ersten Putzpatrouille, Morgengrauen und Essig raufhauen, hier schon zu reinweiß erscheinen, sich einfach frei zu machen, dass sie bittersüße Rache schwört im Schwenken des platzblasenvollen Schaums, in ihrer Faust, direkt ausm Underground gekrochen, wie in jeder steilen Epiphanie, immer feste drauf, kotzt sie gegen die Haydn-Statue, Ecke Katholische Kirche Essenz Apotheke, Barnabitengasse Mariahilf, Barbariten Mania high five, heilgeiler Geist, gleich hinterdreinsprayer, Elena, na, Nik, ja, was jetzt?!

Vik sah eine Schneewehe, die eine eisige Böe in der stürmischen Höhenströmung von der Flachdachkante da oben vors sonst wolkenlose Aquarellblau über die Häuserschlucht zwischen die pastellfarbenen Jugendstilfassaden wehte, während er durch das pastose Grau des schattigen Straßenmatsches stapfte, und dachte an pointilistischen Wirrwarr. Ausgelassener Schaum. Ein Jahr war das jetzt her. Auf der Dachterrasse über Christianes Apartment. Sie bewohnte, oder besser, bezahlte die Mansarde. Elena passte auf Christianes Wohnung auf, während Christiane auf dem Hof vom renitenten Weinbauern auf sich aufpasste. Sie wollte angeblich nicht ewig, musste aber noch unbestimmte Zeit dort bleiben, was sich schon wieder ewig anfühlte so ganz ohne fixes Datum. Man suchte nach ihr und nicht nach Elena, die ihre Freundin und Studienkollegin sowie ihre Pflanzen nun wirklich nicht im Stich lassen wollte. Außerdem kam man von der Mansarde aufs Dach. Ohne durch den Flur zu gehen. So mied man Spione und Nachbarn.

Wozu brauchst du mich dann? Elena strich Vik mit links durchs Haar, legt ihren Handballen auf seine Lippen, allein sei es im Himmel drin nicht schön, habe Mutter immer gesagt. Was hat es ihr gebracht? Vik öffnete den Mund, so weit er konnte, versuchte die Venen an ihrem Handgelenk zu küssen. Eine fabelhafte Tochter. Elena stützte sich mit der anderen Hand auf seinem Brustkorb ab. Was man von seiner Mutter nun wirklich nicht behaupten könne. Die wäre mal besser bei ihrem Runaway von Haberer geblieben, oder? Und dass ihr neuer Goldschatz Richy ihr nun gegen die transzendentale Obdachlosigkeit die

Penthouse-Wohnung spendiere, bringe ihr auch keinen patenten Sohn mehr ein. Sie herzdruckmassierte ihn im Widerspiel der Fliehkräfte, und ihre Finger krallten sich zusammen in das Haar um seine Brustwarze zur Faust. Großzügig wie sie sei, lasse sie den Nachbarn mal aus und sage, die Wiebke habe beim vierten Mal dann doch noch Glück gehabt, das große Loos, kein Schwein mehr gezogen nach den Nieten im Triplett. Vik drückte einen blauen Fleck an Elenas Hüfte, den sie sich beim Squashen geholt hatte. Schau mich an. Elena hob ihre linke Hand von seinem Gesicht in die Luft. Die vollverschleierte Gestalt auf dem Bildschirm neben dem Bett verwendete ständig das Wort Icke. Viktor blickte an dem Screen vorbei zu der Treppe, die aufs Dach führte. Den Suchradius, wo man diesen Kiffer finde, könne man schon mal eingrenzen. Elena stützte sich mit ihrer linken Hand auf den Rücken der rechten. Der mache sich aber nicht strafbar von wegen Vollverschleierungsverbot No-Go in Berlin. Viktor schaute sie jetzt an. Aber er müsse offenkundig vollkommen zugedröhnt sein, so oft wie er noch die unwichtigsten Sätze wiederhole, bevor es dann ans Eingemachte gehe, er den wie einen Handgranatenring aussehenden und herauszuziehenden Metallstift am Ventil zeige und der Feuerlöscher ausgelassen werde. Sie schaute Viktor nun an. In der Wiederholung liege die Kraft. Er stöhnte. Das solle sie mal den Leuten sagen, die Duchamp feierten. Er zog ihn raus. Schaum mich voll. Und dann schraubten sie den Feuerlöscher ausgelassen auf. Es floss Farbe hinein. Ob sie vollkommen wahnsinnig seien? Dass das ja pures Gift sei. Nik rufe jetzt die Hotline. Hey Bro, reg dich mal ab. Wir waren ja am Dach. Und jetzt ist es eh zu spät.

Nun tritt Vik wieder hinaus in den Schnee, auf die Albrechtsrampe, hinter sich die Albertina, Eingang und Fassade, neben sich das urgroße bronzene Reiterstandbild vom Erzherzog auf dieser Empore. Mann und Tier stieren hinab auf ihre fleischlichen Widerreiter, vor sich die Galerie, ihre als steinerne Basteibrüstung getarnte Abbruchkante, dahinter der innerste Bezirk der Stadt, von der Ringstraße eingefasst, die hier in eine Art Piazza mündet, zu Viktors Füßen in der Tiefe eine Ausweiche bildet für den Fahrradverkehr und die pseudohistorischen Fiaker neben dem Denkmal gegen Krieg und Faschismus. Genau gegenüber im Parterre eines klassizistischen Baus untergebracht, der dreieckig zuläuft auf den Albertinaplatz, spuckt die Touristeninformation dem Museum, der Empore, dem Erzherzog, seinem Dressurpferd und Fußvolk, Viktors kalter Schulter und dem wuselnden Ausstellungsbesuch Ausflügler entgegen. Mit Stadtkarten, Tickets der Wiener Linien und Kameras bewährt kehren sie dort unten im Café Mozart ein oder queren niemals innehaltenden Schritts den Platz, erklimmen das Trittbrett der Fiaker, zum Hü-Hot und Gertenknall die Blitzlichtgewitter. Die Objektive schauen und zoomen scheuklappenartig aus dem Gefährt heraus, knipsen den Albrechtsbrunnen in schneeverwehten Reflexionen, die symmetrisch rundherum angeordneten allegorischen Statuen, die pompöse Treppe zur Rampe, von deren Brüstung hinunter Viktor meint, speiben zu müssen genau hinein in das Bassin dort drunten und hinterrücks, drüber über seine Schulter derweil jener müde Blick des berittenen Tiers, das trübe, Jahr für Jahr, zwölf Monate à vier Komma drei periodische Wochen mit sieben Tagen rund um die Uhr den Bronzemonarchen da zu tragen hat, plus besonders dieser Jahreszeit die Extraportion matschigen Schnees statt turtelnder Taubenkohorten. Daneben, meterlang, flugdachartig, dreieckig, spitzwinklig, ein Aluteil, unter dem sich Touris aus Salz tummeln und sich wundern, warum sie dahinschmelzen, sei es der Bronzeguss über sich oder die zuckerüberzogene Fasson der Stadt vor sich, die auratische Rührung in sich, vom hasenschartigen Angesicht der Kopie von Dürers Gemälde oder die wie selbstverständlich preisgekrönte und lächerlicherweise leckende Vordachkonstruktion, Viktors Verdacht, ja, Absicht, sonst müsste man es in niederschlagsreicheren Wintern an Tauwettertagen eh abschaufeln, sodass es erst recht in die Windschiefe geriete vom Aufmarsch mit schwerem Gerät, lästigem Gepäck und Schneehexen bewährter Bundesheerler während der Eisheiligen, die Brüstung hier vor Viktor niederrisse, fortan als Rampe zur Rampe diente, über die der Soravia Wing nämlich freischwebend meterweit hinausweist, in die Innenstadt, wo eine Galerie Elenas Schneehasen vertrat, der nach Berlin verkauft wurde, denn dort wisse man noch, was moderne Malerei sei, ein toilettenweißes DIN-A4-Blatt, nur durch Rahmung von der Wand unterschieden. Ach, die Leute lächelten auf der Vernissage über die Pointe, würdigten das Bild keines weiteren Blickes, tranken von Sektgläsern und blätterten durch den Ausstellungskatalog.

In einem längeren Essay kam ein gewisser junger Kunstkritiker namens Viktor Adler unter anderem auf den *White Rabbit* von Mary Chase und jenen Bio-Zeichenblock zu sprechen, dessen Deckblatt die Repro von Albrecht Dürers Hasen in Bleistiftschwarz zeigt, jene Aneinanderreihung strahlend weißer Seiten, die jedes Schulkind von der ersten Doppelstunde Bildnerische Erziehung an fürderhin wie ein immerwährender imaginärer Freund begleitet, der alle Phantasien und Geheimnisse und Möglichkeiten der Heranreifenden besser kennt als dieser bekannte, in den undichten Kellerkammern der alldieweil überfluteten Albertina verschlossene, abzüglich der Hochwasserrettung bloß zweimal im Jahr hervorgekramte und im Original gehängte Hase. Den konnte nämlich niemand sehen wie den heimlichen, nur möglicherweise eingebildeten Protagonisten in Mary Chase' Drama, der Harvey hieß, ebenfalls ein weißer Hase war und seine Haken im Kopf eines vermeintlich verschrobenen Adelssohnes auf so bestechenden, sachten Pfoten schlug, dass selbst des Sanatoriums Schergen im letzten Bühnenaufzug dem zwar reichlich verrückten, aber glückseligen Mann die Spritze mit antischizoidem Serum aushändigen und damit die Entscheidung überantworten, den ständigen Begleiter, Freund und Mitstreiter Harvey freiwillig einzuschläfern oder eben nicht. Um Elenas bodenlose Blamage wegen dieser eindimensionalen Witzelei wenigstens um eine eigentlich ganz goldige Ebene zu bereichern, buk Viktor diesen puderzuckertriefenden Schmarrn von Aufsatz in literweise Schweineschmalz aus, tischte ihn dem

Galeristen mit Deckweißkorrekturen von Nik übersät auf à la hier das Komma weg, die laut dem Impresario noch eine weitere herzergreifende Metaebene hinzufügten, weswegen er dieses Gusterstückerl, wie er sich ausdrückte, als Faksimile im Katalog abdruckte.

Während der Vernissage ruckte es am innerstädtischen Stehtisch hinter Busen und Stirn eines lesenden Kunstsammlers, Galeristen oder Agenten, Kammerflimmern, Schwindel, Kranzinfarkt, Starre, Schlaganfall, Licht, Hirnblutung, Atemweg, Lungenembolie, Anamnesis, dass er sofort wusste, ohne Elenas dimensionslosen Harvey im Zynismus dieses jeder Infantilität und Narretei verlustig gegangenen Kunstbetriebes nicht mehr wandeln zu können. Man stelle sich vor, er war selbst mal ein Kind, und blätterte die genannte Summe unumwunden hin. Die Uraufführung der deutschen Alfred-Polgar-Übersetzung habe er damals noch am Renaissance-Theater als kleiner Hosenmatz gesehen.

So eine Scheiße. Wir hätten viel mehr verlangen können, fuck!

Aber das ist uns ja voll egal, Elena. Vik und Nik ging es immer nur ums Komplott. Vik schaut hin, wo früher die Stadtmauer den innersten Bezirk umrundete wie eine blickdichte Hecke, aus dem nun aber, das Bollwerk zur Ringstraße gemacht, die Kunstwerke herauswucherten.

Nik liest Kiepenkerl, geradeaus auf dem Schild überm Eingang, sieht zwar nach Bar aus, ist aber dem Namen nach Samen dieses g'schissenen Rosengestrüpps, samt althochdeutsch faschistoider Serifenschrift, überhaupt, diese ganze tausendjährige Fünfziger-Jahre-Stadt mit ihrer niedergebrannten Tradition, Vergeltung für London, entlang des mittelalterlichen Walls wandeln, ein ganz tolles Bollwerk da, das gegen Geschosse ohne Flugkurve im freien Fall dann doch recht wenig geholfen hat. Als Nik kopflos in Sachen Beherbergung im eben explodierenden Abendrot am hochmodernen Bahnhof ankam, als er seinen vollgeschissenen Pilgergang zum feuertäufligen Adlerpult in Frontalangriff nahm, als er nur ein einziges erleuchtetes Hotel kreuzte, dessen abrissreife Fassade die gigantomanischen Buchstaben *Deutsches Haus* verschandelten, checkte er sofort, dass er keines Wegs umhinkam, weiter nach einem anderen Domizil zu suchen. Und nun zieht es ihn zum stinkenden Wasser, runter ans algenversiffte Ufer, der sogenannte Liebesgrund, Venedig des Nordens, wie man diese wannabe Stadt mit heimeligem Fachwerk, den Kanälen und Wehren und Flüssen einstmals nannte, bevor sie biedermeierlich mit den Falschen packelte, in selbst gelegtem europäischen Flächenbrand abfackelte. Hätten die weißen Zähne seines Gegenübers nicht geleuchtet in der Nacht, Nik hätte ihn glatt über den Haufen gerannt, in dieses Nass.

Ob er etwa auch am nächsten Tag sein Zeugnis überreicht bekomme?

Dann wendet er sein Gesicht ab, zündet sich seine Zigarette an.

Ja, hoffentlich kein falsches.

Er zieht an der Kippe und pustet den Rauch übers Ufer Richtung Brackwasser hinaus.

Es ist nicht kalt genug.

In der Spiegelung der Bäume rundherum erkennt Nik deutlich kleine Wellen. Die Kontur der Äste und Zweige ist verschwommen.

Zu kalt für Liebespaare, so scheints.

Auch der Hauch Rauch steht distinkt im Licht, obwohl sein Abbild im Wasser wabert. Die Schatten verlieren sich über der Schneise Kanal.

Ohne den Triebtäter wären die Pärchen schon da. Bist doch nicht von hier, was?

Niks Gegenüber setzt sich im Schneidersitz hin und starrt auf das Rinnsal hinaus. Der Rauch über dem fauligen Kanal ist jetzt an seinen Rändern in Auflösung begriffen. Die Spiegelung auf der Wasseroberfläche potenziert diese Zersetzung. In vielfach verschlungenen Strudeln und wilden Mustern verliert sich der Nebel.

In Wien gibts ja den Alsergrund. Aber dafür keinen Killer.

Nik setzt sich neben den Typen ins spitze Gras und lässt sich eine Zigarette geben.

Fritz Haarmann hat hier um die Ecke in Hannover gewohnt, und in Wien unten war doch auch irgend so ein Jack the Ripper unterwegs, oder?

Die umstehenden Fichten verdunkeln nur das Ufer.

Die hatten wohl alle keinen Liebesgrund, lol.

Als sie gleichzeitig inhalieren und die Glut aufleuchtet, sehen sie vom anderen Ufer her betrachtet aus wie auf dem Präsentierteller.

In der Innenstadt hier gibt es einen libanesischen Laden. Du wirst lachen, er heißt Mr. Lecker. Da hat es immer am besten geschmeckt.

Nik nickt und grinst in sich hinein. Er streichelt das Schilf.

Traurig irgendwie, wie einfach das letzten Endes dann doch ist.

Er hat bloß nicht gelogen. Weiß nicht, ob das schwierig ist. Aber ich hänge auch nur alten Erinnerungen nach. Wenn du magst, kannst du bei mir schlafen. Das ist auch so ein Ding. Während der Prüfungen für die Erstlinge bieten die aktuellen Studis ihre Buden an. Dann haben die Häschen weniger Stress mit der Reise. Meistens kommen die ja aus ganz Deutschland. Das sollte für die Alumnis auch so sein.

Sie stehen auf und gehen den Liebesgrund entlang, unterhalten sich in kurzen Sätzen, die immer wieder Pointen haben, dass der schwule Adler abends zu seinem Horst fliege. Sie biegen in das ufersäumende Wäldchen ab, das noch schmaler ist als der Kanal selbst, dass die Zigarette nach dem studentischen Leben am besten schmecke, es sei ja ohnehin vorbei, und stehen sogleich Zweige streifend vor einer Häuserreihe, dass der unbekannte Studiosus nun Herrn Adlers Host abgebe. Im Treppenhaus bittet Nik darum, das Licht ausgeschaltet zu lassen, und so sieht er erst in der Mansarde den Hanfstrick durch die Gürtelschlaufen des Typen laufen.

Alles gut bei dir? Gespenst gesehen? Oder bringst du mich jetzt um?

Wie ein Geist schwebt die Frau auf Marlene zu. Die Gestalt kommt aus dem Atelier ihres Ehemanns durch das Treppenhaus, steigt die Stufen herab. Sie und Marlene haben die gleiche Haarfarbe und denselben Nachnamen. Ihr rechtes Bein ist schon durchgestreckt und ihr linkes dahinter noch abgewinkelt. Der vordere Fuß ruht flach auf der Stufe, während der andere Spann hochgeht, die Sohle gerade abhebt, bloß noch auf dem Zehenballen Bodenkontakt hält. Der Knöchel am Sprunggelenk und die Ferse sind vom Unterschenkel des vorangegangenen Beins verdeckt. Sie setzt ihre Schritte die Stiege hinunter in einer Linie wie auf einem Seil, einander fast von links nach rechts vice versa überkreuzend. Dementsprechend geht sie in der Mitte der Treppe auf Marlene zu, die beiden Arme möglichst weit von Geländer und Wand entfernt. Die noch unberührte nächste Stufe ist schon die letzte auf dem Treppenabsatz und macht die untere Bildkante aus. Von der Tür im Stockwerk darüber sieht Marlene ebenfalls nichts. Die Treppe und die echtlebensgroße Frauengestalt darauf füllen das ganze Bild aus. Ihr Schultergürtel und ihr Kopf schweben auf der Höhe des perspektivisch verkürzten Stiegenhausabsatzes darüber. Einen verwischten und der Lichtstimmung entglittenen Schatten zieht der Körper hinter sich her. Das Weiß der Haut ist auch aus der Form geraten und umgibt die Frau wie eine Aura. Unter dem verschwommenen blonden Bobschnitt sind Blickrichtung und Augen nicht genau auszumachen. Fast eine Anmaßung, zu glauben, sie schaue einen an oder nicht. Ema steht auf dem Schild neben dem Bild. Und Richter sagt die Signatur. Ein Selbstporträt, wenn man so will. Marlene stellt sich hin wie die Frau. Dazu hebt, senkt und setzt sie ihren Fuß. Schritte hallen durch die Galerie. Es echot von der Wand. Aber, jaja, schon klar, bloß Passanten, hinterrücks. Und dann geht einer murmelnd durch, zwischen ihr und dem Bild. Ema verließ erst das Atelier und Jahre später den Maler. Jetzt wird der Akt von Galerie zu Galerie herumgereicht. Und dass die Leinwand hinter Panzerglas ruht, bringt Marlene zum Schmunzeln. Weil so ein Messerstecher das Gemälde aufgeschlitzt hat, so sagt man. Es würde Marlene nicht wunder nehmen, wäre das ihr Mann gewesen. Jedenfalls trug die Attacke nicht wenig zur Berühmtheit des Bildes bei. Seit ihrer Scheidung scheut Ema ausgerollte Teppiche und gewitternde Blitzlichter. Als wäre sie durch dieses Stiegenhaus in die Unterwelt verschwunden. Und nun hängt sie hier im hohen Rahmen der großen Retrospektive in der Neuen Nationalgalerie, deren Architekt auch so ein Verschwundener ist. Marlene, die sich genau am richtigen Ort wähnt, zieht es nachhallenden Schrittes weiter zum nächsten Gemälde, das Frau Matura und ihren Verlobten zeigt, eine Edelprostituierte sowie ihren Zuhälter, die beide umgebracht wurden. Anlässlich ihrer Matura erzählte Marlene damals die Geschichte vom Riesen Erla. Während der Freistunden vor Nachmittagsblöcken in Leibesübungen, Musischer Bildung, Bildnerischer Erziehung und diversen anderen Walpflichtgegenständen, Gott, wo sie auch herkam, saß sie betraut mit der Mitternachtseinlage des Maturaballs gebückt über den Blättern. Schon in der Volksschule hatte ihre Klasse mit Marlene in der Rolle der Souffleuse die Geschichte von der Nixe Blondie und dem Riesen Erla zum Klassenfest aufgeführt. Da damals schon niemand einsah, den ganzen Text statt der eigenen paar Passagen samt Stichworten zu memorieren, und dafür nicht mal auf die Bühne zu dürfen, war Marlenes Hand auch eine Dekade später die einzige erhobene, als man nach Freiwilligen fragte. Sie lernte damals und schreibt nun das ganze Ding neu, und die Grundschulklasse und das Abiballkomitee lagen ihr zu Füßen, danke, dass du das machst. Sie tüftelte schon damals an einer zeitgemäßen Variante der Sage, die sie bereits in Kindertagen aus unerfindlichen Gründen hasste. Sich als Einflüsterin zu melden, war, so wie sie es sah, die einzige Möglichkeit, sich außerordentlich engagiert aus der Affäre zu ziehen.

Nun aber, da der gesamte Jahrgang eine Rolle zu übernehmen hatte, blieb ihr nur, die Geschichte umzukrempeln und aufzupusten. Die obligatorische Hexe, so ordentlich an die Mutter ihres Ex-Boyfriends angelehnt, dass selbst Leute es bemerken mussten, die ihre Optikertermine seit Dekaden schleifen ließen, verwandelte sich auf der Bühne in einen Strahlemann von plastischem Chirurgen, dem wiederum der Vater eines anderen Ex-Boyfriends Pate stand. Umstanden von einer Schar Anästhesieassistenzpersonal brach er dem Riesen die Beine und ging mit der Säge zu Werke wie die Väter von Marlenes Ex-Boyfriends jener Zeit, bevor sie jeden Tag eine Stunde lang mit dem Schulbus in die Bezirkshauptstadt tourte, um dieses Halbgymnasium zu besuchen, durch dessen Gänge die Kreuzschwestern schlichen, die auch alle eine Rolle bekommen hätten, aber die Hexe war ja schon vergeben an die jetzige Freundin von Marlenes Ex-Boyfriend. Auch für die Bauarbeiter fanden sich im Klassenverband haufenweise Freiwillige, die oberkörperfrei und method-acting-mäßig besoffen presslufthämmern und mischmaschinenrühren wollten. Der Riese Erla nämlich errichtete auf einer Insel im Traunsee das Schlosshotel Ort für die Nixe vom Laudachsee, den Marlene als nassaueske Melange aus Baywatch und nahem, neureichem, hormongeflutetem Gmundner Strandbad anlegte, das selbst schon ein Hybrid aus versnobter Wiener Sommerfrische und OC California war, naja, Bermudas, verspiegelte Ray-Bans, bis zum Nabel aufgeknöpfte Paisley-Hemden, der Abglanz angeblich wetterfesten Haargels und ebenso sicher wasserabweisender NIVEA-Creme auf der Seeoberfläche, was denn sonst, Jungs, die Mädels untertunkten, und umgekehrt, picklige Außenseiter, die Pommes aßen, und wagemutige Arschbomben, Schartnerbomben, Unterstufenschüler, die selbst die einschlägigen Wasserzeichen in ihren Reisepässen fälschten und ihre ersten schaumgekrönten Biere kippten. Der Nixe wurde dann in einer Szene wie aus einem Splattermovie auf einer Hobbykellerhobelbank die Flosse entzweigeschnitten, wofür sie ein Waden und Beine betonendes Brautkleid und eine Hochzeit bekam wie aus einem Disneyfilm im eben erbauten Schloss, wenn schon nicht Neuschwanstein, dann das Schlosshotel Ort, wo zur Erleichterung des Bühnenbautrupps der Maturaball des Gymnasium Orts eh stattfand. Die Partygäste der Originalvorlage bekamen in Marlenes Variante flaschenweise Absinth in die Hände, mit literweise roter Tönung die Köpfe gewaschen sowie Steinschleudern und Weidenbögen in Anschlag samt Köchern voller Erzbrocken und Adlerfedern auf den Rücken, Feuer frei in den Himmel, den es in dieser Geschichte ohnehin nicht gab, herrschte doch der Riese vormals über die Berge und die Nixe über die Flüsse und Bäche und Seen, und zur musikalischen Untermalung ein Bösendorfer mit Elfenbeintastatur unter die Finger eines eifrig diese Gegend frequentierenden und elaboriert von herbergsgebenden Großhoteliers bequatschten Teufelspianisten, das Geklimper von Debussy. Aber alle faunischen Nachmittage, versunkenen Kathedralen, Mädchen mit strohblonden Haaren und ans Seeufer gebauten Schlösser, all die kristallgeschliffenen Becher und vollgoldübergossenen Kronleuchter schafften auch in Marlenes Geschichte keine Abhilfe dem Heimweh der Nixe, die ihre Spaziergänge immer wieder an die unter Wasser angelegten Gärten voller Korallen, Anemonen und Muscheln führten.

Nach Abgabe wurde Marlenes Version mit einstimmigem Veto, vollzähligem Aufzeigen und nimmermüdem Kopfschütteln vom wasserstoffblonden Maturaballkomitee abgelehnt und die Mitternachtseinlage fallengelassen, da die Nixe nicht etwa zunehmend melancholisch wurde und wie eine Blume verblühte, bis sie eines Tages spurlos verschwand, sondern sich während ihrer Rückkehr in einem übersteuernden Geräusch aus Gischt, Sturm und Gezeiten bis hin zum weißen Rauschen auflöste und nach kurzer Ruhepause mit betörender Off-Stimme verkündete, wie der nun also verlassene, inzwischen zu alter monströser Gestalt zurückverwandelte, aber weiterhin was auch immer inbrünstig liebende Erla wie ein Besessener der Nixe Abbild in jene vegetationslosen Kalkgrate schlug, über die er zeitlebens herrschte, bevor er von den ausufernden Felsenkämmen des Toten Gebirges sprang, bevor die Nixe seine Ferse fasste, ihn wissend um seine Schwimmkünste mit letzten Küssen schnellstmöglich auf den Seeboden zog, wo er um sich und nach ihr schlagend ertrank zwischen Seesternen, schwärmendem Plankton und seitwärtssteppenden Krebsen. Zum Schlusstanz einer stimmungsmäßig eher einer after-life Hochzeit als einem leiblosen Begräbnis ex post ähnelnden Festivität wären die Partygäste in Spongebob-Schwammkopf-Kostümen aufgetreten.

Sauerstoffblasen stiegen im Vorspann des Zeichentricks hochauflösend durchs Bild, sodass Niklas ihrem Aufstieg noch folgte, als sie die obere Leinwandkante bereits erreichten. Vik hob sein Champagnerglas, stieß mit Elena auf den Schneehasen und den Schaum des ausgelassenen Feuerlöschers an, wofür sie den denn überhaupt brauche. Das wisse sie noch nicht. Ihr Prozess sei den Materialien nachgeordnet. Erst werde der Fundus gehortet und dann das Konzept davon ersonnen. Der Beamer auf dem Kästchen neben Niklas projizierte nach und nach in grellen Farben eine überdimensionale Ananas mit eingesetzter Haustür und herausgeschnittenen Fenstern auf den Meeresgrund, gefolgt von einem gar nicht maritim wirkenden Garten unter einer monströsen Glaskuppel, den das Eichhörnchen Candy in einem Raumanzug bestellte, einen sorglos pfeifenden knallgelben Schwamm mit Pfannenwender in der Hand hinter die Grillplatten eines sogleich von außen zu sehenden Junk-Food-Restaurants namens Krosse Krabbe und das Headquarter eines Endgegners in die weite Seelandschaft, das schon sehr stark an ein James-Bond-Bösewicht-Schlupfloch erinnerte. Es sei ein bisschen wie mit dieser Szenerie. Der ganze Unterwasserquatsch sei schon der Witz. Was vor der Kulisse noch abgründig erzählt werde, sei eigentlich Beiwerk und zu vernachlässigen. Hat man ja gesehen beim Schneehasen. Niklas nahm sein Champagnerglas von dem Kästchen, schwenkte es zur Seite, hielt es dort in der Luft, bis Viktor mit ihm anstieß, nicht ohne einen Tropfen fallen zu lassen auf Elenas Taille. Sie lag auf der Couch zwischen den aufrecht sitzenden Brüdern, die darauf warteten, dass sie ihre Beine über den Schoß des einen oder ihren Kopf auf den Oberschenkel des anderen legte. Während Vik und Nik zu ihr hinunterschielten, heftete sie ihren Blick fest auf die Overheadprojektion. Die Outline der Folge skizzierte einen Westernplot und parodierte einen Showdown, durch das ganze Bikini Bottom geworfene Schatten, die sich aufeinander zu bewegten, eiligst verschlossen vernagelte Fenster, Close-ups von Wasserpfeifen in Mündern, gefletschten Zähnen, dreitägigen Bärten, blubbernde Revolver, tropfende Hüte und vollgesoffene Jacken. Mister Krabs, seines Zeichens Besitzer der Krossen Krabbe, und sein seit jeher nach dem Geheimrezept gierender Widersacher Plankton, die abgebrühte Krabbe und die angeschwemmte Alge, umrundeten sich vorm Hintergrund diverser Buden, Burger, Pommes, Schranke, Currywurst.

Diese Stadt ist zu klein für uns beide.

Ja, so ist das, einer muss abtreten, verschwinden oder sterben.

Und die beiden Brüder sahen einander kein Fünkchen überrascht im harten Schein der Leuchtstoffröhre, die sich ungnädig durch den ganzen Flur zog. Sie wurden direkt von oben angestrahlt, und um die Arme auszubreiten, waren die Wände zu nahe beisammen. Am anderen Ende des Flurs aber sah der Bruder aus wie eine Miniaturvariation seiner selbst, die mit jedem Schritt den graublauen Veloursläufer entlang wuchs. Furnierte Holztüren billigster Ausführung zogen in ihrem peripheren Gesicht vorbei, das sich immer weiter verengte, zuspitzte und dem vorgeschriebenen Tunnelblick von Gangflucht anverwandelte. Immatrikulationsamt, Prüfungsbüro, Sprechzimmer, Qualitätssicherung, Aufenthaltsraum und andere Universitätsstübchen flogen vorbei und schnurrten zusammen und markierten bloß noch die zurückzulegende Strecke zum International Office in ihrer Mitte, dem Vik und Nik in bester Klamotte entgegenstrebten, dem Maßanzug aus Gardinales Laden. Da standen sie nun, Stirn an Stirn, in Hemden aus einmaliger Polyestermischung, Weiß und Beerenfarben, ein Klemmbrett mit von Dokumenten beinahe aufgesprengter Spange in der einen, einen Zettel mit Wartenummer in der anderen Hand. Auf der Anzeige über der Tür blinkte ihrem Blick entrückt eine Ziffer. Sie ließen einander nicht aus den Augen, starrten sich an und sahen den Schwung ihrer eigenen Brauen, den spiegelverkehrt die Schläfe hinunterlaufenden Tropfen und die wie verschweißten Lippen, hinter den Pupillen vollkommene Leere und das doppelte Wissen, dass es hier nichts mehr zu sagen gab. Elenas Schneehase, der Feuerlöscher, der Verkauf der Zeichnung in die deutsche Hauptstadt, der nebenher fallengelassene Kommentar über das dort nichtexistente Rauchverbot und die so knallharten Türsteher, dass du Schlappschwanz eh abgewiesen würdest vor dem Club, aber der völlig zugedröhnte Ur-Berliner aus dem Fenster über die Fassade auf das Dach, wo er seinem Follower-Publikum im Darknet zeigte, wie er Feuerlöscher zu Graffitisprayern umfunktionierte, der aus Wien vertriebene Modernist, seine Chase-Übertragung am Berliner Renaissancetheater uraufgeführt, vorher oder nachher, die Blankodokumente in der Druckerablage des Bruders, noch warm, flüssig die Farbe, irgendwann dazwischen, der ausgefüllte Antrag auf Erasmus, Austauschsemester, Auslandsaufenthalt, versteckt in der Schreibtischschublade des anderen Bruders, getackert und trocken die Tinte, jetzt, die schon längst und noch immer in Spalten und Zeilen des Learning Agreements eingetragenen Übungen, Seminare, Tutorien, Leistungspunkte und Wochenstunden, aus den Vorlesungsverzeichnissen und Curricula anderer, freierer Universitäten, sowohl parallele als auch tabellarische Lebensläufe, das polizeiliche Führungszeugnis, die Meldebestätigung, Wohnhaft, gestützt und gedrückt mit der einen Armbeuge an den eigenen Körper, dass die Klemmbretter schräg von ihren Rippen wegstanden und an den Spangen beinahe zusammenfanden.

Ohne mich wären wir immer noch in Oberösterreich.

Ohne dich wäre Wiebke immer noch beim Nachbarn.

Wär ich damals brav am Grab gestanden, wären wir noch da.

Hätt ich dir im Wirt die Hand gehalten, gingen wir jetzt dort fort.

Sturschädel.

Dickkopf.

Und im festen Griff der anderen Hand der Wartezettel, den

sie sich einander anstarrend entgegenhalten, tauschen, aufschauend anschauen. Die Tür, die Nummer darüber und darunter, der Läufer zu ihren Füßen.

Danke, jetzt sind wir frei.

Humbug, nur auf Reisen.

Der Nächste bitte.

Rhomboid

Drachen zu zeichnen, fiel Elena leicht. Sie klammerte sich daran, wann immer sie dachte, dass sie restlos ausgebrannt war. Selbst unter diesen Schaumbergen noch, nach ihrer Winterreise, ins Dämmern gehoben vom Badezusatz, das Gegenteil von Atemwölkchen diese Inhalation, die ihre Wangen anglüht wie kopfhochfeuernde Magensäure, sogar in diesem willensschwachen Zustand spürt Elena ihre rechte Hand, die wie einsatzbereit auf dem emaillierten Wannenrand liegt, als wartete sie nur auf Stift und Papier. Es prickelt, wenn sie sich rührt, die Glieder streckt. Sie ergreift das Gefühl einer fremden Präsenz. Auch ein Geräusch kommt von jenseits des anderen Wannenrands. Elena dreht den Kopf. Da steht eine Schwester. Ihre schwarze Tracht scheint in den Türrahmen überzugehen. Graumeliert ist ihre Dauerwelle gesträhnt. Und durch ihre luzid transparenten Brillengläser sieht Elena erstmals einen freundlichen Augenblick. Selbst in den Bergen sind sie immer mit Leichenbittermiene herumgerannt.

Jetzt erst regen sich Elenas Glieder. Dass sie ja aufgewacht sei, wie wunderschön, genug gebadet nun, und die hereingetretene Schwester greift ein türkisfarbenes Frotteehandtuch vom Regal, das durch den gewürzgefluteten und kräuterdurchwirkten Raum flattert, Elenas wiedererstandenem Körper kopfüber wie ein Cape um die Schultern fliegt und sie abschließend einhüllt. Das Gefühl von bleistiftspitzem Widerstand beschleicht Elena schon. Das bestechende Geräusch knisternder Kohle lodert noch. Elena schließt die Lider. Ob sie vielleicht Bleistift und Papier haben könne. Sie schaut sich ins innere Auge. Und was sie sieht, das ist nicht sie. Schon lange nicht mehr. Sie glaubt sogar oft, wer da sieht, das ist nicht sie.

Der erste Drache, den sie zeichnete, war der Zeichenlehrer. Die Haut des Tieres glich der Schuppenflechte an seiner Klaue. Sie lag auf an seinem Schweif, an seinen Flügeln und in ihrer. Sobald sie den Stift griff, wurde ihm die Seite umgedreht untergeschoben. Vorher schaute sie genau zu. Und nun fliegt Elenas rechte Hand über das Papier. Raute für Raute baut sie die Flanken auf, und der Zeichenlehrer verlässt den Raum. Allein fügt sie Viereck an Viereck, Spitze auf Spitze, viertes Eck und erstes Eck, die sich berühren. So entsteht bald ein gezacktes Band aus lotrecht aneinanderstoßenden Strichen, die sich zu Ecken verwandeln. X an X und Quadrat an Quadrat, diagonal von rechts unten das Blatt entlang nach links oben. Für die zweite Reihe kleiner Vierecke braucht sie nur noch jeweils zwei Striche angrenzend einzuzeichnen. Bald begreift sie, je genauer sie die erste Serie arbeitet, umso leichter tut sie sich bei der zweiten, und so weiter, bis die Outline der Zacken ein Rhomboid beschreibt, wie es beispielsweise die Linie der Schienen zwischen Wien – Berlin – Hildesheim – Ebensee – Wien ergibt. Am oberen Rand das Parallelogramm entlang rast Marlene gen Westen. Der Zug schießt mit zweihundert Kilometer pro Stunde in Gegenrichtung der Strecke, die sie so oft im Traum flog, sobald das Adlerpult als echter Vogel abhob durchs Fenster. An die Plexiglasscheibe lehnt sie jetzt ihren Kopf, die Retrospektive noch darin, ihr Grenzübertritt bei Brünn, ihr Zwischenstopp in Berlin, der Gang in die umgebaute Neue Nationalgalerie, der freistehende, nur von Pfeilern wie das Flugdach am Abfahrtsgleis in Wien gestützte Bungalow von Mies, die Richterbilder drin.

Marlene trat vor ein Gemälde hin, das einen Flächenbrand in Schwarzweiß zeigt bis zum Horizont, der das Bild in der Mitte teilt als schmaler Strich. An dieser Abbruchkante des lodernden Meeres sind weder Berge noch Bäume zu sehen, geschweige denn sonstiges Gelände, so wie die Feuersbrunst im Vordergrund kein Brennstoff zu nähren scheint. Die Flammen flackern aus der Leere in die Luft, füllen die Leinwand der Breite nach wie eine Phalanx, fliehen hintereinander und versetzt gen Horizont, verzwergen sich zentralperspektivisch, bewegen sich schrumpfend auf die waagrecht hingelegte Linie zu. Während die vordersten Feuerzungen noch aus bodenloser Tiefe mannshoch lodern, stichflammengleich aus dem Rahmen zu schießen scheinen, sich knapp unterhalb der Bildmitte abrunden oder dreizackig ausfransen, sind die hintersten schon nicht mehr als ein kleiner Funkensprung, ein Fingerschnipsen aus Zunder und Flackern in die Luft, das bereits im Verlöschen begriffen vor der Horizontkante abkratzt. Da sie aber noch zu sehen sind trotz näherer, dem Vordergrund entwachsender Flammen, hinter dem zum Betrachter hin ausufernden Brand, entsteht der Eindruck feuriger Terrassen, von entzündeten Plateaus, ein Inferno vom Zuschauer bis an jene Fluchtlinie, unter der die Welt schon verheizt ist. Ihre Meere und Flüsse und Berge und Gelände befinden sich in der oberen, vom Lodern verschonten Bildhälfte, aufgelöst und gereinigt, volatil verdunstet, verpulvert, verloschen, verschmolzen und verdampft, verwandelt und verqualmt zu Rauch im Himmel. Wo eine Flamme sich erhebt, entschwebt eine schwarze Wolke, kaum dass eine Feuerzunge sich einkringelt, windet sich eine Schwade verwirbelt darüber, und wie der Nebelschweif zerreißt, bricht eine um sich schlagende Glut entzwei. Vor ihrem Funkenwurf tritt Marlene einen Schritt zurück, und der Zunder wirft sich hoch, während Asche niederregnet gen Horizont. Indes die Feuerzungen sich zum Fluchtpunkt ducken, streckt sich der Dunst der Achse entgegen, und aller Brand geht ab und auf in Qualm. Nun sieh, die Umkehr von Inferno und Firmament, die Erde bar ihrer Decke und der Himmel ohne Durchblick, weder Kern noch Kosmos, Dampfwolken und Flammenmeer zusammengerückt, ein flüchtiger Blick dazwischen, Durchschnitt und Spiegel, oben und unten einander Kopie.

Umgedreht geht Marlene dem letzten Ausstellungsstück entgegen, vorbei an den abgewandten Ausstellungsbesuchern zu beiden Seiten, die ihr den Rücken zeigen, Spalier stehen vor an

Wänden hängenden Gemälden, gebührlichen Abstand zueinander wahren, Paare bilden mit ihren Gegenübern, Öl auf Leinwand und Menschen in Gewand. Es ist, als würden die links und rechts vorbeiziehenden Gesichter ihren Betrachtern über die Schulter blicken, Marlene anschauen, sie durch die freie Schneise treiben, vorbei an dem professoralen Sakko da, vorbei am ausrasierten Nacken dieses Kahlköpfigen, vorbei an der Frau, die sich mit abstrakt expressionistisch gestylten Nägeln unablässig die knallgelben Ellenbogenflicken kratzt, an den beiden Turteltauben, die schon eine geschlagene Stunde vor demselben Bild stehen, deren Pupillen immer wieder so unverhohlen von der Leinwand zum Augenwinkel huschen, dass es in den Halssehnen ruckt, dass sich ihre Köpfe mitdrehen, dass Marlene die Profile der Gesichter beäugt, die des nebenstehenden Mittzwanzigers sowie der blickerwidernden Endzwanzigerin, einander plötzlich zentralperspektivisch zugewandt, und doch noch nicht angefangen anzubandeln. Und Marlenes Gang die schwebenden Gesichter der Richterbilder entlang, die Schritt für Schritt in die Gemälderahmen gleitenden Rückenansichten der Leute, die einen Augenblick im Passieren Leinwand, Sujet und Motiv werden wie bei Magritte, Blazer und Mäntel, diskret und anonym, bevor Marlene sie befördert, vom eigenen Weg wieder aus dem Bild komplimentiert und die nächsten Menschen, Trenchcoats, Dresscodes implementiert in die vorbeiziehenden Hintergründe, Spritzbilder, Spachtelmasse, Action Painting, bildspringende Jumpsuits, ikonoklastische Windbreaker, rahmensprengende Bomberjacken, Blousons vor Pointilismus, Parkas und Kubofuturismus, Onesies, Fotorealismus, und ein Seziertisch, trifft auf hingeknallten Horizont mit klarer Kante, von der Stirnwand gezogen, freistehend im letzten Raum, hintretend und weggehend bestaunt, schnell begriffen der Witz, Publikum, nach links und rechts verschwunden wie bei Kommunion, Museumsshops sowie Toiletten, Spinde und Garderobe, bloß Marlene innehaltend an der Tischplatte, ein auf Beine gestelltes Großformat, am Rahmen durchnagelt, Farbe nach unten, Rückseite oben, ein vermöbeltes Richterbild, ersonnen aber von anderer Hand, bitte keine Dinge abstellen, und doch ergreift sie die Mütze, nimmt sie ab, lässt sie sinken, schmiegt die warme Wange ans kalte Plexiglas, als führe Marlene mit einer U-Bahn voller frommer Pilger in eine Katakombe hinein.

Wildlederhandschuhe, Schurwollschal, Nylonskiunterwäsche rund um Viktor, jetzt ist wieder die Zeit. Wartende mit hochgeklappten Kragen, bis Oberkante Unterlippe hochgezogene Reißverschlüsse, in der Hand gegen das Verschleierungsverbot geballte Skimasken. Damals in Prag war Vik warm genug, den Mantel im Abteil zu lassen. Das passiert ihm nicht mehr. Die Digitalanzeige springt runter. Noch drei Minuten. Vik zählt. Über ihm die sekundenlose Analoguhr. Und ihr Minutenzeiger tickt weiter. Bei fünfzehn. Er zählt noch. Es stimmt, wenn das Ding bei fünfundsiebzig Sekunden springt. Und die andere Anzeige bei sechzig. Er lässt sich doch hier nicht verarschen. Klingt vielleicht ein bisschen paranoid. Aber damals ist sie ihm weggefahren, die Bahn, und Marlene. In Rathaus Spandau den Waggon gewechselt. Und sechzig, Bingo. Das passiert ihm nicht mehr. Sie roch nach Kastanienblüten, Kalamata, Gras und Citrusfrüchten. Wusste er es doch. Dass er die schon mal gesehen hatte. Fünfundsiebzig, wunderbar. Er wäre mit Marlene zusammen. Technisch gesehen kannte Vik sie länger. Und dann weggeschnappt vom eigenen Bruder. Doch in seine Wohnung gestolpert. So was passierte eben. Sie rochen nach kaltgepresstem Olivenöl, süßsaurem Essig, barfuß gestampftem Chianti. Taschentücher, geknickte Handwärmer, geriebene Brillen, glasige Augen, aufgeschraubte Flachmänner. Jetzt ist ja wieder die Zeit. Wärmflaschen, Tageslichtlampen, Kuscheldecken. Daunenjacken, Moonboots, Fäustlinge. Und Funktionskleidung, die Typen da. Die sogenannten Bahnsteigkanten. Der Securitasschriftzug auf ihren Jacken. Da klatschen sie sich ab. Geben sich die Hände und gegenseitig die Räuberleiter abwärts. Jetzt sind sie auf dem Gleis. Derweil, die U-Bahn kommt ja gleich. Die Digitalanzeige schweigt. Hundertfünfunddreißig und Bingo.

Der Minutenzeiger eins weiter. Die Durchsage mit ihrer zeitweiligen Verzögerung. Er lässt sich doch hier nicht verarschen. Und die sogenannten Bahnsteigkanten knipsen ihre Stirnlampen an. Als Zugspitzensignale gehen sie in den U-Bahn-Tunnel. Unannehmlichkeiten bitte zu entschuldigen. Jetzt ist ja wieder die Zeit. Blutflecken in den Treppenhäusern. Obdachlose, die in der falschen Nachbarschaft schlafen. Hinter Haustüren, die man aufticken kann. Ausgebrannte Waggons auf Abstellgleisen. Obdachlose, die schon nappen, obwohl ihre Heiztonne noch brennt. Zeitweilige Verzögerungen im Bahnverkehr. Obdachlose, die sich Obacht zurufen im U-Bahn-Schacht. Da kann man es schon mit der Angst kriegen. Wenn die Wagen zwei Kammern weiter vorbeirattern. Oder die Zugspitzen direkt auf dich zukommen. Die Dunkelheit durchdringen wie Lanzen. Wenn der Lichtpunkt genau auf deiner Brust liegt. Vielleicht ist es die Security. Er ließ sich auch damals nicht verarschen. Obdachlose, die Stirnlampen haben.

Und Elena neben sich, die grinst und guten Morgen wünscht. Die Gestalten in der Gleisausweiche grüßen zurück. Ihre Stimmen kommen von den Wänden gebrochen. Ihre Gesichter verschwinden darin. Ihre dunkel verkrusteten Finger langen heraus. Elena händigt ihnen jeweils eine Zwei-Euro-Münze aus. Die Geldstücke blitzen im Licht. Hier unten sind doch alle Friends. Dass sie auch immer diese Leute kennt. Good Old Times. Ein paar von denen sind draufgegangen, ein paar verschwunden, andere in den Underground. Das Ticken des Feuerlöschers gegen die Schiene bei jedem Schritt. Der schmale Ausschnitt Sicht. Die Gleise in der Schneise. Kalter Lichtkegel. Schlacke, Weichen, kahle Wände. Die Erschütterung darin. Oh, ich glaub, jetzt kommt was. Da hat er sich aber verarschen lassen. Das passiert ihm nicht mehr. Nicht wenn die Wand bebt, sondern der Boden. Ein paar Attrappen hängen hier. Der Schein von Überwachung. Der tote Winkel der Kamera am Tunneleingang. Am Bahnsteig. Und der Plan, den Elena hatte. Von irgend so nem Typen. Auch die für sie nur Requisiten. Da konnte man es schon mit der

Angst kriegen. Beim Ticken des Feuerlöschers gegen die Schiene. Und das Zugspitzensignal in den Tunnel. Kopf hoch, volle Kraft voraus. Nicht auf den Boden schauen. Immer links und rechts. Sonst verpassen wir die Biege. Sie konnte ja gut reden. Trug nur die Wiege. Wie ein Baby vor ihrem Bauch. An Riemen, die ihr über die Schultern hingen. Der schwere Zug des Feuerlöschers aber an Viktors Hand. Und das Ticken gegen die Schienen. Das Stoßen an sein Schienbein. Mama, sind wir bald da.

Und dann die Bucht. Der Verschlag. Das kalte Licht auf der massiven Eisentür. Das Wuseln und Fiepen von Ratten zu ihren Füßen. Sesam öffne dich. Ja, Sesam, blabla. Ich lass mich hier doch nicht verarschen. Das Ding ist schwer. Elena legte schön Hand an, fasste aus der Wiege ein Fleischpflanzerl. Das warf sie den U-Bahn-Tunnel entlang. Es schabten Krallen hinterher über die Schlacke. Tags fressen Ratten, jaja. Schriftzüge auf der schmiedeeisernen Tür. Und darüber Graffiti, riesige Nager. Kaninchen, weiße Mäuse oder grau melierte Katzen, kann man nicht sagen. Muss man schon aufpassen, wen man reinlässt. Und als Dietrich die Haarspange. Und die Tür sprang auf. Beide Flügel. Tada. Camera obscura. Mein Rabbit Hole. Wir haben jetzt ein Geheimnis, Viktor. Das habe ich noch niemandem gezeigt. Abglanz an den Wänden. Ein dreibeiniges Stativ im Eck. Eine blinkende Kamera darauf, die Vik anschaut. Er erstarrt angeblickt. Ist umgeben von Pupillen. Gebündeltes Licht. Ein Hort aus Augen. Stirnlampenreflexe. Feuchter Stein, ungeschliffen. Vollholz und gehobelt aber das Stockbett. Gerippt die Steppdecken. Elena, die den Kopf hob. Zuckend bunte Spots. Grell herausgerissene Momente. Stirnlappengeburten. Grottig die Diskokugel. Sie warf Licht umher. Es traf die zerbrochenen Fläschchen, den Teddybären, mit seinem Lätzchen erdrosselt, schrottreife Matchbox-Autos, *Was-ist-was*-Bücher mit Rückenbruch aufgeschlagen, ein buntes Steckenpferd, getroffen vom Lichtstrahl aus Elenas Stirn. Die Wiege ist aber drüber? Wart mal die Farbe ab, hellblaue und grellpinke Wände, vollgesprayt. Ich find den Tropfsteinstyle schon gut. Wer liebt nicht die Feuersteins. Zum Schreien komisch, Elena. Du hast den Schaumwerfer ja nicht abgezockt, Viki. Wer schreibt dir denn am Ende dann wieder was Nettes für den Katalog? Sonst frag ich halt Nik. Das passiert ihm nicht mehr. Er lässt sich von denen doch nicht verarschen. Die Bahnsteigkanten ziehen einen Sandler ins Licht der Station. Er steht gefangen vom Kamerabild auf der Schlacke. Da wird es doch der ausrangierte Waggon. Oder das Abluftgitter. Oder das Stiegenhaus. Die Münze zeigt die Zwei. Also bis hundertzwanzig. Und noch mal. Eben per pedes oder halt mit der Fußmaschine überirdisch. Es war eh mal wieder Zeit. Er war ja schon lange nicht mehr da. Maybe war ihr Baby gewachsen. Sähe ihr ähnlich.

Elenas Selbstbild baute sie ebenfalls aus Rauten auf, während der Zeichenlehrer draußen auf der Veranda saß und an der schlafenden Griechin laborierte. Lichten Stein an der Himmelskante schraffierte er so fein, dass man meinte, ein Windstoß allein würde die Kohle wieder vom Papier reißen. Im Gegenteil aber entstand gerade die Nase aus nicht weniger sachten Strichen, die felsige Beschaffenheit vermittelten, Dichte, Schwere und Kraft gewannen mittels sanfter Schatten in den Karsterscheinungen darunter. Die Erosion des schroffen Hanges verschaffte dem entstehenden Bild auf der gekörnten Collegeblockseite Standhaftigkeit, verstärkte den Eindruck der Unverrückbarkeit des Grates. Und Elena war, als spiegelte der Kalkalpenzug diese Beharrlichkeit auf den zeichnenden Mann zurück. Sie sah sein verbranntes Genick, die halb gerauchte Roth-Händle im Glasaschenbecher, die Teetasse daneben, den in weißen Schuppen und Fetzen sich häutenden Unterarm, darüber die trotz allem werkenden Hände und die Sonne, die er in diesem Moment besonnen zu Papier brachte. Ihr reales Pendant zog der südöstlich ausgerichteten Glasfassade entrückt über den Himmel.

Nur im Winter erschien das Gestirn tiefer dahinziehend im Panorama hinter der Scheibe und heizte das Zimmer, die Galerie in der Etage darüber, das gesamte in den Hügel gebaute Haus. Seine Mauern führten kaum fünf Meter in die kühle Tiefe des

Berges, wohingegen Elena mehr Schritte als Finger zählte, von einem Ende der Glasfassade zum anderen zu gelangen. Wahnsinn war die Antwort des Zeichenlehrers auf die Frage, warum er das Haus nicht trapezförmig angelegt habe. Die schrägen Schenkel hätten den Raum zur Basis der Stirnwand hin geöffnet, die im jetzigen Schnitt auf enger Fläche eine Küchennische, eine Duschkabine und eine ganze Palette künstlerischer Utensilien barg. Mehr als einmal tunkte Elena den Haarpinsel ins Ei, verwechselte Olivenöl mit Terpentin, kippte Kunstblut statt Hagebuttenschnaps und verwendete Tomatensauce als rote Farbe, vertauschte Malerspachtel und Pfannenwender, zu wenig Platz, dass die Dinge fixe Orte hatten, außerdem, im hinteren Raumteil, zwischen den freistehenden Pfeilern der Galerie, die Durchsicht der Scheibe auf den Zeichenlehrer verstellt, dessen Stimme sie ergo bingo oftmals unvermittelt und hinterrücks erreichte, ohne dass sie sein Erscheinen bemerkte, die Worte mit Blicken im Vorfeld blocken und erwidern konnte.

Den rechten Winkel brauche der Mensch, sosehr er sich auch dagegen wehre. Sie solle das besser nicht in den Mund nehmen. Er schien Elenas zögerliche Entgegnungen stets zu überhören. Auf einer trapezförmig vergrößerten Galerie lasse sich zudem ein eigener Bereich abstecken, beispielsweise ein Gästezimmer neben einer zum Alkoven verwandelbaren Schlafkapsel errichten. Momentan falle man ja von der erklommenen Wendeltreppe über die Matratze oder wand sich durch die mit Kästchen und Schränken, Tischen und Staffeleien vollgestellte Fläche an die Balustrade, zum Lesesessel, an die Wand mit der Serie *Schlafende Griechin*. Mentale Störungen bis hin zu schizoiden Psychosen könnten unvorhersehbare Folgen weitwinkliger und spitzeckiger Räume sein.

Elena zeichnete ihrem popartigen Gesicht eine weitere farbige Raute ein, rasterte die Sprechblase ebenfalls. An anderen Tagen schwärmte er für die Grundrisse der dreieckigen Wohnblocks von Mies van der Rohe in New York, die sich zu Straßenzügen hin verjüngen würden von wegen Lärm und Abgase. Das

Netz über dem Schriftzug *Vielleicht ist er geisteskrank und wird mich nicht studieren gehen lassen* war schon das Gitter und Raster, hinter dem Elena diesen Gedanken wegsperrte, wodurch sie ihn fallen ließ. Hier jedoch gebe es ja weder Züge noch Straßen, bloß rohe Wüste für Mies, die Omnibusendstation, der Fußmarsch hangaufwärts. Sie verpasste ihrem blonden Abbild einen derart gewellten Haarschnitt und eine so versnobt gehaltene Nase, wie man sie dort, am Kalkalpenrand, am Ufer des Traunsees, einige hundert Meter tiefer im Strandbad unter den Teens der Wiener Schickeria fand. Eine föhnige Böe riss einen blitzenden Schweißtropfen von der Glatze des Zeichenlehrers, der lautlos an der Panoramascheibe zerplatzte.

Im Sommer baute sich der Südwind über den Tag hinweg auf und raste nachmittags die höheren Lagen entlang, wenn abends oder nachts ein Wetter kam. Stürmischer Föhn rückte aus Nordwesten nahenden Kaltfronten zu Leibe, wirkte ihnen entgegen, legierte sich durch den Kontakt mit der atlantischen Strömung aber auch mit Wasser, brachte drückende Luftfeuchtigkeit, irrsinnige Schwüle und aggressive Temperaturen. Der Wind rieb sich beim Erklimmen der Südhänge derartig auf, dass die Gipfel dem Wetterumschwung wüst verweht harrten, die Terrassen in ärgerer Hitze lagen als der Talboden, wo Badegäste die Schräge der Rückenlehnen korrigierten, selbstbräunende Sonnencreme schmierten, Eis am Stiel aßen, Freischwimmstil übten und Alpenglühen für eine stilllebenartige Lichterscheinung hielten, sofern sie eher jagten denn wanderten, während sich hinter den sieben Bergen schon riesige Gewitterwolken ballten, warteten, nach dem zusammenbrechenden Föhn geschwollen und mit Krawall herzufallen über die Region.

Noch brannte die Sonne auf die Solarpaneele nieder, ohne die das begrünte Flachdach und die Pflanzen des Hügels vollkommen makellos ineinanderwüchsen. Die natürliche Landschaft müsse der Kunststoff aufbrechen, lautete die Parole des Zeichenlehrers hierzu, wenn er blaue Einhörner wie aus Kaugummiautomaten und pinke Förster in fotorealistische Wälder und

Hänge malte. Elena zeichnet zinnoberrote Rechtecke in violett blühende Bergwiesen, seit er auf ihre Frage, ob dem Einfallswinkel des Sonnenlichts Dachschrägen nicht eher entsprächen, witzelte, der Viechtauer treibe damit sein Schindluder. Die Einfaltspinsel von der Hütte drüben könnten davon ein Ständchen pfeifen. Wenn das Wetter stark genug sei, drehe es nicht das Tal entlang aus Norden rein, sondern komme als Fallwind direkt über die Berge im Westen. Seither finden sich in Elenas Zeichnungen auch immer wieder Elfengerippe, brennende Vögel, fliegende Pfeile, Strichmännchen auf Mammutjagd und rüstige Kannibalen mit Gittern vor den stoßbereiten Zähnen. Ceterum censeo zum Schreien komisch, Elena. Die Therapeutin schenkte ihrer Klientin Limonade nach. Gute Nachbarschaft, im Übrigen, besser Kollege als Hexe. Sie stürzte das Glas. Zitronengelbes Licht gehe diesem entrischen Wetterphänomen voran. Der Fallwind staue sich in Viechtau, brauche eine Weile zum Gipfel und beschleunige entlang der Hänge noch mal herunter, Mure und Sturz, pure Gewalt. Cool! Jedes Jahr stürben Segler und Bergsteiger daran, würden in die Luft gerissen und vom Flugwasser ertränkt. Radier das weg!

Zum Retuschieren benutzten sie Weißbrot wie die Franzosen. Vögel fraßen die Krümel auf der Veranda und im Garten des Hauses, flatterten über die Rodinkopien auf, die der Zeichenlehrer selbst aus Kalkstein gehauen hatte. Er zeigte Elena die Einmaligkeit der *Bürger von Calais*, die dem feindlichen Heer die Schlüssel der Stadt brachten, die früheste Figurengruppe, die wie verwurzelt einer Bodenplatte entwuchs und umrundet werden musste, um in jedes einzelne nach Stimmung modulierte und durch Empfindung individuierte Gesicht zu schauen, Furor, Furcht, Fassung, Freude, Frechheit und Fatalismus. Er zeigte Elena die Hässlichkeit des Mannes mit der gebrochenen Nase, eine damals vielfach gescholtene Statue, die angeblich von Rodins verdorbenem Geschmack zeugte und heute bereits derart kanonisiert und klassisch geworden, quasi schon zum Gemeinplatz verkommen sei. Und selbstverständlich zeigte er

Elena den *Kuss*. Dazu müsse man nicht mal nach Paris. Und als sie hinaustrat durch die Schiebetür der Glasfassade auf die Veranda neben die Staffelei und den nach Tabak, Terpentin und Tee riechenden Zeichenlehrer hin, das Licht im August Elenas Handgelenk und Halsschlagader traf, erstmals Chanel Nummer fünf rund um sie in der Luft lag, hielt der Zeichenlehrer den Zweitschlüssel seiner Frau hoch, gab ihn ihr, immerhin brauche sie ihn ja nicht mehr, sie könne nun auch kommen, wenn er noch unterrichtete im Gym, müsse jetzt aber langsam gehen, bevor sie auf dem Fahrrad in das Gewitter gerate. Sie müsse und wolle bloß noch eine kleine Korrektur der Nase anbringen.

Marlene snifft die erste Line von ihrem ehemaligen Schreibtisch. Die zweite nimmt Caro. Die Kleine. Die ihr einst gegenüberstand. Marlene linste damals an Caros Pausbacken vorbei. Glück habe sie. Den Bahnhof von Hildeshood im Rücken. Caro schielte jenseits Marlenes schwefelfarbiger Strähnen den Straßenbelag entlang. Die Fußgängerzone sei auch nicht unbedingt Zucker. Modepark Röther, im Ernst jetzt. Marlene grinste. Architektonischer Kahlschlag, Tabula rasa, Creatio ex nihilo. Am Mundwinkel hing ihr eine Strähne. Sie klebte. Es regnete. Darfst mir gerne über die Schulter gucken. Sie umarmte ihre Bettenbörslerin. Mieser Ort, fieser Zeitpunkt. Willst du weggehen heute? Marlene nahm Caros Tasche. Erst mal zu dir nach Hause. Ob Caro nervös wegen der Prüfung sei? Zum Ice-Breaken immer die belämmertste Frage stellen. Caro trug Snowboardjacke, Strumpfhose und Turnschuhe und schwieg. Müsse sie nicht. Bloß das mit den Partys, erste Lektion. Hier schnacke sich literally alles rum. Was fürn Ruf du dir draufschaffst. Ich wohn weit draußen, weißt du? Sie waren schon da. Vergleichsweise, verstehste?

Als Marlene die Haustür aufhielt, traute sich Caro kaum vorbei. Oida, urniedrig diese Decken. Im Treppenhaus roch es nach Bohnerwachs und Spießigkeit. Trotzdem waren Pecker an den Stiegen. Wie schnell das gehe mit dem Hochdeutsch. Marlene schloss die spionlose Wohnungstür auf. Straight outta awful

Austria, wa? Ich bin im zweiten Semester. Kannst beruhigt sein also. Caro ging voran durch den Flur. Und was ist das? War mal ein Adlerpult. Geschenk von meinem Boyfriend. Hab ich aber abgesägt. Caro sah Marlene ins Gesicht. Und den zweiten Kopf auch? Marlene klatschte zwischen ihren Nasen in die Hände. Wirst ne gute Zeit hier haben. Und dann tauschten sie die Plätze.

Das Adlerpult ist wieder ganz. Hab ich drangeschweißt. In Caros Rücken noch die Pinnwand. Wie beflügelnd. Marlenes aufgemotzte Traumprotokolle, Caro und ihre Crew hingen irgendwie dran. Marlene legt noch eine Line auf. Weil sie so eine scheiß Legende sei. Marlene merkt, wie ihr Mundwinkel zuckt. Ja weil sie diesen depperten Preis eingestreift habe. Aber in Wirklichkeit helfe das gar nichts. Man muss das Schreiben bei jedem Text von Anfang an wieder ganz neu lernen, Windumschwung, sag ich immer dazu. Caro an der kleinen Küchenzeile, Krug und Wasser rein. Genug Geld, um abzubrechen, voll nice. Caro grinst. Hab die Arbeit ja geschrieben. Ja, aber in Berlin. Gefällts dir hier nicht? Draußen die Finsternis, Caro, daneben Marlene, die weiße Line, unterbrochen vom Adlertorso, auf den Scheiben der Psyche gespiegelt. Doch, fast so gut wie unsere Butze in Vienna. Marlene zeigt auf das Möbelstück. Hast auch voll was draus gemacht. Caro lacht. Ja, die Flügelkommode ist schon nice. Und direkt unterm Dach. Jeder Typ, der vorbeischneit, ein Amor. Und Alleinsein ist geil. Marlene trinkt einen Schluck. Entscheiden, wer reinkommt, noch viel geiler. Caro nimmt einen Nipp. Apropos, ihr Boy stoße noch dazu, okay? Sie prosten sich zu. Cheers. Zum Wohl. Bei einer der ersten Partys habe sie ihn klargemacht. Oder eher ganz schön besoffen. Vom Klaren. Alles klaro, habe Caro gefragt. Marlene nimmt die nächste Line. Sei ja echt flott gegangen. Caro nimmt die nächste Line. Und wie sie erst abgegangen sei. Gleich am nächsten Tag. In seiner Hose. Da war er noch nicht wach. Lag neben dem Bett. Es hat geregnet. Sah frisch aus. Sie kam im Rock. In die Handtasche gesteckt, und weg waren die Trousers. Zwei Tage später immer noch Regenwetter und Zigaretten vorm Seminarraum. Hat ihr die ganze Zeit in die Augen geschaut. Ist ihm gar nicht aufgefallen, dass sie die Hose anhat. Da hat sie sich gedacht, Klingelingeling. Das sei dann einmal rumgesprochen schnell zum Hype geworden, bei den Boys vom One-Night-Stand Klamotten abzuzocken. Doch die Typen, auch das schon Tradition, merkten selten etwas davon. Caro geht zur Tür. So sagen sie. So sagt Marlene. Sie ruft Richtung Flur, dass er sicher ur die narzisstische Machotype oder voll der Koffer oder echt ein falscher Fuffzger .... Doch das Schöne dran sei ja, kommt er ihr entgegen, dass es Spielräume gebe. Ist wohl schon vor der Wohnungstür gewesen. Alles Gute zum Namenstag. Nett, dich mal zu sehen, Marlene, straight outta Dachkammer, wie bei Danilo Kiš, hab ja schon so viel von dir gelesen, Zeitschriften, Anthologien und deine Abschlussarbeit in der Bib, Publikationsort Berlin Friedrichshain, wie nice. Woran schreibstn grade so? Pfeife im Griff, weißes Hemd, zwei Knöpfe offen, Knollnase, schwarze Locken curly-fries-style, schmale Lippen, Hand im Hosensack, kleinkariertes Flanellsakko, gemustert in Rauten, Hanfstrickgürtel. Und du bist immer noch an der Uni? So ein Stutzer. Ich hab noch gar nicht angefangen. Er legt die Pfeife auf den Tisch, bückt sich zu Marlene runter, snifft die Line, richtet sich wieder auf. Bald gehöre er auch zum Familienzirkus. Immer schön von hinten umarmen. Über seine Schulter schaut Caro Marlene an. Die steht jetzt fix auf den Zehenspitzen. Und knickst das andere Bein hoch. Was für Pfeifen. Ich schreib grad über so eine Type, die mit zwanzig schon aussieht wie ein nicht tot zu kriegendes Klischee. In Vignettentechnik, oder, er reißt sich einen Knopf vom Sakko, wie im *Grabmal*, was, schnippt ihn ihr gegen den Kopf, ich sag immer besser Stereotyp als Weichei, Blondie, und packt sein Zeug aus, Crack.

Kate Nashs *Foundations* hört Viktor durch Leas geschlossene Wohnungstür. Doch die Klingel scheint laut genug zu schreien.

Hey, da bin ich aber baff. Dass du dich hier noch mal blicken lässt.

Entschuldigung?

War ja auch damals überraschend. Mit der Tür aus dem Haus gefallen.

Verzeihung?

Weißt du nicht mehr? Wir waren spazieren. Ich mein, ist lange her.

Na sonnenklar, das war im Sommer ....

Herbst ....

Sorry, Altweibersommer ....

K, und jetzt tut dir das urleid, oder was?

Nein, das meinte ich gar nicht.

Dass du dich nicht mehr gemeldet hast ....

Ich wundere mich nur, dass du das so gut kannst.

Nach ein paar Monaten Dating hat man den Dreh eben raus.

Normalerweise fällt es den Leuten schwer, uns auseinanderzuhalten.

Lea lacht hell auf und klatscht vor ihren Gesichtern in die Luft. Schwarz wird Vik vor Augen, flirrende Sekundenbruchteile, ein Reflex. Die aus der Wohnung kommenden Lichtstrahlen und Liedzeilen sind unterbrochen, hautfarbene Flächen und zusammengehauene Hände. Trotzdem sieht Vik, als zerrisse der Anblick im Stroboskop, wie drei gelackte Fingernägel in die gecremte Handfläche fliegen, wieder abheben. Am Ballen bleibt ein schmaler Strich glitzernder Farbe haften. Lipgloss schimmert an Leas Mund, als sie wieder Worte formt.

Wie charmant. So bin ich halt. Ganz einzigartig.

Ohne Zweifel, beneidenswert, der Mann, auf den du wartest.

Ach bitte, Nik ist doch woanders. Heidelberg oder so. Wegen Marlenes Urkunde. Ich hab ihn noch getroffen, zufällig, im Vorbeigehen. Genau da, wo du jetzt stehst. Er kam von oben runter und war total aus dem Häuschen. Ich glaub, er hat die ganze Nacht auf Marlene gewartet.

Das Klimpern von Leas linkem Liddeckel besticht Vik deutlicher als das des rechten, lange Wimpern, kohleschwarze Kontur, blauer Schatten.

Was für ein Stelldichein. Shadow himself begegnet strahlender Frau.

Komm, Viktor, hör doch auf. Was braucht denn unser Vorstadtcasanova?

Und nun zückt der Kavalier hinterrücks die überzüchtete Pink Floyd.

Für dich, bitte, entschuldige das Versäumnis, es war falsch von mir.

Aber Viktor, das ist doch nicht dein Ernst, die ist voll schön.

Ich bin kein verkrachter Tindertyp. Vertrau mir, die Rose auf deinem Tisch, und er wird sich bemühen um dich, dir nur seine besten Seiten zeigen. Versprochen, nicht, dass dus irgendwo nötig hättest, Lea.

Kate Nash singt die Stelle, wo sich im Musikvideo die Zahnbürsten im Badezimmer voneinander abwenden und die Uhren auf dem Nachtkästchen.

Und dafür bist du jetzt hergekommen?

Und um nach Marlenes Pflanzen zu sehen.

Lea hält eine Hand vor ihren Mund, als ob sie etwas arg Wichtiges vergessen hätte. Vik erwartet Klatschen. Es kommt brandend nach den entknoteten Socken zum letzten Akkord als Applaus aus der Wohnung.

Wahnsinn, was für eine Anlage, das war ein Live-Mitschnitt, nicht?

Ja, ist nice, oder? Früher bin ich ja zu Marlene hoch. Hier bitte.

Na bitte, es geht ja doch. Zwei Asse noch unterm Ärmel im Rücken. Freier Hand schnappt Vik den Schlüssel klingelnd aus der Luft. Leas Fingernägel hinterlassen hinterrücks schon etwas Farbe am Türknauf.

Ach was, jetzt sag nicht, du taktest deine Pausen auch in Songs.

Ja, doch, voll, aber, warte mal, Marlene hat ja gar keine Pflanzen.

Oh Cherie, höchste Zeit, dass jemand zusieht, sich darum zu kümmern.

Viktor lüftet die anderen zwei Pink Floyd.

Da werden sich unsere Turteltauben aber freuen.

Es klingelt. Lea drückt an der Gegensprechanlage den Schlüsselknopf.

Husch husch.

Yeah, yeah, yeah, yeah, yeah, yeah, yeah von Friedberg.

Mach *Flowers* von Monsterheart. Geht los mit *Hey I'm waiting for you*. Setz ihn unter Zugzwang. Habs schön. Ich drück dich und die Daumen.

Dann steht er im Dunkeln und hört schon die Schritte upstairs. Er hat alle Zeit der Welt und Lea keine mehr. Langsam geht er hoch. Ob Lea wohl die ganze Zeit in der Wohnung abhänge, wenn sie jetzt wegfahre. Marlene hatte so gemurmelt, als ob sie sich diese Frage eher selbst als Viktor stellte. Manchmal komme Lea einfach nur zum Musikhören nach oben. Und das sei ja okay, aber wenn Marlene nicht da war, sei das was anderes, ach Marlene, du Vaserl. Vik würde sich schon kümmern. Müssten mal zusehen, wie gut er sich kümmerte, ohne Zeugen leise einträte in nunmehr eröffnete Räume. Sie sollten ihm zu Füßen liegen für seine brüderliche Anteilnahme in dieser Küche.

So wohnte Marlene also, in einem Schlauch aus Arbeitsflächen und Elektrogeräten, aus Anrichte und Schränken, die sicher hier vielleicht eine Vase enthielten. Na bitte, auf übergestreifte Handschuhe und gewässerte Rosen wartete das Glasgefäß, geradezu auf den Tisch. Im Krug schwammen wie auf Bestellung Staubflusen, waberten auf und ab, damals, in Niks lichtdurchfluteter Wohnung, schwerelos, ätherisch, ephemer. Es erinnert Viktor an den Rat, Gießkannen immer möglichst lange vor dem Spritzen zu befüllen, sie im Garten zu platzieren, der Sonne, der Luft, den Insekten und Mikroorganismen, ja, dem Fremden auszusetzen, anders geht es nicht, ihr eigenes kleines Biotop entstehen zu lassen darin, bevor aus bald benetztem Boden etwas anderes erwachsen kann. Und nun fließ, falle, walle, Wasser, wie Marlenes herangereifte Gedanken hinüber zu ihm, die in dieser Mansarde, dieser Dachkammer, ihrem Schlafzimmer, hinter aufschwingender Tür an den mit vollgeschriebenen Zetteln behängten Wänden flattern, rascheln wie Federn beim Kratzen auf Papier, ein Jolly-Bleistift auf gekörntem Papier, geisterhaft bewegt von einer anscheinend mühelos durch das Altbaufenster und die schmutzige Scheibe hereinströmenden Brise. Und als flögen und segelten die Blätter zurück von der Stirnwand der Dachkammer, dem Netzplan der Wiener Linien, der Landkarte und ihrer rot geränderten Grenze zu Deutschland und Tschechien, mit starkem Flügelschlag, argen Klauen und scharfen Augen, fühlt sich Vik nun während seiner Lektüre erkannt, durchschaut, aufgehoben, geborgen und mitgezogen, davongetragen, aus den gläsernen und gemauerten Flächen hinaus, gelandet zu Füßen des Mehrparteienhauses, daheim und auf Reisen.

In Linz erreicht ihn die Kellnerin und nimmt Haltung an im Gang, zwischen den Vierersitzplätzen, neben Viktor und hinter dem tischtuchbedeckten, Mannerschnittenspender und Mineralwasserflaschen bergenden Servierwagen. Während die Lautsprecher Grüße verkünden an zugestiegene Fahrgäste die Gleise entlang gen Westen, die unterste Seite eines Rhomboids, das dieser Sekunde im Bleistiftabrieb unter Elenas bewegter Hand entsteht, grau wie die auftauchende Felswand dem Horizont entspringt, da, vor diesem Hintergrund, fragt die uniformierte Bedienung, ob es eine Zeitung sein dürfe für den werten Herrn, der nickt und die *Berliner Morgenpost* ordert, das überreichte Blatt entfaltet. Ob er vielleicht noch einen Cappuccino dazu wolle?

Caro-Kaffee oder eine Line könne Marlene haben, deren Gastgeberin an der Matratze kniet und sacht gegen Marlenes Gesicht pustet. Caro richtet sich auf und hält vor ihren Körper Marlenes kleines Schwarzes am Kleiderhaken, das müsste passen, wa, während wenige hundert Meter Luftlinie entfernt, hoch mit dir, los gehts, Schlafmütze, Niklas von der Couch aufsteht, aus seinem Gewand schlüpft, der Host die Gasplatte anzündet, das Sieb befüllt, der angereiste Absolvent seinen Espresso stürzt, den Gürtel schürzt und der angemessene Anzug aus der Tasche geschüttelt ist.

Modische Hochwasserhosen werden vom Dielenboden gehoben, über Nacht durchgelüftete Blusen mit Krokusmuster vom Gestänge am Balkon gezogen, Krokogürtel vorm Ganzkörperspiegel zu Abendgarderoben probiert, Pyjama-Jumpsuits in ausgekühlten, kohleofengespickten, stickigen Wohnungen bloß noch geföhnt. Andernorts schütteln Studis ihre Flanellsakkos, traktieren ihre Filzhüte mit Fusselrasierern, schlagen elektrifizierte Stoffe mit Teppichprackern und bürsten ihre Segeltuchschuhe, sodass die Phrase herausgeputzt in Anbetracht der Staubwolken unter den spinnwebverklebten Decken der Haushalte ihren Sinn wiederbekommt. Bevor sich die Partikel senken, fliehen die schicken Studis ihre stuckverzierten Stuben, ihre fußbodengeheizten Neubaubuden und ihre abgerockten Fünfziger-Jahre-Butzen, die mit Schreibtischen, Zettelkästen, Rollcontainern, Klemmbrettern, Pulten, Notebooks, Flachbildschirmen, Projektionsleinwänden, Standcomputern, Schiefertafeln, Lesesesseln, Laserdruckern, Sitzkissen, Bürostühlen, rückenschonenden Gymnastikbällen, türrahmengefassten Klimmzugstangen sowie schwergepolsterten Assoziationssofas vollgestopften, öfter mit Stereoanlage und Plattenspieler als mit Zettelablagefächern oder Regalwand ausgestatteten Klausen, deren liebster Bezeichnung im hiesigen Hildesheimer Idiom man während des ganzen Jahres wohl nicht mehr näher kommt als an diesem Tag der Übergabe, der Urkunden, der Zeugnisverleihung, des Studienabschlusses letztendlich, Steinbruch, da die Staubwolken schweben in vom Umziehen erschütterter Luft hinter den verschlossenen Türen der ausgeflogenen Grünschnäbel.

Alle frieren und schwitzen sie in khakifarbenen Parkas oder leichten Mänteln wegen dieses tückischen Vorfrühlingslichts, das sich auf den taufeuchten Bürgersteigen spiegelt und den verkniffenen Gesichtern darüber einen Vorschein wärmerer Monate zurückwirft. Es regnet nicht. Denn seltsamerweise will das Wetter nie zu den ausgewählten Klamotten passen, spottet der Koketterie mit Nuller-Jahre-Look, den Spaghettiträgern, den kurzen Shorts in Bermudaoptik, den Crop Tops und den Tank Tops. In Strumpfhosen mit Laufmaschen vagabundieren Girls wie Caro den Bürgersteig entlang, entfernt genug vom eigenen Abschluss und ausreichend provokant, die ganze Chose nicht irrsinnig ernst zu nehmen, während Letztsemestrige hoch erhobener Nase, als wäre es das eigene Zeugnis, ihren Weg kreuzen in hochoffiziellem urban Outfit. Das erziehungsberechtigte *Zieh dich ordentlich an* kann Caro über ihren Köpfen schweben sehen in Serifen. Wer wirklich in den straßenrändernden Cafés neben sichtlich älteren Menschen sitzt, eingekeilt von der eigenen Kleinfamilie, vom Nukleus, von Taufpatin und cooler Tante, kleidet sich casual schick in recht gemütlicher Leinenhose und fancy Oberteil, sodass es für den steifen Festakt noch hinreicht, man bei einem entspannten Lunch vorher aber nicht übertreibt.

An der Schuhstraße dann muss Caro einfach einem lange eingeübten Zwang gemäß die Chelsea Boots und Sneakers, die Peeptoe-Pumps, die Stiefeletten und Sandalen, Chucks und Budapester checken, durchatmen, eine Zigarette drehen, unverwandt zum Pape runtersehen, ihre eigenen auf Hochglanz polierten Docs overwatchen, ob der extra draufgeschmierte Strich krustigen Drecks knapp über der Sohle hält. Dass sie neben Marlene failed, never mind, keine Frage, zumindest nicht wahnwitzig whack aussehen, because of carma payback purposes, da ihr diese drittsemestrige Hipsterhosterin damals in der Kiepe umrundet von den anderen Prüflingen nur durch ihre Anwesenheit einen derartigen Anstrich Coolness verpasst hat, dass sie dann schon vorm Semesterstart Bffs in Hillyhood hatte. Vielleicht macht Caro sich auch deshalb nix daraus, dass Marlene neben ihr steht in kariertem Flanelljackett, weißer Bluse, schwarzer Hose sowie Trenchcoat, naja.

Hey Franzi, hast du mal Feuer.

Na, how are you doing, Caro?

Nices Zippo, was geht!

Ja, war ein B-Day-Gift.

Aja, alles Gute, wie lief die Party?

Ich glaub, Sarah und Andy hatten was?

Really, meinst du, Svenja tickt jetzt aus?

Ach, das ist doch schon seit einer Woche over.

Ja, aber die Party war auch vor ner Woche, oder?

Sag ich doch. No offense, wo warst du eigentlich?

Musste den Text für die Werkstatt noch mal durchgehen.

Den fand ich übrigens stark. Hat mich an Berlin erinnert.

Bin ja auch schon öfter umgezogen. Soll der letzte Absatz weg?

Seh ich wie Tim. Dreh die Perspektive vorher. Dann passt der super.

Das ist übrigens Marlene. Sie kriegt heute ihr Zeugnis. Just sayin'.

Hey Marlene, ich bin Franzi. Kenn ich dich nicht irgendwoher?

Ich glaub kaum. Freut mich, Franzi. Magst mit uns essen gehen?

Nee, sorry. Ich muss noch in die Bib. Hausarbeit über Jelinek.

Oh, welches Buch denn?

Boah, keine Ahnung.

Hast noch mal Feuer?

Nices Streichholz.

Hey Ben, wie gehts?

Nicht so. Les grade Goetz.

Ja auweh, das zieht runter.

Na, ich komm da bloß nicht ran.

Irre, *Rave* oder *Abfall für alle*.

Ersteres. War einfach ein Debüt.

Lies mal *Pong* von Lewitscharoff.

Ist die nicht gecancelt worden.

Was mischst du dich da ein, shut up, Mara.

Ach, Schnauze, Halbwesen.

Nik checkt sein Outfit auf der Plexiglasscheibe des Busses. Die Flügeltüren schwingen nach außen auf. Eine Kleinstadt, die ihren gesamten Nahverkehr mit Bussen abwickelt. Nik weiß nicht, ob er das provinziell oder beeindruckend finden soll. Die gestylten Studis an den Haltestellen beißen sich mit den mittelalten Einheimischen. Die tragen Jack-Wolfskin-Jacken und geschmacklose Schuhe. Meistens queren sie die Fahrbahn, bevor sie eine Crew Twenty-Somethings passieren. Vielleicht daher der reibungslos funktionierende Nahverkehr. Wobei die Wartenden auf den beiden Straßenseiten in krassem Missverhältnis zueinander stehen. Rechter Hand stadtauswärts ist kaum Platz zum Aussteigen. Aber es wird eh nur in den Bus gedrängt. Nik kann nicht mal mehr umfallen, sorgt sich um seine Sauberkeit. Die Poren checkt er auf den Gläsern der Ray-Ban im Haar der Frau neben sich. Man sieht sogar vor diesem dunklen Hintergrund, dass er frisch rasiert in die Kälte gegangen ist, rot-weiß-rot zerfurchtes Gesicht. Seinen Rücken polstert die Daunenjacke der vorher eingestiegenen Studentin. Es ist zwar Winter, aber da muss er jetzt durch. Er hat keinen Mantel, der Gardinales Maßanfertigung nicht schmälern würde. Der Host und der Absolvent diskutierten über Niks Schultern und Kopf hinweg, in Linksrechtskombinationen aus Schädelstrecken und Deckung, dass sie einen Bus vorher abseits der Stoßzeiten hätten nehmen sollen. Und schon werden sie gerempelt, geraten an die Nebenstehenden. Aber niemand regt sich auf, bloß verzogene Mienen, keine Gestikulation. Man versteht sich. Zu wenig Platz zum Echauffieren. Alles strebt in einer Bubble aus dem Stadtzentrum Kursrichtung Uni. Ausstieg unmöglich inzwischen. Auch an der nächsten Haltestelle wird bloß zugestiegen. Man flieht die Plätze und Ecken, den großen Netto, den überlaufenen Deichmann, Einheimische auf Einkaufstour, Gestalten mit grauen Atemwolken vor den grauenerregten Gesichtern, der gespenstische Getränke Hoffmann, ein beliebter Kiosk an der Ecke, von Einbeinigen umzingelt, Krücken und Spritzen, ein Becher Kaffee ohne Aufsatz in der Hand einer Frau, die gerade noch irgendwie in den Bus passt, unterste Stufe Zustieg, Trittbrettfahrerin quasi, ein Brodem verbrannten Eduschos, eh schon stickige Luft. Hinter dem umnebelten Kopf eggen Rapsfelder,

Kleebrachen und Steckrübenäcker das vorbeiziehende Land, eröffnen die Sicht auf Hügel und Einfamilienhäuser dahinter, eingemeindete Stadtteile Hildesheims Moritzberg, Lerchenberg, Finkenberg. Nik nickt das ab, Maxensberg, Sperlingsberg, Wilhelmsberg. Der Absolvent lacht, äfft Nik nach, Buschberg und Fippsberg. Die größte Kleinstadt im Land, tut der Host kund. Nach der Kapitulation gegründet die Uni, Schmiede des niedersächsischen Schulpersonals. Lehramtsstudis, die schon während ihrer Semesterzeiten für den Unterricht rekrutiert werden. Dann das Flaggschiffprojekt mit Psychologie. Antimobbingkurse, gewaltfreie Kommunikation, Grundkenntnisse in Gruppendynamik. Angehende Therapeuten, die angehende Lehrer rüsten. Creditpoints anstatt Gehälter der Dozierenden. Typische westdeutsche Knausrigkeit. Knapp gescheitert an den eigenen großstädtischen Ambitionen in den Neunzehnneunzigern dann. Neunundneunzigtausend wohnen hier, konstanter Zuzug Studierender, im praxisorientierten, kulturwissenschaftlichen Fachbereich an der Domäne Marienburg, die ironischerweise schon eine Gemeinde weiter liegt. Zuverlässiger Brain-Drain nach Abschluss. Absolvierende, die wissen, wer die Stadt regiert, sind schon ein Kuriosum. Mal abgesehen von Hannover Sechsundneunzig. Nik grinst und muss an Elena denken. Hast wohl Hildestudies studiert. Der Host schaut aus dem Fenster, spricht über die Land Lords und von den wenigen nennenswerten Konzernen. Schwertfeger, der häufigste Name hier. Einer, der so heißt, stellt Netze her. Die Schlachtenbummler sind arm dran. Der einzige deutsche ICE-Bahnhof ohne McDonald's. Nik folgt dem Blick, nickt aus dem Fenster. Was die wohl mit dem Öl machen? Der Absolvent führt andere Player ins Feld. Ach, das kriegen Nordsee und Burger King schon ganz alleine hin. Der Raps winkt golden herein, gewogt vom Wind, der zwischen den leuchtenden Flächen dunkle Erde dahinweht, und in der Scheibe gespiegelt der Sportverein hinter Nik. Wenigstens komme man mit dem Semesterticket bis nach Norderney, nice Insel. Und der Einbecker Bierbrunnen am Bahnhof sei auch ganz lustig. Auf dem Feld übt eine schaumkopfblonde Elf Mauer, Strafraumlauerer, Ballraushauer, neuer kreuzeckfliegender Keeper. Der Strecksprung eben hätte bei Schneedecke weniger wehgetan. Die Sonne feuert sie wie wahnsinnig an. Deutschland das also.

Zum Kotzen übel wird Viktor, als er den Bahnhofsvorplatz betritt. Statt einer öffentlichen Toilette fand er schon am Gleis behindertengerechte Aufzüge, die seine Knopfdrücke ignorierten. Er denkt an Leute, die auf Rollstühlen in ihrer Pisse sitzen, Klientel der Bahnhofsmission wahrscheinlich. Sonst müsste man sich ja mit Obdachlosen und Punks rumschlagen. Die lungern dafür draußen rum, beim Bäcker Steinecke, vorm Café Engelke und auf den Bänken zwischen den Busausweichen. Spiegel fehlen selbstverständlich, denn die würden ja eingeschlagen von dem ganzen Gesindel hier und postwendend als Waffen eingesetzt gegen die kleinstädtische Bewohnerschaft, fuck. Und dass er jetzt schnellen Schritts, seinen Lidstrich in der Schaufensterscheibe zu prüfen, Richtung Sparkasse geht, dem ersten offiziellen Gebäude hier, dicht gefolgt von der Konkurrenz auf der anderen Straßenseite Marke Postbank, macht die Sache nicht besser. Lass mich in Ruhe, du Penner, kriegt er noch von einer Jugendlichen ab, die er fragt, wie er aussieht. Wahrscheinlich ist die Schminke also verlaufen. Während das charmante Smalltowngirl in einem nahen Resti namens Einbecker Bierbrunnen abtaucht, steht Vik jetzt wirklich wie ein Bettler vor der Bank, stiert gegen die Plexiglasfassade, sieht in der Spiegelung und hört hinter sich einen Güterzug voller nagelneuer Panzer die Gleise ungebremst entlangrattern, am Bahnsteig steif umstanden von uniformierten Beamten, und wird von drinnen angestarrt, als wollte er rein, checkte Automaten, Tresen, Kundschaft, Kasse und Tresore ab. Er kann es runterzählen, bis der Typ hinter der Kasse den Telefonhörer abhebt. Ein Kerl mit Maßanzug hier in dieser Stadt, dann auch noch Nagellack, da kann was nicht stimmen, Drogenmafia, Menschenhandel, Schutzgelderpresser, Regierungsbeamter vielleicht, nichts wie weg, ins Zentrum, wo Studis rumrennen, in der Fremde, immer der Herde nach. Die Bahnhofstraßenfassaden in dreckigen Farben, gallig gelb und grün, Läden für Krimskrams und der Gestank von Billigplastik statt der verstaubten Antiquariate, Dönerbuden, wo Würstelstände hing'hören, die neben Gyros noch Käsekrainer, Debrecziner und Frankfurter brutzeln, wohingegen er hier nicht mal ein Wiener kriegt, vom Funkensprung die Augenbrauen versengt, als er in die Auslagen schaut. Junkfood-Buden, Backwarengeschäfte, Waschsalons, Galeria Kaufhof, Kirchen, Hebammenagenturen, Bürgeramt, Apotheken, Kindergärten, Baufirmen, Parkhäuser, Kanzleien, Notare, Friseure, Nagelstudios, Juweliere, Fressnapf, Obi, Bestattungsunternehmen, Polizeistation, Marienfriedhof, Gärtnereien, therapeutische Praxen, Jobcenter, Fahrschule, Jugendclub, Feuerwehr, Busendstationen, Roller, Instrumente und Institutionen kleinstädtischer Reproduktion, nützlich, systematisch vernünftig, ohne Seele, Geist und Irrwitz, kein Kuriosum, nirgendwo, individuenlos. Fast vergisst Vik, warum er hier ist, vermisst Wien, warum er es verließ, für und wider diesen leeren Platz voller Kopfsteinpflaster, das weder Moos noch Flechten ansetzt, pflanzenlos, aber schon haufenweise Hundekacke nebst vielen abrissbereiten schwarzen Säcken. Good will Protestantien, principle of charity and so on, aber dann besser vom letzten Dorf, echt hey.

Zwischen rosenkranzbehängtem Kruzifix, Studiertischchen mit Bibel, Katechismus, Gotteslob und Kapuziner, dem Madonnenbild an der Wand über dem Bett sowie der verkitschten Schutzengeldarstellung daneben, wie zwei an einem florierenden Abhang Blumenpflücken spielende Kids von einem sanften Flügel behütet werden, und der Schwester auf der Türschwelle, kommt sich Elena vor wie eine Büßerin in ihrer Zelle. Ob es etwas Züchtigeres anzuziehen gebe als ihr mittlerweile gewaschenes, getrocknetes, nach Lavendel riechendes Gewand. Die Nonne wendet ihren Kopf so langsam von links nach rechts und wieder zurück wie Elena gerade, als ob sie selbst sich eben erst umsähe und die fensterlose Kammer, die von Kerzen erhellte Szenerie, die Gefangenschaft in Kerkerhaft ohne Gitter erkunden würde.

Man wolle Elena in Erinnerung behalten, wie sie auf die Erde gekommen sei, als gefallenen Engel oder heiligen Geist. Ihre Gestalt auf der Schneedecke hätten keine Spuren umgeben. Nun piept es, und Elena nimmt das Fieberthermometer aus dem Mund, umschließt es mit beiden Händen, rollt die Pupillen zum Plafond, schaut nach oben und murmelt tonlos vor sich hin, schließt die Liddeckel, kippt den Handteller, streckt ihn der Schwester entgegen. Der Spangenschuh klackt, Elenas Gelenk wird weggeschwenkt, das Gewand schleift über die Schwelle, der Anhauch einer Bewegung trifft Elena, Atem im Gesicht, ein Geruch nach Fenchel, die kalte Nähe eines fremden Körpers, die Umarmung der Schultern, alles in derselben blinden Sekunde, ein Körper in Birnenform, ein Flüstern im Ohr, surrend wie eine Stubenfliege. Sie sei ein durch und durch widerspenstiger Geist, wolle das Gewand bloß zum Spott, doch wer ohne Sünde, werfe Steine. Elena kommen die abgeschmackten Kopfgeburten des Zeichenlehrers in den Sinn, verwaiste Kinder im Garten, Amor und Psyche wie Embryonen aneinandergeschmiegt, hirnlose Vorstadien von Existenz, erdgebunden zu Boden gesunken, Opfer der Gravitation statt olympischer Götter, Fehlgeburten, verwachsene Schädel, verschmolzene Schultern, gemeinsame Brustkästen und Herzschläge, geteilt, entzweit, vom Hagelschlag, faustgroße Brocken rundherum, zertrümmert Amor und Psyche, ein amputierter Kuss und Coitus interruptus seorsum, schwer beschädigt Rodin sowie sein Modell, nach dessen Vorbild er die Plastik schuf, zu deren Fuße nun ruht die niedergeschlagene Frauengestalt. An Schultern, Brust und Mund getroffen, stockender Atem, brennender Atlas, Krampfanfall im Herzkranz.

Blitzlicht erhellt die grotesk verformten Figurengruppen, gespalten, verdoppelt, gebrochen, weiß wie Knochen, die Schätze des Zeichenlehrers geschändet. Die *Bürger von Calais* liegen gemetzelt darnieder, die hässliche Nase schmückt nun ein verlorenes Gesicht. Im grellen Aufleuchten nicht auszumachen, was Hagelkorn, was herausgehauener Brocken ist. Hätte er doch die kaputte Venus oder die kopflose Nike nachbilden sollen. Donnerschlag dringt ans Ohr des Zeichenlehrers, und er sucht Hand voran die Glasfassade, tritt ein in seinen Bau. Das Wetterleuchten reißt Elenas liegen gelassene Sachen aus der Finsternis, Staffeleien und Eimer voll Farbe, eine halb gegessene Lasagne noch in der Form auf dem Tisch, der widerblitzende Wellenschliff des Messers daneben, der gleißende Goldrand des beschmutzten Tellers und der schwankende Wein im Glas, rote Spuren am Pokalrand und eine schwarz bekritzelte Serviette.

Die versinkende Klinge im schwimmenden Öl, der butterweiche Hartkäse und die luftige Béchamel am Boden, die der Tortenheber untergräbt und birgt. Die Schichten das Stück hinauf wie Erdplatten, und der Zeichenlehrer muss an seine Solarpanels denken. Lustlos bohrt er die Gabel durch die pappige Pasta, spachtelt ein trockenes Bisschen in seinen Mund, schluckt es runter, bevor der Speichel kommt. Trotz der Geschmacksknospen zum Blühen bringenden Dunkelheit schmeckt er nichts, als wäre seine Nase zertrümmert, ein Blick in die Finsternis hinaus, und er blinzelt, sobald es zwischen Himmel und Erde funkt, muss die Augen sogleich schließen, wenn Licht genug wäre, zu sehen. In anderen Nächten werfen die Sterne mit Schatten, die Nebelstreifen mit Fernlicht, heute blendet die Luft. Und wieder flimmert es in seinem Gesicht. Er wünscht sich die konkret gezackte Gestalt einzelner Blitzeinschläge, nicht dieses Schnappschusslicht.

Unter dem Tisch noch streift er die matschigen Mokassins ab. Bald Brocken aus dem Garten aufsammeln und ins Haus tragen. Das bringt genug Dreck und Staub. Ohnehin wischt er den Boden viel zu oft, tropfende Farben, spritzendes Öl, Abrieb, Graphit, Kohle, Blei und Brotkrumen. Noch ein Stück Lasagne, und dann geht er schlafen. Seine Zehen krallt er in die Nylonferse, zieht die Socke vom Fuß. Er klinkt den Gürtel auf und lässt die Hose fallen in der Mitte des Ateliers. Er ist selbst erstaunt, wie problemlos er sie gefunden hat. Nichts stand ihm im Weg, nirgends stieß er an. Das Hemd hängt schon über dem Stuhlrücken. Als er die Hände an den Beckenknochen im Bund der

Unterhose versenkt, leuchtet im Blitzlicht sein eigener Schatten an der wetterabgewandten Hauswand auf. Während er sich bückt, die nassen Ellenbeugen durchdrückt, die Arme streckt, mit seinen gereckten Händen die psoriatischen Kniekehlen und die von Wassereinlagerungen aufgedunsenen Knöchel streift, mit den arthritischen Fingern den hölzernen Boden berührt, sieht er einen nahezu anorektischen Fuß mit verschiedenfarbig lackierten Nägeln in Rubik's-Cube-Muster die oberste Stufe zur Galerie durch die Falltür betreten geschwungener Ferse. Im nächsten Blitzlicht sind da schon unwirklich schmale Fessel, Wade und Schienbein unterhalb der Kante zur Schlafetage zu sehen, verdreht und einander übersteigend die beiden Füße im Abwärtsgewinde der Wendeltreppe.

Mach es bitte einfach nicht, Elena, aber wehrlos wie bei Marcel Duchamp werden die weiteren Phasen eines die Stiege sich hinunterwindenden Aktes brutal und standbildartig abgelichtet im nunmehr fix näher kommenden Grellen und Heulen des Donnerwetters, im neuerlichen Regenpeitschen, im Erscheinen ihrer Flanken, immer diese Pferdemädchen, auf der Glasscheibe. Dorthin wendet er sich, bevor sein Schatten ihren Körper trifft, kneift die Lider nieder im Blitzen der Lichter. Und dann sieht er sich selbst auf der Glasfassade als Silhouette inmitten eines lichten Kreises. Elenas Gesicht spiegelt sich neben dem blendenden Scheinwerfer über seiner Schulter. Der Kegel streut ausreichend Helligkeit, die Stellung der Staffelei zu begreifen, die Position der Farbeimer, der Spachteln und Pinsel, sogar des Tisches, verrückt, um Stolpern zu verhüten.

Wie hat dir die Lasagne geschmeckt?

Ihr Gesicht wächst über seiner Schulter, vergrößert sich und lässt die klumpige Mascara erkennen, krustig roter Lippenstift, Bordeaux, wofür sie viel zu jung ist, Lidschatten aufgetragen, die vielleicht von der Beleuchtung selbst herrühren, Kohlezeichner als Eyeliner, Wangen angeglüht, wohl auch mit Lippenstift, Maybelline, kalkblasser Puder, bloß die Zähne ohne Deckweiß gebleacht. Als Kinn, Mund und Oberlippenpartie von seiner

Schulter verdeckt sind im Spiegelbild, hält sie inne, cheek to cheek, die Nase an seiner Halsader, Chanel.

Ich würde es ja selber machen, aber das bringt dir gar nichts.

Nur weil du so viel rauchst, da schmeckt dann nichts mehr.

Alles eine Frage der richtigen Menge Gewürz und Salz.

Das ist doch von Person zu Person unterschiedlich.

Es sind nicht immer die anderen schuld, Elena.

Auch das scheint mir recht subjektiv.

Allein scheitert man.

Weitwinkelobjektiv.

Sie nimmt eine Fernbedienung von der Staffelei, die auf Hüfthöhe neben seinem Schritt an der Scheibe erscheint. Mit dem Drücken des roten Knopfes blitzt es, dass Atelier, Zimmer und Raum erzittern. Dreibeinig ist das Kameraauge frontal auf das ganze Haus gerichtet.

Es wird groß. Bleib genauso stehen. Und bitte lächeln.

Akt malt Akt With©onsins XXXX heißt die letzte Arbeit in Elenas Mappe. Es handelt sich um einen DIN-A4-Ausdruck eines abgelichteten, fotorealistischen Ölgemäldes, gefertigt gleich nach mehreren Shots einer Kamera, die ein trapezförmiges, in einen Hügel hineingebautes, zweistöckiges Haus durch seine Panoramafront knipst. Vor der verkürzten Glasfassade sind zertrümmerte Stücke kunsthistorisch nicht gänzlich unrelevanter Skulpturen zu sehen, Gliedmaßen, Rümpfe und Schädel einiger Statuen Rodins allen voran. In den Bruchstücken meint Nik auch Andeutungen der minimalistischen Arbeiten Brâncuşis wie den *Kuss* zu erkennen. Da Regentropfen und darauf Lichtreflexe den Blick ins Haus verunklaren, zudem ein blendender Scheinwerfer dem Betrachter entgegengerichtet ist, lässt sich die Szenerie in dem atelierartigen Erdgeschoss bloß schlaglichtartig erfassen. Die blinden, weil grell erhellten Flecken an der Glasscheibe, die zwar sichtbaren, aber nur erahnbaren Teile dahinter, die identifizierbar dargestellten Partien, die grauen Zonen und die distinkten Objekte scheinen dem Arrangement der Beleuchtung nicht ganz naturalistisch zu entsprechen, ein fotorealistischer Klassiker zur Untermalung artifizieller Willkür statt apparativer Dokumentation. Der Titel erlaubt Nik außerdem die annähernd menschenähnliche Gestalt in der Mitte des Raums als nackt auszudeuten. An Ellenbogen und Kniekehlen sind übereinandergeschichtete rote Flächen zu erkennen, die wohl nicht der Leinwand, sondern dem Modell direkt mit einem in der Ecke des Zimmers liegenden, noch tropfenden Tortenheber auf die Haut gespachtelt wurden. Die zweifelsohne wunden Stellen sind wüst, vielfach von Friktionen durchwirkt, gemahnen an ineinander verschobene tektonische Platten oder von Hagelschlag gebrochene Dachschindeln, wecken aber auch schmerzhaftere Assoziationen wie Schuppenflechte oder wiederholt aufgekratzten und von Wundbrand befallenen Schorf in Niks Kopf. Während der Schädel des Modells kahlgeschoren ist und der brausende Niederschlag an nasse Rasur denken lässt, hat die zweite nackte Gestalt schulterlanges Haar, das sie gerade auf die Leinwand neben sich malt. Der Kopf, dem es entsprießt, und der Körper, dem es entgegenstrebt, sind schon da, gerasterter Oberfläche, geschuppter Extremitäten, geschrumpelten Penis. In der hinteren linken Ecke des Zimmers steigt eine in Standbilder zerlegte Frau daumenkinoartig eine Wendeltreppe hinunter und bewegt sich zentralperspektivisch auf die Kamera zu. Nachdem diese Figur ebenfalls keine Kleidung trägt, aber wie ein Fremdkörper in der gezeigten Begegnung von Malerin und Modell wirkt, nimmt Nik an, ihr gehört die willkürlich über dem Boden abgeworfene Hose und die penibel einer Stuhllehne umgehängte Bluse. Unter dem angrenzenden Tisch lassen sich außerdem Socken und Slippers sehen. Auf dem Gemälde in der Szene fehlt noch das Gesicht. Es tropft von der Decke lachsfarben auf die Schulter des Modells. Oben rechts auf einer Art Galerie ist eine Bilderserie an der Wand zu sehen, die einen Berg in verschiedenen Lichtstimmungen zeigt. Der Felsenkamm erinnert entfernt an ein menschliches Profil. Wenn Nik ganz genau hinschaut, meint er diese Linie auf der Panoramascheibe wiederzuerkennen, so es sich nicht um einen Druckfehler handelt.

Nik legt das Bild in die Mappe zurück und schlägt und schiebt sie Elena über die freie, lichte Fläche auf dem kleinen Tischchen zu.

Ja, was soll ich sagen, malen kannst du ganz offenbar, Elena. Und alle Arbeiten haben eine Art Pointe. Aber ihnen fehlt die Tiefe.

Er fährt die dunklen Figürchen auf dem Brett in Richtung Homebase.

Frag mal den Typ aufm letzten Bild. Seine Frau liegt in der Tiefe.

Elena nimmt den Spliff aus dem Aschenbecher und zieht daran. Vorher kam es ihr so vor, als waberten die Staubflusen im Raum schwerelos herum. Nun stehen sie still, bewegen sich allerhöchstens gen Boden.

Mir kommen die Tränen. Eine private Tragödie. Die Arbeit verhandelt sie in keiner Hinsicht. Deine Biographen werden sich daran erfreuen.

Ihrer beider Schatten und die der Flaschen fallen schräg gestreckt im Abendlicht über den Dielenboden gen Wohnungstür und Küchenzeile.

Und wozu gibt es bitte den Katalog, wenn nicht für den Background.

Elena, es gibt keinen Katalog.

Sie würfelt und nimmt ein Stück Pizza, träufelt Öl darauf, beißt zu.

Du willst mir keinen schreiben?

Nik würfelt und fährt die Figürchen, nimmt ihr den Spliff aus der Hand, wie er es hasst, wenn sie mit ihren fettigen Fingern daran herumgrapscht. Er ist sich fast sicher, dass sie das eh genau weiß.

Ich kann dir keinen Katalog schreiben, weil das niemand ausstellen wird, Elena. Kein Wunder, dass sie dich an der Angewandten nicht genommen haben. Talent hast du. Aber Galerien suchen was anderes.

Nik würfelt.

Was Besseres wolltest du sagen.

Er würfelt.

Backgammon übrigens.

Elena legt ihre Hand neben das Spielbrett, neben die geschlagenen Steine, auf die freie Fläche, auf die raue Mappe mit ihren Arbeiten.

Niklas, ich habe das noch niemandem gezeigt.

Er legt seine linke Hand auf ihre, stellt Steine zurück auf Anfang.

Du hast es der Zulassungskommission gezeigt.

Sie legt ihre andere Hand auf seine, auf die Mappe, die Freifläche. Er baut das Brett in Gegenrichtung auf. Seine Steine, wo ihre waren.

Aber die kannten mich doch gar nicht.

Niklas legt seine rechte Hand neben die Würfel auf den Fingerhaufen.

Aber danach kannten sie dich.

Sie zieht die unterste Hand heraus und legt sie obenauf.

Küssen?

Das Licht liegt auf den Würfeln. Sie sind auf Pfeilern in hügeligem Gelände errichtet und dominieren die Umgebung. Von der Bushaltestelle blickt Nik hoch zu dem planierten Plateau, das sie sogleich im Trott der Studis besteigen wie bei Almauftrieb, über eine parallel der gequerten Hauptstraße geführte Rollstuhlfahrerrampe, von der Nik nun auf die Haltestelle zurückschaut. Der unablässige Verkehr zerschneidet den Anblick. Oben auf der Terrasse angekommen tut sich ein Platz auf, links die lange Reihe abgestellter Autos, dahinter die Zufahrtsschranke, der Parkausweisscanner, rechts ein kleiner Edeka für Expresskäufe, automatische Kassen, ein Friseursalon für Instanthaarschnitte, weder Trockenhauben noch Waschbecken, eine Pizzeria für schnellen Hunger, gargantueske Tiefkühltruhen, ein Teigzuliefererwagen, aber eine Siebträgermaschine hinter der Scheibe im Gegensatz zu dem Café daneben, wo nur herumgelungert und Kuchen gemampft wird. Nik spürt warmen Wind, der aus den Abluftanlagen der Geschäfte dringt. Dahinter thronen die campusbestimmenden Corbusierverschnitte, blasse und farblose Hausseiten wie Exceltabellen. Jede zweite Zeile füllen quadratische Fenster, die nahtlos ineinander übergehen, dazwischen graues Mauerwerk, Kunststoff und Glas. Diese Musterung unterbrechen nur fassadenkletternde Buchstaben, die einzigen bunten Zeichen, eine Durchnummerierung der Kuben, von A bis Z.

Der Host führt den Absolventen und Nik herum, und trotz seiner sonoren Stimme und elaborierten Ausführungen kann der Zwilling sich nicht des Eindrucks erwehren, die meisten Gebäude seien bloß errichtet, um das Alphabet vollzumachen. Wenige Freiflächen passiert das Triplett im Anstieg und Abwärts der Hügel auf den breiten Asphaltschlingen, geschwungene Schneisen, die einander allenthalben schneiden. Netzartig verbinden sie die betonierten, himmelwärts kunststoffgepfählten Fundamente rund um die Kuben entlang des ABCs, umkreisen Flecken untergrabenen Rasens und Stücke zu Stoppeln gekürzter Wiesen, wie eingesetzt die Grasareale zwischen dem planierten Boden, Frühbeete unter der Meeresspiegelnull, wie ausgesetzt darauf immer wieder Kaninchen, die dahinzischen, hinkend und hakenschlagend, in ihre Rabbit Holes tauchen, Kopf und Lauscher rausstrecken, mümmelnd in taghelle, feindlich gesinnt scheinende Gegend schauen, gehetzt wie die eifrig Drehtüren einrennenden, im Umschwung heraustrottenden, gegen die Verglasung knallenden, vor ihnen hergeschobenen Studis, auf ihrem Weg in Aula und Bibliothek, ins Computercenter, ins Dekanat, ins Erziehungswissenschaftliche Institut, das seinen eigenen Würfel bekam wie der Fachbereich III, zur Genderbeauftragten und Gleichstellungskommission, zur Health Care Station, zum International Office, zur Jerusalemer Dependance, zum Klimawandelzentrum, das seinen Beitrag durch selbstverordnete Schließung leistet, wiewohl Nik die Klimaanlage von draußen rauschen hört, weil das System sonst in sich zusammenbrechen würde, sei der Luftaustausch doch über den gesamten Campus vernetzt, wie der Host erwähnt, die Mensa, noch sinnvoll, dreigeteilt, vegetarisch, vegan und roh, das Niedersachsenmuseum, schon jenseits des vorstellbaren Meridians der nützlichen, nachvollziehbaren, ja notwendigen Hälfte der Gebäude, gefolgt vom Office of Office, dem Praktikumsbüro, dem Qualitätsmanagement, das jenes Zusammenspiel wieder einpendeln sollte zwischen Russischem und Slawistischem beziehungsweise Sowjetischem respektive Sozialistischem vice versa, machen wir uns nichts vor, fügt der Host hinzu, Sozialwissenschaftlichem Institut.

Wilde Spekulationen rankten sich darum, wer oder was im Tower thront, dessen Form die US-amerikanische Gedenkbibliothek schon erstaunlich genau kopiert. Gegenüber gebärdet sich die Volksfront von Judäa groß, skeptisch beäugt von Vik und der Western Society of Repetition, die Gutenbergs Bücher mit denen Guttenbergs auf nicht ausgewiesene Zitate und Paraphrasen hin gegenprüft, während das letzte Gebäude das leere Zentrum bildet, in dem sich die Achsen X und Y des symmetrisch angelegten Campus treffen, dort, wo die außerirdischen Raumfahrer damals noch vorm ersten Bodenkontakt ihre sich drehende Untertasse von Mischmaschine auskippten, die gesamte hart gegen die umliegenden Felder abgegrenzte Fläche mit Beton übergossen.

Wie zwei unidentifizierte Flugobjekte checken Viktor und Niklas Adler rein in die Aula, finden sich ein an den Rändern dieser Gesellschaft, am linken und am rechten Seiteneingang, lassen die Augen aneinander vorbeispähend schweifen, über das gewaltige Halbrund des Konferenzraums, ein ausgeleuchteter Kinosaal mit Bühne und Plätzen im Rang, noch so spärlich besetzt, dass sie sich abwenden, die Hundertschaften fassende Hall verlassen zurück ins Foyer. Wand an Wand wird dort die Bestuhlung fortgesetzt in ihrer Form, sodass Aula und Lobby dem quadratischen Grundriss des Gebäudes gemeinsam einen Kreis einschreiben, einerseits die Outlines der Sitzreihen, andererseits der Tresen. Außerhalb der halbrunden Theke bleibt den

Umstehenden weniger Platz als ihren Jacken und der Gruppe Studis innerhalb, die das große Los zogen, statt ihrer befristeten, eingeladenen, dennoch ferngebliebenen Dozierenden dem netten Festakt beiwohnen dürfen, entsandt wurden, den Herrn Dekan nichtsdestotrotz gewogen zu stimmen, Assistierende, rechte Hände, Stellvertreter, Promovierende in spe, die das Buffet bestellen, denn der Champus, ebenfalls eine Errungenschaft des neuen Dekans, muss ja wohl schon, kaum dass sich die dürstende Menge nach dem formellen Teil jener urkundlichen Chose im Kinosaal durch die Seitenausgänge übers Foyer ergießt, aber hallo, frisch eingeschenkt prickeln.

Leere Gläser wurden zu diesem Zweck von Hand poliert, auf Silbertabletts formiert bereitgestellt, ein Arrangement von jeweils zwei Dutzend Pokalen, wonach die Thekenbreite genormt sei, erklärt Caro, auf Furnierholz vor sich klopfend, während sich Jelena über den Tresen an Marlenes Ohr beugt, ihr Pupillen verdrehend säuselt, man habe ja nicht nur den Perlwein eines Weinviertler Bauern zugekauft, der inzwischen auf einem Chateau in der Champagne einige Ar Land unterhalte, sondern auch die hauchdünnen Gläser einer gewissen Wiener Glasbläserin namens Lea Wassermann, die nach dem Hörensagen für diese Bestellung vermeintlich so reichlich ackerte, dass der etepetete Dekan gleich das gesamte Gehalt der ansonsten kellnernden Belegschaft verbraten und die Order ausgegeben habe, mit den Getränken auf *Vorhang fällt* zu warten, Stundenlohn, geiles Konzept. Mit denselben finanziellen Mitteln habe es letztes Jahr unter dem altvaterischen Dekan noch literweise Trinkgeld und Crémant für jedermann gegeben, vor, während und nach dem Theater. Aber ein Lachshäppchen könne sie anbieten.

Jelena stellt ein Tablett voller Blätterteiggabelspieße neben das Silbertableau mit den Gläsern, und nicht nur Marlene greift zu. Wie zerfasert anbrandende Gischt züngeln Finger, Hände und Arme rund um ihren Körper, bedecken das sandfarbene Gedeck und ziehen sich gleich Wellen wieder zurück in die Menge. Indes fluten hinterrücks derartig viele Leute herein, dass

Marlene bald enger von Menschen umringt ist als die verbliebenen Lachsappetizer voneinander. Jelena schwebt weg, Mäntel und Capes entgegenzunehmen, wozu sie ein kleines Segment des Thekenhalbkreises hochklappt, als öffnete sich eine Schleuse. Die Menschenherde richtet sich danach aus gleich einem Schwarm, in dem jeder Fisch seinen nächsten kopiert, wenige Augenblicke viele Köpfe verdrehen, einer allein der Strömung entgegen sich stemmt, alle folgen.

Männer und Frauen tigern auf und ab, freie Plätze in einer sich zwar schon windenden, absehbar bald streckenden, aber noch ausgebuchteten Schlange zu finden. Löwendauerwellige Ladys rempeln Kerle mit mehrfach gebrochenen Weißkopfseeadlernasen, steinalte, von Schlangenlederhandtaschenriemen und Krokogürteln abgeschnürte Greise beschimpfen Studis in ausgewaschenen Jeans und schuppengemusterten Blusen wüst und stellen ihnen im Vorbeigehen einen Stock. Pass auf, Caro zeigt in Richtung der Garderobenstangen, an denen Kleiderbügel fehlen. Stattdessen baumeln mit Ziffern versehene Miniaturanker von der Leiste. Caro packt Marlene an den Schultern, dreht sie sanft in Blickrichtung der Theke, an deren geschwungener Seite sich die Schlange bereits orientiert gleich den Gezeiten am Kai.

Hinter dem sich verjüngenden Schwung ergrauter, weißer, melierter, gefärbter, kahler und hin und wieder naturmonochromer Schläfen, hinter der Flucht aus Jackenärmeln, Sakkoärmelknöpfen, Spaghettiträgern, hinter schwingenden Jutebeuteln und an der Thekenkante entlangschrammenden, taillenhoch getragenen Bauchtaschen, wo Jelena zuckersüßen Lächelns im Profil auf der gegenüberliegenden Thekenseite postiert ist, dahinter gehen die halb entkleideten Gäste wie weitergepeitscht in den Konferenzsaal hinein.

Zwischen eingeübten Lippenbekenntnissen greift Jelena von einem Stapel neben sich Zettelchen, zerreißt sie mittig, wirft die zweite Hälfte in einen bereitgestellten Karton und händigt die erste Hälfte des Zettelchens frontal der Frau aus, deren Kreole halbrund die Schulterstufen durchbricht, im Tausch gegen den Mantel von Dolce & Gabbana, im Durchschwung Jelenas Schulter nach hinten über die Theke gezogen und weiter in ihren Rückraum geworfen, dass das schmucke Teil nach kurzem Flug in die Umarmung einer zweiten Studentin fällt, die das fliederfarbene Kleidungsstück an den vermeintlich nächstbesten freien Anker hängt.

Während Marlene und Caro nun nachrücken, auf Tuchfühlung und Atemgespür gehen an Kragen und Genick eines Mannes in scharlachrotem Sakko, versucht die eine der anderen von hinten den Trenchcoat abzustreifen, der allerdings noch doppelt fixiert, vom Dorn in der Schnalle durchstoßen und mit sich selbst im Anschluss verknotet, die Taille umschnürt. Ein Spiel aus Lockerlassen und Schultergürtelspannung entsteht, wobei Caro immer zieht, wenn Marlene an dem Knoten fummelt. Kaum liegen ihre Hände an der Körpermitte, werden sie an den Ärmeln zurückgerissen. Ist Marlenes Schlüsselbein dann doch wenige Finger breit vom Mantel befreit, greift sie wieder an die Schnalle vor, und der Stoff schließt sich erneut über der weißen Bluse. Versucht Caro, an den Revers reißend die Schulterpolster des Flanellsakkos runterzustreifen, überträgt sich die Spannung auf den Gürtel, der sich zusammenschnürt. Marlene würgt, und Caro lässt los. Sie wartet, Marlene ebenfalls, beide geschockt, und nach tapsigen Schritten, Tausendfüßertrott statt Schlängelgleiten, fasst Marlene wieder an den Gürtel und Caro an die Schultern.

Pech steht auf Marlenes Zettelhälfte, die ihr Jelena einerseits aushändigt, während sie Caro andererseits zurückdrängt, sodass hinter ihnen auf dem Fuß ein Dominoeffekt betretener Schuhspitzen und Blicke folgt. So eine Unverschämtheit. Erneut beugt sich Jelena über die Theke, und Marlene dreht sich gelösten Knotens weg. Der Trenchcoat wird von ihren Schultern gezogen. Sie geht der schwarzlackierten Flügeltür des Konferenzsaals entgegen, macht auf dem Absatz kehrt und lehnt sich gegen die geschlossene Furnierhälfte, vor deren Hintergrund ihre Beine tarnfarbig sind. *Die unsichtbare Frau null Punkt fünf* ruft Caro, in deren Nacken linke Handrücken gewendet, Nasen von älteren Herrschaften geschnäuzt und von jüngeren Studis gepudert, Atemzüge aller recht hörbar werden, während Jelena seelenruhig ein Blatt Papier unter der Theke hervorholt. Sie verteilt nun die Zettelhälften aus dem Karton und brüllt den angenommenen und zu den Kolleginnen weitergeschleuderten Überwürfen anscheinend zufällig aufeinanderfolgende Zahlen hinterher. Marlene erinnert sich dunkel, dass der jetzige Dekan damals schon sein Spieleforschungssteckenpferd zuschanden ritt und sich der Gründung einer sogenannten angewandten Chaostheorie verschrieb. *Dreiunddreißig* ruft Jelena kleinlaut, als der Militärmantel von Caros Opa über die Theke geht. Die älteren Wartenden skandieren vierunddreißig, fünfunddreißig, sechsunddreißig, während die verhaltene Fraktion bloß ihre Lennon-Brillen aus den Haaren auf die Nasen kippt, betreten in die Umgebung linst, ob irgendjemand auf die Ausrufe reagiert, indes sich drehende und vereinigende Dreien als letztlich geschlossene Unendlichkeitszeichen durch die inneren Augen der Studis rotieren wie Dollarzeichen.

Marlene schaut ebenfalls umher, sieht die Reihe der nummerierten, ankerförmigen Kleiderhaken, blickt, jeweils nur ein Teil dran, bis Caro vor Marlene hintritt, das Zettelchen ihr Augenmerk schneidet, ihr Sichtfeld erobert, passenderweise ein S zeigt. A, ich habs. Caro reißt Marlene ihr Kärtchen aus der Hand. Ich hoffentlich nicht, Beige zu dem Kleid, unmöglich. Dann nimmt sie Marlenes Haarspitzen mit Daumen und Zeigefinger, reibt sie zwischen den Kuppen, hebt sie inmitten ihrer beider Münder und pustet. Gehst hoff ma mal nicht gleich in Flammen auf, Schwefelholzkopf. Marlene knufft Caro die Wange, nicht ohne auch eine Haarsträhne zu erwischen, färb dir die erst mal, sonst wirds doch eins A, Mieze. Sie tauschen ihre Zettel, wirst heiß aussehen, Caro, keine Sorge. Sie zupft Marlene eine Locke vom Revers, glaub kaum, Pommesblondies stehen mir nicht. Wirst schon noch sehen. Wenigstens coole Docs. So stiefeln sie in die Hall.

....-Statt ist in diesem Match wohl Viktors Goal, um jenen

unrentablen Ort zu erhalten, wo Stollen den Berg durchbohren und Rohre in ihn gestoßen worden sind, die Sole herauszuholen. Maschinen pumpten und saugten Wasser in und aus massivem Fels, schachteten und laugten die Gruben aus, fluteten und leerten die schon maroden Grotten, lösten und förderten noch die letzten Salzadern der Höhlenwände, spülten und trieben nichts als Rillen, Risse, Leerraum und Entsetzen in die Alpen, durchlöcherten die steinalten Schichten und schickten dickflüssige Lake auf den sogenannten Soleleitungsweg, ineinandergesteckte und ausgeweidete Baumstümpfe als Pipelines, vergraben unter Wiesen, Feldern, Bächen und Äckern, in stetem Gefälle bis zu jenem Ort, wo Vik und Nik aufwuchsen am sprudelnden Quell des Salzkammergutes, wo in Hallen die Sudpfannen brutzelten, Dunst zum Abzug stieg, um das kristalline Rudiment aus Hallstatt wieder verkrustet zu bekommen wie die Wunden an den Schienbeinen der Kleinen, dass weißes Gold verblieb.

Mehr als einen Ausflug unternahmen Wiebke und die Zwillinge dorthin, an Bord der Eisenbahn, auf dem Dampfschiff, emotionale wie geographische Talfahrt, den Fluss hoch, über den See, Felsflanken rauf, zum Dachsteinzeitmuseum, durch Höhlen, Stollen, Grotten und Shops der sogenannten Salzwelten, die Felsflanke entgegengesetzt runter, zwischen uralte Läden und Fassaden dieser wahnsinnig historischen Kulisse mitsamt einem Eissalon, und zu guter Letzt das Beinhaus. Da, der Opa, in einer Krypta, calvariae locus, im Salzberg, Kuppelform herausgehauen, die Wände geschraubt, die sausenden Gewinde der Drillsteinbohrer, schmiedeeiserne Winkel, darauf die zedernen Bretter gelagert, von denen Wirbel, Becken, Schulterblätter, Gelenke, Knochen und Knorpel sowie Schädel durch die gesalzene, vielgeatmete Luft auf die fleischverkleideten Touristen glotzen, endlich die Menschen, ihre Namen graviert, in Bretter, den Gräbern dieses Ortes entstiegen, schmales Ufergelände, eingekeilt der Streifen, eine niedere Terrasse, die Zehen des Bergs, einen Schritt weiter schon gewässert, kaum zu erreichen und nicht zu vergrößern der Friedhof, Steintafeln, denen Inschriften fehlen, exhumiert immer wieder, aus dem Humus gehoben und ins Beinhaus abgeschoben, und die Frage der Kinder, warum die Hallstätter ihre schon vermoderten Toten nicht mit den noch nekrophilen Touristen übersetzten, werde das Grab im Berg nicht auch mal zu klein? Die Antwort der Mutter von wegen Tradition sowie die Welt ganz generell und sowieso.

So war es dann für Vik und Nik nur logisch, dass in China das bronzezeitliche Weltkulturerbe erneut gebaut wurde nach den Fotos der lange für Japaner gehaltenen Besucher, die unvermittelt, vermeintlich verwirrt und verirrt, auf Abwege geraten, schnell vertrieben wurden, kurzum wiedergekehrt in den dunklen Stuben der Anrainer auftauchten, die von jenen in geheimer Mission gekommenen Touristen scheinbar auch, so erklärte man sich das in Hallstatt, für öffentliche, sehenswürdige und abzulichtende Attraktionen gehalten wurden. Geschimpft wurde dortzulande auf die UNESCO und ihr Verbot, die einheimischen Häuser umzubauen, aufzustocken, auszustatten mit Lobby, Whirlpool und Mehrbettzimmer. Sie hätten ohnehin bereits Vertretung, Seezugang und Beinhaus, witzelten die Brüder. Wenn der transozeanische Besucherstrom nun echt versiegen sollte, falls die fremden Familien urlaubsweise lieber für groteske Preise den Horror Vacui in chinesischen Kopistenwohnungen vertrieben, die Immobilienspekulation des Konsortiums andernorts so florierte, würden die Fake-Touristen wohl wirklich Fährmänner, Totengräber und Konservenvermieter, die wieder in geheimem Auftrag die alkoholgetränkten Leichen der Erdballseite gegenüber kauften, ihrer unbelebten Mietzinsstatt ein Beinhaus bauten voller eingeflogener Tiefkühlkost, sodass im ausgestorbenen Hallstatt doch noch genug Platz blieb am Friedhof, immerhin, es lohnt ja nicht mehr dort zu hausen, wer soll da wen noch exhumieren. Bald gedachte man bloß noch Salzi und lachte, der Mann im Salz, der habe alles überstanden, gefunden im hinterletzten Stollen, echt gut beieinander, der blieb, prähistorische Mumie, von archäologischer Bedeutung, anthropologische Weltkultur, der Doppelgänger vom Ötzi, weil der Berg kreißt, parturient montes, latinisiert und nostrifiziert, mitten in unsrer alpinen Salzader, ha, die habe man nirgends anders.

Schweiß schmeckt Nik, als er sich, begierig, Marlene zu sehen, die Lippen leckt. Er riecht nach Angst und spürt an seinen Wangen die abgestrahlte Wärme der halbnackten Schlange. Mit Hüften, Rümpfen, Rücken, Hälsen und Schädeln verdecken die Leute die Sicht auf die Wände, säumen die Sitzreihen. Nicht mehr aufzugeben, der Platz, direkt am Gang, ganz hinten, in der Ecke, aber die Phalanx spalierstehender Leute ist im Weg. Nur fehlgehen können ihre lautstarken Versuche, Zettel zu vervollständigen, aus der Prozession vorbeiziehender Gäste gleich ihre bessere Hälfte herauszureißen, unter den Schreihälsen luftige Hemden, Clyde, hierher Bonnie, ich bin Clyde, seidene Blusen, ich hab Hänsel, brauche Gretchen, Gretel, leichte Tank Tops, Faust, irgendwo Faust, wie aufs Aug, bauchfreie Oberteile drunter, mittig Reißverschlüsse, halb offen, von oben sowie unten, Spaghettiträger. Nik kannte das Spiel, seit seinem eigenen Maturaball schon, tolle Idee vom Komitee, eh klar, dass es niemals aufgeht, und die verbliebenen, nicht zueinander passenden Paare ohne ihre Mäntel von dannen spazieren. Er zieht sein Einstecktuch aus der Brusttasche, wischt sich die Rinnsale von der Stirn und schaut durch die Reihen vor sich, sieht nur Frisuren, turmspitze Atlanten, schreiberkrumme Buckel, dahinter die Bühne samt Rednerpult. Von links nach rechts ziehen Adlernase, Hustvedt und Auster, Siri und Alexa durchs Blickfeld, händchenhaltend.

Langsam lichtet sich die halbe Allee wie angewurzelt Wartender zu Niks Linken, lässt Blicke zu auf die Profile der Eintretenden. Dahinter noch ein endlos nachkommender Strom in die Flügeltür gequetschter Oberkörper, Leute, die sich inzwischen noch im Türstock finden, schon als Paare in die Halle kommen. Andere schreiten die Abchecker eiligst ab, halten ihre Zettelhälften wie Passierscheine, Wiener-Linien-Semestertickets oder Kripo-Dienstausweise gegen die lauernde Leutemeute, ihre prüfenden Blicke und fassungslosen Handgelenke. *Pech* liest Nik noch, bleibt am Ziffernblatt einer auf und ab schwingenden Citizen Solararmbanduhr und dem Saum des kleinen Schwarzen hängen, das durch die Lücke zwischen zwei Leuten flattert, ein kurzer Anblick in der Mitte von Ellbogenflicken, Sakkorundrücken, Studienratsstiergenicken. Sich fügsam auf und ab bewegenden Post-Doc-und-Junior-Prof-Visagen segelt das Kleid entgegen, verschwindet hinter naseweiß im Gegenlicht gleißenden Brillengestellen, taucht under cuts ab, Mönchstonsuren, Ponybobverschnitte, Pilzköpfe und Bürsten. Den Pelikanfüllfederhalter zieht Nik aus der Tasche, schraubt ihn auf, setzt ihn aufs Einstecktuch, drückt es gegen die Rückenlehne vor sich, den Stift drauf, schreibt, dass unterm Schaft die Spitzenhälften aufgehen und der Stoff die Tinte aus der Patrone saugt. In einem Spotlight erscheint auf der Bühne ein Typ mit Mikro, in Schwarz auf Niks Einstecktuch ein Rorschachklecks, Test, Test.

Ploppende Akustik, schockierende Plosive, Ping-Pong-Dong und ein Gong. Bravo, erste Reihe, dark, Caro, toll. Sogar mit Platzkarte für Marlene, und ihr plus eins. Alle sehen Caros Kopf, sie nur die Bühne. Im Rücken den ganzen Saal. Das Mikro ploppt immer noch. Die Gäste krächzen. Das Willkommen stockt. Die Begrüßung übersteuert. Worte des Moderators. Das Mikro eingepegelt vielleicht auf die hinteren Reihen. Wo Caro sonst sitzt, im Seminarraum, alle sieht und sie niemand. Ihr Haar spürt sie auf und an dem satinartigen Stoff. Elektrifiziert tänzelt es von links nach rechts. Sie hätte besser eine Haarspange genommen. Jetzt sehen die Leute ihre Strähnen herumschweben und nichts, was das Outfit kickt. Die Docs verdeckt von Rückenlehne und Sitzfläche. Den Militärmantel abgegeben und den Jutebeutel am Schoß, vor der verborgenen Bauchtasche. Und selbst die Laufmasche in der Strumpfhose, zum Podium zeigend. Von den hinteren Reihen der Schulterschluss eines kleinen Schwarzen. Die tanzenden Haare in ihrem Genick. Und die stufig ausgeschnittenen Wangen, die langsam zu glühen anfangen. Genau so, wie Caro nie aussehen wollte. Daneben Marlene, begrüßenswert, die ploppende Absolventin. Die verkrachte Künstlerin in spe. Vom knackigen Fachbereich II, Kulturwissenschaften und ästhetische Kommunikation. In kratzigem Sakko, sowieso von vorn zu sehen. Noch ein Mikroknacks wie die Blicke in Caros Genick. Entspann dich, drei Silben, Doppelkrach, Pärchenglück, vorbildlich. Marlenes Traumprotokolle, ihr Open-Mike-Text, ihr Pult, PPP. Und Caro, die kleine Bettenbörslerin von anno dazumal. Marlenes plus eins, ihre Party etc. pp. Bei jedem zweiten Satz schweifen Caros Gedanken ab. Sie hören nun die Festrednerin Irene Holmes und was sie über Werdegänge von der Schreibschule bis zur Berufsausübung zu sagen weiß. Die Berlinerin, die Marlene damals gescoutet hat. Als sie auch noch ein Hascherl war. Und dann noch der Typ, der wegen seiner Verteidigung des Sophismus von der Leibniz-Uni geflogen und inzwischen Spindoktor ist, kurz Kurz gecoacht und dann Greta Thunberg groß gemacht hat, so grown up diese ganzen Ex-Absolventen. Und zum Abschluss die junge Überfliegerin von Universal, die vom Style her Hester Chambers gleicht. Spot on für Marlene, in ihrem artsy Outfit, ihr Jahrgang, allesamt in Flanell, ihre ehemalige Crew, zusammengeschnürt wie auf ein Bündel mit Hanfstrickgürteln, schlecht gegürtet, ein fetter Lichtkegel, in dem Caro viel nicer gegleißt hätte. Sister, Marlene, look at me.

Aber um die Blicke zu lesen, die Caros Augen unablässig werfen, müsste Marlene schon eine Katze sein. Die Kleine hüllt sich nämlich in Dunkelheit, als wäre sie sogleich verschwunden, bedeckt mit Marlenes abgestreiftem Kleid ihren Körper, hält sich versteckt, nickt und schaut währenddessen in Marlenes Gesicht feixend und auf und ab flitzender Pupillen. Der Scheinwerferwiderglanz in Marlenes Augen hingegen huscht durchs dunkle Publikum, von der finsteren ersten Reihe zum Rang hoch oben, wo Ketten dunkler Schädel Netze bilden in die Tiefe, versetzt hintereinander thronen. Dann linst Marlene in Richtung linkem Seitenausgang, wohin immer wieder überkreuzter Beine Gäste stolpern, trotz nach hinten verschobenem Sektempfang wie

Betrunkene torkelnd, woher sie wiederkehren noch schlimmer schwankend, teils einer ganzen Saalbreite nacheinander die Sicht nehmend, zum und vom rechten Parkettrand hin und her, hat ja niemand dran gedacht, die WCs zweigeschlechtlich doppelt anzulegen. Frauen also verlassen den Saal dort drüben, stöckeln absatzartig gestreckter Beine durch die weiten Mittelgänge, gedämpft vom Velourssteppichboden, lautlos und schemenhaft, statt schnaufend und keuchend wie die Herren der Schöpfung über Kniescheiben und Schuhe der Sitznachbarn herzufallen. Vermehrt frequentieren nun auch Paare die Flügeltüren, halten sie sich auf, stehen im Gegenlicht, stoßen mit transparenten oder imaginären Gläsern an, draußen im Foyer auf Jelenas unerbittliches Regiment geprallt oder mit ganz schön verdünntem Champagner geprellt, quittiert mit zufriedenem Nicken vom Dekan, aber bitte, noch gibts nichts zu feiern, wer weiß, was in den Zeugnissen steht.

Aus den hinteren Bühnenecken kommen die übersteuernden Worte des Professors, klingt gar nicht nach ihm, ganz miese Akustik oder schon reingefeiert oder Kette geraucht, seit Marlenes Abgang. Sie kannte ihn noch als jungen Dozenten, hatte seine Stimme semesterlang im Ohr. Womöglich legt man die wie spruchbedruckte Socken bei der Habilschrift ab, legt sie zu den Trophy-Strümpfen in den Schrank, legt sich tafelkreidefressenden Habitus zu, lange bevor man die Stelle hat, kommt entfristet nie wieder an das alte Ego ran, klammert sich an die Coolness vergangener Tage, crasht Hauspartys eigens eingestellter Protegés, schläft in mittlerweile fremden Buden, durchsucht beim Katern diese ehemaligen Stuben, kramt in Schubladen, findet, nimmt, bindet sich den Hanfstrick um. Oder sie hatten was bis zu seinem Geburtstag, und er hatte den Gürtel von ihr. Mit strahlend weißem Lächeln überreicht er ihr die Urkunde an der Bühnenabbruchkante. Vielleicht über die Weihnachtsfeiertage gefickt und der Strick unterm Christbaum. Umgedreht und zurück in die Reihe Uniformierter. Sicher ist Marlene sich nicht. Wie ein einziges Band greifen die Hanfstricke ineinander. Hat sie die alle selber verschenkt? Der Typ mit dem verwirbelten Haar trägt das Hemd darüber. Die Schnüre fallen auf seine Oberschenkel, springen im Schritt, als er auf die Urkundenübergabe zugeht. Beim Nächsten wird der Gürtel unter dem taillierten Hüftausschnitt sichtbar. Und der Dritte trägt den Strick gleich als Krawatte. Die gestanzten Urkunden haben das gleiche Layout. Die Unterschrift des Dekans wie kopiert. Wie sieht das denn aus, dass sie bei dieser Short-Story-Castingshow scored, zwar ihre Scoutess auf der Bühne steht, sie aber vom Ex eine Urkunde kriegt. Sieht diesem Verein mal wieder ähnlich.

Sie sehen einander gleich. Kein Schwarz und keine Stille. Weder Schatten noch Versteck, kein Vergleich. Kein blinder Fleck, toter Winkel oder sonst wie unbemerkter Moment, abzupassen und vorzuspringen. Ohne auf Publikum, Caro oder Bruder zu achten, betritt Nik strahlend und angeblickt den stockdunklen Seitengang. Er steht frei genug, omg, einander übers Publikum hinweg anzuschauen, sobald die vorerst bloß schemenhafte Gestalt von Viks Stirnlampe getroffen hinreichend licht auf diese ehrenwürdige Bühne zu über den Veloursteppich strebt. Sein Fuß liegt schon darauf, ist bereits am Steigen, über das Treppchen hinauf. Obwohl die Sohle lautlos aufsetzt, die Stiegen gut gelackt schweigen, das Durchatmen im Schock ausbleibt, das Publikum sich kerzengerade zu Standing Ovations erhebt, auf den Brettern rund um die Absolventen der Scheinwurf seine kegelförmige Gestalt bewahrt, verrät der andere Lichtstrahl, sein Aufprall, seine Bewegung durchs Bild Niks Anwesenheit, weswegen Marlene aufmerkt, ihren hanfverstrickten Blickkontakt unterbricht, den Mann im Seitengang erst aus den Augenwinkeln anschaut, den allzu bekannten Second-Hand-Ledergürtel von Sandro halb den Mundwinkel hochziehend taxiert, und dann ganz gelöst vom Bühnenvorgehen vor dem Hintergrund der schwarzen Brust den weißen, mit einem dunkel schillernden S beschriebenen Streifen mustert, den Kopf von ihrer Urkunde abwendet, die wie im Einverständnis darüber, was sie bezeugt, halb gravitätisch, halb fliegend, aus der Umarmung zu ihren

Füßen segelt. Marlene lächelt, war zwar noch kein Stage-Diving, aber zumindest ein Anfang, sie wollte immer schon mal jemandem von den Brettern in die Arme fallen wie Zeckenregen, kaum ein höhergelegenes, beiseitegestreiftes Holzstück verlassen bereits Mund auf sich festsaugen und laben. Sie spürt seine Wange an ihrer, seinen Haaransatz an Jochbein sowie Schläfe und hinterrücks im Nacken, die Haut darunter, Nik, was ist das in deinem Genick? Mehr als Atlas, Globus, Welt und Wirbeltier.

Steinhof

An manchen späten Novembertagen lichtet sich vor den zugezogenen Monaten noch einmal der Nebel des Wiener Beckens, und der Bus fährt seine Insassen aus den inneren Bezirken hinaus spazieren. Einem berühmt gewordenen Bonmot nach macht die städtische Bewohnerschaft zumindest einmal pro Jahr im Sommer Station in Steinhof, um Freunde zu treffen, neue Bekanntschaften zu schließen sowie alte zu pflegen, das Personal sprechen zu hören oder mal wieder den Onkel Doktor zu besuchen und nolens volens die Familie zu sehen, Anamnese positiv. Ein nicht weniger weit verbreitetes Aperçu meint, die relative Einsamkeitsdichte und folglich die seelische Stabilität der Insassen hänge in hohem Maße vom pascalschen Luftdruck, der Labilität meteorologischer Schichten, ja der angekündigten Großwetterlage über dem rundherum gelegenen ländlichen Naherholungsgebiet ab. Immerhin sei den schaulustigen Wienern während ihrer geliebten, stundenlangen Spazierstrecken von sanatorischen über sakralen zu stigmatisierten Stätten doch der Sonnenschein sakrosankt, so Nik immer. Der Nebel verschlucke das Allgemeine Krankenhaus und die leprösen Patienten starrten durch die milchglasigen Fenster ihrer stickigen Isolationskammern in den faden Schnürlregen hinaus, die Grabanlagen und Kadaver am Zentralfriedhof sollten doch alleine vermodern inmitten der frische Erde wegwaschenden und sich zu sumpfigen Latschen sammelnden Rinnsale, und die Narrischen aus Steinhof könnten erst recht unter ihren Bungalowdächern bleiben oder hinter der Schwelle ihre Schirme aufspannen, dass sie der Westwind gleich von der Baumgartner Höhe blase bis zum Sinkflug gegen die städtischen Fensterscheiben tieferer Mezzanine, wo die liebe Verwandtschaft trockenhumorige Kaffeerunden abhalte, so Vik, und Vogelaufkleber bastele, und Elena immer.

Ironischerweise falle mit den hohen Temperaturen, den quecksilberkletternden Graden und dem wohltuenden Wetter die relative Einsamkeitsdichte sowohl unter den Insassen der Psychiatrie als auch dieses Busses derart in den Minusbereich, dass Marlene nicht mehr ganz sicher ist, ob ihre Sohlen den Boden oder nur noch die Schuhe der Umstehenden berührten. Im Mikado der Beine längst nicht mehr zu prüfen wendet sie ihren Blick zwischen dem Dickicht der Köpfe gen Fenster, sieht den plötzlich grüngeränderten Bürgersteig dahinziehen, sich verwandeln zu unbefestigtem Bankett, zu einem durchgezogenen Strich, zu Leitpfosten und Schneestangen in Herbstlicht reflektierendem Wechselspiel, zur Ausweiche Endstation, Abmarschstelle Baumgartner Höhe, die, wie Marlene findet, richtig benannt ist in Anbetracht der verstreuten Strauchgruppen.

Spärlich wurden die Ansammlungen von evergreenen Schneeballbüsche gesät und weit voneinander in die Gegend gepflanzt sind jene herbstlichen Blätterhaufen, die sich in langen Abständen rasch etwas zuflüstern, wenn die seltenen Brisen die Schweigepausen der Flaute zerfurchen. Fern jedes Widersachers, bar allen Wettlaufs, bloß auf ihren Fleck konzentriert entfalten allenthalben Lindenhaine gemächlich ihre Äste und Zweige und Kronen und Schatten und Lichtspalten zwischen vertrockneten Herzblättern über zeitlos und üppig blühenden Wiesen, die sich allesamt nicht fügen zu Pfad, Wald, Laub, Wucher und Unterholz, als breitete sich eine wüste Lichtung den Hügel hinauf aus und drängte die Fauna auseinander, vereinzelte die Gewächse und wiese ihnen alleinig angestammte Plätze.

Und der Chefarchitekt der Jahrhundertwendestadt, auch das längst sprichwörtlich geworden, sei sowieso ein Erzneurotiker vor dem Herrn gewesen, fehlt doch der Kirchentür hier auf der Anhöhe die Klinke. Herr Wagner schien etwas gegen die Dinger zu haben, immerhin kamen auch seine U-Bahn-Stationen nahe Marlenes Wohnung passenderweise lediglich mit freischwingenden Portalen aus, Jugendstil. Denn wer sich immer alle Türen offen halte, eine durchwegs pubertäre Taktik, verbringe lange Zeit im Gang, freilich eine adoleszente Position, bis irgendwann die Riegel von anderer Hand ins Schloss knallten, fraglich nur, ob Marlene dann alleine eingesperrt stünde im engen Flur und wessen Atem und Stimme im Rücken, dass sie mal warten solle.

Vor dem Hintergrund am Hang spielender Kinder, knutschender Eltern, chillender Jugendlicher, picknickender Freundeskreise, eigenbrötlerischer Flaneusen sowie spazierender Alleingänger besteigen Elena und die Zwillinge in Pfeilformation das Hochplateau, kommen auf Marlene und Otto Wagners Kirche zu. Vik und Nik halten inne, als sie die ebenen Grashalme erreichen, verdrehen wie in einer Bewegung die Augen, atmen ostentativ aus, schütteln den Kopf und wenden sich ab, schauen hinaus auf Wien, sehen Kreise und Kreuze wie Elena und Marlene, Prater-Riesenrad und Stephansdomspitze der fernen Stadt, goldene Scheiben, Hostien oder Heiligenscheine im Balkenschnittpunkt der gottlosen Kruzifixe auf dem Vordach der nahen Basilika, unter dem die eine eiligst an der wartenden anderen vorbeischreitet, ohne ihren Blick zu erwidern. So geht es auch und auf das Kirchenportal, das Marlenes Wangen derart rückenschaurig anhaucht, dass sie sich von den beiden ein Leintuch aufspannenden Engeln über Elena abwendet, einen Kondensstreifen zwischen den Schädeln der beiden Brüder und sonst nichts mehr sieht.

Nach Ihnen, Frau Richter.

Marlenes Augen huschen hin und her.

Alter vor Schönheit.

Die Tür schwingt langsam aus. Dann treten sie gleichzeitig ein. Rechts sind die Fenster samt den Malereien darauf blind vom Licht. Links spannen die Englein ihr Tuch mit der Aufschrift über die Scheibenreihe. Elena ist ihnen schon vorangegangen,steht vorn am Altar, starrt vom Ende des Mittelganges die beschatteten Glasbilder an, die sie eben noch entlangschritt, wie sie es immer tat in Steinhof, zuerst zur letzten Position. Von daher bloß werden alle anderen Stationen ersichtlich. Elenas Kopf ist ins Stiergenick gelehnt, ihr Blick schräg nach oben gerichtet, wohingegen die Abbilder der Ministranten an den Flanken der sieben gestaffelten Glasbildgestalten ihr Gesicht ehrfurchtsvoll zu Boden wenden. Sie sind im Profil zu sehen wie Elena, deren Rücken die einfallenden Sonnenstrahlen hell erleuchten, hinter dem die andere Fensterreihe grell gleißt, Marlenes Auge geblendet von sich weist, die zweite Garnitur Fenstermalereien rechter Hand ausradiert, einzig Elenas schattiges Gesicht als sinistres Gegenüber der lichtscheuen Halbheiligen linker Hand gelten lässt. Aus dem Dunkel schaut der erste zum Gesims eines vergitterten Fensters, darauf, zum Greifen nah, den Schnabel geöffnet, die Flügel spreizend, den Körper gestreckt, eine Taube, deren Auge, ebenfalls im Profil, zwischen Häftling und Tier, an der Fensterkante, ein Stück Weißbrot fixiert. Marlene macht einen Knicks und bekreuzigt sich. Über ihren Kopf hinweg tuscheln die Zwillinge miteinander.

Er sollt sich lieber den Vogel krallen.

Dann fliegt er aber weg.

Und scheißt nicht aufs Fensterbrett.

Tauben galten lange als Delikatessen.

Und raubten armen Schluckern das Essen.

Hungernde speisen steht über dem Bild, das mit dem Schwanzgefieder der Taube abschließt. Im Fenster daneben bückt sich eine Frau mit Wellen im Haar, eisblauen Auges, blasser Hand zu einer glitzernden Pfütze inmitten bergiger Landschaft, die gespiegelt auf der diffusen Oberfläche liegt, während am hochnebligen Horizont ein verwaister Adler kreist und den verschneiten Gipfeln weiße Rillen entspringen, die in den tallangen Schatten kahler Kalkwände abwärtskriechen. In eins fallen auf diese Distanz starrer Schnee und stürzender Bach.

Der schönste Name unserer Sprache.

So viele deutsche Eigenheiten in einem Wort.

Marlenes Blick rutscht von der Glasfläche ab, trifft den Zwilling.

Ihre Augen huschen weiter, streifen das frei fallende Weihwasser, wie es im Rücken der Brüder durch den Pumpkreislauf unermüdlich und infektionsverhütend in das leere Becken tropft. Zum Klang des perpetuum-mobilen Ploppens starrt sie den anderen reglosen Mann an. Er steht steif, als hätte ihm seine letzte Eisheilige ein kaltes Stropherl eingehaucht.

Aber bloß schriftbildlich, nicht dem Sound nach. Vik, viel besser.

Marlene folgt den kontaktmeidenden Augenpaaren der beiden durch den Mittelgang, den entlang ihnen Elena nun langsam entgegenkommt, ohne die Blickrichtung zu ändern. Sie schneidet verdrehten Kopfes lotrecht die Sichtachsen der wenigen daneben auf Bänken sitzenden, geradeaus schauenden, vor sich hin murmelnden und dahinbetenden Irren zwar. Elenas Körper aber ist den Nasenspitzen der Insassen hundertachtzig Grad entgegengerichtet, weswegen Marlene es nur logisch fände, wenn die gleichsam hellen und dunklen Köpfe, sofern sie Elena peripher wahrnähmen, im gestörten Zusammenspiel beider Hirnhälften die ihnen zugewandte und doch vorbeigehende Frau als gefährliche Psychotikerin erkannten, die unter einer schwerwiegenden Identifikationsstörung litte, sich selbst mit dem Sternbild über und dem malignen Gewächs in sich verwechselte. Ein Zwilling geht ihr entgegen, während der andere die Hand achtsam nach ihm streckt.

Nik, lass ab.

Die Griffel verfehlen sich, und der eine verbleibt bei der anderen.

Zum Schreien komisch, Marlene.

Frag mal die da oben.

Elena befindet sich jetzt auf Höhe einer sitzenden Frau, rund um deren Stuhlbeine undurchsichtige Tropfen durch die Luft spritzen und angeschwärzte Zähne auf dem ochsenblutfarbigen Boden liegen. Die Sprunggelenke fesseln gusseiserne Schellen, zwElena befindet sich jetzt gegenüber einer Fensterbemalung, die eine sitzende Frau ins Zentrum rückt. Rund um die Beine des Stuhls, auf dem die Gepeinigte kauert, liegen angeschwärzte Zähne auf dem ochsenblutfarbigen Boden. Undurchsichtige Tropfen spritzen aus dem offenen Mund durch die Luft. Die Backen der Frau sind schon ganz blass. Ihre Sprunggelenke fesseln gusseiserne Schellen, zwischen denen eine rostige Monierzange die schmierölfettige Kette beißt. Verkniffenen Auges wirft die Frau, als gehörten die Gliedmaßen gar nicht mehr ihr, dem gestreckten Arm, der hohlen Hand, den gelösten Fingern selige Blicke hinterher dem am weitesten fliegenden Punkt, der am empfindlichen Ende eines lodernden Streichholzes beinahe mit einem schillernden Blutstropfen kollidiert und haufenweise Scheiten im rechten Bildrand entgegensegelt. Fest entschlossen zwar, aber doch wie ein Fremdkörperteil ist die andere Hand um die Zangengriffe geballt. Als silbriger Abglanz spiegelt sich der Funkensprung an ihren Kiefern und Wangen.

Wurde lange um die Auslegung gestritten.

Nebeneinander schließen Marlene und der Zwilling schrittweise auf.

Ob sie vor hundert oder tausend Jahren gelebt hat?

Beiläufig streichelt Nik die abgerundete Kante einer Kirchenbank.

Selbstverschuldeter Suizid oder schicksalhaftes Martyrium?

Eine Frau mit grellem Lippenstift schlägt die Hand des Bruders weg.

Frauenbisse waren immer gefürchtet. In gar nicht so grauer Vorzeit zog man älteren Damen aus medizinischer Prävention sämtliche Zähne.

Im nächsten Fenster hockt ein abgezehrter Bärtiger. Mit himbeerroter Zunge leckt er sich den Daumen. Vor ihm liegt ein gebundener Wälzer. Er muss nur noch ein paar Mal umblättern. Dann ist er am Ende.

Ist die entscheidende Frage nicht, ob man damit das Leiden verkürzt?

Über den Tisch gebeugt kritzelt der gebeutelte Greis in feurigem Eifer bei Kerzenschein letzte Zeilen auf einen losen Zettel mit der anderen Hand. Die wenigen Wachstropfen an der versiegenden Kerze scheinen ihn zu verzücken. Sein Auge ist glasig und seine Haut von Pusteln übersät. Ein faustgroßer Totenschädel neben dem säuselnden Federkiel glotzt die eingefallenen Wangen des fiebernden Mannes an.

Eigentlich ist es vollkommen egal. Wenn du über dich schreibst, wird doch etwas anderes beschrieben. Es sind Blicke von oben, Techniken der Erhöhung. Wer schreibt, teilt sich. Wer tötet, stirbt nicht.

Der Mann an ihrer Seite räuspert sich und senkt raunend die Stimme.

Sag das hier besser mal nicht zu laut.

Ein Mann in blauem Sakko, an dem die beiden vorbeischlendern, prüft an seiner Fingerkuppe den Schneid einer Seite Gotteslobgoldschnitt.

Nennt sich Subjektspaltung.

Dem schwelgenden Phantasten gegenüber streckt ein Löwe seinen Kopf durch die Tür in die Studierstube und leckt sich mit scharlachroter Zunge die Lefzen. Der vorangegangene Bruder wendet sich Elena zu unter dem Bild einer nackten Frau. Marlene und ihr Begleiter bleiben in gebührendem Abstand stehen und sehen über sich die Glasmalerei einer anderen, zumindest von einem Lendenschurz gegürteten, rennenden Frau. Sie flieht vom linken Fensterrand auf eine sich rechter Hand auftuende Bergwand zu. Zwischen ihr und der vertikalen Schlucht erhebt sich im Hintergrund ein himmelhoher Turm. Von seiner Spitze her hält ein Bodybuilder von Erzengel im Sturzflug auf die Fliehende zu. Seine Flügel sind gespreizt, seine Arme ausgebreitet. Dazwischen flattert ein Tuch im Gegenwind. Neben der felsigen Herberge liegt die andere Frau auf einer notdürftigen Pritsche. Am Kopfende türmen sich ungeschlachte Steine. Ihre Haare sind lang und verwahrlost. Lockige Strähnen winden sich in undone Wetlook um die Brüste und die Taille, um Hüfte und Venushügel, über die Beine bis auf die Füße, bedecken die Frau. Der kreuz und quer sich verfilzende Spliss hat die Textur eines

Netzes. Vor der Höhle stürzt eine felsige Steilklippe in nicht minder wild gewellte See.

Elena starrt das blasse Profil des im kargen Gebirge liegenden Dirndls an, jaja, schon klar, Maria Magdala. Besserungsanstalten, dafür gabs ja immer Orden, aus gefallenen Engeln wieder anständige Mädchen zu machen. Und wie sie am letzten Fenster angefangen hat, so sieht Elena, als sie die Augen schließt, die zu begrabenden Toten und ihre Zukunft. Gekämmt, gebadet, kuriert, manikürt und last but not least pedikürt haben sie die Kreuzschwestern, wieder eingepflegt ins Oberösterreichische. Sie riecht nach Lorbeercreme, Lavendelsack und Lindenblütentee. Drüben an den sich türmenden Skulpturen des Zeichenlehrers wehen immer noch die schwarzen Überwürfe. Wenn der Wind stillsteht, die bodenlangen Rockzipfel im Psychogarten reglos werden, liegen Schneerückstände in den Adern, Rillen und Geflechten, denen sich der Stoff anverwandelt. Die Phalli drücken sich aus und überformen die Tücher, entblößen und verhüllen sich gleichzeitig wie bei Christo, der durch seine Verkleidungen erst die Formen der Gebilde hervorkehrte. Ein Motor heult durch die Stille, und unten weit vom Bootssteg fährt ein Schneemobil auf dem zugefrorenen See dahin, jaja, schon klar, das sterbende Stottern des Ottomotors, drei Gestalten in schwarzen Jacken, der Stichsäge Sirrsarr und das sirenenartige Kreischen der Eisdecke, kreisförmige Löcher, Köder, die drin versinken, Aalruten fischen, auch im Winter. Elena fand schon immer, dass dem See die schonenden Buchten fehlen. Nirgends brach der Wellengang die winterliche Kruste. Zu klar die Flüssigkeit. Sogar den Strand überzog ab November der Kristall. Schon komisch. Das Wasser hier. Niedrige Salzkonzentration. Während die Felder litten. Die gefangenen Fische in dampfende Eimer glitten. In Lake ausgelaugt und knusprig geräuchert wurden. Unten bei der Fischbrathütte, gegenüber vom nach Saison geschlossenen Strandbad. Wo die wenigen Skitouristen beim Boxenstopp Schneeketten aufziehen und ihren Leckerbissen kriegen. Indes steigt der graue Rauch aus dem Schornstein auf.

Flocken lösen sich darin auf. Es regnete. Es rauschte. Es blitzte. Elena weichte die parmesanverkrustete Form ein. Es donnerte. Brausen könne der Zeichenlehrer sich jetzt gehen. Aber er solle schön aufpassen. Sie habe die Farbe mit ungelöschtem Kalk angerührt. Der entzünde sich bei Wasserkontakt. Aber er mache die Spachtelmasse so wunderbar pastos. Sie konnte nicht anders. Ein Grinsen und ein *er habe ja geschwitzt* vom Zeichenlehrer zurück, sein Nagel, kratzend an der pappigen Schuppenflechtenkruste. Elena tunkte den Tortenheber unter Wasser. Angstschweiß sei salzhaltig genug. Die Backform dampfte drakonisch. Es dürfe nicht stimmen. Der Zeichenlehrer strich sich über die Glatze. Sie zeigte ihre gebleachten Zähne. Er wasche sich doch eh bloß im See. Nie Haare gefunden im Abflusssieb. Am nächsten Tag sah sie die Rauchfahne aufsteigen vor der schlafenden Griechin.

Von einer Palisade haben die Kreuzschwestern Elena Jahre später beim Teekränzchen erzählt. Einem dichten Blickschutz, hinter dem die Nonnen ihre Körper entblößten. Wo sie ins Wasser gehen. Dort seien sie sicher vor Schauern. Die einzige Bucht zum Eisbaden hier. Die drei dort unten zappeln fast so sehr wie der Fisch an ihrer Angel. Zwischen sich schwenken sie ihn hin und her. Die Kreuzschwestern hatten auch den Zeichenlehrer wieder heimgeholt. Ordentlich eingepflegt in den Hang, unter die stumme Erde, ein quadratischer Grabstein dahinter aufgepflanzt. Dass er zumindest erweckt werden könnte. Nicht wie seine Frevlerin von Frau. Mit Steinen in der Tasche baden gegangen. Ein ganzer Berg des Gedenkens darüber. Herausgehauen aus dem Kalk. Hybris, Häresie und Heidenmythen. Darunter wird der Fisch nun totgeschlagen. Elenas Nase tropft. Dass aber Maria Magdala die Cheffischerin war, vergessen die Kreuzschwestern gern. Elena wendet sich ab, kniet sich in den weichen Schnee, setzt den Meißel an. Die Eiskruste lag unter der Sonne tagelang. Die Rockzipfel regen sich bloß noch selten drüben im Psychogarten. Elenas Jacke ist warm genug, und in ihren Händen ist viel Gespür. Sie haut die fehlenden Buchten in den Grabstein hinein. Das Kreuzeck links und rechts trägt sie ab zur Kuppel. In ihre Mitte klöppelt Elena eine kleine Kerbe rein, den Spalt zweier aneinandergelehnter Stirnen. Die Hinterköpfe schraffiert sie mit feinen Stößen, streicht die Strähnen heraus. Marmorierte Haare entstehen. Dann trägt sie bis auf die verschlungenen Schultern darunter alle Partien ab. Halb so tief ist nun das Grabmal, halb so dick die Platte, fast wie ein Blatt, erhaben bloß die horizontale Umarmung, zwei Steinwülste, ununterscheidbar die ganze Breite einnehmend wie ein Gesims, drüber symmetrisch gescheitelte Mähnen, beiderseits sich bauschende Vorhänge, aufgezogen, in ihrem Fokus die Einbuchtung der Gesichter, die Kuhle vereinigter Münder, sich berührende Augen, zwei kleine Rauten, schau, Kopf hoch, reduziert aufs Minimum, Denkmal der Moderne, so hätt es dir doch gefallen, oder? Zwei Kalkköpfe einander verschwistert, verschweißt, verschädelt, in Stein, Geist und Gebein.

Vielleicht kann ich das noch einbauen.

Elena schaut an dem Bruder vorbei in das tosende Wellglasfenster.

Aber die sind doch schon am Aufbau. Die Verträge sind abgeschlossen.

Augenscheinlich geblendet senkt der Zwilling seine Lider.

Ein Bild macht doch keinen Unterschied.

Elenas klares Blickfeld liegt in seinem Rücken.

Ich kanns ja in den Katalog aufnehmen.

Sie wendet sich ihm zu, fasst seinen Hals an und ein mit den Händen.

Du wirst aber keinen Katalog mehr schreiben.

Sie küsst ihn, züngelt um seinen Mundwinkel herum, Biss in die Unterlippe und Abmarsch den Gang weiter entlang, vorbei an dem anderen Twin und der kleinen Marlene, unterm Tuch von den knuffigen Engerl. Was man einem dieser geringsten Brüder getan, ja blablabla. Und die Widow drüben im Kirchengestühl. Mit ihren Rorschachtests. Z'wen'g Begutachtungszeit alldieweil. G'scheiter gleich weiter, wenns eh nichts bringt, zum Ausgang rüber, Raubgrinsekatzeng'sicht.

Wie Weihrauch hängt ihr Geruch in der Kirchenluft, als Elena längst ein Wolkerl war, Marlene und der Bruder einen Arm heben, das Genick des Zwillings beiderseits umfassen, einen Schulterschluss bilden.

Lungenkranke, die Wahnsinnigen guten Tag sagten. Was tue Elena denn jetzt allein da draußen?

Aller Wahrscheinlichkeit nach trete Elena im väterlichen Zimmer, wie sie es immer mache, auf die Tischdecke zu, streiche mit der Hand über den Stoff, unter dem sie Jahre zuvor der Platte eine Klaviatur einritzte, fahre jene Rillen, Halbtöne und Oktaven ab, von denen der Vater sich dem Personal nach fernhalten solle, und fragt ihn, ob es in Ordnung sei, auf ihrem Weg zum künstlerischen Ruhm Verbündete abzuschießen und Freunde einfach links liegen zu lassen. Nachdem sie ihm aber nicht mehr als katatones Stottern entlockt, er auf einem Klavierhocker gekauert, sich im Handumdrehen immer höher und dann wieder und wieder erneut in Gegenrichtung hinuntergeschraubt hat, bis seine ausgelaufenen Mokassins den Boden berühren, die beim folgenden Aufstieg nach und nach abheben, während der Körper drüber einen Buckel formt, beim Niedergang Kopf und Hals gen Decke streckt, ihn in gleicher Position knapp über Wasser hält, das in steten Rhythmen wie ein Metronom in seinem Oberstübchen tropft, nachdem Elena zu dieser Prozedur in regelmäßigen Abständen mit dem Fingergelenk auf die Tischkante geklopft, ihrem Vater den imaginären Saalton gesetzt, ihm ein A gegeben, kurz geschwiegen, gemeint hat, der Flügel sei verstimmt, sie wild auf der Klaviatur herumgeklimpert hat mit den Fingern, gesagt hat, er solle doch lauter sprechen, sie könne ihn gar nicht verstehen, ihn unterbrochen hat, als er wieder zu stottern beginnt, auf die Tasten gehämmert hat, er halte die Klappe, wie solle sie da die Saiten stimmen, wenn er immer dazwischenplappere, an der Tischdeckenbordüre gegenüber unsichtbare Schrauben und sich zu ihrem Vater gedreht hat, er lasse das Gespräch einreißen, nachdem sie Jahre gebraucht haben, es überhaupt aufzunehmen, verdammt noch mal, warum, kurzum, nachdem ihr Vater seltsamerweise einen Nervenzusammenbruch erlitten hat, ruft sie wahrscheinlich ihre Mutter in Hollywood an und stellt die gleiche Frage, woraufhin der desparate Page des Grande Hotels verspricht, er werde es der gnä Madame ausrichten, sie spiele momentan, oder probiere, und reise wahrscheinlich morgen ab. Da Wahrscheinlichkeiten allerdings nie Sache der Rebellen und Elena an einem gewissen Tag im Jahre Schnee die Nachrichten im Briefkasten ihres oberösterreichischen Bungalows, vom Umzug ihrer Mutter sowie der Überschreibung der Wiener Wohnung, von der Einweisung ihres Vaters und der Ablehnung ihrer Bewerbung an der Universität für Angewandte Kunst, von ihrer eigenen Gesundung, allesamt ähnlich egal waren, Gewissensbisse und Bitten um Absolution noch weniger zu ihr passten, trifft sie in der Nervenheilanstalt zu Steinhof viel lieber als ihren alten Herrn Monsignore Gardinale. Auch bei ihm klopft sie auf Holz, bekommt die Tür geöffnet von der Schwester, die ihr flüstert, er sei die letzten zwei Tage sediert gewesen, ausreichend Zeit, den Anzug zu reinigen, weswegen er heute einen ausgesprochen guten Tag und auch schon gefragt habe, wann er seine Elena mal wieder sehen dürfe, absolut passend ihr Besuch, sie lasse die beiden mal allein. Schauen Sie, Monsignore, wer da ist.

Ich habe heute einen guten Tag.

Er sitzt wie immer keinen Schimmer im Blick auf dem dreibeinigen Hocker, schmiegt Daumen und Mittelfinger durch die Augen der stumpf geschliffenen Schere, die sich allenthalben öffnet und zuschnappt, während er gewandt das lose Maßband in seiner Hand Zentimeter für Zentimeter um seine blau anlaufende Zeigefingerkuppe schnürt. Das Glied pulsiert und zeigt bereits violette Töne, als er am Ende der Skala ankommt, die beiden Meter wieder abwickelt, die sich langsam um seine unruhigen Füße am Boden kringeln. Ein längeres Bandmaß ist ihm seit jeher verboten, sonst mumifiziere er sich noch. Dass man Tod durch Strangulation ausschloss, wies schon darauf hin, warum man ihn von schärferen Schneiderscheren fernhielt. Am

Ende verfalle er noch auf den Gedanken, für jeden rumgebrachten Tag einen Zentimeter Bandmaß abzuschneiden der Freiheit entgegen wie angehende Rentner. Wie alle Fanatiker ist Gardinale nicht gerade frustrationstolerant.

Das Müsli habe ich heute sortiert, ohne zu patzen.

Auf dem Tischchen im Zimmer befinden sich die Bestandteile seines Frühstücks. Neben einer Schüssel, die innen Schlieren getrockneten Joghurts verzieren, reihen sich Weizenbeeren an Urkörner, daneben ganze Hirsefelder, schwarze Plantagen aus Mohn, dazwischen zu gleich großen Pyramiden formierte Erbsen, pointilistisch durcheinandergewürfelte, verschiedenfarbige Linsen und bis zum Plafond lotrecht und einzeln aufeinandergestapelte Bohnen. Bei Erschütterung drohen sie mit ihrem Zusammenbruch über Göffel und Tablettenschächtelchen.

Und der Postnachsendeauftrag funktioniert auch heute noch.

Gardinale lässt seine unveränderlichen Utensilien fallen und greift nach seinem Nachttisch. In seinem immergleichen Aufzug winkt er Elena heran mit dem Wisch, die sich langsam durch den aufgeheizten Raum und die lichten Schneisen der Fenster auf ihn zu bewegt. Der Sonnenschein trifft ihr Handgelenk, als sie den nachtblauen Mantel abstreift, ihn auf die Matratze fallen lässt und sich ans Kopfende des Bettes setzt. Sie schnappt Gardinale den Schrieb vor der Nase weg, und sie zuckt, ruckt mit den Flügeln, rümpft sich bis in die Stirn zerfurchende Sorgenfalten. Elena ist schon auf den Zettel fixiert, rezitiert die italienischen Zeilen. Gardinale bricht der Schweiß aus allen Poren, Glieder zucken, Schaum entblubbert Mund.

Na, was sagt uns das?

Elena wartet auf Gardinales wienerdeutsche Übertragung, hebt den Blick vom Blatt, legt es zur Seite, um seinen zusammengesunkenen Körper am Boden zu finden. Sie kniet sich nieder, hebt seinen Kopf und legt ihn auf ihren Schoß, bis Sabber aus seinem Mundwinkel auf den Schurwolloversizepullover tropft. Schnell schubst sie ihn weg, stabilisiert ihn in Seitenlage, hastet durchs Badezimmer, erhascht einen Blick auf den violetten Knutschfleck, reißt Klopapier ab, die Zimmertür auf, wischt ihren Bauch, schreit aus vollem Hals.

Schwester, Schwester!

Marlene, Vik und Nik schlendern die restliche Fensterzeile entlang bis zum Altar in hallendem Gleichschritt. Zwischen den Echos dieses Wandelgangs mutet ihr Wispern verzeihlich an. Es sei ja alles nicht so schlimm. Elena würde wieder mit ihren entlassenen Unikollegen arbeiten oder mit diesem uralten Galeristen, der kunstbeflissenen Therapeutentussi aus ihren Geschichten oder mit dem Kahlkopf von Zeichenlehrer, das sei doch kein Beinbruch. Dem Skelett im siebten Fenster fehlt der Glotzkopf. Blaue und purpurne Tücher liegen in dem ägyptisch anmutenden Sarkophag zusammen mit chaotisch arrangierten Knochen. Der Hintergrund ist eine dunkle Gruft, das finstere Gegenüber der sonnenblinden Fenster in ihrem Rücken. Ratlos nach oben geiernd in das Mausoleum, daher schon nach links gewendet, wie sinistre Flügeltiere von der lichtschluckenden Krypta angezogen, schlendern sie zwischen der untersten Stufe zum Altarraum und der ersten Reihe Betender entlang in Richtung Gemäuer. Blicke durchkreuzen den Weg.

Es gibt so einen Märtyrer. Ich hab das bei Serres gelesen. Der wurde enthauptet und hat seinen eigenen Kopf aufgehoben. Mit dem Ding unterm Arm spaziert er dann weg zu seiner eigentlichen Ruhestätte.

Zwischen Wand und Kirchengestühl ziehen sie nun dahin gen Ausgang.

Dann wundert mich das aber schon ein bisschen, dass der kopflos ist.

Marlene vermisst an dieser abseitigen Stelle in jener Anstaltskirche den Hall ihrer Schritte, den Kreuzgang und die Bilder der Peinigung. Er wurde eingespart zur Beruhigung der rasenden Köpfe der Kranken.

Serres meint, das sei der typische Übergang unserer Zeit. Das Wissen heutiger Generationen sitzt nicht mehr fest. Es ist jetzt beweglich. Dem Ort enthoben. Aus den analogen Medien gesogen. Die Tinte ist in die Mikrochips geflossen. Wir halten den Kopf in Händen beim Tippen.

Als sie nun die Höhe blendender Fenster erreichen, den unsichtbaren Heiligen halbseitig zugewandt, blinzelt das Licht in Marlenes Auge.

Ich würde ja eher auf Paulus tippen.

Der Sonnenschein zwingt sie nach rechts, wo ihr Schatten und der Beichtstuhl die einzige dunkle Zuflucht sind. Wie von selbst entschlüpft sie durch die Tür, verlässt gleichsam den Schauraum und ihre stutzenden Hingucker von Begleitung, entkommt dem lichtdurchschlagenen und allseits begutachteten Kokon geröntgter Körper, flieht den Show Room, away from Body and Bones, löst sich auf im anonymen Hauch vergitterter Sprechzimmer, in Finsternis, Schrift, Schall und Wort. An Zeilen und Spalten gemahnen die sichtverstellenden Stäbe zwischen Marlene und dem Priester, die gesiebten Kapitel einer Geschichte, gerastert nach Doppelkreuzen, die Marlene lang nicht mehr parat hatte.

In Wahrheit weiß ich eigentlich gar nicht, wie das geht. Schon immer seien ihr diese automatisierten Rituale unangemessen erschienen. Der Karfreitagsmarsch auf den Kalvarienberg kam ihr höchst amtlich vor, die Papstmütze anlässlich Mariä Himmelfahrt schon sehr aufgesetzt, die Allerheiligentrauer zu blumig, die weihnachtliche Bescherung, geschenkt, die Beichte vor der Erstkommunion zu delikat, und firmen ließ sie sich nur, damit sie eine Vespa bekam. Daher begann sie wohl auch Aug in Aug mit dem Kuttenbrunzer zu flunkern, zum Beichten gezwungen, in peinlich genau eingehaltenen Abständen, von den Kreuzschwestern am Gymi flankiert, im Klassenverband durch die gewienerten Treppenhäuser und marmornen Gänge eskortiert, das Sakrament den Schülern oktroyiert, der Reihe nach sortiert, zu einem der drei Beichtvattern geschickt, von Marlene im Stillen für sich liebevoll Cabanossie, Canobussi und Canabossi genannt. Dem linksgerichteten Waschlappen von Befreiungstheologen tischte sie stille-post-mäßig-aufgeschnappten und pimpmy-rite-artig aufgemotzten Gossip ihrer Peergroup auf zum psychohygienischen und koffeinfreien Matekränzchen in der Sakristei. Der ultrarechten Koksnase à la Opus-Die-Hardliner leierte Marlene exodus-vorkonzilianisch-auswendig-gelernte und film-theater-fernseh-reife Fehltritte ihres ff-Repertoires runter auf den klopapiergepolsterten Kniestrümpfen im scheinheiligen Beichtstuhl. Und dem neu bekehrten Koffer von Kabbalagelehrtem betete sie ave-maria-gratia-plena und tu-est-in-caelis beim heimlichen Haschrauchen im rumpelnden Paternoster vor. Sie habe die althergebracht zitierten Kreuzschwesterüberzeugungen mit: *Und wenn der so klug sei, warum sei er dann tot*, gedisst, sie habe den BF ihrer BFF zu ihrem FB gemacht, obwohl sie weder Fuckbody noch Busenfreundin hatte, und sie habe bei der Matura geschwindelt, bei der Schularbeit geschummelt, beim Testat gespickt, die Hausübung abgeschrieben, dass die Priester nicht stutzig wurden bei all diesen antiklimaktischen Bekenntnissen, Geständnissen und Gelöbnissen!

Für Marlene ließ das nur den Schluss zu, dass alle im Klassenverband die einmal im Kreis herum getuschelten Sünden der nächsten Sitznachbarn auf sich nahmen, alle sehr unterschiedliche Freunde, Verwandte und Bekannte erfanden, oder durch eine urknallunwahrscheinliche Fügung alle miteinander keine ihrer über die Jahre gebeichteten Lügen zweimal auf der gleichen Geschichte der an Verfehlungen unerschöpflichen Bibel gründeten. Weder die bettnässerische Naivität der anderen, ganz einfach und einfältig die immergleichen Gemeinplätze zu erzählen, noch den abgebrühten Zynismus der Priester, vermeintlich einzigartig und elaboriert die offenkundigsten Allerweltslügen zu evaluieren, zog Marlene ernsthaft in Betracht, bis dann ihre protestantische Lieblingsdozentin mitten im Seminar von einem Altsemester des Studierendenparlaments gefragt wurde, ob die Professorin nicht im Kollegiumsplenum eine Lanze brechen könne für die im Stich gelassenen Langzeitstudis, die nun gemäß geänderter Ordnung betreffs Zwangsexmatrikulation nach achtzehn Semestern ohne Abschluss nicht mehr umsonst zur psychologischen Studienberatungsstelle durften, sondern mussten, wodurch aus einer unterstützenden Maßnahme ein unterdrückender Mechanismus werde, aus amikalen Ansprechpersonen eine drakonische Prüfungskommission, kurzum eine Option entzogen und eine Drohung verhängt wurde, ja ein Joch statt einer Boje, Pflicht statt Hilfe bekämen die Studierenden, die Uni biete ihnen die Stirn statt der Hand, und die Alma Mater werde zum altvaterischen Gerichtssaal, ihre Schutzbefohlenen zu ihren Dissidenten, zu denen die sonst bemutternde Professorin wohlweißlich, freilich bevor sie zur kursorischen Materie zurückkehrte, meinte, eine der wichtigsten hier zu meisternden und überhaupt zu erlernenden Kompetenzen sei es, irgendwem, der einem feindselig gesinnt sei, irgendwo, hinter verschlossener Tür, irgendwann, wenn es darauf ankam, irgendetwas, das man eben abwägen müsse, einzuflüstern, sodass man eben bekomme, was man wolle, was verstehe denn Luhmann nun unter doppelter Kontingenz und was bitte Derrida unter Parole? Hieß es nicht im Korintherbrief, man sähe die Transformation vom Korn zur Pflanze nicht, wie man ja auch die Taufe ohne Erinnerung erhielt und sich ohne Zutun zur Beichte einfand, geboren und plötzlich erwachsen war? Was solle Marlene da denn auch erwarten als fromme Lügen von Wahl, Bildung, Entwicklung und Metamorphose statt der beinharten Wahrheit von Zwang, Schicksal, Widerfahrnis und Zufall, ahnungslos und verformt vom gewürfelten Anfang, der schon das Ende in sich birgt und all jenes Geschehen dazwischen bestimmt, ein serviler Butler, der doch nur bringt, was Küche, Karte und Kandelaber gebieten. Das nun aber frei heraus durchs Sprachgitter zu sagen, tat Marlene irgendwie eh gut.

Däumelinchen, es fällt schon auf, dass in deiner Suada die Idee von Wahrheit gar nicht vorkommt. Wie denn auch, kennen wir doch kaum die eigenen vier Wände, geschweige denn das weite Feld. Das Gerstenkorn im Korintherbrief wird gegossen zur Pflanze, die nimmersatte Raupe entweicht ihrem gesponnenen Kokon als nektarsaugender Schmetterling, und den nagenden Bazillus bemerkt man erst lange nach der Infektion. Der Schnitter kommt gewiss, der Schwalbenschwanz wird an die Wand gepinnt, und nach langer Krankheit liegt dann ein Toter am Katafalk. Jedenfalls weiß weder Halm noch Flügeltier, geschweige denn Kranker von der Herkunft seines Zustands, von seiner Heimkehr ins Unbelebte. Wenn du das in einzelne Augenblicke zerlegst, wirkt alles absurd, nun gut. Aber du Dummchen leitest ja selbst deine Lügen aus den unverbürgten Anfängen her. Manches ist selbstverständlich. Denk über dieses Wörtchen mal nach. Das kann ich dir nicht abnehmen. Und vergiss nicht den zugeknöpften Zeremonienmeister, der die prächtigen Gemächte päpstlicher als der Papst dem Maler mit der hässlichen Nase verbot und an der sexy Kuppeldecke als Höllenfürst im Klammergriff der Schlange schmort, die in seinen Schritt beißt, dessen Eier mit Köpfchen ein ganz besonderes Feigenblatt bedeckt. Denk an den Linzer Dom, der Dekreten gemäß nicht höher als der Stephansdom sein durfte, den er heute dennoch überragt, da erst seit Einweihung und Absegnung das Kreuz auf der Turmspitze thront. Denk an Burg Hochosterwitz, die heute noch Besuchern offensteht, weil man die letzte Kuh nach langer Belagerung ins Feindesheer katapultiert hat. Denk an Rudolf, den Fälscher von Habsburg, der kaisergezeichnete Urkunden fertigen ließ, die Österreichs Eigenständigkeit begründen. Denk an Ruzowitzkys *Fälscher*, ihren Auslandsoscar. Fang dich mal und hab dich nicht so.

Abgekanzelt tritt Marlene aus dem maulenden Dunkel des krächzenden Beichtstuhls. Sie schlägt die Augen zu im Schein der Fensterreihe gegenüber. Er dringt in ihr Gesicht, wirft ihren vampirartig bemäntelten Schatten zurück durch den biedermeierlichen Türstock, auf die vollhölzerne, mit rotem Ziegenleder bezogene Geständnisbank. Die Zwillinge stocken im Pfeifen des zuckersüßen Donauwellenwalzers, während sich das Licht hinter Marlenes Lidern abwechselnd weichselschwarz und crémantfarben abzeichnet. Ihre zarten Wimpern zittern, und ihre bulligen Docs schweben, als der Beichtvater in columbofarbenem Trenchcoat über karasekartig unter der Wampe getragener Blue-Jeans aus dem Gestühl und die pagenköpfige Therapeutin in Witwentracht aus der Kirchenbank tritt. Abgewandt vom Licht schauen die Zwillinge Marlene an und die beiden Frauen dem glatzköpfigen Klienten über die Schulter. Hinter dem schlangenschuppig strukturierten Schleier lauert ihre Stimme, was er da durchsehe. Mit funkelnd grünen Augen setzt sie ihm die nach Patrone miefende, abgetupfte und krankengeschichtstriefende Pistole in Form eines Klemmbretts voller Blätter mit Rorschachtest zuoberst auf die Brust, der unter Marlenes seine randlose Brille bespitzelnden Haaren verdammt nach Bücherwand aussieht. Er stammelt aber irgendwas vom doppelten Adler daher. Von Alfred Polgar, ach so siegreiche Sozialdemokratie und die Monarchie.

Glauben S' dem Haberer nix. Der hält Sie bloß am Schmäh. Pumperlg'sund und herzensgut! Hat Sie auf der Schaufel. Lassen S' das Hascherl um Gottes willen laufen.

Tauschen

Wie läufts mit der Bachelorarbeit?

Es geht. Fast wie in der Achten. Die Lehrer waren nervöser als wir.

Niemand hatte Zweifel, dass ihr das mit Auszeichnung macht. Am Ende wars sogar die weiße Fahne.

Wegen diesem Auslandssemester in Berlin steh ich unter Generalverdacht. Unlängst nahm mich der Prof zur Seite. Er sagte, akademische Abschlussarbeiten seien unter normalen Bedingungen schon ein Kreuz.

Was hast du gesagt?

Her mit dem Kelch.

Weils am Ende ja doch bloß ein Becher ist.

Allein, nicht für die Umstehenden.

Was wollte er denn, der Umstehende?

Das hat er mich gefragt.

Er hat dich gefragt, was er will?

Man will jemandem helfen, deshalb will man wissen, was derjenige will, damit man dann weiß, was man selbst will, nämlich, dass derjenige die Hilfe, die er will, also eben, was er will, kriegt.

Wie du sprichst, Junge! War das wirklich eine gute Idee mit der Uni?

Keine Sorge, Mutter, hat geklappt, er war dann beruhigt.

Was bringt dir seine Ruhe, wenn du am Ende durchs Raster fällst?

Seelenruhe färbt ab. Meinetwegen auch von mir auf andere. Nervosität färbt ebenso ab. So haben wir beide was davon. Ein Umkehrschwung.

Wie bei Heidegger. Hat er vom Skifahren. Aber im Ernst.

Du, Ohr des Erstprüfers. Hab ich mich verhört? Ist da nicht irgendwas verkehrt?

Man gibt, was man im Stande ist, zu geben, alles, was man kann, was man hat. Vielleicht gehört das zum seligen Crescendo der Initiation.

Erst Essen nehmen und Teller vorspülen. Und am Ende putzt ihr uns ab. Dafür hab ich euch nicht durchgefüttert. Ihr seid jetzt am Ball.

Es tut nicht weh, mitzuspielen, solange man nur so tut, ein Ass im Ärmel hat. Alle sind zufrieden. Ab einem gewissen Moment in der Achten hörten wir auf, Nervosität vorzutäuschen. Wir fragten unseren Lieblingslehrer, ob diese Erzählungen und Ermahnungen nicht pure Panikmache seien. Natürlich, rief er begeistert aus. Die Maturität wäre das letzte archaische, barbarische Initiationsritual, das uns die Aufklärung gelassen hätte. Diese These teilten wir nie ganz.

Wie er doziert, der Herr Adler! Du wirst ein wunderbarer Doktorand.

Geht nicht anders. Hatte ja keinen Mangel an schlechten Vorbildern.

Vorne an der Tafel hielt Gerds Mutter ihre Hand hoch.

Was ihr auf keinen Fall machen dürft ....

Die Klasse horchte auf. Nik ließ das Blatt vor sich aus den Augen. Kaulquappen im frühesten Stadium waren darauf gedruckt. Das Sachkundebuch hatte er schon durch, musste nur noch die Bedenkzeit absitzen. Sie bemaß sich an langsameren Schulkindern. Vik wandte sich vom Schneetreiben hinter dem Fenster ab und seinem Bruder zu.

An Frau Doktor denken, die Frau Lehrer küsst.

Gerds Mutter machte demonstrativ eine Faust und die 3b sich auf den Weg, den Gang entlang, die Treppe hinunter in Reih und Glied. Das Schlusslicht Maxi King brach aus, stürmte an Viktor vorbei, der letzte Trottel, stob voran, versuchte, Clara die unterste Stufe hinunterzuschubsen. Doch als er sie erreichte, ruhte ihr Schuh schon vor der Tür, die zum Werksaal führte, im

Halbparterre. Auf ihr spiegelte sich der treue Teddybär mit doppeltem Glasaugenpaar. Als ob Maxi das erschreckte, wirbelte er herum, plapperte auf Kathi ein, die den Treppenfuß ebenfalls erreichte. Stumm geierte sie dem Deppen entgegen, Nebenwirkungen der Nadel, bis aufs Skelett ausgezehrt, im Zerfall begriffen, tollwütige Gestalten, tierähnlich. Maxi King ging in die Hocke und sprang bellend umher. Während der Rest der 3b ihn eng umringte, Frau Lehrer ein Fläschchen Nagellackentferner zückte, musterte Viktor seinen Bruder, der die Plexiglastür anstarrte. Normalerweise trübte eine Staubschicht die Sicht. Heute durchdrang Niks Blick die Scheibe, hetzte die Schlange Kids entlang bis zum Tisch an der hinteren Wand.

Aus jetzt!

Die Plexiglastür war schalldicht und geruchsundurchlässig, Stille im Treppenhaus, scharfer Gestank. Mit der freien Hand strich Vik Niks Unterarm hoch, an dem die Adern hervortraten. Kurz glaubte er, den Puls zu fühlen, nahm den Rhythmus auf, hob den ausgestreckten Finger und wedelte vor Niks Augen, die vorbeizielten, fixierten, wie die kleine Schwester von Maxi King mit jedem Schritt wachsend daherkam. Noch war sie mit einem Blick überschaubar, zu weit entfernt, um zu sehen, ob Nik die sich rasch nähernden Augen des Mädchens fokussierte, die schimmerten und an den Rändern zu zerfasern schienen wie der zerzauste Wattebausch an der Haut. Jetzt hob die Große den Arm, streckte Nik die Hand entgegen, drückte die Klinke nieder und die Türe auf, ging vorbei. Der Werksaalgeruch schlug der Klasse entgegen, anderntags manisch betriebene Hobelbänke, schreiendes Schleifpapier, zu heiß werdende, reißende Laubsägeblätter, heute Desinfektionsmittel und Scheiße.

Ihr anderen geht rein!

Die Lehrerin schraubte das Fläschchen zu und eskortierte Maxi mit angeekeltem Blick und der Hand zwischen seinen Schulterblättern. Sie hinterließ Nagellackspuren wie ein Zeichen, wo Max zu kratzen war.

Wird auch Zeit, den gegen Gehirnhautentzündung zu impfen.

Niklas wusste, dass die narkosevorbereitende Tablette sich auf Ängstliche, die ihre Furcht überspielten, weniger einschläfernd denn aufputschend auswirkte. Und Vik riss hier noch seine Witze. Sie hatten Zeit, Panik zu schieben, während die Glastür losgelassen zufiel. Das Schlossschnappen verklang. Das Patschen von Hausschlappen und das Klacken von Stöckelschuhen hallten im Treppenhaus wider. Als die Nächsten die Tür der 3b entgegen aufdrückten, schlüpften die Kinder in den Werksaal, reihten sich in die Schlange ein. Die Tür fiel zu.

Der Klammergriff um Viktors Hand entspannte sich. Kinder traten nacheinander vor, ab, pressten Wattebäusche in Armbeugen, zogen an Vik und Nik vorbei. Alle anderen standen in einer Linie. Schau, sie glauben, wenn sie brav anstehen, tuts nicht weh. Ein wellenartiges Wabern verzog Niks Gesicht. Sonst grinste er immer gleich. Komm, wir packen das! Vik spürte augenblicklich, wie Niks Hand feucht und warm wurde, schwitzig, irgendwie voll grauslich. Er war ja so ein Vollpfosten, auf die Wortwahl achten, immer wieder unter Viks Hausaufgaben. Wenigstens unterdrückte der Ab'zwickte den Reflex. Vik hätt am liebsten Kreide g'fress'n. Entspann dich. Der dicke Martin ging schon wieder retour. Gerd folgte ihm, roch an dem Wattebausch, wie zu Hause. Tut nicht weh. Kaum kamen sie daher, wurde auch schon geschnattert. Schicksal, Hasenscharte und Dickwanst, schlechte Gene, vorgelassen, aber auch ausgerichtet. Martin warf seinen Wattebausch demonstrativ durch den ganzen Saal in den Mistkübel, Volltreffer, drei Punkte. Dann starrte er etwas Unsichtbares an seinem Arm an. Vielleicht den Bizeps. Abschließend hinter der Glastür Martins frenetische Fratze, zweier Kinder Lachen. Er stürmte aus dem Blickfeld der Brüder, während Gerd wie ein Hüter vor der Schwelle verharrte. Siehst du, super wird das heute noch, große Pause, bis die sexy Stunde weitergehe. Niks Daumen war dabei, sich an die Innenseite von Viks Handfläche zu reiben und zu schmiegen. Ein viel zu weiches Gefühl, dieser Softie, in regelmäßigen Abständen aber rough, wenn das Nagelbett Viks Haut touchierte, das Nik aufkratzte, sobald er nervös war, seit er neben diesem Bastard saß. Längstens Zeit, dass Viktor dem Beißer Hansi ein paar verpasste und Niklas endlich mal den beruhigenden Fensterplatz bekam. Vik spürte, Shit, wie seine Hand feucht wurde von den ersten Blutstropfen, und zwang sich, ist schon okay, Brudi, nicht auf die beiden Hände hinabzusehen, blickte die Schlange hinter sich entlang. Wo genau die eigene Klasse endete, wo die nächste begann, ließ sich nicht mehr ausmachen. Kindertrauben hinter der Glastür, Lehrer dirigierten, wie man sich gleich in die Schlange einzufügen hätte. Ein Wirrwarr hoher und tiefer Stimmen flutete den Werksaal, als Gerds Mutter durch die Glastür stob, sich überrascht bückte, ihren Sohn stolz beglückwünschte, umarmte und mit einem eisenroten Klaps ins Gesicht zurückschickte die Treppe hinauf.

Maxi King hats geschafft, sich zu verpissen.

Ja, Nik, klar, weil er ein Hosenscheißer ist.

Die Lehrerin steuerte auch schon vom folgsamen Sohn an Kreissägen, Hobelbänken, Standbohrmaschinen und dazwischen erzitternden Kindern vorbei geradewegs, wie sollte es denn anders sein, auf die nebeneinander wartenden Zwillinge zu.

Stellt euch nicht so an!

Immer kürzer die Entfernung zum Impftisch.

Damits ein bisschen mehr nach Kommunion aussieht.

Die beiden Brüder schlossen nebeneinander zu den in einer Linie formierten Kindern vor sich auf unter dem Blick der Lehrerin.

Zu Weihnachten gibts immer Gänsebraten.

Ihr Brillengestell funkelte. Viktor, ich warne dich. Heimtückisch klar und steril lag das Licht auf den Augengläsern. Man sollte schon zuschauen können, wie man sich versehentlich die Hand absägte. Hat man ja gesehen, was es dem Papa von der Annika gebracht hat. Und jetzt war sie selbst dann bald dran. Zwei Container, grün und blau, links und rechts zu Händen von Sandras Mutter, rückten in Viktors Blickfeld, die bisher im spitzen Winkel von Kindsköpfen verdeckt waren. Der Stechprozess selbst würde jetzt beobachtbar.

Bei Maxis Eltern gibts dieses Jahr Satansbraten, in eigener Soße.

Aschbleich wurde Gerds Mutter. Weißer Wattebausch, rotweiß-rote Kindergesichter, die braune Haut der Südtirolerin, keine Wunde erahnbar.

Niki, ich bin entsetzt.

Sandra kam weinend zur Lehrerin gelaufen. Ihre Mutter fixierte schon das nächste Opfer. Viktor schien die Frequenz der entgegenkommenden Kinder erhöht. Die Ärztin fischte frische Spritzen aus dem grünen Container, haute in Arme, und Abmarsch, beflügelt. Wie tapfer dieser Nachwuchs war, ihre tolle Tochter allen voran. Im Augenwinkel sah ihr Vik das an. Nik hingegen, hingerissen vom Schauspiel neben sich.

Warum weinst du?

Die Lehrerin streichelte Sandra über den Kopf. Niks Zähne malmten.

Vik sog mit scharfem Zischlaut Luft ein, hielt den Atem erstmal an.

Ich glaubte, es tut weh. Ich hatte ganz umsonst Angst.

So lang und ruhig wie möglich hauchte Vik aus, hörte die Nadel in den blauen Container fallen. Nun kam Hansi, er flenne, weil das doch so brenne, und hielt der Lehrerin den Wattebausch hin. Vik hätte ihn gern zermalmt, ballte die Hand. Nik kaute und biss seine Lippen.

Hört auf jetzt, beide! In die Klasse!

Da ging Nik los, zog Viktor mit, wurde an der freien Hand gepackt.

Ihr bleibt hier, ab, in die Reihe tanzen, und diesmal richtig!

Die Schlange zog zwei Plätze weiter. Hintan entstand eine Lücke.

Wir waren weiter vorne.

Ist mir egal. Stellt euch an!

Aber dann nebeneinander.

Wir lieben uns eben.

Niklas!

Der ärztliche Blick traf die schreiende Lehrerin, die routinierte Hand autopilotierte die Nadel weiter Richtung kindlicher Armbeuge. Die dranhängende Schülerin war zusammengezuckt, ihre Muskeln gespannt, schlagartige Stille, klinische Lautlosigkeit. Die Nadel trat, nein, stach zwar, aber prallte ab, ein weiterer Schrei.

Aber Frau Lehrerin, Sie haben gesagt, Liebe sei etwas sehr Schönes.

Okay, okay.

Wohin auch immer gemurmelt eilte die Lehrerin zum Impftisch, fasste Annika an den Schultern. Sie wimmerte, nein, nein, bloß nicht noch einmal. Langsam beruhigte sich das Kind unter zärtlichem Tätscheln, das lückenlos überging ins erneute Hochschieben des Pulloverärmels. Währenddessen flog der erhobene ärztliche Blick in Richtung Glastür, wo Sandras Kopf aufgetaucht war aus der Kinderschar. Sie stand auf Hansis Schultern, um ihre Busenfreundin zappeln zu sehen, und dann richteten sich ihre Pupillen luzide und ausdruckslos, ja klar auf die Zwillinge, diese Psychokillerin. Vik wandte sich ab, nahm Niks Hand, drängte sich mit ihm vor, durch die erneut sich bewegende Schlange, Patsch, Patsch, die Hausschuhe, Klack, Klack, die Spritzen. Claras glasige Augen, noch weinerlicher und verblasener als sonst, so ein zerstreutes Girl, Ralfs Haar, struppig wie eh und je, wirbelnd durchzinkte er es mit den Fingern, während er den Wattebausch in die Armbeuge presste, ein fahriger Geist, keine Geduld im Leib, umtrieben, ganz die Mutter. Kathi und Leo noch, dann die Brüder. Ihre Fettwülste quollen über den Gummizug ihrer Shorts, wurden von ihrem Feinripp geteilt. Ein feister Stich in die Armbeuge, ein Lächeln der Ärztin, ihre Lippenstiftkruste, Watte vom Direktor, der das Helferlein machte, Stichbudenfigur, was Nik ein Grinsen abrang, nachdem Vik gelacht hatte, wenigstens. Und auch nach dieser Spritze, mustergültig und völlig willkürlich, der Fleckenwirrwarr auf Watte. Nichts tat Nik lieber, als sachkundige Indikatoren zu suchen. Fett, Größe, Haarfarbe, Augenposition, Stimmlage und last but not least neuerdings Geschlechtszugehörigkeit. Egal, welche Tabellenspalte, das Stechen der Ärztin schien totales Tohuwabohu. Wieder hieb sie Schmerzschreie in die eingekehrte Stille, tiefrote Kleckse, blaue Flecken, die aus Leopolds luzidem Fettgewebe an die Oberfläche des Unterarms waberten, unregelmäßig gescheckt, nicht zu checken, absolutes Chaos, Ratlosigkeit. Die Desinfektionsmittelluft zitterte unter dem Weinen. Tränen zersprangen auf ausnahmsweise von Span gesäubertem Boden. Viktor trat vor und wischte Boldi beiseite.

Guter Stich, Frau Doktor, ich hab Vertrauen in Sie.

Er zwinkerte den klumpig geschminkten, scharfen Wimpern zu, sah hin, wie die Gummikappe abgezogen wurde, der erste Tropfen überquoll. Er ließ locker. Das Metall drang ein, trat aus. Er nahm die Watte, wandte sich ab, Niks Augen wie Jubel, spitzes Nagelblitzen daneben.

Nicer Aufkleber, Frau Lehrerin, ich würde meinem Bruder gerne gut zureden, Sie erlauben doch, Herr Direktor und Frau Doktor, oder?

Vik packte das Handgelenk des Bruders, erwidern, bevor verboten werden konnte, er müsse aufs Klo.

Donnerwetter, machte Vik die Biege, zog Nik in die Kabine. Was für ein Scheiß, einem Gschrapp zu sagen, fatal, furchtbar, abstrus und absurd, ja grob fahrlässig, was nicht ging. Wie kamen denn bitte die dummen Gedanken ins Kind, diese Blitzgneißer. Krachend wichste Vik die Tür hinter ihnen zu und schloss sie mit einem Schnappen ab. Von draußen kam Sandras Stimme herein, das würden die Brüder noch büßen.

Los, ausziehen!

Abwegig, genug, dass keiner draufkam, dergleichen zu verbieten, ja!

Gehts jetzt weiter mit Sexualkunde?

Viktor gab seinen Wattebausch Niklas.

Ja, du gehst in die Klasse.

Vik zog sich sein T-Shirt über den Kopf. Nik blickte in seine Augen.

Keine Zeit, dich abzugrapschen. Sonst versäum ich die tolle Impfung. Direkt schade, bloß einmal alle fünf Jahre. Umziehen und Abmarsch!

Seine nächsten Anweisungen kamen wieder von gewohnter Stelle. Gerds Mutter bezog Position an der Tafel, löste das Ratespiel auf, dass Kaulquappen wie Spermien schwammen, instruierte die Kinder frontal. Fragen, die zu stellen ihnen peinlich sei, schrieben sie auf einen Zettel, der in ein gleich geschlachtetes Sparschwein gesteckt würde.

Gleichgeschalteter Sparschein.

Niks Grinsen spiegelte sich im Fenster, hinter dem es schneewehte.

Allerlei.

Warum können Keimzellen sich in Hautzellen teilen, die Hautzellen aber nicht mehr zurück?

Mögen Jungs Sex genauso gern wie Mädchen?

Ist Michael Jackson böse?

Wofür steht das D vor NS?

Was heißt hier Homoehe?

Warum haben Spritzen Kondome?

Werden Forscher irgendwann Zellen bauen?

Mögen Frauen Sex genauso gern wie Männer?

Mögen Frauen auch Sex mit Jungs oder Männer mit Mädchen?

Warum verwendet die Ärztin Kondome falsch rum?

Warum darf man den eigenen Bruder nicht lieben?

Wie entstehen Zwillinge?

Kadettenanstalt, Schule, Lazarett, Schule, Notquartier, Schule, Vereinshalle, Schule, ist es irgendwann egal, wer oder was in ihr drin ist?

Wissen Sie, dass wir wissen, dass Sie wissen, wer was gefragt hat?

Wissen Sie, dass wir wissen, wer was gefragt hat.

Wissen Sie, dass wir das alles wissen?

Wissen Sie das wirklich alles?

Ja eh klar, bin doch nicht dumm, hab schon verstanden, Mister Adler.

Sie kannte eben ihre Schützlinge.

Wart ihr nicht eher ihre Prüflinge?

Hast dir dein Diplom aber verdient, Frau Richter.

Ist doch bloß ein Bachelor of Arts, du Kunstgeschicht'ler.

Dann machst du hoffentlich nie den Master in Lektorieren, Marlene.

Wir haben dann einfach so weitergetan. Es brachte uns Spaß.

Die Impfung war ja nur der Anfang. Wir fanden Gefallen daran.

Und mussten nur halb so viel lernen. Wir teilten uns die Fächer auf.

Und dann wieder Trick siebzehn, zwischendurch auf dem Klo umgezogen.

Aber bei der Matura wird man doch gleichzeitig in Klausur geschickt?

Ja. Und die Prüflinge eines Faches kommen immer hintereinander dran.

Auch die Schriftliche wird in allen Klassen gleichzeitig abgehalten.

Es war also schwierig. Ein Saal, drei Prüflinge, einer an der Tafel.

Derweil kriegen die zwei anderen die Angabenzettel zur Vorbereitung.

Wir überlegten lange, bis wir begriffen, dass wir eh achtzehn waren.

Wenn man zum Ersttermin nicht antritt, kann man im Herbst nachholen.

So war das damals noch an Wiener Schulen. Hätten wir fast vergessen.

Weil wir vorher schon schwänzten und die Entschuldigungen fälschten.

Ihr habt die Maturaanmeldung ungelesen unterschrieben und abgegeben?

Bingo. In Wiebkes Namen. Aber hin und wieder rief sie die Schule an.

Und dann war ja wieder die Zeit, sich gegen Zecken impfen zu lassen.

Die beiden Male vorher wurden wir noch von der Schule aus gestochen.

Man kriegt die Einwilligungserklärung für die Eltern mit nach Hause.

Volljährige Schüler müssen sich darum natürlich dann selber kümmern.

Fünf Jahre davor unterschrieb noch Wiebke. Aber ab da, zum Hausarzt.

Auch das hätten wir fast vergessen. Aber Wiebke erinnerte uns daran.

So fiel uns ein, dass wir volljährig und entschuldigungsfähig waren.

Sonst war sie keine so gute Mutter. Aber das, klarer Riesengefallen.

Warum?

Sobald wir achtzehn waren, ist sie einfach so ....

Als ich die Einwilligung unterschrieb ....

.... ohne auch nur ein Wörtchen zu sagen ....

.... da hats aber geklingelt, hallo!

.... zu ihrem neuen Richy gezogen.

Problem Wiebke gelöst. Und deswegen soll ich jetzt versöhnlich sein?

Es hört jetzt auf, versprochen, Marlene.

Er stirbt ja auch an deiner Fürsorge, Viktor.

Vielleicht bin ich, Niklas, aber doch geimpft.

Jaja, schon klar. Ihr haltet mich wirklich für völlig verblödet.

So ganz genau weiß das nämlich keiner mehr von uns, Frau Richter.

Wer wer ist, wurde erst durch diese Berlingeschichte wieder klar.

Und jüngsten Erkenntnissen gemäß hält die Spritze doch sieben Jahre.

Außerdem gibt es harmlose Bisse. Lasst aussteigen und Elena abholen.

Und dann unterbrachen sie die Fahrt nach Wien, verließen den Zug und gingen durch die weite, verschneite, oberösterreichische Landschaft.

Wie läufts in der Schule, Junge?

Will man eine Millionenschaft an Konkurrenz haben, muss man schon vor allem in Bezug auf die eigene Ahnungslosigkeit, aber auch in Sachen Fußball und last but not least ganz generell vollkommen ahnungslos sowie deutscher Staatsbürgerschaft sein, womit fast gleichbedeutend einhergeht, zu meinen, die Weltmeisterelf besser aufstellen, vor der Presse vertreten und den eigenen Fans schützen, quasi coachen zu können als alle anderen deutschen Menschen eingeschlossen der Weltmeistertrainer. Heißer umfochten ist vielleicht nur noch der oberste Posten, die Nummer eins, die Pole-Position in Österreich, das größte künstlerische oder, gar noch schlimmer, literarische Meisterwerk ersonnen, es aber noch nicht mal begonnen zu haben, gar nicht gesprochen davon, mal abgesehen da von so apokryphen Fragmenten, irgendetwas davon bis zum eigenen Dahinscheiden zu vervollkommnen oder auch nur zu veröffentlichen, kurzum der Weltmeistertitel in jener urösterreichischen Disziplin, der Diskrepanz zwischen Wollen und Können, Anspruch und Liefern, Ruhmsucht und Strahlkraft, Eitelkeit und Wirklichkeit, Größenwahn und kleiner Mann. Weitaus schwieriger allerdings ist es, bis zur Spitze hervorzustechen unter denen, die ihre Partner drangsalieren mit Sätzen während Autofahrten wie: es ist grün, Schatz, wie soll ich dir nur jemals wieder glauben, oder: haben dir das deine Freunde eingeredet, wie: wollen wir was kochen, beim Lieferservice bestellen oder lieber gleich essen gehen, das haben wir schon so lange nicht mehr gemacht, entscheide du, Liebling, mir wäre am ehesten Letzteres recht, und das Herzkratzerl damit entweder in die Trennung oder in jede Art klinischen Wahnsinn zu treiben, auf jeden Fall aber weg von sich selbst, sodass man zuletzt davon spricht, sich entfremdet zu haben.

Das aber alles nichtig gegen Wiebke, denn sie war, was die klassische Frage in der Sparte Gymnasium anging, Weltmeisterin im Abblitzen. Viktor verweigerte einschlägige Antworten mit solcher Vehemenz, indem er das säuselnde Radio auf volle Lautstärke drehte, stimmige Lippenbewegung imitierte und inmitten der Küche ausladende Gesten vollführte für mindestens zehn Minuten, indem er Wiebke ein maschinengetipptes Dokument über den Esstisch zuschob, das Viktors Fehlen in der Klasse am heutigen Tag wegen periodisch auftretender, hormonell bedingter, schmerzhafter Hodenpressionen entschuldigte und Wiebkes Unterschrift trug, oder indem er derart heftig erwiderte, wie war es im Bücherlaufhaus, Mutter, sodass sie ihre Erkundigungen schon ab der Oberstufe einstellte. Bis zur Matura hätte Wiebke wohl locker durchgehalten, hätte sie sich nur einmal pro Tag diesem Prozess gestellt, dieser rücksichtslosen und frivolen Demütigung unterzogen, dieser Konfrontation mit ihrem Sohn ausgesetzt, dieser Vorführung beigewohnt. Dabei hatte Wiebke längst, spätestens seit dieser Sache mit dem unbeabsichtigten Kaffeefleck auf dem ärztlichen Attest, der gleiche Klecks zwar, derselbe Zettel ergo, Alter, aber andrer Name, *entschuldige hiermit Niklas Adler*, die Spekulationen aufgegeben, ob es sich nicht um den gleichen Jungen wie vor ein, zwei Stunden handelte, *entschuldige hiermit Viktor Adler*, sodass es, ja, doch, Wiebke, spars dir einfach zweifach, zum Verrücktwerden war jedes Mal.

Lagen die Brüder dann abends in einem der beiden mittlerweile viel zu kleinen Betten, lauschte Wiebke hin und wieder an der Tür oder öffnete im Nebenzimmer das Fenster, sobald auch die Söhne ihre Kammer lüfteten. Währenddessen goss Wiebke die Topfpflanzen, fegte die ganglose Wohnung, las ein Buch und sortierte Papiere, tat allerhand, was Konzentration verlangt, um die beiden nicht auszuhorchen und sich doch durch ihre intimen Gespräche zu versichern, dass sie zumindest in die Schule gingen. Wie erfunden und zum Schulschwänzen nutzlos die schriftlichen Entschuldigungen auch erschienen, Wiebke traute ihren Tricksern schon zu, hinter den ausschließlich ihr vorgelegten Zetteln eine ganze Serie offiziell tauglicher und glaubhafter Blaupausen zu verstecken. Doch ihre echte Unterschrift zeichnete meistens gut benotete Schularbeiten gegen, wenn die Hefte morgens auf dem Küchentisch lagen, und unter Vorwänden mit der Schulleitung geführte Telefonate taten ein Übriges, Wiebke weitestgehend zu beruhigen, sodass sie Interventionen unterließ und den verhassten Elternsprechtagen weiterhin fernblieb.

Der Kaffee hat jetzt Trinktemperatur, sagte der eine, ihre Lieblingstasse aus dem Regal kramend, wenn sie um fünf von den Büchern nach Hause kam, Wiebke, es ist angerichtet, sagte der eine oder der andere, das Schnitzel im Schwung der Pfanne auf den Teller in der Durchreiche schupfend, während der andere bereits die nächsten Eier ineinanderklackerte, wenn sie abends in einem Wälzer versunken am Kandelaber saß, schöne Frau, wir brechen auf, sind gleich wieder da, das Bankett ist gesalzen, der Gehweg geschaufelt, die Kopfsteinkante geicebreakt, drang es durch Wiebkes Traum im Morgentau, wenn sie sich noch einmal im Bett drehte, wie sie meinte im selben Augenblick, aber wahrscheinlich, wie ihr bald klarte, Stunden später nach dem quälend schlagenden Wecker langte, statt der hörsturzverursachenden Uhr ein lippenverklebendes Honigbrot zu Boden fiel mit der trockenen Seite voran.

Man kann also sagen, solange Wiebke den beiden keine Berichte ihres Tagwerks abverlangte, solange sich die gewechselten Worte auf Small Talk, Nahrungsaufnahme und Zuneigungsbekundungen beschränkten, auf die knusprige Kruste, den sämigen Blütenhonig sowie den Bodensatz der Kaffeetassen, solange alles andere der brüderlichen Schlafkammer und dem wildehelichen Eingangszimmer vorbehalten war, hausten die drei harmonischer als die meisten Familien unter einem stuckverzierten Plafond aneinander vorbei. Da waren zwei siebzehnjährige Männer, die Wiebke und dem Anlageberater von nebenan extravagante Cocktails aus dem Shaker kredenzten, eine selbstgebrannte CD in den Player schoben, eine Portion Cashews ins Schüsselchen rasseln ließen und so lange miteinander durchs Eingangszimmer tanzten, bis die wirklich Erwachsenen auch mitmachten, Gin Fizz, Whiskey Sour, Bloody Mary, Cosmopolitan, Radio Head, Jack White, Amy Winehouse und Madonna.

Da waren Umarmungen unter den warmen Bettdecken, dahinatmende Partner, lange Gespräche, verkaterte Morgen und abgekartete Schulbesuche, du oder ich in die b, mach mal du, ich hasse GW, ich aber auch, dafür bist du früher daheim, was für ein Trost, ich mach auch Hausaufgaben und Abendessen, K, und nicht zu vergessen, da waren Busfahrten, das kalte Warten an der Station, die so unsäglich willkürlich in die Gegend gesetzt wirkte, dass ihre genaue Position winters, wenn die Linien und Gehsteige unter der Schneedecke verschwanden, gar nicht auszumachen war, sodass der Bus immer wieder vorbeizufahren schien, obwohl er nur ungebremst weiterschlitterte auf der zwar gesalzenen, aber immer noch spiegelglatten Eisfahrbahn.

Da waren Anreden mit falschen Namen, von Klassenkameraden, egal, welche es waren, die Vik und Nik mitunter falsch erschienen, wenn sie den Gerufenen hinter sich vermuteten, der mehrköpfige Lehrkörper und sein einhellig misstrauischer Blick, der auf den Zwillingen lag, ob sie die Hand nun hoben oder unten ließen, die gemeinsam verbrachten Mahlzeiten in großen Pausen und Freistunden, der Nachmittagsunterricht in getrennten Klassen und die erneute Zusammenkunft am Abend nach der oftmals allein absolvierten Busfahrt in die Gegenrichtung, die Direktion, die Administration, die wechselnden Referendariate sowie die supplierten Stunden, die den Zwillingen selbstverständlich zum Silbertablett ihrer Scharaden wurden, zur Segnung ihrer Spielchen, zum steilpassartig servierten Szenenwechsel.

Kennen wir uns?

Hallo, liebe Elena, komm doch herein, du erinnerst dich sicher, ich hab dich mal heimgetragen, ich hab Frühstück Nummer fünf bestellt, und mein Bruder hat von dir erzählt.

Ja, so was in die Richtung hab ich mir schon gedacht.

Du kommst, um Niki die Treter zurückzugeben, oder?

Ja, schon auch.

Erstaunlich, derweil hat er so einen ausgezeichneten Schuhgeschmack. Ich hätte sie behalten.

Dir würden sie ja auch passen.

Waren sie nicht bequem?

Ja, doch, ging schon.

Das nächste Mal vor der Wohnungstür ausziehen, bitte.

Das kann ich genauso zurückgeben, Mister Adler.

Hast du deine Ballerinas eigentlich wiedergefunden?

Die hab ich doch vor der Haustür ausgezogen.

Nur dass ich dich nicht wieder abschleppen muss. Hast du diesmal Strümpfe an, die du durchlaufen kannst?

Ich glaub, die zieh ich eher aus, hinter der Schlafzimmertür vielleicht.

Noch einen Kaffee, nein, warte, Fencheltee war das, nicht wahr.

Ihr erzählt euch wohl alles.

Eh schon wissen, ich bin ja eher so der Pharisäerliebhaber, aber hier, bitte schön, Herzchen, extra besorgt, nur für dich, ungeöffnet.

Grauer Rauch steigt auf. Sie fasst die Wolken ins Auge, pustet, und sie werden schräge Wehen wie die windigen Überwürfe hinterm Fenster. Wieder ruhend gleichen die Tücher dem Pagenkopf von Elenas Psychotante.

Wunderbarer Fenchel.

Du weißt, woher der ist?

Aus dem Klostergarten, oder?

Ja, Elena, unverwechselbar. Warst du mal dort?

Na, hab da nur die Nacht verbracht. Irgendwann züchte ich den nach.

Ist eh deiner. Hab ihn bloß warmgehalten. Er hat dir alles vermacht.

Sind die lieben Nachbarn zuletzt etwa doch noch Freunde geworden?

Nach deinem Abgang haben sich die Schwestern sehr um ihn bemüht.

Schau mal einer an, dann hat er deshalb nen Abgang gemacht?

Elena, ich wusste es schon bei unserer ersten Sitzung.

Oder hatten sie bloß ein schlechtes Gewissen?

Ein durch und durch böser Mensch.

Wegen seinem Herzkasperl etwa?

Jede Hilfe kam da zu spät.

Wegen der Pensionierung?

Er durfte zu ihrem Privatstrand.

Wegen der Hetze gegen seine Skulpturen.

Sie haben ihm Tinkturen gegen die Schuppenflechte gerührt.

Weil sie schon seine Frau mit Steinen in den See getrieben haben.

Einen Schlüssel zur Reliquienkammer bekam er für die Inspiration.

Oder weil sie überall herumerzählt haben, dass wir was haben.

Und als er dann gestorben ist, haben sie ihn sogar begraben.

Er hätte sich nicht umgebracht, wenn er das gewusst hätte.

Da sind Dinge, Elena, und Leute, die sind nicht zu ändern.

Sag mir jetzt warum!

Die Gegend, die Schule, das Kloster, die bestimmen die Menschen.

Sag mir warum!

Ich hatte es von den Nonnen. So fällts nicht unter Schweigepflicht.

Sag warum!

Sei froh. Du wurdest gerettet. Von Mutter, Schwestern und Freunden.

Warum?

Er hätt dich mit runtergezogen.

Dann hätt er sich festhalten können.

Er verließ Wien, weil er Familie wollte.

Ah, weil er so einsam war, bin ich jetzt schuld.

Und dann verließ er diesen Ort.

Hör auf mit deinem Psychoscheiß!

Warum sagst du das? Willst du provozieren? Hör auf den Psychoscheiß!

Wenn ich jetzt gehe, hast du niemanden mehr.

Ja, Elena, das macht eine erfolgreiche Therapeutin aus. Pack seine Sachen, verlass seine Ruhestätte und nimm besser eine andere Route.

Die Witwe deutet zum Fenster. Marlene, Vik und Nik nähern sich durch den Garten zwischen den Skulpturen. Wind reißt an ihren Kleidern.

Deine Homies sind da.

Cool, die können tragen helfen. Kaputte Statuen auf krummen Rücken.

Urkunde

Wenn Irene Holmes kuratierte, wenn sie Bewerbungen sichtete und sortierte, wenn sie Texten nachspürte und Schreibende einlud, zu Wettbewerben, Podiumsdiskussionen oder sonstigen literarischen Veranstaltungsformaten, gönnte sie sich zwar wenig Zeit für die Lektüre, aber viel für die Auslese. Zunächst druckte Irene die Machwerke sich aus, nahm sie aus dem Postkasten oder direkt entgegen vom Boten, vom Kurier oder von den lieben Praktizierenden, die ihr die Stapel manchmal je nach Anstellungsverhältnis bedauerlicherweise auch während ihrer Abwesenheit auf dem Schreibtisch hinterlegten, da Irene die Blätter lieber aus warmen Händen bekommen hätte und das Durchschauen am liebsten in Heimarbeit erledigte. Sie schleppte sodann sackweise ungeheftete Zettel durch die Straßen, rief autofahrende Freundinnen an oder schrieb noch mehr Freundinnen, die ihr beim Tragen halfen, sodass sie die Hände frei hätte, jene Einkaufstüten, die sie während eines Zwischenstopps gleich auf dem Weg im Edeka erstand, mit den Zutaten für eine formidable Lasagne zu befüllen, die Irene ihrer stets geduldig, gaumenvorfreudig, Spucke sammelnd und wortlos beistehenden Begleitung, ob der Kassierer mal in die Taschen linsen dürfe, Pieps, alsbald kredenzte.

Irene knetete und klatschte den Teig ohne Maschine, erwärmte und rollte ihn unter dem Ballen, dehnte ihn händisch auf der Tischplatte aus, prügelte, schlug, drosch ihn faustig platt, zerschnitt ihn rechteckig zu Platten, kühlte und härtete sie in der Speis, deretwegen Irene am Bayrischen Platz in der Landshuter Straße dieses und kein anderes Domizil bewohnte. Während der Trockenzeit des Teigs las sie erste Sätze, spürte ihnen Wort für Wort nach durch ihre Kontaktlinsen über der dahinfahrenden Zeigefingernagelspitze, unter der Hartweizengrieß haftete, denn Schreibarbeit sei Handwerk, eine Gleichsetzung, ohne die Schreibschulen am besten gleichzumachen, ein Glaubenssatz, den viele dieser Literaturleute besser verinnerlicht hätten, eine Art Überzeugung. Es ging immer ums Bezeugen und Erzeugen, darum, das Zeug zu haben. Fand Irene die ersten Sätze schlecht, waren die Texte whack. Das kam nicht von irgendwo. Die gute Literatur verhandele es von Anfang an.

Schon im Unterricht der Unterstufe kamen Irene die Nibelungen unter. Sie begegnete ihnen in den Oberstufenkursen wieder, beim Abitur, in den oktroyierten Vorlesungen des verschulten Curriculums ihres Studiums an der Freien Universität, während verpflichtender Lektüreübungen der nibelungenliedschen Aventüren, der absolut notwendig zu absolvierenden Diskussionsrunden, die einzusackenden Leistungspunkte und die abzulegende mündliche Prüfung, in althochdeutscher Philologie, die unverzichtbaren ersten Semester voller Proseminare und Tutorien, Grundkenntnisse, das Lesen des Vogelflugs, das auf den Ursprung des Entzifferns überhaupt im Auge Sternenkonstellationen schauender und Tiere unter den Fingern ausweidender Auguren verwies, den erst Konkrete Poesie, Gottfried Benn und Walter Benjamin im zwanzigsten Jahrhundert wieder erfanden, kundiges Sezieren und Deuten der Töchter Träume, der Drachentöter, der die ganze Geschichte anstößt und ins Rollen bringt wie eine Steinlawine, diese prototypische Urfigur deutscher Dichtung, der zunächst, um zum Kapazunder zu werden, in die Lehre bei Mime gehen muss, ein Schelm, wer da an Kaderschmieden denkt, und doch von Anfang an, als er die Wormser Bühne betritt, Hagens vorangegangener erstaktischer Erzählung gemäß, als Gutmensch, Superheld und one and only Loverboy eingebildet wird, nach seiner Ungeheuerschlachtung und unverwundbarmachenden Umgestaltung. Seither war der Ofen längst vorgeheizt, die körnige Salsiccia und die versetzten Schichten rhomboider Pasta schon gut durch, golden und noch knusprig die Parmesankruste, wenn Irene den Freundinnen um Punkt auftischte, Dingdong. Kurzum schredderte sie die schlechten Texte, musste Irene diese dezidiert Jungen doch wirklich nicht auch noch fürs Warmschreiben beglückwünschen.

Die Ausbildung des verwegenen Siegfried kam ihr erst in einer kohlmaierschen und lassmalschen Schwärmerei unter die Augen, eine philosophisch-mythologische Überführung, wie die doppelpackelnden Haudegen und Koryphäen aus Good Old Austria ihren kollaborativ kalkulierten und die freunderlwirtschaftenden und kragenstärkenden Marktschreier und PR-Abteilungen in ihrem Rücken diesen Kassenschlager, Verkaufshit und Bestseller titulierten, labelten und framten. Irene gestand sich ein, dass diese Marketingmasche von Verführung bei ihr fruchtete und zog, schrieb sie doch gerade ihre Antrittsvorlesung für die Wiener Angewandte, half sich mit Lektüren österreichischen Geschreibsels zwischendrin auf die Sprünge und baute die Anekdote dieses unbekannteren Siegfrieds, der planlos loszog aus Xanten in die Ungewissheit des Anfangs von Worms, kurzerhand in ihre Rede zur Abschlussurkundenverleihung in Hildesheim ein. Dort sollte Irene, wenn schon nicht als Absolventin, so doch als ehemalige Studentin, ein katastrophaler Fehltritt von geschlossener und aufgegebener Fernbeziehung, Transmatrikulation, Umzug und Semester, ein Ständchen trällern vor den Alumni dieses Jahrgangs, zu denen jene erste und einzige Österreicherin zählte, die Irene zum Wettlesen im Heimathafen einlud, deren Bachelorarbeit sie im Anschluss als Hildesheimer Gastdozentin von Berlin aus betreute, deren Manuskript sie alsbald scouten wollte, rückte diese Schriftstellerin in spe doch damals schon durch den ersten Satz sich selbst, ihre Träume, ihre Vögel, ihre gar nicht so arg missratenen Geschöpfe und Gestalten ins Rampenlicht, ja, kurzum, wahrscheinlich sprach Irene der mit Lassmal Thomas Paul vereinte Kohlmaier Michl bloß deswegen an, Dingdong. Donauwelle aß sie damals mit ihren Freundinnen, fuhr nächsten Tags ans Maibachufer, um die Überbleibsel der Entenbrut zu verfüttern und ihr Gemüt zu erregen, sich zu ergötzen am feilgebotenen Warenkleinod des dortigen Marktes.

Irgendeine Passage der nicht gänzlich ungeratenen und daher fast gänzlich gelesenen Texte würde ihr da schon wieder einfallen, sie verfolgt haben, ja an ihr haften, denn was wollte sie schon anderes wollen von Literatur, als dass sie ihren langatmigen Nachhall fand in der Welt, dass ein Satz wiederbegegnete und nicht totzukriegen Irene entgegenschrie, Anklang fand voll in ihr. Der gute alte Leierkastenmann begann hinterrücks seine Schrammelmusik zu kurbeln, während sie sich bückte, die Hand zum Teppich streckte, auf dem eine neuapostolische Bettelmönchin kauerte, erkennbar am Übersetzer der ebenfalls ausliegenden apokryphen Schrift, Kurzwaren präsentierte, und ein dahergehetzter abgefetzter Hexer neben Irene kniete, mit dreckverkrusteten Fingern die Furchen nachfuhr und aus den Linien las, als das himmelstinkende Kanalbrackwasser vorbeikabbelte, die zuckerentwöhnten und offenbar im Ufergras verwaisten Entenküken flügelzuckend an den Krümeln überfetter Donauwelle verreckten. Irene erbrach das getrunkene Köllsch und den eben abgeknabberten Garnelenspieß, erstanden beim Sohn ihres favorisierten, vor Jahrzehnten durch internationale Napalmnachbarschaftshilfe eingebürgerten, inzwischen assimilierten Verkäufers vietnamesischen Streetfoods, gallig und orangefarben wie eine Explosion, mind blowing, da kam Irene im Angesicht der ramponierten Küken erst ein dunkler, sein Unwesen treibender Raubvogel in den Sinn und sogleich das Weltkulturerbe des katholischen Rheinländer Doms, wo die Lutherbibel dem gestärkten Rücken des Adlerambos auflag, die Kreuzesform dieses gespreizten Trotzkopfes, kein Anzeichen von Schädelrucken hinunter zum durchbohrten Lindwurm, eher bereit, abzuheben und das Ungetüm fallen zu lassen, undankbarer Brut darzubringen, es in irgendeinen alpenvorländischen und simsbehüteten Horst zu werfen, inmitten des Pickens vorlauter Grünschnäbel, und die Gipfelspitzen im letzten Urlaub, die kleinkalibrigen Waffen der Carabinieri an der Grenze bei der

Passkontrolle, dieser Dauerbrenner Tauerntunnel, Kreuzkruzifix, das nervenzerfetzende Rückbankspiel der Menschenskinder, wer denn wann See und Riviera sehe, und auf der Rückfahrt beim Zwischenstopp im Salzburger Land, nichts wie weg, auf nach Berlin über Wien, dann war alles klar, was Marlene betraf, die Fratzen der Dirndl tragenden Bedienungen. Unangenehm berührt zog sich Irene zurück und überließ die burschikose Deerstalker-Mütze vor sich einer hemdsärmelig hinzugetretenen Schnäppchenjägerin, der die Bettelmönchin ein Vergrößerungsglas reichte, die lupenreine Qualität des Stoffes zu prüfen, der sich im Fall dieser Österreicherin so schnell gefügt hatte, dass Irene eine mindestens so woke Skepsis beschlich, als ob sie wie sonst, meistens wochenlang, irgendwelche Strecken zwischen Gleisdreieck, Kleistpark und Staatsbibliothek abmarschiert wäre, sich eine krude und arg verwegene Argumentation für diesen oder jenen Text herzuleiten.

Letztlich hatte Irene auf ihren unentwegten, verzweigten und oft irreführenden Wandelgängen in Sachen erste Sätze nur das Kriterium ihrer Gedanken zur Hand, die vergessen in ihrem Unbewussten gruben, Wurzeln schlugen, Wucherzweige austrieben, um sie dann unversonnen von oben zu packen, fortzutragen. Und dann kam die Frage, wann es genug erdrückende, zu wenig beflügelnde Bedenkzeit war, wie dieser Siegfried, der nicht wusste, wo das vergangene Xanten aufhörte, wann das kommende Burgund begann, und der Zweifel, dafür überhaupt schon reif genug zu sein, kein Verlass als kultiviertes Gefühl und Kalkül.

Nur der bloße Hunger trieb den jungen Helden schnüffelnd durch den altbekannten Wald auf die Lichtung an den gar nicht gretchenhaften, holzscheitbefeuerten, kohleverheizenden Ofen, wo grobe Hornochsen schwerwiegende Metalltiegel gossen, voll die Kanten glühenden Stahl zangelten, ur die Schränke trommelfellsprengend spengelten und auf Ambosse hämmerten, arge Vierschröter Hülsen und Körner droschen, richtige Viecher an germanischen Spießen über dem freien Lagerfeuer brieten.

Dort haute der baldige Drachentöter gehänselt wegen seines angeblichen Sächselns, das Mime, der Meisterdenker, selbst nie auf Wanderschaft, mit Siegfrieds niederländischem Dialekt verwechselte, zum wütenden Beweis seiner natürlichen Eignung und Anlagen wie einen Lukas hoch in die Luft und den Amboss tief in den Boden, dass die Umstehenden staunten, raunten, welch rohe Kraft der schon engagierte Lehrling hatte, die Mimes Einstellung nach noch weitaus feinerer Form harrte. Zur Gesellenprüfung müsse er, säuselte Mime, ein Netz schmieden, das solcher Hitze widerstand, dass nicht mal die Hochöfen der Hitlerfabrik in Linz das Karomuster zerschmelzen könnten, das sich dermaßen biegen ließe, dass sich sogar die schallwellenden Rotorblätter eines unter Richy Wagners Walkürenritt fliegenden Black Hawks darin verfingen, das derartige Härte aufwies, dass der Gatekeeper sich nach einem von Michael Ballack geballerten oder Robert Lewandowski gedonnerwetterten Strafstoß bloß zum intakten Strickwerk wenden brauchte, das hinreichend enge Maschen hatte, dass kein brauner Hundezeck hindurchfleuchte, dass es als Behältnis für Schwefelsäure taugte, dass präventiv die Empfängnis verhütet war, das Maße besaß, dass die ganze Welt bedeckt wurde, das Feinheit auszeichnete, sodass es Siegfried zur Größe eines Squashballs gequetscht zwischen Daumen und zwei Fingerkuppen zu halten vermochte und es elastisch zurücksprang von der Wand.

Der angehende Schmied scheiterte am Größenwahn seines Meisters und an der Lava des Ätnas, die andere Gesellen aus einem leuchtenden Wunderkännchen, dessen Herkunft und Beschaffenheit niemand mehr kannte, probehalber über das Werkstück schütteten. Siegfried scheiterte haarscharf an den windmühlenartigen Gebläsen jener gigantischen Ventilatoren, die von morgens bis abends die Luftabfuhr der alten Schmiede regelten. Er scheiterte an den fleißigen Waldameisen, die Klatschmohn und Milben tragend den Maschen entschlüpften. Er scheiterte am Wasserbad, das seine Kollegen, während er schlief, mit Salzsäure anrührten. Er scheiterte an der Befruchtung des Ochsens und dem Bastard der Kuh, die allabendlich Getreide zu Haferbrei stampften. Er scheiterte an der Zwergengestalt.

Als das Netz letztlich gelang, hatte Mime die Größe, Siegfried zum Ersten unter Gleichen zu krönen. Gen Köhler, Zündstoff zu holen, schickten die Gesellen den Jungspund querfeldein. Auf Holzwegen kam er vorbei an der Höhle des Drachen Fafnir. Der schleuderte dem Vagabunden im Spiel Smaragdsteine entgegen, wie man sie um die Krimmler Wasserfälle fand. Schon Ruhe wollend und beschwichtigend flogen diamantene Diademe mit brillantem Schliff hinterher, der selbst Bonapartes Joséphine besänftigt hätte. Und zuletzt doch irgendwie verletzt, in seinem Rückzugsbedürfnis ignorant behandelt, schmiss das Schuppentier nun naziblonde Brocken, gehortete Fort-Knox-Nuggets und antiquarisch keineswegs uninteressante sowie betreffs Bibelexegese nicht ganz zu vernachlässigende Goldmünzen des römischen Imperiums auf den Hallodri. Kaiser Augustus ließ diese Geldstücke damals wegen der nirgends übersehbaren Apotheose seines Stiefvaters als Komet am nächtlichen Firmament prägen. Allenthalben in den Provinzen die neuen Sterntaler auszugeben, befahl der Cäsar, überall sollten sie ausgewechselt werden gegen altgedientes Reichsgeld und damit erst den Fixpunkt Bethlehem dieser evangelikalen Abschreiber verständlich, die drei heiligen Könige urbar machen für die Schlusskapitel, falls es sich nicht doch um eine Handvoll historisch kritisch deutbarer sowie konkret nachweisbarer Sternenbildschauer aus Babylons Prophetenkaste handelte. Ihren meilenweiten Wüstenmarsch in die bald aus motivischen Motiven zur antisemitischen Eselskrippe umgebildeten Höhle hätten diese astrologischen Propheten in Angriff genommen wegen des nur einmal pro Jahrtausend gleich dem Lavaausspucken des Vesuvs sich zutragenden Venustransits. Der wäre auch, so wohl anzunehmen, Augustus nicht entgangen, der auf seiner nächtlichen, mediterranen, salzwindgefegten, ja nächstens heiß umfehdeten Terracotta-Palastterrasse ebenfalls somnambul und paranoid sinnierend das Firmament anstierte, und zunächst den Abendstern, alsbald die Venus und zuletzt den Morgenstern für die doch seinem kaiserlichen Namen, ja, seinen herrschaftlichen Nachfahren, jawohl, seiner ganzen Ahnenlinie und zukünftigen Dynastie keineswegs unnütze Ankunft und Heimkehr des Vaters im Himmel gehalten haben mag, neues Weltzeitalter, aber klar, Propaganda, ja verdammt, mach ma mal! War unserem prädestinierten Holländer bekanntermaßen komplett Blunzen, er warf, dass der Drache feuerfrei speibt, Hundsrosen, Brunzbuschen, und Blutbuchen ruckzuck z'ruck, zum Schluss das Netz drüber, dass es drunter niederbrennt, dass kein Rauch aufsteigt, wie eine Kappe, die Nebel fängt, dass heißes Fett rausrinnt, man ölverkrustet ausm Sumpf hupft, Drecksviech, das die Umgebung vernicht, die Felder verdirbt, Wälder verheert und Forste, eh schon wissen, g'schissen g'schmiss'n, zündstoffloser Flächenbrand, gar nicht gefackelt, war Fafnir halt.

Der letzten Linde Widerstand war Irene dann schon das Klosterstift, die öffentlich zugängliche Bibliothek in Göttingen, die Humboldt-Universität, ihre Massenkopierer und mit Laser betriebenen Standdrucker und das Grimmzentrum, wo auch immer die toten Geschwister der Linde dem lichten Aufschlag harrten. Die Leselampen brannten jahrelang bis Mitternacht um Irene, als sie sich erhob zum Gong, Dingdong, abzog ins Erdgeschoss und die Rücken über den Scanner drüberschob, Pieps. Mit Bücherberg, dass ampelgeregelte Kreuzungen ihr verborgen waren, vorm Gesicht gen Friedrichstraße spazierte Irene im Spalier der Freundinnen, die der unnachgiebigen Streberin, spaßeshalber je einen Wälzer abnahmen und bereits einen Dreischritt später zurückgaben sekkant an der Weggabel, in Taxis stiegen, untergründig verschwanden, zu Schnellbahnen hasteten, in liftige Höhen fuhren, so sie schon von Papas Gnaden hier, hinter Schiebetüren in den Skyscrapern und Penthäusern von Mitte wohnten, während Irene zu Fuß schnurgerade nach Hause mit ihren Büchern in den Wedding ging, im Geiste die gelesenen Passagen durcheinander nachhallen ließ zum Kopfsteinklackerklang, am BND-Gelände entlang, bis sie freie Sicht bekam, entschied, dass es genug war, für die mündliche Prüfung, für die Auslese, Zeit für behaglichen Feierabend, Heimkunft am Bayrischen Platz in der guten, alten Landshuter Straße, keine Zeit für stressige Deadlines, Residence-Plenum im Literarischen Colloquium am moribunden, herbstlichen Wannsee, da Irene auf die Haustüre zugeht, Dingdong, die feierwütige Freundinnen belagern, selbst den abgenagten Ger nur zur Hand, Piccolo, der bloß kombiniert mit Blatt, Täuschung, Vertrauen und Überredungskunst gegen Balmung hilft. Hi, Mädels!

Vendetta

In seinem letzten Lebensjahr war ein Mann an einem Strand bis zum Adamsapfel im Sand vergraben. Damit es ihm nicht im Halse stecken bliebe. Er spürte den kalten Schatten seines Bruders im Genick, sah die formlosen Saharastaubwolken über der See, schmeckte noch die Meeresfrüchte und roch schon das Salzwasser. Wir wollen doch deine Schreie hören, Vito. Nicht mal der Anblick des endlosen Horizonts war ihm vergönnt. Wie eine orangefarbene Wand schnitt der Scirocco seine Sicht. Sie hätten sich echt besseres Wetter aussuchen können. Er fror so sehr, dass sogar seine ausgezogenen Socken nicht rochen.

So denn Brüderchen, das wars dann, küss Budapest und auch Dublin.

Wie der Vesuv ruhte er. Der Saharastaub verdeckte den Ätna. Es hätte auch ein Ausbruch sein können. Zum Himmel dampfende Wassermassen der gegenüberliegenden Ufer. Aus der Tiefe gekommene Lavaströme, in die Lüfte befördert. Doch Erdkern und Firmament waren zusammengerückt in diesem sandigen Augenblick. Die verzierte Spitze des lackledernen Stiefels senkte sich vor seine Nase. Erstarrt schürzte er die Lippen und versuchte, den Kopf nach vorne zu recken. Da hob der Schuh schon wieder ab. Auf seinem Scheitel spürte er den Absatz körnig kratzen.

Scusi, Scherzo.

Der Schatten legte sich auf die Wellen, zerfranste an den Rändern der Ärmel und Schulterpolster, an Kragen, Hals, Wangenknochen und Haaren. Dahinter kräuselte eine steife Brise die Oberfläche, warf einen Schaumkopf auf, der in der schwarzen Silhouette gleich wieder abtauchte. Aber eine Böe nahm die Gischt mit, wehte das Flugwasser an seine Wangen, ein Vorgeschmack der Brandung, als die brennenden Tropfen seine aufgesprungenen Lippen benetzten, die er sich leckte.

Er flennt, der Irish Man zog zwischen den Worten an seiner Red Apple, schon noch, Boss. Der Stiefel hob und der Schatten wandte sich ab, verschwand. Es war schon kühl, warm für die Jahreszeit.

Gib Vito doch auch eine, und vor seinem Gesicht erschien das dreifarbig gestreifte Zippo des Hungarian Guy. Wie eine Pizza Margherita teilte es sich in die Farbflächen von Tomaten, Mozzarella und Basilikum. Die blaue Flamme züngelte darüber, eine in Spektren schillernde Benzinspur, die feuerfrei abfackelnde Zündschnur, für viele der letzte Anblick. Kurz wurde ihm schwarz vor Augen, der Schatten von Händen und eine schnell in seinen Mundwinkel gesteckte Zigarette. Die Flamme tanzte erst einen Zeigefinger breit über dem Zippo, dazwischen die Gischt. Gas entwich, schnell war es warm. Geschwollene Finger kneteten seine Wangen, glitschig, fettig und salzig, Geruch nach Sonnenöl. Es flatschte und wurde Vito ins Gesicht geschmiert mit kratzenden Nägeln. Handschuhe trug der Hungarian Guy sonst immer, besonderer Trottel. Man wolle doch keinen Sonnenstich riskieren. Es war zu hören, wie die Finger sich wieder quietschend ins Leder schmiegten. Er selbst rauchte sonst nicht und musste husten. Ein Sandkorn bewegte sich dadurch. Die drei anderen prusteten dreckig. Es hörte sich auch nicht viel besser an.

Wie findest du deine Sonderbehandlung, Brüderchen?

Das Vakuum seines Brustkastens flutete Luft, und seine Rippen stießen an starren Sand. Die Zigarette hatte er immer noch fest im Mund. Sie trug schon viel Asche durch das hastige Einatmen. Er stieß Rauch aus, zog, fühlte sich weniger ohnmächtig, Fluchtversuche zwecklos. Spucke rann in seine Mundhöhle. Der Filter soff sich satt daran.

Puff sie doch so lange kurz, bis die Brandung sie mitnimmt, Vito.

Er hoffte bloß noch, die Flut spülte ihm die Kippe nicht

in den Rachen. Den eigenen Speichel schluckte er nun und blies Rauch aus, kam noch ziemlich weit. Die Schwaden wurden unsichtbar vor dem Saharastaub. Der Scirocco riss an seinen Haaren. Faccia di culo.

Du weißt ja, warum.

Als der Stummel fiel, wurde Vito wirklich ohnmächtig. Sein Bruder hasste ihn wohl doch nicht so sehr, wie er dachte. Einen Kopfschuss hört man ja nicht. Überschallknall, und ein Dämpfer aufgesetzt, so gut geschmiert, dass das Gewinde nicht quietschte im Handumdrehen. Sogar das Mündungsfeuer war unsichtbar, ungestörte Nachbarn, Nicos Form von Höflichkeit. Genauso diskret und wie im letzten Widerstand sprang ein Blutstropfen an Nicos Revers.

Kurz vor der Zündung der Feuerwerksraketen über dem Meer versagte Nicos berühmte, sonst so zielsichere und zitterlose Hand-Augen-Koordination auf der Veranda. Der Brudermord ging ihm wohl doch nahe genug, dass er den eigenen Schlund mit der gedämpften Seezunge verfehlte. Die delikate Sauce aus Weißwein und Olivenöl schwappte im Löffel. Der Irish Man verließ den Tisch. Die Klospülung erklang so schnell, dass der Hungarian Guy gleich wusste, dass sein Kumpel nicht musste. Die Serviette vorm eigenen Gesicht erwies sich ebenfalls als schlechtes Versteck. Nico legte den Löffel auf den Teller zurück, nahm sein Einstecktuch, wischte sich Lippen, Backe und Kinn, linste an sich hinunter. Der Hungarian Guy tupfte sich mit der Serviette inzwischen den Schweiß von der Stirn. Der Stoff fiel vor seine Augen wie ein Schleier. Nico sah nur den ledernen Handschuh. Kein Wunder, dass der Volltrottel immer transpirierte. In seinem Rücken flogen Raketen hoch vom Boot, zauberten bunte Rosetten ans Firmament. Sie schillerten tumb durch den Saharastaub. Der Scirocco machte dem Hungarian Guy noch einen Strich durch die Rechnung, wehte die Serviette so schräg, dass er seinen Chef sah, Aug in Aug, wie er die Flasche Primitivo nahm. Der Irish Man erschien in der Verandatür hinter Nico. Der erhob und übergoss sich mit dem Rotwein. Wenige Sekunden später hing der Anzug schon über dem Stuhl.

Es werde ihnen nicht gelingen, sich aus dieser Scheiße rauszuquatschen. Großzügigerweise gehe er davon aus, sie hätten den Fleck nicht bemerkt. Vito wisse ja inzwischen, was Unaufrichtigen blühe. Sie allerdings gehörten nicht zur Familie. Gesindel von der Ostküste. Nur auf persönliche Empfehlung eingestellt. Sie wären schnell wieder draußen, würden bei den kleinen Fischen schwimmen. Es gebe Kunststoffe, die sanken so langsam, glaube man gar nicht. Das G'rücherl sei ihr Alibi. Und wo sie auch waren, er finde sie. Der neue Anzug sei dringend. Was sollten denn die Geschwister denken?

Dass er voll der entspannte Typ sei, beispielsweise. Dass er sich gerne leger, zwanglos und lebensfroh gebe. Dass er der Gesellschaft die Etikette beim Leichenschmaus gerne abnehme. Dass er ein großes Haus in Süditalien und ein kleines Alkoholproblem habe. Dass er es doch eher mit antiken Tragödien als katholischen Sünden halte. Half alles nichts, bei Sonnenaufgang parkten sie schon am Gürtel, als ob sie der Scirocco hinterrücks durch die Alpen getrieben hätte.

Die Nachtfahrt sei eh besser, der Irish Man trank den letzten Schluck Red Bull. Der Hungarian Guy warf seine Dose in den beschrifteten Mistkübel, *gib meinem Namen einen Sinn*, ja voll, mittags durch die Po-Ebene fahren sei scheiße. Der Irish Man entfaltete die vielfarbige Karte, während der Hungarian Guy in den gelben Seiten blätterte, ein paar Münzen einschmiss, aufhängte, die Zelle verließ, die Adresse im Siebten nannte, gehe aber niemand ran, er brauche wirklich dringend wieder sichere Leitungen, so könne doch niemand arbeiten. Während der Gürtelquerung echauffierte sich der Hungarian Guy weiter über die Techniker vom FBI. Der Irish Man stierte indes auf die Karte, als läse er ab, Interpol, Ádám, Interpol heißen die hier. Ádám zündete sich eine an. Er meine die eigenen Leute, Stephie, Frankly Brother Investigation. Da lang.

War ja keiner da. Die Markise eingerollt, die Jalousien heruntergelassen und nirgends Kommen oder Gehen von Kundschaft. Nur ein junges Fräulein stieß ein scharf blitzendes Schaufelblatt krachend in die schon schmelzenden, noch vereisten Schneehaufen am Randstein. Das heiße ja nichts. Der Alte sei blind und der Käufer nackt. Termine statt Laufkundschaft. Klar hänge man da alles ab. Das wär doch gelacht. Ádám suchte die Klinke und fand nur die Klingel. Auf den Schildern neben den Messingknöpfen standen Nummern, keine Familiennamen, Arztpraxen, Geschäftslokale. Nur ganz unten klebte ein Zettel mit dem Schriftzug *Sarahs Studio*. Ádám drückte den Knopf, und Schnee klatschte auf den Bürgersteig, und Flocken tanzten um seine Schuhe. Sie konnten auf den Postler warten, alle Parteien durchklingeln oder nach der Kleinen reinschlüpfen, so sie hier wohnte. Er drehte sich zu Stephie um. Der schwang fragend seinen Mantel auf und zu. In seinem Rücken werkte die Kleine, hieb die Schaufel auf Eisbrocken, machte sie platt am Bürgersteig, drosch von der Straße gehobenes, geworfenes, gefrorenes Wasser. Wie Lagunen und Buchten glänzte es dann auf dem Parkett. Ádám zog einen Dietrich aus der Innentasche. Kratzend ging er ins Schloss, und krachend fuhr die Schaufel ins Weiß. Er zog sich die Handschuhe aus und gab sie Stephie, während sich die Frau in seinem Rücken schwielige Finger rieb. Der Schnee musste schwer sein, und das Ding ließ sich nicht drehen. Er hörte, wie Stephie in die Handschuhe schlüpfte, und trat zur Seite. Ein Schritt vor, die Pistole aus dem Schulterholster gezogen, den Lauf Richtung Tür, die Mündung aufs Schloss, und los.

tschuldigen S' die Herren, stehts mal um Jungs, und die Waffe verschwand, und der Schnee klatschte auf das orangefarbige Pflaster, und die Flocken schmolzen in der föhnigen Wärme des Scirocco dahin.

Was wollen S' 'n überhaupt. Ich muss hier doch den Schnee aufbreiten. Sonst sind wieder alle grantig, dass d' Parkbucht nicht g'räumt ist.

Stephie streifte die Handschuhe ab und übergab sie Ádám theatral.

Ja, wir wären auch verdammt gerne standesgemäß vorgefahren, glauben Sie mir. Man lässt sich nicht alle Tage einen Anzug schneidern. Aber vielleicht wissen Sie ja vom Verbleib unseres Freundes hier. Wir sind von weit her und waren verabredet. Und nun, kein Parkplatz frei, verschlossen die Tür, aufgelassen der Laden. Ist das ein Empfang?

Sie stützte sich auf die Schaufel, musterte Stephie, nahm ihm den Kleiderbügel samt foliertem Anzug ab und schnupperte. Ihre eisblauen Augen huschten hin und her, auf und ab. Sie schien versiert darin.

Aber hallo, da friert die Hölle vorher zu. Der Monsignore mag Haberer wie Sie nicht. Den Föhn mitgebracht, diesen Hauch von Toskana hier, Ihre Schuhe. Tut mir aufrichtig leid.

Ein paar Passanten marschierten den gegenüberliegenden Bürgersteig entlang. Die klackenden Absätze verbargen Schneeberge im Rinnstein.

Tu uns doch den Gefallen, ein einziges Geschäft, per favore, Sarah.

Da könnt ihr das r noch so sehr rollen. Er wird Sie nicht vorlassen.

Sie steckte die Schaufel aufrecht in den Schnee. Ein Autobus hielt.

Aber hier ist der Anzug doch. Wir brauchen nur ein neues Exemplar.

Die Türen des Gefährts blieben verschlossen. Es fuhr stotternd an.

Das passt Ihnen nicht, so wie es aussieht. Wer schickt euch denn?

Die Frau händigte Stephie den Kleiderbügel samt foliertem Anzug aus.

Jemand, der sämtliche Wünsche erfüllen kann. Wir haben Verbindungen.

Sie zückte den Schlüssel, und Stephie trat zur Seite und Ádám an den Ladeneingang, machte sich dünn, wie um sich an die Wand zu drücken und Sarah die Tür aufzuhalten, fasste sie an, das Leder wie ein Lappen zwischen Fingerkuppen und furnierter Oberfläche, kurzer Augenblick, ihr Taxieren des nackten Handrückens, andererseits den Dietrich abzuziehen, ihr Herantreten, das Einführen des Schlüssels.

Nach Ihnen, Madame.

Grazie mille.

Prego.

Die türkise Farbe an den Wänden des kleinen Foyers roch noch feucht. Sarah hob bespritzte Überwürfe von brandneuen Möbeln. Volle Pastelltöne und gedimmtes Licht stimmten das Ambiente familiär.

Sehr schön, wir streichen auch Häuser an und tischlern manchmal.

Frisches Leder dämpfte den Malermief, vermischte sich mit dem Dunst von Kaffee aus dem Tchibo-Vollautomaten auf dem Tresen. Sarah bat die Gäste, sich zu setzen, servierte zwei Häferl, folierte Leibniz-Vollkornkekse auf die Untertasse bugsiert. Ádám zog die Handschuhe an, um die Meissner-Keramik naserümpfend von sich wegzuschieben.

Einen Siebträger muss man sich leisten können. Er hasste Italien.

Sie nahm eine Handschaufel, öffnete eine qualmende Schublade, packte eine Champagnerflasche am Hals, hievte sie in einen Kübel, baggerte Crushed-Eis hinein, stellte passende Gläser neben die Kaffeehäferl.

Vielleicht ist es besser, wenn wir gleich zum Geschäftlichen kommen.

Scusi, on the rocks, nicht in the rocks, Whiskey-Trinker, und die Häuser streichen wir auch eher von außen, capisci questa situazione? Wie bei Scorsese, Miss Sarah.

Stephie zog den Mantel aus, behielt ihn in der Hand, daneben wie ein Asservat foliert der Anzug, drüber nun sichtbar das Schulterholster.

Und Sie wollen nicht erstmal Platz nehmen, italienische Couch?

Der Korken knallte, die Flasche qualmte. Sarah hinterließ Abdrücke am Glasmantel, der Glasfuß einen Ring auf der Theke. Sie schluckte.

Jedenfalls danke. Wir saßen schon die ganze Nacht während der Fahrt.

Sie riss krümelnd einen Leibniz-Keks auf und biss bröselnd davon ab.

Lassen Sie mal stecken. Sehen Sie hier irgendwo einen Aschenbecher?

Stephie trat um die Theke herum und auf Sarah zu, streckte den Arm.

Ich wollte Ihnen nur eine anbieten, Sarah, nicht dass du noch nervös wirst.

Er steckte die Zigaretten in die Jacketttasche. Ádám zog das Zippo.

Meine Herren, die Wände sind doch frisch gestrichen. Die vergilben.

Sie wich den Tresen entlang zurück. Ádám spiegelte ihre Schritte.

Wenn das so weitergeht, werden wir am Ende eh noch mal drübermüssen.

Stephie kam auf Sarah zu, sie am Thekenrand an. Das Zippo schnappte.

Und was passiert, meine Herren, wenn ich jetzt zu schreien anfange?

Die Flamme tanzte eisblau auf. Ádám blies sie mit einem Pfiff aus.

Fang lieber zu singen an, Kindchen. Sonst wirst du noch angefeuert.

Los, du stehst mit dem Po gegen die Theke. Wir haben dich am Arsch.

Mein Arm ist schnell und außerdem länger als dein Abstand zur Wand.

Meiner im Übrigen auch. Man kann sagen, die Schlinge zieht sich zu.

Sie aß den Keks auf, trank den Schampus aus, setzte sich auf die Theke.

Also der Monsignore ist schon lange weg. Angeblich ist er wahnsinnig genug, seine Miete nicht mehr zu überweisen. Aber nicht wahnsinnig genug, dass die Kasse seine Behandlung übernimmt. Ich will seinen Laden, seine Schulden und seinen Gewerbeschein. Kriegt ihr das hin?

Sie ließ die Beine baumeln. Die Absätze der Stiefelfersen waren lang und liefen spitz zu. Die Spikes im Sohlenprofil waren ausgefahren. Die Schaufel steckte im Schnee. Wer würde ihn nun weiter aufbreiten?

Ist er ausreichend bei Trost, uns einen neuen Anzug zu schneidern?

Sie hob die Hände, scharf gestylte Nägel, Schwielen an den Ballen.

Ich weiß nicht. Ich bin die dumme Tippse. Ich kenn bloß das Örtchen.

Vöglein, Vöglein am Thekenrand, wo ist der beste Schneider im Land?

Die Gemeinde würde schreiben, er sei seiner Räumungspflicht säumig.

Hinter dem lichtschluckend dunklen Pagenkopf der Psychologin und den Panoramafenstern ihres Büros im siebten Stockwerk des Sanatoriums erhob sich die immens dreckige Kuppel der Wagnerkirche zu Steinhof.

Fast wie der Petersdom in Rom. Bloß Garde gibts hier keine, oder?

Stephie fläzte auf der wirklich wahnsinnig bequemen Ottomane an der Wand, während Ádám der Psychologin an ihrem Schreibtisch gegenübersaß, die an ihm vorbeischielte, Stephies Blick aus dem Hintergrund erwiderte.

Signora, wir haben vollstes Verständnis für Ihr berufliches Ethos.

Als er den wohlgeschmierten Schalldämpfer im Handschuhumdrehen auf das bestens geölte Mündungsgewinde der Pistole schraubte, quietschte es. Mit nackten Fingern packte Ádám die Hände der Psychologin, während Stephie ein Auge zudrückte, die Pistole hob und den schillernden Schlitten die Panoramascheibe entlangschwenkte, die Signora, die Fenster, die Kirche und den Hinterkopf seines Kollegen anvisierte.

Sie haben da keinen Notrufknopf unter Ihrer Tischplatte, nicht wahr?

Der Saharastaub lag auf den Hügeln, den nackten Ästen der Bäume, den Rücken der herumstreunenden Hunde, border-collie-farbig in den Hängen.

Wir fahren gleich mit Ihnen Schlitten, Signora. Ganz nach Gusto brechen Sie zuerst das Schweigen oder wir Ihnen vorher die Beine. Sie können eine Kugel haben, dass die Klage widerhallt unter der Kuppel, aber auch eine Weste, weiß wie die Schneedecke. Wir verraten non niente nessuno. Unsere Begegnung wird Winter sein von gestern im Scirocco. Morgen schon, wie sagt ihr hier, Unterhaltung aus dem Jahre Schnee. Sie müssen sich wirklich keinen Haxen ausreißen. Es ist ganz leicht.

Die Pupillen der Psychologin huschten auf ihre Hände, in Ádáms Gesicht.

Also.

Er ließ sie los, und sie trank von ihrer Zitronenlimonade, nahm eine Zigarette aus dem Päckchen und eine Rasierklinge aus der Schublade, schnitt die Red Apple der Länge nach auf und stopfte ihre Pfeife mit dem Inhalt, riss ein Streichholz an der Tischplatte an und tunkte den Zunder in den Tabak. Qualmend erhob sie sich, zog einen gelben Ordner aus der nikotingetünchten Regalwand, begann, hin- und herzugehen, die Panoramascheibe entlang, während Stephie auf sie zielte.

Der Fall Gardinale. Hier ist eine Computer-Topographie seines Gehirns.

Ádám öffnete den auf dem Tisch liegenden Kundenkatalog, in dessen Zeilen und Spalten unlesbar krakeliger Schrift halb Wien verzeichnet war. Die Psychologin ließ im Vorbeigehen das Röntgenbild auf die vorderste Katalogseite segeln. Es kam so zu liegen, dass seine obere Kante den ersten und einzig lesbaren Namen unterstrich, Monsignore Gardinale.

Ihnen werden sicher die schwarzen Flecken in der einen Schädelhälfte auffallen. Die treten immer auf, wenn Gardinale seine Aussetzer hat. An guten Tagen sind diese Wunden unsichtbar. Wir nennen sie seine Blutungen in Ermangelung genauerer Kenntnis. Gardinale fällt immer aus, wenn sich unsere Gespräche den Knackpunkten seiner Psyche nähern. Normalerweise heißt es, beginne ein Analysant zu stottern, werde es erst interessant. Ihm quillt Schaum aus dem Mund, und es blutet das Hirn. Dass er einen neuen Anzug nähen kann, halte ich insofern gelinde gesagt für unwahrscheinlich. Sie werden das wahrscheinlich nicht vollends nachvollziehen können, aber seine Arbeit ist stark dissoziativ aufgeladen. Er spricht nicht besonders gerne darüber.

Ádám trank von der Zitronenlimonade, die Psychologin tippte mit der Fingerkuppe auf einen der schwarzen Flecken, und Stephie ließ die Waffe sinken. Sie könne ihm nicht einfach etwas verschreiben? Er war kaum beim zweiten Wort, da hob sie schon den Zeigefinger von dem fingerabdruckgestempelten Röntgenbild an ihre Lippen, entließ den Rauch aus ihrem Mund, der Ádám und Stephie in vertikal geteilten Schwaden entgegenwehte, den Raum vernebelte, gleißend im diffusen Widerblitzen der Ray-Ban, des sonnenfilternden Saharastaubs, der grüngoldenen Leselampe auf dem ziegenlederrotbezogenen Tisch.

Mit fünfzehn habe unser tapferes Schneiderlein im Gefolge eines exkommunizierten Priesters das Südtiroler Waisenhaus verlassen, in dem er unter der Fuchtel diverser Kreuzschwestern groß geworden war. Dort kümmerte sich der blinde Junge von Kindesbeinen an um das Ausbessern fadenscheiniger Textilien, der seidenen Nonnenkutten, der leinenen Waisenkleider, der hanfenen Kartoffelsäcke. In Rom waren die Schneider von den Socken, wie schnell und akkurat Gardinale Knöpfe an Hemden und Flicken an Sakkoellenbogen nähte, Säume änderte, wie dicht und passgenau er Löcher stopfte, Schuhsohlen wechselte, Reißverschlüsse tauschte und Hosenbeine weitete. So trennten sich die Wege des kurzfristig einkommenslosen Priesters und des problemlos vermittelbaren Zöglings, der Kost, Logis und Lehrer fand wie Sand am Wüstenstrand.

Bald wurde in der Stube diverser Meister gerufen, das blinde Kerlchen erledige sieben Kunden auf einen Streich. Er wirbelte nicht nur in jedem Lehrjahr durch eine andere Manufaktur, sondern kurvte wochenends über die römischen Boulevards, schnupperte an den Gewändern der Hautevolee, streichelte die minderwertigen Fasern bloß im Vorbeigehen und begrapschte im Handgemenge überlaufener Einkaufsmeilen die besonders erstklassigen Stoffe eingehend. An Viskoserockzipfeln hing er, wenn die Ampeln Rot zeigten, einen entgegenkommenden Kaschmirmantel streifte er auf dem Fußgängerschutzweg, und mehr als einmal krallte er sich aus Versehen Schlangenlederhandtaschen oder Schlauchschals. Auf dem Fuß folgende Verwicklungen ließen sich gütlich beilegen, sobald er den erregten Personen seine baumwollene Blindenbinde zeigte, einen versöhnlichen Handshake anbot, das Parfum betroffener Herrschaften und Fräulein erriet, im Gegenzug ihre Manschetten fühlte, die Hemdsärmel begriff. Einmal bezog er übel Prügel, prüfte die Gewänder des Pflegepersonals im Krankenhaus und die Uniformen auf dem Polizeirevier, wechselte die Bezüge der Mützen und verpasste den Schürzen eine Bordüre.

Seine Mansarde verließ Gardinale fortan nur noch mit einer seine Blessuren verdeckenden Ray-Ban und betrat die roughen Straßen bloß bewaffnet, gewandt mit der Schere, würgebereit mit dem Bandmaß, tastend mit seinem Blindenstock. Von da an kamen die Leute Gardinale zu Hilfe, führten ihn über Straßen, leiteten ihn auf den verschlungenen Pfaden englischer Gärten, stiegen mit ihm die Spanische Treppe hinan und ließen ihn auch in den Trevi-Brunnen nicht fallen. Das perfekte Opfer von Übergriffen, Zudringlichkeiten, Pfadfindertaten und Mutter-Theresa-Komplexen war der Änderungsschneider fürderhin.

Rom eröffnete sich als Spielwiese ungeahnter Körperfreuden, brachte ihn in den Hochgenuss eines untergehakten Armes die von Alleen gesäumten Forumsplätze entlang, in die Verschwisterung fingerverbundener und händchenhaltender Gänge unter prallen Oliven und süßen Zitronen, in die Geborgenheit eines ermunternd gutgemeinten Schulterschlusses an der Haustürschwelle, in die Komplizenschaft eines Abschiedskusses im Wohnzimmer und ins selige Wohlgefallen missionarischer Beinscheren auf der Couch.

Während ihn eine Signora verließ, wie sie Satinslip, Nylonstrümpfe, Merinokleid und Nerz überzog, überhörte Gardinale nicht, er wecke Erinnerungen an den blinden Regisseur aus Almodóvars letztem Kinostreifen, nach dessen detailgetreuer Beschreibung sich der junge Schneider fortan kleidete, bis er sich nicht mehr wohlfühlte als figurale Kopie einer Kunstform, zu der er qua Medium überhaupt keinen Zugang hatte. Er machte sich seither an die Sockel von Statuen heran, fuhr ihre Muskelpartien und Marmorwülste mit den Fingern ab, betatschte die gemeißelten Haare und die geschliffene Glätte barocker Gesichter nach griechischem Vorbild am Vierströmebrunnen, fühlte diverse klassizistische Helden, eklektische Göttinnen und hellenistische Schönheiten wiedererstehen unter seinem Handwerken, studierte ihre Partien und Glieder, spürte ihren Wirbeln und Nabeln und Feigenblättern nach. Nur die Engel begriff er nicht, da sie ihm während seiner Hinwendung zu antikeren Zeitaltern abhandenkamen, ihm in der Abkehr von der sakralen Welt schon wie hermetische Gebilde erschienen. Die Carabinieri auf Patrouille ließen ihn machen wie auch die Passanten auf ihren Spaziergängen und die Anrainer auf ihren reich verzierten Balkonen, hielten sie ihn doch für einen perversen Kunstgeschichtler oder einen Bildhauer, der kanonische Muster studierte und sie vielleicht eines Tages irgendwann mit Glück und Wissen überwinde, wobei er an die geschmeidigen Geländer und Brüstungen ja sowieso nie herankam. Erst als Gardinale anfing, auf die monumentaleren Statuen zu klettern, Leintücher über die pickligen Plastiken zu werfen, um Ecken, Becken, Kanten und Bahnen noch besser nachzufahren, unbelästigt durch die grobporige Oberflächenstruktur von Marmor, Bronze oder Alabaster, veralberten ihn die wirbelwindigen Kinderscharen, verlachten ihn die hochvornehm Open Air Boule spielenden Alten, schmähten und bestahlen ihn die flexenden und fixenden Tagediebe, verhafteten ihn die mit der öffentlichen Ordnung betrauten Organe der Staatsmacht, deren begutachtende Pendants Gardinale abschließend für verrückt erklärten.

Gegen Fürsprache des völlig vergessenen exkommunizierten Priesters erst, der einen kleinen Gefallen in petto hatte wegen einer heiklen Angelegenheit seitens eines hochrangigen Kardinals, kam Gardinale wieder auf freien Fuß und wie ein verlorenes Küken unter kirchliche Fittiche. Einen Hochzeitsanzug sollte der sträflich fehlgegangene Filius seinem selbstlosen Erlöser nun also schneidern, den sogar ein geweihter Priester hinter dem sakramentalen Altar goutieren und so die wiederhergestellte Ordnung durch römisch-katholische Vermählung quittieren würde. Gardinale meinte dazu, da er bisher jahrelang nur an Stückwerk herumgetüftelt und nicht ein vollständiges Gewand fabriziert habe, müsse er vor diesem zukünftigen Meisterwerk von Maßanfertigung, das auch noch für eine ihm inzwischen fremde Welt von Ehenestern bestimmt war, zunächst zumindest probehalber eine zünftige Gesellenprüfung absolvieren und seinen eigenen profanen Anzug schneidern. Nachdem diese zugegeben etwas bildungsbürgerliche Aufgabe ihn gewiss ganz in Anspruch nehmen und ihm Unmengen an Zeit abverlangen werde, zudem die Möglichkeit des Scheiterns bestehe, sichere er Monsignore, wenn schon nicht den fertigen Anzug, so jedoch zumindest sein eifrigstes Bemühen zu. Erst in der Nacht vor der Hochzeit werde sich Gardinale, bis dahin gewachsen am Schaffen seiner eigenen Kleidung von Welt, mit dem ehemaligen Priester treffen, seine Maßnahme und sich an das Gewand des hoffentlich am nächsten Tag rehabilitierten Pfarrers sowie ihn zum Ehegatten machen. Und am Vortag ebendieses Hochamtes nun reiste aus Südtirol die letzte Schwester des Waisenhauses an, die jene Nonnen beerbte, unter deren Röcken der Schneider aufwuchs. Sie traf sich mit ihm zum Abendmahl, und er erzählte, wie er an diesem Anzug verzweifle, berichtete, wie der Stoff sich weigerte, gewählte Form anzunehmen, beichtete, wie das taktile Studium antiker Proportionen ihn bestenfalls halbseiden ausgebildet hatte. Und Mutter Gulietta verriet Gardinale im Gegenschuss, dass man ihn damals in ein schwarzes Tuch gehüllt vor der Tür aufgelesen habe. Für unseren jungen Schneider lüftete das alle Geheimnisse, und noch in der gleichen blauen Stunde reiste er ab aus Rom, bewährt mit dem Schlüsselbund und der Erlaubnis Guliettas, während der Nachtruhe der Brut die Kommoden, Schubladen und Schränke zu durchsuchen nach diesem Tuch und daraus seinen verfluchten Anzug zu fertigen, um nach Generalprobe in der kommenden Geisterstunde noch das verdammte Hochzeitsgewand zu ersinnen, es im Morgengrauen schon zu spinnen für jenen Bräutigam, der nachts ein Telegramm mit der Nummer eines Schließfaches am Bahnhof bekam, in dem foliert ein sackartiges Brautkleid für die wahrhaft unbekannte Gattin und ein angemessener Debütanzug für den Rechtsträger lagen, da Monsignore Gardinale ja niemals sein eigenstes Hemd samt Anzug riskiert hätte.

Der Schoß geriet weich wie Moosbezug, die Bügelfalten wurden scharf wie Schilf und die Wellen des Einstecktuchs weich wie entkalktes Wasser. Nun mag es eine Binsenweisheit sein, dass Kleider Leute machen, aber unserem Monsignore Gardinale, wie er fürderhin hieß, dem kunstfertigsten Schneider Wiens, wozu er in diesem Moment schon verwandelt war, dem letzten Herrenausstatter vor dem Herrn, wurde beim verstummenden Eulengeheul und dem einsetzenden Kirchturmgeläut dieses Morgens in der Provinz anders. Er ging, als zögen ihn eher die Schöße und Hosenbeine seines Anzugs denn Brust und Becken und Kopf, los nach Norden im nächtlichen Dunkel unter dem Polarstern gegen und durch den Riegel der von Ziegenglocken, röhrendem Rotwild und Buchenblätterrascheln widerhallenden Alpen, deren Felsenflanken immer zum Tal sich teilten wie zwei verwehte Revers, sobald er ans Umkehren dachte, und, erst noch begleitet und verfolgt von Kohorten unheimlich umherstreifender Waisenkinder, die Mutter Guliettas und Monsignore Gardinales Abreise nutzten, sich aber bald auf der Suche nach Wasser verloren, im wärmenden Föhn fiel Gardinale ein in Wien, Vindobona, Kastell, das Rom besiegt am Ende sich selbst überließ.

Stephie lädt die Waffe durch, und Ádám zündet sich eine Red Apple an.

Mehr war aus dem Monsignore bisher nicht herauszubekommen. Wenn Sie für diese Geschichte schon keine Geduld haben, empfehle ich nicht, Therapieerfolge abzuwarten. Seine Persönlichkeitsstruktur ist in sich zusammengebrochen. Wir müssen ein neues Konstrukt seiner selbst aufbauen. Das dauert Jahre, wenn nicht Dekaden oder bis zum Ableben.

Ádám legt die zum Stummel gerauchte Zigarette in die Packung, dreht sich um, schaut in die Mündung der Pistole, die den dunklen Flecken der Leere ähnelt, auf denen sich der Signora Fingerabdruck befindet.

Dottoressa, was ist mit Rekonvaleszenz qua Rekonstruktion?

Klackend schließt sie über dem Akt die Spange des Ringordners, schiebt ihn zurück, versiegelt die entstandene Lücke der Bücherwand.

Meine Herren, für ein paar Killer sind Sie ganz schöne Besserwisser.

Die beiden stehen auf, schauen durch die Glasscheibe die Wiesen an.

Das hören wir öfter. Bei uns ist man noch bibelfest. Der Herr sei der Hirte. Nichts werde fehlen. Also, wonach dürstet der Monsignore?

Sie nimmt das Glas und kippt den Bodensatz in den Pfeifenkopf. Mit Zisch erlischt der Tabak, die Überbleibsel der Eiswürfel schmelzen.

Wir können nur vom auslösenden Trauma sprechen. Wie ein

Traum ist Gardinales Geschichte davon wohl überformt. So er etwas verloren hat, kann er es gar nicht wiederfinden. Es geht nicht um Sand im Getriebe oder ein fehlendes Teilchen im Mosaik. Denken Sie an den ersten Stein, den jemand in ein Geröllfeld schmeißt, oder an einen Schneeball meinetwegen, an ein freies Neutron. Rauschen nun Muren, Lawinen und Kernspaltungen durch den Raum, ist die vormalige Ordnung Geschichte. Möglicherweise erzählt er mir morgen schon eine andere Variante. Aktuell würde ich davon ausgehen, dass der exkommunizierte Priester verstorben und begraben worden ist. Vielleicht könntet ihr ihn exhumieren und Gardinale den halbvermoderten Anzug bringen, sodass der Monsignore seiner selbst wieder habhaft wird. So er sie nicht vernichtet hat, dürfte sich unter seinen Sachen eine Nachricht vom Tod des Priesters befinden, die sicher auch die Grabstelle nennt. Aber vielleicht hat ihn doch Mutter Gulietta nochmals heimgesucht, ihm beispielsweise erzählt, es sei das falsche Tuch. In diesem Fall liegt die Lösung in Südtirol, wenn es nicht weggeworfen wurde. Oder Gardinale hat durch den Exodus begriffen, dass er nie er selbst war. So gedreht folgt sein Zusammenbruch einer unhaltbaren Idee von sich. Wie man es wendet, neuer Anzug vom alten Gardinale, ausgeschlossen.

Es klopft an die Bürotür, und die beiden Herrschaften erheben sich, während die Psychologin ein Formular ausfüllt und auf das CT-Bild legt.

Erscheint vielleicht unangemessen, ist aber ein Freundschaftspreis.

Verwirrt wirkend tritt eine Schwester ein, an der Ádám und Stephie, den Mantel überm Schulterholster und den Kleiderbügel in der Hand, vorbeigehen auf ihre Mittagspause zu, um der Spesenrechnung eine Kaffeehausquittung hinzuzufügen, während die Witwe gen Salzkammergut fliehen würde. Ihre Stimme wäre dann schon auf Band, Elena solle abheben, die Beine in die Hand nehmen, solange das eine Phrase war.

Der Althuber verhalte sich immer wie eine wunderbare Kunde. Er komme unerwartet, aber in regelmäßigen Abständen, mache durch alle Lokale der Stadt die Runde, beziehe auch ganz Unbekannte in den Plausch mit ein, verstumme zur gegebenen Zeit wieder über seinem Essen und sorge bald erneut für die Würze des Lebens, ein Fünkchen Erregung, ein Quäntchen Ergötzen an den Havarien der anderen und eine Prise Trinkgeld für die lustvoll verbrachten Stunden des Publikums. Dass diese beiden Hallodris von Mafiosi nun von der Bedienung an seinen Tisch eskortiert diese Vorstellung von ihm bekamen und die letzten freien Plätze des Lokals einnahmen, war dem Althuber gerade so recht wie irgendwas, bitte, dieser Anzug, war das nicht einer der letzten seiner Art, diese alte Geschichte, die erzähle er doch immer wieder gerne über seinem zweiten Krügerl. Dürfe es womöglich eine kleine Ouvertüre zur Einführung für die ortsunkundigen, sicher von weit her gereisten beiden Herren sein, bitte sehr und bitte gleich.

Gardinale habe sich in einen Greis verwandelt, munkelte man damals. Er sei nicht mehr der Alte, oder das Alter habe ihn im Gegenteil eingeholt, habe die Kluft langanhaltender Jugend einfach übersprungen in einem Satz und ihn niedergestreckt, ihm all das Kopfzerbrechen zugefügt, jedes Körpergebrechen beschert, die unzähligen Gliederschmerzen beigebracht, die anderen Erwachsenen über Monate, manchmal Jahre, ja sogar Dekaden mit stetig zunehmender Zerknirschung in Zähne, Mark, Bein und Nerven schleichen. Marotten, Ticks, Wallungen, Grillen und Zuckungen überfielen den alten Ladeninhaber von einem Tag auf den anderen, als hätten die Übel im Geschäftsdunkel ihren Wirt gefunden, finster versteckt genistet, mit Gardinale getafelt, geschnitten, getastet, geteilt, gehaust, um eines Morgens aus rembrandtschem Zwielicht zu treten, die Maske abzunehmen, ihre Fratze zu zeigen, die Gelegenheit zu ergreifen, Gardinale in den Leib zu fahren, dort fortan von ihm zu zehren und ihr Schindluder zu treiben, als ob es darum ginge, besser den Gastgeber niederzuringen, als für die Zeche geradezustehen.

Dass sich dieser schlimme Schicksalsschlag innerhalb von Gardinales Laden abgespielt haben mag, dass die offenbar vonstattengegangene Kalamität innig mit dem meisterlichen Handwerk des Monsignores verquickt sein sollte, ja dass die Vernichtung seiner selbst notwendigerweise mit Menschenscheu sowie Schüchternheit des sonderlichen Schneiders zusammenhängen musste, ihm letztlich doch ironischerweise die einzigen langjährigen Gefährten lebenslänglich mitspielen würden, ausgebrütet und herangezüchtet in der Einsamkeit des Ladens, werkbankartige Verschrobenheit, krummbuckliger Wahnsinn, somnambule Verwirrung, alle diese variationslosen Facetten des Gerüchts zeugen nur von der ausgezeichneten Wiener Küche, sprechen für das Rühren und Würzen der Brühe, rühmen die langen Feuerschürphasen, würdigen das Bestreuen der Schnitzel mit ausreichend alten Brotkrumen und zeichnen das wärmende Palavern währenddessen aus, das schon begann als Plausch vorher beim Einkauf an der Kasse, mühelos überging in das kurze Tratscherl am Gartenzaun, sich fortsetzte auf der Stiege und entwickelte zum Treppenhausklatsch und perpetuierte zum Disput rund um die Tafel beim letzten Schluck nach dem Abendessen mit den Etagennachbarn, die jene weinselige Einvernahme im Beisl beim Kartenspielen weiter verteilten mit tückischen Händen, vordergründig zwar die Gicht im Finger simulierten, hinterrücks aber tüchtig und gründlich mitmischten, daher der Argwohn im Gesicht, die inspektiösen Augen, die geschmäcklerischen Lippen, Sinne, die nur die Rauchfahne irgendeines müllzündelnden Sandlers brauchten, um das brennende Haus zu wittern, Stimmen, die in ihrem nasalen Singsang die Silben so verkürzt und elaboriert modulierten und orchestrierten, dass mit dem Mei schon das My, mit dem War heut die Wahrheit in jedem Gerücht, in jedem G'rücherl an jedem G'schichterl war wie das anrüchige Haar, aus allen Suppen gezupft, bevor man sie erfunden hatte.

Der Funken Gehalt im Gerücht, betrieb man diese traditionsreiche Küche ja nahezu professionell inzwischen, verwunderte also niemanden, zudem Gardinale weder die Nachbarschaft ehrte noch Freundschaft begehrte, keine Bekanntschaften unterhielt, geschweige denn sonst Beziehungen pflegte, gar nicht zu sprechen von familiären, unverbunden, sei es, gottbewahre, der Kirche huldigte, dem, geh, schleich dich, Stammtisch beisaß im Beisl oder auch bloß einem sportlichen Verein, der Bankerlwärmer, unterstand, nur einem politischen Club angehörte, abzukanzelnder Ersatzkanzler, und falls der nicht zuletzt Junggeselle sowohl Haustier als auch Feinde hatte, so wusste es keiner unter seinen Kunden und Bewunderern, die einzige Möglichkeit, mit Gardinale verbandelt zu sein. Dass in dieser zahlungskräftigen und fanartigen Gemeinschaft allerdings jener Bösewicht von Börsenheini, der Monsignore Gardinale gleichzeitig unwissentlich ins Stumme stieß und ihm als Letzter in fideler Verfassung begegnete, nichtsdestoweniger erst Monate später und zuletzt unter vernarrten Kunden und fanatischen Bewunderern vom Unglück erfuhr, dessen Gründe sodann im Nu gelüftet waren, während die wahren Übeltäter noch völlig unbehelligt ihre betrügerischen Machenschaften in umso feineren Anzügen verübten, macht vielleicht das Kuriose und Erzählenswerte von Gardinales Leiden aus, die eines Morgens, als er wie ein rasend rastender Passant auf der Bank von dem verschlossenen Laden saß, nicht mehr zu übersehen waren, zumal der Blinde natürlicherweise in seiner Wehrlosigkeit ja ständig arglistig angestarrt wird. Dass Blicke nicht töten könnten, meint die Redewendung zu wissen, zumindest in der Möglichkeitsform des Konjunktivs zweiter Ordnung, der ja weder Verneinung innewohnt noch Unmöglichkeit, weswegen wir zutiefst betrübt einsehen müssen, dass Töten des Öfteren bereits Totsagen war, was buchstäblich und alphabetisch dem, was Blicke an diesem Morgen vermochten, schon sehr nahekommt, nur ein atomarer Schritt im ABC gen Hölle, Gruft, Himmel, Grab, haha, Grube, Halleluja. Man spricht hier nicht umsonst, wenn sich Erstaunliches ereignet, wenn einem die Sprache davon fehlt, wenn den Leuten die Welt das Sagbare austreibt, schau an. Passanten sahen Gardinale tot.

Werter Mann, Sie wissen wohl nicht, Herr Althuber, wer wir sind.

Na klar kenne er sie aus diesem altmeisterlichen Film und diesem abnormal tollen Buch von diesem Ully Po. Schauspielern, Literaten, fahrendem Volk und Leuten vom Theater tische er gerne auf, dauere es danach doch kaum eine Spielzeit, bis ihn Einladungen zu Premierenfeiern und Buchpräsentationen erreichten. Gardinale jedenfalls habe sich von derlei Veranstaltungen stets ferngehalten, wiewohl er genau für die Gesamtheit dieser Anlässe jedem seiner Kunden genau einen Anzug schneiderte. Einmal sei sogar ein Pater der Cosa Nostra mit seinem Zwillingsbruder von der Camorra dort gewesen, der dann, als er alleine kam, da das neue Gewand die Konkurrenz von der 'Ndrangheta tatsächlich einzuschüchtern schien, keinen Anzug mehr bekam, jedes Maß ein Unikat, egal wie sehr das erzürnte Double den Herrenausstatter auch bequatschte, bedrängte und bedrohte.

Als Gardinale dann auf dieser Bank saß, angestarrt von seiner ganzen Kundschaft und halb Wien, stand er auf und fiel unumwunden wutschäumend nieder. Schon zuvor war er in der Stadt herumgerannt, als versuchte er den Tratsch, die Worte, die von ihm selbst handelten und von Beisl über die Fleischerbank bis zum Friseursalon sprangen, wieder einzufangen. Ohne Blindenstock, mit Zipfelmütze und wunderlicher Spürhundeleine, sich besser unter die Leute mischen zu können, ging er außer Haus, verfolgte willkürliche Ziele, die niemand nachzuvollziehen vermochte. Oftmals stand er unangekündigt vor gut gehüteten Wohnungstüren, wahrscheinlich mit dem Postler hineingeschlüpft, oder klopfte an Parterrefenster, verbarg sich hinter Hydranten und Lastkraftwagen, dass er einige Mal umgefahren wurde, was eine weitere vermutete Ursache seiner Leiden aufbrachte.

Im Allgemeinen Krankenhaus, wo die noch nicht ganz geisteskranken Wiener hinkamen, verlangte er Anzüge von Besuchern und Kittel vom Spitalspersonal zurück. Zu dieser Zeit war der Laden zwar noch nicht aufgelassen, aber auch keinen Tag mehr geöffnet. Grübelnd entlassen saß Gardinale Tag für Tag auf seiner Bank, richtete immer wieder die Nase nach dem Wind, witterte eine Spur, ging ihr wie im Blutrausch nach, schlafwandlerisch, bis er sich wiederfand auf Parkplätzen, an Flughafengates und Bahnsteigkanten, in U-Bahn-Tunnels und der Wiener Unterwelt, wo die Gerüchte schon brodelten. Weil Gardinale seine Kunden vormals immer nur einzeln einließ, man sich höchstens kurz beim Warten und Verlassen des Ladens mit den Blicken streifte auf dem Bürgersteig draußen, weil sich außerdem niemand mehr wirklich entsann, wann der Wahn seinen Anfang nahm, dauerte es lang, bis nach dem frühmorgendlichen Zusammenbruch und der folgenden Einweisung durch seine Sekretärin, dass sich die letzte Kunde Gardinales fand.

Ádám prackte den Kundenkatalog auf den Tisch. Der Bierschaum schlug nur so um sich. Stephie hatte die Hand schon unterm Schulterpolster.

Aber das habe doch gar keinen Sinn, liebe Leute. Der junge Bankier, der als letzte Kunde bereits nach Ladenschluss an die Fenster des gerne nachts arbeitenden Schneiders klopfte, hatte ja bereits einen Anzug. Als er an diesem für seine Karriere so entscheidenden Abend sein Gewand wechselte, um im Kanzleramt auf ein Nachtmahl mit seinen Beförderern vorbeizuschneien, leierte er dem hellhörigen Gardinale, sei ihm leider die unlängst geschneiderte Krawatte einen Zeigefinger breit über die Gürtelschnalle gegangen, obwohl die Dreiecksspitze doch mit dem Hemd abschließen müsste wie bei der Abholung neulich. Der Monsignore tat die Bitte ab, den Schlips zu kürzen, verkündete die Unmöglichkeit eines so schnell schrumpfenden jungen Menschen und tastete ihn neuerlich ab. Das Ergebnis sprach deutlich für den Twenty-Something und gegen den Kopf des Alten, der erneut beteuerte, doch alle Maße noch darin zu haben, die derart rapide Buckelbildung in ergonomischen Chefsesseln irgendwelcher Geldhäuser zu bezweifeln, die fortschreitende Rückenverkrümmung solch vorstandsvorsitzender Bürschchen seiner Sorte mit ihren Aberdutzenden morgendlichen Sit-ups generell in Abrede zu stellen.

Letztlich rief Gardinale, seinen eigenen Sinnen gegenüber misstrauisch und der messbandlerischen Evidenz erlegen, einen ihm bekannten Wiener Psychiater an, jenes entfallene Detail, das dem jungen, inzwischen in Untersuchungshaft sitzenden CEO Monate später wieder in Erinnerung rief, dass er die vielzitierte letzte Kunde sein musste, hatte er doch in Schotts Sammelsurium, einem Buch voller hochkomischer, wissenswerter, aber unnützer, ganz abenteuerlicher Zahlen, Fakten, Listen, Statistiken, Umfragen, Porträts, Anekdoten und Begebenheiten nicht nur damals schon von der korrekten Länge einer Krawatte, sondern seither auch noch von der Ansicht in Fachkreisen gelesen, dass die entsprechenden Seelenklempner zu kontaktieren meist bereits den ersten Schritt in Richtung Beginn eines Patientenwegs bedeute, nicht aber den dann schon lange vergangenen Anfang der Erkrankung.

Der an diesem Abend wirklich seltsame Gardinale habe darauf bestanden, dass der Onkel Doktor auch Medizinmann sei und sich dunkel der Kuriositäten seiner anatomischen Studienzeiten entsinne, dass nämlich beispielsweise das lebendige Menschenwesen wegen der Abnutzung jener schwammartig den Gang federnden Bandscheiben im Verlaufe eines Tages am Abend einen Zentimeter kleiner sei als am Morgen, weswegen man halt auch in der Horizontale schlafe. Wenn jetzt jede Kunde jeden gottverdammten Tag zweimal in der Dämmerung dastehe, die Krawatte und, Hochwohlgeboren, dann ja auch die Hosenbeine, trage man den Bund doch auf Nabelhöhe, gekürzt und verlängert haben wollte, da könne er gleich wieder seine vermaledeiten sieben Sachen packen und hinter den sieben Bergen in der Ewigen Stadt bei einer Änderungsschneiderei anheuern. Er solle sich doch zum Teufel und seiner Bagage scheren, dieser verflucht junge Mensch, dem der Anzug wegen einer Zeigefingerbreite nicht mehr zur Nase stand, was seien denn das für Oberflächenblitzer, unter denen er da verkehre.

Darüber habe Gardinale dann wohl eine halbe Nacht geschlafen und den Verstand verloren, schloss der nicht mehr ganz so junge nunmehrige Vermögensberater nach seiner Untersuchungshaft unter den Kaffeehausrunden der Stadt, die sich aber ohnehin nimmermehr für diese verwickelte Geschichte interessierte. Denn die Gerüchteküche habe ihre ganz eigenen Halbwertszeiten vom besser aufgewärmten Gulasch über sturmjungen Wein und kalbsfrisches Schnitzel zum kalten Kaffee bis hin zum Gaumenschmausdauerbrenner eines aus den tagtäglichen Eiern uralter Hennen gerührten Omelette. Der Renner sei die ungeklärte Geschichte vom Monsignore gewesen. Vielleicht habe die Mär ja auch in diesem Moment die unerbittliche Ernüchterung von Auflösung verdorben.

Der Kellner brachte dem Althuber nun das dritte Krügerl, und die Kollega schlugen Gardinales Kundenkatalog auf, suchten und fanden vieräugig den unleserlichen, jedoch ununterscheidbar verzeichneten Schriftzug, zwar gleich mehrfach, aber nur einmal an einem Tag in erster und letzter Zeile der Nachnamensspalten jener auf den Seiten maschinell vorgedruckten, kalendarisch nummerierten Tabellen, nebst jeweils bloß einer Abweichung der Zahl, an der hintersten, dritten Ziffer.

So habe Champollion auch angefangen. Die unsichtbare Eins hätte man.

Riesenschnitzer, hätten sie die Sekretärin besser gefoltert, fuck.

Aber, aber, meine Herren, könne ja eh niemand die ureigene Klaue lesen. Das gehöre zu den Kuriositäten der Alphabetisierung, dass man es sich, wie auch das Sprichwort wisse, vom Leib schreibe. Nicht nur die kriminologische Spur bezeuge immer nur die Abwesenheit. Von einem Experimentalfilmemacher, dem jedwede Erinnerung fehle, da er alles aufnehme, habe Althuber in seiner geliebten Zeitung gelesen. Lokalaugenscheine, Seitenblicke, Interviews, Porträts, Formate, an denen Elena Gefallen fand, wie Althuber nach seinen Erkundigungen wusste. Ob hier jemand Champagner bestellt habe, trat die Bedienung heran. Das war noch Gastwirtschaftskultur, die den Kongress, die UNO-City und die OPEC hierhergelockt hatte. Das ließ man sich von diesen verstiegenen, hochnäsig aufstrebenden Künstlerinnen und ihrer absonderlichen Geheimniskrämerei, ihrer Horde von Spießgesellen und Zugereisten beim besten Willen nicht verludern. Außerdem, wie ja jeder ahne, könnten das eh einzig und allein die ununterscheidbaren, der Irish Man und der Hungarian Guy merkten auf, Adlerbrüder sein.

Wiebke

Ein Dutzend solcher Fratzen wie dich wünsch ich dir einmal, hatte die Mutter immer zu Wiebke gesagt. Sie hielt sich nie für ein unartiges Kind. Tindlein, Tindlein, bleib zu Haus, hieß es in einem Gassenhauer aus der Augsburger Puppenkiste. Geh nicht in die Welt hinaus, als die man ja kaum die österreichische Provinz bezeichnen mochte. Und doch zog Wiebke dann mit ihren Kindern nach Wien und fing zu tindern an. Sie fand, sie war reichlich bedient mit ihren zwei Halbwesen, mit diesen feuerspieltriebgesteuerten Brandstiftern, Serienkiller in spe, Mutterkomplexe eh, ganz der Papa, von dem sie diesen allenthalben eingestreuten Ausspruch hatte, eh schon wissen, wie sie ihn hasste, diesen Hanswurst von Fahnenflucht.

Wiebke war nun unter der einschlägig gefärbten Flagge, angeblich dem rüstig gegürteten Rittmeisters Poldi zu Ehren, den nach der Schlacht das Blut Dutzender Wunden anmalte, trotz Helm, Harnisch, ellenbreitem Schild, Kettenhemdsbrust, schmiedeeiserner Sporenstiefel, Schienbeinschoner und Oberschenkelpanzer, nicht aber, zog man ihn dann aus, am Bauch, dem harten Gallenkitzler sei Dank! Am nach Leopold und anderen Helden benannten Platz wurde Wiebke dann angestellt, nahe Hitlers Anschlussbalkon und der beiden voneinander abgewandten Reiterstatuen, als Arbeitnehmerin der Nationalbibliothek, eine Preußin, das könne ja nicht gut gehen, so das Kollegium während Kaffeepausen, in denen die Altgedienten die Deutsche unter den Neulingen gar nicht ausmachten.

Wiebke absolvierte Nostrifizierung sowie Probemonate mit Bravour, observierte kulturhistorische und geistesgeschichtliche Publikationen, harrte der Dissertationsdisputationen ihrer Fratzen mit doppelter Staatsbürgerschaft und konnte abends per pedes nach Hause, wohnhaft erster Bezirk, liiert mit einem Burgenländer Banker, eingebürgert, direkt am Ring, der sie hin und wieder mit seinen drei Fahrstreifen an ein weiteres Kind denken ließ. Wahrscheinlich werde sie da eher Großmutter, meinte ihr Anlageberater dazu, sicher nur, weil er wusste, dass Alter und Anamnese die Wahrscheinlichkeit einer weiteren Zwillingsgeburt nicht unbedingt verminderten. Bliebe also die Möglichkeit der Unterjubelei, wozu Wiebke aber zu unentschlossen war, wenn sie abends die Ringstraße entlangspazierte, den rostroten Sonnenschein an den bröckelnden Fassaden der Protzbauten sich sattfressen sah, noch mal abbog, in ehemalige Erotikkinos, jetzige Edellokale, einkehrte, deren bordeauxkorkenlöchrige Samtvorhänge in Eingang und Fenstern die schlüpfrigen Motten eher irrlichternd lockten denn verdunkelnd fernhielten.

Ihr wurden die abgeschmackten Hauben vom primo piatto voller brauner Spiralnudeln und anderer imperial abgekupferter Gänge gehoben, und anschließend nahm sie lieber den gleitenden Aufzug als die ächzende Treppe in die verstrohwitwerte Wohnung, hingerissen von ihrem lautlosen Stil und ihrer glamourösen Stille, von den wellenfedernden Polstermöbeln, von den druckschluckenden Schreibtischstühlen, von den sohlentauben Teppichböden, den gut geölten Flügeltüren, den himmelsleiterhohen, verschwiegenen Biedermeierregalen, den begehbaren, schalldämpfenden, luftzugverhütenden Kleiderschränken, von den abgehobenen, verjetlagten, thromboserisikosteigernden und berufsgeheimen Geschäftsreisen von Richy und der derart panzerglasklaren, hermetisch abgeriegelten, mit Sauerstoffaustauschsystem versehenen Kammer, dass Wiebke ihren Mann und seine wechselnden Partner, Elena und ihre Söhne inmitten vielfarbiger, sich schneidender Linien bloß schwitzend, schluckend, kneeslidend und hyperventilierend erblickte.

Es vibrierte, als einer den Matchsquashball aufschlug, und Wiebke zog die Schlüsselkarte aus ihrer Hosentasche, drückte den Knopf, entsperrte die Haustür, als der andere mit rückhandgedroschenem Schmetterschlag den alles entscheidenden

Punkt heimfuhr. Sie spielten nie zwei Unterschied und immer Golden Goal. Die beiden drehten sich um, Schürfschorf an den wunden Schienbeinen, nässende Blessuren an den Unterarmen und bunte Hämatome an den Stirnen, als Wiebke schon an der Tür war, die Hand hob, sich instinktiv an den seidenen Hals des Rollkragenpullovers fasste, erst die Fasern begriff und dann den Reflex auf dem Glas gespiegelt sah, erschrak, die Hand auf die Klinke sinken ließ, die ihre fies grinsenden Söhne andererseits bereits fingerverschwistert drückten und zogen. Schweiß schlug Wiebke mit kühlem Hauch aus der Kammer und dem glatten Gripp des bewegten, ergriffenen, verchromten Hebels entgegen, brachte sie voll aus der Fassung und zum Stottern. Jungs, kurzer letzter Ball.

Sonst wird ja auch das Essen kalt, Mutter.

Es war vor der Wohnungstür auf dem Fußabstreifer und im Handumdrehen auf dem Tisch wie die zehn Euro. Neuer Lieferant, so scheints.

Mit dem Bestellen und dem Zehnten Trinkgeld hatten sie begonnen, als Elena noch mit ihnen aß. Nicht dass Wiebke eine Wahl gehabt hätte, denn die Kleine verbot ihr das Kochen, bestand aufs Bezahlen und suchte die Speisen aus. Da, Stalin, hatte die Mutter immer zu Wiebke gesagt, wenn sie etwas bestimmen wollte. Da sie doch sicher schon Heißhunger habe, saßen die drei damals noch in Shorts und Polyestershirts vor Wiebke, und Elena versprühte Parfum, wenn die Düfte der Speisen nicht hinreichten, den Schweiß der beiden zu vertreiben. So müsse man den Dunstabzug nicht anschmeißen, dieses impertinente Stück Scheiße, schlimmstes Geräusch überhaupt, machte sie einfach weiter, gleichauf mit Gasherdfauchen und Auspuffstottern. Wenn andere einen nur bis vor den Kopf stoßen konnten, drang Elena darin ein, direkt hinter die Stirn. Da wartete Wiebke lieber auf das verstummende Duschen, ein letztes Prasseln, das die Haare mitnahm, duldete geleerte Shampoo-Probefläschchen aus schicken Hotelsuiten, goutierte Citrus-Duft und Wetlook ihrer Jungs statt Schikane und Chanel Number Five.

Wiebke, ich hab eine Freundin. Und ich glaub, sie fickt ihn auch.

Wie Elena?

Du hast nichts von ihr erzählt, als ich weg war. Wie ernst es ist, hast du auch erst erwähnt, als es schon zu spät war, Brüderchen.

Wiebke dachte an jenen armen Drachen, von dem sie unlängst gelesen hatte in einer Neuerwerbung der Bibliothek, der noch das letzte Stückchen Hort verschleuderte in sich hochschaukelndem Spiel, wie er naiverweise dachte, ohne zu checken, dass die auf ihn abgefeuerten Hecken sich längst zu Baumstämmen auswuchsen im Eifer des Gefechts.

Und inzwischen sagt sie, ihr sei das jetzt auch irgendwie gleich.

Wie Elena.

Da ist schon der große Unterschied, dass er sie nur für sich wollte.

Während anderer Wesen Seele im Tode als Hauch gen Himmel entweicht, richtete sich der Drache zugrunde nach seiner eigenen Struktur von Sammlung, Rückzug und Höhle, darin gefangen, feurigen Atems. Trotz seiner Kräfte versteckte er sich und seine geliebten Schätze, hoffte auf Gnade, statt sie zu mehren. Das Fegefeuer war schon für seinen Leib geschürt, geschnürt mit seinen Schuppen deckungsgleich bereits das Netz, dem bloß formloses Fett zum Bade des Saubermanns entrann, der darin Taufe und Metamorphose zu neu benannter Gestalt vollzog.

Marlene geht, wenn sie was findet, das sie für etwas Besseres hält.

Wie Elena.

Wie du.

Sie schauten sich kopfschüttelnd an. Gleich geschwollen gedroschene Gesichter betrachtete Wiebke, während sie ihre Sorgenfalten knetete.

Ist sie das gewesen?

Ja.

Die Zwillinge antworteten gleichzeitig und einhellig.

Ihr wisst, was euch blüht?

Die Brüder schluckten die Bissen in ihren Mündern ohne Einspeicheln.

Dann würgten die beiden einander theatral. Alle drei lachten.

Die Freude daran, hart angepackt zu werden, hatten sie von Wiebke, die es wiederum von ihrer Mutter hatte. Richy machte das nicht gerne, war er doch immer lange weg, kam dann zurück nach Wien und musste sich erst herantasten, als begänne ihre gesamte Beziehung von vorne. Wiebke erklärte ihm, dass sie wieder anfange zu tindern, womit sie nur aufgehört hatte während seiner Aufenthalte in der gemeinsamen Wiener Wohnung, sonst werde sie verrückt, sie brauche das unbedingt für ihr Glück. Die Zwillinge sahen das allerdings ein bisschen anders, als Wiebke eines Abends auf dem Heimweg einen Zwischenstopp einlegte, in einem ehemaligen Bordell, jetzigen Stundenhotel, verkehrte, deren wolframgoldflackernde Kronleuchter in Wandelgängen und Schlafgemächern die lüsternen Paare eher energisch elektrifizierten denn samtweich verbandelten.

Wiebke wurden die funkensprühenden Feuerzeuge für Zigaretten danach voll karamellweichem Hasch und anderer geil machender Drogen gereicht, und im Anschluss jubelte sie innerlich ob ihrer Entschlossenheit, flanierte auf der Prachtstraße dahin, gewahrte die abendrote Fluoreszenz an den reichverzierten Gemäuern der Palais, nahm das schwebend machende Stiegenhaus in Angriff, statt sich der einengenden Fahrstuhlkabine zu ergeben, erlag erneuert der extraterrestrischen Mansarde, verführt von ihrer charmanten Kühle und ihrer nonchalanten Coolness, von den stummsummenden Ventilatoren, von den sensortemperierten Küchenkühlschränken, von den frostbrandvollen Eisfächern, den junischneefarbigen Wänden, den kristallförmigen, diskreten Spitzenvorhängen, den entkalkten, regenerativen, reflektierenden Regenduschköpfen, plafondspotigen, vivisezierenden, pathologisierenden, panoptischen Lichtquellen im Badezimmer, der so umkämpften, sportgeistig verballerten, vom Gummigeschoss durchkreuzten Kabine, dass Wiebkes Anlageberater und sein eingewechselter Partner, ihr Sohn, sie im monochromen Bademantel, vom Frotteegürtel eingeschnürt, gar nicht tropfend, trocknend, eingecremt und duftend wahrnahmen.

Es klingelte, als einer die Trinkverschnaufpause ausrief, und der Wartende stützte sich in Wiebkes Rücken auf seinen Schläger, flüsterte an ihrem Ohr, forderte den Namen, als ihr Mann mit feinfühliger Beiläufigkeit den nun unentschiedenen Ballwechsel abbrach. Er ließ die Kugel nie vom Schläger tropfen und griff sie immer aus der Luft. Wiebke drehte sich um, Würgeviolett an den nackten Halssehnen, sichtbare Fingerabdrücke an den Wangen und rote Risse an den Lippen, als die beiden schon aus der Kammer waren, die Hände hoben, sich dehydriert im Zusammendrücken der Flaschen die Gesichter vollspritzten, dann den Durst stillten und erst jetzt Wiebke von ihnen abgewandt sahen, stutzten, Begrüßungsfloskeln in ihrem Rücken vernehmen ließen, die ihr augenscheinlich besorgter Sohn schon erwartet stellvertretend abwinkte und quittierte. Worte flogen über Wiebkes kalte Schulter den verschwitzten Mitspielern und den hechelnden Stimmen ihrer bewegten, erregten, gehetzten Gemüter entgegen, brachten sie urrunter zur Ruhe, und zur Sprache.

Schatz, ich muss los.

Das Taxi hab ich schon bestellt, Richy.

Es stand vor der Haustür im Halteverbot und pünktlich am Flughafen wie Richys Reisekollege. Mir schwant, neuer Chauffeur.

Mit dem Fremdgehen und dem schnellen Abservieren hatte Wiebke begonnen, als sie noch mit ihnen schwanger war. Nicht dass sie eine Wahl gehabt hätte, denn ihr Mann verbot ihr das Fortgehen, verschmähte das Ehebett und blieb über Nacht weg. Das und da hast du jetzt davon und den Salat, hatte die Mutter immer gesagt. Dass Wiebke das auch so gewollt habe, sicher, sagten die beiden damals noch in Shorts und Polyestershirts vor Wiebke, und sie verspürte Gefahr, da die Klarheit der Aussprache nicht hinreichte, den Zweifel der beiden zu vertreiben. Doch müsse sie das Geheimnis nicht lüften, diese eingebildete Tracht Prügel, wunde Punkte überall, sie machten einfach und so weiter, gleichbedeutend mit Blauschmuck und gesunden Hausdetschen. Während andere einem bloß bis unter die Haut gehen konnten, erschütterten die beiden bis ins Mark, brachen noch alle Knochen. Da strengte der Verdroschene alsbald eine gerichtliche Klage an, eine restlose Klärung, die den Angreifer identifizierte. Der absolvierte Prozess-Probestunden mit gewandten Winkeladvokaten, bewunderte Schirach-Manier und Schlagfertigkeit seines Bruders, vergaß Bevormundung und Aktenzeichen XY ungelöst.

Die Richterin meinte, da nicht zweifelsohne zu klären sei, wer es verbrochen habe, seien beide freizulassen. Richy rollte den Rollstuhl aus dem Gerichtssaal. Wiebke sah ihren Ex-Lover an diesem Tag zum letzten Mal. Wochen später spielte Richy ihr eine Tonbandaufnahme vor. Er meinte, er habe die Squashkammer verwanzt, um sich am Ende nicht selbst in seinem gesponnenen Netz aus Absprachen und Lippenbekenntnissen zu verfangen. Obwohl Wiekbe wusste, dass es sich um die Hartgummikugel handeln musste, kam ihr doch immer wieder das Bild in den Kopf, wie der gegen die Bande gedroschen wurde.

Wie kommen wir aus der Nummer gut wieder raus?

Wie kommt Wiebke aus der Nummer überhaupt raus?

Sie hörte die Schläge schneller aufeinanderfolgen, als sie für gewöhnlich zu beobachten waren.

Den dusch ma.

Wir hauen ihn zusammen.

Und dann belasten wir einander.

Oder schweigen für immer.

Wiebke war sich nicht sicher, ob das Gelächter krächzte wegen der Qualität der Aufnahme. Überspiel das mal besser, Richy. Er füllte etwas Fichtengeist in einen Sektkühler und riss ein Streichholz an. Ich würd sagen, wir vernichtens am besten.

Die Flamme ließ er lange auf der bodenbedeckenden Flüssigkeit tanzen, bevor er das Tonband dazulegte. Es knackte wie angefeuerte Zeckennestbrut und stank bestialisch. Wiebke drückte einen Knopf an der Schlüsselkarte, und die Rauchmelder gingen aus. Richy schaute sie an und lachte. Was täte er, wenn sie nicht mitdachte. Ihr Starren wurde nur langsam zum Lächeln. Dann füllte sie zwei Doppelkorngläser mit dem restlichen Wodka.

Auf die Jugend.

Der Band mit der Story von Schirach, in der eine Vergewaltigung ungesühnt bleibt, weil das Opfer sich nicht mehr entsinnen kann, wer aus der Bande Trunkenbolde unschuldig ist, stand noch nicht wieder am richtigen Platz im Regal.

Auf Krähen und Augen.

Keinen einzigen solchen Fratzen wünschte sie ihren Jungs einmal.

Wenigstens redeten sie diesmal mit ihr. Was nun also tun mit Marlene?

Passt bloß auf!

Sind doch nur Knutschflecken.

XYZ

Es muss ein Ende haben.

Spätabends zupfen Marlene und Niklas am Küchenfester akribisch die beiden Pink-Floyd-Rosen und lassen die Blütenblätter rund um die Stuhlbeine zu Boden fallen. Andernorts hängen währenddessen Vik und Elena im Eingangszimmer Akt und Porträt der Brüder ab und schlagen die Ölgemälde akkurat in Juwelierseide neben der Tischplatte ein. Nik überfliegt immer wieder das Fuhrwerken und Umschreiben seines Zwillings, beäugt die großspurigen Striche über ganzen Textblöcken und die minimalinvasiven Anmerkungen an den Seitenrändern von Marlenes Manuskript, das vor ihren Schlafzimmerwänden Zettel für Zettel schwebt. Zentimeter für Zentimeter deckt Vik das Fischgrätparkett ab, streicht mehrmals die Überlappung der Kreppbandstreifen entlang der Leisten zwischen Folie und Wand sowie entlang der Zeitungsseiten zwischen Recyclingpapier und Ochsenblutbrettern, studiert die Schuhspuren und Sockenabdrücke seines Bruders. Marlene nimmt den letzten Reißnagel aus dem Zettel und das Blatt von der Korktafel, legt es zuoberst auf den Stapel, tippt eine Nummer.

In munterer Kundenrunde sitzt der Weinbauer an einer Tafel betrunken zwei Meter unter dem Hildesheimer Rathausplatz zur sogenannten Nachlese, wie er immer witzelt, König von Bayern, so der Name des Lokals, und hebt postwendend ab, immerhin, gute alte Kunde aus der Heimat, hört die Stimme durch die Leitung zittern, ein Bekannter sei bei ihr in der Wohnung eingebrochen, dass dieser Psycho ihren Schlüssel habe, dass sie nicht mehr sicher sei, was sage man dazu? Es muss ein Schlussstrich her. Durch angesagte Ausstellungsräume zitiert der Galerist von seiner Entourage flankiert zwei Schlangen voller Berliner

Boheme und Großkopferter vors achsobrillante Meisterwerk, so sagt man zumindest, Geniestreich aus Österreich, nennt den Namen der Lokalmatadorin und lobt heißluftballonhoch los, voilà, schlimm büßende Sünder in ihrer Gulaschsuppe, sieht die Projektion an der Leinwand flimmern, mehrere Aktionskünstler seien dort in dieser U-Bahn-Katakombe eingesperrt, dass diese Delinquenten ihre Henkersmahlzeit mampften, dass sie freier wären als vorher, was gäbe man dafür! Es sei ein Karriereanfang da. Elena hievt die beiden Bilder auf den Tisch und den Feuerlöscher aus dem Nebenzimmer, positioniert ihn zu ihren Füßen, hinterrücks der Vorhang.

Alpinaweiß strahlt die Schneedecke der schlafenden Griechin zum Fenster herein, streicht in Zusammenarbeit mit hochnebeldurchscheinender Sonne und seidenem Store die Scheibe monochrom, milchig und blickdicht, während dahinter die Diplompsychologin einem rot gebundenen Collegeblock, dessen Deckblatt ihr einen Augenblick die Kohlestiftversion des Hasens zeigt, ein zweites gleißendes Rechteck entreißt, in schillernder, schlingenschiefer Schrift die Arbeit ihres Herzkratzerls beschreibt. Abendrotheiß glänzen die Schienenstränge der ruhenden Bahnsteige vor dem Kopfbahnhof, blenden in Vermengung mit streulichtabsondernden Laternen und blinkenden Leuchtreklamen den Himmel blind, sternlos und finster, während Marlene die eng bedruckten Zettel vor sich, deren Zeilen ihr mehrere Minuten die Ansichten von Irene vergegenwärtigen, zu einem weiteren Stapel bündelt, in wischender, vermischender Handbewegung dem Manuskript als Schluss unterschiebt.

Es muss ein Ende haben.

Es hat eine Kunstklasse gegeben. Der Galerist paraphrasiert die Lobhudelei im Ausstellungskatalog. Die Festrednerin verreißt die Werkstatterzeugnisse in Hildesheim. An sein greises Publikum gewandt, deutet der Galerist mit seinem knochigen Finger auf Elenas Projektion hinter sich. Die seien alle verhaftet worden. Zur studierenden Thekenkraft geneigt, tippt Irene mit dem angebissenen Lachshäppchen gegen Marlenes Oberarm neben sich. Wo blieben denn ihre Doppelgänger? Betrachten wir einen Moment Gesichter und Glieder. Werfen wir einen Blick auf Netz und Drachen.

Sechs Menschen sind in diesem U-Bahn-Schacht zusammengepfercht. Linker Hand ist eine Pingpongpartie im Gang. Immer wieder klackt der vom gedämpften Schläger getroffene Ball auf die Platte. Die anderen vier sitzen mittig auf Stühlen und beugen sich über einen Tisch. Die Lasagne dampft ihnen ins Gesicht. Die Wangen sind ausgezehrt, die Pulsadern verästelt, die Beine Stöckchen und die Stirnen von Falten durchfurcht. Die Pforte hinter ihren Buckeln ist verschlossen. Die satten Gäste der Vernissage nehmen Haltung an, sodass die Knöpfe an Sakkos und Blazern spannen. Die Arbeit bleibt in der Schwebe, speist sich aus Menschen, nährt sie dafür. Elenas Projektion flimmert an den Leinwandrändern. Zwei Oberflächen fallen in dieser Geschichte ineinander. Einerseits schützt der Schuppenpanzer den Drachen. Immer wieder prallen die vom wütenden Helden geworfenen Gewächse gegen das Scheusal. Die drei Pflanzenarten landen rund um das Untier und stapeln sich zu seinem Scheiterhaufen. Das Feuer kommt aus dem Rachen. Das Schuppenkleid ist kleinkariert, der Flügel adlerartig, die Klaue löwensenfscharf und das Netz aus Rauten aufgebaut. Die Flächen zwischen den Linien sind leer. Das gesellige Schmiedestück ahmt Schlangenhaut nach, um die Panzerplatten in Feuer und Rauch aufzulösen. Das Netz fliegt wie auf Schwingen, wickelt die Beute ein, krallt sich fest. Irenes Rede erreicht jetzt ihren Wendepunkt.

Die Diplompsychologin meint, die sechs jungen Studierenden hätten wegen diverser Verstöße gegen bestimmte Gesetze eine Untersuchungshaft ausgefasst, Verschleierungsverbot, Staatsgrenzziehung und Luftraumüberwachung. Man habe Weltreligionen verhöhnt, nationale Symbole der Zweiten Republik herabgewürdigt sowie unangemeldet Flugobjekte über Südtirol gelenkt und abgeworfen. Der Galerist ergänzt, das halbe Dutzend Verbrechen stelle gegen fremdbestimmte Ordnungen gerichtete rebellische Haltung als Werkprozess dar. Sie hätten Freundschaften geschlossen, tradierte Formen eines zweitausendjährigen Kanons geschreddert sowie fragile Knoten unserer Gesellschaft gefunden und genützt. Diese willkürlichen Vorführungen würden Zufälligkeit und Beliebigkeit von Regularien offenlegen und verhandeln, sie wieder in spielerische Zusammenhänge zurücküberführen. Schweißtuch, Flagge und Feldhase, Stoffe beschmutzen, Länder entgrenzen, Tiere aussetzen. Diese well-done Bügelfaltenprosa würde Blickwinkel und Erzählstimme von Maschinen kopieren und abspulen, sie weiter in programmatische Repetition treiben. Sound, Dingsymbol und Camera-Eye, rhythmisierte Sätze, geschlossene Motivketten, leblose Dinge. Sie richten sich zugrunde. Sie brennen selbstgewählt im Fegefeuer. Duracell-Hase und Burn-out.

Die Donauwelle zum Nachtisch kommt aus dem riesigen Kühlschrank neben dem pensionierten Kohleofen. Der E-Roman aufm Nachttisch entsteht in der polierten Retorte des Hildesheimer Labors. Der Wein heute Abend kommt aus den heimeligen Kellern des Weinviertels Österreichs.

Der Kühlschrank im hintersten Eck birgt noch so viele Glasflaschen, so viele Formen Lasagne, so viele Bleche voll Donauwelle, so viele leer hinter der Tischtennisplatte gelagerte Europaletten Vöslauer Mineralwasser, und der wie ein märchenhaftes Kinderzimmer eingerichtete Bahnschacht der Wiener Unterwelt so viel erquicklichen Unfug, Einhornschaukelpferde, Luftdruckgewehre, Zeckenkrabbeldecken, Gaskartuschen, Boxen in Boxen und einen sich an einer Seite auf Knopfdruck öffnenden Würfel, aus dem ein Arm hervorschnellt, den Schalter erneut betätigt, woraufhin sich der Mantel wieder schließt, dass die sechs Aktionskünstelnden so lange dort unten im Kerker auf Liveschaltung verweilen können, bis die Ausstellung abgebaut, die Auktion vorüber und das Werk versteigert ist, Schicht im Schacht, was die schmiedeeiserne Pforte hinterrücks automatisch öffnet.

Die Tischplatte auf der Projektionsleinwand verschandeln schon so viele Spritzer, so viele Flecken Tomatensauce, so viele

Splitter schmelzender Kuvertüre, so viele langsam an der Ölbildoberfläche verkrustende Patzer Parmigiano Reggiano und das wie ein überfrachtetes Luftschloss schwebende Mobile unterm Berliner Galerieplafond so viele zusammenhangslose Elemente, Feuerlöscher, Kalksteinbruchstücke, Bleiglasscherben, Vollholzschwertscheiden und Rücken an Rücken zwei sich umeinander drehende, zur Tischplatte verschwisterte Ölbilder auf Leinwand, über denen viele Hände spachtelten, die Oberflächen derartig abfuckten, wie es nur Aktionskünstelnde vermochten, wonach die dutzendarmige Rasselbande eh schon aus ihrem voraufgezeichneten Verlies ausgebrochen sein musste, oder Elena zeigt Parallelwelten, mit ausgefugten Zeiten, ohne verlässliche Orte, oder keine Originale, was das ausgebuffte, pfennigausgefuchste Publikum heimtückisch applaudierend quittiert.

Die Diplompsychologin legt den Stift beiseite, und der Weinbauer verkündet seiner auf Zuruf die handgeblasenen Pokale exenden Kundschaft die letzte Spätleserunde, er werde jetzt Recyclingflaschen einsammeln, und Marlene, na, ein Machtwort müsse eben her, vernichts'n hoit.

Sie sehen einander gleich, und die Inkubationszeit verstreicht. Elena erblickt das Paar, Marlene schaut Vik an, Niks Hirn entzündet sich. Ihm wird schwarz vor Augen, als brennte davor ein Schwefelholzkopf. Viktor ist so getroffen von Marlenes unverwandtem Starren, dass er taumelt, rückwärts durch den Raum, als dränge ihr Blick durch seine Netzhaut direkt gegen seine hintere Schädelwand, tropfte von dort ab, flösse das Rückgrat hinunter und feuerte jeden Spinalnerv zur Seite hinaus, zöge ihm Gruselschauer auf und ab der Haut, drängelte ihn in Mark und Bein, einen Schritt nach dem anderen Ferse voran zu weichen bis an die Wand. Doch die Vollholzkante stoppt ihn, steißbeinig, schickt den Reiz wieder die Wirbelsäule hinauf zu ihrem Kapitell, verwirrt bei den Glaskörpern augenaufschlagartig hinaus. Indes ruht Marlenes Blick auf seiner Nasenwurzel, bewegt nur durch die sich voneinander kaum merklich spreizenden Pupillen, Viktor weiterhin festgenagelt im Schnittpunkt beider Sichtlinien zu halten, da er sich entfernt, bis er ansteht, geht, bis der Tisch sich regt. Zu ihm huschen Elenas Pupillen, vom Licht verengt oder todeserschrocken, wackelt doch das ganze Gestell, drohen doch die lodernden Dochte mit ihren kreisförmig thronenden Aureolen über dem Kandelaber, die sich schon zu Ellipsen verformen wie planetarische Umlaufbahnen in freiem Fall, schwerelosem Raum, wers glaubt, und Juwelierseide knistert und knittert unter zylindrisch herumrollenden Schnitzkerzen, entzündet sich züngelnd.

Entzückt und begeistert sehen und begreifen Ádám und Stephie, als sie den Treppenabsatz erreichen, einem der beiden Brüder über die Schulterpolster des gesuchten Maßanzugs schauen, dass die Gros der Arbeit bereits geleistet, der ganze Fußboden mit Zeitung und Folie ausgelegt, das Mauerwerk frei von Rückständen, Löchern und Bildern, der Tisch etwas von der Stirnwand in den Raum gezogen ist. Außerdem sonst nur eine Frau in einem columbohaften Trenchcoat als Aufpasserin und eine neben dem Möbelstück in genau dem Aufzug, den der Irish Man und der Hungarian Guy ebenfalls immer, so auch heute, wählten, zogen sie los, Wände anzustreichen und Zimmermannsarbeiten zu machen, grüne OP-Haube, weißer Einweg-Overall, meistens mit Kapuze, violette Wegwerfhandschuhe, die Ádám verdammt noch mal über seine ledernen anzog, und mülltonnengrüne Plastikschlappen, auch für die Kunden ein Oneway-Ticket. Spurlos verschwanden die Gangster stets in dieser leichtsinnig gut brennbaren Montur, wovon auch schon der andere Zwilling kein leisestes Liedchen mehr sang. Miau Mio, mit diesen Worten stieß Ádám dem Zwilling vor sich die Mündung in den Rücken.

Begrüßt man so seinen Bruder?

Los, ausziehen und Abmarsch!

Nik öffnete den obersten Knopf, zog sich sein Hemd über den Kopf und sah über der Klobrille die feurigen Augen seines auf Abwege geratenen, in die Irre gegangenen Bruders. Unter und über die Kabinentür kam Sandras Stimme, warf sich von der Wand hinter dem Spülkasten zurück und erfüllte den Raum, wonach Viktor auf den Hebel drückte, Niklas sich das Hemd wieder überstülpte. Sobald das Wasser durch die Muschel wusch, strudelnd und gurgelnd verschwand, hob Viktors Hand sogleich wieder ab. Wenn die Spülkraft versiegte, ließ er die Finger neuerlich niedersinken, hielt den Tropfenfall aus dem Toilettenrand am Laufen, schaute auf in Niks Augen und schrie schrill über das Rauschen hinweg, lauter, er könne ihn nicht hören, lauter, ich kann dich nicht verstehen, lauter, zieh jetzt dieses depperte Hemd wieder aus, sonst hau ich dir die Scheiße raus, Nik.

Eine weitere unendlich scheinende Sekunde gurgelte der Abfluss unter der gefluteten Muschel, erinnerte Niklas an Schnapssalzlake in Wunden, an Mundwasser auf blutendem Zahnfleisch, an das schrubbende und rubbelnde Kitzeln von Bürstenborsten, an hochdrehende Bohrer und blutige Zangen, seidenumwickelte Milchzähne, fadenscheinig baumelnd an Messingtürklinken, geh, Wiebke, das war der Trottel doch selber. Niklas hielt die Luft an und schrie, so laut er konnte, na, Viktor, lass das mal bleiben, ich glaub, ich schaff das schon auch alleine. Das Gurgeln verstummte, bist du sicher, nickend entriegelte Nik die Kabinentür, ließ Viktor zurück, betrat in flüssiger Bewegung den Werkraum, indem er die Hand hob, sie an die Glastür legte, den Ellenbogen unnachgiebig durchstreckte, anderer Hand erst die Klinke drückte, unter klinischem Licht und unverminderten Schritttempos dann die Manschette fasste, dem Hemdsärmel entschlüpfte, nackter Schulter neben der Schlange Frau Doktor und Frau Lehrer entgegen, die schmunzelnd Watte und Spritze hielten, direkt auf sie zuhielt.

Als sich hinter Niks Kopf die OP-Haube erhebt, kommt ihm Viktor entgegen, geht, rennt, stürzt auf ihn zu, empfängt und begräbt ihn in seinen Armen und in der Mitte ihres Zimmers unter seinem brennenden Leib, der keinen wirklich undurchdringlichen Schutzschild gegen Kugelhagel mehr hergibt, während Marlene sehen kann, wie im Genick ihres Freundes gleich dem Mittelpunkt einer Zielscheibe den Zeckenbiss rote Ringe umgeben, links und rechts des Halses logischerweise, wie Marlene findet, über dem Schultergürtel segmentweise unterbrochen. Achselzuckend breitet Elena die Arme aus, hebt Hände und Schultern, hält damit auch Schlauch und feuerfarbiges Spritzgerät hoch. In der Pose von Leuten, die beteuerten, sie könnten da jetzt auch nichts dafür und dagegen tun, wendet sie den Kopf von links nach rechts, abwechselnd Marlene herannahen, die Brüder verglühen, die Zünglein an Folie und Zeitungspapier lodern, das heiße Öl vom Tisch teardropen zu sehen. Als müsste Elena tanzen, ist sie hin- und hergerissen an Schulter, Schenkel und jetzt auch Hüfte von wie zu ballistischen Analysen in Gelatineblöcke dringenden, mittelbar tödlichen Treffern, haben die schallgedämpften, wuchtgebremsten Projektile in Fluglinie zunächst doch Marlenes Schlüsselbein, Bauch, zuletzt Lunge durchschossen. Die Blutstropfen, die auf Elena fallen, sind noch in der Luft, am Scheitelpunkt ihrer parabelartigen Bahn, als Ádám das Feuer nunmehr einstellt, sein Zeigefingerglied vom Abzug sinken lässt, während Marlene einen weiteren Moment aufrecht bleibt, zwischen Elena und dem hellen Deckenlicht hinterm und im Türrahmen.

Im Gang erscheint eine Schwester, betritt das Zimmer, gibt den Blick frei auf die Reihe Fensterscheiben, hinter denen die Nonnen schon wieder als kleine schwarze Punkte die verschneite Felsflanke hinan gegen den Berg prozessieren. Elena meint, die Schritte als endloses Echo durch die Eisoberfläche der Schneeschichten brechen zu hören, ein Stampfen und Rumoren, ein nicht verhallendes Korkenknallen, das von den Hängen verstärkt wie ein schindludernder Fallwind die Terrassen heruntergrollt, gegen Glas, Kunststoff und Beton der glatten Provinzkrankenhausfassade brandet, als Welle in der Materie weiterklirrt und zittert, sich auf den Federkern der Matratze überträgt, an der Elena Marlene und Viktor gegenübersitzt, Niks ruckelnden Körper dazwischen befeuert, anficht, fiebrig zum Vibrieren bringt. Die Schwester steht am Fußende und spricht mit schwarz getünchter Stimme, deren asphaltfarbige Botschaft sich mühelos vom Gesicht ablesen lässt, während der warme Silbenklang selbst von den krachenden Schritten aus den Bergen übertönt wird, als zerrütteten Steinschlag, Lawine und Erdrutsch im selben Moment das Gelände. Als rollte Geröll unaufhörlich den Gipfel ins Tal, hört es sich an.

Elena steht, und Marlene schraubt eine Dose auf, die eine grelle Salbe aus den Kräutern des Klostergartens enthält, Rotbrauner Frauenschuh, auch Kriemhilds Helm genannt, Alraune und Meisterwurz, raunten die Nonnen am sonntäglichen Wochenmarkt, es treibe die Geister aus, Holzweg, auch Unfug, Mumpitz, Humbug und Firlefanz schreit Elena, was Marlene im Handumdrehen gellend erwidert, Aberglaube und Irrtumwurz, während Vik die ersten zwei Finger übereinanderlegt, zum sogenannten Hexenkreuz schmiegt und die Teufelsglieder hochhält. Marlene tunkt ihre Kuppen rein, schmiert die Paste dem darniederliegenden Zwilling ins Genick. Ihre freie Hand hält Vik mit seiner, Fingers crossed Elena verlässt das Zimmer im Rücken der gequält dreinschauenden Schwester. Es riecht urplötzlich nach Fencheltee, Salbei, Franzbranntwein und Rosmarin, auch im Gang, höchstwahrscheinlich gar im ganzen Hospital. Von der Unzulänglichkeit ihrer Mixturen erzählten die Schwestern Elena während ihrer Genesung, die jetzt weit voran, eine nach der anderen, unterm Gipfelkreuz zur schwarzen Schlange formiert im verschneiten Rachen des Waldstücks zu Füßen des gewaltigen Geräusches verschwinden.

Nach Schwester Evas unvorhergesehenem Ableben seien die Schlüssel des backsteinummauerten Klostergartens verlustig gewesen. Schon zu ihren Lebzeiten habe die nunmehr im widerspenstigen Hang beigesetzte Schwester gegen den Müßiggang des Anpflanzens gewettert, die Entbehrungen, im wilden Wuchs die Heilung zu suchen, gepredigt. Unter anderem deswegen wurde Schwester Eva zur Hüterin der Schlüssel zum Klostergarten bestellt. Der Verführung, die schmiedeeiserne Pforte hinter sich auf ewig zuzuschlagen, aber widerstand die schwache Seele nicht. Sie nahm die Schlüssel mit ins Grab oder versteckte sie im

Kloster. Man exhumierte ihren verwitterten Leib, beglotzte das Skelett, durchstöberte sämtliche Reliquienschreine, Heiltumskammern und sogar die Monstranz ergebnislos.

Immer mehr stellte sich der Glaube ein, Schwester Eva selbst sei eine Heilige und habe den Schlüssel zum Garten mit ihrer Aura aufgeladen, sodass eine jede nachfolgende Schwester, die während einer der nächtlichen Erkundungen das verlorene Stück aus irgendeiner Mauerecke hinter einem losen Ziegel auflas, sofort von der Inbrunst erfasst wurde, es umgehend woanders zu verstecken, am besten an einer Stelle, die bereits dutzendfach geprüft worden war. Als die letzte Schwester starb, die zeitlebens den Klostergarten betreten hatte, auch das tradierte Wissen dortiger Flora langsam verblasste, prozessierten die Nonnen längst tagtäglich in den Wald, zweifelnd, ob die abgerissenen und dahergezerrten Gewächse denen des unzugänglichen Gärtchens hinter unnachgiebiger Pforte innerhalb unüberwindbarer Backsteinmauern ähnelten, in unverrückbarer Überzeugung aber, dass die letzte Kreuzschwester nach abschließender Suche vom Ort wissen werde, so sie nicht alle gleichzeitig stürben.

An diesem Tag, als Elena das Ferienlusthäuschen erreicht, breitet die Dottoressa bereits den Schnee auf, was ihrer Gefährtin erstmals die Grenze zum umliegenden Gelände vor Augen führt, der Malerin zeigt, ab wann sie ihre Boots auf das zaunlose Grundstück der Therapeutin setzt, die bis an die Linien eines schmutzig klar gezogenen Vierecks die flockige Schicht einmal gewendet, den allenthalben die hügelige Gegend verdreckenden Saharastaub zuunterstgekehrt hat zwischen den betuchten Skulpturen, wo sie zusammenkommen die gelben Fußspuren, einander, und zuletzt den grollenden Hang anstarren. Es hallt aus dem Waldstück, und zu seinen Wurzeln wächst sich ein Schritt aus. Erst kaum auszumachen wird die Extremität sichtbar vor dem derbweißen Hintergrund, pflanzt sich fort zum baumhohen Torso. Je näher die Gestalt ausufernden Schrittes den Hang heruntersteigt, umso ärger zerfransen im Wachsen ihre Ränder, als käme eine Schneewehe Elena und der Witwe entgegen, die wie festgefroren im Garten stehen und wuchernde Haare sehen, einen sich entgrenzenden Leib, dieses tosend fortschreitende Crescendo. Mit gestreckter Hand reichen die beiden an den einen Augenblick vor ihnen ruhenden, sich schon im nächsten Moment hochrollenden und mit Windhauch gen Tal abhebenden Zehennagel heran. Wehender Mähne und wallenden, von der nebenstehenden Skulptur gezogenen Tuchs taucht die riesige Gestalt hinter dem würfelförmigen Spital ab, wird in einkehrender Ruhe nunmehr über der Seeoberfläche wandelnd sichtbar und wirft das ebenfalls monströs vergrößerte Tuch nach einem den Horizont die karstigen Alpengrate entlangflatternden Rotkehlchen, unter dessen Flügelschlägen sich der Stoff in Kalk wie Luft entfaltet, und die schlafende Griechin panoramatisch zudeckt.

Bibliografische Information der Deutschen Nationalbibliothek
Die Deutsche Nationalbibliothek verzeichnet diese Publikation in der Deutschen Nationalbibliografie; detaillierte bibliografische Daten sind im Internet über http://dnb.d-nb.de abrufbar.

www.wallstein-verlag.de
Vom Verlag gesetzt aus der LD Fabiol Pro
Umschlaggestaltung: WSV
Abbildung Umschlag: © Nikolaus Stein
Druck und Verarbeitung: Pustet, Regensburg

ISBN 978-3-8353-5361-9